Buch

Mit vierundzwanzig hält sich die temperamentvolle und äußerst eigenwillige Victoria Huntington schon für erfahren genug, um nicht auf süße Komplimente und heiße Versprechungen hereinzufallen. Sie ist der Star der Londoner Ballsaison, um keinen tiefen Blick oder verheißungsvollen Augenaufschlag verlegen. Doch unter den herausgeputzten Pfauen, die sie umschwärmen, befindet sich ein Raubvogel, der sich mit hungrigen Augen auf sie stürzt, denen selbst Victoria nicht lange standhalten kann. Lucas Colebrook, der mysteriöse Earl of Stonevale, lockt sie zu gewagten Ausflügen und nächtlichen Rendezvous. Als ihre Liaison auffliegt und sie überstürzt heiraten, wächst in Victoria der Verdacht, daß ihr gerissener Liebhaber alles bewußt eingefädelt hat, um an ihr Erbe zu kommen. Dunkle Erinnerungen an ihre Kindheit kommen plötzlich wieder hoch und drohen sie zu überwältigen.

Autorin

Amanda Quick ist das Pseudonym einer erfolgreichen, mehrfach ausgezeichneten Autorin historischer und zeitgenössischer Liebesromane, deren Auflagen in den USA mittlerweile die 10-Millionen-Grenze weit überschritten haben. Nach Virgin Island, Kalifornien und einigen Zwischenstationen lebt Amanda Quick heute im Nordwesten der USA.

Außerdem von Amanda Quick im Goldmann Verlag erschienen:

Verführung. Roman (42443)

AMANDA QUICK

Verlangen

ROMAN

Aus dem Amerikanischen
von Uta Hege

GOLDMANN VERLAG

Die Originalausgabe erschien unter dem Titel »Surrender«
bei Bantam Books, New York

Umwelthinweis:
Alle bedruckten Materialien dieses Taschenbuches
sind chlorfrei und umweltschonend.
Das Papier enthält Recyclinganteile!

Der Goldmann Verlag
ist ein Unternehmen der Verlagsgruppe Bertelsmann

Umschlaggestaltung: Design Team München
Umschlagillustration: Pino Dangelico
Satz: Uhl + Massopust, Aalen
Druck: Elsner-Druck, Berlin
Verlagsnummer: 42444
Redaktion: Sabine Dolt
Lektorat: Anke Knefel
Herstellung: Heidrun Nawrot
Made in Germany
ISBN 3-442-42444-5

1 3 5 7 9 10 8 6 4 2

Prolog

Die Standuhr schlug Mitternacht. Es war ein Totengeläut. Das wunderschöne, altmodische, entsetzlich schwere Kleid, das ihr nicht richtig paßte, weil es für eine andere Frau geschneidert worden war, behinderte ihre panische Flucht den Gang hinab. Der feine Wollstoff schlang sich um ihre Beine und drohte, sie bei jedem verzweifelten Schritt zu Fall zu bringen. Sie schürzte die Röcke höher und höher, fast bis an die Knie, und riskierte einen flüchtigen Blick über die Schulter.

Er kam näher, hetzte sie so, wie ein Jagdhund ein Reh hetzen würde, das verletzt war. Sein einst dämonisch schönes Gesicht, dieses Gesicht, das eine unschuldige, vertrauensselige Frau erst in die Ehe und dann ins Verderben gelockt hatte, war jetzt eine Maske aus Angst und mörderischer, rasender Wut. Mit wilden, hervortretenden Augen und wirrem Haar verfolgte er sie. Das Messer in seiner Hand würde schon bald an ihrem Halse sein.

»Verteufeltes Weib!« Das Echo seines Wutschreis donnerte den oberen Gang entlang. Das Licht einer flackernden Kerze spiegelte sich auf der gleißenden Klinge, die er umklammerte. »Du bist tot. Warum kannst du mir nicht meinen Frieden lassen? Ich schwöre, ich werde dich zurück in die Hölle schicken, wohin du gehörst. Und dieses Mal werde ich sichergehen, daß die Tat richtig vollbracht wird. Höre mich, verfluchtes Schreckgespenst. *Dieses Mal werde ich sichergehen.«*

Sie wollte schreien und konnte nicht. Sie konnte nur um ihr Leben rennen.

»Ich werde dein Blut durch meine Finger rinnen sehen, bis kein Tropfen mehr in dir ist«, schrie er aus nächster Nähe.

»Dieses Mal wirst du nicht wieder zum Leben erwachen. Du hast mir genug Ärger bereitet.«

Inzwischen war sie am oberen Ende der Treppe angelangt, wo sie nach Luft rang. Furcht riß an ihrem Innersten. Sie hielt die schweren Röcke noch höher und stürzte die Treppe hinab, eine Hand am Geländer, um nicht zu Fall zu kommen. Es wäre doch zu bittere Ironie, stürbe sie an einem gebrochenen Genick statt an einer aufgeschlitzten Kehle.

Er war so nah, allzu nah. Sie wußte, daß sie kaum eine Chance besaß, es sicher zurück zu schaffen. Dieses Mal war sie zu weit gegangen, hatte sie zuviel gewagt. Sie hatte die Rolle eines Geistes gespielt, und nun wurde sie wahrscheinlich wirklich zu einem. Er würde über ihr sein, bevor sie den Fuß der Treppe erreichte.

Endlich hatte sie den Beweis gefunden, nach dem sie gesucht hatte. Falls sie am Leben bliebe, erführe sie Gerechtigkeit für ihre arme Mutter. Doch schnell wurde deutlich, daß ihre Nachforschungen sie das Leben kosten würden.

Bald würde sie seine Hände spüren, nach ihr greifend in einer gräßlichen Parodie auf die lüsterne Umarmung, mit der er sie in jungen Jahren bedroht hatte. Dann würde sie das Messer spüren.

Das Messer.

Großer Gott, das Messer.

Sie hatte die Hälfte der Treppe hinter sich gebracht, als der drohende Schrei ihres Verfolgers die Luft zerriß.

Entsetzt sah sie sich um und erkannte, daß für den Rest ihres Lebens Mitternacht nie mehr dasselbe für sie sein würde. Mitternacht, das würde für sie Alptraum bedeuten.

1

Victoria Claire Huntington wußte immer, wann ein Mann versuchte, sich an sie heranzupirschen. Sie hatte nicht das reife Alter von vierundzwanzig erreicht, ohne zu lernen, woran sie die raffinierten Mitgiftjäger der besseren Gesellschaft erkannte. Reiche Erbinnen waren schließlich Freiwild.

Die Tatsache, daß sie noch unverheiratet und Herrin über ihr eigenes beträchtliches Erbe war, stellte einen Beweis dar für ihr Talent, sich den Ansinnen der aalglatten, betrügerischen Opportunisten, die in ihrer Welt nach Reichtum trachteten, zu entziehen. Victoria hatte vor langer Zeit beschlossen, niemals das Opfer eines solchen oberflächlichen Charmes zu werden.

Doch Lucas Mallory Colebrook, der neue Graf von Stonevale, war anders. Er mochte zwar ein Opportunist sein, doch war bestimmt nichts Aalglattes oder Oberflächliches an ihm. Unter all den buntgefiederten Vögeln der besseren Gesellschaft war dieser Mann ein Falke.

Victoria begann sich zu fragen, ob eben die Eigenschaften, die sie hätten abschrecken sollen, die innere Stärke und der unbeugsame Wille, die sie bei Stonevale verspürte, sie nicht gerade zu ihm hingezogen hatten. Sie konnte nicht leugnen, daß sie von dem Mann fasziniert war, dem sie vor weniger als einer Stunde vorgestellt worden war. Der Reiz, den sie verspürte, beunruhigte sie zutiefst. Mehr noch, er war gefährlich.

»Ich glaube, ich habe gewonnen, Graf.« Victoria senkte ihre mit einem eleganten Handschuh bekleidete Hand und breitete ihre Karten auf dem mit grünem Flanell überzogenen Tisch aus. Sie schenkte dem Gegenspieler ihr strahlendstes Lächeln.

»Glückwunsch, Miss Huntington. Das Glück ist heute abend offensichtlich ganz auf Ihrer Seite.« Stonevale, dessen graue Augen Victoria an durch die Dunkelheit der Nacht schwebende Geister erinnerten, schien ob seines Verlierens nicht im geringsten enttäuscht zu sein. Vielmehr wirkte er still zufrieden, als hätte ein sorgsam ausgeklügelter Plan soeben Früchte getragen. Eine Aura kühler Erwartung umgab ihn.

»Ja, mein Glück heute abend war erstaunlich, nicht wahr?« entgegnete Victoria leise. »Man möchte beinahe vermuten, ich hätte Hilfe gehabt.«

»Ich weigere mich, eine derartige Möglichkeit in Betracht zu ziehen. Ich kann Ihnen nicht erlauben, Ihre eigene Ehre in Zweifel zu ziehen, Miss Huntington.«

»Wie galant von Ihnen, Graf. Doch es war nicht *meine* Ehre, um die ich besorgt war. Ich versichere Ihnen, daß ich mir sehr wohl bewußt bin, nicht falsch gespielt zu haben.« Victoria hielt den Atem an in dem Bewußtsein, daß sie sich mit dieser Bemerkung auf sehr dünnes Eis gewagt hatte. Sie unterstellte dem Grafen damit praktisch, mit gezinkten Karten gespielt zu haben, um ihren Sieg sicherzustellen.

Über den Tisch hinweg trafen Stonevales Augen auf die ihren und hielten sie in seinem Bann. Sein Gesicht war ausdruckslos. Beängstigend neutral, dachte Victoria mit einem leichten Schaudern. Es hätte ein Anflug von Gefühlen in diesem kühlen, grauen Blick liegen sollen. Doch sie konnte nichts in seinem Gesicht erkennen außer einer gewissen lauernden Wachsamkeit.

»Hätten Sie wohl die Güte, diese Bemerkung zu erläutern, Miss Huntington?«

Schnell entschloß sich Victoria zum Rückzug auf festeren Grund. »Ich bitte Sie, meinem Ausspruch keine Beachtung zu schenken, Graf. Ich bin lediglich ebenso verblüfft über mein heutiges Glück beim Kartenspiel wie Sie. Ich bin bestenfalls eine mittelmäßige Spielerin. Sie hingegen haben, wie man mir berichtete, den Ruf eines geschickten Spielers.«

»Sie schmeicheln mir, Miss Huntington.«

»Ich glaube nicht«, sagte Victoria. »Ich habe von dem Geschick gehört, das Sie an den Tischen von White's und Brook's und in gewissen anderen Clubs mit, sagen wir, weniger respektablem Ruf, hier in der Stadt unter Beweis stellen.«

»Erheblich ausgeschmückte Berichte, denke ich. Doch Sie machen mich neugierig. Da wir uns eben zum ersten Mal begegnet sind, wo haben Sie diese Geschichten gehört?«

Sie konnte schwerlich zugeben, daß sie ihre Freundin Annabella Lyndwood in dem Moment nach ihm gefragt hatte, als er vor zwei Stunden den Ballsaal betreten hatte. »Ich bin sicher, daß Ihnen bekannt ist, wie derartige Gerüchte kursieren, Graf.«

»In der Tat. Doch eine Frau von Ihrer offensichtlichen Intelligenz sollte Besseres im Sinn haben, als auf Gerüchte zu hören.« Mit einer leichten, mühelosen Bewegung ordnete Stonevale die Karten zu einem übersichtlichen Stapel. Er ließ seine elegante, schmale Hand darauf ruhen und lächelte Victora kühl an. »Nun, Miss Huntington, haben Sie sich bereits Gedanken über die Art Ihres Gewinnes gemacht?«

Victoria beobachtete ihn argwöhnisch, unfähig, die in ihr aufwallende Erregung zu unterdrücken. Besäße sie noch etwas Verstand, sie würde das Ganze sofort und auf der Stelle beenden, sagte sie sich. Doch heute abend war es schwierig, mit der kühlen, klaren Logik zu denken, die sie für gewöhnlich in derartigen Situationen anwandte. Nie zuvor war sie jemandem wie Stonevale begegnet.

Das Gesumme aus Unterhaltung und Gelächter in Lady Athertons Spielsalon trat in den Hintergrund, und die Musik aus dem Ballsaal erschien schwach und weit entfernt. Das riesige Londoner Haus der Athertons war angefüllt mit elegant gekleideten Mitgliedern der besseren Gesellschaft sowie mit zahllosen Bediensteten, doch Victoria hatte plötzlich das Gefühl, als sei sie völlig allein mit dem Grafen.

»Mein Gewinn«, wiederholte Victoria langsam in dem Versuch, ihre Gedanken zu ordnen. »Ja, ich werde mir wohl etwas überlegen müssen, nicht wahr?«

»Ich denke, als Einsatz hatten wir einen Gefallen vereinbart, nicht? Als Gewinnerin sind Sie berechtigt, mich um einen Gefallen zu bitten. Ich stehe Ihnen zu Diensten.«

»Leider, Graf, wüßte ich momentan keinen Dienst, den Sie mir erweisen könnten.«

»Sind Sie sich dessen ganz sicher?«

Sie war überrascht von dem wissenden Ausdruck in den Augen des Grafen. Dies war ein Mann, der immer mehr wußte, als er sollte. »Ganz sicher.«

»Ich fürchte, ich muß Ihnen widersprechen, Miss Huntington. Ich glaube, ich kann Ihnen einen Dienst erweisen. Mir wurde berichtet, daß Sie im Verlaufe des heutigen Abends noch eine Begleitung benötigen, wenn Sie und Miss Lyndwood Ihr kleines Abenteuer auf dem Jahrmarkt suchen.«

Victoria wurde sehr still. »Was wissen Sie darüber?«

Stonevale blätterte anscheinend zerstreut mit einer Hand durch die Karten. »Lyndwood und ich sind Freunde. Gehören zum selben Club. Sie wissen, wie das ist.«

»Lord Lyndwood? Annabellas Bruder? Sie haben mit ihm gesprochen?«

»Ja.«

Victoria war wütend. »Er versprach, uns heute abend zu begleiten und gab uns sein Wort, über die Angelegenheit Schweigen zu bewahren. Wie kann er es wagen, diese Sache mit seinen Freunden zu besprechen? Das geht entschieden zu weit. Und dann besitzen Männer die Kühnheit, uns Frauen des Klatsches zu bezichtigen. Es ist empörend.«

»Urteilen Sie über diesen Mann nicht vorschnell, Miss Huntington.«

»Was hat Lyndwood getan? Hat er öffentlich in einem seiner Clubs bekanntgegeben, daß er seine Schwester und ihre Freundin auf den Jahrmarkt begleiten würde?«

»Ich versichere Ihnen, er hat es nicht öffentlich bekanntgegeben. Er war äußerst diskret. Schließlich ist seine Schwester involviert, nicht wahr? Wenn Sie darauf bestehen, die Wahrheit zu erfahren, ich glaube, Lyndwood hat sich mir anvertraut, da er die Last der Verantwortung spürte.«

»Last? Welche Last? In dieser ganzen Angelegenheit gibt es nichts, was ihn beunruhigen sollte. Er wird Annabella und mich lediglich in den Park begleiten, in dem der Jahrmarkt stattfindet. Was könnte einfacher sein als das?« fuhr sie ihn an.

»Wie ich die Sache sehe, haben Sie und Ihre Freundin ein gewisses Maß an Druck auf Lyndwood ausgeübt, damit er seine Zustimmung zu Ihrem Vorhaben gibt. Der arme Junge ist noch unerfahren genug, um sich durch derartige weibliche Taktik beeinflussen zu lassen. Glücklicherweise war er jedoch weise genug, seine Schwäche einzusehen, und klug genug, Beistand zu suchen.«

»*Armer Junge*, wahrlich. Was für ein Unsinn. Sie stellen es so dar, als hätten Annabella und ich Bertie zu etwas gezwungen.«

»Haben Sie das nicht getan?« schoß Stonevale zurück.

»Natürlich nicht. Wir haben ihm lediglich zu verstehen gegeben, daß wir beabsichtigen, heute abend auf den Jahrmarkt zu gehen und er bestand darauf, uns zu begleiten. Höchst galant von ihm. Das jedenfalls dachten wir.«

»Sie ließen ihm als Gentleman kaum eine andere Wahl. Er konnte Sie kaum allein gehen lassen, und das wußten Sie. Es war Erpressung. Darüber hinaus vermute ich, war es vor allem Ihre Idee, Miss Huntington.«

»*Erpressung.*« Nun war Victoria ernsthaft wütend. »Ich verbitte mir diese Anschuldigung, Graf.«

»Weshalb? Sie ist so gut wie wahr. Denken Sie, Lord Lyndwood hätte sich freiwillig bereit erklärt, Sie und seine Schwester zu einer derart verrufenen Veranstaltung zu begleiten, wenn Sie nicht gedroht hätten, allein zu gehen? Miss Lyndwoods Frau Mama würde der Schlag treffen, wenn sie von dieser kleinen

Eskapade heute abend zu hören bekäme, und ebenso, vermute ich, ginge es Ihrer Frau Tante.«

»Ich versichere Ihnen, Tante Cleo ist viel zu robust, um sich vom Schlag treffen zu lassen«, erklärte die ihrer Tante treu ergebene Victoria. Doch sie wußte, daß Stonevale völlig recht hatte, was Annabellas Mutter betraf. Lady Lyndwood würde tatsächlich einen hysterischen Anfall erleiden, wenn sie von den Plänen ihrer Tochter für den heutigen Abend erführe. Wohlerzogene junge Damen der besseren Gesellschaft gingen abends nicht auf den Jahrmarkt.

»Ihre Tante mag eine robuste Natur haben. Ich nehme Sie beim Wort, da ich bisher noch nicht die Ehre hatte, Lady Nettleship vorgestellt zu werden. Doch bezweifle ich ehrlich, daß sie mit Ihren Plänen für heute abend einverstanden wäre«, sagte Stonevale.

»Ich werde Lord Lyndwood erwürgen, wenn ich ihn sehe. Er ist kein Gentleman, wenn er unser Vertrauen derart mißbraucht.«

»Es war nicht gänzlich seine Schuld, daß er sich mir anvertraute. Ich habe genügend Jahre als Offizier gedient, um zu sehen, wenn ein junger Mann wegen einer Sache erregt ist. Es war nicht allzu schwierig, die Einzelheiten aus ihm herauszubekommen.«

Victorias Augen verengten sich. »Weshalb?«

»Sagen wir, ich war einfach neugierig. Als Lord Lyndwood entdeckte, daß ich ihm nur allzu gern behilflich sein würde heute abend, gestand er alles und bat um einen Begleiter.«

»Sie haben meine Frage nicht beantwortet. Weshalb waren Sie so neugierig?«

»Meine Gründe sind gleichgültig«, Stonevales lange Finger blätterten erneut leicht durch den Kartenstoß. »Mir scheint, wir haben da ein wesentlich dringlicheres Problem.«

»Ich sehe kein Problem«, erwiderte Victoria, in Gedanken hinzufügend, »außer Sie loszuwerden.« Ihr erster Instinkt war richtig gewesen. Sie hätte weglaufen sollen, als sie die Möglichkeit besaß. Doch so langsam kam es ihr vor, als hätte sie diese Chance gar nicht erst besessen. Alles schien plötzlich nach einem Gesamtplan zu verlaufen, der in Gang gesetzt worden war und über den sie immer weniger Kontrolle hatte.

»Wir sollten die Einzelheiten des kleinen Abenteuers besprechen, meinen Sie nicht?«

»Die Details wurden bereits durchdacht, danke.« Victoria mißbehagte das Gefühl, die Kontrolle über die Dinge zu verlieren.

»Bitte verstehen Sie. Vielleicht ist es der ehemalige Soldat in mir, vielleicht ist es auch reine Neugierde, doch ich möchte vor Beginn eines Unternehmens genau über dessen Ablauf Bescheid wissen. Wären Sie demnach so freundlich und würden Sie mir den Plan für heute abend genauer erläutern?« fragte Stonevale unschuldig.

»Ich wüßte nicht, weshalb ich das tun sollte. Ich habe Sie nicht aufgefordert, uns zu begleiten.«

»Ich möchte lediglich behilflich sein, Miss Huntington. Nicht nur, daß Lyndwood dankbar ist für meine Hilfe heute abend, sondern Sie, Sie selbst fänden es eventuell höchst passend, einen weiteren Begleiter zu haben. Das Gesindel kann abends sehr wild und flegelhaft werden.«

»Das flegelhafte Gesindel kümmert mich nicht im geringsten. Es ist Teil dessen, was das gesamte Unternehmen erst aufregend werden läßt.«

»Dann bin ich sicher, daß Sie zumindest dankbar sein werden über mein Stillschweigen, sollte ich heute abend das Glück haben, Ihrer Tante vorgestellt zu werden.«

Während eines kurzen, angespannten Augenblicks betrachtete Victoria ihn stumm. »Mir scheint, als sei Lord Lyndwood nicht der einzige, der Gefahr läuft, erpreßt zu werden. Vielmehr sieht es ganz so aus, als sei auch ich als Opfer auserkoren.«

»Sie verletzen mich tief, Miss Huntington.«

»Unglücklicherweise nicht tödlich, ansonsten wäre mein Problem ja wohl gelöst, nicht wahr?«

»Sie sollten in mir lieber eine Lösung als ein Problem sehen.« Stonevale lächelte sein langsames Lächeln, das jedoch die Geister in seinen Augen nicht erreichte. »Ich bitte lediglich darum, Sie heute abend begleiten zu dürfen, wenn Sie sich in die gefährlichen Straßen der Stadt hinauswagen. Mir ist sehr daran gelegen, meine Spielschulden einzulösen.«

»Und wenn ich es ablehne, meinen Gewinn in Form Ihrer abendlichen Begleitung anzunehmen, erzählen Sie meiner Tante von unserem Plan, wenn ich es recht verstehe.«

Stonevale seufzte. »Es wäre für alle Beteiligten höchst unangenehm, wenn Miss Lyndwoods Frau Mama oder Ihre Frau Tante von Ihrem Vorhaben erführen, doch schließlich weiß man nie, welche Gesprächsthemen sich im Verlauf eines Abends ergeben, nicht wahr?«

Victoria schlug mit ihrem geschlossenen Fächer gegen den Tisch. »Ich wußte es. Dies *ist* Erpressung.«

»Ein häßliches Wort, doch ja, ich denke, in gewisser Weise handelt es sich hier um Erpressung.«

Mitgiftjäger. Das war die einzige Erklärung. Nie zuvor war ihr jemand derart Dreistes und Draufgängerisches begegnet. Im allgemeinen war diese Sorte Mann extrem wohlerzogen und kultiviert, zumindest zu Anfang. Doch Victoria vertraute auf ihren Instinkt. Einen Moment lang ließ sie ihre Augen auf Stonevale ruhen, fasziniert von dem ruhigen, abwartenden Funkeln in seinem harten, grauen Blick. Als sie begann, sich vom Spieltisch abzuwenden, sprang der Graf auf, um ihr behilflich zu sein.

»Ich freue mich, Sie später am Abend zu treffen«, sagte er mit leiser Stimme, während sie sich erhob.

»Falls Sie auf der Suche nach einer lohnenden Mitgift sind, Graf«, erwiderte Victoria gedehnt, »dann werfen Sie Ihren Köder besser woanders aus. Sie vergeuden Ihre Zeit mit mir. Ich räume ein, daß Ihre Technik neu ist, doch finde ich sie nicht im geringsten anziehend. Ich versichere Ihnen, daß ich schon weitaus angenehmere Köder verschmäht habe.«

»Das hat man mir berichtet.«

Er ging ihr voran in den glitzernden, von Menschen wimmelnden Ballsaal. Wie bereits zuvor fiel Victoria erneut Stonevales eigentümlich balancierter, doch zugleich unregelmäßiger Gang auf. Die elegante schwarze Abendgarderobe, korrekt gebundene Krawatte, enganliegende Reithosen und polierte Stiefel, versteckte nicht das Hinken, das die Bewegung seines linken Beins behinderte.

»Was genau hat man Ihnen berichtet, Graf?« fragte Victoria.

Er zuckte mit den Schultern. »Man sagt, Sie hätten wenig Interesse an der Ehe, Miss Huntington.«

»Ihre Informanten haben Unrecht.« Sie lächelte schwach. »Ich habe nicht nur wenig, sondern absolut *kein* Interesse an der Ehe.«

Stonevale warf ihr einen wohlberechneten Seitenblick zu. »Wie bedauerlich. Wenn Sie einen Gatten und eine Familie hätten, die Ihre Zeit am Abend in Anspruch nähmen, hätten Sie es vielleicht nicht nötig, sich mit derart riskanten Abenteuern wie dem für heute abend geplanten die Zeit zu vertreiben.«

Victorias Lächeln verstärkte sich. »Ich bin sicher, daß die Art von Abenteuer, die ich für den heutigen Abend geplant habe, weit unterhaltsamer ist, als die abendlichen Pflichten einer Ehefrau es sind.«

»Was macht Sie da so sicher?«

»Die eigene Erfahrung, Graf. Meine Mutter wurde wegen ihres Vermögens geheiratet, und diese Ehe zerstörte sie. Auch meine liebe Tante wurde wegen ihres Geldes geheiratet. Sie hatte jedoch das Glück, daß mein Onkel die Güte besaß, früh bei einem Jagdunfall ums Leben zu kommen. Doch da ich nicht auf ähnliches Glück hoffen darf, ziehe ich es vor, gar nicht erst das Risiko einer Ehe einzugehen.«

»Fürchten Sie nicht, daß Sie einen wichtigen Teil im Leben einer Frau versäumen?« äußerte er.

»Nicht im geringsten. Ich habe bisher nichts an der Ehe entdeckt, was sie reizvoll machen könnte.« Victoria öffnete ihren vergoldeten Fächer, um ein Schaudern zu verbergen. Erinnerungen an die gelegentlichen kleinen Grausamkeiten und betrunkenen Gewalttaten ihres Stiefvaters gegen ihre Mutter waren allgegenwärtig. Selbst der Glanz des Ballsaals konnte sie nicht gänzlich verdrängen.

Sie fächerte sich ein-, zweimal schwach zu in der Hoffnung, Stonevale würde den Eindruck gewinnen, sie sei extrem von der Unterhaltung gelangweilt. »Wenn Sie mich nun entschuldigen wollen, Graf, ich sehe gerade eine Freundin, mit der ich sprechen muß.«

Er folgte ihrem Blick. »Ah, ja, die unerschrockene Annabella Lyndwood. Zweifellos kann sie es ebenfalls nicht erwarten, den Plan für heute abend zu besprechen. Da Sie ja entschlossen sind, nicht zu kooperieren, scheint es, als müsse ich die Einzelheiten selbst herausfinden. Doch keine Angst, Strategiespiele sind meine Stärke.« Stonevale beugte seinen Kopf kurz über Victorias Hand. »Bis später, Miss Huntington.«

»Ich bete, daß Sie einen unterhaltsameren Zeitvertreib finden werden als uns zu begleiten.«

»Das ist eher unwahrscheinlich.« Das schwache Lächeln des Grafen wandelte sich in ein kurzes, boshaftes Grinsen, bei dem seine kräftigen weißen Zähne sichtbar wurden.

Mit einem eleganten Wirbeln ihrer goldgelben Seidenröcke wandte sich Victoria ab, ohne ihm die Genugtuung eines letzten Blickes zu gönnen. Dieser Mann war nicht nur potentiell gefährlich, er war unerträglich.

Victoria unterdrückte ein leichtes Stöhnen, als sie durch die Menge fegte. Warum war sie nur so naiv gewesen? Nie hätte sie dem Grafen gestatten sollen, sie heute abend in den Spielsalon zu locken. Schließlich gehörte es sich für eine Dame nicht unbedingt, mit einem Mann bei einer derartigen Veranstaltung Karten zu spielen. Doch sie hatte Abenteuern noch niemals widerstehen können, und dieser abscheuliche Mensch hatte das anscheinend fast sofort gespürt. *Die Schwäche gespürt und ausgenutzt.* Sie durfte das niemals vergessen.

Dabei war sie durch nichts gewarnt worden. Schließlich war Stonevale ihr von keiner Geringeren als Jessica Atherton ordentlich vorgestellt worden.

Jedermann wußte, daß Lady Atherton eine Frau ohne Tadel war, ein wahrer Ausbund an Tugend. Schlank, dunkelhaarig und blauäugig; die Vicomtesse war nicht nur jung, sanft und einfach liebreizend, sondern zugleich von gebührender Bescheidenheit, unfehlbarer Kultiviertheit, überragendem Ansehen, eine hartnäckige Verfechterin der Regeln des Anstands. Mit anderen Worten, sie hätte gewiß keinen ihrer weiblichen Gäste mit einem bekannten Lebemann oder Mitgiftjäger bekannt gemacht.

»Vicky, ich habe dich bereits überall gesucht.« Annabella Lyndwood eilte hinüber zu ihrer Freundin.

Mit einem leichten Schlag öffnete sie ihren Fächer und verdeckte damit ihre Lippen, während sie im Flüsterton sprach. »Hast du tatsächlich mit Stonevale Karten gespielt? Wie ungezogen von dir. Wer hat gewonnen?«

Victoria seufzte. »Ich, leider.«

»Hat er dir erzählt, daß Bertie ihn aufgefordert hat, uns heute abend zu begleiten? Ich war wirklich erzürnt deswegen, doch Bertie besteht darauf, daß wir einen zweiten männlichen Begleiter bräuchten.«

»So wurde es mir erklärt.«

»Oje, du bist ärgerlich. Es tut mir so leid, wirklich Vicky, doch es läßt sich nicht ändern. Bertie hatte mir versprochen, nichts von unseren Plänen zu verraten, doch anscheinend hat Stonevale ihn mit einem Trick dazu gebracht, ihm alles zu erzählen.«

»Ja, ich kann mir vorstellen, wie so etwas geschieht. Wahrscheinlich ließ er solange Weißwein durch Berties Kehle fließen, bis die Wahrheit herauskam. Es ist gewiß bedauerlich, daß dein Bruder seinen Mund nicht halten konnte, aber mach dir keine Sorgen, Bella. Ich bin wildentschlossen, mich trotzdem zu amüsieren.«

Annabellas himmelblaue Augen schimmerten in offensichtlicher Erleichterung. Ihre blonden Locken hüpften verführerisch, als sie mit dem Kopf nickte und lächelte. Annabella Lyndwood war in den Augen einiger strenger Verfechter der gängigen Mode ein klein wenig zu wohlgerundet, doch diese Neigung zur Fülligkeit schreckte ihre zahlreichen Verehrer in keinster Weise. Vor kurzem hatte sie ihren einundzwanzigsten Geburtstag gefeiert und Victoria anvertraut, sie sei zweifelsohne verpflichtet, einen der verschiedenen Anträge anzunehmen, die ihr in dieser Saison gemacht worden waren. Wegen des verfrühten Todes ihres Vaters war Annabella erst sehr spät auf dem Heiratsmarkt erschienen, doch als sie schließlich in der Londoner Gesellschaft ihren Auftritt hatte, erwies sie sich als ungemein beliebt.

»Was weißt du über ihn, Bella?« fragte Victoria ruhig.

»Wen? Stonevale? Nicht viel, um ehrlich zu sein. Bertie sagt, er genieße einiges Ansehen in den Clubs. Seinen Titel hat er, glaube ich, erst kürzlich erhalten. Der vorherige Graf war wohl irgendein entfernter Verwandter. Ein Onkel oder so. Bertie erwähnte irgendwelche Güter in Yorkshire.«

»Hatte Bertie sonst noch etwas über ihn zu berichten?«

»Laß mich nachdenken. Bertie zufolge ist die Linie der Familie so gut wie ausgestorben. Sie wäre fast ganz ausgestorben, glaube ich, als Lucas Colebrook vor etwa einem Jahr gegen Napoleon in Spanien schwer verwundet wurde.«

Victoria spürte, wie sich ihr Magen unangenehm zusammenzog. »Das Hinken?«

»Ja. Es war anscheinend das Ende seiner militärischen Laufbahn. Nun denn, diese Karriere hätte sowieso geendet, als er sein Erbe antrat. Seine oberste Pflicht gilt jetzt selbstverständlich seinem Titel und seinen Gütern.«

»Natürlich.« Victoria wollte die nächste Frage nicht stellen, doch sie konnte der Versuchung nicht widerstehen. »Wie ist das passiert?«

»Die Verwundung seines Beins? Ich kenne keine Einzelheiten. Bertie sagt, Stonevale spricht nie darüber. Doch hat meinem Bruder zufolge Wellington höchstpersönlich den Grafen in verschiedenen seiner Depechen erwähnt. Es heißt, daß es Stonevale während der Schlacht, in der er verwundet wurde, gelang, im Sattel zu bleiben und seine Männer weiterzuführen, so daß sie noch das Angriffsziel einnehmen konnten, bevor er zusammenbrach und totgeglaubt auf dem Feld zurückgelassen wurde.«

Totgeglaubt und zurückgelassen. Victoria fühlte sich elend. Sie verdrängte die aufsteigende Übelkeit und ermahnte sich selbst, daß Stonevale nicht die Art Mann sei, für die Mitleid zu empfinden sie sich leisten konnte. Außerdem bezweifelte sie stark, daß er ein solches Gefühl gutheißen würde. Es sei denn, natürlich, er fände einen Weg, dieses zu seinem Vorteil zu nutzen.

Plötzlich kam ihr der Gedanke, ob Stonevale das Kartenspiel vielleicht vorgeschlagen hatte, um der Verpflichtung zu entgehen, eine Reihe von Volkstänzen zu absolvieren. Wahrscheinlich hielt ihn das Hinken von der Tanzfläche fern.

»Was hältst du von ihm, Vicky? Ich habe gesehen, wie die perfekte Miss Pilkington und eine ganze Reihe anderer Damen im Saal ihn den ganzen Abend beobachtet haben. Ganz zu schweigen von ihren Frau Mamas. Es geht doch nichts über ein wenig frisches Blut, um den Appetit anzuregen, nicht wahr?« stichelte Annabella scherzhaft.

»Was für ein abscheuliches Bild.« Dennoch mußte Victoria wider Willen lachen. »Ich frage mich, ob Stonevale weiß, daß er wie ein Zuchthengst begutachtet wird.«

»Ich weiß es nicht, doch bisher bist du die einzige gewesen, die er begutachtet hat. Allen ist aufgefallen, daß du es warst, die er in den Spielsalon gelockt hat.«

»Ich nehme an, er ist auf der Suche nach einem Vermögen«, sagte Victoria.

»Wirklich, Vicky, du glaubst immer, daß die Männer hinter deinem Vermögen her sind. Du bist in dieser Angelegenheit verbohrt bis hin zur Idiotie. Wäre es nicht möglich, daß einige deiner Bewunderer ernsthaftes Interesse an dir und nicht an deinem Geld haben?«

»Bella, ich bin fast fünfundzwanzig. Wir wissen beide, daß die Männer in unseren Kreisen Frauen meines fortgeschrittenen Alters keine Anträge machen, es sei denn, sie würden durch praktische Erwägungen gelenkt. Und mein Vermögen ist ein äußerst praktischer Grund.«

»Du sprichst, als gehörtest du bereits zum alten Eisen, aber das stimmt einfach nicht.«

»Natürlich stimmt es. Und, um ehrlich zu sein, mir ist es lieber so«, erwiderte Victoria gelassen.

Annabella schüttelte den Kopf. »Aber weshalb?«

»Es macht alles so viel einfacher«, erklärte Victoria vage, während sie sich unbewußt in der Menge nach Stonevale umsah. Sie entdeckte ihn schließlich im Gespräch mit der Gastgeberin nahe der Tür, die auf die weiten Athertonschen Gärten hinausführte. Sie betrachtete die intime Art, mit der er sich über die engelsgleiche Lady Atherton beugte, die wie eine Vision in Rosa erschien.

»Falls du dich dann etwas besser fühlst, versichere ich dir, daß Bertie absolut nichts gesagt hat, was die Vermutung rechtfertigen würde, Stonevale sei ein Mitgiftjäger«, sagte Annabella. »Ganz im Gegenteil. Es geht das Gerücht um, der alte Graf sei ein Exzentriker gewesen, der seine Reichtümer gehortet habe bis zum Tage seines Todes. Nun gehört alles unserem neuen Grafen. Und du kennst Bertie. Es würde ihm nicht im Traum einfallen, eine Person zu bitten, uns heute abend zu begleiten, die er nicht vollkommen billigen würde.«

Victoria mußte einräumen, daß das zutraf. Lord Lyndwood,

nur zwei Jahre älter als seine Schwester, nahm die Pflichten, die ihm aus dem kürzlich ererbten Titel erwuchsen, äußerst ernst. Er war sehr fürsorglich gegenüber seiner koketten, überschwenglichen Schwester, und Victoria gegenüber war er immer ein angenehmer Freund. Er würde keine der beiden Frauen einem Manne aussetzen, dessen Hintergrund oder Ruf zweifelhaft war. Vielleicht hatte Annabella recht, dachte Victoria. Vielleicht war sie, wenn es um arglistige Mitgiftjäger ging, ein wenig überängstlich.

Dann erinnerte sie sich an Stonevales Augen. Selbst wenn er kein Mitgiftjäger war, so war er doch gefährlicher als jeder andere Mann, dem sie jemals begegnet war, vielleicht mit Ausnahme ihres Stiefvaters.

Bei dem Gedanken sog Victoria scharf die Luft ein, um sie ärgerlich wieder auszustoßen. Nein, sagte sie mit plötzlicher Heftigkeit zu sich selbst, egal, wie gefährlich Stonevale sein mochte, sie würde ihn nicht auf eine Stufe mit dem brutalen Menschen stellen, der ihre Mutter geheiratet hatte. Tief in ihrem Innersten sagte ihr etwas, daß die beiden Männer nicht aus demselben Holz geschnitzt seien.

»Nun, meinen Glückwunsch, Victoria, meine Liebe. Ich sehe, Sie haben die Aufmerksamkeit unseres neuen Grafen geweckt. Stonevale ist ein interessantes Exemplar, nicht wahr?«

Aus ihren Gedanken gerissen durch die vertraute, kehlige Stimme, blickte Victoria zu ihrer Linken, wo sie Isabel Rycott neben sich stehen sah. Sie zwang sich zu einem Lächeln. Eigentlich war ihr die Frau ziemlich egal, doch fühlte sie jedesmal, wenn sie in ihrer Nähe war, einen Hauch von Neid und Unbehagen.

Isabel Rycott erinnerte Victoria immer an ein seltenes Juwel. Sie war Anfang dreißig und verströmte eine Aura üppiger, weiblicher Rätselhaftigkeit, die Männer anzog wie der Honig die Bienen. Das Gefühl des Exotischen wurde verstärkt durch Isabels katzenhafte Geschmeidigkeit, ihr glattes schwarzes Haar und ihre leicht schrägen Augen. Sie war im Saal eine der wenigen

Frauen neben Victoria, die der gängigen Mode trotzten, indem sie leuchtende Farben trugen statt der heute abend vorherrschenden dezenten Weiß- oder Pastelltöne. Ihr paillettenbesetztes, tief smaragdgrünes Kleid schimmerte glitzernd im Licht des Ballsaals.

Doch es war nicht Isabels ungewöhnliches Äußeres, das Victoria veranlaßte, sie mit einem gewissen sehnsüchtigen Neid zu betrachten. Vielmehr bewunderte Victoria heimlich die Freiheit, die dieser Frau aufgrund ihres Alters und ihres Witwenstandes verliehen war. Eine Frau in Lady Rycotts Position wurde nicht so schnell Gegenstand forschender Überwachung durch die bessere Gesellschaft wie Victoria. Lady Rycott besaß sogar die Freiheit, in diskreten Affären zu schwelgen.

Victoria war noch nie einem Mann begegnet, mit dem sie eine Affäre hätte beginnen wollen, doch hätte sie schrecklich gern die Freiheit dazu besessen, falls ihr eines Tages der Richtige über den Weg laufen würde.

»Guten Abend, Lady Rycott.« Victoria sah auf die Frau hinab, die einige Zentimeter kleiner war als sie. »Sind Sie mit dem Grafen bekannt?«

Isabel schüttelte ihren wohlgeformten Kopf. »Leider wurden wir einander noch nicht vorgestellt. Er hat erst kürzlich Eingang in unsere Kreise gefunden, obgleich ich hörte, daß er an den Spieltischen in den Clubs bereits seit einiger Zeit aktiv ist.«

»Ich habe dasselbe gehört«, sagte Annabella. »Bertie sagt, der Mann ist ein hervorragender Spieler. Äußerst kaltblütig.«

»Wirklich?« Isabel warf einen Blick quer durch den Saal und fixierte den Grafen, der sich nach wie vor mit Lady Atherton unterhielt. »Er ist nicht hübsch, nicht wahr, und trotzdem hat er etwas Faszinierendes an sich.«

Hübsch? Bei der Verwendung eines solch faden Ausdrucks für die Beschreibung Stonevales hätte Victoria in lautes Gelächter ausbrechen mögen. Nein, er war nicht hübsch. Sein Gesicht war streng, gar rauh, mit einer Nase gleich einer scharfen Klinge, einem hervortretenden Kiefer und diesen grauen Augen von unerbittlicher Wachsamkeit. Sein Haar hatte die Farbe eines mondlosen Nachthimmels, mit silbernen Fäden an den Schläfen, doch nichts davon berechtigte zu der Bezeichnung hübsch. Wenn man Stonevale betrachtete, sah man ruhige, kontrollierte, männliche Stärke, keinen feinen Dandy.

»Sie müssen zugeben«, sagte Annabella, »daß ihm seine Kleidung sehr gut steht.«

»Ja«, stimmte Isabel sanft zu. »Seine Kleidung steht ihm hervorragend.«

Victoria mochte den abschätzenden Blick nicht, mit dem Isabel den Grafen musterte, doch war nicht zu leugnen, daß Stonevale einer dieser seltenen Männer war, die nicht durch die eleganten Anzüge beherrscht wurden, die derzeit so modern waren. Seine kräftigen Schultern, die flachen Hüften und wohlgeformten Schenkel brauchten weder Polster noch Kaschierung.

»Vielleicht erweist er sich als amüsant«, sagte Isabel.

»Ja, gewiß«, stimmte Annabella fröhlich zu.

Victoria warf der großen, dunklen Gestalt neben Lady Atherton einen erneuten Blick zu. »Amüsant ist vielleicht nicht ganz das passende Wort.« Gefährlich war das passende Wort.

Doch plötzlich war Victoria bereit, sich auf diese prickelnde Gefahr einzulassen. Das gesellige Treiben der besseren Gesellschaft, das sie seit kurzem mehr und mehr brauchte, um die langen Abendstunden auszufüllen, genügte ihr nicht mehr. Sie brauchte etwas anderes, um die endlosen Alpträume in Schach zu halten.

Vielleicht bot der Graf von Stonevale genau die Erfrischung, nach der sie gesucht hatte.

»Liebster Lucas, welchen Eindruck hattest du von ihr? Ist sie die Richtige?« Lady Atherton blickte zu ihm auf, einen Anflug von Aufregung in ihren schönen, sanften Augen.

»Ich denke, sie ist genau die Richtige, Jessica.« Lucas nippte an dem Champagnerglas in seiner Hand und ließ seine Augen über die Menge wandern.

»Ich weiß, sie ist etwas alt.«

»Ich bin selbst etwas alt«, entgegnete er trocken.

»Unsinn. Vierunddreißig ist ein hervorragendes Alter für einen Mann, der die Absicht hat zu heiraten. Edward war dreiunddreißig, als ich ihn heiratete.«

»Ja, tatsächlich, nicht wahr?«

Jessica Athertons Augen waren sofort erfüllt mit tiefer Reue. »Lucas, es tut mir leid. Wie unbeholfen von mir. Du mußt wissen, daß ich dich nicht verletzen wollte.«

»Ich werde es überleben.« Endlich entdeckte Lucas Victoria in der Menge. Er ließ seinen Blick auf seinem anmutigen Opfer ruhen, während sie mit einem plumpen, ältlichen Baron die Tanzfläche betrat. Offensichtlich tanzte Victoria gern, obgleich sie sich bei ihrer Partnerwahl auf sehr junge, gesellschaftlich unerfahrene oder aber auf Männer zu beschränken schien, die wesentlich älter waren als sie selbst. Wahrscheinlich erachtete sie diese Männer als harmlos.

Er bedauerte, daß er es nicht wagte, sie auf die Tanzfläche zu bitten. Es wäre interessant zu sehen, ob sie ihm dorthin ebenso leicht folgen würde wie in den Spielsalon. Doch er war nicht sicher, inwieweit sie die fehlende Anmut seines verdammten linken Beins tolerieren würde, und an diesem Punkt konnte er kein Risiko eingehen.

Zwar verspürte er bei ihr keinerlei Anzeichen von Grausamkeit. Sicherlich war sie temperamentvoll, doch er wußte, daß sie sich weder zu Beleidigungen noch zu schneidenden Bemerkungen hinsichtlich seines Hinkens herablassen würde. Dennoch könnte sie ihm recht kräftig auf die Zehen treten, wenn es ihm gelänge, sie ebenso aufzustacheln, wie er es im Spielsalon getan hatte. Bei der Vorstellung mußte Lucas lächeln.

»Natürlich war es unerhört, daß sie dich in den Spielsalon begleitet hat«, sagte Lady Atherton. »Doch ich fürchte, so ist unsere Miss Huntington nun einmal. Sie hat eine Neigung, sich gefährlich am Rande dessen zu bewegen, was noch als schicklich angesehen werden kann. Doch ich bin mir sicher, daß dieser bedauerliche Wesenszug unter der Führung eines Ehemannes leicht unter Kontrolle gehalten werden könnte.«

»Eine interessante Feststellung.«

»Und sie hat eine bemerkenswerte Vorliebe für diese eher grellen Gelbtöne«, fügte Lady Atherton hinzu.

»Es ist klar, daß Miss Huntington ihren eigenen Willen hat. Doch muß ich zugeben, daß ihr das Gelb sehr gut steht. Nicht viele Frauen könnten diese Farbe tragen.«

Lucas betrachtete Victorias große, geschmeidige Gestalt in dem taillierten Kleid. In dem überfüllten Saal erschien die gelbe Seide wie ein Strahl honigfarbenen Sonnenlichtes. Sie verströmte einen reichen, warmen Glanz inmitten der klassischen, aber wäßrigen Pastelltöne.

Was ihn betraf, so bestand der einzige Nachteil dieses Kleides darin, daß das Mieder wesentlich zu tief ausgeschnitten war. Es enthüllte entschieden zuviel der sanften, hohen Wölbungen von Victorias Brüsten. Lucas verspürte den fast unwiderstehlichen Drang, sich von einer der würdigen älteren Damen ein Schultertuch zu borgen und Victorias Dekolleté damit zu umhüllen. Ein solcher Impuls war für ihn derart ungewöhnlich, daß er einen Moment lang regelrecht verblüfft darüber war.

»Ich fürchte, sie steht in dem Ruf, ein rechtes Original zu sein. Das liegt zweifellos an ihrer Tante. Cleo Nettleship selbst ist eine höchst ungewöhnliche Person«, sagte Lady Atherton.

»Auf alle Fälle ziehe ich eine Dame vor, die anders ist als die Masse. So etwas ist eine Garantie für interessante Unterhaltungen, meinst du nicht? Ich nehme doch an, daß ich auf die eine oder andere Art mit der Frau, die ich heiraten werde, eine ganze Reihe von Unterhaltungen führen werde. Dies scheint mir unumgänglich.«

Jessica seufzte leicht. »Unglücklicherweise gibt es in dieser

Saison nicht gerade eine große Auswahl an reichen Erbinnen. Aber eigentlich ist das ja immer so. Nun, zumindest wäre da noch Miss Pilkington. Auf alle Fälle solltest du sie noch kennenlernen, bevor du deine Entscheidung triffst, Lucas. Ich schwöre, sie ist eine bewundernswerte Person. Sie weiß sich immer korrekt zu benehmen, wohingegen Miss Huntington, wie ich fürchte, ein gewisser Hang zur Eigensinnigkeit nicht abzusprechen ist.«

»Miss Pilkington interessiert mich nicht. Ich bin recht zufrieden mit Miss Huntington.«

»Wäre sie wenigstens nicht schon fast fünfundzwanzig. Miss Pilkington ist erst neunzehn. Jüngere Frauen lassen sich im allgemeinen durch einen Ehemann leichter beeinflussen, Lucas.«

»Jessica, bitte glaube mir, wenn ich dir sage, daß Miss Huntingtons Alter kein Problem für mich ist.«

»Bist du dir da vollkommen sicher?« Lady Atherton sah ihn unbehaglich an.

»Ich habe es weit lieber mit einer reiferen Frau zu tun, die weiß, was sie will, als mit einem jungen Ding, das gerade erst der Schulbank entsprungen ist. Und ich muß sagen, daß Miss Huntington tatsächlich weiß, was sie will.«

»Du meinst, weil es ihr gelungen ist, so lange unverheiratet zu bleiben? Wahrscheinlich hast du recht. Sie hat es sehr deutlich gemacht, daß sie nicht das geringste Interesse daran verspürt, ihr Erbe an einen Ehemann abzutreten. Selbst die eifrigsten Mitgiftjäger haben es inzwischen aufgegeben, ihr Avancen zu machen.«

Stonevales Lippen verzogen sich zu einem leichten Lächeln. »Womit also das Feld mir überlassen wäre.«

»Bitte, versteh mich nicht falsch. Sie hat ein einnehmendes, auf gewisse Weise erfrischendes Wesen, genau wie ihre Tante. Victoria hat eine ganze Reihe von Verehrern, doch scheint sie die alle auf den Rang von Freunden verwiesen zu haben.«

»Mit anderen Worten, sie wissen alle, wo ihr Platz ist, und damit begnügen sie sich.«

»Wenn sie zu weit gehen, läßt sie sie sofort fallen. Miss Huntington ist bekannt für ihre weitgehende Freundlichkeit, sie hat immer ein Lächeln oder ein charmantes Wort parat. Gern bereit, auch mit den am wenigsten anziehenden Männern im Saal zu tanzen. Doch gegenüber den Galanen, die sie umschmeicheln, läßt sie unerbittliche Strenge walten«, fügte Jessica hinzu.

Das überraschte ihn nicht. Miss Huntington wäre nicht so lange ihre eigene Herrin geblieben, hätte sie nicht die Fähigkeit entwickelt, die Männer in ihrer Umgebung zu manipulieren. Sie zu hofieren, würde für ihn ein regelrechter Balanceakt werden.

»Ich nehme an, sie hat eine gute Erziehung genossen?« fragte Lucas.

»Manche würden ihre Erziehung wohl als hervorragend bezeichnen. Ich habe gehört, daß Lady Nettleship den Großteil der Verantwortung für die Erziehung ihrer Nichte übernommen hat, und das Ergebnis spricht für sich. Ohne die unangreifbare Stellung ihrer Tante wäre Miss Huntington zweifellos bereits vor langer Zeit gesellschaftlich gescheitert.«

»Was geschah mit Miss Huntingtons Eltern?«

Lady Atherton zögerte und sagte dann ruhig: »Tot. Alle beide. Wahrlich traurig. Doch der Herr gibt es, und der Herr nimmt es.«

»Das tut er gewiß.«

Lady Atherton warf ihm einen unsicheren Blick zu und räusperte sich: »Ja nun, der Vater starb, als Miss Huntington noch ein kleines Mädchen war, und ihre Mutter heiratete kurze Zeit später erneut. Doch Caroline Huntington kam bei einem Reitunfall vor etwas mehr als achtzehn Monaten ums Leben. Und dann starb Miss Huntingtons Stiefvater, Samuel Whitlock, weniger als zwei Monate nach seiner Frau. Ein schrecklicher Sturz von der Treppe, wie ich hörte. Brach sich das Genick.«

»Eine seltsame Reihe von Tragödien, doch das Ergebnis ist, daß Miss Huntington keine Eltern mehr hat, die sich verpflichtet fühlen könnten, genauere Nachforschungen hinsichtlich meiner finanziellen Situation anzustrengen. Das nützliche Gerücht über die gehorteten Reichtümer meines Onkels hielte einer genaueren Untersuchung nicht stand.«

Mißbilligend schürzte Jessica die Lippen. »Ich fürchte, wir kommen nicht um die Tatsache herum, daß Miss Huntington die Trauer um ihren Stiefvater auf das erforderliche Minimum begrenzte. Sie machte es sehr deutlich, daß sie nur um ihre Mutter trauerte, und selbst diese Trauer endete zum frühestmöglichen, noch der Schicklichkeit entsprechenden, Zeitpunkt.«

»Das beruhigt mich, Jessica. Das letzte, was ich will, ist eine Frau, die Vergnügungen wie langer Trauer frönt. Das Leben kann sehr kurz sein, und es ist eine Schande, es damit zu vergeuden, Dingen nachzutrauern, die man nicht haben kann, meinen Sie nicht?«

»Wir müssen jedoch lernen, die uns auferlegten Bürden zu tragen. Solche Dinge stärken den Charakter. Und zugleich gilt es, den Anstand zu wahren«, mahnte Jessica leicht betroffen. »Auf jeden Fall ist Lady Nettleship, die Tante, eine hervorragende Frau mit guten Beziehungen, doch läßt es sich nicht leugnen, daß sie in mancher Beziehung ein wenig seltsam ist. Ich fürchte, sie hat es zugelassen, daß ihre Nichte ein wenig verwildert. Denkst du, du kannst Miss Huntingtons eher ungewöhnliches Betragen tolerieren?«

»Ich denke, ich werde mit Miss Huntington sehr gut fertigwerden, Jessica.« Lucas nahm einen weiteren Schluck Champagner, während seine Aufmerksamkeit auf Victoria gerichtet war, die nach wie vor mit ihrem ältlichen Baron tanzte.

Sie war anders, als er erwartet hatte, dachte Lucas mit einem seltsamen Gefühl der Erleichterung. Er war darauf vorbereitet gewesen, seine Pflicht gegenüber seinem Namen, Titel und den zahlreichen Menschen, für die er nun verantwortlich war, zu erfüllen, doch hatte er nicht erwartet, dabei Vergnügen zu empfinden.

Bestimmt nicht, was er erwartet hatte.

Zum einen hatte er diese fast gewaltsam aufbrausende körperliche Anziehung nicht erwartet. Jessica hatte ihm lediglich erklärt, Victoria Huntington sei vorzeigbar, doch weiter ging die Beschreibung nicht.

Sie war größer, als er glauben gemacht worden war, erheblich größer als die Mehrzahl der Frauen in ihrer Umgebung. Doch Lucas war ein großer Mann, und es war gut, eine Frau zu finden, deren Kopf angenehm auf seiner Schulter ruhen würde statt irgendwo mitten auf seiner Brust.

Nicht, was er erwartet hatte.

Und sie bewegte sich mit einem langen, graziösen Schritt, der nicht die Spur der gewöhnlichen Geziertheit aufwies, die Frauen so oft an den Tag legten. Auch tanzte sie gut, stellte er nicht ohne eine Spur der Verärgerung fest. Er wußte, wenn es darum ginge, sie beim Tanzen zu begleiten, könnte er noch nicht einmal mit dem ältlichen Baron Schritt halten.

Lucas sah zu, wie der Baron Victoria mühelos unter einem glitzernden Kronleuchter hindurchführte. Die zahlreichen Lichter ließen die goldenen Strähnen in ihrem prächtigen lohfarbenen braunen Haar aufleuchten. Für Lucas' Geschmack trug sie ihren dichten Schopf wesentlich zu kurz. Doch der kurze, auf raffinierte Weise nachlässige Stil enthüllte die feine, verführerische Linie ihres Nackens und umrahmte ihre glänzenden, bernsteinfarbenen Augen. Wenn es um Mode ging, wußte die Dame eindeutig Bescheid.

Nicht, was er erwartet hatte.

Jessica hatte ihn gewarnt, daß es zwar nichts an Miss Huntingtons Zügen auszusetzen gebe, sie jedoch auch keine ausgesprochene Schönheit sei. Während er aus der Entfernung die lebendigen, munteren Züge in Victorias Gesicht studierte, stellte Lucas fest, daß Jessica in gewisser Weise recht hatte. Doch er beschloß, daß die warmen, goldenen Augen, die so herausfordernd blicken konnten, die hochmütige, doch zugleich äußerst feminine Nase und das strahlende Lächeln sehr nett zusammenpaßten. Victoria hatte etwas Faszinierendes, Lebendiges, das den Blick anzog und festhielt. Ihr Wesen ließ eine unterdrückte Leidenschaft vermuten, die nur darauf wartete, durch den richtigen Mann geweckt zu werden.

Lucas warf einen erneuten Blick auf das Lächeln, das Victoria dem Baron schenkte, und beschloß, daß er Victorias Lippen äußerst gerne kosten würde. Bald.

»Lucas, mein Lieber?«

Widerwillig wandte Lucas den Blick von seiner reichen Erbin. *Meine reiche Erbin,* dachte er amüsiert, als er den Ausdruck erneut durch seine Gedanken wandern ließ.

»Ja, Jessica?« Forschend sah er auf die schöne Frau hinab, die er einst geliebt und mangels Titels und Vermögens verloren hatte.

»Ist sie die Richtige, Lucas? Wirklich? Es ist noch nicht zu spät, wenn du auch Miss Pilkington kennenlernen möchtest, weißt du?«

Lucas dachte daran, wie Jessica, sich dem Diktat ihrer Familie unterwerfend, einen anderen Mann geheiratet hatte, um sich sowohl einen Titel als auch ein Vermögen zu sichern. Damals hatte er sie weder wirklich verstanden noch ihr vergeben. Nun, mit seinem Titel, aber nach wie vor ohne das dringend benötigte Vermögen, verstand Lucas endlich die Lage, in der sich Jessica vor vier Jahren befunden hatte.

Er wußte jetzt, daß eine Ehe keine Angelegenheit des Herzens war; es war eine Sache der Pflicht. Und Pflicht war etwas, das Lucas sehr gut verstand.

»Nun, Lucas?« drängte Jessica erneut, ihre Augen voll ernster Besorgnis. »Kannst du dich überwinden, sie zu heiraten? Um Stonevales Willen?«

»Ja«, sagte Lucas. »Miss Huntington ist die Richtige.«

2

»Ist meine Tante zu Hause, Rathbone?« fragte Victoria, als sie in die Eingangshalle des Stadthauses eilte. Draußen auf der Straße war das Klappern von Rädern zu hören. Die Kutsche von Annabella und ihrer ältlichen Tante, die Victoria auf den Ball begleitet hatten, fuhr wieder ab.

Victoria war recht froh, der Enge des Fahrzeuges entronnen zu sein. In ihrer Funktion als Anstandsdame der beiden jüngeren Frauen hatte Annabellas Tante sich verpflichtet gefühlt, ihren Schützlingen einen längeren Vortrag über das eher zweifelhafte Benehmen von Frauen zu halten, die auf eleganten Bällen mit Männern Karten spielen.

Victoria haßte Vorträge dieser Art.

Rathbone, ein gediegener, vornehm aussehender Mann mit schütterem grauen Haar und einer Nase, die eines Herzogs würdig gewesen wäre, zeigte feierlich auf die geschlossene Tür der Bibliothek: »Ich glaube, Lady Nettleship hat eine Versammlung mit einigen Mitgliedern ihrer Gesellschaft für die Erforschung von Naturgeschichte und Gartenbau.«

»Hervorragend, bitte schauen Sie nicht so niedergeschlagen, Rathbone. Noch ist nicht alles verloren. Noch ist es ihnen nicht gelungen, die Bibliothek in Brand zu setzen.«

»Das ist nur eine Frage der Zeit«, brummte Rathbone.

Victora grinste, als sie an ihm vorbeisegelte und ihre Handschuhe auf dem Weg zum Eingang der Bibliothek abstreifte. »Kommen Sie, Rathbone. Sie standen bereits im Dienst meiner Tante, als ich als kleines Kind zum ersten Mal zu Besuch kam, und nicht ein einziges Mal hat sie das Haus niedergebrannt.«

»Ich bitte um Verzeihung, Miss Huntington, doch denken Sie nur an die Zeit, in der Sie beide die Experimente mit dem Schießpulver durchgeführt haben.« Rathbone fühlte sich verpflichtet, Victoria an diese Episode zu erinnern.

»Was? Wollen Sie mir erzählen, daß Sie sich immer noch an unseren lächerlichen kleinen Versuch, unsere eigenen Feuerwerkskörper herzustellen, erinnern? Was für ein gutes Gedächtnis Sie haben, Rathbone.«

»Einige Ereignisse in unserem Leben graben sich unauslöschlich in das Gedächtnis ein. Wir sehen sie heute ebenso deutlich wie in dem Moment, als sie sich zugetragen haben. Ich persönlich werde niemals den Ausdruck auf dem Gesicht des ersten Pagen vergessen, als sich die Explosion ereignete. Einen entsetzlichen Moment lang glaubten wir, Sie wären dabei ums Leben gekommen.«

»Wie sich jedoch herausstellte, war ich nur leicht betäubt. Die Tatsache, daß ich über und über mit Asche bedeckt war, war wohl der Grund für die allgemeine Besorgnis«, bemerkte Victoria.

»Sie sahen grau wie der Tod aus, wenn ich mir die Bemerkung erlauben darf, Miss Huntington.«

»Ja, der Effekt war recht spektakulär, nicht wahr? Nun denn, man sollte nicht allzu viel über vergangenen Ruhm nachdenken. Es gibt viel zu viele neue und aufregende Wunder der Natur, die darauf warten, ergründet zu werden. Wollen wir mal sehen, was meine Tante heute abend treibt.«

Rathbone beobachtete, wie ein Page die Tür zur Bibliothek öffnete, wobei sein Gesichtsausdruck deutlich zeigte, daß er auf ziemlich alles gefaßt war.

Doch zunächst einmal war überhaupt nichts zu sehen. Die Bibliothek lag in vollkommener Dunkelheit. Selbst das Feuer im Kamin war gelöscht worden. Victoria trat vorsichtig ein, wobei sie vergeblich versuchte, etwas in der tiefen Dunkelheit zu erkennen. Am anderen Ende des Raumes vernahm sie das Geräusch einer Kurbel, an der gedreht wurde.

»Tante Cleo?«

Die Antwort war ein leuchtender Bogen blendend weißen Lichts. Er strahlte mitten aus der Dunkelheit heraus und zeigte einen Moment lang deutlich die Umrisse der Menschen, die sich in einem kleinen Kreis mitten im Raum versammelt hatten. Die Anwesenden hielten vor Verwunderung den Atem an.

Eine Sekunde später erlosch der riesige Funke, und es ertönte lauter Beifall.

Victoria lächelte in Richtung der offenen Tür, wo Rathbone und der Page standen. »Heute abend brauchen Sie sich keine Sorgen zu machen«, versicherte sie ihnen. »Die Mitglieder der Gesellschaft spielen lediglich mit Lord Potburys neuer Elektrizitätsmaschine.«

»Sehr beruhigend, Miss Huntington«, antwortete Rathbone trocken.

»Oh, Vicky, meine Liebe, du bist zurück«, klang eine Stimme aus der Dunkelheit heraus. »Hat es dir auf dem Ball bei den Athertons gefallen? Komm herein. Wir sind gerade bei einer Reihe höchst faszinierender Vorführungen.«

»So scheint es. Ich bedauere, daß ich einige der Vorführungen verpaßt habe. Du weißt, welches Vergnügen mir Experimente mit Elektrizität bereiten.«

»Ja, ich weiß, meine Liebe.« Der Lichtstrahl, der durch die offene Tür hereindrang, fiel auf Victorias Tante Cleo, als diese hervortrat, um ihre Nichte zu begrüßen. Lady Nettleship war fast so groß wie Victoria. Sie war knapp über fünfzig, und ihr lohfarbenes Haar wies einige elegante Silbersträhnen auf. Sie hatte lebendige Augen und die gleichen munteren, lebhaften Züge, die für die Frauen in Victorias Familie so typisch waren. Diese Züge verliehen selbst einer Frau in Tante Cleos Alter eine gewisse Schönheit, auch wenn ein objektiver Betrachter nur wenig wahre Perfektion entdecken konnte. Wie immer war Cleo hochmodisch gekleidet. Der Schnitt ihres pfirsichfarbenen Kleides enthüllte ihre noch immer schlanke Figur.

»Rathbone, schließen Sie die Tür«, sagte Lady Nettleship energisch. »Der Effekt der Maschine ist in der Dunkelheit weitaus beeindruckender.«

»Mit Vergnügen, Madam.« Rathbone nickte dem Pagen zu, der die Tür in offensichtlicher Erleichterung schloß, und die Bibliothek lag erneut in tiefster Dunkelheit.

»Komm herein, komm herein«, sagte Cleo, während sie ihre Nichte am Arm nahm und durch die Finsternis zu der kleinen Gruppe führte, die nach wie vor um die Elektrizitätsmaschine versammelt war. »Du kennst alle Anwesenden, nicht wahr?«

»Ich glaube schon«, sagte Victoria in Erinnerung an den kurzen Blick, den sie einen Moment zuvor auf die Gesichter hatte werfen können. Die Schatten äußerten eine Reihe von Grüßen. Lady Nettleships Besucher waren an kleine Unannehmlichkeiten wie Begrüßungen in tiefster Finsternis gewöhnt.

»'n Abend, Miss Huntington.«

»Ihr ergebenster Diener, Miss Huntington. Sie sehen bezaubernd aus heute abend. Bezaubernd.«

»Angenehm, Miss Huntington. Sie kommen gerade rechtzeitig zum nächsten Experiment.«

Victoria erkannte diese drei Männerstimmen sofort. Lord Potbury, Lord Grimshaw und Lord Tottingham gehörten zum Kreis der treuen Verehrer ihrer Tante. Lord Potbury war mit seinen fünfzig Jahren der jüngste, und der fast siebzigjährige Lord Tottingham war der älteste in der Runde. Grimshaw, so wußte Victoria, war Anfang Sechzig.

Solange Victoria denken konnte, hatten die drei Männer ihrer Tante den Hof gemacht. Sie wußte nicht, ob sie anfangs ein ebensolches Interesse an wissenschaftlichen Untersuchungen hatten wie ihre Angebetete, doch mit den Jahren hatten sie zweifellos eine ähnliche Leidenschaft für Experimente und Sammlungen entwickelt wie sie.

»Bitte fahren Sie mit Ihren Vorführungen fort«, drängte Victoria. »Ich kann nur ein oder zwei Ihrer Demonstrationen beiwohnen, dann muß ich mich wohl zu Bett begeben. Lady Athertons Ball war wirklich recht anstrengend.«

»Selbstverständlich«, sagte Cleo und tätschelte ihr den Arm.

»Potbury, weshalb lassen Sie dieses Mal nicht Grimshaw die Kurbel betätigen?«

»Gern«, sagte Potbury. »Ich muß sagen, es ist etwas anstrengend. Bitte, Grimshaw. Werfen Sie das Ding an.«

Grimshaw brummte eine Antwort, und einen Moment später war erneut das Knarren der Handkurbel zu vernehmen. Ein Stück Tuch wurde schnell an einem langen Glaszylinder gerieben, bis eine beträchtliche Spannung erzeugt war. Alle Anwesenden warteten gespannt, und zu gegebener Zeit krachte ein weiterer gleißender Lichtblitz los und tanzte über die Schatten. Erneut erfüllten Zufriedenheitsbezeugungen und Freudenrufe den Raum.

»Ich habe gehört, daß Versuche unternommen worden sind, eine Reihe von Leichen mit Elektrizität wiederzubeleben«, verkündete Potbury der kleinen Gesellschaft.

»Faszinierend«, sagte Cleo, deutlich entzückt von dem Gedanken. »Was ist dabei herausgekommen?«

»Die Arme und Beine haben ein paarmal gezuckt, aber nichts Dauerhaftes. Ich selbst habe es mit einem Frosch probiert. Kein Problem, die Glieder ein wenig zum Zucken zu bringen, aber der Frosch war immer noch mausetot. Ich glaube nicht, daß diese Experimente zu brauchbaren Ergebnissen führen werden.«

»Woher kamen denn die Körper?« fragte Victoria, der es unmöglich war, ihre krankhafte Neugierde im Zaum zu halten.

»Vom Henker«, sagte Grimshaw. »Woher sonst? Ein respektabler Wissenschaftler kann wohl nicht herumschleichen und Gräber ausrauben, oder?«

»Wenn es die Körper von Verbrechern waren, denke ich, ist es ebenso gut, daß sie nicht wieder zum Leben erweckt wurden«, stellte Lady Nettleship fest. »Es wäre sinnlos, so viel Zeit und Energie in das Hängen von Dieben und Halsabschneidern zu investieren, wenn diese dann ein oder zwei Tage später wieder quicklebendig herumspringen würden, nur weil jemand das Bedürfnis hatte, mit Elektrizität herumzuexperimentieren.«

»Nein.« Victoria verspürte bei dem Gedanken an eine derartige Möglichkeit eine leichte Übelkeit. So etwas kam ihren Träumen der letzten Zeit bedrohlich nahe. »Da bin ich völlig deiner Meinung, Tante Cleo. Weshalb sollte man erst versuchen, die Verbrecher loszuwerden, wenn man nicht sicher sein kann, daß sie eines Tages wieder auftauchen.«

»Da wir gerade von der Schwierigkeit sprechen, Körper für die Experimente zu bekommen – ich muß sagen, daß es bestimmte Menschen gibt, die durch Leichenraub ein nettes Sümmchen verdienen.« Der dunkle Raum konnte den Schauder in Lady Finchs Worten nicht verdecken. »Ich habe gehört, daß die Leichenräuber letzte Nacht erneut in den Außenbezirken der Stadt zugeschlagen haben. Sie haben zwei Körper geraubt, die erst am Morgen zuvor begraben worden sind.«

»Nun, was erwarten Sie?« fragte Potbury prosaisch. »Doktoren an den chirurgischen Schulen in Edinburgh und Glasgow brauchen etwas zum Aufschneiden. Wie sollen gute Chirurgen ausgebildet werden, wenn es keine Möglichkeit zum Üben gibt? Leichenraub mag zwar illegal sein, er dient jedoch der Erfüllung einer berechtigten Nachfrage.«

»Bitte, entschuldige mich«, wisperte Victoria ihrer Tante zu, als die Unterhaltung über den Handel mit toten Körpern die allgemeine Aufmerksamkeit zu bannen schien. »Ich glaube, ich werde jetzt zu Bett gehen.«

»Schlaf gut, meine Liebe.« Cleo tätschelte ihr liebevoll die Hand. »Erinnere mich morgen früh daran, dir die wunderbare Käfersammlung zu zeigen, die Lady Woodbury mitgebracht hat. Sie hat sie alle auf ihrer letzten Reise nach Sussex gefunden. Freundlicherweise hat sie uns gestattet, die Käfer einige Tage lang zu untersuchen.«

»Ich freue mich darauf, sie zu sehen«, sagte Victoria nicht ohne ehrliche Begeisterung. Eine interessante Insektensammlung war beinahe ebenso aufregend wie eine neue exotische Pflanze. »Aber jetzt muß ich wirklich ins Bett.«

»Gute Nacht, Liebes. Du darfst dich nicht überanstrengen, weißt du? Vielleicht hast du in der letzten Zeit ein wenig zuviel unternommen. Da ist es gerade recht, wenn du einmal vor Morgengrauen zu Hause bist.«

»Ja, vielleicht stimmt das.« Victoria verließ die dunkle Bibliothek und blinzelte ein paarmal in der hell erleuchteten Eingangshalle, bevor sie die mit einem roten Teppich ausgelegte Treppe erklomm. Als sie den Treppenabsatz erreichte, erfaßte sie eine überwältigende Aufregung.

»Du kannst jetzt gehen, Nan«, verkündete sie ihrem jungen Dienstmädchen, als sie ihr luftiges, in Gelb, Gold und Weiß gehaltenes Schlafzimmer betrat.

»Aber Ihr wunderbares Kleid, Madam. Sie werden Hilfe beim Ausziehen benötigen.«

Victoria lächelte resigniert, da sie wußte, daß sie nur unnötige Fragen heraufbeschwören würde, wenn sie das Hilfsangebot ablehnte. Doch schon bald entließ sie ihre Zofe, um sich anschließend den Tiefen ihrer Kleiderkammer zuzuwenden.

Aus einer Reihe Schals zog sie Männerreithosen heraus, und unter einem Stapel Decken holte sie ein Paar Stiefel hervor. Den Frack fand sie dort, wo sie ihn in ihrer großen, hölzernen Truhe versteckt hatte. Anschließend begab sie sich an die Arbeit.

Innerhalb kurzer Zeit stand Victoria vor ihrem Ankleidespiegel und überprüfte ihr Erscheinungsbild mit kritischem Auge. Über Wochen hinweg hatte sie die Männerkleidung unauffällig zusammengetragen, und nun probierte sie die Ausstattung zum ersten Mal in ihrer Gesamtheit.

Die Reithosen lagen ein wenig zu eng an, so daß die Rundung ihrer Hüften und die weibliche Form ihrer Waden betont wurden, doch das war nicht zu ändern. Mit etwas Glück würden die Schöße des Fracks und das Dunkel der Nacht die auffälligsten Anzeichen ihrer Weiblichkeit überdecken. Zumindest ließen sich ihre eher kleinen Brüste leicht unter dem sorgsam geplätteten Hemd und der gelben Weste verbergen.

Als Victoria den Zylinder im verwegenen Winkel auf ihr kurzes Haar setzte, war sie mit dem Gesamteindruck zufrieden. Sie war sicher, daß sie sich zumindest nachts gefahrlos als junger Dandy würde ausgeben können. Schließlich sahen die Menschen immer nur das, was sie zu sehen erwarteten.

Vorfreude wallte in ihr auf, und widerwillig erkannte sie, daß ihre Aufregung eher dem Wiedersehen mit Stonevale galt als dem bevorstehenden Ausflug auf den Jahrmarkt.

Annabella hatte recht. Stonevale mußte ein Gentleman sein, ansonsten würden Lady Atherton und Bertie Lyndwood ihn nicht zu ihren Bekannten zählen. Doch eine Frau, besonders eine reiche Erbin, durfte sich nicht auf das Ehrgefühl irgendeines Mannes verlassen. Diese Lektion hatte ihr der Stiefvater erteilt. Immerhin wußte Victoria, daß sie heute nacht sicher sein würde, solange sie die Kontrolle über das Geschehen behielt.

Sie entspannte sich und gestattete sich ein kurzes, selbstsicheres Lächeln. Sie hatte eine Menge Erfahrung, was die Beherrschung von Situationen betraf, an denen Männer beteiligt waren. Victoria überquerte den tiefblauen Teppich und ließ sich in dem mit gelbem Samt bezogenen Sessel neben dem Fenster nieder. In Kürze würde sie unbemerkt das Haus verlassen können.

Heute nacht würde sie keine Zeit haben, sich wegen der schleichenden Unruhe zu sorgen, von der sie in den langen, dunklen Nachtstunden regelmäßig geplagt wurde; keine Zeit, sich dem Gefühl hinzugeben, daß etwas Gefährliches drohte; keine Zeit, sich Gedanken zu machen über seltsame Vorstellungen wie die Möglichkeit, die Toten durch Elektrizität wieder zum Leben zu erwecken.

Und das Beste von allem, es war bereits fast Mitternacht. Mit ein wenig Glück würde sie beinahe die ganze Nacht hindurch wach sein, so daß weniger Zeit bliebe für die nervenaufreibenden Träume, von denen sie in letzter Zeit verstärkt heimgesucht wurde. Sie hatte begonnen, diese Alpträume zu fürchten. Ein leichter Schauder durchfuhr sie selbst jetzt, da sie die Erinnerung an den letzten dieser Träume in die hinterste Ecke ihrer Gedanken verbannte. Immer noch sah sie das Messer in seiner Hand.

Nein, heute nacht würden diese Alpträume wenig Gelegenheit haben, sie zu quälen. Wahrscheinlich würde sie erst im Morgengrauen zurück sein. Mit den hellen Stunden des Tages kam sie zurecht. Es war die Dunkelheit, die sie zu fürchten gelernt hatte.

Victoria starrte hinaus in den dunklen Garten und fragte sich, was Stonevale denken würde, wenn er sie in ihrer männlichen Verkleidung sähe.

Die Vorfreude auf sein überraschtes Gesicht reichte aus, um den kleinen, undeutlichen Rest des Entsetzens zu verdrängen, den ihre Gedanken noch trugen.

Lucas beugte sich auf seinem Platz in der Kutsche nach vorn und blickte finster hinaus auf die Schatten in der dunklen Straße. Er war schlechter Laune. »Ich mag diesen Unsinn nicht. Weshalb holen wir Miss Huntington nicht an der Vordertür ab?«

»Das habe ich Ihnen bereits erklärt«, sagte Annabella Lyndwood. »Ihre Tante ist eine äußerst verständnisvolle Person, doch Victoria fürchtet, daß selbst sie einige Zweifel an der Schicklichkeit unserer Pläne für den heutigen Abend hegen könnte.«

»Ich bin froh, daß noch jemand außer mir die Vernunft besitzt, Zweifel zu hegen«, grollte Lucas. Er wandte sich dem anderen Mann in der Kutsche zu. »Lyndwood, ich denke, wir sollten ein paar Vereinbarungen treffen für den Fall, daß wir uns heute abend in der Menge verlieren.«

»Hervorragende Idee«, stimmte ihm Lyndwood bereitwillig zu. Er war offensichtlich erleichtert, Lucas dabei zu haben. »Vielleicht sollten wir dem Kutscher sagen, daß er uns an einem vereinbarten Punkt, etwas abseits des Geschehens, erwarten soll.«

Lucas überlegte rasch und nickte. »Es wird schwierig sein, die Kutsche in die Nähe des Parks zu manövrieren. Um diese Uhrzeit werden viele Menschen unterwegs sein, so daß man nie weiß, was geschehen kann. Sagen Sie Ihrem Kutscher, wenn wir nicht an der Stelle auf ihn warten, an der er uns abgesetzt hat, soll er zwei Straßen vom Jahrmarkt entfernt in der Nähe eines kleines Gasthauses mit Namen Hound's Tooth auf uns warten.«

Lyndwood nickte, sein freundliches, doch nachdenkliches Gesicht war im tiefsten Schatten verschwunden. »Ich kenne den Ort, und ich denke, meinem Kutscher ist er ebenfalls bekannt. Lassen Sie mich Ihnen bitte nochmals sagen, wie sehr ich Ihre Begleitung heute abend schätze, Stonevale. Wenn die Ladys sich in den Kopf setzen, ein Abenteuer zu bestehen, dann kann ein Mann nicht viel tun, um sie daran zu hindern, nicht wahr?«

»Das bleibt abzuwarten«, sagte Stonevale.

Annabella, in ein modernes blaues Spazierkleid mit passendem blauem Mantel gehüllt, kicherte. »Wenn Sie glauben, daß Sie Victoria davon abhalten können, irgend etwas zu unternehmen, was sie sich in den Kopf gesetzt hat, dann erwartet Sie eine Überraschung, Graf.«

»Miss Huntington hat demnach häufiger derartige Einfälle?«

Annabella gluckste erneut. »Victoria ist niemals langweilig, das kann ich Ihnen versichern. Doch dies ist, glaube ich, ihr erster Ausflug dieser Art. Sie sagte mir, sie habe ihn bereits seit einiger Zeit geplant.«

»Es scheint, als habe Miss Huntington allzu lange der Führung eines Ehemannes entbehrt«, bemerkte Lucas und blickte Annabella finster an, als sich ihr Kichern in lautes Lachen verwandelte. »Habe ich etwas Lustiges gesagt?«

»Miss Huntington beabsichtigt, ihr Leben lang auf derartige Führung zu verzichten«, informierte ihn Annabella.

»Ich nehme an, sie fürchtet, wegen ihres Vermögens geheiratet zu werden«, sagte Lucas vorsichtig. Er wollte Informationen, doch wollte er allzu viele Fragen nach seinen Motiven vermeiden.

»Sie fürchtet die Ehe im allgemeinen«, entgegnete Annabella, und ihr Lachen erstarb. »Innerhalb ihrer eigenen Familie hat sie nur sehr traurige Beispiele für den Stand der Ehe kennengelernt. Und natürlich hat die Tatsache, daß sie über Jahre hinweg permanent wegen ihrer Erbschaft umworben wurde, jeglichen Wunsch nach Ehe und Familie bei ihr zerstört. Ich muß zugeben, daß ich mich manchmal frage, ob sie nicht recht hat. Welchen Vorteil bringt die Ehe einer Frau?«

»Verdammt, Bella«, wurde sie von ihrem Bruder scharf unterbrochen. »Wie kannst du so etwas sagen. Setz es dir bloß nicht in den Kopf, Miss Huntingtons Beispiel folgen zu wollen. Mama würde Zustände bekommen. Um ehrlich zu sein, Victoria mag zwar charmant sein, doch wäre ihre Tante nicht eine so gute Freundin von Mama, würde ich mir zweimal überlegen, ob ich dir gestatten sollte, mit ihr herumzulaufen. Nimm nur einmal die Situation, in der ich mich heute abend wegen des Einflusses befinde, den diese Frau auf dich ausübt. Je eher du verheiratet bist, um so besser. Gott sei Dank wird Barton ja wohl bald um deine Hand anhalten.«

In der Dunkelheit war Annabellas sprödes Lächeln kaum zu erkennen. »Ich weiß, daß du es nur noch mit Mühe erwarten kannst, die Verantwortung für mich loszuwerden, doch ich fürchte, daß du deine Freude noch ein wenig in Zaum halten mußt, Bertie. Nach reiflicher Überlegung habe ich beschlossen, dich Lord Bartons Antrag ablehnen zu lassen, wenn er damit an dich herantritt.«

»Nach reiflicher Überlegung heißt wahrscheinlich, daß du die Angelegenheit mit Miss Huntington besprochen hast«, sagte Lyndwood in verdrießlichem Ton.

»Ich erinnere mich tatsächlich an ein Gespräch über dieses Thema«, erwiderte Annabella. »Sie war so freundlich, mir ihre Meinung über Lord Barton als potentiellen Ehemann zu sagen.«

Lucas, dessen Interesse durch Annabellas letzte Bemerkung geweckt wurde, mischte sich in den Streit der Geschwister ein. »Wie konnte sich Miss Huntington denn ein Urteil über Barton erlauben?«

»Oh, ich glaube, er hat sie letztes Jahr ein paar Monate recht eifrig hofiert. Während dieser Zeit gelang es ihr, einiges über ihn in Erfahrung zu bringen.«

»Tatsächlich?« Lucas war sich der Kälte seines Tons bewußt. »Was genau hat sie denn herausgefunden?«

»Ein paar Kleinigkeiten, wie zum Beispiel die Tatsache, daß Barton anscheinend der Vater von ein oder zwei unehelichen Kindern ist, daß er dafür bekannt ist, häufig so tief ins Glas zu schauen, daß er von seinem Kutscher ins Haus getragen werden muß, und daß er eine Leidenschaft für Spielhöllen hat«, antwortete Annabella.

»Also«, brummte Lyndwood. »Solche unbedeutenden Kleinigkeiten kann man einem Mann wohl kaum zum Vorwurf machen.«

»Wirklich?« fragte eine bekannte, kräftige Frauenstimme durch das offene Fenster der Kutsche. »Wäre der Vicomte Barton wohl auch bereit, seiner zukünftigen Frau eine ähnliche Liste *unbedeutender Kleinigkeiten* zu verzeihen?«

Lucas wandte den Kopf abrupt in Richtung des Fensters und stellte fest, daß Victorias Stimme ausreichte, um das Verlangen, das er in Jessica Athertons Spielsalon verspürt hatte, neu zu wecken. Er kaschierte seine Begierde durch die kühle Selbstbeherrschung, die er sich vor Jahren zu eigen gemacht hatte, und war nun bereit, seine reiche Erbin mit der angemessenen Förmlichkeit zu begrüßen.

Doch anstelle einer eleganten Frau in Kleid und Hut sah er sich einer Person in feinsten Männerkleidern gegenüber. Durch die Dunkelheit traf ihn ein herausfordernder Blick aus einem Paar lachender Augen.

»Großer Gott«, murmelte er, »das ist verrückt.«

»Nein, Graf, das ist amüsant.«

Lucas riß sich zusammen, als er hörte, daß der Kutscher vom Fahrersitz herabstieg. Er stieß die Tür auf, bevor der Mann kommen konnte, um sie ordnungsgemäß zu öffnen, langte nach draußen und packte Victorias Handgelenk, bevor sie wußte, wie ihr geschah. Er hatte eine Lady mit einem Wunsch nach einem kleinen Abenteuer erwartet, nicht aber ein Wesen in einer derart empörenden Aufmachung.

»Kommen Sie rein, Sie kleines Luder, bevor Sie jemand erkennt.«

Sein Drängen brachte Victoria wesentlich schneller in die Kutsche, als sie beabsichtigt hatte. Sie schnappte nach Luft, als sie auf den Sitz neben Lucas fiel, und griff nach ihrem Zylinder, damit er nicht verrutschte. Lucas bemerkte, daß sie einen teuer wirkenden, mit Einlegearbeiten verzierten Spazierstock in der Hand hielt.

»Danke, Graf«, sagte sie voller Sarkasmus.

Lucas ignorierte sie. »Lassen Sie uns losfahren, Lyndwood.«

Lyndwood stieß mit seinem Stock gegen das Dach der Kutsche und rief: »Zum Park, bitte.«

Annabella lächelte Victoria an, als sich die Kutsche schaukelnd in Bewegung setzte. »Du siehst heute abend bezaubernd aus, Vicky. Entdecke ich da Brummels Einfluß bei deiner Wahl der Blautöne? Er mag diese Farbe besonders gern, wie mir berichtet wurde. Du hingegen hast immer Gelb bevorzugt.«

»Ich habe mir überlegt, daß ein gelber Frack ein wenig zu auffällig gewesen wäre für diesen Anlaß«, gestand Victoria.

»Also hast du dich mit einer gelben Weste begnügt. Ich gratuliere dir zu deiner Zurückhaltung. Und erzähl mir bitte, wer hat deine Krawatte gebunden? Ich versichere dir, daß ich einen derart ausgefallenen Knoten seit Jahren nicht mehr gesehen habe.«

»Gefällt er dir?« Victoria befühlte das sorgsam gebundene Halstuch. »Ich habe diesen besonderen Knoten selbst erfunden. Er nennt sich *Victoire*.«

Annabella brach in schallendes Gelächter aus. »Vicky, ich schwöre, du klingst genau wie einer dieser Dandys in der Bond Street. Du hast den Ton genau getroffen. Gerade die richtige

Nuance affektierter Langeweile. Ich sage dir, du könntest zur Bühne gehen und deinen Lebensunterhalt als Schauspielerin verdienen.«

»Nun, ich danke dir, Bella. Das ist tatsächlich ein großes Lob.«

Lucas lehnte sich in seinem Sitz zurück und betrachtete die elegante Person neben sich mit einem kritischen Blick. Sein anfänglicher Schock wich einem Gefühl von Ärger sowie einem gewissen Unbehagen, was neu für ihn war. Es war klar, daß Victoria Huntington einen ausgeprägten Sinn für Unfug hatte, und daß dieser sie in ernsthafte Schwierigkeiten bringen könnte.

»Laufen Sie oft so herum, Miss Huntington?«

Lucas bemerkte, daß er automatisch den Ton anschlug, den er in der Vergangenheit gegenüber jungen Offizieren verwendet hatte, die seinem Kommando unterstanden, und die in Schwierigkeiten geraten waren. Er konnte sich nicht helfen, er war verärgert.

»Dies ist meine erste Erfahrung mit Männerkleidern, Graf. Doch um ehrlich zu sein, ich könnte in Zukunft wohl versucht sein, es noch einmal auszuprobieren. Ich finde, daß mir die männliche Ausstattung weit mehr Freiheit gibt, als ich sie in Frauenkleidern genieße«, gab Victoria zu.

»Auf jeden Fall haben Sie so wesentlich bessere Möglichkeiten, eine Reihe von Demütigungen und gesellschaftlichen Katastrophen heraufzubeschwören, Miss Huntington. Wenn es bekannt würde, daß Sie Gefallen daran finden, nachts in Männerkleidern durch London zu spazieren, wäre Ihr guter Ruf binnen vierundzwanzig Stunden dahin.«

Victoria umklammerte den Griff ihres Spazierstocks fester. »Es wundert mich, daß Sie so etwas sagen, Graf. Wissen Sie, Ihre Einstellung überrascht mich. Ich hätte Sie nicht für einen solchen Tugendbold gehalten. Ich nehme an, das Kartenspiel auf dem Ball hat mir ein falsches Bild von Ihnen vermittelt. Finden Sie keinerlei Gefallen an Abenteuern? Nein, ich denke nicht.

Schließlich sind Sie ein guter Freund von Lady Atherton, nicht wahr?«

Die Frau wollte ihn aus der Reserve locken. Lucas wünschte sehnlichst, sie wären allein in der Kutsche. »Ich weiß nicht, worauf Sie anspielen, Miss Huntington, doch ich versichere Ihnen, daß Lady Atherton eine Frau ohne Tadel ist.«

»Nun ja, genau das ist es. Jedermann weiß, daß Jessica Atherton es sich nicht in einer Million Jahren erlauben würde, heute abend in dieser Kutsche auf dem Weg zum Jahrmarkt zu sitzen«, erklärte Victoria.

Annabella kicherte erneut. »Das ist gewiß wahr.«

»Wollen Sie damit sagen, Lady Atherton sei hausbacken?« fragte Lucas.

Victoria zuckte mit den Schultern, wobei die Bewegung in dem gutsitzenden Frack überraschend sinnlich wirkte. »Ich möchte niemanden beleidigen, Graf. Ich sage nur, daß sie nicht zu den Frauen gehört, die das Abenteuer lieben. Da ist natürlich anzunehmen, daß ihre Freunde ebenfalls nur einer geringen Anzahl von Vergnügungen frönen, und daß auch sie eine Abneigung gegen Menschen mit vielfältigeren Interessen hegen.«

»Und Sie sind eine Frau mit einem Sinn fürs Abenteuer?« stichelte Stonevale.

»O ja, Graf. Ich mag es sehr.«

»Obgleich Sie dabei Gefahr laufen, Ihren gesellschaftlichen Ruf zu ruinieren?«

»Es gibt kein echtes Abenteuer ohne echtes Risiko, oder, Graf? Ich hätte gedacht, ein erfolgreicher Spieler wie Sie wüßte das.«

Bei ihren Worten wurde ihm noch unbehaglicher. »Vielleicht haben Sie recht, Miss Huntington. Doch ich habe immer Spiele bevorzugt, bei denen die Chancen gut für mich standen.«

»Wie öde muß Ihr Leben sein, Graf.«

Instinktiv wollte Lucas auf diese anmaßende Bemerkung reagieren, doch sofort fing er sich wieder. Seine Selbstbeherrschung und seine Vernunft gewannen die Oberhand. Auf keinen Fall konnte er es sich jetzt erlauben, von seinem Opfer als tugendhafter Langweiler betrachtet zu werden. Sein Gefühl sagte ihm, daß Victoria sich einer Herausforderung oder auch einem Machtkampf stellen würde, daß sie ihn jedoch vollständig ignorieren würde, wenn er es fertigbrächte, sie zu langweilen.

Ein tugendhafter Langweiler. Großer Gott. Der Gedanke, so gesehen zu werden, reichte aus, um ihn zum Lachen zu bringen. Dies war gewiß nicht die Beschreibung, die für gewöhnlich auf ihn angewandt wurde. Doch Lucas erkannte, daß er in Miss Huntingtons Anwesenheit schnell einen für ihn höchst ungewöhnlichen Sinn für Anstand entwickelte. Er war immer noch schockiert darüber, sie in Männerkleidern zu sehen.

Auf jeden Fall schenkte ihm Victoria keinerlei Beachtung mehr. Sie lächelte in Annabellas Richtung. »Du hast dich also entschlossen, Bartons Antrag abzulehnen. Das freut mich zu hören. Er wäre ein grauenhafter Ehemann für dich gewesen.«

»Ich bin überzeugt, daß du recht hast.« Annabella erschauderte leicht. »Ich hätte zwar Bartons Spielleidenschaft übersehen können, doch die Vorstellung, einen Mann zu heiraten, der irgendeiner armen Frau zwei Kinder anhängt, und sich dann weigert, ihnen seinen Namen zu geben, ist unerträglich.«

»Auf jeden Fall spricht das nicht gerade für sein Ehrgefühl«, pflichtete Victoria ihr grimmig bei.

Lucas studierte ihr Profil im Halbdunkel. »Wie sind Sie überhaupt hinter die Geschichte mit Bartons unehelichen Kindern gekommen? Ich kann mir nicht vorstellen, daß diesbezügliche Gerüchte auf dem Ball einer Gastgeberin wie Lady Atherton an Ihr Ohr gedrungen sind.«

»Nein, tatsächlich nicht. Ich habe einen Spitzel engagiert, der soviel wie möglich über Barton herausfinden sollte, und er kam mit der Neuigkeit von den zwei Kindern und der Geliebten.«

Lucas fuhr zusammen. »Sie haben einen Spitzel angeheuert?«

»Ich dachte, dies sei der beste Weg, das Problem anzugehen.«

»Es war ein hervorragender Weg«, erklärte Annabella.

Lyndwood stöhnte. »Gütiger Gott, wenn Mama das wüßte. Armer Barton. Weißt du, ich glaube, ihm lag wirklich etwas an dir, Bella.«

»Das bezweifle ich«, sagte Victoria energisch. »Seine Familie erwartet, daß er heiratet, und er sucht lediglich nach einer Frau, die seinem Vater angenehm ist. Bei mir versuchte er es letztes Jahr so lange, bis es mir gelang, ihm zu verstehen zu geben, daß ich ganz und gar unpassend wäre, und daraufhin versuchte er sein Glück bei der perfekten Miss Pilkington. Offensichtlich war auch sie vernünftig genug zu erkennen, daß er nur ein billiger Mitgiftjäger ist. Dann hat er Bella hier entdeckt und beschloß, es bei ihr zu versuchen. Das ist alles.«

»Die perfekte Miss Pilkington?« Lucas blickte von einer Frau zur anderen. »Weshalb nennen Sie Miss Pilkington perfekt?«

»Weil sie es ist«, erklärte Annabella kurz. »Kein einziger Fehltritt. Ein Muster an weiblicher Perfektion. Ein Ausbund an Tugend sozusagen.«

»Sie werden das mit Miss Pilkington verstehen, Graf«, sagte Victoria, »wenn wir Ihnen erzählen, daß sie von Lady Atherton protegiert wird.«

»Ich verstehe.« Kein Wunder, daß ihn Jessica der anderen Erbin hatte vorstellen wollen. Er hätte wetten können, daß er jetzt nicht mit einer empörenderweise in Männerkleider gehüllten jungen Dame in dieser Kutsche säße, wenn er beschlossen hätte, Miss Pilkington zu hofieren. Einen Augenblick lang fragte sich Lucas, ob er nicht einen ernsthaften Fehler begangen hatte. Doch dann sagte er sich, daß diese Nacht mit Miss Huntington, ungeachtet der Risiken, weitaus interessanter werden würde.

»Das wußte ich, Graf«, sagte Victoria.

»Nun, eine Sache ist klar«, bemerkte Lucas trocken. »Durch Ihre Einmischung wird Miss Lyndwood nie herausfinden, welche Gefühle Barton ihr gegenüber hegt, nicht wahr? Und Barton selbst wird nie herausfinden, daß seine Chancen durch einen

Spitzel und eine gewisse Miss Huntington zunichte gemacht wurden. Der Mann wird noch nicht einmal Gelegenheit haben, sich zu rechtfertigen.«

»Könnte er sich denn rechtfertigen?« erwiderte Victoria, deren Augen die von Lucas in der Dunkelheit fixierten. Dieses Mal lag kein Schalk oder Humor in ihrem ruhigen, herausfordernden Blick. »Wollen Sie behaupten, daß die Angaben des Spitzels nicht stimmen?«

Lucas hielt ihrem Blick stand und sagte ruhig: »Ich sage, daß Sie diese Angelegenheit nichts anging. Es mag durchaus mildernde Umstände geben.«

»Ha, das wage ich zu bezweifeln«, schnaubte Victoria.

»Ich ebenfalls«, pflichtete Annabella ihr bei. »Stellen Sie sich nur einmal die arme Frau vor, die sich mit Bartons Kindern versteckt hält.«

Lyndwood wandte sich der anderen Seite der Kutsche zu. »Keine von euch zwei jungen Damen sollte etwas von Bartons Kindern wissen, die zufällig unehelich geboren sind. Es gehört sich nicht für euch, über solche Dinge auch nur zu sprechen, nicht wahr, Stonevale?«

»Eine solche Unterhaltung geziemt sich gewiß nicht gerade für wohlerzogene junge Damen der besseren Gesellschaft«, brummte Lucas, der sich grimmig der Tatsache bewußt war, daß er genau wie ein langweiliger Tugendbold klang.

Victoria lächelte triumphierend. »Lord Stonevale, erlauben Sie mir die Feststellung, daß es eine einfache Lösung gibt, wenn meine Unterhaltung eine Beleidigung für Ihre sensiblen Ohren ist. Öffnen Sie einfach die Tür der Kutsche und steigen Sie aus.«

In diesem Moment erkannte Lucas, daß Victoria Huntington die Macht besaß, seine eiserne Selbstbeherrschung wie niemand anderes in den letzten Jahren in Frage zu stellen. Darüber hinaus beherrschte sie diese Kunst völlig mühelos. Diese Lady war gefährlich. Es würde ihn größte Mühe kosten, Herr der Lage zu bleiben.

Lucas räusperte sich. »Meine empfindlichen Ohren werden Ihre unziemlichen Bemerkungen wohl ertragen, Miss Huntington. Und ich kann unmöglich jetzt aussteigen. Mein Ehrgefühl verlangt, daß ich meine Spielschulden begleiche.«

»Ha, dies sind keine ehrenhaften Spielschulden, Graf. Es handelt sich schlicht und einfach um Erpressung.«

»Ich versichere Ihnen«, erwiderte Stonevale, »mir wird klar, daß Erpressung durchaus keine einfache Sache ist, wenn Sie die Rolle des Opfers innehaben.«

Angesichts dieses Ausbruchs blitzten ihre Augen schalkhaft auf, und Lucas spürte, wie sein ganzer Körper mit unstillbarem Verlangen reagierte. Er kreuzte die Arme vor seiner Brust und lehnte sich in die Kissen zurück, wobei seine Augen ihren Blick in der Dunkelheit festhielten. In diesem Moment wünschte er nichts sehnlicher, als mit dieser Person, die ihn verhexte, allein zu sein. Es verlangte ihn, sie auf den Sitz herabzuziehen und ihr das Ausmaß der Gefahr zu zeigen, in die sie sich begab, wenn sie ihn derart offen herausforderte.

Einen Augenblick lang hing eine bedrohliche Stille zwischen ihnen. Als Victoria schließlich zwinkerte und ihren Blick von ihm losriß, wußte er, daß sie seine Gedanken erraten hatte.

Doch das Gefühl des Sieges war nur von kurzer Dauer. Schnell dämmerte ihm, daß sein Werben weit risikoreicher werden würde, als er zunächst gedacht hatte. Er hatte gehofft, seinem Opfer mit Jessica Athertons Hilfe, seinem Charme und seinem Können am Spieltisch, durch das er sich die notwendigen Mittel sicherte, der Gesellschaft seine finanzielle Misere so lange vorenthalten zu können, bis er sein Ziel erreicht hätte. Schließlich hatte er seine Pläne mit der ihm eigenen Sorgfalt geschmiedet.

Wenn es jedoch seiner Auserwählten in den Sinn kam, einen Spitzel auf ihn anzusetzen, so würde die Wahrheit wohl schnell ans Licht kommen. Das Gerücht von seinem angeblichen Erbe würde nicht lange Bestand haben. Es wurde deutlich, daß es sich beim Hofieren dieser bestimmten Erbin um die aufregendste

Jagd seines Lebens handelte. Ein falscher Schritt, eine falsche Berechnung, und er würde das Spiel verlieren.

»Wieviel Zeit haben Sie für das heutige Abenteuer eingeplant, Miss Huntington?« Lucas bemühte sich um einen neutralen Ton.

»Ist Zeit ein Problem für Sie? Haben Sie noch eine andere Verabredung?« fragte sie mit süßer Stimme.

Er spürte, daß sie herauszufinden versuchte, ob er eine Geliebte hatte, die ihn erwartete. »Nein. Lyndwood und ich müssen lediglich Vorkehrungen treffen, damit uns die Kutsche an einer bestimmten Stelle erwartet, und damit das in der Menschenmenge möglich ist, müssen wir uns auf eine Abfahrtszeit einigen.«

»Oh, ja, ich verstehe. Ich würde sagen, zwei Stunden sind reichlich Zeit, um sich auf dem Jahrmarkt zu vergnügen.«

Annabella seufzte. »Ich fürchte, ich kann nicht so lange fortbleiben, Vicky. Mama wird in zwei Stunden von der Soiree bei den Milricks zurückkommen, und sie wird erwarten, daß ich bis dahin zu Hause bin.«

Lucas kaschierte seine Erleichterung. »Also eine Stunde?«

»Eine Stunde reicht mir«, sagte Bertie Lyndwood schnell.

»Mehr Zeit kann ich uns leider nicht geben«, sagte Annabella mit Bedauern.

»Oh, ich verstehe.« Victoria klang leicht verärgert, doch sie gab nach. »Eine Stunde dann. Wir werden uns aber beeilen müssen, wenn wir alles sehen wollen.«

Lucas erwiderte nichts, sagte sich jedoch, daß die nächste Stunde eine der längsten in seinem Leben werden würde.

Eine halbe Stunde später wurde seine Befürchtung bestätigt. Der riesige Park wurde von Laternen erhellt, die eine offensichtlich unbegrenzte Reihe von Ständen beleuchteten, an denen Fleischpasteten und Bier verkauft wurden. Zudem gab es Buden, in denen Akrobaten und Seiltänzer auftraten, sowie gut besuchte Zelte für Marionettentheater und andere Aufführungen.

Die Menge bestand aus Menschen aller Schichten. Bedienstete, die sich aus den Häusern ihrer Herren gestohlen hatten, Ladenbesitzer mit ihren Frauen, Lehrlinge und Ladenmädchen, Dandys auf der Suche nach einem Zeitvertreib, ein paar wagemutige Mitglieder der besseren Gesellschaft, Prostituierte, Zuhälter, Taschendiebe, junge Männer aus gutem Haus, Soldaten und Hafenarbeiter drängten sich auf der Suche nach den Abenteuern des Jahrmarktes.

»Graf«, sagte Victoria leise, als sie anhielten, um ein Sahnetörtchen zu erstehen. »Ich weiß, daß Sie keine Aufmerksamkeit auf meine Verkleidung lenken wollen.«

»Das ist eine leichte Untertreibung, Miss Huntington. Diese verdammten Reithosen sitzen bei Ihnen wie eine zweite Haut«, murmelte Lucas, während er den sanften Schwung ihrer Hüften betrachtete.

»Ich nenne Ihnen gerne den Namen meines Schneiders. In der Zwischenzeit wäre es jedoch vielleicht das beste, wenn Sie meinen Arm loslassen würden. Der Herr da drüben starrt uns bereits an.«

»Verdammt.« Lucas ließ ihren Arm fallen, als hätte er sich daran verbrannt. Er spürte die Röte in sich aufsteigen, als ihm klarwurde, was ein Fremder wohl denken würde, der sah, daß er einen anderen Gentleman wie eine Lady am Arm hielt. »Wegen dieser lächerlichen Aufmachung werden wir noch in Schwierigkeiten geraten.«

»Niemand wird sich etwas dabei denken, solange Sie mich nicht wie eine Frau behandeln«, sagte Victoria und biß herzhaft in ihr Törtchen.

»Es geht nicht nur darum, wie ich Sie behandle, es ist vielmehr Ihr Aussehen in den Reithosen.«

Victoria betastete ihr Halstuch. »Ich dachte, der Frack würde meine Figur recht gut verstecken.«

»Ich habe eine Neuigkeit für Sie. Er versteckt sie nicht.«

»Sie sind fest entschlossen, heute abend schwierig zu sein,

nicht wahr, Graf? Wenn Sie sich freundlicherweise erinnern wollen, daß Sie selbst darauf bestanden haben, uns auf diesem Ausflug zu begleiten. Ich bin lediglich das unschuldige Opfer Ihrer Erpressung.«

Lucas lächelte mitleidig. »Unschuldiges Opfer, Miss Huntington? Irgendwie habe ich das Gefühl, daß diese Beschreibung auf Sie niemals zutreffen dürfte. Sie werden nie das unschuldige Opfer von irgend jemandem sein.«

Victoria musterte ihn und dachte einen Augenblick über seine Worte nach. »Ich sollte wegen dieses Ausspruchs vielleicht beleidigt sein, doch habe ich momentan viel zuviel Spaß. Oh, sehen Sie, die Akrobaten beginnen mit ihrer Aufführung. Lassen Sie uns hinübergehen und zuschauen.«

Lucas sah sich um. »Ich sehe weder Lyndwood noch seine Schwester.«

»Bertie wollte sich noch ein Bier holen. Sie werden sofort zurück sein. Hören Sie auf, sich Sorgen zu machen, Graf.«

»Ich mache mir keine Sorgen, Miss Huntington. Ich versuche lediglich, ein gewisses Maß an Vorsicht walten zu lassen. Niemand sonst scheint das zu tun.«

»Das liegt daran, daß es nur wenig Spaß macht, vorsichtig zu sein. Kommen Sie, wir müssen uns beeilen, sonst verpassen wir die Akrobaten.«

Einen Augenblick später, gerade als Lucas begonnen hatte, sich zu entspannen und sogar zu der Überzeugung gelangt war, daß sie alle vielleicht diese Stunde auf dem Jahrmarkt unbeschadet überstehen würden, brach unvermittelt Chaos aus.

Vielleicht war es das außerordentlich prächtige Feuerwerk, das den kleinen Brand auslöste. Vielleicht war es der Streit, der zwischen zwei Prostituierten ausbrach, die von einem Soldaten die Bezahlung ihrer Dienste verlangten. Oder vielleicht war es einfach der normale Hang jeder größeren Menschenmenge in London, sich ohne jeden Anlaß plötzlich in gemeinen Pöbel zu verwandeln.

Was auch immer der Grund war, die Verwandlung der Menge fröhlicher Jahrmarktbesucher in eine wilde, ungeordnete Horde vollzog sich innerhalb von Sekunden. Feuerwerkskörper zerbarsten, Menschen schrien, Flüche erfüllten die Luft.

Pferde bäumten sich auf und warfen sich wieder nach vorn. Eine Gruppe kleiner Jungen nutzte die Gelegenheit, ein Tablett mit Pasteten zu stehlen, woraufhin der Verkäufer hinter ihnen herrannte und Flüche gen Himmel stieß. Weitere Schreie ertönten, und mehr Feuerwerkskörper krachten. Flammen loderten auf, als eine Bude in der Nähe Feuer fing, und dann herrschte völliges Chaos; gefährliches, entsetzliches Chaos; ein Chaos, in dem Menschen niedergetrampelt, angegriffen und ausgeraubt wurden. Vielleicht würde es sogar Tote geben.

Lucas reagierte automatisch in dem Moment, in dem er den Stimmungsumschwung bemerkte. Zum zweiten Mal in dieser Nacht schloß er seine Finger in festem Griff um Victorias schmales Handgelenk.

»Hier entlang«, befahl er mit lauter Stimme, um in dem Lärm Gehör zu finden. »Folgen Sie mir.«

»Was ist mit Annabella und Bertie?« fragte Victoria.

»Sie sind auf sich gestellt, genau wie wir.«

Victoria versuchte nicht weiter zu diskutieren, wofür ihr Lucas äußerst dankbar war. Anscheinend war die Lady in der Lage, ein gewisses Maß an Verstand walten zu lassen, wenn es erforderlich war.

Während er sie mit festem Griff an seiner Seite hielt, zerrte er sie durch das Gemenge in Richtung der engen Gassen und Straßen, die an den Park angrenzten, und von denen er sich Sicherheit erhoffte.

Von Anfang an hatte er gewußt, daß ihm diese Lady nichts als Ärger bereiten würde.

3

Victoria war ganz benommen von der Gefahr, die so plötzlich über sie hereingebrochen war. In diesem Augenblick versprach einzig der eiserne Griff, mit dem sie gehalten wurde, Sicherheit. Sie folgte Lucas blind, da sie sich instinktiv auf seine Stärke verließ und auf die wilde Entschlossenheit, mit der er seinen Stock schwang, um ihnen beiden einen Weg durch die Menge zu bahnen.

Victoria spürte eine Hand, die ihren Frack packte, und erkannte, daß jemand ihren Geldbeutel stehlen wollte. Eine andere Hand versuchte, ihr den verzierten Spazierstock zu entreißen. Ohne nachzudenken, holte sie mit dem dicken Ende des Holzes aus und schlug nach den ausgestreckten Händen.

Als einer der Angreifer einen Schrei ausstieß, sah Lucas sich kurz um. Mit einem schnellen Blick erkannte er, daß die Möchtegerndiebe bereits von ihrem Opfer abgelassen hatten.

»Braves Mädchen.« Umgehend widmete er seine Aufmerksamkeit wieder dem Versuch, sich durch den Pöbel zu kämpfen.

Er versuchte nicht, sich der drängenden Kraft der Menge entgegenzustemmen. Vielmehr stellte Victoria fest, daß er die Kraft dieses Menschenstromes nutzte, indem er sich ihm anschloß. Unermüdlich kämpfte er sich an den Rand der wilden, peitschenden Masse. Trotz des Hinkens hatte er einen sicheren und kontrollierten Schritt, und er vermied es loszustürzen, um ihrer beider Gleichgewicht nicht ins Wanken zu bringen. Offensichtlich hatte er bereits vor langer Zeit gelernt, die Schwäche seines linken Beins auszugleichen.

Lucas' kühle Selbstbeherrschung inmitten des Chaos zeigte Victoria, daß er einer der wenigen Männer war, die selbst stärkster Druck nicht aus der Fassung brachte. Bei ihm fühlte sie sich sicher, auch wenn der Pöbel wie ein brausendes Meer um sie herum toste.

Schließlich erreichten sie den Rand der schreienden, stolpernden, schiebenden Menge, und Lucas unternahm einen wohlberechneten Versuch, endgültig auszubrechen; offensichtlich hatte er nur auf seine Chance gewartet. Innerhalb eines Augenblicks hatte er Victoria in einen dunklen Tunnel zwischen zwei Gebäuden gezerrt.

Victoria stolperte ihm in die relative Sicherheit der pechschwarzen Gasse nach. Ihre Stiefel rutschten auf dem glitschigen Untergrund, und sie hielt den Atem an wegen des gräßlichen Gestanks, der sich zwischen den engen Steinwänden erhob.

Sie dachte, die Gefahr sei gebannt, als sie das rohe, betrunkene Gebrüll am Anfang der Gasse vernahm.

»Los, Kumpel. Bring die Laterne mit. Ich hab' gesehn, wie sie in diesem kleinen Loch verschwunden sind. Ich sag's dir. Zwei Mann. Vornehme Pinkel, wie die aussah'n.«

»Verdammt.« Lucas fluchte mit tödlicher Ruhe. »Gehen Sie hinter mich und bleiben Sie am Boden, Victoria.«

Ohne darauf zu warten, daß sie ihm gehorchte, wirbelte Lucas Victoria mit einer solchen Kraft hinter sich, daß sie gegen die Backsteinmauer der Gasse prallte. Sie suchte ihr Gleichgewicht und sah ängstlich in Richtung des Eingangs, als dort eine Laterne auftauchte. Im fahlen Licht der Lampe sah sie die Gesichter zweier junger Raufbolde, die mit Messern bewaffnet waren. Als die beiden ihre Opfer entdeckten, kamen sie erwartungsvoll näher.

»Worauf wartest du, Long Tom?« drängte der zweite Mann seinen Kumpanen. »Zack, zack, ran an die feinen Pinkel. Heut' nacht gibt's viel für uns zu tun.«

Stonevale blieb regungslos stehen und schirmte so Victoria von den Angreifern ab. Sie sah, wie er einen kleinen, glänzenden Gegenstand aus der Tasche seines Mantels zog.

»Verdammt. Der hat 'ne Knarre«, fluchte der erste Mann, als das Licht der Laterne auf die Pistole in Stonevales Hand fiel.

»Gut beobachtet, meine Herren.« Stonevale klang etwas gelangweilt. »Wer von Ihnen beiden möchte meine Zielgenauigkeit testen?«

Der junge Mann, der als erster in die Gasse gestürmt war, blieb so abrupt stehen, daß sein Kumpan in ihn hineinlief. Beide stolperten in den Schlamm. Die Laterne fiel auf den Boden, und das Glas zerbarst inmitten eines Schauers kleiner Funken. Die schwache Flamme flackerte noch einen Augenblick und warf seltsame, bedrohliche Schatten auf die angespannte Szene.

»Verdammt und zugenäht«, sagte der erste Angreifer erneut, offensichtlich enttäuscht. »Da versucht man, seinen Lebensunterhalt zu verdienen und guck nur, was passiert.« Er fand sein Gleichgewicht wieder und stolperte zurück zum Anfang der Gasse.

Der andere Möchtegernstraßenräuber brauchte keine weitere Aufforderung. Victoria und Lucas hörten das Klappern von Stiefeln auf Stein und ein paar gemurmelte Flüche, und kurz darauf hatten sie die Gasse für sich.

Doch Lucas verlor keine Zeit. Erneut umfaßten seine langen Finger Victorias Handgelenk, und er drängte sie durch die Gasse in die nächste Straße hinaus.

Der Pöbel war noch nicht bis hierher gelangt, so daß sie von geradezu himmlischer Ruhe empfangen wurden. Victoria versuchte, ihren Schritt zu verlangsamen und Atem zu holen, doch Stonevale weigerte sich anzuhalten, so daß sie zwar nach Luft schnappend, doch gehorsam hinter ihm her stolperte.

»Lucas, ich muß sagen, Sie haben sich äußerst tapfer geschlagen dort hinten in der Gasse.«

Lucas verstärkte seinen Griff um ihr Handgelenk. »Die ganze Aktion wäre vollkommen unnötig gewesen, wenn Sie es sich nicht in den Kopf gesetzt hätten, heute abend auf den Jahrmarkt zu gehen.«

»Wirklich, Lucas, müssen Sie –«

»Wir können nur hoffen, daß Lyndwoods Kutscher die Anweisungen befolgt hat«, unterbrach Lucas Victoria, während er sie mit schnellem Schritt hinter sich her zerrte.

»Ich mache mir Sorgen um Annabella und Bertie«, stieß Victoria zwischen zwei heftigen Atemzügen hervor.

»Ja. Das sollten Sie auch.«

Victoria zuckte zusammen, als sie merkte, daß er ihr bedenkenlos die Schuld an der ganzen Misere gab. Und was am schlimmsten war – er hatte recht; das Ganze war ihre Idee gewesen.

Gnädigerweise sagte Stonevale nichts mehr, während er sie um die Ecke in die Straße führte, in der die Kutsche im Notfall warten sollte. Victoria sah die vertrauten Umrisse der Lyndwoodschen Kutsche vor dem Gasthaus, und ihr entfuhr ein Seufzer der Erleichterung, als sie zwei Personen darin ausmachte.

»Sie sind hier, Lucas. Sie sind in Sicherheit.« Victoria errötete, als sie bemerkte, daß sie seit Beginn der Aufregung einfach Stonevales Vornamen benutzt hatte.

»Ja. Es scheint, als hätten wir heute nacht trotz allem noch etwas Glück.« Weiter sagte er nichts, als sie sich der Kutsche näherten.

»Gütiger Gott, wir haben uns Sorgen um euch gemacht«, sagte Lyndwood und öffnete die Tür. »Wir waren uns sicher, der Pöbel hätte euch niedergetrampelt. Schnell. Wir sollten nicht allzu lange in dieser Straße verweilen. Man kann nicht wissen, ob die Menge nicht auch noch in diese Richtung drängt.«

»Seien Sie versichert, Lyndwood, daß ich nicht die Absicht hege, hier zu verweilen.« Lucas schob Victoria in die Kutsche und folgte ihr schnell, wobei er die Tür hinter sich ins Schloß warf.

Unverzüglich setzte sich die Kutsche in Bewegung, da in der Entfernung bereits die Rufe der Menge die Nachtluft erfüllten.

Besorgt sah Victoria zu Annabella hinüber. »Bist du in Ordnung, Bella?«

Annabella ergriff die Hand ihrer Freundin. »Mir geht es gut. Bertie und ich waren am Rand der Menge, als der Ärger begann. Es gelang uns fast sofort herauszukommen. Aber ich habe mir solche Sorgen um euch beide gemacht. Ihr wart mitten im Getümmel, nicht wahr?«

»Es war knapp«, sagte Victoria. Eine Welle der Begeisterung überkam sie nun und löste die Spannung, die sie noch einen Moment zuvor verspürt hatte. »Wir wurden in einer Gasse von zwei Männern überfallen, die uns ausrauben wollten. Doch Stonevale zog eine Pistole hervor und hielt so die Angreifer ab. Er war fantastisch.«

»Gütiger Himmel«, flüsterte Annabella entsetzt.

»Verdammt, Stonevale.« Lyndwood runzelte offensichtlich besorgt die Stirn. »Das war tatsächlich knapp. Ich nehme an, keiner von euch wurde dabei verletzt?«

»Es geht uns beiden hervorragend, Lyndwood, wie Sie selber sehen können.« Lucas wies die Frage mit täuschender Gelassenheit ab. »Obgleich Miss Huntingtons Verkleidung ein wenig gelitten zu haben scheint.«

Verspätet überprüfte Victoria ihre Frisur, wobei sie feststellte, daß etwas fehlte. »O je, ich habe meinen Hut verloren.«

»Sie haben großes Glück, daß Ihnen nicht noch mehr abhanden gekommen ist, Miss Huntington.« Wieder klang Stonevales Stimme unnatürlich ruhig.

Victoria warf einen Seitenblick auf sein hartes Profil und erkannte, daß Lucas äußerst wütend war. Zum ersten Mal seit Beginn des Tumults verspürte sie einen Anflug echter Angst.

Lucas sah hinaus auf die leere Seitenstraße, als die Kutsche zum Stehen kam. »Sie beabsichtigen, sich hier absetzen zu lassen, Miss Huntington? Wir befinden uns nicht gerade vor Ihrer Haustür.«

»Das ist in Ordnung«, sagte sie ruhig und griff nach ihrem erlesenen Spazierstock.

»Und wie wollen Sie ins Haus gelangen, wenn nicht durch den Vordereingang?« fragte Stonevale verärgert.

»Ich werde über die Gartenmauer klettern und durch das Gewächshaus gehen, genau wie ich gekommen bin. Machen Sie sich keine Sorgen, Graf, ich kenne mich hier aus.« Als sich die Tür öffnete, stieg Victoria schnell aus der Kutsche. Sie hoffte, er würde sich nicht verpflichtet fühlen, sie zu begleiten.

»Gute Nacht, Vicky«, rief Annabella leise. »Es war wirklich ein höchst interessanter Ausflug, nicht wahr?«

»Ganz bestimmt«, erwiderte Victoria.

Lucas verließ hinter Victoria die Kutsche. »Warten Sie hier, Lyndwood«, befahl er über die Schulter. »Ich werde zurück sein, sobald ich unseren leichtsinnigen kleinen Dandy über die Gartenmauer geleitet habe.«

Alarmiert sah sich Victoria nach ihm um. »Es besteht keinerlei Notwendigkeit, mich nach Hause zu begleiten, Graf. Ich versichere Ihnen, ich bin durchaus in der Lage, mich allein zurechtzufinden.«

»Davon will ich nichts hören, Miss Huntington.« Sein wissendes Lächeln zeigte, daß er ihre Unruhe bemerkt haben mußte. »Hervorragend«, murmelte er, während er ihren Arm ergriff und sie in die Dunkelheit schob. »Ich merke, Sie kennen mich inzwischen gut genug, um zu wissen, daß ich alles andere als guter Dinge bin. Es ist nicht ratsam, mit mir zu streiten, wenn ich in dieser Stimmung bin.«

»Graf«, setzte sie an und hob majestätisch den Kopf, »wenn Sie der Meinung sind, ich sei für die Geschehnisse des heutigen Abends verantwortlich, dann sollten Sie lieber noch einmal nachdenken.«

»Natürlich sind Sie für alles verantwortlich, Miss Huntington.« Er sah hinauf zu der hohen, mit Efeu umrankten Steinmauer. »Und wie gelangen wir nun in den Garten?«

Sie versuchte, ihren Arm aus seinem Griff zu befreien. Da er jedoch ihre Bemühungen nicht zur Kenntnis zu nehmen schien, gab sie auf und nickte in Richtung des Weges.»Dort hinten ist eine günstige Stelle.«

Er zerrte sie hinter sich her in die angegebene Richtung, bis sie auf die dichten Weinreben zeigte, unter denen sich ein paar hervorragende Steine in der Mauer verbargen. Ohne ein Wort zu sagen, setzte Victoria die Spitze ihres Stiefels auf den ersten Vorsprung und ergriff eine Rebe.

Als er sah, wie sie die Gartenmauer erklomm, schüttelte Lucas mißbilligend den Kopf. Unter seinem Blick fühlte sich Victoria linkisch und plump. Allzu geübt war sie im Erklimmen von Gartenmauern schließlich nicht. Sie konnte nur hoffen, daß wegen des nur spärlichen Mondlichtes die Form ihres schmuck gekleideten Hinterteils beim Übersteigen der Mauer nicht allzu deutlich wurde.

Hinter ihr ergriff Lucas eine Efeuranke, setzte den Fuß ebenfalls auf den Vorsprung und folgte ihr.

Auf der anderen Seite der Mauer ließ sich Victoria auf den Boden fallen und schaute hinauf, wo sie Lucas fast genau über sich sah. Schnell machte sie einen Schritt zurück, als er vor ihr auf den Rasen sprang. Sie beobachtete, daß er, um nicht zu stolpern, sein Gewicht auf das rechte Bein verlagerte.

»Graf«, zischte sie. »Sie sollten zur Kutsche zurückkehren. Die Lyndwoods werden bereits warten.«

»Zunächst habe ich Ihnen noch ein oder zwei Dinge zu sagen.« Er stand inmitten des duftenden, dunklen Gartens, eine große, schlanke, bedrohliche Gestalt, so dunkel und gefährlich wie die Nacht.

Victoria nahm all ihren Mut zusammen. »Ich muß sagen, daß ich nicht den geringsten Wunsch nach einer Strafpredigt wegen der heutigen Geschehnisse verspüre. Es ist mir durchaus bewußt, daß keiner von uns in Gefahr gekommen wäre, wenn ich nicht darauf bestanden hätte, auf den Jahrmarkt zu gehen.«

»Da haben Sie recht, Miss Huntington.«

Die völlig Gefühllosigkeit in seiner Stimme war weit schlimmer, als Schelte es gewesen wäre. Doch plötzlich erinnerte sich Victoria daran, wie er sie in der Gasse verteidigt hatte. Spontan berührte sie seinen Arm.

»Ich weiß, ich stehe tief in Ihrer Schuld, Graf, doch ich muß ehrlich sagen, daß ich mich bis zu dem Moment, als die Menge in Aufruhr geriet, sehr gut amüsiert habe. Ich erinnere mich nicht, einen Ausflug jemals so genossen zu haben.«

Als sie keine Antwort erhielt, atmete sie tief ein und fuhr fort: »Des weiteren möchte ich Sie wissen lassen, Graf, daß Sie wunderbar waren. Ein Fels in der Brandung, wie man sagt. Sie haben uns von dem Gesindel befreit, und ich versichere Ihnen, daß ich niemals vergessen werde, wie Sie mit diesen beiden Straßenräubern fertiggeworden sind. Dafür danke ich Ihnen.«

»Ihr Dank«, wiederholte er in nachdenklich kühlem Ton. »Ich bin nicht sicher, daß mir dies unter diesen Umständen als Lohn genügt.«

Victoria sah zu ihm hinauf. Plötzlich bemerkte sie, daß Tante Cleos botanischer Garten zu dieser Stunde ein sehr dunkler und einsamer Ort war. Während eines schrecklichen Augenblickes fragte sie sich, ob Stonevale die Beherrschung verlieren würde und was sie in diesem Fall tun sollte. Etwas verspätet machte sie einen Schritt zurück.

»Graf?«

»Nein«, sagte er, als habe er sich entschieden. »Ihr dürftiger Dank ist nicht genug für das, was ich durchgemacht habe und für das, was ich zweifellos noch werde ertragen müssen.«

Ohne jegliche Vorwarnung umfaßten Lucas' Hände plötzlich ihre Schultern, und mit einer heftigen Bewegung hatte er sie mit dem Rücken gegen die Gartenmauer gedrängt.

Ehe Victoria reagieren konnte, kam Lucas ihr näher, so nahe, daß sie seine harte unnachgiebige Gestalt bis auf die Haut spürte.

Lucas' Stiefel drängte zwischen ihre Beine. Für einen Moment erstarrte Victoria, gehalten von der Wärme seines muskulösen Schenkels an ihrer Seite. Ihre Augen weiteten sich im Mondlicht, als sie hinaufsah in Stonevales scharf geschnittenes Gesicht.

»Sie sind ein hitzköpfiger, leichtfertiger Wildfang, der dringend der Zähmung bedarf. Wenn ich noch einen Funken Verstand besäße, würde ich das auf der Stelle beenden«, flüsterte Lucas mit heiserer Stimme.

Victoria befeuchtete ihre trockenen Lippen. »Was beenden, Graf?«

»Das.« Sein Mund näherte sich dem ihren mit einer glühenden, räuberischen Hitze, die ihr endlich das volle Ausmaß seiner gefährlichen Stimmung zeigte.

Auf seinen Ärger war sie gefaßt gewesen, doch nichts hätte sie auf die männliche Erregung vorbereiten können, die sich nun mit brennender Leidenschaft über ihr ergoß.

Stonevale wollte sie.

Einen Augenblick lang war Victoria über diesen sinnlichen Angriff verblüfft. Sie war zwar zuvor ein paarmal von wagemutigen oder verzweifelten Freiern geküßt worden, und ein- oder zweimal, da ihre eigene Neugierde die Oberhand gewonnen hatte. Doch nie zuvor hatte sie einen derart rauhen, tiefen, fordernden Kuß bekommen wie den, der sie jetzt gefangenhielt.

Sie zitterte, und ihre Finger krallten sich in Lucas' Oberarme. Er antwortete mit einem heiseren Stöhnen, und dann stieß er sie gegen den Efeu, wobei sein Schenkel ihre Beine weiter öffnete. Victoria spürte das leichte Stechen der Ranken. Tief sog sie den Geruch der zerdrückten Blätter sowie den Moschusduft von Lucas' Körper ein. Ihr Kopf schwirrte, als würde sie über eine Tanzfläche gewirbelt.

Als sie Lucas' Zunge spürte, die über ihre Unterlippe strich, öffnete sie ihm ihren Mund in derselben instinktiven, bedingungslosen Art, in der sie ihm zuvor in die Sicherheit gefolgt war.

Als seine Hände ihre Taille streichelten, fuhr sie zwar zusammen, doch sie wehrte ihn nicht ab, selbst als sie spürte, wie seine Finger an ihrem Körper hinaufglitten, um kurz unter ihren kleinen Brüsten zur Ruhe zu kommen.

»Graf«, stieß sie mit rauher Stimme hervor, als er ihren Mund freigab, um zärtlich an ihrem Ohrläppchen zu knabbern. »Graf, ich weiß nicht... das heißt, Sie sollten das nicht tun.«

»Ich will, daß Sie allen Grund haben, mich in Erinnerung zu behalten, Victoria«, flüsterte Lucas.

Victoria schluckte und versuchte, ihre Fassung wiederzuerlangen. »Ich versichere Ihnen, daß es höchst unwahrscheinlich ist, daß ich Sie vergessen werde.«

»Hervorragend.«

Seine Zähne zupften an ihrem seidigen Ohrläppchen, wobei sie keinen echten Schmerz, sondern ein beunruhigendes Gefühl der Verwundbarkeit hinterließen. Diese eigenartige Liebkosung erschütterte Victorias Innerstes. Eine wohlige Wärme stieg in ihr auf, und ihr Puls begann zu rasen.

Ohne zu überlegen schlang sie die Arme um Lucas' Hals. Sie merkte, daß sie seinen Duft und die starken Schultern, die sie unter ihren Händen spürte, mochte. Die herausfordernde, männliche Schwellung, die durch seine enganliegenden Reithosen betont wurde, wurde ihr nur allzu bewußt.

»Das«, flüsterte Lucas, »wird eine äußerst interessante Beziehung werden.« Seine Verärgerung schien zu weichen – statt dessen spiegelten seine Augen heftiges Verlangen wider.

»Meinen Sie?« Als Victoria zu ihm hinaufsah, fühlte sie sich höchst wagemutig. Die euphorische Erleichterung, die sie noch kurz zuvor angesichts der knapp überstandenen Gefahr gespürt hatte, mischte sich mit einer anderen, einer neuen und unbekannten Erregung, mit höchster Sinnlichkeit. Sie fühlte sich seltsam schwach und bemerkte, daß sie an Lucas hing.

»Sie wissen es zwar noch nicht, aber Sie haben mir die Schlüssel zu Ihrem Herzen gegeben. Ich kenne jetzt Ihr Geheimnis, und ich warne Sie – ich werde es mir zunutze machen.«

»Ihrem Werben?« Victoria erwachte aus ihren verwirrenden, sinnlichen Träumen.

»Ich beabsichtige, Sie zu umwerben, zu umschmeicheln, zu verführen. Sie werden mir gehören, Victoria. Nur der mutigste, entschlossenste Freier würde ertragen, was ich zu ertragen haben werde, wenn ich Sie gewinnen will, doch am Ende werden Sie mir gehören.« Sein Lächeln war langsam, gefährlich und zugleich unwiderstehlich.

»Weshalb meinen Sie, daß ich mich Ihnen jemals hingeben werde, Graf?«

»Sie werden sich mir hingeben, da Ihnen keine Wahl bleiben wird. Niemals werden Sie einen anderen Mann finden, der bereit ist, Ihnen das zu geben, was Sie wollen«, erwiderte Lucas. »Am Ende werden Sie mir nicht widerstehen können. Jetzt, da ich weiß, was Sie begehren, habe ich Sie völlig in der Hand.«

»Was begehre ich denn Ihrer Meinung nach, Graf?«

»Abenteuer.« Er küßte ihre Nasenspitze. »Aufregung.« Er küßte ihre Augenlieder. »Und jemanden, mit dem Sie all das teilen können. Der Jahrmarkt heute abend war harmlos, verglichen mit dem, was ich Ihnen zeigen kann. Ich kann Sie an Orte bringen, an denen gesehen zu werden sich keine Lady jemals erlauben könnte. Ich kann Ihnen die Seite des Lebens zeigen, von der eine ehrbare Frau der besseren Gesellschaft nicht einmal zu träumen wagt.«

»Die Risiken«, hörte sie sich flüstern.

Es war, als würde er ihre Gedanken lesen. »Sie können diese andere Welt mit mir erforschen, und niemand wird jemals etwas davon erfahren. Sie werden schließlich weder die gesellschaftliche Stellung Ihrer Tante noch Ihre eigene Position gefährden wollen, indem Sie sich erwischen lassen.«

Langsam wurde ihr bewußt, was er ihr da anbot. Der Köder, den er ihr hinhielt, war einfach unwiderstehlich, und das schien er zu wissen. »Aber, Lucas, falls irgend jemand jemals etwas davon erführe, wäre das eine Katastrophe.«

»Was wir in den dunklen Stunden zwischen Mitternacht und Morgengrauen tun, wird unser beider Geheimnis sein. Ich biete Ihnen ein Geschäft an, Victoria; eines, von dem ich annehme, daß Sie es nicht ablehnen können. Ich beabsichtige, Ihre Neugierde bezüglich der aufregenderen Seite des Lebens zu befriedigen.«

»Sie müssen die Abmachung schon etwas näher erläutern, Graf. Was genau erwarten Sie als Gegenleistung?«

Lucas zuckte mit den Schultern. »Sehr wenig. Tagsüber eine Lady und nachts eine Gefährtin auf der Suche nach Abenteuern.«

»Ich bin nicht so verrückt zu glauben, daß es wirklich so einfach sein soll. Sie sagen, Sie wollen mich umwerben, mich umschmeicheln, doch ich sage Ihnen noch einmal in aller Deutlichkeit, daß ich nicht die Absicht habe, zu heiraten.«

»Abgemacht, wir werden nicht von Heirat sprechen«, sagte er beschwichtigend. »Genau wie Sie suche ich eine Begleitung für die Nächte. Ich stehe Ihnen zu Diensten. Wir werden diese Nächte so verbringen, wie Sie es wünschen. Alles, was ich von Ihnen erbitte, ist, daß Sie Ihre nächtlichen Abenteuer mit mir gemeinsam bestehen.«

»Sind Sie sich ganz sicher, daß Sie ansonsten keine Gegenleistung für Ihre mitternächtliche Begleitung erwarten?«

»Das ist alles, was ich im Moment fordere. Der Rest bleibt dem Schicksal überlassen. Wir werden Spiele spielen, Victoria. Gefährliche Spiele. Andere Spiele als die, die Sie bisher gespielt haben.«

Sie sah zu ihm hinauf, fasziniert von der Selbstsicherheit, die in seinen Augen lag, und gebannt von dem dunklen Versprechen seiner Worte. Victoria wußte, daß sie fliehen sollte, doch ebensowenig konnte sie der Verlockung widerstehen, wie sie hätte zum Mond fliegen können.

Nach wie vor spürte sie seine Hand unter ihrer Brust, und plötzlich verlangte es sie zu wissen, wie es wäre, wenn er seine langen Finger hinaufgleiten ließe, um ihre Brustwarzen zu berühren. Sie erschauderte.

Wieder einmal schien Lucas ihre Gedanken zu lesen. Langsam bewegte er seine Hände, bis er ihre Brüste umfaßt hielt. Die Hitze seiner Handflächen drang durch die Weste und das Hemd, und während sie einen leichten Aufschrei unterdrückte, hielt sie ihn fest umklammert.

Bevor sie noch die Kraft aufbrachte zu protestieren, waren Lucas' Hände wieder hinabgewandert und umfaßten nun ihre Taille. Sie war atemlos, erfüllt von dem drängenden Wunsch nach weiteren verbotenen Berührungen.

»Nun, Victoria? Einverstanden? Werden Sie tagsüber die Lady spielen und nachts meine Gefährtin sein? Wird es mehr solcher Nächte wie heute geben?«

»Ich dachte, Ihnen mißfällt diese Art der nächtlichen Unterhaltung?«

»Ich muß zugeben, daß ich zunächst erstaunt war ob Ihrer Kühnheit und Ihres Wagemuts, doch inzwischen habe ich mich von der Überraschung erholt, und es will mir scheinen, daß die Nächte mit Ihnen weitaus amüsanter sind als diejenigen, die ich in meinen Clubs oder in Gesellschaft der langweiligen jungen Damen auf dem Heiratsmarkt verbringe«, versicherte ihr Lucas.

Sie zögerte, doch zugleich fühlte sie, wie sie über den Rand einer sehr hohen Klippe rutschte. »Es muß unser Geheimnis bleiben«, warnte sie. »Niemand darf jemals etwas davon erfahren. Wenn meine Tante von meinem Treiben erführe, wäre sie außer sich vor Sorge. Außerdem darf sie keinerlei öffentliche Demütigungen wegen meines Handelns erfahren. Sie war sehr gut zu mir, und ich schulde ihr mehr, als ich ihr jemals werde geben können.«

»Ihre Geheimnisse werden bei mir sicher sein. Sie haben mein Wort«, stimmte Lucas zu.

Sie glaubte ihm. Victoria wußte, daß sie sich auf das Wort dieses Mannes verlassen konnte. Er würde nichts in den Clubs oder Salons ausplaudern. Auf den Bällen und Soireen, auf denen man sich unweigerlich begegnete, würde er sie lediglich mit der gebührenden Höflichkeit behandeln. »Oh, Lucas, es würde mir allergrößtes Vergnügen bereiten, mit Ihnen die Nächte zu erforschen.«

Sein Mund näherte sich dem ihren. »Sag ja, Victoria. Sag, daß du mein Angebot annehmen wirst.«

»Ich muß darüber nachdenken. Es handelt sich um eine wichtige Entscheidung, so daß ich Zeit brauche, um in Ruhe darüber nachzudenken.«

»Darf ich morgen bei Ihnen und Ihrer Tante vorstellig werden? Sie können mir dann Ihre endgültige Entscheidung mitteilen.«

Sie atmete tief ein und wußte, dieses war der Anfang. »Sie vergeuden keine Zeit, Graf.«

»Ich war nie der Typ, der Zeit vergeudet.«

»Sehr gut. Sie dürfen uns aufsuchen.« Sie preßte ihre Arme kurz an seinen Hals und wußte bereits, wie ihre Antwort lauten würde. Dann ließ sie von ihm ab, da sie von plötzlicher Nervosität, gar Schüchternheit ergriffen wurde. Sie sah hinauf zu den dunklen Fenstern des Hauses. »Ich muß jetzt hineingehen. Und Sie müssen schnell zur Kutsche der Lyndwoods zurück. Sie werden sich bereits fragen, was mit Ihnen geschehen ist.«

»Ich werde ihnen einfach erzählen, daß es gewisse Schwierigkeiten beim Übersteigen der Gartenmauer gegeben hat«, sagte er lässig.

Höflich beugte er sich über ihre ausgestreckte Hand. Als er den Kopf hob, zeigte er ein sanftes, betörendes Lächeln. Und dann drehte er sich um, schlenderte zur Mauer und kletterte zielstrebig hinüber. Einen Augenblick später war er im Dunkel der Nacht verschwunden. Victoria zögerte noch einen Moment und fragte sich, was sie getan hatte, bevor sie das dunkle Gewächshaus betrat.

Kurze Zeit später lag sie wach in ihrem Bett und dachte, daß beim Abschied in Stonevales Lächeln zuviel Zufriedenheit, ja gar Triumph gelegen hatte.

Ich werde Sie umwerben, umschmeicheln, verführen.

Sie würde vorsichtig sein müssen, doch sie würde mit ihrem Mitternachts-Grafen fertigwerden. Sie würde lernen, wie sie mit ihm umzugehen hatte, da sie keine Wahl hatte; sie konnte seinem Angebot nicht widerstehen. Sie brauchte das, was er ihr bot.

Zum ersten Mal seit Monaten fand Victoria einen ruhigen Schlaf.

Zehn Minuten nachdem er den Garten verlassen hatte, stieg Lucas aus der Lyndwoodschen Kutsche, verabschiedete sich und stieg die Stufen zu der Stadtwohnung hinauf, die er kürzlich geerbt hatte. Sein Butler, der ebenso wie die wenigen anderen Bediensteten von Jessica Atherton angeheuert worden war, öffnete die Tür.

»Sie können alle zu Bett schicken, Griggs. Ich habe noch etwas in der Bibliothek zu erledigen«, befahl Lucas.

»Sehr wohl, Graf.«

Lucas begab sich in die Bibliothek, die mit den wenigen erlesenen Möbelstücken ausgestattet war, die sich noch im Haus befanden, und schenkte sich ein großes Glas Portwein ein. Sein verdammtes Bein schmerzte wieder. Dieses idiotische Herumgerenne auf dem Jahrmarkt und das Geklettere an der Mauer waren die Ursache.

Er fluchte lautlos und nahm einen kräftigen Schluck Portwein, da er aus Erfahrung wußte, daß dadurch das dumpfe Pochen in seinem Oberschenkel erträglicher würde.

Nicht nur sein Bein schmerzte. Auch in einem anderen Körperteil hämmerte es wegen der Begegnung mit Victoria. Er spürte ihren weichen Körper seit dem Augenblick, als er sie gegen die Gartenmauer gedrängt hatte. Ihr süßer, würziger Geruch mischte sich in seinem Kopf mit dem reichen Duft des Portweins.

Sein Blick fiel auf das Porträt, das über dem Kaminsims hing. Langsam ging Lucas über den ausgeblichenen Teppich, um das grimmige Gesicht seines Onkels zu betrachten.

Maitland Colebrook, der vorherige Graf von Stonevale, hatte während seiner letzten Lebensjahre nicht viel zu lachen gehabt. Von Krankheit und Depressionen geplagt, hegte er eine beständige Abneigung gegen alles und jeden. Maitland hatte seinen Zorn häufig an allen ausgelassen, die sich zufällig in der Nähe befanden, so daß er beständig auf der Suche nach neuen Bediensteten war.

In jüngeren Jahren hatte Maitland Colebrook ein ausschweifendes Leben geführt, exzessiv getrunken und im großen Rahmen gespielt. Nachdem der Großteil seines bereits durch seinen Vater erheblich geschmälerten Erbes verschleudert war, hatte er sich zurückgezogen.

Er war zum exzentrischen Einsiedler geworden, ohne Kontakte zu Londoner Bekannten oder Verwandten. Er hatte sich aufs Land zurückgezogen, um von dem, was von seinen Gütern übrig war, zu zehren. Er hatte nie geheiratet, und als vor einigen Monaten das Ende nahte, hatte er widerwillig seinen Erben kommen lassen, einen Neffen, den er kaum kannte.

Lucas erinnerte sich sehr gut an die Unterhaltung. Das düstere Schlafzimmer mit den vermoderten Vorhängen und schäbigen Möbeln machte einen direkt angenehmen Eindruck, verglichen mit Maitland Colebrook, der vertrocknet und bleich, mit einer Flasche Portwein und einer Flasche Laudanum neben sich, in einem alten Eichenbett saß.

»Das gehört alles dir, Neffe, jeder verfluchte Zentimeter von Stonevale. Wenn du einen Funken Verstand besitzt, gehst du fort und läßt es verrotten. Diese Ländereien haben noch niemandem jemals Glück gebracht«, röchelte er, während er seine knochigen Finger in eine schmutzige Decke krallte und Lucas kalt anstarrte.

»Vielleicht hat es nur niemand für nötig gehalten, Zeit und Geld in sie zu investieren«, erwiderte Lucas verbittert. Jeder

Narr konnte sehen, daß Stonevale ungeahnte Möglichkeiten eröffnete. Das Land war fruchtbar; man könnte es wieder kultivieren.

Geld war das Elixier, mit dem Stonevale zu neuem Leben erweckt werden könnte; Geld und ein Graf, der sich um Land und Leute sorgte.

»Es hat keinen Sinn, Geld in Stonevale zu stecken. Der Ort ist verflucht, ich sage es dir. Frag nur die Leute in der Umgebung. Es ist schon seit Generationen so. Schlechter Boden, faule Bauern, unzureichende Wasserversorgung. Nicht eine einzige verdammte Sache, die zu retten es sich lohnen würde. Ich hätte den ganzen verfluchten Platz verkaufen sollen. Weiß nicht, warum ich's nicht getan habe«, fuhr der alte Mann mit trockener, rauher Stimme fort.

An dieser Stelle beugte sich der sterbende Graf vor und öffnete eine Schublade seines Nachtschränkchens. Seine zitternden Finger suchten kurz herum und schlossen sich dann um einen Gegenstand, den er an der Form erkannte. Dann warf er das Teil Lucas zu, der automatisch die Hand ausstreckte, um es zu fangen.

Als Lucas die Hand öffnete, starrte er auf ein rundes bernsteinfarbenes Amulett, das an einer zierlichen Kette hing. In das Amulett waren zwei Figuren derart künstlerisch eingraviert, daß sie aussahen wie zwei menschliche Miniaturen, die für alle Zeiten in dem leuchtenden gelbgoldenen Stein gefangen waren. Das Bild stellte eindeutig einen Ritter und seine Lady dar.

»Was ist das, Graf?« fragte Lucas und umschloß das Amulett erneut mit seiner Hand.

»Wenn ich das bloß wüßte. Ein Geschenk meines Vaters, bevor er starb. Er behauptete, er hätte es in dem alten Labyrinth im Südgarten gefunden. Die Dorfbewohner denken, es sei die Darstellung der Legende.«

Lucas betrachtete den Stein. »Welcher Legende?«

Maitland wurde plötzlich zornrot. »Die Legende, die diese gottverlassenen Güter so nutzlos macht, die dafür verantwortlich ist, daß mein Leben ruiniert ist, daß ich keinen eigenen Sohn habe. Die Legende vom Bernsteinritter und seiner Lady.«

»Und was steckt hinter dieser Legende?«

»Frag eine der alten Hexen im Dorf, wenn du die Geschichte hören willst. Ich habe wichtigere Dinge zu tun, als dir Märchen zu erzählen.«

Dann hatte Maitland einen Hustenanfall erlitten. Lucas hatte schnellstens ein Glas Portwein eingeschenkt und es ihm an die bleichen, schmalen Lippen gehalten. Sein Onkel hatte einen kräftigen Schluck genommen und sich beruhigt.

»Es ist nicht gut, weißt du«, fuhr Maitland Colebrook fort. »Nichts davon. War es nie, und wird es nie sein. Verflucht, der ganze verdammte Ort. Nimm meinen Rat an und verkauf Stonevale. Versuche nicht, es zu retten.«

Lucas sah hinab auf das bernsteinfarbene Amulett, und plötzlich entflammten Besitzgier und Entschlossenheit. »Weißt du, Onkel, ich glaube, ich werde deinen Rat nicht befolgen. Ich werde Stonevale retten.«

Maitland Colebrook sah aus blutunterlaufenen leeren Augen zu ihm auf. »Und woher willst du das Geld nehmen? Ich habe gehört, daß du einiges Geschick an den Spieltischen aufweist, aber du kannst nicht genug gewinnen, um die Art von regelmäßigem Einkommen zu erzielen, die du brauchen würdest, um diese Güter zu retten. Ich weiß es. Ich habe es in jüngeren Jahren versucht.«

»Dann muß ich das Geld wohl auf einem anderen Weg bekommen, nicht wahr?«

»Die einzige andere Möglichkeit ist, daß du dir eine reiche Erbin angelst, und das ist leichter gesagt als getan. Keine anständige Frau der besseren Gesellschaft mit eigenem Geld sieht einen mittellosen Grafen auch nur zweimal an. Sie könnte immer eine bessere Partie machen als dich.«

Lucas erwiderte den Blick des Onkels. »Vielleicht sollte ich nicht ganz oben suchen.«

»Du würdest nur deine Zeit vergeuden. Himmel, ich kenne diese Club-Gespräche. Es gibt immer eine Menge Spekulationen darüber, den Titel als Gegenleistung für die Heirat mit der Tochter eines reichen Händlers anzubieten. Aber es ist eine Tatsache, daß das nicht gerade oft klappt. Geld heiratet Geld, und das gilt für die Bürgerlichen genau wie für die Adligen.«

Als Lucas das Porträt des mürrischen Maitland Colebrook anstarrte, erinnerte er sich genau an diese Worte. Er lächelte grimmig und erhob sein Glas zu einem kleinen Toast.

»Du hattest unrecht, Onkel. Ich habe meine reiche Erbin gefunden, und ich habe meine Falle geschickt aufgestellt. Sie wird mir zwar das Leben schwermachen, aber am Ende wird sie mir gehören.«

Und dieses Ende konnte für ihn nicht schnell genug kommen, beschloß Lucas, als er den Rest seines Portweins hinunterkippte. Er hatte es auf Victorias Vermögen abgesehen, doch heute nacht war ihm klargeworden, daß er auch Victoria wollte.

Lucas setzte sein Glas ab und spürte die Wärme des bernsteinfarbenen Amuletts auf seiner Brust. Er hatte es immer getragen, seit der Nacht, in der Maitland Colebrook es ihm entgegengeschleudert hatte.

Während Lucas allein in der Bibliothek stand und nachdachte, durchfuhr es ihn, daß der reiche, lohfarbene Glanz des Bernsteins genau der Farbe von Victorias Augen entsprach.

4

Lucas stieg die Stufen zu Lady Nettleships Stadtwohnung hinauf, wobei er eine Mischung aus froher Erwartung und eiserner Entschlossenheit verspürte. Es war, als würde er sich an einen Spieltisch begeben. Seine Gedanken kreisten um das Ziel – er wollte gewinnen; und Lucas wußte, daß er meistens gewann.

Bereits vor langer Zeit hatte er gelernt, daß es für einen Mann, der seinen Lebensunterhalt mit Hilfe seines Verstandes verdienen mußte, nichts Wichtigeres gab als Strategie und Planung. Er hatte erfahren, wie wichtig es war, während einer Schlacht oder eines Kartenspiels einen kühlen Kopf zu bewahren und alle Gefühlsregungen zu unterdrücken. Lucas wußte, kaltblütige Logik war der Schlüssel zum Erfolg.

Er war sich bewußt, daß der einfache Grund für sein Überleben oder besser für seinen Erfolg an den Tischen der Londoner Clubs und Spielhöllen der war, daß er niemals mit dem Herzen spielte. Anders als die wilden jungen Draufgänger, die leidenschaftlichen, betrunkenen Lords oder die verrückten Dandys, die es liebten, ihr Geld höchst melodramatisch zum Fenster hinauszuwerfen, gestattete sich Lucas niemals Gefühle wie Ausgelassenheit, falschen Stolz oder Verzweiflung. Bei einer Pechsträhne verließ man einfach den Tisch und versuchte es zu einem anderen Zeitpunkt an einem anderen Ort erneut. Und Lucas hatte immer einen anderen Zeitpunkt und einen anderen Ort gefunden.

Doch so erfolgreich er auch an den Spieltischen war, sein Onkel hatte recht gehabt; er würde niemals genug gewinnen, um Stonevale zu retten. Lucas wußte, daß er mit diesem Versuch nur seine Zeit vergeuden würde. Das Land und die Menschen von Stonevale aber konnten nicht so lange warten.

Zumindest kostete es weniger, hier in London den Schein zu wahren. War ein Mann clever und wägte er seine Ausgaben sorgfältig ab, so konnte er von dem Gewinn einer Nacht eine Weile leben. Die bessere Gesellschaft mochte zwar Spekulationen anstellen hinsichtlich der finanziellen Situation eines Mannes; wenn es ihm jedoch gelang, den Anschein von Reichtum zu erwecken, wäre niemand so unhöflich, Nachforschungen anzustellen. Und schließlich waren da noch sein Titel und die gesellschaftlichen Beziehungen von Jessica Atherton.

Lucas blickte zu der teuren schwarzen Karriole mit den beiden wunderbaren Grauschimmeln, mit der er gekommen war.

Kutsche und Gespann hatten ein Vermögen gekostet, aber sie waren ebenso unerläßlich wie die elegante Kleidung. Wenn ein Mann es auf eine reiche Erbin abgesehen hatte, war die Erscheinung von größter Bedeutung; besonders wenn die Lady dazu neigte, Spitzel anzuheuern.

Während Lucas seine Strategie zum letzten Mal überdachte, öffnete sich Lady Nettleships Eingangstür. Lucas überreichte dem Butler seine Karte.

»Der Graf von Stonevale möchte Lady Nettleship und ihrer Nichte einen Besuch abstatten.«

Der Butler sah ihn über seine majestätische Nase hinweg an. »Ich werde sehen, ob Lady Nettleship heute morgen empfängt.«

Einen grimmigen Augenblick lang fragte sich Lucas, was er täte, wenn Victoria ihre Meinung hinsichtlich seines Besuches geändert hätte. Es war durchaus möglich, daß sie jetzt im hellen Tageslicht die Gefahr spürte, in die sie sich begab.

Er hätte dem heißen Drängen widerstehen sollen, das ihn letzte Nacht dazu getrieben hatte, sie zu küssen. Etwas Derartiges hatte nicht in seiner Absicht gelegen, besonders nicht am Anfang der Jagd. Doch während eines kurzen, gefährlichen Augenblicks hatte er dort in dem dunklen Garten seine eigenen Regeln durchbrochen und seinen Gefühlen erlaubt, das Geschehen zu bestimmen. Lucas schwor sich, in Zukunft vorsichtiger zu sein.

Der Butler kehrte zurück, und Lucas verspürte eine Mischung aus Erleichterung und Triumph, als er in den Salon geführt wurde. Wie an den Spieltischen war auch hier keine Regung in seinem Gesicht zu erkennen, doch er hatte die erste Hürde genommen; er befand sich im Haus seines Opfers.

Das Triumphgefühl wandelte sich jedoch in Verärgerung, als er Victoria nirgends in dem sonnendurchfluteten Raum entdeckte. Er hatte nicht erwartet, daß Victoria der Mut verlassen würde. Doch die Lady, die ihm letzte Nacht furchtlos in die

Gasse gefolgt war, zog es offensichtlich vor, eine Begegnung im Tageslicht zu vermeiden. Lucas zwang sich, seine Aufmerksamkeit der bemerkenswerten Frau mittleren Alters zuzuwenden, die auf dem eleganten Sofa saß.

»Ihr Diener, Lady Nettleship«, murmelte er, während er sich über ihre beringte Hand beugte. »Ich sehe jetzt, daß Victorias hübsche Augen ein Markenzeichen der Familie sind.«

»Wie charmant, Graf. Nehmen Sie doch Platz. Wir haben Sie erwartet. Victoria, meine Liebe, leg doch die Käfer beiseite und begrüße deinen Gast.« Victorias Tante wandte ihren Kopf in Richtung ihrer Nichte und lächelte.

Lucas war erleichtert. Das kleine Luder hatte seine Meinung also doch nicht geändert. Er richtete sich mit einem Lächeln auf und sah hinüber zu Victoria, die ruhig in der Nähe des Fensters am anderen Ende des Raumes stand. Kein Wunder, daß er sie nicht sofort entdeckt hatte. Sie trug ein goldgelbes Kleid, das sich kaum von den Vorhängen abhob.

Ihre Gelassenheit sagte ihm, daß sie ihre Position absichtlich gewählt hatte, um ihn einige Minuten in Ruhe beobachten zu können.

Ob dieses Schachzugs hob Lucas amüsiert die Augenbrauen. Es ging doch nichts über die Möglichkeit, den Gegner erst einmal aus der Nähe zu betrachten, bevor man ihm gegenüberstand. Eines war klar – er war nicht der einzige, der etwas von Strategie verstand.

»Guten Morgen, Miss Huntington. Einen Augenblick lang hatte ich befürchtet, Sie hätten bereits eine andere gesellschaftliche Verpflichtung.«

Ruhig kam sie näher, wobei ihre weichen Hauspantoffeln geräuschlos über den Teppich glitten. Sie hielt eine kleine Schachtel in den Händen, und ihre Augen blitzten schalkhaft. »Wie konnten Sie nur annehmen, daß ich Ihren Besuch vergessen würde, Graf?«

»Man kann sich hinsichtlich des Gedächtnisses von jungen

Damen nie ganz sicher sein.« Lucas neigte seinen Kopf über die Hand, die sie ihm graziös entgegenstreckte. Ihre Finger waren kalt; ein Zeichen, daß sie nicht so gelassen war, wie sie erschien. Dieser Gedanke gefiel ihm.

»Ich versichere Ihnen, daß ich ein ausgezeichnetes Gedächtnis habe.«

»Bedauerlicherweise ist es nicht immer das Gedächtnis, das versagt. Manchmal ändern die Frauen auch einfach ihre Meinung«, sagte Lucas.

Victoria schüttelte den Kopf und betrachtete ihn. »Nicht ohne Grund. Bitte nehmen Sie doch wieder Platz. Interessieren Sie sich für Käfer?«

»Käfer?« Lucas sah in die Schachtel, in der sich eine Sammlung toter Insekten befand. Sie waren sorgsam der Größe nach geordnet, wobei das größte, ein wahres Monster, zuerst aufgespießt war. »Um die Wahrheit zu sagen, Miss Huntington, ich habe mich noch nie besonders um Käfer gekümmert.«

»Aber das hier sind ganz besondere Exemplare, nicht wahr, Tante Cleo?«

»Eine bemerkenswerte Sammlung«, pflichtete Lady Nettleship ihr begeistert bei. »Lady Woodbury, ein Mitglied unserer kleinen Gesellschaft, hat sie gesammelt.«

»Faszinierend.« Langsam kehrte Lucas zu seinem Platz zurück, wobei seine Augen auf Victoria ruhten, die sich neben ihre Tante auf das Sofa setzte.

»Ich frage mich, wie es Lady Woodbury geschafft hat, so viele große Insekten zu töten.«

»Wie man es für gewöhnlich macht, nehme ich an«, sagte Cleo. »Sie wird sie unter den Flügeln aufgespießt oder Kampfer oder ein Stück Draht verwendet haben.«

»Sammeln Sie Insekten, Miss Huntington?« fragte Lucas.

»Nein, ich fürchte, mir fehlt die erforderliche Kaltblütigkeit.« Sie sah in die Schachtel. »Wissen Sie, die armen Dinger sind nicht immer sofort tot.«

Er betrachtete ihr Profil. »Der Überlebenswille kann erstaunlich stark sein.«

»Ja.« Sie klappte die Schachtel zu.

»Ich fürchte, meine Nichte ist etwas zu weichherzig für bestimmte Forschungsbereiche«, sagte Cleo mit einem Lächeln.

»Ich gebe zu, daß mir Botanik und Gartenbau lieber sind als Insektenforschung.«

»Sie scheinen vielfältige Interessen zu haben, Miss Huntington«, bemerkte Lucas.

»Hatten Sie einen anderen Eindruck?« Sie sah ihn mit gespielter Unschuld an.

Lucas erkannte die Falle. »Ganz im Gegenteil. Unsere kurze Bekanntschaft hat genügt, um mir zu zeigen, daß Sie eine höchst ungewöhnliche Frau sind.«

Cleo sah ihn aufmerksam an. »Interessieren Sie sich für Gartenbau und Botanik, Graf?«

»Wie Sie vielleicht wissen, ist mir der Titel erst kürzlich zugefallen. Ich stelle fest, daß sich meine Interessen durch die Erbschaft erheblich erweitert haben. Mir scheint, als müsse ich einiges über Gartenbau und ähnliche Dinge lernen, wenn ich den Zustand meiner Ländereien verbessern will«, sagte Lucas.

Cleo schien sich zu freuen. »Hervorragend. Dann werden Sie sich zweifellos für Victorias Pflanzenbilder interessieren.«

Victoria errötete leicht, was Lucas erstaunte. »Tante Cleo, ich bin sicher, daß der Graf nicht das geringste Interesse an meinen dilettantischen Bildern hat.«

»Ich versichere Ihnen, daß sie mich sehr wohl interessieren würden«, beeilte sich Lucas zu sagen. Etwas, das Victoria erröten ließ, mußte einfach faszinierend sein.

»Sie hat außerordentliche Fähigkeiten auf diesem Gebiet«, sagte Lady Nettleship, während sie aufsprang und einen Skizzenblock vom Tisch nahm. »Werfen Sie nur einmal einen Blick darauf.«

»Tante Cleo, wirklich ...«

»Nein, keine falsche Bescheidenheit, Vicky. Deine Arbeiten sind hervorragend und wunderbar originalgetreu. Ich erzähle dir schon seit Jahren, daß du sie veröffentlichen solltest. Bitte sehr, Graf. Was halten Sie davon?« Erwartungsvoll legte Cleo das Buch in Lucas' Hände.

Lucas, der bemerkte, wie Victoria ihn in resigniertem Schweigen beobachtete, betrachtete den Skizzenblock eingehend. Er öffnete ihn in Erwartung der üblichen laienhaften Bilder. Schließlich galt es als chic, wenn junge Damen malen lernten.

Dann jedoch war er überrascht von der Klarheit und Lebendigkeit von Victorias Arbeiten. Ihre Pflanzen schienen auf den Blättern des Skizzenblocks zu erblühen. Sie waren nicht nur künstlerisch gelungen, sondern zudem äußerst detailgetreu.

Lucas war fasziniert von den Rosen, Iris, Mohnblumen und Lilien, die vor seinen Augen zum Leben erwachten. Jede der Blumen war in zierlicher Handschrift mit ihrem offiziellen botanischen Namen versehen: *Rosa provincialis, Passiflora alata, Cyclamen linearifolium*.

Er sah auf und bemerkte, daß Victoria ihn nach wie vor mit einem seltsam erwartungsvollen Ausdruck beobachtete. Ihre Kunst war ihr demnach wirklich wichtig. Er schloß den Skizzenblock. »Diese Zeichnungen sind hervorragend, Miss Huntington. Aber das wird man Ihnen bereits gesagt haben. Selbst mein ungeübter Blick erkennt die Schönheit dieser Skizzen und Zeichnungen.«

»Danke.« Plötzlich lächelte sie strahlend, als hätte er ihr gesagt, sie, und nicht ihre Kunst, sei schön. Ihre bernsteinfarbenen Augen schimmerten fast golden. »Sie sind sehr freundlich.«

»Ich bin nicht freundlich, Miss Huntington«, sagte er ruhig. »Ich sage lediglich die Wahrheit. Obgleich ich zugeben muß, daß ich nicht alle diese Pflanzen kenne. Wo haben Sie sie gezeichnet?«

»Im Gewächshaus«, erklärte Cleo. »Victoria und ich haben einen meiner Meinung nach recht beachtlichen botanischen Garten eingerichtet. Natürlich nicht vergleichbar mit dem in Kew, doch wir sind sehr stolz darauf. Hätten Sie Interesse daran, das Gewächshaus zu besichtigen? Victoria führt Sie gewiß gern ein wenig herum.«

Lucas nickte. »Es wäre mir ein Vergnügen.«

Victoria erhob sich würdevoll. »Hier entlang, Graf.«

»Nun lauft schon los«, sagte Cleo. »Vielleicht möchten Sie anschließend noch eine Tasse Tee mit uns trinken, Graf?«

»Danke, gern.« Lucas lächelte, während er Victoria hinaus in die Eingangshalle und einen kurzen Gang entlang hinter das Haus folgte. Es lief alles ausgezeichnet, sagte er sich, als sie ihn in ein großes Glashaus voller Pflanzen führte, in dem die feuchte Erde einen reichhaltigen Duft verströmte. Endlich war er allein mit seinem Opfer.

Er sah sich um und stellte fest, daß er seine Jagd heute in einem richtigen Dschungel fortsetzen würde. Durch das Fenster blickte man auf einen großen, hübschen Garten und auf eine eigenartig vertraute, mit Efeu umrankte Steinmauer.

»Ich habe mich gefragt, wie der Garten wohl bei Tageslicht aussieht«, bemerkte Lucas.

Warnend zog Victoria die Brauen zusammen. »Pst, Graf. Es könnte uns jemand hören.«

»Das ist eher unwahrscheinlich. Wir scheinen den Platz für uns zu haben.« Er betrachtete die üppigen Grünpflanzen und die Sammlung exotischer Blüten, die das Glashaus füllten. »Sie und Ihre Tante scheinen wirklich Interesse am Gartenbau zu haben. Es ist erstaunlich.«

»Meine Tante ließ das Gewächshaus vor ein paar Jahren errichten«, sagte Victoria, während sie einen der grün überdachten Wege hinabschritt. »Sie hat Freunde, die die ganze Welt bereisen und die uns Samen und Setzlinge schicken. Kürzlich erst schickte uns Sir Percy Hickinbottom, einer ihrer zahlreichen Verehrer, eine neue Rose, die er während einer China-Expedition entdeckt hatte. Er nannte sie ihr zu Ehren Cleos Chinesischer Glanz. War das nicht nett? Letzten Monat schickte er eine wunderschöne Chrysantheme. Wir hoffen, sie wird es überleben. Kennen Sie sich mit Chrysanthemen aus, Graf?«

»Nein, aber ich weiß, was es bedeutet, wenn jemand plötzlich sehr gesprächig wird. Beruhigen Sie sich, Victoria. Es besteht kein Grund zur Aufregung.«

»Ich bin nicht aufgeregt.« Stolz hob sie den Kopf, als sie bei einem großen Beet mit seltsamen, klobigen, dornenbesetzten Pflanzen stehenblieb. »Mögen Sie Kakteen?«

Neugierig sah Lucas auf die Ansammlung stachliger Pflanzen, die anders aussahen als alles, was er bisher gesehen hatte. Vorsichtig berührte er eine der Dornen und entdeckte, daß diese spitz wie Nadeln waren. Er blickte auf und begegnete Victorias Augen.

»Die Verteidigungsmechanismen meiner Gegner haben mich schon immer interessiert«, sagte Lucas.

»Liegt das daran, daß Sie diese Abwehr immer überwinden möchten?«

»Nur, wenn der Kampf sich lohnt.« Das Wortgefecht begann ihm Spaß zu machen. Sie war kein Feigling.

»Wie können Sie den Wert der Beute kennen, bevor der Kampf begonnen hat?«

Es war wohl doch kein Fehler gewesen, sie in der letzten Nacht zu küssen, entschied Lucas. Die Art, in der sie ihn ansah, zeigte ihm, daß sie lange über den Kuß nachgedacht hatte. »Manchmal ist einem eine kleine Kostprobe erlaubt. Das, was ich letzte Nacht probieren durfte, war äußerst vielversprechend.«

»Ich verstehe. Und testen Sie eine Menge möglicher Beutestücke, bevor Sie entscheiden, auf welches Sie es absehen?« Sie sah ihn eindringlich an.

Sein Mund zuckte, als er den Hochmut in ihren Augen sah. »Man muß zumindest einen Vergleich ziehen können.«

Fast unmerklich wandelte sich der Hochmut in Abscheu. Sie

wandte sich ab und begab sich auf den Weg zurück. »Ich dachte mir bereits, daß das der Fall sei.«

Plötzlich war Lucas verärgert. Sie hatte dieses Scharmützel begonnen. Er ergriff ihren Arm und zwang sie stehenzubleiben. Als sie sich umdrehte, traf ihn ein verächtlicher Blick.

»Was ist los, Victoria? Gefällt Ihnen die Tatsache nicht, daß es auch andere Beutestücke in meinem Leben gab? Sie waren nicht besonders wichtig.«

»Mir mißfällt die Tatsache, daß Sie anscheinend bei der Auswahl Ihrer Beutestücke nicht sehr wählerisch waren, und daß Sie derartige Angelegenheiten offensichtlich nicht ernst nehmen.«

»Ich versichere Ihnen, ich war stets wählerisch und niemals gleichgültig. Tatsächlich hat es nicht allzu viele Beutestücke gegeben. Ich habe die meiste Zeit meines Lebens beim Militär verbracht, und mit einem Offiziersgehalt ist es schwer, eine Geliebte zu unterhalten.« Er übte bewußt genug Druck auf ihr Handgelenk aus, damit sie näher kam. »Wie steht es mit Ihnen? Sie parieren sehr gut. Liegt das daran, daß Sie in diesem Spiel wohlgeübt sind?«

»Ich habe reichlich Erfahrung darin, den Kaktus zu spielen, Graf.«

»Ach, sagen Sie«, fragte Lucas lächelnd, »ist es jemals irgend jemandem gelungen, die Stacheln zu überwinden?«

»Das geht Sie ja wohl nichts an, oder?«

Er sah, wie sie errötete, doch ihre Augen hielten seinem Blick stand. »Verzeihen Sie. Ich fürchte, unter den gegebenen Umständen hege ich einfach eine gewisse Neugierde. Schließlich beabsichtige ich, den Panzer zu durchbrechen und an den verborgenen Schatz zu gelangen. Das sagte ich ja bereits letzte Nacht.«

»Sie sind nicht besonders feinfühlig, oder, Stonevale?« sagte sie.

»Ich bin feinfühlig, wenn es erforderlich ist, doch in diesem

Fall denke ich, daß ich vollkommen offen über meine Absichten sprechen darf. Schließlich sind Sie kein dummes Schulmädchen. Ich denke nicht, daß Sie sich durch die ehrlichen Absichten eines Mannes leicht erschrecken lassen.«

Victoria richtete sich auf und sah ihn an. »Da wir von Ehrlichkeit sprechen, was genau sind Ihre Absichten, Graf? Diesbezüglich haben Sie sich letzte Nacht nicht allzu deutlich ausgedrückt.«

»Sie müssen sich der Tatsache bewußt sein, daß ich es von nun an auf Sie abgesehen habe. Und ich werde tun, was notwendig ist, um Sie zu bekommen.«

»Letzte Nacht –«, begann sie hastig, doch dann unterbrach sie sich, um nach den richtigen Worten zu suchen. »Letzte Nacht habe ich Sie davor gewarnt, an eine Heirat zu denken.«

»Ich habe Ihre Warnung vernommen. Sie haben sie, wenn ich mich recht erinnere, mehrere Male in verschiedenster Form zum Ausdruck gebracht.«

»Sie werden also verstehen, daß ich nicht mit mir spielen lasse, wenn es um dieses Thema geht? Ich habe keinerlei Interesse an der Ehe.«

»Ich verstehe.« Lucas lächelte leicht angesichts des ernsten Ausdrucks in ihren Augen. Vielleicht war sie der Überzeugung, kein Spiel zu spielen, doch das würde sie nicht davor bewahren, dieses Spiel zu verlieren. »Aber Sie wollen andere Spiele spielen, nicht wahr, Victoria? Mitternächtliche Spiele.«

Sie schwieg einen Moment, doch Lucas bemerkte ein leichtes Zittern ihrer Hände, als sie geistesabwesend nach einem großen Blatt griff, das über ihr hing. »Sie hatten recht letzte Nacht, Graf. Ich wünsche mir sehnlichst einen Gefährten, mit dem ich meine nächtlichen Abenteuer teilen kann. Jemanden, auf dessen Schweigen ich vertrauen kann, jemanden, der mich an Orte führt, die ich weder allein noch mit Freunden wie Annabella Lyndwood und ihrem Bruder aufsuchen kann. Ich gebe zu, daß das Angebot, das Sie mir letzte Nacht im Garten unterbreitet haben, äußerst verlockend ist. Was mir jedoch die größten Sorgen bereitet, ist die Tatsache, daß Sie anscheinend genau wissen, wie verlockend ich es finde.«

»Sie zögern, weil Sie nicht sicher sind, mein Angebot annehmen zu können, ohne dafür zahlen zu müssen. Ist das das Problem, Victoria?«

Sie nickte, wobei sie schmerzlich den Mund verzog. »Sie haben recht, Graf. Ich bin mir nicht sicher, daß Sie sich mit dem Lohn, den ich zu gewähren bereit bin, zufrieden geben werden.«

Lucas atmete tief ein und kreuzte die Arme vor der Brust. »Das ist dann anscheinend mein Problem. Weshalb sollten Sie sich Sorgen machen, solange ich mit dem Handel zufrieden bin?«

»Da ich mir, ehrlich gesagt, nicht vorstellen kann, daß Sie sich mit ein paar gestohlenen Küssen im Garten zufrieden geben, Graf, und ich versichere Ihnen, daß Sie von mir keinen anderen Lohn erhalten werden. Habe ich mich deutlich genug ausgedrückt?«

»Vollkommen.«

Sie erwartete, daß er ihr widersprechen würde. Als er statt dessen höflich die ungewöhnlichen Kakteen betrachtete, verlor sie einen Teil ihrer Selbstbeherrschung, genau wie Lucas es vorausgesehen hatte. Ohne es zu bemerken, wagte sich die Lady sehr weit vor.

»Es wird also kein Gerede von Heirat geben?« fragte sie.

»Keins.« Er untersuchte den Stachel einer anderen dieser seltsamen Pflanzen. »Ich fühle mich jedoch verpflichtet, Sie davon in Kenntnis zu setzen, daß mein Versprechen von Heirat zu schweigen, nicht bedeutet, daß ich nicht mein möglichstes tun werde, um Sie in meine Arme zu locken. Sie haben recht, Victoria. Ich möchte mehr von Ihnen als ein paar gestohlene Küsse.«

»Sie sind sehr direkt, Graf.«

»Ich sehe keine Veranlassung, meine wahren Absichten zu verschweigen. Sie wissen, was ich als Gegenleistung für meine nächtliche Begleitung erwarte.«

»Dann ist der Preis zu hoch. Ich werde ihn niemals bezahlen«, sagte sie.

»Ich sagte, Sie wüßten, welchen Lohn ich erwarte, ich sagte jedoch nicht, daß ich Sie zwingen werde, ihn zu bezahlen.« Die verwirrte Neugierde in ihrem Blick belustigte ihn. »Sie müssen sich nicht vor mir fürchten, Victoria. Ich gebe Ihnen mein Ehrenwort, daß ich Sie nicht zwingen werde, sich mir zu unterwerfen.«

»Bitte, verwenden Sie dieses Wort nicht noch einmal«, sagte sie angespannt.

Lucas zuckte die Schultern. »Unterwerfen? Nun gut. Nennen Sie es, wie Sie wollen, doch täuschen Sie sich nicht hinsichtlich meines Zieles.«

Ärgerlich verzog sie den Mund. »Ihr *Ziel*, Graf, ist höchst unehrenhaft.«

»Sie lassen mir keine Wahl. Sie haben mir untersagt, von einem ehrenhafteren Ziel zu sprechen.«

»Mir scheint, daß Sie sich allzu schnell bereit erklärt haben, nicht davon zu sprechen«, bemerkte sie scharf. Nachdenklich spielte sie mit einem Blatt. »Man möchte fast annehmen, Graf, daß Sie gar kein Interesse an einer Heirat haben.«

»Nicht jeder Mann will heiraten, Victoria. Weshalb sollte ein vernünftiger Mann seine Freiheit opfern, wenn er die Frau, die er begehrt, haben kann, ohne ihr seinen Namen zu geben?« entgegnete er trocken.

»Unter der Voraussetzung, daß er sie auch so bekommt.«

Lucas grinste. »Das passiert alle Tage. Sie sind alt genug, um das zu wissen, Victoria.«

»Ich weiß es.« Sie seufzte erschöpft. »Sie dürfen mich nicht mißverstehen. Ich bin mir durchaus bewußt, daß die meisten Männer nicht aus Liebe heiraten. Im allgemeinen heiraten sie aus Vernunftsgründen, entweder um einen Erben zu bekommen oder um an ein Vermögen zu gelangen oder wegen dieser beiden Dinge.«

»Ich habe Liebe immer als einen höchst vagen und fragwürdigen Grund betrachtet, irgend etwas zu tun.«

Sie runzelte die Stirn und betrachtete ihn eingehend. »Sie klingen äußerst zynisch, Graf, ich nehme jedoch an, daß man von einem Mann, der einer Frau nichts anderes als eine schmutzige, skandalöse Affäre anbietet, nichts anderes erwarten darf.«

Traurig schüttelte Lucas den Kopf. »Ich fürchte, Sie bringen da etwas durcheinander, Victoria. Sie verbieten mir, von einer ehrenhaften Heirat zu sprechen, und im selben Atemzug bezichtigen Sie mich des Zynismus, wenn ich davon spreche, eine Affäre mit Ihnen zu haben.«

Victoria unterdrückte einen nicht sehr damenhaften Fluch. »Sie haben recht«, räumte sie ein. »Es ist die Tatsache, daß ich reich bin, die alles erschwert. Annabella sagt immer, ich sei überängstlich, wenn es um dieses Thema geht; viel zu skeptisch.«

Lucas lächelte freundlich, da sie ihm leid tat. »Sie sehen überall Gefahren lauern, nicht wahr?«

»Wahrscheinlich«, sagte Victoria.

»In Ihrer Situation ist das vielleicht nicht das Schlechteste.«

»Auf jeden Fall hat mir meine Vorsicht bisher nicht geschadet«, bekannte Victoria.

»So erfreuen Sie sich zumindest noch Ihrer jungfräulichen Freiheit.«

»Schuft.« Doch ihr Mund verzog sich zu einem amüsierten Lächeln. »Auf jeden Fall haben Sie recht. Ich bin noch ledig, und ich bin froh darüber. Ich beabsichtige auch nicht, diesen Zustand zu ändern.«

Lucas' Blick wanderte von den Kakteen zu einer imposanten goldgelben Blüte, die er nicht kannte. Die Blüte, die hier und da dunkelviolette Flecken aufwies, hing wie eine Krone von dem grünen Stengel herab. Er näherte sich der Pflanze, angezogen von dem Goldschimmer, der ihn an Victorias Augen erinnerte. Vorsichtig nahm er die Blüte in eine Hand und betrachtete sie. »Nach allem, was letzte Nacht im Garten zwischen uns geschehen ist, werden Sie mich niemals davon überzeugen können, daß Sie den Rest Ihres Lebens verbringen wollen, ohne Ihre eigene Leidenschaft zu erforschen, Victoria. Sie ähneln viel zu sehr dieser Blume – üppig und süß und voll leidenschaftlicher Verlokkung.«

Sie grinste. »Wirklich, Graf, lassen Sie sich nur nicht von einer Blume inspirieren. Man merkt, daß Sie ein guter Offizier sind und kein Schriftsteller.«

»Manchmal kann ein Mann mehr über das Leben lernen, wenn er vom Tod statt von Büchern umgeben ist. Selbst wenn es Ihnen gelänge, Ihre weibliche Leidenschaft für den Rest Ihrer Tage zu unterdrücken, so zweifle ich zumindest daran, daß Sie Ihre wissenschaftliche Neugierde werden bezähmen können.«

»*Neugierde*. Denken Sie, es gelingt Ihnen, mich zu einer verbotenen Affäre zu bewegen, indem Sie an meine wissenschaftliche Neugierde appellieren? Das ist höchst originell.«

»In meinen Augen macht das durchaus einen Sinn. Eine Frau, die sich für Käfer und Insekten begeistern kann, muß einfach einige wissenschaftliche Fragen bezüglich ihres eigenen Körpers haben.« Er neigte elegant den Kopf. »Ich stehe Ihnen für wissenschaftliche Forschungszwecke gerne zur Verfügung, Miss Huntington. Ich hoffe, Sie werden mein Angebot nicht ablehnen.«

Einige gespannte Sekunden lang starrte Victoria ihn empört an, doch dann blitzte Heiterkeit in ihren Augen auf. Sie brach in schallendes Gelächter aus.

Lucas beobachtete sie, während er nach wie vor die Blüte in der Hand hielt. Ihre ehrliche Belustigung faszinierte ihn. Sie kicherte nicht auf diese alberne Art wie viele junge Frauen, in der Hoffnung, es klinge wie Glockengeläut oder ein plätschernder Bach. Victorias Lachen war voller Leben und Wärme. Es löste in ihm den Wunsch aus, sie in seine Arme zu ziehen und zu küssen, um die Heiterkeit in die Leidenschaft zu verwandeln, die er letzte Nacht verspürt hatte.

Ich könnte es tun, dachte Lucas. Er wußte, daß er Verlangen in ihr auslösen konnte. Und er würde dieses Wissen ebenso wie ihre Sehnsucht nach Abenteuer nutzen, um sie zu verführen. Sie würde kaum einen anderen Mann finden, der ihr Ähnliches zu bieten hatte.

Und wenn er sie fest in seinen Armen hielte, wäre es nur noch ein kleiner Schritt bis zur Heirat. Victoria mochte zwar mutig von einer verbotenen Affäre sprechen, doch er wußte, daß es für sie schwierig würde, ein Verhältnis zu pflegen, das sowohl die gesellschaftliche Stellung ihrer Tante als auch ihren eigenen Ruf gefährden könnte. Schließlich war sie sich der Regeln wohl bewußt, die die Welt bestimmten, in der sie lebte.

Die bessere Gesellschaft duldete die Affären junger wohlerzogener Frauen erst, wenn sie verheiratet waren und ihren Männern einen Erben geschenkt hatten. Dann fühlten sich viele Ehefrauen frei, ihre eigenen romantischen Interessen zu verfolgen – natürlich nur, solange sie diskret waren. Die Ehemänner, die im allgemeinen sowohl vor als auch nach der Hochzeit eine Geliebte hatten, waren häufig weniger diskret.

Doch während Lucas beobachtete, wie sich Victorias Lachen langsam in ein strahlendes Lächeln verwandelte, überkam ihn die Gewißheit, daß er es seiner zukünftigen Frau niemals gestatten würde, den normalen gesellschaftlichen Weg vom Altar über das Ehebett in eine Reihe diskreter Affären zu nehmen.

Er hatte immer gewußt, daß er nie einer dieser Männer sein würde, die über die Untreue ihrer Frauen hinwegsahen. Es entsprach nicht seiner Natur, die Frau, die er als die seine betrachtete, zu teilen. Doch der Besitzanspruch, den er nun verspürte, übertraf alles, was er an Gefühlen gegenüber der Frau, die eines Tages seinen Namen tragen würde, erwartet hatte.

Sobald sie seine Frau wäre, beschloß Lucas, würde Victoria nur noch ihm gehören. Zum Teufel mit den gesellschaftlichen Konventionen. Er würde dieses wilde, unberechenbare Geschöpf mit keinem Mann teilen.

»Graf, Sie sind unmöglich. Wirklich unmöglich.« Victoria

wischte sich die Tränen aus den Augen und schüttelte den Kopf. Sie grinste immer noch. »Die Vorstellung, daß Sie sich mir im Interesse wissenschaftlicher Forschungen zur Verfügung stellen. Wie selbstlos. Wie edel. Sie sind einfach zu großzügig.«

»Ich werde alles Erforderliche tun, um Sie zu gewinnen.«

»Und wie kann man mich gewinnen, Graf?«

»Mit Abenteuer und Aufregung und Leidenschaft. Ich werde Ihnen all diese Dinge geben, Victoria.«

Als sie ihn ansah, stand ihr die Antwort ins Gesicht geschrieben. »Ich werde mir nur die Dinge heraussuchen, die ich möchte, und ich werde nur zahlen, was ich möchte.«

Zufrieden mit diesem Sieg nickte er. »Das ist Ihr gutes Recht.«

Sie zögerte, doch dann ergriff sie seinen Arm. »Lucas, meinen Sie es ehrlich, wenn Sie sagen, daß Sie mich wollen, nur *mich* und nicht mein Geld?«

Er strich sanft über ihre Wange. »Ich will Sie.«

»Ich kann Ihnen nichts versprechen«, sagte sie ernst. »Ihre Küsse letzte Nacht haben mir sehr gefallen, doch zu mehr wird es nicht kommen, und das wissen wir beide.«

Er nahm ihre Hand, die auf seinem Arm ruhte. »Ich verstehe. Doch bitte treffen Sie keine voreiligen Aussagen. Wir werden gemeinsam herausfinden, wie weit unsere Beziehung gedeihen wird.«

Einen Augenblick lang sah sie ihn nur schweigend an, und ihr offensichtliches Verlangen weckte in ihm den Wunsch, sie einfach an sich zu ziehen. In ihren schönen Bernsteinaugen stand weder Leidenschaft noch unbekümmerte Aufregung, sondern etwas anderes, etwas Süßes und Verletzliches, ein herzerweichender Ausdruck hoffnungsvoller Erwartung.

»Wenn Sie sicher sind, daß es das ist, was Sie wollen; wenn Sie sicher sind, daß Ihnen das genügen wird«, sagte Victoria, »dann nehme ich Ihr Angebot, mein nächtlicher Gefährte zu sein, gern an.«

Lucas atmete tief. »Dann ist es also besiegelt.« Er beugte sich herab und küßte sie sanft auf den Mund. Die Berührung ließ sie erschaudern, und Lucas verspürte zugleich das Bedürfnis, sie zu trösten und sie auf den Boden zu ziehen, um sie leidenschaftlich zu lieben. Bevor er jedoch diese widersprüchlichen Gefühle ordnen konnte, hatte sie sich aus seiner Umarmung befreit und ihm einen Zettel in die Hand gedrückt.

»Was ist das?« fragte er und las mit gerunzelter Stirn das Papier. »Eine Spielhölle. Ein Bordell. Ein Pferderennen. Ein Herrenclub.«

»Dies sind die ersten Wünsche auf meiner Liste«, informierte sie ihn.

»Welcher Liste?« Dann dämmerte es ihm. Er hatte seine Gegnerin erheblich unterschätzt, ein Fehler, der ihm nur selten unterlief. »Verdammt. Sie erwarten von mir, daß ich Sie in eine Spielhölle und ein Bordell begleite? Großer Gott, Vicky, seien Sie vernünftig. Ein nächtlicher Besuch auf dem Jahrmarkt oder ein Spaziergang in den dunklen Alleen der Vauxhall-Gärten ist eine Sache. Es ist etwas gänzlich anderes, Sie in ein Bordell oder eine Spielhölle hineinzuschmuggeln. Das kann nicht Ihr Ernst sein.«

»Sie irren sich, Graf. Es ist mein voller Ernst«, sagte Victoria unnachgiebig.

Sie meinte, was sie sagte.

»Verdammt, Vicky. Das ist nicht gerade das, was ich mir vorgestellt hatte.«

Victoria wies seinen Protest zurück. »Donnerstag nacht wäre ein hervorragender Termin für unser nächstes Abenteuer. Gewiß sehen wir uns an dem Abend auf dem Ball bei den Kinsleys, so daß wir dann unsere Pläne besprechen können. In der Zwischenzeit –«

Victorias Anweisungen wurden von Cleo Nettleships Stimme unterbrochen. »Vicky, Liebste, seid ihr immer noch da draußen? Laß dich nicht allzu sehr von deiner Begeisterung hinreißen, sonst langweilst du den Grafen. Nicht jedem gefällt ein ausgedehnter Rundgang durch das Gewächshaus, weißt du.«

Lucas blickte sich um und entdeckte Lady Nettleship, die im

Türrahmen stand und ihn ansah. »Ich versichere Ihnen, Madam, daß ich mich noch nie zuvor so wenig gelangweilt habe.«

»Das ist auch sehr schwer in Victorias Gegenwart.«

Lucas sah Victorias zufriedene Miene und wandte sich erneut der goldgelben Blüte zu. »Bevor wir das Gewächshaus verlassen, Miss Huntington, wäre ich Ihnen dankbar, wenn Sie mir den Namen dieser seltsamen Pflanze nennen könnten.«

»*Strelitzia reginae.* Die Leute waren hingerissen, als das erste Exemplar in Kew blühte. Tante Cleo und ich haben großes Glück, daß es uns gelungen ist, auch diese hier zum Blühen zu bringen. Sie ist wunderschön, nicht wahr?« sagte Victoria voller Begeisterung.

Lucas sah sie an. Sie sprühte vor Leben in ihrem goldgelben Kleid. Ihre Bernsteinaugen leuchteten. »Ja«, sagte er. »Wunderschön.«

5

Eine Woche später warf sich Victoria in ihr neues gelbbraunes Reitkleid, rückte die fesche kleine Kappe mit der gelben Feder in einem forschen Winkel über ein Auge und ließ sich vom Stallburschen ihr Lieblingspferd bringen. Es war fünf Uhr, und fast jedermann würde um diese Zeit im Park ausreiten.

Blieb nur zu hoffen, daß auch der Graf von Stonevale unterwegs war. Letzte Nacht, während der fünf Minuten, die sie mit ihm auf dem Fest bei den Bannerbrooks hatte sprechen können, hatte Victoria ihm strengste Anweisung erteilt, im Park zu erscheinen. Sie hatte ihm ein paar Dinge zu sagen.

Victoria hatte festgestellt, daß Lucas ihre Anweisungen zwar folgsam entgegenzunehmen schien, diese jedoch dann seinen eigenen Vorstellungen entsprechend auszuführen pflegte. Und jetzt reichte es.

Cleo ging gerade durch die Eingangshalle in die Bibliothek, als Victoria die Treppe hinunterkam. Sie warf ihrer Nichte einen leicht erstaunten Blick zu. »Du reitest heute nachmittag aus, meine Liebe?«

»Ja. Ich brauche ein bißchen Bewegung.« Victoria drückte ihrer Tante einen flüchtigen Kuß auf die Wange, bevor sie zur Tür eilte. »Mach dir keine Sorgen. Ich werde rechtzeitig zu Hause sein, um mich für Grimshaws Vortrag über Verbesserungen der Landwirtschaft in Yorkshire zurecht zu machen.«

»Hervorragend.« Cleo lächelte milde. »Ich freue mich sehr darauf, genau wie Lucas.«

Victoria drehte sich auf dem Absatz um. »Verzeihung?«

»Ich sagte lediglich, daß ich mich sehr auf Grimshaws Vortrag freue.«

»Du sagtest, auch Lucas freue sich darauf.«

»O ja. Das tut er auch. Er hat es mir selbst gesagt. Nun, das ist nur natürlich, nicht wahr? Seine Güter liegen schließlich irgendwo in Yorkshire, glaube ich. Ich habe ihn am Mittwoch eingeladen, als ich ihm meine neuen Dahlien gezeigt habe. Ich muß sagen, der Graf scheint echtes Interesse an Gartenbau und ähnlichen Dingen zu entwickeln«, bemerkte Cleo.

Ja, der Graf schien echtes Interesse an diesen Dingen zu entwickeln, dachte Victoria grimmig. Allmählich hatte sie das Gefühl, so faszinierende Themen wie Düngemethoden oder Fruchtwechsel liefen ihr den Rang ab.

Dieser Mann, der noch eine Woche zuvor wild entschlossen schien, sie zu verführen, hatte in kurzer Zeit einen erstaunlichen Wandel vollzogen. Victoria wußte nicht, ob sie deswegen erbost oder erleichtert sein sollte.

Ein paar Minuten später erreichte sie in rasantem Trab den Park, diskret gefolgt von ihrem Burschen auf einem Pony. Die öffentlichen Wege waren überfüllt mit elegant gekleideten Reitern, Karriolen und kleinen, offenen Kutschen. Zu dieser Tageszeit begab sich die bessere Gesellschaft in den Park, um zu sehen und gesehen zu werden, nicht des Reitvergnügens oder Sports wegen. Das tat man eher in den frühen Morgenstunden.

Victoria lächelte automatisch ihren zahlreichen Bekannten zu, während sie sich verstohlen nach Lucas umsah. Allmählich hatte sie das Gefühl, daß er es absichtlich vermieden hatte, ihr zu begegnen, und sie fragte sich gerade, welche Entschuldigung er wohl vorbringen würde, als er plötzlich auf einem eindrucksvollen Braunen neben ihr auftauchte. Für kurze Zeit vergaß sie ihren Ärger.

»Was für ein herrliches Tier, Lucas. Er ist wunderschön.«

Lucas lächelte leicht. »Danke. Ich selbst hänge ziemlich am alten George. Wir haben eine Menge zusammen erlebt, nicht wahr, George?«

Victoria rümpfte die Nase. »Haben Sie ihn nach dem König benannt?«

»Nein. Ich habe ihn George genannt, da mir der Name einfach genug erschien, um ihn nicht zu vergessen.«

»Niemand vergißt den Namen eines solchen Pferdes, egal wie es heißt. Haben Sie irgendwelche Fohlen von ihm?« fragte Victoria.

»Noch nicht, aber George hat große Zukunftspläne.«

Sie mußte grinsen. »Ich verstehe. Sie erwarten, daß er eine Dynastie gründet?«

»Warum nicht? Der männliche Teil einer Rasse hat gewisse Verpflichtungen, wenn er eine Abstammung wie der alte George aufweist. Wir Männer tun, was wir müssen, nicht wahr, alter Junge?« Er tätschelte den Hals des Hengstes.

Victorias Grinsen erlosch. Sie bedauerte, das Thema Familiengründung angesprochen zu haben. Gelegentlich machte Lucas versteckte Anspielungen auf seine zukünftigen Verpflichtungen gegenüber seinem Namen und Titel, und sie hatte festgestellt, daß sie dieses Thema lieber mied. Die Vorstellung, daß sich der Graf von Stonevale eines Tages eine Frau nehmen und einen Erben bekommen würde, war seltsam unangenehm.

»Nun, er ist ein wunderbares Tier, doch eigentlich wollte ich andere Dinge mit Ihnen besprechen, Lucas«, beeilte sie sich zu sagen.

»Es tut mir leid, das zu hören. Ich spreche gern über Pferde.«

Lucas nickte höflich in Richtung eines ältlichen Paares in einer stattlichen Kutsche. Sie erwiderten das Lächeln und sahen bedeutungsvoll zu Victoria hinüber.

Victoria setzte ein königliches Lächeln auf und trieb ihr Pferd ein wenig an. Lucas und George fielen zurück. Sie warf einen finsteren Blick über die Schulter.

»Wirklich, Lucas, trödeln Sie nicht so. Ich sagte bereits, daß ich mit Ihnen etwas zu besprechen habe.«

»Dann stürmen Sie nicht einfach ohne Vorwarnung davon.«

»Ich wollte lediglich ein Gespräch mit Lady Foxton vermeiden. Sie hat mich höchst wissend angesehen. Und sie ist nicht die erste. Das ist eines der Dinge, die ich mit Ihnen besprechen wollte, Lucas. Die Leute fangen an, unsere, eh, Beziehung zu bemerken.«

»Was haben Sie erwartet? Sie wissen ebensogut wie ich, daß es immer irgend jemanden gibt, der sich fragt, ob sich da nicht eine Ehe anbahnt, wenn zwei Menschen öfter als dreimal miteinander tanzen«, sagte Lucas.

»Aber wir tanzen nicht miteinander.«

»Das ist nebensächlich. Wir wurden auf ein paar Bällen miteinander gesehen, das reicht.« Er grüßte eine ältere Dame, die ebenfalls wissend lächelte.

»Egal. Da ist nichts zu machen. Ich wollte Sie sprechen, da ich befürchtete, heute abend keine Gelegenheit zu einem persönlichen Gespräch zu finden. Es sind jedoch einige Dinge zu klären.«

»Das habe ich befürchtet.«

»Es besteht keine Notwendigkeit, in die Rolle des Märtyrers zu schlüpfen. Sie haben unseren gemeinsamen Unternehmungen zugestimmt. Tatsächlich haben Sie sogar darauf bestanden, mich auf den nächtlichen Ausflügen zu begleiten. Dieser Handel zwischen uns kam auf Ihr Drängen hin zustande, Lucas«, sagte Victoria.

Lucas' Augen verengten sich. »Ich spüre da einen Vorwurf bezüglich meiner bisherigen Leistungen. Ich bin bestürzt. Haben Sie sich bei den beiden Ausflügen, wegen derer ich Leib und Leben beim Überklettern der Gartenmauer riskiert habe, nicht amüsiert?«

»Sehen Sie mich nicht so an. Sie wissen sehr wohl, daß ich die beiden Unternehmungen in der vergangenen Woche recht interessant fand. Ich hatte jedoch etwas anderes erwartet, Lucas.«

»Was haben Sie erwartet, als Sie hinauszogen, um die Männerwelt zu erkunden?«

Nachdenklich nagte Victoria an ihrer Unterlippe. »Ich weiß es nicht genau. Ich denke, mehr Abenteuer. Mehr Aufregung.«

»Hatten Sie Mittwoch nacht nicht genug Abenteuer und Aufregung?«

»Ich gebe zu, daß ich das nächtliche Dinner im Restaurant recht amüsant fand. Zumindest, bis diese beiden jungen Männer sich über den Röcken ihrer kleinen Balletteusen übergeben haben.« Die Erinnerung an diese Szene verursachte ihr Übelkeit.

»Ich muß Sie enttäuschen, Vicky, doch die traurige Wahrheit ist, daß Männer keine besonders erbaulichen Dinge tun, wenn sie nachts zusammensitzen und trinken. Wie steht es mit dem Ausflug nach Vauxhall? Der hat Ihnen doch gefallen.«

»Um Himmels willen, Lucas, es wird Ihnen nicht gelingen, mich mit Ausflügen nach Vauxhall abzuspeisen. Das ist viel zu harmlos. Viel zu seriös. Ich hätte mit Annabella oder irgendeiner meiner anderen Bekannten dorthin gehen können, ohne daß jemand daran Anstoß genommen hätte.«

»Seien Sie fair. In Ihrer Männerkleidung haben Sie eine ganz andere Seite des Ortes kennengelernt.«

»Sie verstehen mich nicht, Lucas«, sagte Victoria unnachgiebig. »Ich glaube, Sie tun das absichtlich.«

»Worum geht es Ihnen denn?«

»Mir geht es darum, daß Sie mich bisher an keinen der auf meiner Liste aufgeführten Orte mitgenommen haben.«

»Ach ja, die berühmte Liste. Ich hatte schon befürchtet, daß sich unser heutiges Gespräch um diese verdammte Liste drehen würde.«

»Sie haben es versprochen, Lucas. Sie sagten, Sie würden mich mitnehmen, wohin ich will. Statt dessen haben Sie bewußt versucht, mir die Idee vom Abenteuer zu verleiden, nicht wahr? Glauben Sie nicht, daß ich Ihre Pläne nicht durchschaue. Sie haben gehofft, daß so abstoßende Erlebnisse wie das exzessive Trinken der beiden jungen Männer und der Boxkampf in Vauxhall mich ernüchtern würden«, hielt Victoria ihm vor.

»Ich habe lediglich versucht, Ihnen zu zeigen, was Sie erwartet, ohne Sie unnötigen Gefahren auszusetzen. Sie müssen zugeben, daß das ganze Blut, das bei dem Boxkampf vergossen wurde, Sie nicht gerade in Begeisterung versetzt hat.«

»Ah, ich wußte es. Sie versuchen, mich mit ungefährlichen Abenteuern abzuspeisen. Nun, das wird Ihnen nicht gelingen«, erklärte Victoria. »Ich verlange, daß Sie Ihren Teil des Abkommens erfüllen. Ich bestehe darauf, daß wir morgen nacht in ein Bordell oder eine Spielhölle gehen.« Ihr Gesicht hellte sich auf. »Ich denke, letzteres würde mir besser gefallen. Ja, lassen Sie uns in eine richtige Spielhölle gehen.«

»Es wird Ihnen nicht gefallen. Vicky.«

»Das müssen Sie mich schon beurteilen lassen. Nun, abgemacht, oder muß ich mir jemand anderes suchen, der mich dorthin bringt?«

Lucas lächelte und nickte einer weiteren neugierigen älteren Frau zu, die in einer Kutsche vorbeifuhr. Äußerlich war er der höfliche Galan, doch als er auf Victorias Drohung antwortete, war seine Stimme eiskalt.

»Stellen Sie mir kein Ultimatum, das Sie wahrscheinlich nicht einhalten können, Vicky.«

Victoria hatte gelernt, daß sie am besten einen Rückzieher machte, wenn er diesen Ton anschlug. Es ärgerte sie, daß der Mann vollkommen unnachgiebig wurde, wenn sie ihn allzusehr drängte, doch er hatte recht. Wo sollte sie einen anderen Gefährten finden, der ihr die Geheimnisse der Nacht zeigen würde?

Außerdem gab es da noch einen Punkt. Die Abschiedsküsse, mit denen Lucas sie bedachte, bevor er am Ende eines Abenteuers den Garten verließ, verzauberten sie mehr und mehr. Seit der Nacht, in der sie auf dem Jahrmarkt waren, hatte sie noch zwei solcher Küsse bekommen, und Victoria sehnte bereits die nächste Gelegenheit herbei, bei der er sie in seine Arme nehmen würde.

»Lucas, Sie scheinen die Tatsache zu übersehen, daß ich der Kopf dieses Unternehmens bin. Muß ich Sie daran erinnern, daß ich diejenige bin, die die Entscheidungen fällt? Nun, was unser nächstes Abenteuer betrifft ... Oh, verdammt.« Victoria setzte ein gezwungenes Lächeln auf, als ein ihr bekanntes Paar in einer Karriole neben ihrem Pferd zum Halten kam. Sie sah Isabel Rycotts amüsierten Blick.

Isabel funkelte wie ein kleines, geschliffenes Juwel in ihrem rubinroten Kleid. Neben ihr, die Zügel in der Hand, saß ihr momentaner Begleiter Richard Edgeworth. Victoria, die ihm am Vorabend vorgestellt worden war, war von ihm nicht sehr beeindruckt. Tatsächlich fragte sie sich, was Isabel, die so ziemlich jeden Mann hätte haben können, an ihm fand.

Äußerlich betrachtet war nichts verkehrt an diesem Mann. Edgeworth war blond und den allgemeinen Vorstellungen gemäß wohl hübsch. Er war Anfang Dreißig, doch Victoria war sich sicher, daß er sein gutes Aussehen wohl nicht ins Alter würde hinüberretten können. Seine Augen blickten unangenehm verdrossen, so als fühle er sich vom Leben bestraft. Darüber hinaus hatte er einen seltsam weichen, weinerlichen Zug um den Mund, der auf fehlende innere Stärke schließen ließ.

Victoria überlegte kurz, ob sie dem Mann gegenüber vielleicht zu hart sei. Vielleicht sollte sie nicht Lucas als Maßstab nehmen.

»Guten Tag, Vicky, Liebste«, sagte Isabel. »Wie schön, Sie wiederzusehen.«

»Ihr Diener, Miss Huntington«, murmelte Edgeworth. Sein Blick traf kurz auf Lucas. »Stonevale.«

»Edgeworth.«

Victoria, die die Kälte zwischen den beiden Männern spürte, blickte kurz in Lucas' Gesicht, ohne jedoch seine Gedanken darin zu erkennen. Schnell wandte sie sich wieder Isabel Rycott zu. »Was für ein bezaubernder Hut, Lady Rycott. Sie müssen mir den Namen Ihrer Hutmacherin nennen.«

»Gerne. Sie hat einen Laden in der Oxford Street. Vielleicht finden wir heute abend auf Lady Athertons kleiner Feier Gelegenheit zu einem kurzen Plausch?«

»Ich fürchte, ich werde nicht dort sein«, erwiderte Victoria, die sich daran erinnerte, daß sie die Einladung abgelehnt hatte. Sie fragte sich, ob Lucas zugesagt hatte. »Ich habe anderweitige Pläne. Vielleicht ein andermal.«

»Vielleicht.« Lady Rycott bedachte Lucas mit einem rätselhaften Lächeln und signalisierte ihrem Begleiter, daß sie weiterzufahren wünschte. Daraufhin schnalzte Edgeworth kurz mit den Zügeln, wobei seine feinen grauen Handschuhe der Bewegung eine gewisse Eleganz verliehen.

»Sie mögen Lady Rycott nicht, nicht wahr?« bemerkte Lucas beiläufig, als die Kutsche außer Hörweite war.

»Und ich hatte den Eindruck, daß Sie kein besonders guter Freund von Mr. Edgeworth sind«, sagte Victoria.

»Wir hatten eine kleine Auseinandersetzung beim Kartenspiel.«

Victoria warf ihm einen Seitenblick zu. »Sie haben mit ihm Karten gespielt?«

»Nur einmal. Der Mann spielt falsch.«

Victoria war entsetzt. »Edgeworth ist ein Falschspieler? Wie erstaunlich. Weshalb ist es ihm dann weiterhin erlaubt, in den Clubs zu spielen?«

Lucas sah, wie die Kutsche hinter einer Baumgruppe entschwand. »Weil er nie erwischt wurde. Er ist äußerst clever.«

»Was geschah in der Nacht, als Sie mit ihm spielten?« Victorias Neugierde war geweckt.

Lucas grinste leicht. »In der Mitte des Spiels, nachdem ich bereits recht kräftig verloren hatte, gelang es mir, das gesamte Kartenspiel auf den Boden fallen zu lassen. Natürlich mußte dann ein neuer Satz Karten benutzt werden.«

»Ein nicht gezinkter Satz. Wie clever.« Victoria war begeistert. »Und Edgeworth begann zu verlieren?«

»Ja. Kräftig.«

»Hervorragend. Sehen Sie, Lucas, das ist genau die Art von Aufregung, die ich erleben möchte.«

»Es gab nicht viel zu sehen. Ein paar Karten auf dem Boden. Ein paar böse Blicke von Edgeworth. Ich im Geiste auf den Knien, dankbar, daß ich das Falschspiel bemerkt hatte, bevor es zu spät war.«

»Sehen Sie, Sie versuchen schon wieder, mir genau die Art von Abenteuer auszureden, die ich erleben möchte.« Sie runzelte die Stirn. »War das Kartenspiel die einzige Gelegenheit, bei der Sie und Edgeworth aufeinander getroffen sind?«

»Weshalb fragen Sie das?«

»Ich weiß nicht. Irgend etwas an der Art, in der Sie beide eben aufeinander reagiert haben. Ich hatte beinahe den Eindruck, daß Sie sich bereits seit geraumer Zeit kennen. Um aber auf mein ursprüngliches Thema zurückzukommen –«

»Weshalb mögen Sie Isabel Rycott nicht?«

Victorias Wangenknochen spannten sich. »Ist das so offensichtlich?«

Lucas nickte zu einem weiteren Paar auf dem Weg hinüber. »Nur für jemanden, der Sie gut kennt. Und ich beginne, Sie sehr gut zu kennen, meine Liebe.«

»Ich habe eigentlich keinen Grund, sie nicht zu mögen. Sie wurde mir vor ein paar Wochen vorgestellt und behauptete sogleich, meine Mutter und meinen Stiefvater gekannt zu haben«, erklärte Victoria vorsichtig.

»Ihr Stiefvater war ein Mann namens Samuel Whitlock?«

»Ja.«

»Sie haben nie viel von Ihrer Familie erzählt, außer von Ihrer Tante Cleo«, bemerkte Lucas.

»Das ist für mich kein angenehmes Thema. Woher kennen Sie den Namen meines Stiefvaters, Lucas?«

»Ich glaube, Jessica Atherton erwähnte ihn.«

»Ja, natürlich.« Ihre Stimme wurde schneidend.

»Nun, was ist los?« fragte Lucas freundlich.

»Nichts.«

»Vicky, vergessen Sie nicht, ich bin Ihr Freund. Eines schönen Tages beabsichtige ich, Ihr Liebhaber zu werden. Sie können mir vertrauen.«

Brüsk wandte sie sich um, als sie bemerkte, wie ihr die Röte ins Gesicht stieg. »Wirklich, Lucas, wie können Sie so etwas in der Öffentlichkeit sagen. Keiner von uns weiß, wie sich unsere Beziehung in Zukunft gestalten wird. Erwarten Sie bitte nicht zuviel.«

»Ihnen mißbehagt der Gedanke, daß ich mit Lady Atherton über Sie gesprochen habe, nicht wahr?«

»Nein.«

»Sie mögen sie auch nicht besonders, oder?« fragte Lucas.

»Ich habe nichts gegen Jessica Atherton. Ich habe Ihnen bereits erklärt, daß wir nicht viel gemeinsam haben, das ist alles. Wer könnte etwas gegen einen derartigen Ausbund an Tugend haben?« Victoria machte eine Pause. »Wie lange kennen Sie sie, Lucas?«

»Jessica Atherton? Seit mehreren Jahren. Ich kannte sie vor ihrer Hochzeit mit Atherton.«

Das konnte nicht alles sein, dachte Victoria, die den schneidenden Ton in seiner Stimme bemerkte. Sie fragte jedoch nicht weiter, sondern wechselte das Thema.

»Ich kann mir nicht vorstellen, was Lady Rycott an Edgeworth findet«, bemerkte Victoria. »Wahrscheinlich weiß sie nichts von seinen Gewohnheiten beim Kartenspiel.«

»Wahrscheinlich nicht.«

»Es ist gewiß praktisch, Witwe zu sein, nicht wahr?«

Dieser nachdenkliche Ausspruch weckte Lucas' Aufmerksamkeit. »Was zum Teufel geht nun schon wieder in Ihrem Kopf vor?«

»Ist Ihnen bewußt, daß Lady Rycott als Witwe im Gegensatz zu mir die Freiheit genießt, mit einem Begleiter ihrer Wahl herumlaufen zu können?«

»Darüber habe ich mir noch keine Gedanken gemacht«, murmelte Lucas.

»Ich aber. Und zwar eingehend. Als Frau, die noch niemals verheiratet war, bin ich wesentlich eingeschränkter als Lady Rycott. Ich muß mir ständig Gedanken darüber machen, was die Leute sagen. Ich bin immer noch in einem Alter, in dem ich auf meinen Ruf achten muß. Isabel Rycott hingegen kann mit Edgeworth in einer offenen Kutsche spazierenfahren, heute abend mit ihm tanzen und nach dem Fest bei den Athertons mit zu ihm nach Hause fahren, ohne daß irgend jemand etwas dazu sagt. Es ist ungerecht, Lucas. Einfach ungerecht.«

»Bitte kommen Sie nicht auf den Gedanken, mich zu heiraten und mich dann in meinem Bett zu ermorden, um anschließend die Freiheiten einer wohlhabenden Witwe genießen zu können.«

Victoria lachte sanft. »Das käme mir nicht in den Sinn. Selbst die Aussicht, eine freie und reiche Witwe zu sein, reicht nicht aus, um mich in den Hafen der Ehe locken zu lassen.«

Lucas betrachtete sie nachdenklich. »Falls unser Gespräch beendet ist, sollten wir uns besser trennen. Wir reiten bereits eine ganze Weile nebeneinander her, und wir wollen doch gewiß niemandem Anlaß zu Spekulationen über unsere Beziehung geben.«

»Nein, Sie haben vollkommen recht.« Doch einen Moment

lang sehnte sich Victoria nach der Freiheit, die Isabel Rycott besaß. Sie war nicht im geringsten darauf erpicht, sich zu verabschieden. »Einen Augenblick, Lucas. Wegen unseres nächsten Abenteuers. Ich muß wirklich darauf bestehen, daß Sie mir etwas Interessanteres bieten als Vauxhall oder ein anderes Restaurant. Ich werde morgen nacht nach dem Fest bei den Chillingsworths im Garten meiner Tante warten, und ich erwarte, daß Sie mich zumindest in eine Spielhölle führen.«

Stonevale hob die Brauen angesichts ihres autoritären Tons. »Ihr Wunsch ist mir Befehl, Vicky. Doch zunächst freue ich mich darauf, Sie heute abend anläßlich Grimshaws Vortrag zu sehen.«

Victoria grinste. »Interessieren Sie sich tatsächlich für Verbesserungen in der Landwirtschaft in Yorkshire?«

»Ist das so erstaunlich?«

Sie zuckte mit den Schultern. »Nein, wahrscheinlich nicht.«

Lucas zog den Hut. »Seien Sie gewarnt, Vicky. Sie wissen noch nicht alles über mich. Guten Tag.« Bevor sie antworten konnte, hatte er sein Pferd gewendet und galoppierte den Weg hinunter. Victoria blickte ihm nach, bis Annabella Lyndwoods Stimme sie aufschreckte. Sie schüttelte das seltsame Gefühl ab, das sie verspürte, aber nicht benennen konnte, und ritt ihrer Freundin entgegen.

Abends nach dem Fest bei den Chillingsworths stahl sich Victoria vorsichtig aus der dunklen Stadtwohnung in das Gewächshaus. Im fahlen Mondlicht erschien die Ansammlung exotischer Pflanzen wie eine fremde und gefährliche Welt.

Allmählich hatte sich Victoria an den unheimlichen nächtlichen Dschungel gewöhnt. Sie eilte einen der Gänge hinab und betrat den Garten. Die Nachtluft war kalt, und unter ihren Schuhen spürte sie das feuchte Gras. Sie zögerte und suchte in der Dunkelheit nach Lucas. Wie gewöhnlich sah sie ihn erst, als er sich bewegte.

Lucas trat aus dem Schutz der Mauer hervor, eine dunkle, bedrohliche Gestalt, fast gänzlich in Schwarz. Seine Schaftstiefel glänzten im Mondschein. Sein Gesicht lag im Dunklen. Bei seinem Anblick hielt Victoria den Atem an, und Vorfreude wallte in ihr auf. Sie zitterte vor Erregung.

Sie lächelte und legte vertrauensvoll ihre Finger in seine ausgestreckte Hand. Mit der anderen Hand hob Lucas ihr Kinn und küßte sie. Ein schneller, harter, besitzergreifender Kuß, gegen den sie hätte protestieren müssen, doch statt dessen weckte er in ihr das Verlangen nach mehr. Diese gestohlenen Augenblicke drängender, heftiger Leidenschaft verursachten bei ihr ein Gefühl äußerster Gereiztheit.

»Die Kutsche wartet um die Ecke«, sagte Lucas, als er leichtfüßig neben ihr auf die Straße sprang. »Beeilen Sie sich. Ich möchte nicht, daß uns jemand in der Nähe des Gartens Ihrer Tante sieht.«

»Sie machen sich zu viele Sorgen, Lucas.« Trotzdem stieg sie in die dunkle Kutsche.

Lucas war direkt hinter ihr. Als er die Kutsche bestieg, stützte er sich wie gewöhnlich auf das rechte Bein. Im dämmrigen Mondlicht sah sie, wie er zusammenzuckte, als er sich ihr gegenüber auf den Sitz fallen ließ. Geistesabwesend griff er nach seinem Oberschenkel und massierte ihn.

»Schmerzt Ihr Bein?« fragte Victoria besorgt.

»Sagen wir, ich spüre es gelegentlich.«

»Und jetzt handelt es sich um eine dieser Gelegenheiten?«

»Ja. Scherzen Sie nicht darüber, Vicky.«

Sie biß sich auf die Lippe. »Ich habe von einer Freundin gehört, daß Sie gegen Napoleon gekämpft haben. Stimmt das?«

Sein Blick begegnete ihr in der Dunkelheit. »Ich hege bezüglich dieser Angelegenheit die gleichen Gefühle wie Sie in bezug auf Ihren Stiefvater.«

»Heißt das, Sie sprechen nicht darüber?«

»Genau.«

»Gütiger Gott, Lucas, es muß schrecklich für Sie gewesen sein.«

»Ich sagte, ich spreche nicht darüber.« Er hörte auf, sein Bein zu massieren. »Nun tun Sie mir bitte einen Gefallen, und hören Sie mir zu. Ich werde heute nacht Ihren Herzenswunsch erfüllen. Wir fahren zu einem Etablissement, das man wohl nur als Spielhölle bezeichnen kann. Ich wage es nicht, Sie in einen meiner Clubs zu schmuggeln. Dort ist die Gefahr, daß Sie jemand trotz Ihrer Verkleidung erkennt, zu groß. Auf jeden Fall müßte ich Ihre Anwesenheit erklären, und das kann ich nicht.«

Sie wurde von Erregung gepackt. »Eine Spielhölle. Lucas, das ist wundervoll. Wie aufregend. Ich kann es kaum erwarten.«

Lucas seufzte. »Ich wünschte, ich könnte Ihre Begeisterung teilen. Vicky, diese Lokale werden nur mit einem einzigen Ziel betrieben, und das ist, dem Kunden sein Geld abzuknöpfen. Aus diesem Grund gibt es dort viel zu trinken und zahlreiche Prostituierte.«

»Wird es gefährlich werden?« fragte sie, während sie immer aufgeregter wurde.

Lucas warf ihr einen mißbilligenden Blick zu. »In derartigen Etablissements kommt es nicht oft zu Gewalttätigkeiten, vor allem, da so etwas dem Geschäft schaden würde, doch ab und zu gibt es Schwierigkeiten beim Verlassen des Lokals.«

»Wovon sprechen Sie?«

»Es ist nicht selten, daß jemand, der große Verluste erlitten hat, versucht, sein Geld mit Hilfe einer Pistole oder eines Messers zurückzubekommen. Außerdem ist es durchaus üblich, daß der Besitzer eines solchen Ladens eine Art Geldeintreiber engagiert, der einen draußen auf der Straße erwartet«, erklärte er.

Victoria riß die Augen auf. »Oh.«

»Was ich sagen will, ist, daß wir vorsichtig sein müssen. Sie müssen mir Ihr Wort geben, sich alle Zeit an meine Anweisungen zu halten. Wir werden nicht das geringste Risiko eingehen«, befahl Lucas.

»Lucas, Sie sind viel zu besorgt wegen der ganzen Angelegenheit. Versuchen Sie, sich zu entspannen, und beruhigen Sie sich. Ich versichere Ihnen, daß ich vernünftig sein werde.« Sie lächelte strahlend.

Einen Augenblick lang betrachtete Lucas ihr Lächeln, dann stöhnte er. »Etwas sagt mir, daß ich diese Nacht noch bereuen werde.«

»Unsinn. Wir werden einen fantastischen Abend verbringen.«

»Irgendwann müssen wir wirklich über meinen Teil des Handels sprechen, Vicky.«

Sie verstummte höchst alarmiert. »Sie sagten, Sie würden sich mit dem, was ich zu zahlen bereit bin, zufrieden geben.«

Nun war es an Lucas zu lächeln. Victoria erschauderte und richtete ihre Aufmerksamkeit auf die zwar dunkle, aber keineswegs menschenleere Straße. Zahllose Kutschen trugen die Mitglieder der besseren Gesellschaft des Nachts von einer Feier zur nächsten. Die Straßen würden sich erst im Morgengrauen leeren. Statt der eleganten Gefährte wären dann nur noch die Karren der Bauern und die Milchwagen zu sehen.

Zwanzig Minuten später hielt die Kutsche an. Victoria spähte aufgeregt hinaus und sah ein schäbiges, verfallenes Gebäude, über dessen Eingang ein verwittertes Schild im Wind schaukelte.

»Das Grüne Schwein?«

»Der Name klingt nicht allzu vielversprechend, nicht wahr?«

»Machen Sie sich keine falschen Hoffnungen. Jetzt werde ich meine Meinung gewiß nicht mehr ändern.«

»Irgendwie hatte ich das auch nicht erwartet. Nun denn, auf geht's, wenn Sie so wild entschlossen sind.«

Wenn auf das Äußere die Bezeichnung schäbig zutraf, so konnte man das Interieur wohl nur als erbärmlich bezeichnen. Die gesamte Einrichtung schien irgendwann einmal in Rot gestaltet worden zu sein, doch jahrelange Abnutzung hatte die roten Samtvorhänge und Teppiche rußig dunkel verfärbt und zahllose Flecken verursacht. Die lodernde Flamme des Ofens tauchte die gesamte Szene in dämonisches Licht und ließ den Raum höllengleich erglühen.

Victoria sah sich fasziniert um, während sie Lucas an die Bar folgte. Nie zuvor hatte sie etwas Ähnliches gesehen. Der dunkle Raum wimmelte von Männern aller gesellschaftlichen Schichten, die der nächsten Würfelrunde oder dem nächsten Kartenspiel entgegenfieberten. Dandys, Kutscher und professionelle Boxer drängten sich um die Tische. Das Klicken der Würfel, gefolgt von Triumphgeschrei oder Seufzern der Verzweiflung verursachten beachtlichen Lärm. Besonders in der Nähe der grünen, flanellbespannten Tische, wo sich die Spieler in Dreier- oder Viererreihen drängten, war die Luft erfüllt mit Spannung, nervöser Aufregung und Männerschweiß. Barmädchen schoben sich durch das Gedränge und verführten zögerliche Spieler mit Bier und üppigen Brüsten zu einer neuen Runde.

Lucas drückte Victoria einen Humpen in die Hand. »Tarnung«, flüsterte er. »Es sähe seltsam aus, wenn Sie nicht trinken. Doch seien Sie vorsichtig. *Das Grüne Schwein* ist berüchtigt für die Stärke seines Bieres.«

»Machen Sie sich keine Sorgen, Lucas. Ich werde mich nicht derart betrinken, daß Sie mich hinaustragen müssen«, versicherte ihm Victoria.

»Gütiger Gott, das will ich doch hoffen.«

Victoria beobachtete ihre Umgebung und nippte an ihrem Bier. Ihr Blick fiel auf einen traurig wirkenden Mann, der von einer netten Serviererin die Treppe hinaufgeführt wurde. Als er kurze Zeit später wieder hinunter kam, war seine Traurigkeit verschwunden, und er schien erpicht darauf zu sein, an den Spieltisch zurückzukehren.

Victoria war fasziniert. »Es ist erstaunlich, Lucas. Wirklich einzigartig. Völlig anders als alles, was ich bisher gesehen habe.«

Lucas sah sich die Menge an. »Ich bin mir da nicht so sicher. Es hat gewisse Ähnlichkeit mit dem Gedränge bei den Bannerbrooks letzte Nacht, finden Sie nicht?«

Vor Lachen verschluckte sich Victoria an ihrem Bier. »Ich sage Ihnen, wenn Lady Bannerbrook diese Bemerkung hören könnte, würde es Wochen dauern, ehe Sie nochmals eine Einladung von ihr erhielten.«

»Wenn Lady Bannerbrook wüßte, wo Sie sich heute nacht herumtreiben, würden Sie bis zum jüngsten Tag auf eine erneute Einladung von ihr warten. Darüber hinaus würde Sie wahrscheinlich niemand aus der gesamten besseren Gesellschaft jemals wieder einladen.«

»Versuchen Sie jetzt nicht, mich zu erschrecken, Lucas. Ich habe gerade so viel Spaß. Das hier ist wesentlich besser als das Restaurant und tausendmal interessanter als Vauxhall. Sagen Sie, weshalb gehen diese Männer pausenlos mit den Barmädchen die Treppe hinauf?«

Lucas sah kurz hinüber zu der engen Treppe am Ende des Raumes. »Das sind Verlierer, die sich trösten und zu einem neuen Spiel ermutigen lassen.«

»Trösten?«

»Oben gibt es ein paar kleine Schlafzimmer, Vicky.«

Sie blinzelte und spürte, wie die Röte in ihr aufstieg. »Ich verstehe.« Das nächste Paar, das die Treppe hinaufstieg, besah sie sich etwas genauer. Der Mann torkelte betrunken und mußte von seiner Begleiterin gestützt werden. Victoria runzelte die Stirn. »Ich hoffe, Sie hatten noch nie die Gelegenheit, diese Treppe hinaufzugehen, Lucas.«

Er grinste flüchtig. »Niemals, ich gebe Ihnen mein Wort. Ich habe Ihnen bereits erzählt, daß ich äußerst wählerisch bin. Und außerdem ist die Treppe vor allem für Verlierer.«

»Und Sie gewinnen immer«, schloß Victoria zufrieden. »Wirklich, Lucas, ich kann es kaum erwarten, die Würfel zu werfen. Meine Tante und ich haben uns selbst das Glücksspiel beigebracht, als wir uns mit Wahrscheinlichkeitsrechnung befaßt haben. Wirklich ein faszinierendes Spiel. Wußten Sie, daß man manche Zahlen häufiger wirft als andere?«

»Das ist mir durchaus bewußt.« Lucas' Ton war bemerkenswert trocken.

»O ja, natürlich wissen Sie solche Dinge, nicht wahr? Nun denn, lassen Sie uns einen Tisch suchen.«

»Halten Sie Ihre Begeisterung ein wenig in Zaum, meine Liebe. Sie werden hier doch wohl nicht würfeln wollen? Es gibt nicht ein einziges ungezinktes Paar in diesem Haus.«

»Unsinn. Das sagen Sie nur, um mich vom Spielen abzuhalten. Doch ich bin hierher gekommen, um mich zu amüsieren, und ich bin entschlossen zu spielen. Ich bin eine recht gute Spielerin, falls Sie sich erinnern.«

»Victoria, Sie sind bei weitem nicht so talentiert, wie Sie denken.«

Sie sah ihn unschuldig an. »Aber ich muß eine gute Spielerin sein, wenn ich gegen Sie beim Kartenspiel gewonnen habe.«

»Victoria ...«

»Die einzig andere mögliche Erklärung für Ihr Verlieren an jenem Abend wäre, daß Sie falsch gespielt haben. Doch ich möchte Sie nicht mit einer derartigen Anschuldigung beleidigen.«

»Wie weise«, sagte Lucas kühl.

»Fordern Sie Genugtuung für den Fall, daß ich Sie beleidigt haben sollte?« fragte Victoria.

»Wohl kaum. Ich hege eine gewisse Abneigung gegen Pistolen im Morgengrauen oder zu jeder anderen Zeit.«

»Es erstaunt mich, so etwas von einem alten Soldaten zu hören.«

»Wenn Sie mich fragen, so ist es das Vernünftigste, was ein alter Soldat sagen kann.«

»Sie tragen aber eine Pistole«, sagte Victoria leise.

Er zuckte mit den Schultern. »Das hier ist London, und Sie bestehen darauf, mit mir nachts durch die Straßen zu ziehen. Da bleibt mir keine Wahl.«

Victoria nippte erneut an ihrem Bier, und dann beugte sie sich vor. »Haben Sie an dem Abend, als wir Karten spielten, falsch gespielt, Lucas? Diese Frage hat mich seitdem sehr beschäftigt.«

»Es ist nicht wichtig.«

»Ha, wenn Sie sich nicht unterhaltsamer zeigen, muß ich mir wohl eine andere Quelle der Unterhaltung suchen.« Victoria wandte sich in Richtung des nächsten Spieltisches.

»Victoria, warten Sie...«

Doch Victoria suchte sich bereits einen Platz vorn am Tisch. Halb erdrückt von den heißen, schwitzenden Männerkörpern beugte sie sich vor, um dem Spiel zuzuschauen. Sie bemerkte, wie Lucas sich hinter sie stellte, doch sie schenkte ihm keinerlei Aufmerksamkeit. Die Würfel wurden ihr bereits in die Hand gegeben. Sie ließ sie aneinander klicken und warf sie dann lässig auf den grünen, flanellbespannten Tisch.

»Der junge Gentleman hat 'ne Sieben«, rief jemand. Sofort wurde auf Victorias nächsten Wurf gewettet.

Victoria spürte, wie sie ein Schauer durchlief. Sieben war eine hervorragende Zahl für den ersten Wurf. Es gelang ihr beinahe, den Geruch der Männerkörper, die sich um sie drängten, zu ignorieren. Lucas hinter sich zu wissen verlieh ihr ein wundersames Gefühl der Unverwundbarkeit. Sie fühlte sich sicher und hatte großen Spaß. Erneut warf sie die Würfel.

»Bei Gott, 'ne Elf«, rief ein begeisterter Zuschauer. »Der Kerl hat's geschafft.« Triumphgeschrei erhob sich am Tisch.

»Sammeln Sie Ihren Gewinn ein, Vicky. Sie haben genug gespielt«, befahl Lucas leise.

»Aber ich gewinne gerade. Ich kann jetzt nicht aufhören.«

Ein angetrunkener, rotgesichtiger Mann in einem abgetragenen Mantel und mit einer schmutzigen Krawatte hörte Victorias Bemerkung. Er wandte sich mit glitzernden Augen an Lucas. »Hör'n Sie mal, der Knabe hat ein Recht darauf zu spielen. Sie können ihn nicht einfach abschleppen.«

»Der Mann hat vollkommen recht, Lucas. Ich habe ein Recht darauf zu spielen.«

Lucas ignorierte den Mann und näherte sich Victoria. Er war sichtbar verärgert. »Vicky, man wird Sie noch eine Weile gewinnen lassen, bis Sie vom Spielfieber gepackt sind, und dann werden Sie anfangen zu verlieren. Glauben Sie mir, ich weiß, wovon ich spreche.«

»Gut, dann spiele ich eben, solange ich gewinne«, versicherte sie ihm fröhlich und wandte sich erneut dem Tisch zu. Sie meinte zu hören, wie Lucas leise fluchte, doch die Rufe ihrer begeisterten Mitspieler übertönten seine Worte.

Zehn Minuten später wandelte sich ihr Glück, genau wie Lucas vorausgesagt hatte. Victoria mußte entsetzt zusehen, wie sie mit einem Wurf ihren gesamten Gewinn verlor. Ärgerlich drehte sie sich zu Lucas um.

»Haben Sie das gesehen? Wie konnte das passieren? Ich war dabei zu gewinnen, Lucas. Ich kann einfach nicht glauben, daß mich das Glück so plötzlich verläßt.«

Lucas führte sie vom Tisch fort. »So ist das mit dem Glück, besonders an einem Ort wie diesem. Ich habe Sie gewarnt.«

»Sie brauchen gar nicht so selbstgefällig zu gucken. Ich *habe* gewonnen. Außerdem...«

Doch Lucas hörte ihr nicht mehr zu. Sein Blick haftete auf einer Gruppe von Kartenspielern in der Ecke. »Verdammt.«

»Was ist los?« Victoria sah hinüber zu dem Spieltisch.

»Ich habe diesen Ort ausgesucht, da ich mir ziemlich sicher war, hier keinem Ihrer Bekannten über den Weg zu laufen, doch anscheinend habe ich mich getäuscht. Wir müssen auf der Stelle gehen.«

»Lucas, hören Sie auf, sich solche Sorgen zu machen. Niemand wird mich erkennen. Die Leute sehen nur, was sie zu sehen erwarten, und niemand, den ich kenne, wird erwarten, mich hier in Männerkleidern anzutreffen.«

»Ich gehe lieber kein Risiko ein. Kommen Sie, Vicky.« Lucas wandte sich in Richtung der Tür.

Zögernd folgte sie ihm, wobei sie einen letzten ärgerlichen

Blick auf den Spieltisch warf. »Gütiger Gott, das ist Ferdie Merivale, nicht wahr?«

»Kein anderer.«

»Er scheint recht betrunken zu sein, Lucas. Sehen Sie ihn sich an, er kann sich kaum auf seinem Stuhl halten und versucht trotzdem noch, Karten zu spielen«, bemerkte Victoria besorgt.

»Stimmt. Mit niemand Geringerem als Duddingstone. Was bedeutet, daß Merivale zweifelsohne einen Großteil seines kürzlich ererbten Vermögens verlieren wird. Trödeln Sie nicht länger herum, Vicky.«

»Was wissen Sie über diesen Duddingstone?«

»Er ist ein hervorragender Spieler, ein brillanter Falschspieler und vollkommen gewissenlos. Es ist noch nicht einmal unter seiner Würde, einen jungen Narren wie Merivale zu betrügen. In der Tat macht er so etwas regelmäßig.«

Victoria blieb abrupt stehen. »Dann müssen wir etwas unternehmen.«

»Ich versuche gerade, etwas zu unternehmen. Ich versuche, Sie hier herauszumanövrieren, bevor Ferdie Merivale Sie erkennt.«

»Er ist gar nicht mehr in der Lage, mich oder sonst jemanden zu erkennen, Lucas. Wir können ihn doch nicht einfach hier in Duddingstones Klauen zurücklassen. Ferdies Schwester Lucinda ist eine Freundin von mir. Ich kann einfach nicht dastehen und zusehen, wie der arme Ferdie von einem professionellen Spieler ausgenommen wird. Er ist so ein netter Junge.«

»Wir werden nicht dastehen und zusehen. Wir gehen nämlich jetzt.«

»Nein, Lucas. Ich muß darauf bestehen, daß wir etwas unternehmen.«

Lucas blickte sie finster an. »Was genau sollen wir denn Ihrer Meinung nach tun?«

Victoria dachte nach. »Sie werden einfach das Spiel unterbrechen und Ferdie überreden zu gehen.«

»Mein Gott. Sie verlangen nicht gerade viel, wie? Was ist, wenn Ferdie gar nicht gehen will?«

»Dann müssen Sie ihn dazu zwingen.«

»Unmöglich. So etwas würde einen Aufruhr verursachen, und das ist das letzte, was wir brauchen.«

»Machen Sie sich meinetwegen keine Sorgen, Lucas. Ich werde hier neben der Tür warten. Ferdie wird mich nicht zu Gesicht bekommen. Alles, was Sie zu tun haben, ist, ihn hier herauszuholen, in eine Kutsche zu setzen und nach Hause zu schicken.«

»Sie sind diejenige, die ich in eine Kutsche zu setzen und nach Hause zu schicken beabsichtige«, knurrte Lucas. »Ich wußte, daß dieser Ausflug ein Fehler sein würde. Ich hätte mich niemals von Ihnen dazu überreden lassen dürfen, Sie hierher zu bringen.«

»Beeilen Sie sich, Lucas. Sie fangen gerade eine neue Runde an. Sie müssen etwas für Ferdie tun.«

»Nun hören Sie mir einmal zu, Victoria...«

»Ich werde nicht eher gehen, bis Sie den armen Ferdie gerettet haben. Er ist ein reizender Junge, und er verdient es nicht, sich von einem Duddingstone ausnehmen zu lassen. Los, unternehmen Sie etwas.« Sie schob Lucas leicht in Richtung des Spieltisches. »Ich verspreche Ihnen, daß ich mich versteckt halten werde.«

Lucas fluchte leise, doch wie jeder gute Soldat schien er eine Niederlage anzuerkennen. Ohne ein Wort drehte er sich auf dem Absatz um und schob sich erneut durch die Menge.

Victoria konnte nicht viel erkennen, doch ein paar Minuten später tauchte Ferdie aus dem Gedränge auf, Lucas direkt hinter sich. Victoria bemerkte, daß einer von Ferdies Armen seltsam auf den Rücken gedreht war. Der junge Mann sah nicht gerade glücklich aus, als er Lucas voran auf die Straße hinaustrat.

Victoria erhaschte Lucas' befehlenden Blick und folgte den beiden Männern in diskretem Abstand. Draußen konnte sie deutlich hören, wie Ferdie Merivale sich mit lauter, undeutlicher Stimme beschwerte.

»Verdammt, Stonevale, das können Sie nicht machen. Meine Pechsträhne war gerade zu Ende. Nur noch ein paar Runden, und ich hätte den Mann in der Tasche gehabt.«

»Noch ein paar Runden, und Sie wären gezwungen gewesen, morgen die Stadt zu verlassen und bis ans Ende Ihrer Tage auf dem Land zu verrotten. Das würde Ihnen nicht gefallen, Merivale. Sie sind ein Stadtmensch. Wieviel haben Sie an Duddingstone verloren?«

Ferdie murmelte etwas Undeutliches, und Lucas schüttelte grimmig den Kopf. »Ich weiß, Sie schätzen mein Verhalten im Moment nicht besonders, Merivale. Mir gefällt es auch nicht besonders, aber wir haben keine andere Wahl. Vielleicht sind Sie mir morgen ja dankbar.« Lucas winkte eine vorbeifahrende Kutsche heran.

»Zum Teufel, Stonevale, ich will nicht gerettet werden. Ich habe das Spiel im Griff«, sagte Ferdie mit weinerlicher Stimme.

»Tun Sie uns beiden einen Gefallen. Wenn Sie das nächste Mal Ihre Erbschaft zum Fenster hinauswerfen möchten, tun Sie das an einem Ort, wo ich nicht bin. Sie waren für mich heute abend ein größeres Ärgernis, als Sie denken.« Lucas hievte den jungen Mann in die Kutsche und nannte dem Kutscher die Adresse.

Die Kutsche setzte sich schwankend in Bewegung, und Lucas machte einen Schritt zurück. Er sah sich nach Victoria um.

»Zufrieden?«

»Das haben Sie ausgezeichnet gemacht, Graf.« Victoria lachte vor Erleichterung und Stolz und trat auf die Straße. »Ich versichere Ihnen, ich bin Ihnen ewiglich dankbar, auch wenn Ferdie es nicht ist.«

Sie sah, wie er den Mund öffnete, um etwas zu erwidern, bemerkte die überraschende Veränderung seines Gesichtsausdrucks, als er über sie hinweg sah, und dann hörte sie das

Geklapper von Pferdehufen und das Rattern von Kutschenrädern.

Die Räder klangen viel zu nah. Victoria drehte sich um und sah, wie eine schwarze Kutsche, die von zwei schwarzen Pferden gezogen wurde, auf sie zugerast kam.

In diesem Augenblick erschien der rettende Bürgersteig Kilometer entfernt, und der Schrei, der sich in ihrem Hals formte, ging im Getrampel der Hufe und dem Knirschen der Räder unter.

Dann wurde sie von etwas Schwerem getroffen und auf den Straßenrand geworfen. Sie lag ausgestreckt unter Lucas, als Hufe und Räder nur wenige Zentimeter an ihrem Fuß vorbeirasten.

6

»Zweifelsohne so ein betrunkener Kerl, der seine erbärmlichen Fahrkünste zeigen mußte«, sagte Victoria.

»Zweifelsohne.«

Sie versuchte, Lucas' Gesicht in der Dunkelheit der Kutsche zu erkennen. Der Unfall erschütterte sie immer noch, doch zugleich sprühte sie vor Aufregung angesichts der Erlebnisse. Ihre Hauptsorge galt nun ihrem Gegenüber.

Lucas hatte kaum ein Wort gesprochen, seit er ihr vom Gehweg in eine Kutsche geholfen hatte. Sie spürte seine Verärgerung. Abwesend rieb er sein Bein, und sie fragte sich, ob er es bei ihrer Rettung verletzt hatte.

»Sie haben sehr schnell reagiert, Lucas. Ich versichere Ihnen, die Kutsche hätte mich glatt überrollt, wenn Sie nicht gewesen wären.«

Nichts.

»Schmerzt Ihr Bein sehr?«

»Ich werde es überleben.«

Victoria seufzte. »Es ist alles meine Schuld, nicht wahr? Hätte ich nicht darauf bestanden, heute nacht eine Spielhölle zu besuchen, hätten Sie nicht Ihr Bein verletzt.«

»Das ist sicher eine Art, die Dinge zu betrachten«, sagte Lucas.

»Es tut mir so leid, Lucas.«

»Es tut Ihnen leid?«

»Nun, nicht, daß wir in *Das Grüne Schwein* gegangen sind«, gab sie ehrlich zu. »Schließlich habe ich mich dort prächtig amüsiert. Doch es tut mir entsetzlich leid, daß Sie Ihr Bein verletzt haben.« Spontan setzte sie sich neben ihn. »Hier, lassen Sie es mich massieren. Sie müssen wissen, bei Pferden kann ich das ganz gut.«

»Ist das eine Empfehlung?«

Der unfreiwillige Humor in seiner Stimme ließ sie erleichtert lächeln. »Selbstverständlich. Man muß doch wissen, wie man ein temperamentvolles Tier nach einem anstrengenden Ritt beruhigen kann.«

»Eigentlich hätten wohl eher Sie bei der Sache zu Schaden kommen müssen. Schließlich lagen Sie auf dem Boden. Sind Sie sicher, daß Ihnen nichts fehlt?«

»Oh, mir geht es gut. Einer der Vorzüge von Männerkleidern ist, daß sie den Körper wesentlich besser schützen als ein Abendkleid. Hätten Sie doch nur nicht Ihr Bein verrenkt, als Sie sich über mich geworfen haben.«

Während sie sprach, legte sie die Hände auf seinen Oberschenkel, um ihn vorsichtig zu befühlen. Sie spürte die starken Muskeln und Sehnen unter ihren Fingern. Die engsitzenden Reithosen konnten die Konturen seines Beines nicht verbergen. Es war fast, als berührte sie seine nackte Haut, als sie langsam begann, sein Bein zu massieren.

Lucas tat nichts, um sie aufzuhalten. Er sah einfach auf sie hinunter. Victoria konzentrierte sich eifrig darauf, seine offensichtlichen Beschwerden zu lindern.

Sein Bein war nicht besonders nachgiebig, dachte sie, während sie seine festen Muskeln zusammenpreßte. Hart wie Stein.

»Ich weiß wirklich zu schätzen, was Sie für Ferdie Merivale getan haben.« Victoria sprach schnell, um das ihrer Meinung nach gespannte Schweigen aufzuheben. Ihre Finger griffen tiefer in seinen Schenkel.

»Das freut mich, denn ich bezweifle, daß Merivale das tut.« Lucas sog scharf die Luft ein. »Vorsicht bitte, Vicky. Sie wissen, das ist mein verwundetes Bein.«

»Oh, ja, natürlich.« Sie verringerte den Druck und sah hinauf in sein Gesicht. »Besser so?«

»Viel besser.« Er schwieg einen Augenblick und sagte dann: »Sie haben äußerstes Geschick. Ich beneide Ihre Pferde.«

Als sie erneut in sein dunkles Gesicht sah, bemerkte sie ein leichtes und zugleich äußerst sinnliches Lächeln. Hitze wallte in ihr auf. Sie konnte fühlen, wie sich die Spannung in seinem Bein auf unerklärliche Weise veränderte, als sie unbewußt mit der Hand über die Innenseite seines Schenkels strich.

Er hob eine Hand und strich mit seiner etwas rauhen Fingerspitze langsam ihren Hals hinab bis in Höhe ihres Nackens. Victoria hielt den Atem an. Er wollte sie küssen! Sie wußte, was das Glitzern in seinen Augen bedeutete. Am Ende ihrer nächtlichen Ausflüge im Garten ihrer Tante hatte sie es erfahren. Allein die Erwartung ließ ihre Sinne entflammen.

»Lucas?«

»Sagen Sie, Vicky, mögen Sie meine Abschiedsküsse?«

»Ich ...« Die Worte schienen ihr nicht über die Lippen kommen zu wollen. »Ja. Ja, sie gefallen mir.«

»Eines der Dinge, die ich an Ihnen mag, meine Liebe, ist, daß Sie in den erstaunlichsten Momenten so erfrischend ehrlich sind.« Er fuhr durch ihr Haar, und dann umschloß seine Hand ihren Hinterkopf. Er zog sie an sich. »Ich frage mich, ob Sie eine Vorstellung davon haben, welche Wirkung das auf mich hat.«

Sie beugte sich willig vor, und dank des Wankens der Kutsche fiel sie in seinen Schoß. Mit einem vergnügten Seufzer schlang sie ihre Arme um seinen Hals und hob ihm ihr Gesicht erwartungsvoll entgegen. Es gab keinen Zweifel, die nächtlichen Küsse hatten ihren Appetit angeregt.

Lucas' Mund näherte sich dem ihren, und seine Zunge strich Einlaß suchend über ihre Lippen.

Begierig auf die Hitze und Erregung, die sie bei seinen Küssen verspürte, kam Victoria näher. Sie fühlte seine starken, harten Arme, und als sich seine Hand den Knöpfen ihrer Weste näherte, wehrte sie sich nicht.

Die angestaute Erregung des Abends durchschauderte sie. Dies war der aufregendste Moment von allen. Victoria merkte kaum, wie Lucas ihre Krawatte löste, doch als seine Fingerspitzen ihren Hals hinabfuhren, umfaßte sie ihn enger.

Lucas lachte sanft, als seine Finger ihre Weste und ihr Hemd öffneten. »Es ist schon seltsam, dich aus Männerkleidern zu schälen, mein Schatz.«

Victoria war unfähig zu antworten, da er plötzlich ihre nackte Brust umfaßte. Sie hielt den Atem an und straffte sich. Sie hätte protestieren müssen, doch statt dessen preßte sie ihr heißes Gesicht an seine Schulter und hielt ihn fest.

»Gefällt dir die Berührung meiner Hand, Vicky?«

Sie nickte heftig. »Ja.« Sie spürte, wie sich ihre Brustwarzen unter dem Druck seines Daumens verhärteten.

»Kannst du fühlen, welche Wirkung du auf mich hast?«

Sie konnte. Sie spürte, wie er unter ihr hart wurde. Seine Schenkel weiteten sich leicht, so daß sie sich seiner Männlichkeit in den Reithosen noch bewußter wurde.

»Lucas, Ihr armes Bein.«

»Ich versichere dir, daß ich im Moment nicht den geringsten Schmerz verspüre.«

»Wir müssen aufhören.«

»Willst du wirklich, daß ich aufhöre, dich zu berühren?« flüsterte Lucas.

»Bitte stellen Sie mir keine solchen Frage.« Atemlos vergrub sie ihre Finger in den Muskeln seiner Schultern und preßte ihren Körper in seine Hand. Ihr wurde heißer, und zwischen ihren Beinen verspürte sie eine warme Feuchtigkeit.

Als ob auch er sich der feuchten Hitze zwischen ihren Schenkeln bewußt sei, begann Lucas, die Knöpfe ihrer Reithosen zu öffnen. Victoria hätte ihm lautstark Einhalt gebieten müssen, doch es verschlug ihr die Stimme. Der männliche Geruch seines Körpers und seine sinnliche Spannung faszinierten sie. Ihre Fäuste ballten sich an seinen Schultern.

»Du bist feucht und bereit für mich, nicht wahr?« Lucas ließ seine Hand in ihre offenen Reithosen gleiten und fand ihre geheime Wärme. »Dein Körper ist bereit, mich zu empfangen.«

»Lucas.«

»Es gibt keinen Grund, verlegen zu sein, mein Schatz. Ich bin froh zu wissen, daß du mich ebenso willst, wie ich dich begehre. Wenn es an der Zeit ist, werden wir hervorragend miteinander harmonisieren.«

Verwirrt hob sie den Kopf, um ihn anzusehen. »Wenn es an der Zeit ist?«

»Nicht heute nacht. Für das erstemal würde ich einem Bett den Vorzug geben. Und ich möchte alle Zeit der Welt und nicht nur die paar Minuten, die uns noch bleiben, bis wir dein Haus erreichen.«

»Lucas, wir müssen aufhören. Wir müssen.« Nie zuvor hatte er sie auf diese Weise berührt, und sie wußte nicht, wie sie mit ihren eigenen Gefühlen umgehen sollte. Ein köstliches Gefühl der Begierde hatte von ihr Besitz ergriffen.

»Bist du sicher, daß ich aufhören soll, meine Kleine? Du fühlst dich so gut an.« Erneut preßte er seinen Mund erst auf ihre Lippen und dann an ihren Hals, während seine Finger tiefer glitten und die zarten Blütenblätter trennten, um die kleine Knospe der Begierde zu erreichen. »So verdammt gut. Und du willst mich. Sag es, Vicky. Sag es mir zumindest.«

Victoria sog scharf die Luft ein, als sie ein seltsames Gefühl vor Begierde erzittern ließ. Sie wollte ihm nochmals sagen, daß er aufhören müsse, sie derart intim zu berühren, doch sie wußte, daß sie das nicht konnte. Zumindest noch nicht. Es verlangte sie nach mehr, und sie spürte, daß ihr nur Lucas diesen Wunsch erfüllen konnte.

»Sag es, meine Süße. Ist das zuviel verlangt?« Seine Stimme war sanft, zart, vertraut. »Alles, worum ich dich bitte, ist, daß du mir sagst, was du fühlst. Fühlt sich das gut an?«

»Ja. Oh, Lucas, *ja.*« Sie preßte die Lider zusammen, um die glühende Zufriedenheit in Lucas' Blick nicht sehen zu müssen. Hilflos reckte sie sich seiner forschenden Hand entgegen.

»Sprich weiter mit mir, mein Schatz. Sag mir, was du empfindest, wenn ich dich so berühre.« Sanft ließ er einen Finger in ihre Wärme gleiten.

Sie stieß einen Schrei aus und dämpfte das Geräusch durch den Stoff seiner Jacke.

»Und das...«

Sie fuhr zusammen, doch plötzlich konnte sie nicht genug bekommen von seinen langen, sensiblen Fingern. Sie hob ihr Becken an und bat stumm um mehr, obgleich sie nicht wußte, was sie suchte. »Lucas, tun Sie das noch einmal. Bitte berühren Sie mich noch einmal.«

»So, mein Schatz?« Seine Finger wirkten Wunder in der heißen, feuchten Umgebung zwischen ihren Beinen. »Gott, du bist wunderbar, Vicky. Du reagierst, als seist du für mich geschaffen.«

»Bitte.« Sie konnte kaum sprechen, als sie sich ihm entgegenstreckte und dann unter seiner Berührung erneut zusammenfuhr. »Ich weiß nicht... Ich kann nicht... *Bitte.*«

»Ja. Ich weiß. Ich werde. Gib dich mir einfach hin, Liebste. Willst du mich?« fragte er erneut.

»Oh, ja, ja, *ja.*« Und dann konnte sie nicht mehr denken, nicht mehr sprechen. Etwas Volles und Vibrierendes, etwas, das in ihrem Innersten verborgen lag, brach plötzlich los und hallte in ihrem Körper, bis sie zu zittern begann. Die leichten Zuckungen ließen sie von Kopf bis Fuß erschaudern, doch war ihr weder kalt noch verspürte sie die geringste Furcht. Nie zuvor hatte sie sich so glücklich und lebendig gefühlt.

Und dann brach sie erschöpft an Lucas' harter Brust zusammen.

»Einfach wunderbar. Welch süße, heiße Leidenschaft.« Lucas bedeckte ihr Gesicht und ihren Hals mit leichten, beruhigenden Küssen, als er seine Hand zwischen ihren Schenkeln hervorzog und eilig ihre Reithosen zuknöpfte. »Ich werde den Verstand verlieren, während ich auf dich warte. Aber ich denke, du wirst mich nicht allzu lange warten lassen, oder, Liebling? So grausam wirst du nicht sein.«

Victoria wartete, bis sie ruhig atmen konnte, bevor sie ihren Kopf von seiner Schulter nahm. Die Kutsche fuhr bereits langsamer. Immer noch verwirrt sah sie zu ihm auf. Er lächelte sanft, und seine Augen hatten einen warmen, wissenden Ausdruck.

»Das war ...« Sie befeuchtete ihre Lippen und begann erneut. »Das war sehr seltsam.«

»Betrachten Sie es als naturwissenschaftliches Experiment.«

»Als Experiment?« Trotz ihrer eigenartigen Stimmung mußte sie lachen. Der Bann der sinnlichen Trägheit war gebrochen. »Sie sind wahrhaft unmöglich, Graf.«

»Nicht im geringsten.« Sein Lächeln war zärtlich, doch in seinen Augen lag eine verwirrende Glut. »Die Dinge, die ich mit Ihnen vorhabe, sind durchaus möglich. Vielleicht sind manche unwahrscheinlich, aber nicht unmöglich.«

Wortlos sah sie ihm in die Augen, und plötzlich bemerkte sie, daß die Kutsche hielt. Sie schüttelte sich leicht und griff nach ihrer offenen Krawatte. »Gütiger Himmel, wir sind da. Ich muß aussteigen, sonst denkt der Kutscher, wir seien eingeschlafen.«

Auf der Suche nach Stock und Mantel kletterte sie in der Kutsche herum. Als sie schließlich die Tür aufstieß, bemerkte sie, daß sich Lucas weit vorsichtiger bewegte als sonst. Sie runzelte die Stirn. »Sind Sie in Ordnung?«

»Nein.«

»Oje, Ihr Bein.«

»Es ist nicht mein Bein, das mich stört.« Er stieg neben ihr aus und ordnete sorgfältig seinen Mantel.

»Was ist es dann, Lucas?« bohrte Victoria.

»Nichts, wogegen Sie heute nacht etwas tun könnten, aber seien Sie versichert, daß es mir ein Vergnügen sein wird, Sie das Problem in naher Zukunft lösen zu lassen.« Er klopfte dem Kutscher mit seinem Stock. »Seien Sie so gut, und warten Sie noch ein paar Minuten.«

Der Kutscher nickte gelangweilt und griff nach der Flasche, die er unter seinem Sitz aufbewahrte.

»Aber Lucas, was haben Sie? Was ist los?« fragte Victoria erneut, während sie um die Ecke in Richtung der Gartenmauer eilten.

»Versuchen Sie nur, sich an Ihre naturwissenschaftlichen Studien zu erinnern, besonders an die Einzelheiten bezüglich des Fortpflanzungsverhaltens der männlichen Vertreter einer Gattung. Ich bin sicher, dann werden Sie die Antwort von selbst finden.«

»Oje.« Sie schluckte und bemerkte, wie ihr Gesicht glühte. Sie war sich nicht ganz sicher, was er meinte, doch zumindest ahnte sie die mögliche Ursache seines Unbehagens. »Himmel. Ich hatte keine Ahnung. Fühlen Sie sich, uh, sehr unbehaglich, Graf?«

»Machen Sie kein so zerknirschtes Gesicht«, sagte er mit einem kurzen, flüchtigen Grinsen. »Ich bin sehr zufrieden mit den Ergebnissen des Experiments. Sie sind das leichte Unwohlsein, das ich jetzt verspüre, durchaus wert.« Er half ihr über die Gartenmauer. »Und schließlich habe ich mich Ihnen ja im Dienste der Wissenschaft zur Verfügung gestellt, nicht wahr?«

»Ich wünschte, Sie würden aufhören, von der Angelegenheit

als von einem Experiment zu sprechen.« Victoria sprang hinab in den duftenden, dunklen Garten und trat einen Schritt zurück, als er neben ihr auf dem Rasen landete.

»Ich denke, es ist für Sie einfacher, die Sache noch eine Weile so zu betrachten.« Er küßte ihre Nasenspitze und wandte sich zum Gehen. »Gute Nacht, Victoria. Schlafen Sie gut.«

Sie beobachtete noch eine Weile, wie er über die Gartenmauer verschwand, und wandte sich dann widerwillig der Tür des Gewächshauses zu. Plötzlich verlangte es sie nach der Intimität ihres Zimmers, wo sie über das, was zwischen ihr und Lucas geschah, nachdenken konnte.

Die Intensität der Gefühle, die er in ihr erweckte, war ungewohnt und ein wenig erschreckend. Sie wußte, daß sie während der paar Minuten in der Kutsche ein großes Maß ihrer Kontrolle über sich an ihn abgetreten hatte. Sie hatte sich ihm im wahrsten Sinne des Wortes in die Hand gegeben, und er hatte ihr die Macht ihres eigenen Körpers gezeigt.

Gedankenvoll runzelte sie die Stirn, während sie sich der Tür des Gewächshauses näherte. Sie durfte nicht die Kontrolle über die Sache verlieren. Sie mußte vorsichtig sein. Aber Lucas war so anders als jeder andere Mann, dem sie zuvor begegnet war. Es wurde zusehends schwieriger, in dieser Angelegenheit Vernunft walten zu lassen. Sie wurde mehr und mehr von ihren Gefühlen beherrscht, und das, so wußte sie, war gefährlich.

Verdammt, dachte sie ärgerlich, es war einfach nicht fair, daß eine Witwe wie Isabel Rycott die Freiheit besaß, eine diskrete romantische Affäre zu pflegen, während einer Frau, die aus Überzeugung nicht heiratete, dieses Privileg vorenthalten war. Zumindest einer unverheirateten Frau, die erst vierundzwanzig war. Vielleicht besäße sie in zehn Jahren die Möglichkeit, ihren Vorstellungen gemäß zu leben, aber wer wollte schon zehn Jahre warten, um die Geheimnisse zu entdecken, die Lucas ihr nun offenbarte?

Und wer wußte, wo Lucas in zehn Jahren sein würde, dachte

Victoria verdrießlich. Zweifellos würde er auf dem Lande leben, und sich um seine Ländereien, seine Frau und mehrere Kinder kümmern.

Es war einfach nicht fair.

Victoria wußte es nun. Falls sie jemals diesen besonderen Bereich der Naturwissenschaften erkunden würde, so würde sie das Experiment mit Lucas durchführen wollen. Vielleicht sollte sie einfach seinen Rat befolgen und das Ganze von einem wissenschaftlichen Standpunkt aus betrachten.

Während sie noch das Für und Wider dieser Idee erwog, entdeckte sie das weiße Seidenhalstuch, das vom Griff der Gewächshaustür herabhing.

Einer der Bediensteten mußte es hier verloren haben, als er im Garten war, um Kräuter für das Abendessen zu holen. Doch bestimmt hätte sie es dann bereits beim Verlassen des Hauses entdeckt.

Neugierig nahm sie das Tuch in die Hand. Sie fühlte das Monogramm unter ihren Fingern, ohne es jedoch im fahlen Mondlicht erkennen zu können.

Victoria eilte ins Haus, stieg die Treppe hinauf in ihr Zimmer und zündete eine Kerze an. Dann hielt sie das Tuch ins Licht, um das Monogramm zu entziffern. Es hatte die Form eines geschlungenen »W«.

Victorias Hände zitterten, als sie das Tuch sorgsam zusammenlegte. Sie hatte bereits ähnliche Monogramme gesehen, auf den Taschentüchern und Halstüchern ihres toten Stiefvaters, Samuel Whitlock.

Die Morgensonne fiel durch die Fenster des Gewächshauses auf die prächtigen Blütenzweige der *Plumeria rubra*, die Victoria mit ihrem Pinsel einzufangen versuchte. Sie runzelte die Stirn, als sie ihr Werk betrachtete. Es war unmöglich, sich auf die Arbeit zu konzentrieren, weshalb also gab sie ihr Vorhaben nicht einfach auf?

Normalerweise ging sie völlig in ihrer Arbeit auf. Heute morgen jedoch kreisten ihre Gedanken um die Leidenschaft, die sie in der letzten Nacht in Lucas' Armen empfunden hatte. Es war ihr nicht möglich, diese Bilder zu verdrängen. Sie wußte, sie würde verrückt, wenn es ihr nicht gelänge, ihrer Verwirrung Herr zu werden und einige Entscheidungen zu treffen.

»Hier bist du, Vicky. Ich habe dich bereits gesucht.« Cleo Nettleship kam um die Ecke und strebte auf ihre Nichte zu. Sie trug ein entzückendes korallenfarbenes Morgenkleid. »Ein herrlicher Tag, nicht wahr? Ich hätte wissen müssen, daß ich dich hier finde.« Sie machte eine kurze Pause, da ihre Aufmerksamkeit auf eine kleine Pflanze fiel. »Gütiger Himmel, hast du die neue amerikanische Iris bemerkt, die wir letzte Woche von Chester bekommen haben? Sie blüht wunderbar. Wie aufregend. Das muß ich unbedingt Lucas berichten.«

Victoria versuchte, weiterzuzeichnen, als ein rosa Tropfen auf das Blatt fiel. »Verdammt.«

»Bitte?«

»Nichts, Tante Cleo. Mir ist nur etwas Farbe auf das Blatt getropft. Denkst du, Lucas interessiert sich für die Iris?«

»Bestimmt. Ist dir nicht aufgefallen, wie angetan er inzwischen vom Gartenbau ist? Er lernt alles mögliche über dieses Thema, um sich auf die Übernahme seiner Ländereien vorzubereiten. Doch besonders scheinen ihn die neuen Pflanzen aus Amerika zu faszinieren. So wie er die Sache angeht, werden seine Gärten in Stonevale wohl eines Tages eine große Attraktion sein«, sagte Cleo.

Victoria konzentrierte sich darauf, der rosa Blüte einen leichten Schatten zu verleihen. »Er scheint großes Interesse an diesem Thema gefunden zu haben, nicht wahr? Kommt dir das nicht ungewöhnlich vor, Tante Cleo? Der Mann war schließlich den Großteil seines Lebens Soldat.«

»Ich finde das nicht im geringsten ungewöhnlich. Denk nur mal an Plimpton und Burney. Zwei ehemalige Offiziere, die sich auf ihren Gütern niedergelassen haben und sowohl in ihren Gärten als auch auf ihren Feldern hervorragende Ergebnisse erzielt haben. Vielleicht haben Gartenbau und Landwirtschaft irgend etwas, das Männer anspricht, die eine Menge Blutvergießen erlebt haben.«

Victoria erinnerte sich an Lucas' Weigerung, die Umstände seiner Beinverletzung zu erörtern. »Damit könntest du recht haben, Tante Cleo.«

»Da wir gerade von Lucas sprechen, meine Liebe.« Cleo betrachtete eine weitere Pflanze, die neue Sprossen aufwies.

Victoria bemerkte die Veränderung in der Stimme ihrer Tante und holte tief Luft. Cleo hielt ihr selten Vorträge, doch wenn sie es tat, so hatte Victoria gelernt, aufmerksam zu sein. Bei all ihren verschrobenen wissenschaftlichen Interessen und ihrem ausgeprägten Sinn für die Vergnügungen des gesellschaftlichen Lebens war Cleo doch eine kluge und intelligente Frau.

»Was ist mit ihm, Cleo?«

»Ich möchte nicht zuviel sagen, Vicky, Liebste. Du bist schließlich eine erwachsene Frau, und du hast zu jeder Zeit bewiesen, daß du sehr genau weißt, was du willst. Doch ich muß feststellen, daß du noch nie so viel Zeit in der Gesellschaft eines einzelnen Mannes verbracht hast. Auch hast du nie zuvor so häufig über einen bestimmten Bekannten gesprochen wie jetzt über Stonevale. Und außerdem bleibt es mir nicht verborgen, daß er sich in letzter Zeit ziemlich viel in deiner Nähe aufhält.«

Victorias Finger umklammerten den Pinsel. »Ich dachte, du magst Lucas.«

»Das tue ich. Sehr sogar. Darum geht es nicht, Vicky, und ich denke, das weißt du«, sagte ihre Tante freundlich, während sie mit ihrem Finger die Feuchtigkeit der Erde in einem Beet überprüfte.

»Wenn Lucas sich so oft bei uns aufhält, liegt das wohl daran, daß du ihn beständig zu Vorträgen und Vorführungen einlädst, von denen du meinst, daß sie ihn interessieren«, verteidigte sich Victoria.

»Das stimmt. Ich habe ihm gegenüber eine Reihe von Einladungen ausgesprochen, und er hat sie immer angenommen.« Cleo sah sie nachdenklich an. »Aber er erscheint nicht nur anläßlich unserer Treffen über Naturgeschichte und Gartenbau, oder? In letzter Zeit scheint er auf fast jedem Fest aufgetaucht zu sein, auf dem du eingeladen warst.«

Victoria schluckte. »Er ist ein Freund von Lady Atherton. Sie hat ihn in ihren Kreis eingeführt.«

Cleo nickte erneut. »Richtig. Und wir gehören zu Lady Athertons Bekanntenkreis, nicht wahr? Aber trotzdem denke ich, du solltest dir genau überlegen, was du willst, Vicky.«

Victoria sah ihre Tante direkt an. »Weshalb sagst du mir nicht einfach, was dir Sorgen macht, Tante Cleo?«

»Ich mache mir keine Sorgen, meine Liebe, ich frage mich lediglich, in welcher Beziehung du zu dem Grafen stehst. Du hast immer betont, daß du nicht gewillt bist, zu heiraten.«

Victoria versteifte sich. »Das bin ich nach wie vor nicht.«

Cleos Ausdruck wurde weich, als sie in das sture Gesicht ihrer Nichte sah. »Dann hast du die Verpflichtung, das heißt, deine weibliche Ehre verlangt es, daß du deinen männlichen Bekannten keine falschen Hoffnungen machst, Vicky. Verstehst du, was ich sagen will?«

Victoria starrte ihre Tante empört und überrascht an. »Du denkst, ich hätte den Grafen an der Nase herumgeführt? Ich hätte ihn in dem Glauben gelassen, sein Heiratsantrag möge eines Tages willkommen sein?«

»Ich glaube nicht einen Moment, daß du etwas derartiges absichtlich getan hast«, beeilte sich Cleo zu sagen. »Doch habe ich mich in letzter Zeit gefragt, ob Stonevale einen Teil deines Interesses an ihm nicht als Zeichen betrachten könnte, daß du einem Antrag gegenüber nicht abgeneigt wärst. Wenn es so wäre, könnte man ihm kaum einen Vorwurf machen.«

Victoria war zornig. »Und was ist mit deinem Interesse an ihm? Wie soll er deine diversen Einladungen verstehen, Tante Cleo?«

»Das ist wohl kaum dasselbe, meine Liebe. Wenn er meine Einladungen mißversteht, dann wohl nur aus dem Grund, daß du immer dieselben Vorträge und Vorführungen besuchst wie er«, erklärte sie gelassen.

»Dagegen ist ja wohl nichts einzuwenden. Ich habe schon immer die interessantesten Vorträge und Diskussionen deiner Freunde besucht.«

»Es ist mir nicht verborgen geblieben, daß Vorträge über Fruchtwechsel, Obstplantagenführung und Weinbau erst seit kurzem zu deinen Hauptinteressen gehören«, bemerkte Cleo trocken. »Du hattest immer mehr Gefallen an Tieren, Elektrizität und exotischen Pflanzen.«

Victoria spürte, wie sie errötete. »Ich versichere dir, Tante Cleo, Stonevale kennt meine Meinung über die Ehe. Ich bin mir sicher, daß er unsere Freundschaft nicht mißverstehen wird.«

»Und wie ist es mit dir, Vicky?« Cleo kam näher und lächelte auf ihre Nichte herab. »Besteht die Möglichkeit, daß du dir über deine eigenen Gefühle hinsichtlich der Ehe vielleicht nicht mehr ganz sicher bist?«

»Glaube mir, meine Meinung über die Ehe hat sich nicht im geringsten geändert«, sagte Victoria im Brustton der Überzeugung.

»Verzeih die Frage, meine Liebe, aber ist es möglich, daß du mit dem Gedanken an eine andere Art von Beziehung zu Stonevale spielst?«

Victorias Blick traf die Augen ihrer Tante. »Du denkst, ich ziehe eine ... eine Affäre mit Lucas in Erwägung?«

Cleo hielt den Blick ihrer Nichte fest und sagte sehr bestimmt: »Ich bin nicht blind, Vicky. Und auch an Intelligenz mangelt es mir nicht. Des weiteren bin ich nicht mehr die Allerjüngste. Ich habe gesehen, wie du Stonevale beobachtest, wenn du denkst, er bemerkt es nicht. Wenn ich dann noch sein offensichtliches Interesse an dir hinzunehme, und die Tatsache, daß du eine normale, gesunde junge Frau bist, die sich nicht ins Gefängnis einer Ehe sperren lassen möchte, so fürchte ich, befinden wir uns auf einem gefährlichen Terrain. Ich würde meine verwandtschaftliche Pflicht dir gegenüber auf das gröbste vernachlässigen, wenn ich dich nicht warnte.«

Victoria starrte vor sich auf die halbfertige Blume. »Ich weiß deine Besorgnis zu schätzen, Tante Cleo.«

»Nein, das tust du nicht, du ärgerst dich darüber, und ich kann es dir nicht gänzlich verübeln. Doch wir müssen den Tatsachen ins Auge sehen, und schließlich geht es nicht nur um deine Ehre. Auch Stonevales Ruf ist in Gefahr«, sagte Cleo.

Victorias Kopf fuhr in die Höhe. »Stonevales Ruf?«

»Du weißt sehr gut, meine Liebe, daß ein Mann in seiner Position gewisse Verpflichtungen gegenüber seinem Namen und seinem Titel hat. Eines Tages wird er eine gesellschaftlich angesehene Frau aus einer guten Familie heiraten müssen. Er kann es sich nicht leisten, als Verführer ehrenwerter, unschuldiger junger Frauen betrachtet zu werden. Ein derartiger Ruf würde seine Chancen auf eine angemessene Heirat zunichte machen und ihn aus der besseren Gesellschaft ausschließen. Außerdem wird er wohl nicht den Wunsch verspüren, in einen solch häßlichen Ruf zu geraten. Er ist ein anständiger Mann, Vicky.«

»Es ist alles so ungerecht.«

»Was ist ungerecht? Daß es dir deine Stellung als junge, unverheiratete Frau aus einer guten Familie vollkommen unmöglich macht, eine romantische Beziehung zu Stonevale auch nur in Betracht zu ziehen? Ja, das ist höchst ungerecht. Doch die Gesellschaft ist in derartigen Angelegenheiten äußerst streng, und du mußt die meisten ihrer ungeschriebenen Gesetze befolgen, wenn du in unserer Welt überleben willst. Du umgehst bereits genug ihrer Regeln. Habe Geduld. Je älter du wirst, desto mehr Regeln kannst du brechen.«

»Ich bin über vierundzwanzig. Ich gehöre bereits zum alten Eisen, das weißt du, Tante Cleo.«

Cleo schüttelte lächelnd den Kopf. »Du weißt ebenso gut wie ich, daß das nicht ganz stimmt. In den Augen der Gesellschaft bist du durchaus noch im heiratsfähigen Alter, und der Umfang deines Vermögens garantiert dir, daß es noch ein paar Jahre so bleiben wird. Du mußt vorsichtig sein.«

»Wenn ich verwitwet wäre wie Isabel Rycott, wäre ich frei«, murmelte Victoria.

Cleos Grinsen löste die Spannung. »Du ziehst nicht zufällig eine Heirat mit dem Grafen in Erwägung, damit du ihn anschließend umbringen kannst, um in den Genuß der Freiheit zu gelangen, die Isabel Rycott genießt?«

Victoria erwiderte das Grinsen nur zögernd. »Stonevale hat mich ausdrücklich gebeten, diese Vorgehensweise nicht in Betracht zu ziehen.«

Cleo sah sie überrascht an und brach dann in amüsiertes Gelächter aus. »Es freut mich zu hören, daß Stonevale so schnell und intelligent ist, wie ich dachte. Offensichtlich habt ihr beide euch auf irgendeine Weise geeinigt. Dann brauchst du meinen Rat wohl kaum, Vicky. Bitte verzeih mir die Einmischung in deine Angelegenheiten.«

Victoria atmete auf. »Ich weiß deine Besorgnis zu schätzen, wirklich. Und ich werde deine Worte sorgfältig überdenken.«

»Tu das. Die Gesellschaft toleriert vieles, doch wie wir beide wissen, gibt es Grenzen, besonders für Frauen. Ich würde es nicht ertragen, zu sehen, wie du deine Chancen in der Gesellschaft in so jungen Jahren zunichte machst. Deine Freunde bieten dir viel zuviel Unterhaltung, als daß du riskieren solltest, sie zu verlieren«, warnte Cleo sanft.

»Das ist gewiß wahr.« Eine kleine Alarmglocke klingelte in Victorias Innerstem. Es bräche ihr das Herz, wenn sie Annabella oder ihre anderen Freundinnen nicht mehr einladen könnte.

Cleo nickte zufrieden. »Genau, meine Liebe. Nun, wir haben

heute morgen noch eine Besprechung mit unserem Finanzberater. Irgend etwas wegen des Schiffes, in das wir letztes Jahr investiert haben. Anscheinend ist es sicher mit einer wunderbaren Fracht aus China zurückgekehrt. Wir sind demnach seit heute früh um einige tausend Pfund reicher. Ist das nicht nett?«

Victoria war sofort bei der Sache. Sie liebte aufregende Geschäfte. Ein gewisses Risiko machte einen Handel erst interessant.

»Hervorragend! Wir müssen uns bei Mr. Beckford bedanken, daß er uns dieses Schiff empfohlen hat. Oh, Tante Cleo, warte, ich wollte dich noch etwas fragen.« Victoria zog unter ihrem Stuhl das seidene Halstuch hervor, das sie in der Nacht an der Gewächshaustür gefunden hatte. »Kennst du das?«

Cleo betrachtete das Monogramm mit einem leichten Stirnrunzeln und gab es ihrer Nichte zurück. »Nein. Offensichtlich ist es keines von meinen. Wo hast du es gefunden?«

»Im Garten. Ich habe die Bediensteten gefragt, ob einer von ihnen etwas wüßte, aber keiner kannte das Tuch. Vielleicht gehört es einem der Mitglieder deiner Gesellschaft für Naturgeschichte«, sagte Victoria, während sie mit dem Finger über das elegant gestickte »W« strich.

»Hm, vielleicht. Es ist ein Männerhalstuch. Laß mich nachdenken. Wer von unseren Bekannten hat einen Namen mit ›W‹? Da sind zunächst einmal Wibberly und Wilkins. Ich werde sie fragen, wenn ich sie das nächste Mal sehe. Ist das alles, Vicky?«

»Ja, Tante Cleo. Das war alles, was ich fragen wollte. Laß uns mit Mr. Beckford über unseren jüngsten geschäftlichen Erfolg sprechen. Vielleicht hat er uns etwas Neues zu empfehlen.«

7

Victoria haßte es, doch sie mußte zugeben, daß der Vorschlag, ein Bordell zu besuchen, ein ernster Fehler gewesen war.

Sie umklammerte ihr Champagnerglas und saß angespannt in einer dunklen Ecke, teilweise verdeckt durch einen protzig vergoldeten Paravent. Es gab mehrere solcher diskret verdunkelten Ecken in diesem und dem Nebenraum. Die Dochte aller Lampen waren heruntergedreht. Hinter den Paravents waren betrunkenes Kichern und andere Geräusche höchst beunruhigender Art zu vernehmen. Victoria erschauderte bei dem Gedanken daran, was oben vor sich gehen mochte.

Es war sehr spät, weit nach drei Uhr morgens. Lucas hatte die Ankunftszeit festgelegt. Er hatte gesagt, er wolle nicht das Risiko eingehen, irgend jemandem zu begegnen, der noch nüchtern genug sein könnte, um Victoria zu erkennen. Außerdem hatte er dieses Etablissement gewählt, da es von Kunden aufgesucht wurde, die ein gewisses Maß an Ungestörtheit suchten. Daher die Paravents und das dämmrige Licht.

Außer Lucas schienen alle Leute um Victoria herum stockbetrunken zu sein. Ein paar Männer lagen heftig schnarchend ausgestreckt auf den rosa Samtsofas. Es war zu laut, zu heiß und zu stickig in diesem Raum. Außer den teuren Zigarren verqualmte ein anderer Rauch das rosa-goldene Zimmer, der aus ein paar seltsamen Pfeifen entströmte, die hier und dort herumstanden.

Allmählich wurde Victoria übel. Kurz zuvor hatte sie beobachtet, wie Lucas zwei junge Frauen, deren Kleider so tief ausgeschnitten waren, daß ihre rot angemalten Brustwarzen zu sehen waren, lässig fortwinkte.

»Wir sind heute nacht nur zum Zusehen gekommen«, hatte er leichthin erklärt, als eine der Frauen protestiert hatte.

»Aber es macht doch viel mehr Spaß, wenn man mitspielt«,

flötete die andere. Sie hatte Lucas in einer Art angesehen, die in Victoria das Bedürfnis weckte, den Inhalt eines Nachttopfes über ihrem Kopf auszuleeren.

»Wie steht's mit dem jungen Gentleman?« fragte die erste, während sie Victoria mit einem aufmunternden Lächeln bedachte. »Hätten Sie nicht Lust, mit mir nach oben zu kommen? Tja, Sie sind ein hübscher Junge. Ich habe einen wunderschönen Spiegel an der Wand in meinem Zimmer, darin können Sie *alles* sehen. Und Sie sollten sich mal meine Ruten- und Peitschensammlung angucken. Jede einzelne ebenso gut wie die, die sie in der Schule für die kleinen Lords verwenden.«

Victoria hatte hastig den Kopf geschüttelt und sich ein wenig tiefer in den Schatten verzogen. Lucas hatte ihr einen hämischen Blick zugeworfen und weiter an seinem Champagner genippt. Er war keine große Hilfe. Sie hörte ihn fast. »Ich habe Sie gewarnt.«

Und nicht nur die Idee mit dem Bordell war schlecht gewesen. Die Männerkleider, die sie trug, erwiesen sich nach kurzer Zeit als höchst unbequem. Zum Beispiel die Krawatte saß heute nacht viel zu hoch und viel zu eng. Die oberen Falten bedeckten ihr Kinn und die Hälfte ihrer Ohren. Sie erstickte praktisch an dem Ding, und das war allein Lucas' Schuld. Er hatte ihr die Krawatte in der Kutsche neu gebunden, da er, wie er sagte, ihr Gesicht besser verstecken wollte.

Außerdem hatte er darauf bestanden, daß sie den Hut tief über die Augen zog und nicht eher absetzte, als bis sie einen abgeschiedenen Sitzplatz gefunden hätten. Als weitere Vorsichtsmaßnahme hatte Lucas absichtlich ein Etablissement gewählt, das normalerweise nicht von den Mitgliedern der besseren Gesellschaft frequentiert wurde. Er hatte so wenige Risiken wie möglich eingehen wollen.

Ihr wurde immer unwohler. Sie *mußte* hier heraus. Sie würde dieses erbärmliche Schauspiel nicht länger ertragen.

Sie wollte sich gerade zu Lucas beugen, um ihn davon in Kenntnis zu setzen, daß sie sich langweilte und durchaus bereit sei aufzubrechen, als am anderen Ende des dunklen, überfüllten Raumes Beifallsrufe ertönten. Dann verfiel die Horde betrunkener Männer und aufreizend gekleideter Frauen in erwartungsvolles Schweigen.

Die mittelalterliche, in ein wogendes, tief ausgeschnittenes Gewand gehüllte Besitzerin des Bordells begab sich in die Mitte des protzig dekorierten Raumes. Das Gesicht der Person war eine Maske aus weißem Puder und Rouge; dieser Stil war vor einigen Jahren modern gewesen. Ihr Kleid paßte zu den Stühlen aus teurem rosa Samt, doch fehlte ihm die schlichte Eleganz, die in gehobeneren Kreisen momentan als chic galt. Das Kleid sah ebenso billig und schwülstig aus wie die Frau selbst.

»Kommen Sie näher, Gentlemen, die Sie so versessen darauf sind, heute nacht Ihre Männlichkeit unter Beweis zu stellen. Das Haus lädt Sie ein, die Ware zu begutachten, die wir heute anzubieten haben. Garantiert so rein und jungfräulich wie an dem Tag, als sie zur Welt kam. Frisch vom Land und noch keine dreizehn Jahre alt. Darf ich Ihnen unsere neueste Errungenschaft vorstellen – die kleine Miss Molly.«

Entsetzt blickte Victoria über den Rand des Paravents hinweg auf ein verwirrt blickendes junges Mädchen in einem dünnen weißen Hemd, das in die Mitte des Raumes gestoßen wurde. Molly starrte in die lüsternen Gesichter der Männer und die lachenden Mienen der Frauen und schlang die Arme fest um ihren Körper. Das Lachen wurde lauter.

Mollys furchtsamer Blick wanderte von einem Gesicht zum nächsten, bis ihre Augen auf Victoria fielen. Das Mädchen sah sie an. Victoria umklammerte die Lehne ihres Stuhls, als sich ihre Übelkeit verstärkte.

»Nun denn, lassen Sie uns mit der Versteigerung beginnen. Süße kleine Dinger wie Molly sind nicht gerade billig«, sagte die Matrone.

»Ich glaube, es ist Zeit zu gehen«, murmelte Lucas, als sich laute Stimmen im Raum erhoben. Er warf der Bordellbesitzerin einen letzten angewiderten Blick zu und begann, sich zu erheben.

»Nein.« Victoria schüttelte den Kopf, unfähig, den Blick von der verängstigten Molly abzuwenden. »Nein, Lucas, wir können nicht gehen, noch nicht.«

»Verdammt, Vicky, Sie wollen sich das doch nicht ansehen.«

»Sie ersteigern sie, Lucas. Als wäre sie eine Kuh oder ein Pferd.«

»Und der Gewinner wird sie mit nach oben nehmen und sie in ihren neuen Beruf einführen«, schloß Lucas hart. »Vielleicht verlangt es ihn noch nicht einmal nach Ungestörtheit. Vielleicht erledigt er die Sache gleich hier unten vor allen Leuten. So etwas wollen Sie doch sicher nicht sehen.«

»Selbstverständlich nicht. Lucas, wir müssen sie retten.«

Lucas starrte sie verblüfft an, während er langsam auf seinen Stuhl zurücksank. »Sie retten? Wie sollen wir das bitte machen? So etwas finden Sie überall hier in der Stadt. Die jungen Frauen vom Land klettern vom Heuwagen herab direkt in die Arme skrupelloser alter Weiber wie diesem hier. Die Mädchen sind verloren, und es gibt nichts, was wir tun könnten.«

»Nun, natürlich können wir etwas für das Mädchen hier tun«, stellte Victoria fest. »Ich werde sie kaufen.«

Lucas sog scharf den Atem ein. »Sie wissen nicht, auf was Sie sich da einlassen, Vicky.«

Doch Victoria beobachtete bereits den Versteigerungstumult. Sie wußte, daß sie zweifellos reicher war als all die anderen Menschen im Raum, und sie hatte vor, diesen Vorteil auszunutzen.

»Dreißig Pfund«, rief ein Mann auf der anderen Seite des Raumes.

Die Bordellbesitzerin sah ihn verächtlich an. »Für eine echte Jungfrau, Sir? Kommen Sie, Sie können nicht erwarten, daß ich ein derart lächerliches Angebot annehme. Ich warte auf großzügigere Offerten.«

»Wer garantiert mir denn, daß sie tatsächlich noch Jungfrau ist?« schrie ein anderer. »Ich riskiere fünfzig Pfund und keinen Schilling mehr.«

»Interessant«, erwiderte die Alte, »aber nicht annähernd genug. Los, ich erwarte mehr von Ihnen. Sie geben ja für ein Pferd mehr aus.«

»Ja, auf einem Pferd kann ich auch länger reiten als auf 'ner Jungfrau«, wieherte ein dritter.

»Unsinn. Auf unserer Molly läßt es sich hervorragend reiten, nicht wahr, Molly?« Mit gespielter Zuneigung strich die Matrone Molly über die blonden Haare. Das Mädchen erschauderte.

»Achtzig Pfund, für mehr ist sie nicht hübsch genug. Und ich will mein Geld zurück, wenn Sie mich wegen ihres Zustandes belogen haben.«

Molly begann zu schluchzen, woraufhin das Gelächter im Raum noch mehr anschwoll. Victoria sah das Mädchen an. Hoffentlich blieb sie stark, bis Victoria sie erlösen konnte.

Die Angebote stiegen zwar, jedoch nicht in sonderliche Höhen. Die geizigen Offerten bestätigten Victorias Vermutung. Nicht jeder im Raum war überzeugt, daß Molly eine große Summe wert war, und außerdem waren heute nacht keine besonders wohlhabenden Gäste anwesend. Reiche Männer zogen es vor, eine Geliebte zu unterhalten. In Etablissements wie dieses hier verirrten sie sich höchstens des gelegentlichen Vergnügens wegen.

Victoria wartete noch ein paar Minuten, bis die Angebote neunzig Pfund erreicht hatten. Dann hob sie lässig die Hand hinter dem Paravent. »Dreihundert Pfund.«

Lucas stöhnte.

Die mittelalterliche Frau verbeugte sich in Richtung des Paravents. »Nun, Sir, wer immer Sie sind, Sie haben einen ausgezeichneten Geschmack. Hervorragend. Ich glaube, die kleine Molly steht heute nacht ganz zu Ihrer Verfügung.« Sie tätschelte die Hand des jungen Mädchens. »Was für ein Glück du hast, meine Liebe. So ein netter, diskreter Gentleman. Lauf los, und mach bloß kein Theater, sonst setzt's was.«

»Sie haben gar keine dreihundert Pfund bei sich«, erinnerte Lucas Victoria knurrend. »Und Sie können der alten Hexe wohl kaum einen Schuldschein geben, oder? Sie würde dann erkennen, wer Sie sind.«

Victoria blinzelte. »Sie haben vollkommen recht. Also werden Sie die Frau bezahlen müssen. Sagen Sie, es sei in meinem Namen, da ich sehr zurückhaltend bin. Beeilen Sie sich, Lucas.«

»Zum Teufel, Victoria«, murmelte Lucas, während er sich langsam erhob. »Denken Sie bloß nicht, ich würde das Geld nicht zurückfordern.«

»Ich versichere Ihnen, ich verfüge über ausreichende finanzielle Mittel«, sagte Victoria unerbittlich.

Er stand auf und begab sich hinüber zu der Bordellbesitzerin, wobei er die obszönen Rufe und saftigen Kommentare der Umstehenden ignorierte. Als er die Mitte des Raumes erreichte, gab er Molly einen sanften Stoß in Richtung des Paravents. »Los, Mädchen, beweg dich.«

Molly sah ängstlich zu ihm auf, bevor sie automatisch auf den Befehlston reagierte. Sie ging durch die lachende Menge hin zu Victoria.

»Los jetzt, alles wird gut werden«, flüsterte Victoria, als sie die zitternde Hand des Mädchens ergriff und sie zur Tür führte, wobei sie ihren Hut so tief wie möglich ins Gesicht zog. Dann schob sie Molly in die Eingangshalle.

Molly war viel zu verängstigt, um zu protestieren. Vielleicht erschien ihr die Alternative, in die Dunkelheit der Nacht geführt zu werden, weniger bedrohlich als die Räume oben. Das Mädchen stolperte leicht. Zweifellos hatte man ihr zuvor einige Gläser Wein oder ein Opiumgebräu eingeflößt.

»So, so, und wo woll'n Sie mit der Neuen hin? Es ist nicht gestattet, die Ware mit aus dem Haus zu nehmen.« Ein riesiger, grobgesichtiger Mann stellte sich Victoria in den Weg. Er sollte wohl der Butler des Etablissements sein, aber Victoria konnte sehen, daß er auch noch eine andere Aufgabe hatte.

»Meinen Spazierstock, bitte«, sagte sie in gebieterischem Ton.

»Ich hab' gerade gesagt, daß Sie das Mädchen nicht mit aus dem Haus nehmen können«, tobte er.

»Ich werde sie nicht von Ihrem Grundstück entfernen«, sagte Victoria gelangweilt. Sie erinnerte sich an das, was eine der Prostituierten über Ruten und Peitschen gesagt hatte. »Ich habe jedoch bestimmte Vorlieben. Und ich habe festgestellt, daß mein Spazierstock für meine Zwecke höchst geeignet ist. Er hat genau das richtige Gewicht und die geeignete Größe, wenn Sie verstehen, was ich meine.«

Die kleine Molly unterdrückte einen Schrei, aber der Hüne schien besänftigt. Offensichtlich war er derart bizarre Dinge gewohnt.

»So ist das also, he?« Er bedachte Molly mit einem anzüglichen Grinsen. »Da haste ja 'ne tolle Nacht vor dir, Molly, Mädchen.«

Victoria wartete ungeduldig auf Lucas, den sie nach wie vor nirgends erblickte. Als der Butler mit ihrem Spazierstock kam, war sie also gezwungen, den Weg durch die Tür ohne ihn zurückzulegen.

»Nun, ich denke, ich ziehe den Komfort meiner Kutsche einem der Zimmer vor«, sagte sie lässig, während sie Molly hinter sich her zerrte.

Die Augen des Mannes verengten sich, und er kreuzte seine fleischigen Arme vor der Brust. »Ich hab' Ihnen bereits gesagt, daß Sie das kleine Luder nicht mit aus dem Haus nehmen.«

Victoria tat das einzig Mögliche. Sie holte aus und rammte dem Hünen die Spitze ihres Spazierstocks zwischen die Beine.

Mit einem spitzen Schrei fiel der Butler hintenüber, fluchte und umklammerte die getroffene Stelle. Molly fest an der Hand, rannte Victoria zur Tür.

»Zum Teufel«, ertönte Lucas' Stimme irgendwo hinter ihr. »Ich hätte wissen sollen, daß so etwas passieren würde.«

Der Butler erhob ein Gebrüll und dann hörte man einen dumpfen Aufschlag. Victoria sah sich um und stellte fest, daß der Riese lang ausgestreckt auf dem Boden lag, und Lucas seelenruhig nach Mantel und Handschuhen griff.

»Geht weiter«, befahl er. »Macht, daß ihr in die Kutsche kommt.«

Während all der Aufregung hatte Molly an Victorias Arm gehangen, und nun begann sie, bleich und nervös, ängstlich vor sich hin zu stammeln.

Victoria tätschelte ihr den Arm, während sie sie hinaus in die Nacht geleitete. »Beruhige dich, meine Liebe. Niemand wird dir etwas tun.«

Der Kutscher, der Lucas und Victoria zu dem Bordell gefahren hatte, erwachte aus seinem Nickerchen, ließ die Zügel knallen und fuhr vor. Lüstern begaffte er die arme Molly, die von Victoria in die Kutsche geschoben wurde.

»Ich will nach Hause«, wimmerte Molly. Schluchzend warf sich das Mädchen an Victorias Schulter. »Bitte lassen Sie mich nach Hause nach Lower Burryton gehen, Sir. Meine Ma wird sich schon Sorgen machen. Ich hätte niemals dort weggehen sollen, aber ich habe gehört, daß es hier in der Stadt eine Menge Arbeit gibt, und meine Familie braucht das Geld.«

»Pst, es ist alles in Ordnung. Du kannst nach Hause gehen, das verspreche ich dir.« Während Victoria noch die unglückliche Molly zu beruhigen versuchte, erschien Lucas in der Tür der Kutsche. Sein Blick fiel auf das weinende Mädchen.

»Nun, sie gehört Ihnen. Was wollen Sie mit ihr machen?« fragte er und bedeutete dem Kutscher loszufahren. »Sie können sie wohl schlecht mit in die Wohnung Ihrer Tante nehmen. Es dürfte Ihnen schwerfallen, ihre Anwesenheit zu erklären, da dann alle Welt erfahren würde, wo wir den heutigen Abend verbracht haben.«

»Wie immer haben Sie recht, Lucas. Wie umsichtig Sie doch sind. Sie kann nicht mit zu mir nach Hause, also müssen Sie sie wohl mitnehmen. Ihre Haushälterin kann sich heute nacht um sie kümmern und sie morgen früh in die Kutsche nach Norden setzen.«

»Verdammt«, sagte Lucas. Doch schien er bereit, sich in das Unvermeidliche zu fügen.

Einige Minuten herrschte Schweigen, das nur von Mollys Schluchzern unterbrochen wurde.

»Haben Sie nun genug von Bordellen?« fragte Lucas schließlich ruhig.

Victoria erschauderte. »Allerdings. Nie wieder in meinem Leben möchte ich einen solchen Ort betreten. Es macht mich krank, Lucas. Daß diese armen Frauen dazu gezwungen sind, sich ihren Lebensunterhalt zu verdienen, indem sie sich an diese widerwärtigen Männer verkaufen, ist entwürdigend und gegen jede Vernunft.«

»Ihnen zu gestatten, so etwas zu sehen, ist ebenfalls entwürdigend und gegen jede Vernunft«, sagte Lucas. »Ich mache mir heftige Vorwürfe, daß ich mich habe überreden lassen, Sie dorthin zu begleiten. Langsam denke ich, unsere nächtlichen Ausflüge sind weit genug gegangen.«

Der grimmige Ton beunruhigte Victoria. »Sie wollen damit doch sicherlich nicht sagen, daß Sie unsere Abenteuer als beendet betrachten?«

Bedeutungsvoll sah Lucas zu Molly hinüber, die immer noch vor sich hin schluchzte. »Darüber sprechen wir wohl besser ein andermal.«

»Aber Lucas . . .«

»Im übrigen schulden Sie mir dreihundert Pfund.«

Lucas lehnte sich in den Sitz und schloß die Augen. »Zuzüglich dessen, was es kosten wird, sie morgen aus der Stadt herauszubringen.«

Victoria rümpfte die Nase. »Wirklich, Lucas. Wenn Sie die

Sache so betrachten, werde ich Sorge tragen, daß man Sie umgehend bezahlt.«

»Es besteht keine Eile, Vicky. Ich kann warten.«

»Aber Sie beabsichtigen, Ihr Geld einzufordern?«

Lucas öffnete die Augen und sah Victoria an. »O ja, meine Liebe. Da dürfen Sie sicher sein.«

Lucas nahm ein Glas Champagner vom Tablett und begrüßte Jessica Atherton, die sich zielstrebig einen Weg durch die Menge in seine Richtung bahnte. Wie immer sah sie bezaubernd aus in ihrem rosaroten Ballkleid und mit ihrer von zwei rubinbesetzten Kämmen gehaltenen modischen Frisur.

Ihrem Gesichtsausdruck war jedoch zu entnehmen, daß sie sich auf einer heiligen Mission befand. Lucas stellte bei der Frau, die er einst geliebt und verloren hatte, eine gewisse Verkniffenheit fest.

Was er einst als geziemliche Bescheidenheit betrachtet hatte, erschien ihm nun eher wie der Ausdruck beständiger Mißbilligung. Und in ihren Augen lag etwas, das ihn störte, Distanziertheit und Reserviertheit, als hätte sie die Welt gesehen und festgestellt, daß sie ihren hohen Ansprüchen niemals genügen würde.

In dem Moment, als sie ihn erreichte, wurde ihm klar, was genau es war, das ihn an ihrem Blick so störte. Sie hatte kein Feuer, sondern nur die unangenehme Kälte engelhafter Rechtschaffenheit und eine Aura weiblichen Märtyrertums. Gott sei Dank mußte er weder in der heutigen noch in irgendeiner anderen Nacht das Bett mit diesem unberührbaren, ätherischen Wesen teilen.

In der kurzen Zeit, seit er begonnen hatte, Victoria Huntington auf so unkonventionelle Weise zu hofieren, hatte er eine Leidenschaft für Feuer entwickelt.

»Liebster Lucas, ich habe dein Kommen bereits ungeduldig erwartet.« Jessica schenkte ihm ein schmerzliches Lächeln, als hätte sie befürchtet, er hätte sich irgendwann in den letzten Tagen einfach in Luft aufgelöst. »Geht es dir gut?«

»Sehr gut, vielen Dank, Jessica.« Vorsichtig nippte Lucas an seinem Champagner, während er in der Menge nach Victoria Ausschau hielt.

Höchst melodramatisch senkte Jessica ihre Stimme. »Ich habe mir größte Gedanken hinsichtlich unserer Pläne gemacht. Es hat ein paar Gerüchte gegeben, nichts Wichtiges, du verstehst?«

Lucas mißfiel die Art, in der Jessica von *unseren Plänen* sprach, so als habe sie auf irgendeine intime Weise mit seinem Werben um Victoria zu tun. Er konnte jedoch schwerlich leugnen, daß sie die ganze Angelegenheit ins Rollen gebracht hatte. Ohne Jessica wäre er Victoria niemals begegnet. »Von welchen Gerüchten sprichst du, Jessica?«

»Einfach, daß du auf Festen und Soiréen häufig mit Miss Huntington gesehen wirst, und daß ihr mehr als einmal gemeinsam im Park ausgeritten seid. Es ist eine Sache, Vorträge oder ähnliche Veranstaltungen in Gesellschaft ihrer Tante zu besuchen, aber es ist etwas gänzlich anderes, Miss Huntington im Park zu treffen. Ich fühle mich verpflichtet, dich zu fragen, ob wir durch diese Dinge unser gewünschtes Ziel erreichen, Lucas.«

Lucas knirschte mit den Zähnen, als Jessica erneut von *uns* sprach. »Wärest du bitte so freundlich, dir um mich keine Sorgen zu machen. Ich bin durchaus zufrieden mit dem Stand meiner Beziehung zu Miss Huntington.«

»Wirklich, Lucas, du brauchst nicht so gereizt zu reagieren. Ich sorge mich nur um den Erfolg deiner für dich so wichtigen Bemühungen um eine reiche Erbin. Ich weiß, daß du diese Heirat brauchst, und ich tue mein Bestes, um dir behilflich zu sein. Schließlich gibt es ja auch noch Miss Pilkington, weißt du?«

Lucas unterdrückte einen Fluch und bemühte sich, dankbar zu erscheinen. »Danke, Jessica. Ich weiß deine Bemühungen zu schätzen. Du warst mir eine große Hilfe.«

Sie war etwas besänftigt. »Das war das mindeste, was ich aufgrund unserer früheren Beziehung tun konnte. Ich hoffe, du weißt, daß ich immer freundschaftliche Gefühle für dich hegen werde, Lucas.«

Freundschaftliche Gefühle waren so ziemlich das größte, was Jessica Atherton jemals für irgend jemanden empfinden würde, dachte Lucas. *Sie besaß nicht einen Funken Leidenschaft.*

Er lächelte innerlich, als er Victoria endlich am anderen Ende des Raumes entdeckte. Sie unterhielt sich angeregt mit ihrer Freundin Annabella Lyndwood. Wenn Victoria sich verliebte, würde sie in Flammen stehen, sagte er sich.

Als spürte sie seinen Blick, sah sich Victoria nach ihm um. Sie sagte etwas zu Annabella und machte sich auf den Weg durch die Menge.

Lucas beobachtete, wie sie sich ihm näherte. Ihre Größe und ihr leuchtend gelbes Seidenkleid machten es leicht, sie im Auge zu behalten. Sie sah lebendig, königlich und beinahe unerträglich aufreizend aus heute abend. Natürlich war das Kleid mal wieder viel zu tief ausgeschnitten. All ihre Kleider schienen zu tief geschnitten zu sein. Dieses eine weckte in ihm das Bedürfnis, sie an sich zu ziehen, mit ihr in die Gärten zu gehen und das knappe Bustier über ihre Hüften zu streifen. Ihre Brüste waren eine Quelle beständiger Freude für ihn; hoch, sanft geschwungen und gerade passend, um in seinen Händen zu ruhen.

Während sie auf dem Weg zu ihm ab und zu stehenblieb, um ein paar freundliche Worte mit Bekannten zu wechseln, erinnerte er sich an die heiße Feuchtigkeit, die seine Finger letztens in der Kutsche gespürt hatten. Bei dem Gedanken straffte sich sein Körper. Die Eroberung seiner reichen Erbin war ein höchst anstrengendes Unternehmen.

Er wurde es leid, sich selbst zu versagen, was Victoria ihm bereit war zu geben.

Doch bei dieser besonderen Frau war Strategie das Wichtigste, und selbst ihr erster Höhepunkt, den sie bebend in seinen Armen erlebt hatte, war das Ergebnis sorgfältiger Planung gewesen. Nur indem er sich zwang, strategisch vorzugehen, konnte Lucas sein eigenes wildes Drängen bezähmen. Er war sich jedoch sicher, daß er nicht allzu viele dieser »Experimente« durchhalten würde.

Er grinste leicht, als er sah, wie Victoria stehenblieb und Jessica Atherton einen kritischen, abschätzenden Blick zuwarf. Dann sah er, wie sie ein verbindliches Lächeln aufsetzte und weiterschritt. Neben ihm sprach Jessica Atherton in vertraulichem Ton weiter.

»Weißt du, Lucas, ich mache mir einige Gedanken darüber, ob Victoria die passende Frau für dich ist. Sie verfügt zwar über hervorragende gesellschaftliche Verbindungen und über ein beachtliches Vermögen, aber ich denke nicht, daß sie besonders leicht zu bändigen sein wird.«

»Mach dir keine Sorgen, Jessica. Ich glaube, ich werde mit Miss Huntington durchaus fertig.« Lucas neigte den Kopf in Richtung von Victoria und begrüßte sie gelassen. »Guten Abend, Miss Huntington. Welch ein Zufall, Sie heute abend hier bei den Rydleys anzutreffen. Ist Ihre Frau Tante auch da?« Er bemerkte, wie sich Jessica neben ihm aufrichtete und verstummte.«

»Na, natürlich«, entgegnete Victoria. »Sie unterhält sich gerade mit Lady Rydley. Guten Abend, Jessica. Was für ein bezauberndes Kleid. Ich nehme an, Sie sind wohlauf?«

Jessica wandte sich ihr zu und lächelte huldvoll. »Es geht mir sehr gut, danke. Und Ihnen?«

»Ich fürchte, ich war etwas indisponiert während der letzten ein oder zwei Tage«, erwiderte Victoria mit einem warnenden Blick zu Lucas.

»Es tut mir leid, das zu hören«, sagte Jessica.

»Oh, es handelte sich glücklicherweise um nichts Ernsthaftes. Nur ein leichtes Verdauungsproblem. Ich fürchte, mein Appetit hängt häufig von meiner Stimmung ab, und ich muß gestehen, daß ich in der letzten Zeit nicht gerade allerbester Laune war. Schlägt Ihnen schlechte Laune auch auf den Magen, Jessica?«

»Ja, tatsächlich. Es ist nicht ungewöhnlich, daß ich völlig den Appetit verliere, wenn ich Kummer habe. Außerdem leide ich regelmäßig unter Migräne«, pflichtete Jessica ihr bei.

»Genau. Sie sind immer so verständnisvoll, Jessica. So empfindsam. Im Gegensatz zu manchen anderen Menschen«, lächelte Victoria mit einem boshaften Seitenblick auf Lucas.

Es gelang Lucas, so zu tun, als würde er nichts bemerken. »Ich hoffe, Sie fühlen sich inzwischen besser, Miss Huntington.«

»Oh, ich werde mich sofort besser fühlen, sobald ich die Gelegenheit habe, eine kleine Angelegenheit zu klären, die mich in letzter Zeit beschäftigt hat.«

»Ich weiß, was Sie meinen«, sprang ihr Jessica hilfreich zur Seite. »Die Verdauung bessert sich oft schlagartig, sobald man seinen Seelenfrieden wiederfindet.«

»Wie wahr.« Victorias Lächeln strahlte heller als die Sonne. Sie richtete es direkt auf Lucas. »Lord Stonevale, ich frage mich, ob ich kurz mit Ihnen sprechen könnte.«

»Selbstverständlich stehe ich Ihnen zu Diensten, Miss Huntington.«

Doch er machte keinerlei Anstalten, sie außer Hörweite von Jessica zu begleiten. Statt dessen nippte er erneut genüßlich an seinem Champagnerglas. »Worüber möchten Sie mit mir sprechen?«

Victoria räusperte sich bedeutungsvoll und sah zu Jessica hinüber. »Nur eine Kleinigkeit, Graf. Es betrifft einen der nächsten Vorträge. Sie interessieren sich doch für die Vorträge.«

»Das kommt darauf an. Ist dieser Vortrag wissenschaftlicher Art?«

»Ganz bestimmt. Es geht um *wissenschaftliche Studien*.«

»Dann bin ich natürlich interessiert daran, genaueres zu erfahren.« Er zog seine Taschenuhr hervor. »Unglücklicherweise habe ich jedoch einem Freund versprochen, ihn in meinem Club zu treffen, und ich fürchte, ich bin bereits recht spät dran. Bitte richten Sie Ihrer Frau Tante aus, daß ich immer hocherfreut bin über die Einladungen zu den Vorträgen ihrer Gesellschaftsmitglieder, und daß ich mich, egal um was es sich handelt, sehr auf diesen Vortrag freue. Wenn Sie mich bitte entschuldigen wollen, Miss Huntington? Lady Atherton?«

Lucas verbeugte sich höflich in Richtung der beiden Frauen und verließ den Ballsaal.

Dies war nicht seine erste Flucht. Lucas grinste, als er eine Kutsche heranwinkte. Er war Victorias immer drängenderen Versuchen, ihn unter vier Augen zu sprechen, sorgsam ausgewichen.

Strategie.

Er war sich sicher, das Thema ihrer Unterhaltung zu kennen, wenn er seiner Erbin endlich gestatten würde, ihn festzunageln.

Er konnte sich denken, daß Victoria ihn um eine Fortführung der *wissenschaftlichen Studien* bitten würde, die er in der Nacht auf dem Rückweg vom *Grünen Schwein* in der Kutsche begonnen hatte.

Lucas warnte sich selbst zum tausendsten Mal, daß er nicht zu leicht nachgeben dürfe. Schließlich, so dachte er sarkastisch, als die Kutsche vor dem Eingang seines Clubs in der St. James Street hielt, sollte die Lady ihn am Morgen danach ja nach wie vor respektieren.

Doch gab es eine weitere, erheblich ernstere Überlegung. Vicky unterlag seiner Verantwortung. Als ihr zukünftiger Herr und Ehemann war es seine Pflicht, sie zu beschützen. Hätte er ihrem Drängen erst einmal nachgegeben, so ergäbe sich ein neues Risiko. Es bestünde durchaus die Möglichkeit, daß sie schwanger würde.

Sollte er vielleicht diese Möglichkeit als Reservemaßnahme in seine taktischen Überlegungen mit einbeziehen? Zu Beginn dieses seltsamen Werbens hätte er das unter Umständen getan. Jetzt jedoch zog er es vor, Vicky aus freien Stücken zu sich kommen zu lassen. Er wollte, daß sie ihn begehrte. Er wollte, daß sie ihn genug begehrte, um das Risiko einzugehen, sich ihm völlig zu unterwerfen. Er wollte, daß sie ihn heiratete, weil sie ihn liebte, und nicht aus Zwang.

Lucas schüttelte besorgt den Kopf. Irgend etwas bei seinem Werben um Victoria Huntington drohte seinen kühlen, logischen Verstand in ein romantisches, sentimentales Etwas zu verwandeln.

Der Spielsalon des Clubs war äußerlich nicht mit der Spielhölle, in die Lucas Victoria begleitet hatte, zu vergleichen. Hier waren nur Gentlemen aus gutem Haus und mit einwandfreiem Ruf zugelassen. Die Atmosphäre rund um die grünen, flanellbespannten Tische war wesentlich gedämpfter und aristokratischer. Doch die Einsätze in St. James lagen weit über denen in den elenden Spelunken, und die Gefahr einer finanziellen Katastrophe war erheblich größer.

Natürlich war auch die Chance auf einen großen Gewinn entsprechend größer, und da in einer solchen Umgebung normalerweise Ehrlichkeit herrschte, erspielte Lucas sein Geld für gewöhnlich in Clubs wie diesem.

»Ach, Stonevale, ich hatte Sie sprechen wollen.« Ferdie Merivale sprang auf und eilte Lucas entgegen.

Lucas nahm sich eine Flasche Bordeaux und schenkte sich ein. Er zog die Brauen hoch und fragte sich, ob der junge Mann ihn nun wegen seines Rettungsversuches im *Grünen Schwein* zum Duell auffordern würde. Dann dachte er darüber nach, wie er der Lady, die ihn in diese Situation hineinmanövriert hatte, die Sache erklären sollte. *Oh, im übrigen, Vicky, der Jungspund, den ich auf Ihr Drängen hin aus der Spielhölle gezerrt habe, hat beschlossen, mich morgen früh zu erschießen.*

Zumindest war Molly, das Bauernmädchen, sicher wieder zu Hause, und käme gewiß nicht sobald zurück in die Stadt.

»Was ist los, Merivale?«

Ferdie lief rot an und fingerte an seiner Krawatte herum. Doch sein Blick war entschlossen und direkt. »Ich möchte Ihnen danken, Graf.«

Lucas sah ihn überrascht an. »Tatsächlich? Wofür?«

»Für Ihre Einmischung vor ein paar Tagen«, fuhr Merivale mutig fort. »Denken Sie nicht, ich hätte Ihren Dienst an dem Abend zu schätzen gewußt. Ich hatte bereits ein paar Rotwein getrunken, als ich anfing zu spielen, wissen Sie.«

»Gläser oder Flaschen?«

»Flaschen«, gab Ferdie zerknirscht zu. »Zumindest konnte ich nicht wissen, welchen Ruf Duddingstone hat. Anschließend ist mir zu Ohren gekommen, daß kein Ehrenmann mit ihm Karten spielt.«

»Kein *intelligenter* Mann spielt mit ihm Karten«, verbesserte Lucas. »Ich bin froh, daß Sie nun über ihn Bescheid wissen. Ich werde Sie jetzt nicht mit einem Vortrag über Ihre Verpflichtungen gegenüber Ihrem Namen und Ihren Gütern langweilen, ich möchte Sie jedoch bitten, es sich zweimal zu überlegen, bevor Sie es nochmals riskieren, mehr bei einem Kartenspiel mit irgend jemandem zu verlieren als Sie sich leisten können, sei es nun ein Ehrenmann oder nicht.«

Merivale grinste. »Sind Sie sich sicher, daß Sie mich nicht mit einem Vortrag langweilen wollen? Vollkommen unnötig. Ich schwöre, meine Mutter hat mir bereits drei oder vier gehalten.«

Lucas grinste. »Entschuldigung. Ich fürchte, ich war zu lange beim Militär. Man gewöhnt sich daran, unerfahrenen Offizieren die Leviten zu lesen. Und ersparen Sie mir Ihren Dank. Um ehrlich zu sein, ich hatte gar nicht die Absicht, Ihnen an dem Abend zu Hilfe zu kommen. Ich hatte eigentlich ganz andere Dinge im Kopf.«

»Weshalb haben Sie sich dann die Mühe gemacht, Sir?«

»Meine, äh, Begleitung hatte Mitleid mit Ihnen und drängte mich, etwas zu unternehmen. Ich bin dem Wunsch nachgekommen. Das war alles.«

»Das glaube ich nicht einen Moment lang, Sir. Sie waren freundlich genug, mich aus einer Situation zu befreien, in der ich hätte erhebliche Verluste erleiden können, und ich möchte, daß Sie wissen, daß ich tief in Ihrer Schuld stehe.« Ferdie Merivale verbeugte sich leicht und ging zurück zu seinen Freunden an die Bar.

Lucas schüttelte leicht verwundert den Kopf. Victoria hatte recht gehabt. Ferdie Merivale war schließlich gar kein so übler Bursche. Wenn er sich so weiterentwickelte, würde er eines Tages wohl seinem Titel und seiner Familie alle Ehre machen.

Dennoch konnte nichts die Tatsache vergessen machen, daß Victoria, nur weil er damit beschäftigt gewesen war, Merivale in eine Kutsche zu verfrachten, beinahe überfahren worden wäre. Jedesmal, wenn er sich an die schreckliche Szene erinnerte, erschauderte Lucas.

Ärgerlich schüttelte er die Kälte ab. Er hatte heute nacht zu tun. Er nahm eine Flasche Bordeaux und durchquerte den Raum, um zu sehen, wer am Spieltisch saß. Er mußte dringend seine finanziellen Reserven aufstocken. Es kostete erschreckende Summen, sich in Victorias Kreisen zu bewegen.

Das wirklich Lästige an diesem Werben war, daß das Geld, das er aus Tarnzwecken in das gesellschaftliche Drum und Dran investieren mußte, nicht in die ausgedörrten Ländereien von Stonevale fließen konnte.

Lucas tröstete sich mit dem Gedanken, daß ein gewisser Einsatz manchmal unvermeidbar war, wenn man gewinnen wollte.

Schnell fand er, was er suchte – eine Whistrunde, bei der die Einsätze hoch genug waren, um seine momentanen finanziellen Bedürfnisse zu befriedigen. Umgehend wurde er aufgefordert, Platz zu nehmen. Er setzte sich und stellte die Flasche auf den Tisch.

Tatsächlich würde er heute abend nur sehr mäßig trinken. Er hatte bereits vor langer Zeit gelernt, daß ihm ein klarer Kopf einen beachtlichen Vorteil gegenüber seinen Mitspielern verschaffte, die sich für gewöhnlich mit zahllosen Flaschen Bordeaux und Portwein stärkten. Die Rotweinflasche vor ihm war reine Tarnung.

Eine Ewigkeit später, nach fast vierstündigem ununterbrochenem Spiel, entschied Lucas, daß er genug gewonnen hatte, um seinen Schneider und den Schuhmacher zu bezahlen, und um seine Dienerschaft noch einige Wochen zufriedenstellen zu können. Er entschuldigte sich und ging, um Hut und Mantel zu holen.

Er stellte fest, daß er müde war. Die Intensität und Konzentration, mit der er Karten spielte, erschöpfte ihn. Doch er wußte genau, daß es diese Intensität und Konzentration waren, wegen der er regelmäßig gewann.

Es war modern unter den Männern der besseren Gesellschaft, wild und gedankenlos zu spielen. Spielen war nur eine weitere Art, seinen Reichtum und Stil zu zeigen, eine Methode, Macht und Männlichkeit zu demonstrieren, und die Kumpane durch Kaltblütigkeit zu beeindrucken.

Enorme Verluste wurden mit lässiger Geringschätzung hingenommen, als würde Geld nichts bedeuten. Doch es war kein Geheimnis, daß manche Männer am Ende einer solchen Nacht am Spieltisch nach Hause gingen und sich eine Pistole an den Kopf setzten.

Lucas zog es vor zu gewinnen, und er trug Sorge, daß es auch geschah. Tatsächlich konnte ein guter Stratege es an den Spieltischen zu einem beträchtlichen Vermögen bringen.

Er hatte fast die Tür erreicht, als er bemerkte, wie ihn Edgeworth, der neben dem Ofen stand, beobachtete. Die Abneigung des anderen Mannes war offensichtlich, doch Lucas war davon nicht sonderlich getroffen. Das Gefühl beruhte auf Gegenseitigkeit. Es hatte ihn nicht im geringsten gestört, Edgeworth vor zwei Wochen eine beachtliche Summe abzuknöpfen. Außerdem hatte Lucas keinerlei Absicht, sich jemals wieder mit diesem Mann an den Spieltisch zu setzen.

»Guten Abend, Stonevale. Haben Sie viel Spaß mit Ihrer aufreizenden kleinen Erbin?« Edgeworth sprach gerade laut genug, um Lucas' Aufmerksamkeit zu erregen. »Eine höchst interessante junge Dame, nicht wahr?«

Lucas betrachtete Edgeworths höhnisches Grinsen und fragte sich, ob er den Mann einfach ignorieren sollte. Wahrscheinlich nicht. Der junge Merivale und sein Freund hatten die Bemerkung gehört. Sie drehten bereits die Köpfe, um zu sehen, wie Lucas reagieren würde.

»Ich spreche mit Leuten Ihresgleichen nicht über ehrenwerte Damen, Edgeworth«, sagte Lucas sanft. »Jetzt, wo ich darüber nachdenke, glaube ich, daß ich mit Ihnen überhaupt nicht über Frauen sprechen würde.«

»Es heißt, die betreffende Dame habe keinerlei Absichten, jemals zu heiraten«, ignorierte Edgeworth den drohenden Ton in Lucas' Stimme. »Da also eine Eheschließung nicht in Betracht kommt, darf man wohl annehmen, daß Sie bei Miss Huntington andere Ziele verfolgen? Schließlich werden Sie beide so oft miteinander gesehen, daß man nicht umhin kommt, sich über die Art Ihrer Beziehung Gedanken zu machen.«

Das hatte man davon, wenn man in dem Ruf stand, langmütig zu sein, dachte Lucas traurig. Die Tatsache, daß er in der Nacht ihres unrühmlichen Kartenspiels keine Anschuldigungen gegen Edgeworth erhoben hatte, hatte den Mann offensichtlich ermutigt.

Nachdenklich nippte Lucas an seinem Wein. Er war sich des Publikums wohl bewußt. Merivale und sein Gefährte runzelten die Stirn und warteten darauf zu sehen, wie Lucas auf diese kaum versteckte Beleidigung Victorias reagieren würde.

»Es wäre klug, wenn Sie der Versuchung widerstehen würden, allzu gewagte Spekulationen über Miss Huntingtons gesellschaftliche Aktivitäten zu äußern«, sagte Lucas. »Es sei denn, Sie wären bereit, sich in Begleitung von zwei Sekundanten im Morgengrauen in Clergy Field einzufinden.«

Sowohl Edgeworth als auch Merivale und sein Freund verharrten reglos.

Edgeworth sah Lucas aus zusammengekniffenen Augen an. »Was soll das heißen, Stonevale?«

Lucas lächelte sein dünnstes, kältestes Lächeln. »Genau das, wonach es klingt. Ich bin, wie Sie wohl wissen, durchaus bereit, eine Kleinigkeit wie zum Beispiel Falschspiel unbemerkt durchgehen zu lassen. Ich bin jedoch nicht ganz so freundlich, wenn der Name einer unschuldigen jungen Frau beschmutzt wird. Ich überlasse Ihnen die Entscheidung, Edgeworth.«

Edgeworth straffte sich mit zornrotem Gesicht. »Verflucht, Stonevale. Fahren Sie zur Hölle, Sie Bastard. Meinen Sie, Ihr Glück würde ewig andauern?« Er machte auf dem Absatz kehrt und verließ eilig den Raum.

Merivale und sein Freund sahen ihm mit offenen Mündern nach, und Lucas genehmigte sich einen großen Schluck Bordeaux. Er war froh, daß Edgeworth kein Interesse daran hatte, sich an einem Spiel zu beteiligen, bei dem mit offenen Karten gespielt wurde.

»Gütiger Gott«, sagte Merivale, während er sich die Stirn mit einem Taschentuch betupfte. »Ich dachte einen Augenblick, daß ich jetzt zum ersten Mal in meinem Leben aufgefordert würde, die Rolle des Sekundanten zu übernehmen. Ich muß sagen, Sie sind sehr gut mit ihm fertig geworden, Sir. Schließlich kann man Miss Huntingtons Namen nicht einfach auf eine solche Weise beschmutzen lassen.«

»Da stimme ich dir zu«, warf Merivales Freund ein. »Miss Huntington ist eine hochanständige Frau. Sie hat mit mir auf meinem ersten Ball getanzt, als ich verdammt sicher war, mich auf der Tanzfläche vollkommen lächerlich zu machen. Nach einer Reihe von Tänzen mit ihr fühlte ich mich dann wesentlich sicherer, und die Tatsache, daß ich mit ihr gesehen wurde, hat es mir erheblich erleichtert, andere Tanzpartnerinnen zu finden. Das kann ich dir sagen.«

»Sie war auch zu meiner Schwester äußerst nett«, fügte Merivale hinzu. »Die arme Lucinda war entsetzlich schüchtern, als sie vor einem Jahr ihr Debüt gab. Vor Angst erstarrt, könnte man sagen. Aber Miss Huntington nahm sie unter ihre Fittiche und zeigte ihr, wie man sich in der Gesellschaft bewegt. Mama war ihr zutiefst dankbar. Und als Freundin von Miss Huntington bekam Lucinda schnell eine Reihe hervorragender Einladungen.«

»Edgeworth hat einen richtigen Rückzieher gemacht, nicht wahr?« bemerkte der andere junge Mann eifrig. »Aber schließlich habe ich in der letzten Zeit bereits Gerüchte vernommen, denen zufolge der Mann sowieso kein Interesse an ehrlichen Spielen haben soll.«

»Ich glaube, Sir«, sagte Merivale langsam, »daß Edgeworth Ihnen etwas böse ist wegen der Szene, die sich vor einer Weile am Spieltisch zugetragen hat. Jedermann weiß, daß Sie ein viel zu guter Spieler sind, um zufällig einen ganzen Stoß Karten auf den Boden fallen zu lassen. Nachdem Sie einen neuen Stoß erhalten hatten und anfingen zu gewinnen, begannen die Leute, sich nach dem Grund für Edgeworths unglaubliches Glück in der Vergangenheit zu fragen. Es wird für ihn immer schwerer, Spielpartner zu finden. Es würde mich nicht überraschen, wenn er bald ganz aus den Clubs geworfen würde.«

»Interessant.« Lucas nickte den beiden jungen Männern kurz zu. »Wenn Sie mich entschuldigen wollen, ich muß gehen.«

Einen Augenblick später stieg Lucas die Stufen vor dem Club hinunter und winkte die nächste Kutsche heran. Drinnen ließ er sich in den Sitz fallen und atmete tief aus. Er mußte nachdenken.

Er starrte hinaus in die Nacht. Dieses Spiel, das er mit Victoria spielte, wurde zunehmend gefährlicher. Es gab nicht mehr nur die tatsächlichen Gefahren, in die sie sich bei ihren nächtlichen Abenteuern begaben, inzwischen stand auch ihr guter Ruf auf dem Spiel. Edgeworth beim Duell zu töten würde nicht ausreichen, um die einmal in Umlauf gesetzten Gerüchte zum Verstummen zu bringen.

Er konnte es nicht zulassen, daß Victoria verletzt würde, sagte er sich grimmig. Die Sache wurde ernst. Mit jedem nächtlichen Ausflug liefen sie Gefahr, entdeckt zu werden, und jedes Mal, wenn sie zusammen auf Partys oder im Park gesehen wurden, war das Anlaß für Gerüchte.

Lucas kannte Victoria gut genug, um zu wissen, daß sie, wenn er sich weigerte, sie weiterhin nachts zu begleiten, höchstwahrscheinlich einen Weg finden würde, allein auszugehen. Sie hatte allergrößtes Vertrauen in ihre männliche Verkleidung entwickelt.

Außerdem gab es noch eine andere Möglichkeit, überlegte Lucas. Wenn er sie nicht mehr begleiten würde, fände sie vielleicht einen anderen Mann, der sich ihr zur Verfügung stellte. Und diese Vorstellung war unerträglich.

Gedankenverloren massierte Lucas sein Bein. Es war klar, daß dieses gefährliche Werben schnellstmöglich ein Ende finden mußte. Die einzige Lösung war demnach, Victoria so schnell wie möglich zu heiraten.

Er würde dieses wilde, leichtsinnige, nächtliche Hofieren nicht länger ertragen.

Zwei Tage später saß Lucas, die Arme vor der Brust gekreuzt, neben Victoria und beobachtete amüsiert, wie sie unruhig auf ihrem Stuhl hin und her rutschte. Sie ordnete ihr Kleid und gab vor, seinen mahnenden Blick nicht zu bemerken.

Neben Victoria saß Cleo Nettleship und lauschte aufmerksam dem anregenden Vortrag eines gewissen Sir Elihu Winthrop über »Prinzipien des Buchweizenanbaus«.

Lucas zumindest fand das Thema höchst anregend. Er machte bereits Pläne, ein paar Felder von Stonevale auf Buchweizen umzustellen. Das Zeug war hervorragend als Futter für Rinder und Schafe geeignet, und Winthrop zufolge wurde es auf dem Kontinent auch von Menschen verzehrt. Natürlich war allgemein bekannt, daß die Menschen auf dem Kontinent fast alles aßen. Aber schließlich war Weizen in England hin und wieder recht knapp, so daß Buchweizen ein hervorragendes Getreide für Notzeiten war.

Victoria begann, ungeduldig mit dem Fuß zu wippen. Lucas wußte, daß er ihr gegenüber nicht zu hart sein durfte. Offensichtlich hatte sie heute nachmittag andere Dinge im Kopf, und er war sich sicher, daß er wußte, weshalb sie so nervös war.

Lucas versteckte ein zufriedenes Grinsen. Er hatte nicht die geringste Absicht, es der Lady leicht zu machen. Nun, da er sie an der Angel hatte, mußte sie schon ein wenig mehr dafür tun, um bei ihm zu landen.

Während eines kurzen Augenblicks schwelgte er in der Erinnerung an ihre süße Leidenschaft, doch als er merkte, welche Wirkung diese Gedanken auf seine Leistengegend hatte, richtete er seine Aufmerksamkeit wieder auf den Redner. Winthrop besprach gerade die verschiedenen Methoden der Buchweizendüngung.

»Höchst lehrreich«, erklärte Lady Nettleship am Ende des Vortrags. »Obgleich ich gestehen muß, daß mich Vorträge über exotische Pflanzen wesentlich mehr interessieren. Man sollte sich jedoch auch über die neuesten Techniken des heimischen Ackerbaus informieren. Hat es Ihnen gefallen, Lucas?«

»Sehr. Vielen Dank nochmals dafür, daß Sie mich zu dem heutigen Vortrag eingeladen haben.«

»Sie sind uns jederzeit willkommen. Bist du fertig, Victoria?«

»Ja, Tante Cleo.« Victoria hatte sich erhoben und griff nun nach ihrem Hut und ihrem Beutel.

»Nun, wir haben es ja nicht allzu eilig. Ich sehe gerade ein oder zwei Personen, mit denen ich erst noch sprechen sollte. Ich bin sofort zurück.«

Victoria warf Lucas einen bedeutungsvollen Blick zu, als sie in Richtung der Tür schritten. Er sah zu ihr herab. Das reizende gelbe Jäckchen über dem weißen Musselinkleid stand ihr hervorragend. Sie sieht wunderbar aus, dachte er voller Besitzerstolz. Höflich geleitete er sie zum Ausgang, wobei er verschiedenen

Mitgliedern der Gesellschaft, mit denen er sich angefreundet hatte, freundlich zunickte.

Es dauerte eine ganze Weile, bis sie die Eingangshalle verlassen konnten, da mehrere Personen zu einer kurzen Unterhaltung stehenblieben. Lucas spürte Victorias Ungeduld.

»Ist etwas nicht in Ordnung?« fragte er gelassen, als sie am Eingang standen, um auf Lady Nettleship zu warten.

»Nein, aber Lucas, ich muß mit Ihnen sprechen.«

»Dann ist also doch etwas nicht in Ordnung?«

»Es ist alles in Ordnung. Ich möchte Sie lediglich unter vier Augen sprechen, und dazu hatte ich seit der Nacht –« Sie errötete. Dann räusperte sie sich mutig und beendete den Satz, »in der wir im *Grünen Schwein* waren, keine Gelegenheit.«

»Da wir gerade davon sprechen. Ich habe letztens Ferdie Merivale in meinem Club getroffen. Es wird Sie freuen zu hören, daß er mir nicht annähernd so böse war, wie ich erwartet hatte. Er dankte mir sogar für meine Einmischung. Es scheint, daß er zur Vernunft gekommen ist und festgestellt hat, daß er gerade noch einmal Glück hatte.«

Victorias Augen leuchteten kurz auf. »Ich freue mich so. Ich mochte Ferdie und seine Schwester immer sehr gern.«

»Es ist zu bedauerlich, daß ich ihm nicht sagen konnte, daß er Ihnen diese Rettung verdankt, und nicht mir. Ich fürchte, ich hätte ihn seinem Schicksal überlassen.«

»Nur, weil Sie damit beschäftigt waren, mich zu schützen«, sagte Victoria mit einer rührenden Ergebenheit. »Ich bin mir sicher, daß Sie sonst von selbst etwas für den Jungen getan hätten. Und auch der kleinen Molly haben Sie sehr geholfen.«

Lucas lächelte schief. »Werden Sie heute abend bei den Foxtons sein?«

»Ja, doch Sie wissen, wie schwierig es ist, auf solch einem Fest ungestört miteinander zu sprechen. Lucas, weshalb reiten Sie nicht morgen nachmittag im Park spazieren? Ich werde es so arrangieren, daß ich auch dort sein werde.«

»So sehr ich auch möchte, ich fürchte, ich habe bereits eine anderweitige Verpflichtung.«

Victoria verzog das Gesicht. »Ach so? Sind Sie sicher, daß Sie es nicht einrichten können? Nur für fünf Minuten, gegen fünf?«

Sie tat ihm leid. Die arme Frau hatte sich offensichtlich so weit vorgewagt, daß es ihr nicht mehr gelang, allein zurückzukommen. Lucas überlegte, wie er sie retten könnte. »Ich reite nur ungern nachmittags im Park spazieren, Vicky. Es sind zu viele Menschen dort.«

»Ja, ich weiß, aber ich muß Sie einfach sprechen. Wenn Sie nicht in den Park kommen, müssen Sie heute nacht in den Garten kommen. Wir können dort sprechen.« Victoria senkte die Stimme. »Es ist äußerst wichtig, Lucas.«

»Ich fürchte, ich hatte für heute nacht keines unserer kleinen Abenteuer vorgesehen. Diese Dinge erfordern ein gewisses Maß an Vorbereitung, müssen Sie wissen.«

»Verdammt, Lucas«, zischte sie leise. »Ich plane kein Abenteuer. Aber ich will Sie sehen. Ich würde es sehr zu schätzen wissen, wenn Sie mich irgendwo in Ihrem vollen Terminplan unterbringen könnten.«

Lucas sah sie leicht überrascht an. »Sie klingen erregt, Miss Huntington.«

Victoria zappelte nervös. »Ich bin erregt, Lord Stonevale. Sie erweisen sich als äußerst schwierig.«

»Ich denke lediglich an Ihren Ruf, Victoria. Wir müssen jetzt sehr, sehr vorsichtig sein«, warnte Lucas, während er sich zum Beweis umblickte.

»Zum Teufel mit meinem Ruf. Ich muß mit Ihnen sprechen.«

Ihre Beharrlichkeit verblüffte und erfreute ihn. Offensichtlich war sie mit ihrer Weisheit am Ende. Und bei Gott, er selbst war mehr als bereit für die nächste Stufe des Unternehmens. Es war an der Zeit, ihrer und auch seiner Überreizung ein Ende zu bereiten.

»Nun gut«, sagte Lucas, als erwäge er die Angelegenheit sorgsam. »Ich werde in meinem Terminkalender nachsehen, ob ich heute gegen Mitternacht ein paar Minuten für Sie erübrigen kann. Wird das genügen?«

»Sie sind zu freundlich, Graf.«

Ihre spitze Zunge traf ihn. »Nicht im geringsten.«

»Allmählich denke ich, Sie spielen mit mir, Lucas.«

Er hob die Brauen. Er durfte niemals vergessen, daß die Frau äußerst scharfsinnig war. »Ich werde mein möglichstes tun, um zur gewohnten Zeit in Ihrem Garten zu sein. Wenn Sie mich nun einen Augenblick entschuldigen würden, ich sehe Tottingham dort drüben. Er versprach, mir seine Ausgabe von Whites *Naturgeschichte und Altertum in Selborne* auszuleihen. Ich habe es lesen wollen, seit er mir davon erzählte.«

»Sie brauchen Tottingham mit Ihrer Bitte nicht zu belästigen, Graf«, sagte Victoria eisig. »Sollte es Ihnen gelingen, unsere Verabredung heute nacht einzuhalten, so werde ich Ihnen gestatten, meine Ausgabe des Buches auszuleihen.«

Er grinste. »Victoria, versuchen Sie mich zu bestechen?«

Sie errötete noch ein wenig mehr und wirbelte herum, um sich auf die Suche nach ihrer Tante zu begeben.

8

Als Lucas über die Gartenmauer stieg, sah er, daß sie im Schatten eines Baumes auf ihn wartete. Mit ihrer in gelben Satin eingefaßten kastanienbraunen Samtkapuze, die sie bereits auf dem Ball bei den Foxtons getragen hatte, glich sie einem eleganten Geist.

Er ließ sich vorsichtig auf den Rasen fallen, wobei er sein Gewicht automatisch mit dem rechten Bein auffing, während er mit dem linken Bein die Balance hielt. Doch selbst so spürte er ein scharfes Stechen in seinem verletzten Bein. Es war einfach nicht seine Sache, des Nachts über Gartenmauern zu klettern.

Lucas richtete sich auf, massierte die alte Wunde und fragte sich, wie es Victoria gelungen war, ihn so lange nach ihrer Pfeife tanzen zu lassen. Er hatte es zugelassen, daß die Lady ihn wie eine Marionette benutzte.

Es war höchste Zeit, mit ihr zu schlafen, und sie sich so zu eigen zu machen. Viel lieber hätte er sie zuvor geheiratet, doch da diese Möglichkeit nicht in Betracht kam, würde er nehmen, was er bekommen konnte. Allein der Gedanke, mit Victoria eine angenehme Nacht im Bett zu verbringen, statt in gemieteten Kutschen durch die Gegend zu fahren – in beständiger Angst vor irgendeiner Katastrophe –, genügte, um den Schmerz in seinem Bein zu lindern. Außerdem war er sich sicher, daß der Weg über das Bett in die Ehe münden würde.

»Lucas?« Ihre Stimme war ein sanftes Flüstern, als sie durch das feuchte Gras herankam. Sie hob ihr verhülltes Gesicht und sah ihn mit einem süßen, verletzlichen Blick an, der sein Herz erweichte.

Er stöhnte und schob seine Hände unter ihre Kapuze. Ohne ein Wort senkte er seinen Kopf, um sie leidenschaftlich zu küssen. Als er sie schließlich wieder freigab, war sein ganzer Körper vor Verlangen gestrafft.

»Verdammt, es war hart, dich heute abend bei den Foxtons mit einer ganzen Reihe Männer tanzen zu sehen«, murmelte er an ihrem Hals.

»Lucas, bitte, Sie dürfen mich heute nacht nicht so küssen. Wir haben keine Zeit. Meine Tante wird in Kürze nach Hause kommen. Als ich das Fest bei den Foxtons verließ, habe ich ihr gesagt, ich hätte Kopfweh. Sie wird also wahrscheinlich direkt auf mein Zimmer gehen, um nach mir zu sehen, wenn sie zurückkommt.«

»Was ist denn so wichtig, daß wir mal wieder unseren guten Ruf aufs Spiel setzen müssen, Vicky?«

Sie schlang ihren Samtumhang noch enger um sich und sah ihm mutig in die Augen. »Ich dachte, es würde mir leicht fallen, mit Ihnen darüber zu sprechen, doch ich stelle fest, daß es äußerst schwierig ist.«

Er widerstand der Versuchung, sie eng an sich zu pressen, und ihr zu verstehen zu geben, daß sie gar nichts sagen müsse. Sie mußte diesen Schritt von allein gehen. *Strategie*, erinnerte er sich selbst trübe.

Strategie und der verzweifelte Wunsch, später nicht dem Vorwurf ausgesetzt zu sein, er habe sie verführt. Es wäre weit besser für sie beide, wenn sie ihre gemeinsame Nacht mit ihm von sich aus forderte.

»Ich höre, meine Süße.«

Entschlossen hob sie das Kinn. »Ich habe viel nachgedacht in der letzten Zeit, Graf.«

»Das ist nicht unbedingt immer von Vorteil. Ich habe festgestellt, daß zu intensives Nachdenken den Seelenfrieden stören kann.«

»Nun, meiner ist bereits gestört.« Sie trat einen Schritt zurück und begann, in dem nassen Gras auf und ab zu wandern. Es schien ihr nicht bewußt zu sein, daß die Spitzen ihrer Satinpantoffeln feucht wurden. »Ich habe das Problem mehrere Male durchdacht. Aus Gründen, die Sie sicherlich verstehen werden, ist dies ein Thema, über das ich unmöglich mit jemand anderem sprechen kann, noch nicht einmal mit meiner Tante.«

»Ich verstehe«, sagte er ernst. »Es gibt Dinge, die können wir nicht einmal mit unseren Nächsten besprechen.«

»Ja, genau.« Sie drehte sich um und begann, in die andere Richtung zu wandern. »Ich glaube, ich habe Ihnen erklärt, daß ich nicht beabsichtige, zu heiraten.«

»Mehrere Male.«

»In letzter Zeit habe ich jedoch festgestellt, daß ich einer ... romantischen Liaison mit einem Mann nicht gänzlich abgeneigt bin.«

»Ich verstehe.«

»Das freut mich, denn es ist äußerst schwierig, diese Angelegenheit in Worte zu fassen.« Sie wirbelte herum und marschierte wieder zurück. »Erinnern Sie sich, äh, an das, was auf dem Rückweg vom *Grünen Schwein* in der Kutsche geschah?«

»Nur allzu deutlich.«

Sie versteckte ihren Kopf tiefer in der Kapuze. »Es überraschte mich, daß die Beziehung zwischen einem Mann und einer Frau so ... intensiv sein kann.«

Er versteckte seine Erheiterung. »Es freut mich, daß Ihnen das Experiment gefallen hat.«

»Gefallen.« Sie blieb stehen und wandte ihm ihr Gesicht zu. Im fahlen Mondlicht sah sie ihn mit großen Augen an. »Es hat mir wesentlich mehr als nur gefallen, Graf. In mancher Hinsicht war es ziemlich beunruhigend, aber es war sehr, sehr aufregend. Tatsächlich war es köstlich.«

Ihre Ehrlichkeit bei diesem Thema überwältigte ihn.

»Sie schmeicheln mir.«

»Nicht im geringsten.« Sie begann wieder, auf und ab zu gehen. »Lucas, ich habe sorgfältig darüber nachgedacht, und ich habe beschlossen, daß ich das Experiment zu wiederholen wünsche. In der Tat habe ich beschlossen, daß ich das ganze Ausmaß dieser Art von Experiment kennenlernen möchte. In Form einer *wissenschaftlichen Studie*, wenn Sie verstehen.«

»Wissenschaftliche Studie«, wiederholte er langsam. »Als würde man Käfer sammeln.«

»Ich denke, so könnte man sagen.«

»Werden Sie mich anschließend in einer Schachtel aufbewahren?«

Victoria blickte ihn finster an. »Lucas, wie können Sie es wagen, mich auf den Arm zu nehmen. Ich meine es vollkommen ernst.«

»Ja, das sehe ich.«

»Um ganz offen zu sein, ich würde gern mit Ihnen eine romantische Beziehung eingehen, so wie Isabel Rycott mit ihrem Freund Edgeworth.«

»Gütiger Gott, ich hoffe nicht.«

Victoria blieb stehen. Sie war schockiert und verlegen. »Sie wollen mich nicht?«

Sofort erkannte er, wie sie seine Worte ausgelegt hatte. Er machte einen Schritt vor und zog sie heftig an sich, um ihren Mund mit einem derart leidenschaftlichen Kuß zu bedecken, daß sie erzitterte. Als er sie endlich freigab, hielt er ihr Gesicht zwischen seinen Händen und sah zu ihr hinab. Er wußte, daß das Ausmaß seiner Begierde wohl von seinen Augen abzulesen war.

»Ich will dich mehr als irgend etwas auf dieser Welt. Vergiß das nie, Victoria. Egal was geschehen mag, versprich mir, daß du das niemals vergessen wirst.«

Ihre Finger strichen über seine Handgelenke, und sie lächelte zitternd. »Und ich will dich, Lucas. Nie zuvor habe ich etwas Ähnliches verspürt wie dieses Bedürfnis nach dir. Bitte, wirst du mit mir schlafen?«

»*Vicky.* Oh, Vicky, mein süßer, eigensinniger, leidenschaftlicher Wildfang.« Mit einer seltsamen Mischung aus Leidenschaft, Zärtlichkeit und Erleichterung drückte er sie an sich. »Ich werde dich lieben, bis du in Flammen stehst, und dann werden wir gemeinsam brennen.«

»Das klingt nicht sonderlich angenehm, Graf«, murmelte sie in seinen Mantel.

Er grinste. »Warte, bis du es ausprobiert hast.«

Sie lachte sanft und schlang ihre Arme um seine Hüften. »Lucas, ich bin so aufgeregt.«

»Ich auch«, flüsterte er und fügte hinzu: »Es ist fast, als hättest du eingewilligt, mich zu heiraten.«

Sie versteifte sich. »Lucas …«

»Fast, aber nicht ganz. Beruhige dich, Vicky. Ich will dich nicht erschrecken, aber ich kann nicht umhin, zuzugeben, daß ich nichts dagegen hätte, mehr als eine romantische Liaison mit dir einzugehen. Möchtest du nicht vielleicht lieber über eine Heirat sprechen als über ein romantisches Verhältnis?« Er hielt den Atem an und betete, sie möge ja sagen und alles würde plötzlich ganz einfach.

»Danke, Lucas. Das ist sehr nett von dir. Unnötig, aber sehr nett. Ich weiß das Angebot zu würdigen, da du auf keinen Fall verpflichtet warst, es zu machen«, sagte sie bebend.

»Aber die Antwort ist nein?«

»Das weißt du, aber dennoch vielen Dank.« Sie hob den Kopf und preßte ihren Mund sanft auf den seinen. Dann lächelte sie ihn strahlend an. »Nun, wir müssen uns einen Plan zurechtlegen.«

Ihre eher lässige Ablehnung seines Vorschlags verärgerte Lucas. Das kleine Luder dachte, es könnte alles bekommen, ohne dafür zahlen zu müssen. Vielleicht war es an der Zeit, ihr klar zu machen, daß es nicht so einfach werden würde, wie sie es sich vorstellte.

»Sehr gut. Wann?«

Sie blinzelte. »Wann was, Graf?«

»Wann sollen wir uns das erste Mal als Liebende treffen? Und wie? Haben Sie darüber schon einmal nachgedacht? Außerdem ist da noch die Frage einer geeigneten Örtlichkeit, nicht wahr? Wir können nicht einfach eine Kutsche mieten, die uns ein paar Stunden in London herumfährt, während wir uns in den Kissen lieben. Höchst unbequem, und außerdem möchte ich nicht, daß der Kutscher sich Gedanken darüber macht, was im Inneren der Kutsche vor sich geht«, erklärte er hart.

Ihr überraschter Blick wandelte sich in Erschrecken. »Ich dachte ... Ich dachte, Sie würden sich um diese Kleinigkeiten kümmern. Das heißt, ich dachte, Sie wüßten, wie man derartige Dinge arrangiert, Lucas.«

»Nicht unbedingt. Ich hatte noch niemals eine derart intime romantische Beziehung mit einer jungen Dame deines Standes. Im allgemeinen gibt es so etwas nicht, Victoria. Zumindest nicht bei Männern, die sich selbst als Gentlemen bezeichnen. Du bringst mich da in eine schwierige Situation.«

Sie stöhnte. »Tante Cleo hat mich gewarnt, daß ich nicht nur meinen eigenen guten Ruf gefährde, sondern auch Ihren.«

»Tatsächlich?« Es überraschte Lucas nicht sonderlich zu hören, daß Lady Nettleship erraten hatte, woher der Wind wehte. Er fragte sich, welche Einstellung Cleo zu der Sache hatte. »Lady Nettleship ist eine höchst scharfsinnige Frau. Offensichtlich mißfällt ihr die Vorstellung, daß du deinen Ruf so leichtfertig aufs Spiel setzt.«

»Oder Ihren, Lucas. Ich weiß, daß es nicht einfach für Sie ist, und daß es bestimmte Risiken gibt. Ich bin nicht so blind, daß ich das nicht sehen würde.«

»Das spricht für deine Intelligenz, Vicky.«

Sie biß sich auf die Lippe und warf ihm einen Seitenblick zu. »Ich nehme an, es ist tatsächlich nicht fair von mir, Sie um eine solche Sache zu bitten.«

»Wie du bereits gesagt hast, kann man nicht leugnen, daß das Ganze gewisse Risiken in sich birgt.«

Sie seufzte höchst tragisch. »Sie haben vollkommen recht. Ich habe nicht das Recht, Ihren oder meinen guten Ruf zu gefährden, nicht wahr? Vielleicht sollten wir die Angelegenheit ganz einfach vergessen.«

»Mein Angebot wäre eine mögliche Alternative«, begann er vorsichtig.

Sie tätschelte ihm freundlich den Arm, als sei er ein niedlicher kleiner Hund. »Ihr Angebot, mich zu heiraten, war sehr süß, Lucas. Aber ich fürchte, die einzige echte Alternative, die ich habe, ist, noch ein paar Jahre zu warten, bis mein Ruf als alte Jungfer gefestigt ist. Dann interessiert es die Leute vielleicht nicht mehr allzu sehr, wenn ich in Lady Rycotts Fußstapfen trete. Verzeihen Sie mir, Lucas. Es tut mir leid, daß ich dieses Thema überhaupt zur Sprache gebracht habe.«

Dieser Rückzieher alarmierte Lucas. Statt einer Heirat betrachtete sie das Leben einer alten Jungfer als einzige Alternative. Wenn er sie jetzt gehen ließe, hätte er sie vielleicht für immer verloren. Und was noch schlimmer war, vielleicht fände sie einen anderen Mann, der sie ohne zu zögern das Risiko einer Affäre eingehen ließe.

Lucas streckte seine Hand aus und ergriff ihr Kinn. »Victoria, wenn eine romantische Liaison wirklich das ist, was du willst, wird es mir eine Ehre sein, deinem Wunsch nachzukommen.«

Ihr plötzliches Lächeln war viel zu strahlend, und ihre Augen glitzerten in weiblichem Triumph. »Im Sinne einer wissenschaftlichen Studie, Graf?«

Irgendwo in Lucas' Innerstem ertönte eine verspätete Alarmglocke. Er betrachtete Victorias erfreuten, selbstgefälligen Ausdruck, und er wurde erfüllt von einem gehässigen Gedanken, den verdrängt zu haben er geglaubt hatte.

»Ich war immer ein großer Anhänger wissenschaftlicher Studien«, sagte er grimmig.

»Oh, Lucas, wie kann ich Ihnen jemals danken?« Sie schlang ihre Arme um seinen Hals und drückte ihn. »Sie sind immer so gut zu mir.«

Er fluchte stumm und ergab sich ihrer offensichtlichen Freude. Allmählich dämmerte ihm, daß es ihm wohl nie gelingen würde, Victoria einen Wunsch abzuschlagen. Es wäre von Vorteil, wenn er diese Schwäche niemals vergessen würde.

Zögernd löste Lucas ihre Arme von seinem Hals und küßte ihre Nasenspitze. »Dann ist es also abgemacht. Nun gehst du wohl besser zurück ins Haus, meine Süße. Ich glaube, ich höre eine Kutsche.«

»Oje, das ist wohl Tante Cleo. Ich muß gehen.« Sie drehte sich abrupt um, wobei der Mantel um ihre feuchten Pantoffeln wehte. Dann wandte sie sich noch einmal mit einem Stirnrunzeln an Lucas. »Passen Sie auf Ihr Bein auf, wenn Sie über die Mauer steigen, Lucas. Ich mache mir Sorgen wegen der ganzen Kletterei. Sie tut Ihnen bestimmt nicht gut.«

»Ich bin geneigt, dir zuzustimmen.« Das verdammte Bein schmerzte bereits von der ersten Kletterpartie. »Ich freue mich auf die Nacht, in der das Übersteigen dieser Mauer nicht mehr notwendig sein wird. Gute Nacht, Vicky.«

»Wegen unserer Pläne für unser erstes, äh, Treffen ...« Ängstlich sah sie in Richtung der Gewächshaustür, als auch sie die Kutsche hörte.

»Mach dir keine Sorgen, Vicky. Ich werde alles arrangieren.«

»Werden Sie?«

Er saß bereits auf der Gartenmauer und blickte auf sie herab. Er unterdrückte einen Fluch. »Ja, Vicky. Das ist schließlich meine Aufgabe, nicht wahr?«

»Sie werden es mich wissen lassen, wenn Sie die Details festgelegt haben?« rief sie hoffnungsvoll.

»Glaube mir, meine Liebe, du wirst es als erste erfahren.«

Er sprang von der Mauer. Sein Schenkel protestierte heftig, und er hinkte stärker als gewöhnlich, als er sich in die Straße zurückbegab, in der seine Kutsche stand. Auf die eine oder andere Art mußte er dieser Kletterei ein Ende machen.

Lucas spähte auf die Straße. Er entdeckte niemanden. Als er um die Ecke bog, prallte er mit dem Mann zusammen, der mit einem Messer dort stand.

Der Straßenräuber schien ebenso überrascht zu sein wie er. Offensichtlich hatte er in der Dunkelheit herumgelungert und auf ein Opfer gewartet, Lucas jedoch nicht gehört. Doch er reagierte umgehend, indem er die Klinge des Messers nach vorne stieß.

Lucas tauchte bereits zur Seite. Als er merkte, wie sein verletztes Bein nachgab und er hart auf sein Knie fiel, entfuhr ihm ein Fluch. Er zwang sich jedoch, den Schmerz zu ignorieren, und streckte die Hand nach dem Arm des Angreifers aus.

Vor Wut und Überraschung schrie der Mann, als Lucas auf seinen Rücken rollte und fest zupackte. Der Angreifer krachte gegen die Backsteinmauer des dunklen Eckhauses, und das Messer fiel auf das Pflaster. Lucas rollte weiter und kam auf die Knie. Dann stolperte er auf die Beine, wobei er sich mit einer Hand an der Backsteinmauer abstützte. Roher Schmerz wütete in seinem linken Bein.

Der Straßenräuber machte sich bereits aus dem Staub; nur seine Schritte hallten noch in der Dunkelheit. Er ließ sogar das Messer liegen.

»He, Sie«, rief der Kutscher, der die Straße heraufgestapft kam, nachdem er etwas verspätet gemerkt hatte, daß sein Passagier in Schwierigkeiten steckte. »Was is' los? Was is' passiert, Sir? Sin' Sie verletzt?«

»Nein.« Lucas sah hinab auf seinen teuren Frack und fluchte erneut. Für das verdammte Ding hatte er gerade ein Vermögen bezahlt, und nun würde er einen neuen kaufen müssen.

»Wohl irgend so'n Straßenräuber, der versucht hat, 'nem Gentleman die Börse zu klau'n«, erklärte der Kutscher, während er sich nach dem Messer bückte. »Sieht gefährlich aus, das Ding. Der Typ hat's ernst gemeint, oder?«

»Ja«, sagte Lucas. »Doch ich bin nicht ganz sicher, worauf er es abgesehen hatte.«

»Heutzutage ist niemand mehr sicher auf der Straße«, bemerkte der Kutscher. »Sie sin' echt gut mit ihm fertig geworden, Sir. Ich hab' gesehen, wie Sie ihn aufs Kreuz gelegt haben. Das ham' Se bestimmt auf der Militärakademie gelernt, oder?«

»Nein, ich habe diese Dinge auf der Straße gelernt.« Lucas begab sich in Richtung der Kutsche und sog scharf die Luft ein, als sein linkes Bein erneut nachzugeben drohte. Er rief sich das Bild der Portweinflasche ins Gedächtnis, die in seiner Bibliothek auf ihn wartete. »Fahren wir los. Ich beabsichtige nicht, um diese Zeit noch lange auf der Straße herumzustehen.«

»Sicher, Sir. Ich möchte Ihnen nur noch sagen, daß ich noch nie jemanden von Ihrem Stand getroffen hab', der bei einem Straßenkampf so gut zurecht kommt. Die meisten der bess'ren Herrn, die ich 'rumkutschiere, wär'n wohl mit 'ner aufgeschlitzten Kehle geendet.«

Victoria schlich zurück in ihr Zimmer und schloß die Tür. Mit geschlossenen Augen lehnte sie sich an die Holzvertäfelung. Ihr Herz raste und sie hatte das Gefühl, als würden ihre Beine versagen.

Sie hatte es getan.

Es hatte mehr Mut erfordert, als sie gedacht hatte, mehr, als sie sich jemals zugetraut hätte, aber sie hatte es getan. Sie würde eine Affäre mit Lucas Mallory Colebrook, dem Graf von Stonevale haben.

Ihre Hände zitterten, als sie mit leicht unsicheren Schritten durch das Zimmer ging, um durch das Fenster in die Dunkelheit zu sehen.

Nun, da sie nach tagelangem, zermürbendem Grübeln ihr Ziel erreicht hatte, entdeckte sie, daß sie Angst hatte. Es lauerten so viele Gefahren auf sie und auch auf Lucas.

Doch die Chance, ihre Leidenschaft in Lucas' Armen zu entdecken, war jedes Risiko wert.

Was für ein bewundernswerter Mann. Er war weder ein dummer, affektierter Dandy noch ein gefühlloser Lebemann. Er sorgte sich um ihren Ruf, doch zugleich akzeptierte er ihren Wunsch, nicht zu heiraten. Es schien, als habe er es nicht auf ihr Vermögen abgesehen, sondern einzig und allein auf sie.

»Lieber Gott, es scheint, als sei ich in den Mann verliebt.« Victoria hielt den Atem an, als die Erkenntnis sie plötzlich überkam. »Ich *liebe* diesen Mann.«

Angesichts dieses neuen Abenteuers schlang sie die Arme um sich. Zu lieben und dennoch frei zu sein. Was könnte sich eine Frau mehr wünschen?

Lange Zeit stand sie am Fenster und versuchte, die Zukunft in der Dunkelheit zu sehen. Doch alles erschien wolkig und ohne feste Form. Nach einer Weile ging sie zu Bett.

Im Morgengrauen erwachte sie plötzlich aufrecht in ihren Kissen sitzend.

Teufelsweib. Ich werde dich zurück in die Hölle schicken.

Das Messer.

Großer Gott, das Messer.

Sie erinnerte sich nur bruchstückhaft an den Alptraum, der sie aus dem Schlaf gerissen hatte, aber sie brauchte keine Einzelheiten. Oft genug während der letzten Monate hatte sie ähnliche Träume gehabt, und sie endeten alle gleich, ließen sie ruhelos und verstört zurück, erfüllten sie mit einem Gefühl dunkler, lastender Bedrohung, das sich nicht erklären ließ.

Zumindest hatte sie dieses Mal nicht geschrien, dachte sie erleichtert. Gelegentlich schrie sie mitten in ihren entsetzlichen Träumen, und die arme Nan kam dann herübergelaufen, um zu sehen, ob alles in Ordnung war.

Victoria stand auf. Sie wußte aus Erfahrung, daß das Tageslicht dieses beunruhigende Gefühl vertreiben würde. Bis dahin hatte es keinen Sinn, wenn sie versuchte, wieder einzuschlafen.

Sie griff nach ihrer Decke. Es war ein klarer Tag, und bald würde das Gewächshaus vom Morgenlicht durchflutet. Ein perfekter Tag zum Zeichnen. Wenn alles andere versagte, fand sie immer noch Ruhe in der Kunst.

Sie zog sich schnell an und eilte die Treppe hinunter. Das Haus begann gerade zu erwachen. Sie konnte hören, wie die Köchin in der Küche mit den Töpfen klapperte.

Die Staffelei, der Farbkasten und die Skizzenbücher lagen genau dort, wo sie sie zurückgelassen hatte. Einen Augenblick lang sah sich Victoria im Gewächshaus um, und dann fiel ihr Blick auf die leuchtenden Blüten der *Strelitzia reginae*.

Im sonnigen Morgenlicht schimmerte die Blume wunderbar goldgelb in einem herrlichen Bernsteinton, versetzt mit königsblauen Sprenkeln.

Schnell rückte sie ihre Malutensilien an eine Stelle, von der aus sie die *Strelitzia* gut sehen konnte. Sie erinnerte sich daran, wie Lucas die Pflanze bei seinem ersten Besuch im Gewächshaus bewundert hatte.

Sie würde sie für ihn malen, beschloß sie einem plötzlichen

Impuls folgend. Ihre Pflanzenaquarelle und Skizzen schienen ihm ehrlich gefallen zu haben, und es bestand keinerlei Zweifel an seiner neuen Begeisterung für Gartenbau. Vielleicht würde ihm die *Strelitzia reginae* als Erinnerung an ihre erste gemeinsame Nacht als Liebende gefallen. Das Bild würde ihr Geschenk für ihn in dieser erinnerungswürdigen Nacht sein.

Fast wie ein Hochzeitsgeschenk, fuhr es ihr durch den Kopf. Sie verdrängte diesen Gedanken schnell und begab sich an die Arbeit.

Sie sah die Tabaksdose in dem Moment, als sie den Deckel ihres Farbkastens anhob.

Ein paar Sekunden lang starrte sie nur überrascht darauf und fragte sich, weshalb irgend jemand eine schöne Tabaksdose in ihrem Farbkasten deponieren sollte. Es war ebenso seltsam, hier einen solchen Gegenstand zu finden, wie es vor ein paar Monaten ungewöhnlich gewesen war, das Halstuch mit dem Monogramm an der Tür zum Gewächshaus zu finden.

Mit einem leichten Anflug von Furcht nahm Victoria die Tabaksdose und untersuchte sie sorgfältig. Es war ein schön gearbeitetes Kästchen, das allerdings keine Besonderheit aufwies außer dem auf der Deckelinnenseite eingravierten »W«.

Eine Minute lang stockte ihr der Atem. Sie ermahnte sich eindringlich, daß sie nicht an Geister glaubte. Doch der Gedanke, daß irgend jemand ein makabres Spiel mit ihr treiben könnte, war noch bedrohlicher als die Vorstellung von einem Phantom.

Und noch unmöglicher, sagte sie sich, während sie ein paar Mal tief einatmete, um sich zu beruhigen. Sie mußte vernünftig sein.

Es konnte sich bei diesem Gegenstand ebenso wenig um die Tabaksdose ihres Stiefvaters handeln wie das Halstuch ihm gehört hatte.

Dies alles war eine Reihe seltsamer Zufälle. Einer der zahlreichen Bekannten ihrer Tante hatte das Gewächshaus besichtigt und das Tuch und die Dose vergessen. Das Tuch hatte sie sofort gefunden, aber die Tabaksdose war in Vergessenheit geraten, um erst jetzt wieder aufzutauchen. Vor ihren Augen.

Das war die einzig mögliche Erklärung, da niemand, *niemand* außer ihr selbst wußte, was in der furchtbaren Nacht, in der ihr Stiefvater ums Leben gekommen war, am Fuße der Treppe geschah.

Vier Tage später sah sich Victoria in dem Meer wogender Abendkleider auf dem Ball bei den Middleships um und stellte fest, daß sie so nervös und aufgeregt war, als wäre sie die Braut auf ihrer eigenen Hochzeitsfeier. *Heute war die Nacht.*

Da sie einer echten Hochzeitsfeier niemals näher zu kommen beabsichtigte, genoß sie den Abend am besten in vollen Zügen.

Drei Tage zuvor hatte Lucas ihr ruhig erklärt, daß er alle Vorbereitungen für ihre erste gemeinsame Nacht getroffen habe. Die Pläne hingen davon ab, ob Lady Nettleship eine lange ausstehende Einladung zu einer Wochenend-Party auf dem Land annehmen würde, hatte er gewarnt. Doch das war kein Problem gewesen. Heute morgen war Cleo fröhlich in Richtung des Landsitzes ihrer besten Freunde aufgebrochen.

»Bist du sicher, daß es dir nichts ausmacht, für einen Abend allein hier zu bleiben?« hatte Tante Cleo zum dritten Mal gefragt, während sie ihren Hut aufsetzte und mit mehreren Taschen die Reisekutsche bestieg.

»Ich werde wohl kaum allein sein, Tante Cleo. Ich habe die gesamte Dienerschaft einschließlich Nan. Ich werde zurecht kommen. Außerdem erinnerst du dich bestimmt, daß ich heute abend bei den Middleships eingeladen bin, und deren Soiréen enden nie vor Morgengrauen. Ich werde also kaum vor Sonnenaufgang zu Hause sein, und du bist ja bereits am Nachmittag zurück.«

»Nun, du bist beinahe fünfundzwanzig. Ich wage zu behaupten, daß niemand etwas dagegen einzuwenden haben dürfte, wenn du eine Nacht ohne mich in deinem eigenen Haus verbringst, und auf den Ball wirst du ja von Lady Lyndwood und ihrer Tochter begleitet. Also ist alles in Ordnung. Paß auf dich auf, Vicky.«

Cleo hatte ihr einen flüchtigen Abschiedskuß auf die Wange gedrückt, bevor sich die Kutsche in Bewegung setzte.

Victoria hatte von den Eingangsstufen gewinkt und bemerkt, wie ihr Magen einige seltsame Hüpfer machte, als die Vorfreude in ihr aufwallte.

Heute war die Nacht. Jetzt gab es kein Zurück mehr. Das war es, was sie wollte; Lucas war der Mann, den sie wollte. Sie war auf der Schwelle einer romantischen Affäre mit dem Mann, den sie liebte. Die verwirrende Aussicht auf diese Art wissenschaftlicher Studien genügte, um ihr den Atem zu rauben.

Es war an der Zeit. Victoria begann, sich durch die Menge in Richtung der Tür zu bewegen. Lucas würde bestimmt schon warten.

»Sie wollen schon gehen, Victoria?« Isabel Rycott schien aus dem Nichts vor ihr aufzutauchen.

»Ich fürchte, ich habe noch eine Reihe anderer Verpflichtungen heute abend«, erwiderte Victoria höflich. »Ich habe einer Freundin versprochen, daß ich noch kurz bei den Bridgewaters vorbeischauen würde, und anschließend muß ich noch auf ein anderes Fest.«

Mahnend tippte Isabel mit ihrem Fächer gegen Victorias Handgelenk. Sie lächelte ihr mysteriöses Lächeln. »Ich verstehe vollkommen, meine Liebe. Sie werden von einer Party zur nächsten wechseln, bis Sie zufällig Ihrem Grafen begegnen werden, nicht wahr?«

Victoria errötete. »Ich habe keine Ahnung, wovon Sie sprechen, Lady Rycott.«

Isabel lachte leise, doch mit einem eigenartigen Anflug von Bitterkeit. »Sie brauchen nicht verlegen zu sein, meine Liebe. Es ist durchaus nicht ungewöhnlich, sich von einem interessanten

Mann angezogen zu fühlen. Das ist eine normale weibliche Eigenschaft. Doch eine vernünftige Frau trägt Sorge, daß sie allzeit die Kontrolle über ihre Gefühle und die Situation behält. Sie sucht sich Männer aus, die nicht besonders stark sind, Männer, die sich leicht beherrschen lassen.«

»Wirklich, Lady Rycott, ich muß gehen.«

»Ja, selbstverständlich. Doch denken Sie an meine Worte. Als Freundin von Samuel und Caroline möchte ich nur Ihr Bestes.« Isabels Augen glitzerten hart. »Und, verdammt, Sie brauchen sich gar nicht so überlegen zu fühlen.«

Victoria war schockiert. »Ich versichere Ihnen, daß es keinesfalls in meiner Absicht liegt, Sie auf irgendeine Weise zu beleidigen.«

Isabels Mund verzog sich zu einem Lächeln, das nicht im geringsten charmant oder auch nur besonders geheimnisvoll erschien. »Ja. Sie sind bekannt für Ihre Freundlichkeit, nicht wahr? Aber ich weiß, was Sie über meinen Freund Edgeworth denken. Ich habe es in Ihren Augen gesehen, als wir uns im Park begegnet sind. Verglichen mit Ihrem teuren Grafen erscheint er Ihnen recht mittelmäßig.«

Victoria setzte zu einer Erwiderung an. »Ich habe niemals behauptet –«

»Es war nicht nötig, etwas zu sagen. Ich habe es in Ihren Augen gesehen. Welche Arroganz. Sie denken, ich hätte den lahmen Ackergaul erwischt, während Sie den edlen Zuchthengst eingefangen haben. Doch Ihre Wahl wird Ihnen noch leid tun«, zischelte Isabel.

»Bitte, Lady Rycott, echauffieren Sie sich nicht.«

»Ich bin nicht im geringsten echauffiert. Ich werde Ihnen mal etwas sagen, meine Liebe. Ich würde einem Edgeworth vor einem Mann wie Stonevale jederzeit den Vorzug geben, und wenn Sie klug wären, täten Sie dasselbe. Wenn Sie diesen Rat nicht beherzigen, so wird das wahrscheinlich Ihr Untergang.«

Diese eigenartige Unterhaltung verwirrte Victoria. Sie fragte sich, wie viele Gläser Wein Lady Rycott wohl getrunken hatte. Der eisenharte Glanz in Isabels schönen Augen war fast beängstigend. »Bitte entschuldigen Sie mich, Lady Rycott.« Sie wandte sich zum Gehen, doch Isabels Hand griff nach ihrem nackten Arm.

»Sie denken, Sie hätten den aufregenderen, den interessanteren Mann gewählt, doch Sie sind eine Närrin. Die Wahrheit ist jedoch, daß Männer den Frauen wenig nützen, wenn wir sie nicht manipulieren können. Verstehen Sie das nicht? Durch gesellschaftliche Konventionen sind wir auf so vielen Gebieten von Männern abhängig. Unsere einzige Waffe ist, in den wichtigen Bereichen stärker zu sein als sie. Wenn sich eine starke Frau mit einem weichen, beherrschbaren Mann zusammentut, kann sie alles haben, was sie will. *Alles.*«

»Lady Rycott, Sie tun mir weh.«

Isabel sah überrascht hinab auf ihre Hand, und nahm sie von Victorias Arm. Sofort hatte sie sich wieder vollständig unter Kontrolle. »Schon gut. Es ist zweifelsohne sowieso schon zu spät für Sie. Sie hätten jedoch scharfsinnig genug sein sollen, um zu erkennen, daß ein starker Mann äußerst gefährlich ist. Wenn Sie einen Funken Verstand besäßen, Vicky, hätten Sie sich einen Edgeworth gesucht und keinen Stonevale.«

Isabel wandte sich ab und entschwand in der Menge, jedoch nicht ohne zuvor ein paar schimmernde Tränen in ihre exotischen Augen zu zaubern.

Einen Augenblick lang starrte Victoria der anderen Frau höchst verlegen hinterher. Diese Begegnung hatte ihre frohe Erwartung kurz getrübt. Doch als sie ihren Umhang holte und die Kapuze aufsetzte, um ihr Gesicht zu verbergen, hatte die Aufregung sie erneut gepackt. Sie eilte die Treppe des Stadthauses hinab.

Genau wie Lucas es versprochen hatte, wurde sie von der geschlossenen Kutsche bereits erwartet. Der Kutscher saß auf dem Bock, eingehüllt in Hut und Umhang. Sie warf ihm einen kurzen lachenden Blick zu, und dann gestattete sie einem der Pagen, ihr in die Kutsche zu helfen.

Ein paar Minuten später fuhr die Kutsche durch die Straßen von London, und nach kurzer Zeit hatten sie die ruhigeren Außenbezirke der Stadt erreicht. Der Straßenlärm verblaßte, und die Bebauung wurde spärlicher. Das Mondlicht fiel auf Wiesen, Felder und Bauernhöfe.

Dann, ohne Warnung, hielt die Kutsche im Hof eines Gasthauses. Victorias Mund wurde trocken. Der Moment war gekommen, und plötzlich wurde sie von einer Woge widersprüchlichster Gefühle überschwemmt. Vorfreude, Aufregung und Verlangen kämpften mit Angst, Unsicherheit und plötzlichen Bedenken. Sie mußte sich erneut fragen, ob sie wohl das Richtige tat.

Aber schließlich war sie vierundzwanzig, und kein siebzehnjähriger junger Hüpfer, der eben erst der Schulbank entsprungen war. Sie war selbstbewußt, und sie hatte ihre Entscheidung getroffen. Nun würde sie keinen Rückzieher machen.

Sie sah hinaus auf den Hof und hörte, wie ihr »Kutscher« dem Jungen Anweisungen gab, der aus dem Gasthaus gekommen war, um ihm mit den Pferden zu helfen. Was für Anweisungen Lucas auch gab, es klang immer, als hätte er alles im Griff.

Einen Augenblick später wurde die Tür der Kutsche geöffnet und Lucas sah zu ihr herein. Er hatte den Hut und den Umhang abgelegt. Wortlos reichte er ihr seine Hand.

»Bist du ganz sicher, daß es das ist, was du willst, Victoria?« fragte er ruhig.

»Ja, Lucas. Ich will diese Nacht mit dir mehr als alles andere.«

Sein Lächeln war rätselhaft, doch zärtlich. »Dann sollst du sie auch haben. Komm mit.«

Kurz darauf saß Victoria in einem gemütlichen Raum vor einem wärmenden Feuer und nippte an dem Tee, den ihr die Wirtin auf einem Tablett gebracht hatte. Neben der Teekanne befand sich eine Karaffe mit Sherry. Die gute Frau hatte sie mit

»gnädige Frau« angesprochen, da Lucas den Wirtsleuten erklärt hatte, sie sei seine Gattin. Niemandem war es in den Sinn gekommen, die Ehrenhaftigkeit der Beziehung dieser beiden offensichtlich wohlhabenden Mitglieder der besseren Gesellschaft in Frage zu stellen.

»Ich habe dem Wirt erzählt, du seist erschöpft, und wir würden uns gern ein paar Stunden ausruhen. Da wir jedoch in Eile seien, müßten wir noch vor Morgengrauen weiterfahren«, verkündete Lucas, als er das Zimmer betrat und die Tür hinter sich schloß. »Auf diese Weise habe ich genug Zeit, um dich sicher zurück auf das letzte Fest auf deiner Einladungsliste zu fahren, bevor die letzten Gäste gegangen sind. Du wirst wie geplant mit Annabella Lyndwood und ihrer Mutter nach Hause zurückkehren können, und niemand wird etwas erfahren.«

»Nun denn, vielleicht erfahre ja zumindest ich etwas Neues.« Victoria lächelte zaghaft über den Rand ihrer Tasse hinweg.

Lucas' Blick wurde sanft, als er auf sie herabsah. »Ich denke, wir werden beide heute nacht eine Menge in Erfahrung bringen.« Er ging hinüber zu dem Stuhl, der dem ihren gegenüber am Ofen stand. Seine Augen glänzten, als er sich setzte und zwei Gläser mit Sherry füllte. »Auf unsere wissenschaftliche Studie, Vicky.«

Sie setzte ihre Teetasse ab und nahm eines der Sherrygläser entgegen, wobei sie bemerkte, daß ihre Hand ein wenig zitterte. »Auf wissenschaftliche Studien«, murmelte sie und hob ihr Glas zu einem kleinen Toast.

Lucas erhob ebenfalls sein Glas, wobei er seine Augen nicht von ihr abwandte. Sie tranken den Sherry in gespanntem Schweigen, bis Lucas Victoria das Glas aus der Hand nahm und es neben seinem auf den Tisch stellte.

Victoria fiel ihr Geschenk ein. Sie erhob sich abrupt und eilte zu der Ecke, in der ihr Umhang und ihr Beutel hingen.

»Vicky? Was ist los?« rief Lucas ihr nach.

»Nichts. Ich habe etwas für dich. Ein kleines Geschenk.« Sie wandte sich ihm wieder zu, wobei sie das schmale Päckchen mit beiden Händen umklammerte. Plötzlich erschien ihr das Geschenk recht ärmlich. »Es ist nichts Besonderes, wirklich. Ich dachte, *hoffte*, es würde dir gefallen.« Sie lächelte wehmütig. »Die heutige Nacht scheint mir der Art zu sein, daß man sich vielleicht mit einem Geschenk daran erinnern möchte.«

Langsam erhob er sich. »Es ist genau eine Nacht dieser Art. Ich wünschte lediglich, ich hätte ein Geschenk für dich. Mein jämmerliches Soldatenhirn, fürchte ich. Ich war so mit den praktischen Aspekten des heutigen Abends beschäftigt, daß ich versäumt habe, an andere, vielleicht bedeutendere Dinge zu denken.« Er ging auf sie zu und nahm das Päckchen aus ihren Händen. Dann geleitete er sie zurück zu ihrem Stuhl am Feuer und setzte sich, um sein Geschenk zu öffnen.

Victoria beobachtete gespannt, wie Lucas sorgfältig das Papier entfernte und nachdenklich die *Strelitzia reginae* betrachtete. Sie bemerkte, daß sie vor Ungewißheit zitterte. Es war wirklich kein besonderes Geschenk, dachte sie. Ein einfaches Blumenbild.

Doch als Lucas aufsah und sie bewegt anblickte, atmete sie tief ein und entspannte sich leicht. Er freute sich.

»Danke, Vicky. Es ist wunderschön. Ich werde es an einer Stelle aufhängen, an der ich es täglich betrachten kann. Und wann immer ich es ansehen werde, werde ich an diese Nacht denken.«

»Ich bin froh, daß es dir gefällt. Nicht jeder Mann würde ein Bild mit einer Blume mögen, weißt du.«

»Um so besser. Ich hoffe schließlich, daß du nicht herumläufst und anderen Männern deine Bilder unter ähnlichen Umständen schenkst.« Er ergriff ihre Hand.

»Lucas?«

»Deine Finger sind kalt«, bemerkte er, während er über ihre Handflächen strich. Er neigte den Kopf, um ihr nacktes Handgelenk zu küssen. Sie kräuselte die Finger. »Du bist sehr angespannt.«

»Ich bin nervös, wenn du die Wahrheit wissen willst«, gestand sie.

»Würdest du dich besser fühlen, wenn du wüßtest, daß ich ebenfalls aufgeregt bin?«

»Ich weigere mich, das zu glauben, Graf.«

»Dann überschätzt du meine Stärke. Ich will dich sehr, Vicky, aber ich will dir nicht weh tun oder dich erschrecken oder den Zauber sonstwie durch Unbeholfenheit oder mangelnde Selbstbeherrschung zerstören«, sagte Lucas ruhig.

Überrascht sah Victoria zu ihm auf, und plötzlich spürte sie das drängende Bedürfnis, ihn zu beruhigen. »Ich hätte wissen müssen, daß diese Situation für dich ebenso unangenehm ist wie für mich. Wir ähneln uns in mancher Hinsicht sehr, nicht wahr?«

Lucas nickte. »Das möchte ich annehmen.«

»Du tust dies, weil ich dich darum gebeten habe. Ich habe dich gezwungen, gegen deinen Ehrenkodex zu handeln.«

Er lächelte schwach und drückte ihre Hand. »Schreibe mir nur nicht zu viele Skrupel und zu viel Vernunft zu, Vicky. Du weißt nicht, wie sehr ich mich danach gesehnt habe, dich nackt in meinen Armen zu halten und dein Erbeben zu spüren, wenn ich in dir bin, wie sehr es mich verlangt hat, daß du dich an mich klammerst und mich tief in dich hineinziehst. Ich bin heute nacht hier, weil du deutlich gemacht hast, daß dies der einzige Weg ist, auf dem wir beide herausfinden können, wie heiß du brennen wirst, und ich kann nicht den Rest meines Lebens verbringen, ohne die Antwort auf diese Frage zu kennen.«

Victoria starrte ihn an. Es war ihr unmöglich, die Augen von seinem intensiven Blick zu lösen. Die Wärme der Flammen auf ihrer Haut war nichts verglichen mit der Hitze, die in ihrem Inneren aufstieg. Sie wußte, daß ihre Hand in der seinen zitterte.

»Lucas, ich muß dir etwas sagen.«

»Was, meine Süße?« fragte er sanft, während seine Finger die Innenseite ihres Arms entlang strichen.

»Ich ... ich habe mich in dich verliebt«, stieß sie hervor.

»Das denkst du nur?« Mit glänzenden Augen sah er zu ihr auf.

»Oh, *Lucas*.«

Er zog sie sanft von ihrem Stuhl auf seine Schenkel und preßte sie fest an seine Brust. Er ließ seine Finger durch ihre Locken gleiten, ergriff ihren Kopf und küßte sie.

Victoria hatte das Gefühl, unter dem Druck seines Mundes zu ertrinken. Als seine Zunge ihre Lippen berührte, verschwanden all ihre Bedenken und Ängste, so als hätte er einen Zauberstab geschwenkt. Natürlich wollte er sie. Da gab es keinen Zweifel. Und sie wollte ihn. Großer Gott, und wie sie ihn wollte.

Die nächsten Minuten glichen einem Nebel aus kleinen Bewegungen und zarten, streichelnden Liebkosungen, im Verlaufe derer Victoria ihr Kleid und ihre Petticoats sowie den Großteil ihrer noch bestehenden Hemmungen ablegte. Ihr schien, als müsse sie zumindest ein wenig verlegen sein. Doch alles, was sie fühlen konnte, war ihre erregte Leidenschaft und die Verwunderung darüber, daß dieser Mann sie derart begehrte, daß er seinen Ruf riskierte, nur um sie zu beglücken.

»Du bist sehr gut zu mir.« Sanft berührte sie seine Wange. »Du gibst mir so viel. All diese Nächte voller Abenteuer, und nun diese ganz besondere Nacht.«

»Vergiß nur nicht, daß du von jetzt an all deine Abenteuer mit mir erleben wirst.« Seine Hand glitt langsam streichelnd von ihrer Brust zu ihrem Schenkel, bis sie gegen seine Brust stöhnte. Die Glut in seinen Augen entfachte tausend Flammen in ihr.

Er stellte sie auf die Füße und führte sie hinüber zum Bett. Dort angekommen, kuschelte sie sich unter die Decken und beobachtete fasziniert, wie er die Kerzen löschte. Als nur noch die Flammen des kleinen Feuers den Raum erleuchteten, setzte sich Lucas auf den Rand des Bettes. Einen Augenblick später fiel ein auf Hochglanz polierter Stiefel auf den Boden. Kurz darauf folgte der zweite.

Unbewußt knetete Victoria das Bettuch in ihrer Hand, während sie Lucas beobachtete. Im Licht des Feuers schimmerte seine Haut bronzefarben, und die weichen, muskulösen Konturen seiner breiten Schultern wurden überdeutlich. Sein Bauch war fest und flach. Etwas glänzte inmitten der matten schwarzen Locken auf seiner Brust, und Victoria sah genauer hin.

»Was ist das für ein Anhänger, Lucas? Ist er aus Gold?«

Er berührte ihn abwesend. »Bernstein. Er hat eine kleine Gravur. Man sagte mir, er sei seit Jahrzehnten im Besitz der Familie.«

»Und du trägst ihn immer?«

Er zuckte mit den Schultern. »Ich habe ihn immer getragen, seit mein Onkel ihn mir gegeben hat.« Lucas lächelte. »Ich bilde mir ein, er bringt mir Glück, und es muß wohl funktionieren, sonst wäre ich jetzt nicht mit dir hier.« Plötzlich schlossen sich seine Finger um das Amulett. »Aber ich denke, er würde dir besser stehen als mir.«

Er nahm die Kette von seinem Hals und näherte sich ihr.

»Nein, Lucas, das kann ich nicht annehmen. Es ist ein Familienerbstück. Du kannst es nicht fortgeben.«

»Ich kann damit tun, was ich will.« Vorsichtig legte er ihr die Kette um den Hals und nickte zufrieden. Der Bernstein schimmerte wie honigfarbenes Feuer auf ihrer Haut. Die kleinen Figuren des Ritters und seiner Lady waren deutlich zu erkennen. »Es paßt zu dir. Ich will, daß du es hast, Vicky. Als Symbol für das, was wir heute nacht teilen. Solange du es trägst, werde ich wissen, daß du mich magst, und daß du *denkst*, du könntest mich lieben.«

Sie erwiderte sein zärtliches, sinnliches, spöttisches Lächeln. »In diesem Fall werde ich niemals einen Grund haben, es abzunehmen. Ich kann mir nicht vorstellen, daß ich dir gegenüber jemals anders empfinden sollte.«

»Vergiß das nicht, ja?« Er fuhr leicht mit seinen Knöcheln über ihre Wange, bevor er sich hinunterbeugte, um seine Reithosen zu öffnen.

Er entstieg dem Rest seiner Kleidungsstücke, und zum Vorschein kam ein harter, erregter Männerkörper. Alles, was Victoria in diesem Moment bemerkte, war jedoch die große, zerfetzte Narbe auf seinem Schenkel.

»Gütiger Gott«, flüsterte sie.

»Stört sie dich?« Er stand abwartend vor ihr, die Reithosen in der Hand, der Blick unergründlich.

Sie streckte die Hand aus, und berührte das zerstörte Fleisch mit sanften, zarten Fingern. »Ob sie mich stört? Natürlich stört sie mich nicht. Nicht so, wie du denkst.« Sie sah ihn betroffen an. »Aber was für Schmerzen müssen das gewesen sein. Ich ertrage den Gedanken nicht, daß du so gelitten hast, daß du dem Tode so nahe warst.«

»Pst, Vicky. Mach dir deswegen keine Sorgen. Es ist lange her, und ich versichere dir, daß sie mich jetzt nicht im geringsten stört. Ich habe weit wichtigere Dinge im Kopf, und nichts davon hat etwas mit dem Tod zu tun. Es sind alles Dinge des Lebens.« Er ergriff ihre Finger und küßte sie. »Weißt du, ich dachte nicht, daß die Narbe dich so aufregen würde. Es gibt Frauen, die hätten sich schockiert und voller Abscheu abgewandt. Aber irgendwie dachte ich, daß du dich davon nicht vertreiben lassen würdest. Du bist eine höchst ungewöhnliche Frau, Victoria.«

»Nicht wirklich, aber ich –« Als sie endlich den Rest seines Körpers bemerkte, brach sie ab. »Oh.« Victoria starrte ihn fasziniert an. Er war hart und geschwollen, in einem Zustand höchster Erregung, und seine Männlichkeit erschien der unerfahrenen jungen Frau überwältigend.

»Nun, zumindest denkst du nicht mehr an diese verdammte Narbe«, bemerkte Lucas trocken, während er die Reithosen über einen Stuhl hängte.

»Du bist sehr ...« Ihre Zunge war wie gelähmt. Sie befeuchtete ihre Lippen und versuchte es erneut. »Sie sind prachtvoll, Graf. Tatsächlich recht groß. Größer, als ich es mir vorgestellt habe.« Sie spürte, wie sie errötete, als er eine Braue hochzog.

»Nicht, daß ich genau gewußt hätte, wie es sein würde, aber ich bin... das heißt, ich habe einfach nicht so viel erwartet.«

Lucas gab einen Laut von sich, halb Lachen, halb Stöhnen, als er sich neben sie setzte und unter die Decken glitt. »Vicky, meine Liebe, du bist so erfrischend ehrlich in den erstaunlichsten Momenten. Gott, du bist einfach süß. Ich frage mich, wie ich so lange warten konnte, dich endlich so nahe bei mir zu haben.«

Er zog sie an sich, und seine Hand umfaßte ihr Gesäß, um sie gegen seine starken Schenkel zu pressen. Er streckte den Fuß aus und spreizte sanft ihre Beine, die sie unbewußt zusammengepreßt hatte. Victorias Vorsatz, sich vollkommen zu entspannen, endete damit, daß sie die Knie noch enger zusammenhielt.

Lucas lächelte höchst sinnlich. »Ich muß dir sagen, mein Herz, daß dieser Teil unserer wissenschaftlichen Studie nicht viel weiter gehen kann, wenn du deine Knie weiterhin so zusammenkneifst.«

Dieser Kommentar erheiterte Victoria trotz ihrer Nervosität. Sie schlang ihre Arme um seinen Hals und lächelte ihn an. »Tatsächlich, Graf? Darauf wäre ich nie gekommen. Ich verlasse mich wohl besser darauf, daß Sie mich bezüglich der kleinen Details unseres Experiments auf dem laufenden halten.«

»Gut, hier ist eine Kleinigkeit, die auf keinen Fall vernachlässigt werden darf.« Er neigte seinen Kopf und sog zärtlich an einer ihrer Brustwarzen.

»Lucas.« Victoria schnappte nach Luft und schloß die Augen angesichts der Erregung, die sie durchflutete. Instinktiv spannte sie sich an, so daß er sie besser in den Mund nehmen konnte.

Lucas entzückte sie, und während sie noch von den Gefühlen umnebelt war, die in ihr wogten, spürte sie, wie sich sein Bein mühelos zwischen ihre Schenkel schob. Dieses Mal leistete sie keinerlei Widerstand, sondern öffnete sich bereitwillig seiner Berührung.

»So weich. So süß und weich und einladend.« Lucas' Stimme war rauh vor Leidenschaft. Seine langen, geschmeidigen Finger glitten über sie hinweg, forschend, suchend, erregend, genau wie er es versprochen hatte.

Die köstlichen Gefühle, die sich in ihr und um sie herum entfalteten, ließen Victoria kühner werden. Als sie seine Schulter streichelte und dann die Linie seiner Wirbelsäule bis zu seinen Hüften hinabfuhr, wurde sie von Lucas mit dunklen, hitzigen Worten ermutigt.

»Du fühlst dich so gut an, Vicky. Deine Berührung ist anders als alles, was ich bisher erlebt habe.«

Er rieb sich leicht an ihrem Schenkel und ließ sie die Stärke seiner Männlichkeit spüren, ohne sie jedoch zu zwingen, ihn schon in sich aufzunehmen.

Ohne nachzudenken ließ Victoria ihre Fingerspitze über die breite Spitze seines prallen Schwanzes gleiten. Sie keuchte ein wenig, zog jedoch die Hand zurück, als sie Feuchtigkeit spürte.

»Bitte«, stöhnte Lucas an ihrer Brust. »Mach das noch einmal.« Er warf sich erneut in ihre Hand und bat stumm um Zärtlichkeit.

Dieses Mal streichelte Victoria ihn vorsichtig mit zitternden Fingern, und sein tiefes Stöhnen erfüllte sie mit Freude. Sie entdeckte, daß es ihr gefiel, eine solche Wirkung auf ihn zu haben.

Langsam schob er sich über sie und ließ sich zwischen ihren Beinen nieder. Sie spürte, wie er ihre Knie anhob, bis sie sich ihm vollständig öffnete. Dann senkte er den Kopf und küßte sie.

»Heb dein Becken an«, drängte er.

Sie atmete tief ein und tat wie ihr befohlen. Er war bereit und wartete auf sie. Als er begann, in sie einzudringen, zog sie sich sofort zurück. Er war sehr groß und fest. Er war überhaupt nicht nachgiebig. Sie öffnete die Augen und sah in sein starres Gesicht.

»Ich bin mir keineswegs sicher, daß es funktionieren wird«, sagte sie kritisch.

»Es wird funktionieren. Laß dir Zeit, Liebling. Wir haben noch Stunden Zeit.« Er küßte ihren Hals und saugte zärtlich an ihrem Ohr. »Obgleich ich recht sicher bin, daß ich nicht mehr stundenlang warten kann, bis ich dir zeige, daß wir in der Tat sehr gut zusammenpassen. Wenn ich mich noch so lange zurückhalten würde, könntest du mich morgen früh in die Irrenanstalt einliefern.«

Bei der Vorstellung mußte sie nervös lachen, doch gerade, als sie zu kichern begann, ließ er seine Hand über ihren Bauch gleiten und teilte mit einem seiner Finger die vollen Blütenblätter zwischen ihren Beinen. Victorias leichtes Kichern wandelte sich in atemloses Keuchen.

Dann tat er all die Dinge, die er in der Nacht in der Kutsche getan hatte, die Dinge, die sie schnell erzittern und in seine Schulter schreien lassen würden. Erregung tobte in ihr und verwandelte sie in ein wildes, sich windendes Geschöpf aus Licht und Energie.

Als der Sturm in ihrem Inneren loszubrechen drohte, klammerte Victoria sich an Lucas, grub ihre Nägel in seine Schultern und preßte ihre Hüften impulsiv gegen seine Hand. Ihre Bitte um Zärtlichkeit äußerte sich zunächst durch kleine, verzweifelte, bettelnde Schreie äußerster Verzückung, die sich schließlich in heftiges, weibliches Drängen nach Erlösung wandelten.

»Willst du mich jetzt, Schatz?« Lucas öffnete sie mit seinen Fingern und ließ sie erneut die breite Spitze seiner Männlichkeit spüren.

Dieses Mal zog sie sich nicht zurück. »*Ja.* Oh, gütiger Gott, ja, mein Liebling.«

Er stöhnte, und sein ganzer Körper straffte sich in dem Versuch, die Kontrolle über sich nicht zu verlieren. Langsam drang er in sie ein.

Victoria fuhr zusammen, da sie auf die Heftigkeit seines Eindringens nicht vorbereitet war. Ein Großteil der verwirrenden Erregung, die sie verspürt hatte, verflog, als der Druck zunahm. Doch sie weigerte sich, jetzt aufzuhören. Sie war so weit gekommen, und es war klar, daß Lucas am Ende seiner Kräfte war. Sie konnte ihm nicht die Entspannung verweigern, die er ihr einst so großzügig gewährt hatte. Sie verstärkte den Griff um seinen Arm und spannte sich an.

»Entspann dich, Liebling, dies soll kein Martyrium sein«, flüsterte Lucas.

»Es tut mir leid. Bitte, Lucas, mach weiter. Ich bin in Ordnung.«

»Ich will, daß du mehr bist als nur in Ordnung.« Sein Mund schloß sich um den ihren, und er zog sich aus ihr zurück. Erneut drängte er seine Hand zwischen ihre Körper.

Er ließ seine Finger spielen, indem er erst den einen und dann den anderen in sie schob und sie sanft streichelte, um den süßen, heißen Honig abzustreifen. Bald wurde sie erneut von sinnlicher Leidenschaft ergriffen.

Dieses Mal wartete er, bis sie sich unter ihm wand und straffte, bis ihr Kopf über seinem Arm nach hinten fiel, bis sie aufschrie, bis sie begann, sich sanft zusammenzuziehen und sich so leidenschaftlich an ihm festklammerte, daß sie kleine Kratzspuren auf seiner Haut hinterließ.

Erst da drang Lucas mit ganzer Kraft in sie ein, mit einem langen, unnachgiebigen Stoß, der sie vollkommen erfüllte.

Er trank den letzten ihrer kleinen erlösten und zugleich erotischen Schreie, als er selbst im Höhepunkt erschauderte.

9

Langsam erwachte Victoria, als sie feststellte, daß das endlose Pochen, das sie vernahm, daher rührte, daß jemand heftig gegen die Tür klopfte. Doch das ergab keinen Sinn. Nan würde es nicht im Traum einfallen, so unhöflich zu sein, und niemand anderes im Haus außer ihrer Tante nähme sich die Freiheit heraus, sie so früh am Morgen zu belästigen.

Doch dies war kein gewöhnlicher Morgen. Dies war der Morgen nach...

Victoria riß die Augen auf, als ihr zu Bewußtsein kam, was geschehen war, und wo sie sich befand. Erleichterung durchströmte sie, als sie sah, daß es draußen noch dunkel war. Sie und Lucas waren in Sicherheit. Sie hatten genug Zeit, um vor Morgengrauen zurück auf den Ball zu gelangen. Dann bemerkte sie, daß sie allein im Bett lag.

Plötzlich richtete sie sich auf und zerrte die Decke bis an ihren Hals, als sie sah, daß Lucas am Fußende des Bettes eilig in seine Reithosen stieg. Er fluchte leise, griff nach seinem Hemd und begab sich barfuß zur Tür.

»Lucas, nein, *warte*, ich habe das schreckliche Gefühl, daß du die Tür nicht öffnen solltest.«

Aber es war zu spät. Lucas hatte die Tür bereits aufgerissen und setzte dazu an, denjenigen, der da draußen stand, wüst zu beschimpfen.

»Was zum Teufel soll diese Störung bedeuten? Meine Frau und ich versuchen zu schlafen.« Es gab eine entsetzliche Pause, und dann fuhr Lucas mit schrecklichem Ernst fort. »Ich bitte um Verzeihung, Lady Nettleship. Es lag sicherlich nicht in meiner Absicht, Sie anzuschreien. Entschuldigen Sie. Um die Wahrheit zu sagen, Sie sind die letzte Person, die zu sehen ich heute nacht erwartet hätte.«

»Ja«, sagte Lady Nettleship frostig. »Das kann ich mir denken.«

Victoria schloß die Augen und senkte die Stirn auf ihre angezogenen Knie, als ihr das Ausmaß der Katastrophe bewußt wurde.

»Wenn Sie mir ein paar Minuten Zeit lassen, damit ich mich ankleiden kann, werde ich zu Ihnen hinunterkommen. Unter den gegebenen Umständen erwarten Sie gewiß ein paar Erklärungen.«

»Da haben Sie vollkommen recht, Sir. Aber Sie werden meine

Fragen beantworten, bevor ich hinuntergehe. Ist meine Nichte wohlauf?«

»Victoria geht es gut, Madam. Ich gebe Ihnen mein Wort.«

»Beeilen Sie sich. Es dämmert zwar noch nicht, aber wir haben nicht mehr viel Zeit. Wir müssen Entscheidungen treffen und sofort handeln, wie Ihnen sicher bewußt ist.«

»Ich verstehe. Ich werde in ein paar Minuten bei Ihnen sein. Wir können miteinander sprechen, während Victoria sich ankleidet.«

Lucas schloß ruhig die Tür und wandte sich langsam dem Bett zu. In dem trüben Licht des schwelenden Feuers glich sein Gesicht einer undurchdringlichen Maske. »Es tut mir leid, Vicky. Wie du sicher festgestellt hast, haben wir ein Problem.«

»Gütiger Himmel, was sollen wir tun?« Sie schien ihre Gedanken nicht mehr ordnen zu können. Es war, als schwämme sie in einem Meer von Chaos.

»Wir werden natürlich tun, was zu tun ist.« Er setzte sich auf einen Stuhl und griff nach seinen Stiefeln. Dann kleidete er sich mit den raschen und sicheren Bewegungen eines Soldaten zu Ende an.

Victoria sah Lucas sprachlos an. »Ich verstehe das nicht. Weshalb ist meine Tante hier? Wie konnte sie etwas von uns in diesem Gasthaus wissen? Ich selbst wußte nicht einmal, wohin du mich führen würdest. Lucas, das ergibt alles keinen Sinn.«

Er ging hinüber zum Bett und sah mit grimmiger Miene zu ihr herab. »Ich habe keine Ahnung, was deine Tante hier macht oder wie sie herausgefunden hat, was wir heute nacht vorhatten. Ich versichere dir, daß ich fest entschlossen bin, das herauszufinden. Aber im Grunde macht es keinen Unterschied, Vicky. Das wirst du sicher verstehen. Wir beide wußten von Anfang an, daß wir mit dieser Art von Beziehung gewisse Risiken eingehen würden. Man hat uns ertappt, und nun gibt es kein Zurück mehr. Wir müssen mit der Situation umgehen, wie sie nun einmal ist.«

Sie umschlang ihre Knie und sah zu ihm auf. In ihren Augen

lag Unsicherheit und aufsteigende Angst. »Du klingst so soldatenmäßig, wenn du über all das sprichst. Und du siehst aus wie ein Soldat, der sich auf eine Schlacht vorbereitet. Du machst mir Angst, Lucas.«

Einen Augenblick lang, während er sich vorbeugte und ihr Gesicht mit beiden Händen umfaßte, wurde sein Blick weich. »Ich wollte nicht, daß es so kommt. Doch nun sind die Würfel gefallen, und ich kann dich nur bitten, mir zu vertrauen. Ich werde mich um dich kümmern, Victoria. Das schwöre ich bei meiner Ehre.«

Bevor sie noch über eine Antwort nachdenken konnte, war er aus der Tür gegangen, und stieg die Treppe hinunter. Ein paar Minuten saß Victoria unbeweglich da, und dann, ganz langsam, schob sie die Decken zurück und stieg aus dem Bett.

Als sie aufstand, stellte sie betrübt fest, daß sie Schmerzen an Stellen verspürte, an denen sie nie zuvor in ihrem Leben etwas gehabt hatte. Sie hätte viel darum gegeben, jetzt in einem heißen Bad entspannen zu dürfen. Doch das war unmöglich.

Sie spürte das ungewohnte Gewicht des Amuletts um ihren Hals und griff nach den Bernsteinfiguren, als seien sie ein Talisman.

Wie silberne Regenfäden durchzogen die Erinnerungen an die Nacht ihre Gedanken, während sie sich zu dem Stuhl hinüberbewegte, auf dem ihre Kleider lagen. Sie kämpfte sich in ihre Petticoats und das Kleid, ohne auch nur annähernd soviel Geschick an den Tag zu legen wie Lucas, als er sich angekleidet hatte. Nie zuvor hatte sie versucht, ohne die Hilfe ihrer Zofe in ein Ballkleid zu kommen. Es war nicht einfach.

Später, als sie sich in ihren Umhang gehüllt hatte, atmete Victoria tief durch und begab sich hinunter. Ein besorgt aussehender Wirt, der anscheinend gerade unsanft aus dem Schlaf gerissen worden war, führte sie in eines der Privatzimmer.

Victoria trat durch die Tür und spürte sofort die Spannung im Raum. Lucas stand neben dem Ofen, eine Hand auf den Sims gestützt, einen Fuß auf einem Holzklotz. Lady Nettleship saß auf einem Stuhl am Tisch. Sie sahen beide zur Tür, als Victoria hereinkam.

»Anscheinend hat man mich in den falschen Raum geführt«, sagte sie sarkastisch. »Ich bin wohl auf einer Beerdigung gelandet.«

»Ich hoffe, du wirst das anders sehen, wenn erst einmal alles gesagt und getan worden ist«, bemerkte Tante Cleo. »Setz dich, Victoria.«

Es war lange her, daß ihre Tante in einem solchen Ton mit ihr gesprochen hatte. Victoria nahm Platz. Ihr Blick suchte Lucas, doch seine Augen waren stumm. Er hatte diesen Anschein fester Entschlossenheit, bei dem sie immer ein Gefühl des Unbehagens verspürte.

»Nun denn«, sagte Cleo, als würde sie die Mitglieder einer Versammlung ihrer Gesellschaft für die Erforschung von Naturgeschichte und Gartenbau zur Ordnung rufen. »Lucas und ich haben bereits darüber gesprochen, was zu tun ist. Er ist durchaus bereit, das Angemessene zu tun, und du wirst, wie ich annehme, ebenfalls bereit sein, den Preis für diese Indiskretion zu zahlen. Wir können als erstes morgen früh eine Sonderheiratserlaubnis einholen. Ich werde als Trauzeugin fungieren, so daß alle wissen, daß die Heirat mit meinem Segen geschlossen wird.«

Heirat. Victoria ballte die Fäuste in ihrem Schoß. Die ganze Zeit über, während sie sich oben in ihre Kleider gekämpft hatte, hatte sie sich geweigert, darüber nachzudenken, was als nächstes passieren würde. Verzweifelt versuchte sie, sich zu beruhigen und logisch zu denken.

»Es besteht keinerlei Notwendigkeit, daß einer von uns überreagiert«, sagte sie vorsichtig. »Es tut mir leid, daß du uns entdeckt hast, Tante Cleo, aber wenn du die einzige bist, die über die Geschehnisse dieser Nacht Bescheid weiß, können wir doch leicht alles vertuschen.«

»Ich habe dich nicht erzogen, damit du dich jetzt wie eine

Närrin aufführst, Vicky. Die Tatsache allein, daß ich dich und Lucas hier zusammen entdeckt habe, beweist, daß noch jemand davon weiß. Wie denkst du, habe ich es herausgefunden?«

Victoria schloß kurz die Augen. »Ja, natürlich. Wie dumm von mir. Verzeih mir, Tante Cleo, aber wie hast du es herausgefunden?«

»Ich hatte gerade mein Dinner beendet, als ein Bote zum Landhaus meiner Freunde kam«, sagte Cleo kühl. »Die Nachricht war nicht unterschrieben und besagte lediglich, daß es mich gewiß interessieren würde zu erfahren, daß meine Nichte mit einem Mann, den ich als Freund kennen würde, hier in diesem Gasthaus sei. Natürlich bin ich sofort hierher gekommen.«

»Natürlich.« Victoria sah hinüber zu Lucas. *Heirat*, wiederholte sie stumm. Heirat mit dem Mann, den sie liebte. Es war nicht das, was sie sich ausgesucht hätte, aber wenn sie jetzt so überlegte, erschien ihr diese Vorstellung gar nicht so schrecklich.

Tatsächlich hatte diese Lösung eindeutig gewisse Vorzüge. Sie müßte ihre Beziehung nicht länger geheim halten. Sie könnten frei etwas gemeinsam unternehmen. Sie könnten jede Nacht nebeneinander schlafen. Nein, eine Heirat erschien ihr gar nicht mehr so schrecklich. »Es wird eine gewisse Zeit dauern, bis wir eine Sonderheiratserlaubnis bekommen«, sagte sie.

Lucas erwiderte ihren Blick. »Ich habe eine in der Tasche. Ich trage sie bereits seit ein paar Tagen mit mir herum.«

Überrascht sah sie auf. »Tatsächlich? Aber weshalb in aller Welt solltest du so etwas bei dir haben?«

»Für genau so einen Notfall natürlich. Weshalb sonst? Das Risiko, entdeckt zu werden, bestand seit dem Augenblick, in dem wir uns begegneten, und außerdem gab es noch andere Risiken. Für den Fall, daß das Unvermeidliche eintrat, wollte ich vorbereitet sein, um den Schaden soweit wie möglich zu begrenzen.«

Er lächelte flüchtig. »Ich habe bereits vor langer Zeit gelernt, daß es klug ist, im Falle eines Rückschlags immer etwas in Reserve zu haben.«

»Das Soldatenhirn arbeitet mal wieder.« In unfreiwilliger Bewunderung seines strategischen Vorgehens schüttelte Victoria den Kopf. »Außer mir scheinen alle die Möglichkeit einer Katastrophe bedacht zu haben.«

Cleo bedachte sie mit einem seltsam mitleidigen Blick. »Ich muß zugeben, Victoria, daß es mich überrascht zu sehen, wie unbedacht du dich in eine solche Situation hineinmanövriert hast. Es stimmt, du hast bereits auf die verschiedensten Arten Unschicklichkeiten begangen, doch in deinem Umgang mit Männern warst du immer sehr vorsichtig. Wie in aller Welt konntest du dich –« Sie brach abrupt ab und blickte auf Lucas. »Egal. Ich denke, ich kenne die Antwort auf diese Frage. Auf jeden Fall nützt es nichts, zurückzublicken. Wir müssen der Zukunft ins Auge sehen.«

»Wir können uns in keiner Richtung bewegen«, bemerkte Lucas ruhig, »bis Victoria ihre Entscheidung getroffen hat. Sie ist kein Kind mehr. Niemand kann sie zu einer Heirat zwingen. Ich habe sie bereits um ihre Hand gebeten, und es wäre mir eine Ehre, wenn sie meinen Antrag annehmen würde, aber ich werde sie nicht dazu zwingen.«

»Nun, Victoria?« Cleo sah sie ernst an. »Lucas ist offensichtlich bereit zu tun, was getan werden muß. Wie steht es mit dir?«

Victoria sah Lucas an, wobei sich Liebe, Verlangen, Schuld und Unsicherheit zu einem Kloß in ihrem Magen verdichteten. Es war alles ihre Schuld, und sie wußte es. Lucas befand sich nur in dieser Lage, weil er ihren Wünschen wider besseren Wissens nachgekommen war.

Sie hatte nicht nur ihren eigenen Ruf und die gesellschaftliche Stellung ihrer Tante aufs Spiel gesetzt, sondern ebenso Lucas' Ehre und Position gefährdet.

»Die Schuld trage allein ich«, sagte Victoria, während sie auf ihre geballten Fäuste starrte. »Wenn Lord Stonevale mir die Ehre zuteil werden läßt, mich zu seiner Frau machen zu wollen, so werde ich dieses Angebot dankbar annehmen.«

Ihren Worten folgte angespannte Stille. Als Victoria erneut aufsah, stellte sie fest, daß ihre Tante etwas gelassener wirkte, doch sie hatte nur Augen für Lucas, der sie intensiv ansah.

Ohne ein Wort verließ er seinen Platz neben dem Ofen und näherte sich ihr. Sanft zog er sie von ihrem Stuhl hoch. »Es ist mir eine Ehre. Danke, Vicky. Ich gebe dir mein Wort, daß ich versuchen werde, dich glücklich zu machen.«

Sie lächelte, und ein Großteil der Spannung, die sie verspürt hatte, löste sich bei der Berührung seiner Hände auf. Sie liebte ihn, und er mochte sie offensichtlich sehr gern. »Die Ehe schien mir immer ein schlimmeres Schicksal als der Tod zu sein, aber ich denke, mit Ihnen werde ich die ganze Sache in einem anderen Licht sehen, Graf.«

Lucas grinste, und seine Augen strahlten vor Zufriedenheit. Er küßte sie schnell besitzergreifend auf die Nasenspitze und wandte sich Cleo zu. »Nun gut, Madam, das Schlimmste ist überstanden. Die junge Dame hat sich in ihr Schicksal ergeben. Jetzt müssen wir schnell und umsichtig handeln.«

Cleo zog die Brauen hoch. »Irgendwie habe ich bereits den Eindruck gewonnen, daß Sie dafür Sorge tragen, Stonevale. Ich überlasse alles Ihnen.«

Ein paar Stunden später mußte Victoria amüsiert eingestehen, daß sich die Vermutung ihrer Tante als vollkommen richtig erwiesen hatte. Die Dinge hatten sich mit einer erstaunlichen Geschwindigkeit entwickelt, und sie und Lucas waren am frühen Morgen getraut worden. Im Haushalt ihrer Tante herrschte helle Aufregung, während Victorias Taschen für die überstürzte Abreise nach Stonevale gepackt wurden. Lucas hatte angeordnet, daß es das Beste für alle Betroffenen sei, wenn sie aufs Land führen, und Tante Cleo hatte ihm zugestimmt.

»Wir werden allen erzählen, daß wegen deines fortgeschrittenen Alters keiner von euch beiden eine förmliche Hochzeitsfeier wünschte«, hatte Cleo Victoria erklärt, als sie Lucas' Pläne erläuterte. Lucas selbst war nicht da. Er hatte sich sofort nach der kurzen Zeremonie entschuldigt, da er in seine eigene Stadtwohnung wollte, um alles für die Abreise vorzubereiten.

Wegen des »fortgeschrittenen Alters« hatte Victoria zwar die Nase gerümpft, doch die Richtigkeit des Arguments konnte sie nicht in Frage stellen. Es war eine dürftige Entschuldigung für eine derart überstürzte Hochzeit, doch mehr hatten sie nicht. Es würde gewiß eine Menge Gerede geben.

»Außerdem werden wir verbreiten, daß Lucas Nachricht von Angelegenheiten erhalten hat, die seine sofortige Anwesenheit in Stonevale erfordern. Ihr beide werdet die Stadt heute nachmittag verlassen und eure Hochzeitsreise auf seinen Gütern verleben, während er sich um seine Ländereien kümmert. Mit ein wenig Glück werdet ihr beide aus der Stadt sein, bevor irgend jemand anfängt, Fragen zu stellen. Wenn ihr in ein paar Wochen zurückkommt, ist eure Eheschließung eine vollendete Tatsache, und der Klatsch wird sich bereits um andere Dinge drehen«, erklärte Cleo.

Victoria hatte in ergebener Zustimmung genickt. Je mehr sie sich an die Vorstellung, mit Lucas Mallory Colebrook verheiratet zu sein, gewöhnte, um so weniger belastete sie der Gedanke. Im Gegenteil, er war durchaus reizvoll. Während sie zusah, wie ihr Gepäck die Eingangshalle füllte, begann sie, die ganze Angelegenheit als großes Abenteuer zu betrachten, aufregender noch als ihre nächtlichen Ausflüge.

Eine Stunde später kam der Schock, als Rathbone verkündete, Lady Jessica Atherton stehe vor der Tür.

»Sie besucht uns höchst selten. Also muß sie von der Hochzeit erfahren haben. Aber wie ist das möglich?« fragte Victoria ihre Tante entsetzt.

Cleo schnaubte wütend. »Ich brauche dir sicherlich nicht zu erklären, daß Gerüchte London ebenso schnell durchqueren wie die Themse. Es war lediglich eine Frage der Zeit, bis Jessica Atherton und alle anderen es herausgefunden haben würden. Ich hatte jedoch ein bißchen mehr Zeit erhofft. Komm, Victoria, so schlimm kann es nicht werden. Schließlich würde sie uns wohl kaum einen Besuch abstatten, wenn sie uns den Hals abschneiden wollte, oder?« Cleo wandte sich zur Tür des Salons.

Jessica Atherton glitt geräuschlos in den Raum, in einen Traum aus zartem Lavendel gehüllt, ihr huldvolles, herablassendes Lächeln auf den Lippen. Sie ging geradewegs auf Cleo zu und ergriff ihre Hände in einer Geste tiefster Zuneigung und äußersten Verständnisses.

»Cleo, meine Liebe, es tat mir so leid, als ich von dieser etwas überstürzten Angelegenheit erfuhr. Ich wußte, wie Sie sich fühlen würden, also kam ich sofort, als ich davon hörte.«

»Sehr freundlich von Ihnen, Jessica. Bitte nehmen Sie Platz.« Cleo zeigte auf einen Stuhl und warf Victoria einen tadelnden Blick zu, als diese mit den Augen rollte. »Wie haben Sie denn von Victorias Heirat erfahren?«

»Nun, die Neuigkeit hat sich natürlich in Windeseile in der ganzen Stadt verbreitet.« Jessica bedachte Victoria mit einem mitleidigen Lächeln. »Sie waren immer so impulsiv, Vicky. Es wäre wesentlich klüger gewesen, einen angemesseneren Rahmen zu wählen, doch niemand kann leugnen, daß diese Heirat sowohl für Sie als auch für Lucas von Vorteil ist, und ich möchte Ihnen von Herzen gratulieren.«

Victoria rang sich ein dankbares Lächeln ab. Das Problem mit Jessica bestand darin, daß man beständig das Gefühl hatte, ihr zu Dankbarkeit verpflichtet zu sein. Es war äußerst ermüdend. »Danke, Jessica.«

Jessica machte es sich auf ihrem Stuhl bequem. »Gern geschehen. Versuchen Sie, sich nicht allzu viele Gedanken über den Klatsch zu machen. Selbstverständlich wird es Gerede geben, aber das legt sich mit der Zeit. Wie Sie an meinem Besuch sehen, habe ich bereits erste Schritte unternommen, um Ihnen Peinlichkeiten zu ersparen. Nur wenige werden es wagen, laut ihre Mißbilligung zu äußern, wenn sie erfahren, daß ich heute zu Ihnen gekommen bin, um der Heirat meinen Segen zu geben.«

Cleo hob die Brauen. »Sie haben vollkommen recht, Jessica. Wie aufmerksam von Ihnen, sich so schnell für Victoria zu engagieren.«

»Wie Sie wissen, ist Lucas ein alter Freund, und das mindeste, was ich tun kann, ist, seiner Braut das Gefühl zu geben, willkommen zu sein.« Jessica tätschelte Victorias Hand.

»Meine Tante hat recht«, gelang es Victoria zu sagen. »Sie sind sehr aufmerksam, Jessica.«

Jessicas Lächeln war das einer Heiligen. »Lady Nettleship, ich habe schon viel von Ihrem beeindruckenden Gewächshaus gehört. Ich frage mich, ob Victoria es mir wohl zeigen würde, da ich einmal hier bin.«

»Aber selbstverständlich. Führe Jessica doch einmal durch das Gewächshaus, Vicky«, sagte Cleo schnell, offensichtlich erleichtert, die Rolle der Gastgeberin loszuwerden. »Ich bin sicher, daß Jessica Gefallen an den neuen Rosen aus China finden wird.«

Victoria erhob sich, wobei sie versuchte, ihren Widerwillen zu verbergen. Als sie jedoch Jessica Atherton durch die Eingangshalle in Richtung des Gewächshauses führte, schalt sie sich selbst ob ihrer Flegelhaftigkeit. Jessica bemühte sich, ihr und Lucas einen Gefallen zu erweisen. Das mindeste, was sie tun konnte, war, sich der Frau gegenüber dankbar zu zeigen.

»Was für eine reizende Pflanzensammlung«, sagte Jessica, als sie den gläsernen Raum betraten. »Höchst bemerkenswert.«

Sie ging einen der Wege hinab, wobei sie hier und da stehenblieb, um einige kleinere Blumen zu betrachten. Victoria folgte ihr und gab flüchtige Kommentare zu den verschiedenen Rosen und Irissorten, die Jessica beifällig ansah.

Als sie jedoch am anderen Ende des Raumes angelangt waren, stellte Victoria fest, daß Jessica den Pflanzen immer weniger Beachtung schenkte. In der Tat hatte sich Jessicas Gesichtsausdruck deutlich verändert.

Victoria unterdrückte ein ärgerliches Stöhnen, als ihr dämmerte, daß Jessica um die Führung gebeten hatte, um mit ihr ein paar Worte unter vier Augen wechseln zu können.

Abrupt blieb Jessica neben einer blutroten Tulpe stehen. Sie schien sich sammeln zu müssen. Als sie sprach, tat sie dies mit einer sanften, drängenden Stimme. »Sie werden ihm eine gute Frau sein, ja, Vicky?« Sie sah Victoria nicht an, sondern tat so, als betrachte sie die Tulpe. »Er hat eine gute Frau verdient.«

Victorias erste Reaktion auf diese impertinente, allzu persönliche Frage war Verärgerung. Sie schluckte ihren Unmut jedoch hinunter. Jessica meinte es gut, und es war deutlich, daß sie sich um Lucas sorgte. »Ich versichere Ihnen, ich werde mein möglichstes tun, Jessica.«

»Ja, ich bin sicher, daß Sie Ihr Bestes tun werden. Es ist nur so, daß Sie kaum sein Typ sind. Ich wußte es von Anfang an, aber er bestand darauf, daß Sie die geeignete Person seien.«

»Welchen Typ bevorzugt er denn Ihrer Meinung nach, Jessica?«

Einen Moment lang schloß Jessica die Augen. »Eine Frau, die seinen Haushalt auf angemessene Weise führt. Eine Frau, die ihm einen Erben schenkt und sicherstellt, daß seine Kinder standesgemäß erzogen werden. Eine wohlerzogene Frau, die ihre Pflicht kennt und diese klaglos erfüllt. Eine Frau, die bestrebt ist, sein Leben auf jede Weise angenehm zu gestalten. Eine, die ihn nicht mit dummen Forderungen plagt oder ihm Anlaß zu Verärgerung oder Peinlichkeiten gibt. Wissen Sie, Lucas ist ein äußerst stolzer Mann.«

Victoria mahnte sich erneut zu Geduld. »Ich versichere Ihnen nochmals, daß ich mein Bestes tun werde. Auf jeden Fall scheint er mit dem Geschäft recht zufrieden zu sein.«

»Ja, er hat seine Entscheidung gefällt. Lucas ist ein Mann, der weiß, was er will, und der entsprechend handelt. Er ist sich der Verantwortung bewußt, die ihm mit seinem Titel zugefallen ist. Er sagte mir, diese Heirat würde ihm sehr gelegen kommen, und ich bete, daß er recht hat.«

»Lucas hat mit Ihnen bereits über unsere Hochzeit gesprochen, Jessica?« Plötzlich schenkte Victoria dieser aufreibenden Besucherin ihre ganze Aufmerksamkeit.

»Natürlich. Lucas hatte das Gefühl, daß er sich mir gleich zu Beginn anvertrauen konnte. Wie ich bereits sagte, kennen wir uns seit mehreren Jahren. Wir verstehen uns.« Graziös ließ Jessica ihre Finger über ein langes Blatt gleiten. »Der liebe Lucas. Ich weiß, daß ich ihn furchtbar verletzt habe, als ich gezwungen war, seinen Heiratsantrag vor vier Jahren abzulehnen. Doch als er vor ein paar Monaten in die gleiche Situation geriet, verstand er schließlich, weshalb ich es getan hatte. Er spürte, daß er sich mir anvertrauen konnte.«

Victoria schluckte. »Ich wußte nicht...«

»Lucas hat ein ausgeprägteres Pflichtgefühl als die meisten Männer, und er weiß jetzt, daß ich nur tat, was ich tun mußte, als ich Lord Athertons Heiratsantrag statt seinen annahm. Die Ehe ist schließlich eine Sache der Pflichterfüllung, und man geht sie aus praktischen Erwägungen ein. Man tut, was man muß.«

Victoria erschauderte. »Mir war nicht bewußt, daß Sie und Lucas sich so gut kennen«, gelang es ihr endlich zu sagen.

»Wir kennen uns in der Tat sehr gut.« Ein feuchter Glanz erschien auf Jessicas dunklen Wimpern. Die Träne, die auf die Rosenblüte fiel, glitzerte wie ein Tautropfen. »Sie können sich nicht vorstellen, wie schwer es für mich war, als er mich nach so langer Zeit aufsuchte, um mir mitzuteilen, daß er den Titel seines Onkels geerbt habe und eine geeignete Frau brauche.«

Victoria starrte auf Jessicas zartes Profil und sah, wie eine zweite Träne auf die Blüte tropfte. »Eine geeignete Frau«, hallten die Worte wie ein Echo in ihr wider. Selbst in ihren eigenen Ohren klang es dumm.

»Er bat mich, ihn in die gesellschaftlichen Kreise einzuführen, in denen er eine Frau kennenlernen konnte, die seinen Ansprüchen gerecht wurde.«

»Wie hat Lucas diese Frau beschrieben?« fragte Victoria mit trockenem Mund.

»Nun, zunächst mußte sie reich sein.«

»Reich.« Victoria wurde schwindlig.

»Ich bin sicher, daß Sie inzwischen festgestellt haben, daß das Gerücht über den heimlichen Reichtum seines Onkels Unsinn ist. Ich selbst habe die Geschichte in Umlauf gebracht, da die Leute nichts von Lucas' wahren finanziellen Verhältnissen erfahren sollten.«

Victoria versteifte sich. »Ja, natürlich. Wie klug von Ihnen.«

»Ich habe mein möglichstes getan«, sagte Jessica mit tragischem Stolz. »Ich konnte ihm meine Hilfe nicht verweigern, nicht nach dem, was wir einander einst bedeuteten. Doch ich muß zugeben, daß es mir manchmal schwerfiel zuzusehen, wie er Ihnen den Hof machte.«

»Das kann ich mir vorstellen.« Victoria hatte das Bedürfnis, einen Blumentopf durch die Glaswand des Gewächshauses zu werfen.

»Als ich heute morgen hörte, daß Sie und Lucas so überstürzt geheiratet haben, war ich fast erleichtert. Ich weiß, daß Lucas diese Heirat braucht, wenn er seine Güter retten will, und es ist sowohl für ihn als auch für mich einfacher, wenn die ganze Angelegenheit so schnell wie möglich erledigt ist.«

»Und was ist mit mir, Jessica? Haben Sie überhaupt einen einzigen Gedanken an mich verschwendet, als Sie mich mit Lucas bekannt machten?«

Jessica überlegte kurz. »Sie? Worüber könnten Sie sich wohl beschweren? Sie liefen doch Gefahr, den Rest Ihres Lebens als alte Jungfer zu verbringen. Statt dessen sind Sie jetzt Gräfin. Sie sind mit Lucas verheiratet. Was wollen Sie mehr?«

»Vielleicht hätte ich es vorgezogen, daß man mir gestattet, den Rest meines Lebens als alte Jungfer zu verbringen?« Victoria ballte die Fäuste. »Glauben Sie es ruhig, wenn Sie behaupten, daß Sie Lucas lediglich einen Gefallen erweisen wollten, aber belügen

Sie sich nicht hinsichtlich dessen, was Sie mir angetan haben. Ich versichere Ihnen, ich bin keineswegs dankbar für Ihre Einmischung. *Wie konnten Sie mir so etwas Grausames und Herzloses antun?*«

Ohne eine Antwort abzuwarten wirbelte Victoria herum und machte sich auf den Rückweg.

»Vicky, warten Sie, bitte warten Sie. Sie dürfen mir nicht böse sein. Ich dachte, Sie würden es verstehen. Sie sind eine intelligente Frau. Sie sind bekannt für Ihre schnelle Auffassungsgabe. Ich dachte, Sie wüßten, daß es in Anbetracht Ihres Alters vor allem Ihr Vermögen ist, das das Interesse der Männer weckt. Ich meine, weshalb sonst sollte ein Mann um die Hand einer Frau anhalten, die für ihr unziemliches Betragen bekannt ist, einer derart zügellosen Frau, die kein –« Jessica brach ab und blickte sich gehetzt um. »Das heißt, ich nahm an, Sie wären mit dem Handel ebenso zufrieden wie Lucas. Schließlich haben Sie sich einen Grafen geangelt.«

Victoria blieb stehen und wandte sich um. »Und Lucas hat mein Geld. Sie haben vollkommen recht, Jessica. Wir beide haben ein Geschäft gemacht und müssen nun damit leben. Aber Sie haben Ihren Teil erfüllt. Sie brauchen sich nicht länger um unsere Angelegenheiten zu kümmern.«

Jessica starrte sie an, und erneut perlten Tränen aus ihren Wimpern. »Es tut mir leid, wenn Sie nicht zufrieden sind. Aber Sie sind eine Frau, und Sie müssen wissen, daß wir vom Schicksal nicht dazu bestimmt sind, zufrieden zu sein. Nur Schulmädchen träumen davon, aus Liebe zu heiraten. Wir tun alle, was wir tun müssen. Wenn Sie sich nicht dazu überwinden können, Lucas echte Zuneigung entgegenzubringen, denken Sie daran, wie schwer es für ihn ist. Für ihn wird es ebenso schwierig werden wie für Sie. Schließlich braucht er einen Erben.«

»Danke, daß Sie mich an meine ehelichen Pflichten erinnern.«

»Gütiger Himmel, Sie sind wirklich ärgerlich. Sie verstehen mich einfach nicht. Ich dachte, Sie würden begreifen, was ich meine. Victoria, bitte, es tut mir leid. Sie können gar nicht wissen, wie leid.« Jessica war vollkommen in Tränen aufgelöst. Sie suchte verzweifelt nach einem Taschentuch.

Victoria zögerte, hin und her gerissen zwischen Zorn und Mitgefühl, das sie nicht empfinden wollte. Jessicas Tränen waren echt.

Dann, wütend auf sich selbst, aber unfähig, die schluchzende Frau zu ignorieren, machte sie einen Schritt vor und berührte Jessicas Arm.

»Das dürfen Sie sich nicht antun, Jessica. Sie machen sich ja ganz krank. Nehmen Sie sich zusammen. Was geschehen ist, ist nun nicht mehr zu ändern. Ich mache Sie nicht dafür verantwortlich. Ich habe während der ganzen Zeit selbst über mein Schicksal entschieden. Niemanden außer mir selbst trifft irgendeine Schuld.«

Jessica unterdrückte ihre Schluchzer und hing hilflos an Victoria, die ihr zögernd den Arm tätschelte.

»Ich bitte Sie, Victoria, geben Sie nicht Lucas die Schuld. Er tat nur, was er tun mußte.«

Victoria suchte nach einer Antwort, die die schluchzende Frau nicht weiter aufregen würde. Doch da war nichts zu sagen. Die Wahrheit war, daß sie dem Grafen von Stonevale alles Übel der Welt wünschte. Noch während sie sich ihren Rachegedanken hingab, hörte sie die Stimme in der Eingangshalle.

»Vicky? Wo bist du? Deine Tante sagt, du hast dich noch nicht für die Reise umgezogen.« Seine Stiefel hallten auf dem Boden des Gewächshauses, als er nach ihr suchte. Er sah sich kurz um, runzelte ungeduldig die Stirn, und dann traf sein Blick auf Victoria, die die weinende Frau hielt.

Victoria beobachtete kühl, wie Lucas darauf reagierte, zu sehen, wer sich da in den Armen seiner Frau ausweinte.

»Lady Atherton ist gekommen, um uns zu gratulieren, Graf. War das nicht freundlich von ihr unter den gegebenen Umständen? Ich höre, daß Sie beide seit langer Zeit sehr gut befreundet sind, und daß sie Ihnen bei der Suche nach einer reichen Erbin behilflich war. Es scheint, als seien die Gerüchte über das Vermögen Ihres Onkels unbegründet. Nun, wenn Sie mich jetzt entschuldigen wollen, ich glaube, ich lasse Sie beide allein, damit Sie sich verabschieden können. Ich möchte keinesfalls stören.«

Langsam dämmerte es Lucas. Er stand reglos auf dem Weg. »Verdammt, Vicky«, sagte er leise.

Sie lächelte grimmig. »Das entspricht vollkommen meinen Gefühlen.«

Sie befreite sich aus Jessicas Griff, ging um sie herum und begab sich zur Tür. Als sie an die Stelle des Weges gelangte, an der Lucas stand, sah sie wortlos zu ihm auf.

»Wir werden später darüber sprechen«, versprach er knurrend.

»Es scheint nicht mehr viel zu sagen zu geben. Wenn Sie mich jetzt entschuldigen wollen, Graf?«

Zögernd machte er ihr den Weg frei, wobei seine Augen vor unterdrücktem Zorn funkelten. »Zieh dich für die Reise um, Vicky. Ich will so schnell wie möglich abfahren. Wir haben einen langen Weg vor uns.«

Sie würdigte ihn keiner Antwort. Es erforderte all ihre Konzentration, ruhig aus der Tür zu treten, ohne ihm eine der Kakteen an den Kopf zu werfen.

Victoria zitterte vor Wut und Schmerz, als sie endlich ihr Schlafgemach erreichte. Während sie den Raum betrat, sah sie, wie Nan aufgeregt die letzten Kleinigkeiten verstaute.

»Oh, da sind Sie, Ma'am. Ich bin fast fertig. Albert sagt, die letzte Tasche wird gerade in die Kutsche geladen, und die Pferde sind bereit. Sie müssen sich schnell umziehen. Wie ich höre, ist Seine Lordschaft gerade angekommen, und er scheint abreisen zu wollen.«

»Es besteht kein Grund zur Eile, Nan. Ich werde heute nirgendwohin fahren. Sei bitte so gut und laß mich allein, bis ich nach dir schicke.«

Überrascht öffnete Nan den Mund. »Was sagen Sie da, Ma'am? Seine Lordschaft hat bereits strengste Anweisung erteilt, daß wir uns beeilen sollen. Er wird außer sich sein, wenn er erfährt, daß wir hier oben herumtrödeln.«

»Bitte geh, Nan.«

Nan biß sich auf die Lippe. Nur selten hatte sie ihre Herrin in einer solchen Laune gesehen, und es war deutlich, daß sie nicht wußte, was sie tun sollte. Für den Augenblick jedoch zog sie sich zurück. »Würde Ihnen eine Tasse Tee helfen, Ma'am? Wenn Sie sich nicht wohl fühlen, versteht Seine Lordschaft gewiß, wenn Sie eine kurze Teepause möchten.«

»Ich will keinen Tee, sondern meine Ruhe.«

»Oje, wegen dieses Unsinns wird bestimmt der Teufel los sein«, murmelte Nan, als sie zur Tür ging. »Männer sind nicht gerade begeistert, wenn es Verspätungen gibt, besonders wenn sie normalerweise Soldaten herumkommandieren. Sie sind es gewohnt, daß die Leute springen, wenn sie es befehlen.«

Victoria sah, wie sich die Tür hinter ihrer grummelnden Zofe schloß, und dann ging sie langsam zum Fenster. Jessica Athertons elegante Kutsche stand unten auf der Straße. Victoria beobachtete, wie Lucas seine einstige Liebe die Treppe hinunter begleitete und ihr in die Kutsche half. Er befahl dem Kutscher loszufahren, drehte sich um und erklomm grimmig die Stufen zum Haus.

Es überraschte sie nicht, als sie kurz darauf eilige Schritte in der Eingangshalle vor ihrem Zimmer und das unvermeidliche Klopfen vernahm.

»Seine Lordschaft wünscht mit Ihnen zu sprechen, Mylady.« Nans Stimme klang gedämpft durch die geschlossene Tür. »Er sagt, es sei furchtbar dringend.«

Victoria durchquerte den Raum und öffnete die Tür. »Sag Seiner Lordschaft, ich fühle mich unwohl.«

»Oh, bitte, Ma'am, das kann ich ihm nicht sagen. Er ist nicht gerade guter Laune, wirklich.«

»Zum Teufel mit seiner Laune.« Victoria schlug der entsetzten Nan die Tür vor der Nase zu. Dann begab sie sich zurück ans Fenster und sah zu, wie ihr letztes Gepäckstück in der Reisekutsche verschwand, die Cleo dem jungvermählten Paar geliehen hatte.

Als nächstes klopfte Tante Cleo, wer sonst. »Vicky, meine Liebe, öffne sofort die Tür. Was soll dieser Unsinn? Dein Gatte wünscht, ohne Verzögerung abzureisen. Ehemalige Offiziere vertragen Ungehorsam nur sehr schlecht.«

Victoria seufzte und durchquerte erneut das Zimmer, um die Tür zu öffnen. »Sag meinem Gatten, daß er jederzeit abreisen kann. Sag ihm, er müsse nicht auf mich warten, da ich nicht mit ihm fahren werde.«

Cleo sah sie streng an. »So ist das also.« Sie betrat den Raum und schloß die Tür. »Ich wußte, daß etwas seltsam war an Lady Athertons Besuch heute morgen. Was in aller Welt hat sie gesagt, was dich so erregt hat?«

»Wußtest du, daß Lucas einst um ihre Hand angehalten hat?«

»Nein, aber ich sehe nicht, was das ausmacht. Lucas ist vierunddreißig. Da ist anzunehmen, daß du nicht die erste Frau bist, die er gebeten hat, ihn zu heiraten. Ist es das, was dich so aufregt? Komm, Vicky, du bist viel zu intelligent, um wegen einer solchen Lappalie die Nerven zu verlieren. Was auch immer zwischen den beiden gewesen sein mag, es liegt Jahre zurück«, sagte Cleo.

»Sie konnte seinen Heiratsantrag nicht annehmen, weil er weder einen Titel hatte noch genügend Geld, um ihr oder ihrer Familie annehmbar zu erscheinen.«

»Nun, das ist ihr Problem, oder nicht? Lucas hat jetzt seinen Titel. Ich verstehe nicht, was das alles mit dir zu tun hat, Vicky.«

»Lucas hat den Titel geerbt«, sagte Victoria kühl. »Aber offensichtlich nur sehr wenig Geld. Jessica hat mir erklärt, daß Seine Lordschaft zu dem Schluß kam, wegen seines verdammten Titels eine reiche Erbin heiraten zu müssen, und daß er seine teure

Freundin Lady Atherton bat, ihn einer passenden Frau vorzustellen. Du errätst bestimmt, welcher der Frauen aus deinem Bekanntenkreis diese Ehre zuteil wurde.«

Cleo zog in der ihr eigenen Art die Brauen hoch. »Noch leichter errate ich, welche dieser Frauen sich darüber beschwert, nun so zu liegen, wie sie sich selbst gebettet hat. Wenn sie nur halb soviel Verstand besitzt, wie ich denke, dann wird sie dieses Bett sowohl für sich als auch für ihren Gatten so bequem wie möglich machen.«

Victoria blinzelte angesichts dieses unerwarteten Mangels an Solidarität. Sie kreuzte die Arme vor der Brust und starrte ihre Tante an. »Dich scheint die ganze Sache nicht sonderlich zu schockieren.«

»Verzeih mir. Ich mußte bereits den Schock überwinden, dich letzte Nacht in diesem Gasthaus vorzufinden. Ein Schock am Tag reicht einer Frau in meinem Alter.«

Victoria spürte, wie sie errötete. Sie wandte sich ab. »Ja, natürlich. Es tut mir leid. Wesentlich mehr, als es mir in dem Moment leid tat, als du uns entdeckt hast, das versichere ich dir.«

Cleos Ausdruck wurde weich. »Vicky, meine Liebe, ich fürchte, du erregst dich vollkommen unnötigerweise. Es überrascht mich nicht zu hören, daß Lucas nicht so wohlhabend ist, wie du angenommen hast. Er sagte es mir heute morgen in dem Gasthaus, während du dich anzogst.«

»Er sagte dir, daß er mich wegen meines Geldes heiraten würde?«

»Er sagte mir, daß er darum gebeten hatte, dir vorgestellt zu werden, da er es auf eine reiche Erbin abgesehen hatte. Doch er sagte, daß er dich heiraten würde, weil er dich in sein Herz geschlossen und festgestellt hat, daß du in jeder Beziehung die passende Frau für ihn bist.«

»*In sein Herz geschlossen*. Wie großmütig«, sagte Victoria.

»Victoria, ich bin ganz offen zu dir. Ich wußte von Anfang an, daß du wahrscheinlich in Schwierigkeiten geraten würdest mit

Stonevale. Da ist etwas zwischen euch beiden; es knistert, wenn ihr euch beide in einem Raum befindet. Aber ich mochte ihn, und ich dachte, wenn du alles für einen Mann riskieren würdest, weshalb dann nicht für ihn?«

»Ich bin so froh, daß du ihn magst, Tante Cleo.«

»Es besteht keinerlei Notwendigkeit, in diesem Ton mit mir zu sprechen. Du hast dich selbst in diese Lage gebracht.«

Victoria sah hinab auf das Muster des Teppichs und blickte dann in die mitfühlenden, doch unnachgiebigen Augen ihrer Tante. »Du hast recht, wie immer. Jetzt muß ich nur noch entscheiden, wie es weitergehen soll.«

Sanft sagte ihre Tante: »Als erstes mußt du dich umziehen. Lucas ist entschlossen, heute nachmittag abzureisen, und ich muß sagen, daß diese Entscheidung richtig ist. Je eher ihr aus der Stadt seid, um so besser.«

»Ich habe nicht die Absicht, mit Stonevale irgendwohin zu gehen.«

»Vicky, du bist unvernünftig. Dir bleibt gar keine andere Wahl.«

Bevor Cleo fortfahren konnte, ertönte ein verzweifeltes Klopfen an der Tür. Nans Stimme drang durch das Holz. »Verzeihen Sie, Ma'am, aber Seine Lordschaft hat mir aufgetragen, Ihnen zu sagen, daß er gezwungen ist, heraufzukommen und Sie zu holen, wenn Sie nicht freiwillig herunterkommen.«

Und Lucas würde kommen. Victoria wußte es. Es war sinnlos, die unvermeidliche Unterredung hinauszögern zu wollen. Sie ging an ihrer Tante vorbei. Die Hand auf dem Türknauf wandte sie sich an Cleo. »Auf jeden Fall habe ich den charmantesten und galantesten aller Ehemänner erwischt, nicht wahr? Was könnte sich eine Braut sonst noch wünschen?«

10

Er erwartete sie in der Bibliothek neben dem Fenster, das auf den Garten hinaus ging, in dem er so oft um Mitternacht gestanden hatte. Victoria betrat den Raum und hörte, wie die Tür leise hinter ihr ins Schloß fiel. Respektvolle Stille schien sich über den Haushalt gesenkt zu haben, so als hielte jedermann den Atem an.

Sämtliche Dienstboten, einschließlich ihrer Zofe und Rathbone, bewegten sich mit größter Vorsicht, stellte sie fest. Lucas war erst seit wenigen Stunden ihr Ehemann, und eigentlich war er nur Gast im Hause ihrer Tante, doch hatte er sich deutlich als Autoritätsperson zu erkennen gegeben. Niemand wagte es, ihn zu reizen. Diese Aufgabe war Victoria überlassen.

»Sie haben nach mir geschickt, Graf?« fragte sie mit eisiger Höflichkeit.

Er beobachtete, wie sie ein paar Schritte in die Mitte des Raumes machte und dann stehenblieb. Sein Gesichtsausdruck war äußerst beherrscht. »Du hast dich noch nicht umgezogen.«

Es erforderte mehr Mut, als sie gedacht hatte, ihm ihre Entscheidung mitzuteilen. »Aus dem einfachen Grund, weil ich Sie nicht begleiten werde. Ich wünsche Ihnen eine gute Reise, Graf.« Sie machte kehrt und ging zurück in Richtung der Tür.

»Wenn du jetzt einfach den Raum verläßt, Vicky, wirst du es mehr bereuen, als du es dir wahrscheinlich vorstellen kannst.«

Die tödliche Sanftheit in seiner Stimme zwang sie zum Stehenbleiben. Gelassen schaute sie sich um. »Verzeihung. Wollten Sie mir noch etwas sagen?«

»Eine ganze Menge. Doch es ist schon spät, und ich würde es vorziehen, diese Unterhaltung in der Kutsche zu führen anstatt in der Bibliothek deiner Tante. Für den Moment möchte ich mich lediglich für Lady Athertons Gefühlsausbruch entschuldigen. Ich versichere dir, ich hatte keine Ahnung, daß sie sich auf eine so unglückliche Weise gehen lassen würde.«

»Ja, sie hat einen höchst ungünstigen Augenblick gewählt, nicht wahr? Wann wollten Sie mir denn die Wahrheit sagen?«

»Welche Wahrheit hätte ich dir denn sagen sollen? Daß ich Jessica einst gebeten habe, meine Frau zu werden? Das gehört doch längst der Vergangenheit an, Vicky. Das betrifft uns doch nicht.«

»Verdammt«, zischte sie. »Du weißt ganz genau, welche Wahrheit mich jetzt interessiert. Du hast dich absichtlich an mich herangemacht, weil ich eine reiche Erbin bin. Besitzt du jetzt etwa noch die Verwegenheit, diese Tatsache leugnen zu wollen?«

Lucas hielt ihrem kalten Blick stand. »Nein. Aber du erinnerst dich gewiß, daß du das ja gleich zu Beginn unserer Beziehung erraten hast. Ich meine, mich deutlich daran erinnern zu können, daß du mich zunächst abgewiesen hast. Aber trotzdem wolltest du das, was ich dir anbot, nicht wahr? Du hast ein gefährliches Spiel gespielt, aber du wolltest es so. Hast du mir nicht selbst einmal gesagt, daß es kein echtes Risiko ohne echte Gefahr gibt?«

»Mußt du mir meine eigene Dummheit vorhalten?«

»Warum nicht? Etwas anderes erwartest du von mir doch gar nicht. Ich bin doch bloß ein herzloser Mitgiftjäger, der sich eine reiche Erbin geangelt hat.«

Sie hatte das Gefühl, als habe ihr jemand in den Magen geboxt. »Und jetzt erwartest du, daß ich diese Erniedrigung klaglos hinnehme?«

Mit ein paar kurzen Schritten durchquerte er den Raum und ergriff ihren Arm. Seine Augen funkelten. »Verdammt, ich erwarte, daß du mir ein wenig vertraust. Während der letzten Wochen warst du schließlich durchaus bereit, mir deine Sicherheit und deine Ehre anzuvertrauen. Und jetzt, wo du meine Frau bist, erwarte ich dasselbe.«

»Dir vertrauen? Nach allem, was du mir angetan hast?«

»Was habe ich dir denn so Schlimmes angetan? Ich habe es nicht darauf angelegt, daß man uns letzte Nacht entdeckte. Ich habe dir gesagt, daß der ganze Plan höchst riskant war, aber du brauchtest ja deine *wissenschaftliche Studie* um jeden Preis.«

»Wage es ja nicht, dich über mich lustig zu machen, Lucas.«

»Ich mache mich nicht lustig über dich. Ich erinnere dich lediglich daran, wie du versucht hast, deinen Wunsch, mit mir die Nacht zu verbringen, zu rechtfertigen. Du wolltest das, was letzte Nacht geschehen ist, ebenso wie ich. Verdammt, du hast sogar gesagt, daß du mich liebst.«

Victoria schüttelte den Kopf. Sie hatte Tränen in den Augen. »Ich sagte, ich *glaube*, daß ich dich liebe. Offensichtlich habe ich mich getäuscht.«

»Du hast mir das Bild von der *Strelitzia reginae* geschenkt, und dann hast du dich mir ohne zu zögern hingegeben. Ich dachte, du würdest mich lieben. Als deine Tante an der Tür klopfte, war mein erster Gedanke, dich zu schützen. Was hätte ich denn tun sollen? Hätte ich mich weigern sollen, dich zu heiraten?«

»Bitte verdreh nicht meine Worte. Du hast deine Chance gesehen und sie genutzt. Das brauchst du gar nicht zu leugnen.«

»Ich leugne ja gar nicht, daß ich dich heiraten wollte. Ich hätte wohl kaum letzte Nacht deinen und auch meinen Ruf aufs Spiel gesetzt, wenn ich mir nicht sicher gewesen wäre, daß wir früher oder später heiraten würden. Es war Pech, daß deine Tante uns entdeckte und die Geschehnisse sich so überstürzten, aber eine Heirat wäre im Endeffekt sowieso unvermeidbar gewesen.«

»Sie wäre durchaus zu vermeiden gewesen«, fauchte Victoria.

»Vicky, sei vernünftig. Dir muß doch klar sein, daß wir nicht mehr lange so hätten weitermachen können. Es war bereits schwierig genug, bevor wir letzte Nacht zusammen fort fuhren. Die Leute begannen bereits, über uns zu reden, und du hast nicht das Geringste unternommen, um die Gerüchte zum Verstummen zu bringen. Wir sind gefährliche Risiken eingegangen wegen deiner mitternächtlichen Eskapaden. Früher oder später wären wir entdeckt worden, und dann hätten wir sowieso keine Wahl mehr gehabt. Außerdem bestand ja auch die Möglichkeit, daß du schwanger geworden wärest, hast du daran schon einmal gedacht?«

»Weshalb konntest du mir denn nicht die Wahrheit sagen, bevor das Ganze anfing?« Sie hörte, wie ihre Stimme den hysterischen Ton eines wütenden Fischweibs annahm. Verzweifelt versuchte sie, die Kontrolle über sich zu behalten.

»Offen gesagt habe ich dir nichts erzählt, weil ich dich gewinnen wollte, und ich fürchtete, daß du mir angesichts meiner finanziellen Situation keine Chance geben würdest. Du sprachst dich so vehement gegen die Ehe aus, und du warst so überängstlich, wenn es um potentielle Mitgiftjäger ging, daß ich keine andere Möglichkeit hatte. Du wirst niemals wissen, wie schwer die letzten paar Wochen für mich waren, Vicky. Das mindeste, was du zeigen könntest, wäre Rücksichtnahme und Freundlichkeit.«

Sie starrte ihn ungläubig an. »Freundlichkeit? Wie kannst du es wagen, zu versuchen, mein Mitleid zu erregen?«

»Warum nicht? Du bist schließlich bereit, allen anderen gegenüber freundlich zu sein, sogar Lady Atherton. Ich sah, wie du versucht hast, sie zu trösten, als sie sich im Gewächshaus an deiner Schulter ausgeweint hat.« Lucas ließ sie abrupt los und fuhr sich mit der Hand durch die Haare. »Weshalb sollte ich nicht versuchen, auch ein wenig von deiner Freundlichkeit abzubekommen? Schließlich bin ich dein Mann, und diese Rolle wird weiß Gott nicht einfach werden.«

»Und was hast du mir im Gegenzug zu bieten?«

Er atmete tief ein. »Ich werde mein möglichstes tun, dir ein guter Ehemann zu sein. Du hast mein Wort.«

»Und wie genau stellst du dir deine Rolle als guter Ehemann vor?« Sie rieb die Stellen ihrer Unterarme, an denen Lucas' Finger rote Flecken hinterlassen hatten. »Offensichtlich wirst du mich wohl kaum finanziell unterstützen. Nach Aussage deiner ehemaligen Geliebten bin ich wohl diejenige, die das Kapital in diese Ehe einbringt. Du gibst mir einen Titel, das gestehe ich dir zu. Aber Titel haben mich nie besonders interessiert.«

Lucas' Gesicht verhärtete sich. »Außerdem habe ich dir das Abenteuer ermöglicht, das du gesucht hast.«

»Du meinst, du hast mich mit Abenteuern in die Falle gelockt.«

»Vicky, hör mir zu...«

»Eines muß ich wissen, Lucas. Beabsichtigst du, mit Lady Atherton ein Verhältnis anzufangen, jetzt wo du die Sache mit der Heirat erledigt hast?«

»Gott, nein. Es ist klar, daß du mich momentan nicht gerade für sonderlich rechtschaffen hältst, aber wenn du Jessica wirklich gut kennen würdest, wüßtest du, daß allein die Vorstellung von einer Affäre mit ihr außer Frage steht.«

Victoria fuhr zusammen. »Verzeih mir. Natürlich. Lady Atherton ist ein Ausbund an Tugend. Sie würde es sich nicht träumen lassen, sich auf eine heimliche Liaison mit dir einzulassen.«

»Genau.«

»Sie ist ein so nobles Geschöpf. Offensichtlich hat sie nicht eine Sekunde gezögert, ihre Pflicht zu erfüllen, statt ihrem Herzen zu folgen, als sie vor vier Jahren Lord Athertons Antrag annahm und nicht deinen.«

»Sie tat, was sie tun mußte«, erwiderte Lucas geduldig.

»Wie verständnisvoll du doch bist in dieser ganzen Angelegenheit«, sagte Victoria.

»Vier Jahre sind eine lange Zeit«, sagte Lucas mit einem Schulterzucken. »Und um dir die Wahrheit zu sagen, ich bin inzwischen äußerst froh darüber, nicht mit Jessica verheiratet zu sein. In letzter Zeit bin ich zu der Erkenntnis gelangt, daß es keine gute Ehe geworden wäre.«

Victoria sah ihn von der Seite an. »Weshalb sagst du das? Sie scheint so gut zu dir zu passen. Offensichtlich ist sie eine pflichtbewußte Gattin und, wie ich bereits sagte, ein Muster an weiblicher Tugend.«

»Du hast eine äußerst spitze Zunge, Vicky.« Lucas' Mundwinkel zuckten leicht. »Tatsächlich finde ich sie eher langweilig. Ich habe festgestellt, daß ich abenteuerlustigen Frauen den Vorzug gebe. Und nach der vergangenen Nacht muß ich wohl hinzufügen, daß ich auch leidenschaftlichere Frauen mag.«

»Wirklich?« Victoria hob den Kopf. »Ich nehme an, du sprichst aus Erfahrung. Du hattest also die Gelegenheit, meine Leistung im Bett mit der von Lady Atherton zu vergleichen?«

Lucas' Lächeln weitete sich zu einem breiten Grinsen. »Sei nicht albern, Vicky. Selbst mit allergrößter Phantasie dürfte es dir schwerfallen, dir Jessica vorzustellen, wie sie heimlich mit mir oder einem anderen Mann in ein Gasthaus fährt. Ich versichere dir, sie war vor vier Jahren ebenso spröde und tugendhaft wie heute. Sie hätte ihren Ruf niemals für einen Mann oder eine wissenschaftliche Studie der Art, wie wir sie in dem Gasthaus durchgeführt haben, aufs Spiel gesetzt.«

Victoria seufzte. »Im Gegensatz zu mir.«

»Ja. Im Gegensatz zu dir. In der Tat bin ich noch nie einer Frau begegnet, die so ist wie du. Du bist einzigartig, Vicky. Ich schätze, aus diesem Grund weiß ich manchmal nicht, wie ich mit dir umgehen soll. Aber ich versichere dir, daß ich beabsichtige, mein Bestes zu tun. Nun, wir haben bereits viel zuviel Zeit mit dieser sinnlosen Diskussion vergeudet. Geh also hinauf und zieh dich um.« Er sah auf die Uhr. »Du hast fünfzehn Minuten Zeit.«

»Zum letzten Mal, Graf, ich fahre nirgendwo mit Ihnen hin.«

Sie machte einen kleinen Satz, als er plötzlich auf sie zukam. Er ergriff ihr Kinn und zwang sie, ihm in die Augen zu sehen. Sie erstarrte. Die ganze ungezügelte Kraft seines Willens funkelte in seinen Augen.

Auf einmal verstand Victoria, weshalb die Männer Lucas in die Schlacht gefolgt waren und weshalb der ganze Haushalt so vorsichtig herumschlich.

»Victoria«, sagte er, »mir scheint, daß du nicht begriffen hast, wie ernst es mir damit ist, in fünfzehn Minuten aufzubrechen. Das ist zweifellos meine Schuld. Bis jetzt habe ich mich deinem Dickkopf viel zu sehr gebeugt, war ich allzu bereit, dir wider besseres Wissen zu Gefallen zu sein, so daß du offensichtlich den Eindruck gewonnen hast, einen direkten Befehl von mir mißachten zu können. Ich versichere dir, dem ist nicht so.«

»Ich beuge mich weder Ihren noch den Befehlen irgendeines anderen Mannes.«

»O doch, Vicky. Ob es dir paßt oder nicht, du hast einen Ehemann, der beabsichtigt, London in« – er sah auf die große Standuhr – »dreizehn Minuten zu verlassen. Wenn du dann nicht umgezogen bist, wird er dich persönlich in die Kutsche setzen, egal, in was für Kleidern du steckst. Ist das klar, Madam?«

Victoria schluckte, als ihr dämmerte, daß er es durchaus ernst meinte. »Sie scheinen die Peitsche in der Hand zu halten, Graf«, erwiderte sie verächtlich. »Und wie die meisten Männer zögern Sie nicht, diese auch zu benutzen.«

»Ich versichere dir, ich würde niemals eine Peitsche benutzen, Vicky, und das weißt du. Und jetzt hör auf damit, meine Geduld zu strapazieren. Du hast noch nicht einmal mehr zwölf Minuten Zeit.«

Victoria drehte sich um und verließ fluchtartig den Raum.

Nie zuvor war Victoria so weit gereist. Auf dem Weg in das entfernte Yorkshire sah sie ihren Ehemann nur sehr selten. Lucas verbrachte den Großteil der Zeit neben der Kutsche auf dem Rücken seines Pferdes, statt sich Victorias schlechter Laune auszusetzen. Am Abend im Gasthaus teilte sie einen Raum mit Nan, und Lucas nahm ein Zimmer für sich und seinen Diener. Während der Mahlzeiten wurden kühle Höflichkeiten ausgetauscht.

Als sie Stonevale endlich erreichten, hatte sich Victorias Laune nicht im geringsten gebessert, und sie nahm an, daß es Lucas ebenso erging, obgleich er sich damit zu begnügen schien, sie zu ignorieren, solange sie ihn in Ruhe ließ.

Der erste Eindruck von ihrem neuen Heim war nicht gerade ermutigend. Auch ohne ihre profunden Kenntnisse in Gartenbau und Botanik hätte sie festgestellt, daß die Ernte dieses Sommers im besten Falle mittelmäßig würde. Von den heruntergekommenen Hütten der Bauern bis hin zu den ausgemergelten Tieren, die teilnahmslos auf den Feldern herumstanden, wirkte alles äußerst deprimierend.

Die leeren Auslagen des Dorfladens verstärkten noch den Eindruck wirtschaftlichen Ruins, der wie eine dunkle Wolke über der Gegend zu schweben schien. Victoria runzelte die Stirn, als sie mehrere Kinder entdeckte, die im Schmutz herumtollten. Ihre Kleider waren so zerlumpt wie die der Bälger in den Armenvierteln von London.

»Das ist unentschuldbar«, flüsterte sie Nan zu. »Man hat diese Ländereien einfach verfallen und verrotten lassen.«

»Ich nehme an, da kommt eine Menge Arbeit auf Seine Lordschaft zu«, erwiderte Nan vorsichtig. Sie war sich der Gefühle nur allzu bewußt, die ihre Herrin für den Grafen hegte. »Er hat sich seinen Titel ehrlich verdient, wenn es ihm gelingt, diesen Ort wieder zum Leben zu erwecken.«

»In der Tat«, pflichtete Victoria ihr grimmig bei und fügte in Gedanken hinzu, »und dafür braucht er mein Geld.« Zum ersten Mal wurde ihr das Ausmaß der Bürde bewußt, die Lucas mit dem Erbe von Stonevale übernommen hatte. Die Menschen, die in der Umgebung der Güter lebten, waren abhängig vom Wohlstand und der Führung durch das Herrenhaus. Victoria wurde klar, daß die Zukunft der Pächter und Dorfbewohner eng mit der von Stonevale verbunden war.

Sie fragte sich, ob sie vielleicht auch wegen des Geldes geheiratet hätte, wenn ihr die Aufgabe zugefallen wäre, diese Ländereien zu retten. Wahrscheinlich nicht. Aber wie Lady Atherton gesagt hatte, verdammt, man tat, was man tun mußte.

Diese Erkenntnis stimmte Victoria jedoch nicht im geringsten milder. Sie könnte es zwar vielleicht verstehen, daß er eine reiche Frau heiraten mußte; sie würde ihm jedoch niemals verzeihen, daß er sie ausgesucht und in diese Ehe gelockt hatte. Er hätte gewiß ein williges Opfer gefunden, wenn er bereit gewesen wäre, sich bei den Damen der besseren Gesellschaft etwas länger umzusehen. Es gab Frauen, die würden ein Vermögen geben, nur um einen Titel zu erlangen.

»Es ist ein hübsches Haus, nicht, Ma'am?« sagte Nan, die aufgeregt aus dem Fenster spähte, um einen ersten Blick von dem großen Stonevaleschen Herrenhaus zu erhaschen. »Schade, daß die Felder und der Garten so verkommen sind. Kein bißchen wie der Landsitz von Lady Nettleship.«

Victoria ertappte sich dabei, wie sie sich vorbeugte, um einen Blick zu wagen, obgleich sie sich geschworen hatte, alles, was Lucas' Heim betraf, mit Mißachtung zu strafen.

Ihre Zofe hatte recht. Stonevale war ein prächtiges Haus. Die Steinfassade war beeindruckend und wohlproportioniert. Die breiten Treppen führten hinab auf einen gepflasterten Hof und eine breite, geschwungene Auffahrt, in deren Mitte sich ein Teich mit einem großen Brunnen befand. Doch statt Wasser füllte Schotter den Teich, und auch der Brunnen war trocken.

Das Haus wirkte ebenso deprimierend und hoffnungslos wie das Dorf und die umliegenden Felder. Als die Kutsche hielt, starrte Victoria ihr neues Heim mit einem Gefühl der Bestürzung an. Es war einfach nicht vergleichbar mit der luxuriösen, bequemen, gepflegten Welt, in der sie bei ihrer Tante gelebt hatte.

Lucas übergab das Pferd einem Stallburschen und kam herüber, um Victoria die Stufen hinauf ins Haus zu geleiten.

»Wie du siehst«, sagte er ruhig, »gibt es viel zu tun.«

»Das haben Sie gut beobachtet, Graf.« Sie fühlte sich benommen.

»Ich würde diese Aufgabe gern mit dir gemeinsam meistern,

Vicky. Stonevale ist jetzt ebenso dein Zuhause wie meins. Und es wird das Zuhause unserer Kinder sein.«

Bei diesen Worten fuhr sie zusammen, da sie sich an Jessica Atherton erinnerte. *Wenn Sie sich nicht dazu überwinden können, Lucas echte Zuneigung entgegenzubringen, denken Sie daran, wie schwer es für ihn ist. Schließlich braucht er einen Erben.*

Obgleich sie sich sofort wieder zusammennahm, wußte Victoria, daß Lucas den kurzen Anflug von Ärger bemerkt hatte. Sein Blick wurde hart. »Ich werde dich der Dienerschaft vorstellen, obwohl wir bisher nicht gerade viele Bedienstete haben. Der Butler heißt Griggs. Ich habe ihn aus London mitgebracht. Die Haushälterin, Mrs. Sneath, stammt aus dem Dorf.«

Erschöpft von der langen Reise, deprimiert von dem, was sie bisher gesehen hatte, und zu stolz, um Lucas' verstecktes Friedensangebot anzunehmen, raffte sie ihre Röcke und erklomm die Stufen zu ihrem neuen Schlafgemach.

Das Abendessen war nicht gerade beeindruckend. Griggs entschuldigte sich für den schlechten Wein und für die fehlenden Pagen. Die Qualität und Auswahl des Essens war begrenzt, und die Umgebung war noch weniger einladend als die Speisen. Der Teppich war schäbig, die Möbel verkratzt und matt, das Silber angelaufen. Der Kronleuchter war offensichtlich seit Jahren nicht geputzt worden.

Am ärgsten setzte Victoria jedoch das grimmige Schweigen zu. Lange Stille war ihr unerträglich, und sie war fast am Ende ihrer Kräfte. Es ärgerte sie, daß Lucas ihre Bemühungen zu ignorieren schien.

»Nun, Graf«, setzte sie an, nachdem sie sich mit einem kräftigen Schluck aus dem Weinglas gestärkt hatte. »Wofür wollen Sie mein Geld als erstes ausgeben? Für die Gärten vielleicht? Oder für die Höfe der Pächter? Oder vielleicht würden Sie lieber das Haus neu möblieren? Es hätte es auf jeden Fall nötig.«

Lucas schwenkte sein Weinglas und sah sie einen Augenblick an. »Womit würdest du gerne beginnen, Vicky?«

»Weshalb sollten meine Gefühle eine Rolle spielen? Stonevale zu retten ist Ihre Aufgabe, nicht meine.« Sie lächelte kühl und hart. »Und jetzt, wo Sie mein Geld haben, werden Ihnen gewiß viele Möglichkeiten einfallen, es auszugeben. Mein Stiefvater zumindest hatte keinerlei Probleme, das Geld meiner Mutter für Pferde und Frauen loszuwerden.«

»Mir scheint, Madam, Sie befinden sich in dieser mißlichen Lage, weil Sie in Ihrem Leben bisher keine echte Herausforderung hatten.«

Sie funkelte ihn an. »Was soll das heißen?«

»Du bist eine intelligente, energische Frau, die zufällig über eine Menge Geld verfügt. Du hast das Geld benutzt, um deine Unabhängigkeit zu kaufen und deine gesellschaftlichen Auftritte zu finanzieren, aber bisher hast du damit nichts besonders Sinnvolles angestellt.«

Das saß. »Ich habe immer große Summen für mildtätige Zwecke gespendet.«

»Was weder deine Zeit noch dein Können beansprucht hat. Außerdem hattest du keinen Ehemann und keine Familie, auf die du deine beträchtliche Energie verwenden konntest. Außer deinem Interesse für Pflanzenbilder und gelegentlichen wissenschaftlichen Vorträgen hat nichts anderes Ernsthaftes dich je beschäftigt. Deine Aktivitäten beschränkten sich bisher auf Verabredungen und den Besuch von Bällen. Also fingst du an, dich zu langweilen, und suchtest nach Abenteuern. Und das, meine Liebe, hat dich in Schwierigkeiten gebracht.«

Victoria war empört. »Ich versichere Ihnen, daß mich das Leben in der Stadt keineswegs gelangweilt hat, Sir.«

»Nein? Ich denke, es war Langeweile, die dich dazu gebracht hat, dir diese nächtlichen Eskapaden auszudenken.«

Sie erbleichte. »Das ist nicht wahr. Sie haben nicht die geringste Ahnung, weshalb ich die nächtlichen Abenteuer gesucht habe, und ich würde es zu schätzen wissen, wenn Sie davon Abstand nähmen, derart dumme Vermutungen anzustellen.«

Er schüttelte bedächtig den Kopf. »Nein, ich denke, daß ich recht habe. Zunächst fühltest du dich von mir nur angezogen, weil ich bereit war, dir das Abenteuer zu ermöglichen, das du suchtest. Wenn dir die Vorstellung mißfällt, daß man dich wegen deines Geldes heiratet, frage dich doch einmal, wie ich mich fühlte, als ich feststellte, daß mein Reiz für dich darin bestand, daß ich dir flüchtige Aufregung bot. Du warst durchaus bereit, mich für deine Zwecke zu mißbrauchen, oder nicht?«

»Das ist nicht wahr«, erwiderte sie, ohne nachzudenken.

»Nein? Willst du damit sagen, daß deine Gefühle mir gegenüber über den frivolen Wunsch, mich für deine Abenteuer zu benutzen, hinausgingen?«

Victoria blickte ihn finster an. »Ja, ich meine, nein. Verdammt, Lucas, du drehst mir die Worte im Munde herum.«

»Auf jeden Fall bist du jetzt hier, und es gibt kein Zurück. Du warst dir der Risiken bewußt, doch du wolltest sie eingehen. Die oberste Regel beim Spielen ist, daß man lernen muß, zu zahlen, ohne zu jammern, wenn man verliert, meine Liebe. Spielschulden sind Ehrenschulden«, sagte Lucas.

»Ich jammere nicht. Ich bin wütend. Das ist ein großer Unterschied.«

Lucas lehnte sich zurück und kreuzte die Arme vor der Brust. »Du bist beleidigt, Vicky. Das ist alles. Da ich noch nie zuvor mit dir zu tun hatte, wenn du in dieser Stimmung bist, bin ich zugegebenermaßen gespannt zu sehen, wie lange es dauern wird. Ich hatte gehofft, bis zu unserer Ankunft wäre das Schlimmste überstanden, doch anscheinend habe ich mich geirrt.«

»Ja, offensichtlich.« Sie zitterte vor Zorn. Die Ungerechtigkeit seiner Anschuldigungen war unerträglich. »Sie haben sich völlig geirrt.«

»Du solltest mir dankbar sein, Vicky. Ich biete dir die Möglichkeit, zukünftige Katastrophen dieser Art zu vermeiden. Ich freue mich, dir eine sinnvolle Aufgabe geben zu können, in die du deine Zeit und dein Geld investieren kannst.« Lucas sah sie an. »Hilf mir, Stonevale und die Ländereien wieder aufzubauen.«

»Wie freundlich, daß Sie zumindest von *meinem* Geld sprechen.«

»Vicky, ich will, daß du dich hier wie zu Hause fühlst. Ich will, daß du Stonevale mit mir teilst. Ich gebe zu, daß ich nichts unternehmen kann ohne dein Vermögen, aber ich habe nicht die Absicht, dein Geld auszugeben, ohne mich mit dir zu besprechen. Ich beziehe dich nur allzu gern in alles mit ein. Du hast einen klaren Verstand und verfügst dank deiner Erziehung über erhebliches Wissen. Du kannst außerordentlichen Einfluß nehmen auf das, was hier auf Stonevale geschieht. Alles, worum ich dich bitte, ist, daß du mit mir zusammenarbeitest und dich nicht deinen Launen hingibst.«

»Ihr Angebot ist zumindest äußerst interessant«, sagte sie sanft. »Wenn Sie so versessen darauf sind, mich in jede Ihrer Entscheidungen einzubeziehen, macht es Ihnen bestimmt nichts aus, einen schriftlichen Ehevertrag aufzusetzen. Einen, in dem Sie mir garantieren, daß Sie nicht einen Pfennig meines Vermögens ohne meine Zustimmung anrühren.«

Sein Mund verzog sich. »Ich bin kein Volltrottel. Es wäre der Gipfel der Unvernunft, wenn ich einen derartigen Vertrag aufsetzen würde, solange du in dieser Stimmung bist. Vielleicht können wir die Angelegenheit noch einmal besprechen, wenn du beschlossen hast, mir eine aufrichtige und liebende Gattin zu sein.«

»Ha! Sie würden mir niemals einen solchen Vertrag geben, und das wissen wir beide.«

»Selbst wenn ich es täte, hätte er vor dem Gesetz keinen Bestand, Vicky. Wir sind verheiratet. Aufgrund dieser Tatsache werde ich immer gewisse Rechte haben.«

»Das liegt in der Natur der Sache.«

Lucas lächelte kurz. »Jawohl. Wenn ich dir jetzt einen solchen Vertrag gäbe, würdest du ihn benutzen, um mir diese Heirat zu vergelten. Gib es zu, Vicky. Du bist es nicht gewohnt, überrumpelt zu werden, und deswegen sinnst du im Moment nur auf Rache.«

»Zumindest hat dieser Gedanke den unleugbaren Vorteil, daß ich meine gesamte Zeit und Energie auf ihn verwenden kann, nicht wahr?« Sie lächelte kalt und erhob sich. »Wenn Sie mich jetzt entschuldigen wollen, Graf, ich fürchte, ich bin mit meinem Selbstmitleid noch nicht am Ende. Ich glaube, ich ziehe mich in mein Gemach zurück und schmolle noch ein wenig.«

Griggs stolperte voran, um ihr die Tür zu öffnen, als sie aus dem Speisesaal fegte.

Lucas beobachtete den großartigen Abgang seiner Frau mit zusammengekniffenen Augen, und dann winkte er dem Butler nach dem Portwein, den er aus London mitgebracht hatte. Sein Bein schmerzte von dem langen Ritt.

Eine ganze Zeit lang nippte Lucas an seinem Portwein und dachte darüber nach, was er lieber täte: Jessica Atherton erwürgen oder Victoria übers Knie legen.

Bei näherer Betrachtung erschien ihm die Möglichkeit, seine Frau übers Knie zu legen, weitaus interessanter. Er würde ein Vermögen geben für einen Blick auf ihr wohlgerundetes Hinterteil.

Langsam und bedächtig leerte Lucas in angenehmer Ruhe die Flasche. Der Wein dämpfte nicht nur den Schmerz in seinem Bein. Er nahm auch seiner unerfüllten Begierde die Heftigkeit. Seit dieser heißen, süßen Nacht verbotener Leidenschaft in dem Gasthaus wurde er von Erinnerungen geplagt, die seine normalerweise eiserne Selbstdisziplin auf eine harte Probe stellten.

Er konnte sich nicht vorstellen, daß Victoria nicht von denselben Erinnerungen heimgesucht wurde. Sie war so entgegenkommend, so herrlich leidenschaftlich, einladend und vertrauensvoll gewesen. Verdammt, dachte er, sie hatte ihm sogar gesagt, sie dächte, sie würde ihn lieben, und er war sich sicher, daß sie nie zuvor einem Mann gegenüber etwas Derartiges geäußert hatte.

Und er wußte ganz sicher, daß sie sich nie zuvor einem anderen Mann hingegeben hatte. Er hatte noch nie etwas Erotischeres erlebt als zu sehen, wie sie ihre Sinnlichkeit entdeckte.

Das Gemälde von der *Strelitzia reginae* hing bereits oben in seinem Zimmer an der Wand neben dem Ankleidetisch, wo er es jeden Morgen würde sehen können. Lucas hatte angeordnet, daß es zu den ersten Dingen gehören sollte, die ausgepackt würden. Er fragte sich, ob Victoria eine Vorstellung davon hatte, wieviel ihm dieses kleine Geschenk bedeutete.

Wahrscheinlich nicht. Sie dachte im Augenblick ausschließlich an ihren gekränkten Stolz.

Es hatte ihn überrascht festzustellen, wie sehr ihn die *Strelitzia* anrührte. Vielleicht lag es daran, daß dies das erste Geschenk war, das er seit dem Tod seiner Mutter je von einer Frau erhalten hatte. Das Medaillon mit einer dunklen Haarsträhne, das Jessica Atherton ihm vor vier Jahren gegeben hatte, zählte nicht.

Sie hatte es ihm in die Hand gedrückt, nachdem sie seinen Antrag unter Tränen abgelehnt und ihm erklärt hatte, sie müsse ihre Pflicht erfüllen. Eines Nachts vor einer Schlacht hatte er das Medaillon in einen Graben geworfen.

Lucas nahm den letzten Schluck Portwein und betrachtete die leere Flasche. Dann dachte er an das leere Bett, das ihn erwartete.

Hätten die Dinge sich nicht derart überstürzt, dann würde er sich jetzt in seiner Londoner Wohnung darauf vorbereiten, eine bestimmte Gartenmauer zu übersteigen. Seine leichtsinnige, leidenschaftliche Gefährtin würde ungeduldig auf das nächtliche Abenteuer warten.

Aber die Dinge hatten sich geändert. Er war jetzt mit dem kleinen Luder verheiratet, und irgendwie mußte er einen Weg finden, mit ihr zurechtzukommen. Er weigerte sich, den Rest seines Lebens an der Seite einer schmollenden Frau zu verbringen, und er war sich sicher, daß er die Nächte nicht allein in seinem Schlafzimmer verbringen würde.

Es war so verdammt einfach für Victoria, zu allen freundlich zu sein, dachte Lucas verärgert, als er sich erhob. Weshalb konnte sie nicht ein kleines bißchen Freundlichkeit für ihren Ehemann erübrigen? Auf jeden Fall mußte sie wissen, daß er in der letzten Zeit nicht anders hatte handeln können, als er es getan hatte.

Ein Mann in seiner Situation hatte keine andere Wahl, als sich auf jede mögliche Weise eine vermögende Frau zu sichern. Victoria war alt genug, um zu verstehen, welchen Zweck die Ehe erfüllte. Auf jeden Fall waren sie nun einmal verheiratet, und Victoria blieb keine Wahl, außer sich klaglos in ihr Schicksal zu fügen. Diese Schmollerei mußte aufhören. Er würde ihre schlechte Laune nicht länger dulden.

Ebensowenig würde er es lange tolerieren, allein in seinem Bett zu schlafen. Er war jetzt ein verheirateter Mann, und das gab ihm gewisse Rechte.

Voller Entschlossenheit verließ Lucas den Speisesaal und ging die Treppe hinauf. Er würde heute abend noch einen Versuch unternehmen, mit Victoria zu sprechen, und wenn sie sich immer noch weigerte, ihm zuzuhören, dann würde er einen anderen Weg finden, ihr Temperament zu zügeln. Das schwor er sich.

In seinem Schlafgemach war sein Diener Ormsby immer noch eifrig mit Auspacken beschäftigt. Er sah überrascht auf, als Lucas den Raum betrat.

»Guten Abend, Sir. Wünschen Sie, sich heute abend früh zurückzuziehen?«

»Ja, tatsächlich. Sagen Sie Griggs, er könne die Bediensteten ebenfalls zu Bett schicken. Es war für alle eine lange Reise.«

Ormsby nickte. »Werden Sie noch etwas für Ihr Bein brauchen, Sir? Normalerweise haben Sie nach einem langen Ritt Probleme.«

»Ich habe gerade eine Flasche Portwein geleert. Das sollte genügen.«

»Sehr gut, Sir.« Ormsby räumte mit wohltuendem Geschick herum. »Nan sagte mir, Lady Stonevale habe sich ebenfalls bereits zurückgezogen. Falls ich das richtig deute, so werden wir hier auf dem Lande wohl alle einen anderen Rhythmus haben als in der Stadt.«

»Auch gut. Ich ziehe das Leben auf dem Lande auf jeden Fall dem Treiben in der Stadt vor.« Abwesend massierte Lucas sein verwundetes Bein. Die Kletterei über die verdammte Gartenmauer würde er bestimmt nicht vermissen. Und er konnte ebenfalls gut darauf verzichten, sich permanent den Kopf darüber zu zerbrechen, wie er seine unbekümmerte Gefährtin auf ihren Zügen durch Spielhöllen, Bordelle und Londoner Seitenstraßen am besten beschützte.

Einige Minuten später verließ Ormsby den Raum. Lucas wartete, bis seine Schritte verhallt waren, bevor er nach einer Kerze griff und sich der Verbindungstür näherte. Aus Victorias Zimmer drang kein Laut. Wahrscheinlich lag sie bereits im Bett. Vielleicht schlief sie schon.

Leise öffnete er die Tür, wobei er sich sagte, daß er durchaus befugt sei, das Schlafgemach seiner Gattin zu betreten. Der Knauf drehte sich leicht in seiner Hand. Er fragte sich, ob Victoria versucht hatte, die Tür abzuschließen. Für diesen Fall hatte er bereits die Schlüssel an sich genommen.

Ihr Schlafzimmer lag im Dunkeln. Nur das fahle Mondlicht schien durch das Fenster. Offensichtlich zog Victoria es vor, mit offenen Vorhängen zu schlafen. Eine eher seltsame Angewohnheit.

Mit Hilfe der Kerze und des Mondscheins gelang es Lucas, die schmale Figur seiner Frau auszumachen, die sich unter der Decke zusammengekauert hatte.

Unglücklicherweise enthüllte das Kerzenlicht auch die verblichenen Vorhänge, den schmutzigen Teppich und die abgenutzten Möbel. Lucas verspürte einen Stich. Das neue Heim, in das er Victoria geführt hatte, entsprach wohl kaum dem, was sie gewohnt war.

Er ging hinüber zum Bett und überlegte, wie er sie auf sich aufmerksam machen und ihr erklären sollte, daß er gekommen war, um sein Recht als Ehemann zu fordern.

Auf dem Weg die Treppe hinauf hatte er sich eine umfangreiche Rede zurecht gelegt über die Pflichten von Ehefrauen und die Rechte von Männern, aber jetzt erschien ihm das wenig überzeugend. Was würde er tun, wenn sie ihn einfach nicht mehr wollte?

Doch noch während er diesen trüben Gedanken hegte, fiel das Kerzenlicht auf den warmen goldenen Bernsteinglanz zwischen ihren Brüsten.

Sie trug immer noch das Amulett.

Erleichterung überkam Lucas. Immerhin war noch nicht alles verloren, dachte er jubelnd.

Während ihn dieser Gedanke heiß durchfuhr, bewegte sich Victoria plötzlich unruhig auf ihren Kissen hin und her. Ihre Wimpern flatterten kurz, dann öffnete sie die Augen, sah ihn an und schrie.

»Großer Gott, nein, *nein*. Rühr mich nicht an.«

Entsetzt blickte Lucas auf seine inzwischen aufrecht im Bett sitzende Frau. Sie streckte eine Hand aus, als versuche sie, ihn abzuwehren. Er hatte sich geirrt. Der Gedanke, daß er sich ihrem Bett näherte, war ihr unerträglich. Sein Innerstes zog sich zusammen.

»Vicky, um Gottes willen ...«

»Das Messer. Gütiger Himmel, das *Messer*.« Voller Grauen starrte sie auf die Kerze. »Nein, bitte, *nein*.«

Endlich begriff Lucas, daß sie noch halb schlief. Offensichtlich hatte er sie mitten aus einem Alptraum gerissen, und sie war immer noch nicht ganz bei Sinnen.

Schnell stellte er die Kerze auf den Tisch und packte Victoria bei den Schultern. Sie öffnete den Mund, um erneut zu schreien, wobei ihre Augen auf etwas gerichtet waren, das nur sie allein sah.

Lucas schüttelte sie. »Victoria, beruhige dich.«

Als in ihren Augen keine Reaktion zu erkennen war, tat er das, was er gelegentlich bei Soldaten tat, die auf dem Schlachtfeld den Verstand verloren. Er holte weit aus und schlug Victoria hart ins Gesicht.

Das brachte sie zum Verstummen. Sie atmete ein, blinzelte verwirrt und sah ihn schließlich an.

»Lucas«, keuchte sie. »Gütiger Himmel, du bist es.« Sie stieß einen erleichterten Schrei aus und warf sich in seine Arme. Sie klammerte sich an ihn, als sei er ein Engel, der sie aus der Tiefe der Hölle errettete.

In der Halle ertönten eilige Schritte, und dann klopfte es ängstlich an Victorias Tür. »Ma'am? Mylady? Ich bin's, Nan. Ist alles in Ordnung?«

Zögernd löste sich Lucas aus Victorias Umklammerung. Sie wimmerte leise, und er strich ihr beruhigend über das Haar.

»Pst, Liebling. Ich muß nur deine Zofe beruhigen. Ich bin sofort wieder da.«

Er ging und öffnete die Tür. Nan stand unentschlossen in der Halle.

»Ich war auf der Treppe und wollte gerade ins Bett gehen, als ich hörte, wie Mylady schrie.« Nan sah fragend zu ihm auf. »Ist alles in Ordnung?«

»Sie ist wohlauf, Nan. Es war meine Schuld. Ich habe sie aus einem Alptraum geweckt.«

»Oh, ich dachte mir schon, daß es so etwas ist.« Nans Augen blickten weniger anklagend. »Die Ärmste. Sie wird schon seit ein paar Jahren von Alpträumen heimgesucht. Ich glaube, das ist einer der Gründe, weshalb sie in London so gerne auf Partys und Bälle ging. Da war sie bis zum Morgengrauen beschäftigt. Aber es sieht so aus, als ob diese quälenden Träume zurückkehren, jetzt wo wir alle früh zu Bett gehen. Vielleicht sollte ich in ihrer Nähe schlafen.«

»Sie brauchen sich keine Sorgen zu machen, Nan. Wie Sie sich bestimmt erinnern, hat sie jetzt einen Ehemann. Ich werde mich um sie kümmern. Ich bin ihr viel näher als Sie.«

Nan errötete und nickte schnell. »Ja, Sir. Ich geh' dann jetzt.« Sie machte einen flüchtigen Knicks und eilte den Gang hinab.

Lucas schloß die Tür und kehrte zurück ans Bett. Victoria hatte die Arme um ihre Knie geschlungen und beobachtete ihn mit großen Augen.

»Entschuldige bitte, Vicky. Ich wollte dich nicht so unsanft wecken«, sagte Lucas.

»Was hatten Sie überhaupt in meinem Zimmer zu suchen?« fragte sie bissig.

Er seufzte. Der kurze Moment ihrer Verwundbarkeit war bereits vorüber. »Ich weiß, es wird dich schockieren, Vicky, aber du hast jetzt einen Ehemann, und Ehemänner haben das Recht, sich in den Schlafzimmern ihrer Frauen aufzuhalten.« Er durchquerte den Raum und setzte sich neben ihr Bett. Ihren feindlichen Blick ignorierte er. »Deine Zofe sagt, du leidest in letzter Zeit häufig unter Alpträumen? Gibt es deiner Meinung nach dafür einen bestimmten Grund?«

»Nein.«

»Ich frage nur, weil ich ebenfalls ab und zu unangenehme Träume habe«, sagte er sanft.

»Ich nehme an, die hat jeder von Zeit zu Zeit.«

»Ja, aber ich habe immer denselben Traum. Und du?«

Sie zögerte. »Ja.« Dann, wahrscheinlich in einem Versuch, den Gegenstand ihrer Unterhaltung zu wechseln, fragte sie schnell: »Wovon träumen Sie, Graf?«

»Davon, auf einem Feld voller toter und sterbender Männer unter einem toten Pferd begraben zu sein.« Lucas atmete tief durch und betrachtete die flackernde Kerze. »Ein paar dieser Männer sterben sehr langsam. Jedesmal, wenn ich diesen Traum habe, höre ich ihr Stöhnen. Und ich muß die Qual ertragen, nicht zu wissen, ob ich selbst auch sterbe, ob einer dieser menschlichen Parasiten, die nach einer Schlacht hervorgekrochen kommen, um die Toten zu berauben, mir einfach den Hals aufschlitzt und so der Sache ein für alle Mal ein Ende macht.«

Ihr leises, schmerzliches Ringen um Atem und ihre flüchtige Berührung seines Morgenmantels ließen seinen Blick zu ihrem Gesicht wandern.

»Wie schrecklich«, flüsterte Victoria. »Gütiger Gott, Lucas, wie furchtbar. Dein Traum ist noch schlimmer als meiner.«

»Wovon träumst du, Vicky?«

Ihre Finger umklammerten die Decke, und sie sah zu Boden. »In meinem Traum stehe ich immer oben auf einer Treppe. Ein ... ein Mann kommt auf mich zu. Er hält eine Kerze in der einen Hand und einen Dolch in der anderen.«

Lucas wartete. Er spürte, daß mehr dahinter steckte. Etwas in der Art, in der sie bei den Worten ›ein Mann‹ gezögert hatte, vermittelte ihm den Eindruck, daß sie die Gestalt aus ihrem Alptraum kannte. Aber es war offensichtlich, daß sie nicht näher darauf eingehen wollte, und er wollte ihre neue Vertrautheit nicht gefährden, indem er weiter in sie drang.

Tatsächlich war er ihr heute abend näher gekommen als je zuvor seit der schicksalhaften Nacht, in der sie sich geliebt hatten. Wenn er klug war, würde er sie nicht drängen.

Strategie, ermahnte er sich. Langfristig kam ein Mann mit Strategie immer weiter als mit Gewalt.

Er unterdrückte ein Stöhnen und erhob sich. »Fühlst du dich jetzt besser?«

Sie nickte schnell, ohne ihm jedoch in die Augen zu sehen. »Ja, danke. Es geht mir gut.«

»Dann wünsche ich dir jetzt eine gute Nacht. Ruf mich, wenn du mich brauchst, Vicky.«

Er zwang sich, in sein eigenes Zimmer zurückzukehren.

11

Am folgenden Nachmittag flüchtete Victoria vor dem angespannten, höflichen Schweigen, indem sie sich mit ihrem Skizzenblock in den Wald begab.

Sie spazierte eine Weile herum, bis sie sich auf einem Hügel unter ein paar Bäumen niederließ, von dem aus sie sich dem unerfreulichen Ausblick auf die heruntergekommenen Ländereien hingeben konnte. Sie sah die verfallenen Hütten, die holprigen Wege und die mageren Felder. Irgendwo da draußen war Lucas. Er hatte heute nachmittag mit seinem Verwalter eine Besichtigungstour vereinbart.

Victoria mußte zugeben, daß wahrlich viel zu tun war. Was auch immer man über ihren Ehemann sagen konnte, zumindest schien er ihr Geld einem guten Zweck zuführen zu wollen. Bisher gab es keinerlei Anzeichen dafür, daß er es in Wein, Weib und Gesang zu investieren beabsichtigte.

Aber schließlich war Lucas trotz seines Rufes, ein geschickter Spieler zu sein, kein leichtfertiger Mensch.

Sie runzelte die Stirn ob dieser unangenehmen, verwirrenden Gedanken und wandte ihre Aufmerksamkeit den kleinen Pflanzen und Gräsern zu. Mit geübtem Auge erkannte sie einige Spezies, doch dann entdeckte sie eine Gruppe eher ungewöhnlicher Pilze, und trotz ihrer schlechten Laune erwachte ihr Interesse. Sie öffnete den Skizzenblock.

Das war es, was sie brauchte. Sie suchte den Frieden, den sie im Skizzieren und Malen fand. Victoria verbrachte geraume Zeit damit, die zarten Pilze zu zeichnen. Über ihrer Arbeit fand sie Vergessen. Die Zeit verflog, und zumindest für den Augenblick wich der Druck ihrer jungen Ehe von ihr.

Als sie mit den Pilzen fertig war, zeichnete sie noch einige interessante tote Blätter, und dann fand sie einen faszinierenden Bovist. Diese zarten Gebilde waren immer eine besondere Herausforderung. Es war schwierig, diese duftige Leichtigkeit wiederzugeben, ohne die Details zu vernachlässigen. Pflanzenzeichnungen waren eine aufregende Mischung aus Kunst und Wissenschaft. Victoria liebte diese Arbeit.

Zwei Stunden später klappte sie den Skizzenblock zu und lehnte sich gegen den Baumstamm. Sie fühlte sich wesentlich besser. Ruhiger und gefestigter. Die warme Nachmittagssonne war angenehm, und irgendwie machten die Felder und Höfe zu ihren Füßen einen weniger deprimierenden Eindruck. Es gab Hoffnung für Stonevale, dachte sie plötzlich. Lucas würde es schaffen, diese Ländereien zu retten. Wenn irgend jemand es konnte, dann Lucas.

Natürlich mit ihrem Geld.

Doch selbst diese Vorstellung war nicht mehr so ärgerlich wie zuvor. Zaghaft kam ihr ein Gedanke. Vielleicht hatte Lucas gestern abend beim Dinner recht gehabt. Hatte sie je zuvor etwas Sinnvolles mit ihrem Geld angefangen?

Trotzdem, es *war* ihr Geld. Victoria runzelte die Stirn und erhob sich, wobei sie die Blätter von ihrem Kleid bürstete. Sie durfte nicht vergessen, daß sie das unschuldige Opfer war.

Drei Tage später unternahm Victoria ihren ersten Ausflug in das Dorf. Sie hatte reiten wollen, um ihre neue Heimat besser erkunden zu können, aber Lucas hatte sich diesem Ansinnen entgegengestellt.

»Ich werde nicht zulassen, daß die neue Gräfin von Stonevale ihren ersten öffentlichen Auftritt auf dem Rücken eines Pferdes absolviert. In diesem Fall ist ein gewisses Maß an Schicklichkeit unerläßlich, Madam. Entweder nimmst du eine Kutsche und läßt dich von deiner Zofe oder einem Burschen begleiten, oder du gehst überhaupt nicht«, bestimmte er.

Da ihr Verhältnis zu Lucas bestenfalls als halbwegs ausgeglichen bezeichnet werden konnte, beschloß Victoria, sich ihm in dieser Angelegenheit zu beugen.

Indem sie diesen Kurs verfolgte, verhielt sie sich inzwischen ebenso vorsichtig wie der Rest des Haushalts. Sie hatte festgestellt, daß es entschieden leichter für sie und auch für die Bediensteten auf Stonevale war, wenn sie ihren Mann nicht bei jeder sich bietenden Gelegenheit herausforderte.

Der Gedanke, sich ihm auch nur in unwichtigen Dingen zu beugen, verärgerte sie. Doch tatsächlich war es schwierig, ihre starre Abwehr vierundzwanzig Stunden am Tag aufrecht zu erhalten. Sie war es gewohnt, mit Lucas glücklich zu sein, und nicht, gegen ihn Krieg zu führen.

Und, so mußte sie widerwillig zugeben, auf jeden Fall hatte es gewisse Vorteile, im Hause den Anschein von Frieden zu wahren. Es war unleugbar, daß Lucas angesichts ihrer neuen Zurückhaltung davon absah, seine entsetzliche Laune auch an den Bediensteten auszulassen. Der Mann strahlte eine solche Autorität aus, daß seinen Anweisungen ängstlich Folge geleistet wurde.

Victoria hatte sich gesagt, daß seine Führungseigenschaften und der Befehlston wohl teilweise von seiner Militärkarriere herrührten. Zugleich jedoch vermutete sie, daß ein guter Teil einfach in Lucas' Wesen lag. Er war der geborene Herrscher.

Und die Überheblichkeit des natürlichen Herrschers war zweifellos angeboren. Ohne sie und die dazugehörigen Führungsqualitäten hätte Lucas nicht die geringste Chance, Stonevale und die umliegenden Ländereien zu retten.

Während Victoria diesen unangenehmen Gedanken nachhing, rumpelte die Kutsche über die holprige Straße ins Dorf.

Sie mußte zugeben, daß sie Lucas' Unbeugsamkeit bereits vor ihrer Heirat gelegentlich verspürt hatte. Wahrscheinlich hatte sie sich davon sogar angezogen gefühlt. Doch war sie zuvor selten gezwungen gewesen, sich dieser Härte zu beugen. Schließlich hatte Lucas sie damals heftig umworben. Da war es nur natürlich, daß er die unangenehmen Seiten seines Wesens vor ihr verborgen gehalten hatte.

»Es kann nicht Ihr Ernst sein, daß Sie in diesem düsteren Ort einkaufen wollen, Ma'am«, sagte Nan, als die Kutsche in die Hauptstraße des Dorfes einbog. »Nicht gerade Bond Street oder Oxford Street, oder?«

»Nein, gewiß nicht. Aber wir sind ja auch nicht hier, um ein Ballkleid zu kaufen. Ich will mich lediglich umsehen und vielleicht mit ein paar von den Leuten sprechen, mit denen Stonevale täglich Geschäfte betreibt. Dies ist unser neues Zuhause, Nan. Wir müssen unsere Nachbarn kennenlernen.«

»Wenn Sie es sagen, Ma'am.« Nan schien nicht allzu überzeugt zu sein.

Victoria lächelte schwach und beschloß, praktische Gründe ins Feld zu bringen. »Du hast gesehen, wie es um Stonevale bestellt ist. Das Haus ist in einem fürchterlichen Zustand. Wahrhaft jämmerlich. Seine Lordschaft ist zu beschäftigt, um sich um den Haushalt zu kümmern, und ich bezweifle, daß er als alter Soldat wüßte, wie man einen Haushalt führt, selbst wenn er es versuchte.«

»Das stimmt sicher. Einen Haushalt von der Größe Stonevales zu führen, ist Sache einer Frau.«

»Ich fürchte, du hast recht, Nan. Und ich scheine diejenige zu sein, der diese Aufgabe zugefallen ist. Solange wir hier leben müssen, können wir den Platz wenigstens bewohnbar machen. Und wenn wir schon Geld ausgeben, um Stonevale gemütlich zu machen, können wir ebenso gut soviel wie möglich hier im Dorf lassen. Diese Menschen leben von Stonevale.«

Dieser Logik konnte Nan folgen. »Ich verstehe, was Sie meinen, Ma'am.«

Die Menschen kamen aus den Läden und dem kleinen, verfallenen Wirtshaus, um zuzusehen, wie die Stonevalsche Kutsche feierlich die schäbige Straße hinunterfuhr. Victoria lächelte und winkte.

Ein oder zwei Menschen winkten zögerlich zurück, doch der allgemeine Mangel an Begeisterung für die neue Herrin von Stonevale war erschreckend. Victoria fragte sich, ob die Leute sie persönlich nicht mochten oder ob ihre Haltung einfach die Gefühle der Dorfbewohner gegenüber dem Herrenhaus im allgemeinen widerspiegelte. Angesichts der Vernachlässigung, die diese Menschen durch den früheren Herren von Stonevale zu spüren bekommen hatten, konnte sie es ihnen nicht verübeln, wenn sie ihrer Zukunft nicht gerade optimistisch entgegensahen.

Diese armen Menschen, dachte sie, während sie an ihrer Unterlippe nagte. Sie hatten wahrlich gelitten. Hier war ein Ort, wo mit Geld viel zu erreichen war.

In der Mitte des Dorfes entdeckte Victoria ein kleines Stoffgeschäft. »Ich denke, hier wäre der geeignete Platz, um mit unseren Einkäufen zu beginnen.«

Es gelang Nan, eine Antwort zu unterdrücken, obgleich ihre Verachtung für den Ort offensichtlich war.

Angesichts dieser Überheblichkeit ihrer Zofe lächelte Victoria amüsiert. Mit Hilfe des Burschen stieg sie aus der Kutsche.

Die warme Frühlingssonne verstärkte den Bernsteinton ihres Kleides und ließ ihr honigfarbenes Haar glänzen. Die goldbraune Feder an ihrem kleinen, gelben Hut wippte in der leichten Brise, und das bernsteinfarbene Amulett, das sie um den Hals trug, strahlte in der Sonne. Die Leute auf der Straße waren wie versteinert.

Ein kleines Mädchen, das sich hinter den Röcken seiner Mutter versteckt gehalten hatte, jauchzte plötzlich auf und lief geradewegs auf Victoria zu.

»Bernsteinlady, Bernsteinlady«, rief es fröhlich, während es barfuß über die Straße rannte. »Schöne Bernsteinlady. Sie sind zurückgekommen. Meine Oma hat immer gesagt, Sie würden zurückkommen. Sie hat gesagt, Sie hätten Haar aus Honig und Gold und ein goldenes Kleid.«

»Nun, nun«, sagte Nan freundlich, während sie versuchte, das Kind aufzuhalten. »Wir wollen doch nicht, daß die Lady schmutzig wird. Pst, Kind. Geh zurück zu deiner Ma.«

Das Mädchen ignorierte sie und tauchte blitzschnell unter

ihren Armen durch, um Victorias gelbe Röcke mit seinen Matschfingern zu berühren.

»Hallo«, sagte Victoria mit einem freundlichen Lächeln. »Wie heißt du denn?«

»Lucy Hawkins«, erwiderte das Mädchen stolz, während es sie bewundernd ansah. »Und das is meine Ma. Und da drüben, das is meine große Schwester.«

Die Frau, die Lucy als ihre Mutter vorgestellt hatte, kam bereits herbeigeeilt. Ihr ausgezehrtes Gesicht zeigte blankes Entsetzen. Sie war höchstens fünf Jahre älter als Victoria, aber sie wirkte wie mindestens fünfundvierzig.

»Es tut mir leid, Ma'am. Sie is noch ein Kind. Sie hat's nich böse gemeint. Sie weiß nich, wie man sich gegenüber feinen Leuten benimmt. Sie hat noch nich so viele gesehen. Feine Leute, meine ich.«

»Es ist schon in Ordnung. Sie hat nichts getan.«

»Hat sie nich?« Die Frau war ehrlich überrascht. »Sie hat Ihr Kleid dreckig gemacht, Ma'am.« Für den Fall, daß Victoria es noch nicht bemerkt haben sollte, zeigte sie mit dem Finger auf die matschigen Fingerabdrücke auf dem feinen bernsteinfarbenen Musselin.

Victoria machte sich nicht die Mühe, auf die Flecken zu sehen. »Ich weiß Ihren herzlichen Empfang zu schätzen. Lucy ist der erste Mensch aus dem Dorf, den ich Gelegenheit hatte, kennenzulernen, außer unserer Haushälterin Mrs. Sneath. Da fällt mir ein, hätte Ihre ältere Tochter oder eine ihrer Freundinnen vielleicht Interesse an einer Anstellung in unserer Küche? Wir suchen verzweifelt Bedienstete. Es ist mir unbegreiflich, wie Stonevale mit so wenig Personal auskommen konnte.«

»Eine Stelle?« Das Gesicht der Frau zeigte Überraschung. »Eine richtige Stelle im großen Haus, Mylady? Gott, wir wären Ihnen wirklich dankbar. Mein Mann hat seit Jahren nich mehr gearbeitet, und die meisten andern Männer hier in der Gegend auch nich.«

»Ich versichere Ihnen, daß Graf Stonevale und ich Ihnen dankbar wären.« Victoria sah in die Reihe neugieriger Gesichter, die sich um die Kutsche versammelten.

»In der Tat werden wir eine Menge Leute brauchen. Falls jemand Interesse daran hat, in den Gärten, den Ställen oder in der Küche zu arbeiten, soll er sich bitte morgen früh auf Stonevale einfinden. Wir werden die Leute sofort einstellen. Wenn Sie mich jetzt bitte entschuldigen wollen, ich dachte, ich könnte in Ihrem reizenden Dorf etwas einkaufen.«

Als sich Victoria, gefolgt von Nan, auf den Weg begab, machte die Menge ihr sofort Platz. Noch als sie die Schwelle des kleinen Geschäftes überschritt, konnte sie Lucys Gerede von der Bernsteinlady hören.

Zwei Stunden später segelte Victoria in die Eingangshalle des Herrenhauses. »Wissen Sie zufällig, wo sich Seine Lordschaft im Augenblick aufhält, Griggs? Ich muß ihn sofort sprechen.«

»Ich glaube, er ist mit Mr. Satherwaite in der Bibliothek, Madam. Seine Lordschaft hat ausdrücklich angeordnet, daß er nicht gestört werden möchte, während er mit dem neuen Verwalter spricht.«

»Ich bin sicher, daß er in meinem Fall eine Ausnahme machen wird, und es kommt mir außerordentlich gelegen, daß auch Satherwaite da ist.« Victoria lächelte und schritt energisch auf die Tür der Bibliothek zu, wobei sie einen ihrer eleganten Handschuhe abstreifte.

Griggs sprang zur Tür. »Verzeihen Sie, Madam, aber Seine Lordschaft hat sich ausdrücklich jede Störung verbeten.«

»Machen Sie sich keine Sorgen, Griggs. Ich werde es auf mich nehmen.«

»Verzeihung, Madam, aber ich habe die Ehre, bereits seit mehreren Monaten bei Seiner Lordschaft in Diensten zu stehen, und ich wage zu behaupten, daß ich weiß, was er will. Ich versichere Ihnen, er legt größten Wert darauf, daß man ihm gehorcht.«

Victoria lächelte grimmig. »Glauben Sie mir, ich weiß besser als die meisten Menschen, daß Stonevale ein paar seltsame Angewohnheiten hat. Seien Sie so gut und öffnen Sie die Tür, Griggs. Seien Sie versichert, daß ich die volle Verantwortung für mögliche Schwierigkeiten übernehme.«

Mit einem zweifelnden Blick und einem Ausdruck böser Vorahnung, jedoch unfähig, seiner Herrin zu widersprechen, öffnete Griggs die Tür.

»Danke, Griggs.« Victoria streifte sich den zweiten Handschuh ab, als sie den Raum betrat. Sie sah, wie Lucas den Kopf hob und die Stirn runzelte. Sein Ausdruck wandelte sich jedoch in Überraschung, als er bemerkte, wer ihn störte.

»Guten Tag, Madam.« Lucas erhob sich höflich. »Ich dachte, Sie wären ins Dorf gefahren.«

»Bin ich. Und jetzt bin ich zurück, wie Sie sehen. Welches Glück, Sie hier mit Ihrem Verwalter anzutreffen.« Sie lächelte in Richtung von Mr. Satherwaite, einem ernsten jungen Mann, der Stonevale gegenüber am Tisch saß. Der Verwalter ließ das Journal, das er in den Händen hielt, sinken, sprang auf die Füße und verbeugte sich tief.

»Ihr Diener, Mylady.«

Lucas beäugte Victoria mißtrauisch. »Was kann ich für dich tun, meine Liebe?«

»Ich möchte Sie nur von ein paar Kleinigkeiten in Kenntnis setzen. Ich habe im Dorf bekanntgegeben, daß wir Bedienstete suchen. Die wohl zahlreichen Interessenten sollen sich morgen früh vorstellen. Mr. Satherwaite kann sich sicher um sie kümmern. Ich werde mit Griggs und Mrs. Sneath besprechen, wie viele Leute wir im Haus benötigen werden. Da ich überzeugt bin, daß Sie genug mit den Pächtern zu tun haben werden, werde ich mich auch um die Bediensteten für die Gärten kümmern.«

»Ich verstehe«, sagte Lucas.

»Außerdem möchte ich Ihnen mitteilen, daß ich eine Reihe von Einkäufen im Dorf erledigt habe. Das meiste wird morgen früh geliefert. Bitte sorgen Sie dafür, daß die Händler umgehend bezahlt werden. Es ist offensichtlich, daß sie es sich nicht leisten können, auf ihr Geld zu warten.«

»Noch etwas, Madam?« fragte Lucas trocken.

»Ja. Ich habe die Frau des Pfarrers, Mrs. Worth, getroffen, als ich im Dorf war, und ich habe sie und ihren Mann für morgen zum Tee eingeladen. Wir werden über die erforderlichen Wohltätigkeitseinrichtungen im Dorf sprechen. Bitte arrangieren Sie es so, daß Sie an dieser Besprechung teilnehmen können.«

Lucas neigte den Kopf. »Ich werde sehen, ob ich Zeit habe. Ist das alles?«

»Nicht ganz. Wir müssen unbedingt etwas wegen der schrecklichen Straße ins Dorf unternehmen. Sie ist äußerst holprig.«

Lucas nickte. »Ich werde sie auf meine Instandsetzungsliste setzen.«

»Tun Sie das, Graf. Ich denke, das ist im Augenblick alles.« Erneut schenkte Victoria dem sprachlosen Mr. Satherwaite ein warmes Lächeln, drehte sich auf dem Absatz um und schritt zur Tür. Auf der Schwelle blieb sie stehen und sah über die Schulter zurück zu Lucas. »Eine Sache wäre da noch, Graf.«

»Das überrascht mich nicht«, sagte Lucas. »Bitte, fahren Sie fort. Sie haben meine ganze Aufmerksamkeit, Madam.«

»Was ist das für ein Unsinn mit der Bernsteinlady?«

Lucas' Augen fielen kurz auf das Amulett, das sie trug. »Wo hast du das gehört?«

»Eines der Kinder im Dorf nannte mich so. Ich habe mich lediglich gefragt, ob Sie davon schon einmal etwas gehört haben. Anscheinend ist es eine Art Legende unter den Dorfbewohnern.«

Lucas sah zu Satherwaite hinüber. »Ich werde Ihnen das Wenige, was ich darüber weiß, später erzählen.«

Victoria zuckte die Schultern. »Wie Sie wünschen, Graf.« Sie fegte aus der Bibliothek, und Griggs schloß eilig hinter ihr die

Tür. Der Butler sah sie mit einem Ausdruck höchster Besorgnis an.

»Keine Angst, Griggs«, sagte Victoria mit einem triumphierenden Lächeln. »Der Graf hat Zähne, aber es bedarf mehr als einer kleinen Störung durch seine Frau, damit er beißt.«

»Das werde ich mir merken, Madam.«

In der Bibliothek setzte sich Lucas wieder und griff nach dem nächsten Buch. Er bemerkte, daß Satherwaite ihn neugierig ansah.

»Wie Sie sehen können, zeigt meine Frau reges Interesse an den Gütern«, bemerkte Lucas.

»Ja, Mylord. Sie scheint höchstes Interesse an den hiesigen Angelegenheiten zu haben.«

Lucas lächelte versonnen. »Lady Stonevale ist eine äußerst energische und begeisterungsfähige Frau. Sie braucht eine interessante Herausforderung, der sie ihre ganze Aufmerksamkeit widmen kann.«

»In unserem Dorf einzukaufen war gewiß ein Akt großmütiger Nächstenliebe. Ich kann mir nicht vorstellen, daß eine Dame mit ihrem Geschmack in den Läden im Dorf etwas findet, was sie wirklich will.«

»Ich glaube, es geht ihr darum, etwas für die hiesige Wirtschaft zu tun«, sinnierte Lucas. »Und dafür bin ich ihr dankbar. Wir werden Stonevale nur gemeinsam retten können. Wie ich bereits sagte, wir stehen vor einer großen Herausforderung.«

Satherwaite sah auf den Stapel Bücher auf dem Tisch. »Ich möchte Ihnen nicht zu nahe treten, Sir, aber die Rettung dieser Ländereien erfordert wohl eher ein ganzes Regiment.« Er sah seinen Arbeitgeber mit der Bewunderung an, die junge Männer oft für ältere kampferprobte Soldaten empfinden. »Natürlich haben Sie genügend Erfahrung in Militärdingen, Sir.«

»Unter uns gesagt, Satherwaite, ich finde die Herausforderung, dieses Land wieder zum Leben zu erwecken, wesentlich interessanter als irgendwelche Schlachten.«

Satherwaite, der offensichtlich nicht verstand, wie es irgend etwas Aufregenderes geben konnte als Kriegsführung, erwiderte nichts, und öffnete statt dessen das vor ihm liegende Journal.

Nach dem Dinner lehnte Lucas sich auf seinem Stuhl zurück, streckte die Beine gegen das Feuer und gab sich dem rein männlichen Vergnügen hin zu beobachten, wie seine Frau den Tee einschenkte.

Es war eine Kleinigkeit, dieses Einschenken des Tees, doch symbolisierte es so viel. Er war nicht so verrückt zu glauben, Victoria hätte sich bereits in das Unvermeidliche gefügt, aber er betrachtete diese weibliche Geste als deutlichen Schritt in diese Richtung.

Plötzlich wurde ihm bewußt, daß er wie fast alle Männer den kleinen Tätigkeiten, die einen Haushalt zu einem Heim machten, viel zu wenig Beachtung schenkte. Zumindest hatte er nie darüber nachgedacht, bis zu dem Augenblick, in dem er zwar eine Frau besaß, die ihm jedoch all die kleinen Annehmlichkeiten verweigerte, die einem Mann normalerweise mit der Eheschließung automatisch zuteil wurden.

Während der letzten drei Tage hatten sie in einer Art Waffenstillstand gelebt, der jedoch jeden Moment wieder gebrochen werden konnte. Außer dem Bereiten der Mahlzeiten und dem Leeren der Nachttöpfe war nichts im Haushalt unternommen worden. Griggs war verzweifelt. Mrs. Sneath hatte gedroht, wegen Überlastung zu kündigen.

In dem Augenblick, als Victoria aus dem Dorf zurückgekehrt war, hatten die Dinge begonnen, sich zu verändern. Lucas stellte fest, daß er sich verzweifelt nach jedem noch so kleinen Zeichen häuslichen Friedens sehnte. Daß Victoria ihm nun den Tee einschenkte, war ein solches Zeichen; das erste seit ihrer Hochzeit.

»Wegen der Legende von der Bernsteinlady, Graf«, sagte Victoria kühl, als sie ihm seine Tasse und Untertasse reichte. »Es würde mich freuen, wenn Sie mir jetzt die Einzelheiten erzählen könnten.«

»Ich muß gestehen, daß ich nicht die ganze Geschichte kenne.« Lucas rührte in seinem Tee. Er wollte die Unterhaltung in die Länge ziehen, da Victoria in letzter Zeit die Angewohnheit entwickelt hatte, früh zu Bett zu gehen. »Mein Onkel erwähnte die Angelegenheit, kurz bevor er starb. Es war in Zusammenhang mit dem Amulett, das er mir gab.« Er runzelte die Stirn und wünschte, er hätte ihre Aufmerksamkeit nicht auf den Bernstein um ihren Hals gelenkt. Victoria schien völlig vergessen zu haben, daß sie die Kette vierundzwanzig Stunden am Tag trug. »Ich habe ihn nach der Geschichte gefragt, aber du mußt wissen, daß mein Onkel ein verbitterter, übellauniger Mann war. Darüber hinaus lag er, als ich ihn sah, auf dem Totenbett und war nicht besonders geneigt, mich oder irgend jemand anders zu unterhalten.«

»Was hat er Ihnen erzählt?«

»Nur, daß das Amulett seit mehreren Generationen in Familienbesitz ist. Anscheinend gehörte es dem ersten Grafen von Stonevale. Mein Onkel sagte, ich könnte von den Dorfbewohnern mehr erfahren. Ich habe also Mrs. Sneath danach gefragt. Wie du weißt, war sie so ziemlich die einzige Bedienstete, die noch übrig war, als mein Onkel starb. Alle anderen hatte er vergrault.«

»Fahren Sie fort. Was hat Mrs. Sneath gesagt?«

Lucas blickte sie an und sah, wie die Neugierde in ihren schönen Augen blitzte. »Da du ja Mrs. Sneath kennst, wirst du wissen, daß sie nicht sonderlich gesprächig ist. Aber sie sagte, daß die Dorfbewohner eine alte Geschichte über den ersten Grafen von Stonevale und seine Lady erzählen. Sie nannten den Mann den Bernsteinritter, wegen der Farben, die er im Kampf trug.«

»Er war also auch ein Krieger«, murmelte Victoria und starrte ins Feuer.

»Wie die meisten Männer, die Güter in der Größe von Stonevale erwarben«, bemerkte Lucas trocken.

»Sie nannten seine Frau die Bernsteinlady?«

Lucas nickte. »Der Legende zufolge liebten sich der Graf und seine Frau sehr, und sie hingen sehr an dem Land und den Leuten. Stonevale brachte es unter ihrer Führung zu beträchtlichem Reichtum. Dem ersten Grafen folgten mehrere Generationen glücklich verheirateter Männer, und die Ländereien gediehen. Die Leute begannen zu glauben, daß das Wohl der Güter vom Glück des Grafen und seiner Frau im Herrenhaus abhing.«

Victoria runzelte die Stirn. »Eine recht fragwürdige Grundlage für das Wohlergehen einer ganzen Region.«

»Es ist nur ein Aberglaube, Vicky.«

»Ich weiß, aber –«

Lucas unterbrach sie schnell. »Mrs. Sneath zufolge hieß es bald im Dorf, daß die Grafen von Stonevale aus Liebe heiraten müssen oder die Ländereien würden leiden. Angesichts der Reichtümer der Güter war es nur allzu leicht für die Grafen, eine Liebesheirat statt einer Vernunftehe einzugehen.«

»Wie schön. Ich nehme also an, bis zu dieser Generation bestand nicht die Notwendigkeit, wegen Geld zu heiraten.«

Lucas fuhr schnell fort, in dem Bestreben, diese Falle zu umgehen. »Auf jeden Fall verliebte sich drei Generationen vor mir der damalige Graf von Stonevale in eine junge Frau, die anscheinend ihr Herz schon einem anderen geschenkt hatte.« Lucas machte eine Pause. »Nicht nur ihr Herz, sondern einfach alles. Ihre Familie drängte sie zur Heirat, da sie wußte, daß sie das Kind eines anderen trug, das Kind eines mittellosen zweiten Sohnes, der nach Amerika ging, als er erfuhr, daß sie den Grafen von Stonevale geheiratet hatte.«

»Das arme Mädchen. Wie traurig für sie, gezwungen zu sein, einen Mann zu heiraten, den sie nicht liebte. Aber ihre Familie wollte natürlich nicht die Gelegenheit verpassen, ihre Tochter zur Gräfin zu machen, nehme ich an«, murmelte Victoria bitter.

»Wahrscheinlich nicht«, stimmte Lucas zu. »Aber wenn du vor Mitgefühl für die junge Dame überfließt, solltest du vielleicht auch ein wenig Mitleid für meinen Vorfahren aufbringen, der sich selbst an eine Frau gebunden sah, die in der Hochzeitsnacht keine Jungfrau mehr war.«

Victorias Blick wurde noch frostiger. »So? Ich war bei unserer Hochzeit auch keine Jungfrau mehr, falls Sie sich erinnern.«

»Das ist schwerlich dasselbe, in Anbetracht der Tatsache, daß ich der erste und einzige Mann war, mit dem du vor der Hochzeit geschlafen hast. Auf jeden Fall«, fügte Lucas inzwischen ebenfalls gereizt hinzu, »hatten wir ja noch nicht einmal eine *Hochzeits*nacht, so daß dein Einwurf zumindest irrelevant erscheint.«

»Weißt du, Lucas, ich frage mich, mit welchem Recht deine Vorfahren, du oder irgendein anderer Mann erwartet, daß seine Frau als Jungfrau in die Ehe kommt. Ihr Männer übt euch ja auch nicht in Zurückhaltung bis zur Hochzeitsnacht.«

»Da ist die kleine Angelegenheit, daß man sichergehen möchte, daß die Kinder auch tatsächlich die eigenen sind.«

Victoria zuckte die Schultern. »Tante Cleo erzählte mir einmal, daß Frauen Wege gefunden haben, Jungfräulichkeit vorzutäuschen, seit Männer so überheblich sind, diese zu fordern. Selbst wenn ein Mann sicher ist, daß seine Frau bei der Hochzeit Jungfrau ist, heißt das doch noch lange nicht, daß die Kinder nicht die des Pagen sind, oder?«

»Victoria ...«

»Nein, mir scheint, Graf, die einzige Art, wie ein Mann sicherstellen kann, daß die Kinder seiner Frau von ihm sind, ist, ihr zu vertrauen und zu wissen, er kann ihr glauben, wenn sie sagt, es sind seine Kinder.«

»Ich vertraue dir, Victoria«, sagte Lucas sanft.

»Nun, wie Sie sagten, was uns betrifft, ist es sowieso egal, nicht wahr?«

»Nicht völlig«, murmelte er. »Victoria, könnten wir bitte mit der Legende fortfahren?«

Sie blinzelte und wandte sich der Teekanne zu. »Ja, natürlich. Bitte fahren Sie mit der Geschichte fort, Graf.«

Lucas trank einen Schluck Tee und fragte sich, wie um Himmels willen die Unterhaltung derart hatte aus den Fugen geraten können. »Der Graf hatte einen Verdacht, konnte aber nichts beweisen, und da er seine junge Frau sehr liebte, beschloß er zu glauben, was er glauben wollte. Das klappte auch, bis das Baby tot zur Welt kam. Seine Frau wurde vor Trauer wahnsinnig. Sie gestand alles, gab ihrem Ehemann die Schuld an ihrem Unglück, da er es ihr unmöglich gemacht hatte, ihren Geliebten zu heiraten, und behauptete, sie wolle sterben. Und genau das tat sie dann auch.«

Victoria sah ihn ungläubig an. »Wie?«

»Bitte sieh mich nicht so an. Er hat sie nicht umgebracht. Sie erholte sich ganz einfach nicht mehr von der Geburt. Mrs. Sneath sagt, der Legende nach wollte sie einfach sterben, und folglich hat das Fieber sie hinweggerafft.«

»Was für eine tragische Geschichte. Was tat der Graf?«

»Er wurde bitter und zynisch gegenüber allen Frauen. Die Familie drängte auf einen Erben, also heiratete er schließlich ein zweites Mal, dieses Mal jedoch nicht aus Liebe. Es war in seinen Augen eine reine Zweckheirat, und er und seine Frau waren nicht gerade das, was man ein glückliches Paar nennen könnte. Tatsächlich verbrachten der Graf und seine Frau, nachdem der erforderliche Erbe geboren war, nicht mehr viel Zeit miteinander, und auf Stonevale waren sie anscheinend überhaupt nicht mehr.«

»War das die Zeit, in der die Ländereien zu verrotten begannen?«

Lucas nickte. »Ja, das zumindest besagt die Geschichte und auch die Bücher. Aus reiner Neugierde habe ich heute mehrere der Bücher durchgesehen, und ich mußte feststellen, daß der allmähliche Verfall der Güter mit dieser katastrophalen Heirat vor drei Generationen begann.«

»Wirklich?«

»Ja, wirklich. Der nächste Graf, der Vater meines Onkels, war nicht nur ein kalter und verbitterter Mann, er war zugleich ein Lebemann und ein schlechter Spieler. Mit ihm begann die Tradition, derzufolge die Grafen von Stonevale mehr Zeit an den Spieltischen verbrachten als auf ihren Gütern. Auch er heiratete schließlich, aber nicht aus Liebe. Als mein Onkel geboren war, gingen sein Vater und seine Mutter getrennter Wege«, sagte Lucas.

»Und die Ländereien verkamen weiter. Das überrascht nicht, wenn man das fehlende Interesse der Herren sieht. Was ist mit Ihrem Onkel?«

»Maitland Colebrook dachte niemals daran, wegen seines Titels, geschweige denn aus Liebe zu heiraten. Er konzentrierte sich statt dessen darauf, den Rest des Familienvermögens zu verjubeln. Er hat die Ländereien ausgeblutet und sich anschließend aufs Land zurückgezogen, um gegen sein Schicksal zu wüten.«

»So erklären die Dorfbewohner sich also ihre jetzige Armut.« Victoria starrte gedankenvoll ins Feuer. »Interessant.«

Lucas betrachtete ihr abgewandtes Profil und fragte sich, was sie wohl täte, wenn er sie auf seinen Schoß ziehen und küssen würde. Würde sie dahinschmelzen wie in der Vergangenheit, oder würde sie ihm die Augen auskratzen? Eines war sicher, wenn er sie eines Tages endlich in seine Arme schließen würde, käme dies einem echten Abenteuer gleich.

»Am interessantesten ist, daß dich das Kind von der Hawkins Bernsteinlady genannt hat«, sagte Lucas ruhig.

»Weshalb? Offensichtlich ist ihr die Geschichte erzählt worden, und als sie mich in meinem gelben Kleid sah, hat sie eben ihre kindlichen Schlüsse daraus gezogen.«

Im Schein des Feuers betrachtete Lucas den goldenen Bernsteinton in Victorias Haar. »Ich bin nicht so sicher, daß sie den falschen Schluß gezogen hat. Du hast durchaus etwas Bernsteinfarbenes an dir. Deine Augen, dein Haar, die Farbe deiner Kleider.«

Sie starrte ihn an. »Um Himmels willen, Lucas, rede keinen solchen Unsinn.«

Er hielt ihr seine leere Tasse entgegen. »Kein Wunder, daß das Kind glauben möchte, daß du die Bernsteinlady bist. Ich habe dir das Ende der Geschichte noch nicht erzählt.«

Sie betrachtete ihn argwöhnisch, während sie noch Tee einschenkte. »Wie endet die Geschichte?«

»Es wird erzählt, daß der Bernsteinritter und seine Lady eines Tages in das Herrenhaus zurückkehren, und daß die Ländereien von Stonevale durch ihre Liebe zu neuem Leben erweckt werden.«

»Was für ein hübscher Schluß«, sagte Victoria spöttisch. »Doch wenn das Glück der Region von einer Liebesheirat des Grafen und seiner Lady abhängt, müssen die Menschen offensichtlich noch eine Weile warten. Schließlich hat der jüngste Graf von Stonevale aus Geldgründen und nicht aus Liebe geheiratet.«

»Verdammt, Vicky ...«

Sie hatte sich bereits erhoben. »Wenn Sie mich entschuldigen wollen, Graf. Ich wünsche Ihnen eine gute Nacht. Ich bin erschöpft.«

Lucas fluchte erneut, während er sich erhob. Er wartete, bis sich die Tür hinter Victoria geschlossen hatte, bevor er seine Teetasse abstellte und den Raum durchquerte, um sich aus der Brandykaraffe zu bedienen.

Er massierte sein schmerzendes Bein. Es würde eine lange Nacht werden.

Drei Stunden später lag Lucas wach im Bett und horchte nach den leisen Geräuschen im Nebenzimmer. War er eigentlich verrückt, daß er sich zu derartiger Zurückhaltung zwang? Vielleicht war es doch nicht so klug abzuwarten.

Wieder vernahm er eine leichte Bewegung im anderen Raum. Es klang, als wäre Victoria aufgestanden. Offensichtlich schlief sie noch nicht. Vielleicht hatte sie Angst davor, einzuschlafen und einen neuen Alptraum zu erleben.

Das beste Mittel gegen böse Träume war die Leidenschaft, die sie miteinander erleben konnten, sagte sich Lucas. Als besorgter Ehemann war er ihr Trost und Schutz schuldig, selbst wenn er ihn ihr aufzwingen mußte.

Resolut schlug er die Decke zurück und griff nach seinem Morgenmantel. Jetzt reichte es. Irgendwie mußten sie eine normale eheliche Beziehung führen, und es wurde schnell deutlich, daß seine selbstauferlegte Zurückhaltung keinerlei Wirkung auf ihre Widerspenstigkeit hatte.

Mit anderen Worten, sie bat nicht gerade darum, von ihm geliebt zu werden.

Gerade als er an die Zwischentür klopfen wollte, hörte er, wie die Außentür ihres Schlafgemachs geöffnet und wieder geschlossen wurde. Leise drehte er den Knauf und trat in das leere Zimmer seiner Frau.

Wut und Panik wallten in ihm auf. Sicherlich war sie nicht dumm genug, um mitten in der Nacht davonzulaufen. Doch dann erinnerte er sich, daß Victoria daran gewöhnt war, in der Dunkelheit herumzulaufen. Er selbst hatte es ihr beigebracht.

Lucas stellte seine Kerze ab und warf sich eilig in Reithosen, Stiefel und Hemd. Ein paar Minuten später stürzte er die Eingangshalle hinab. Sein Instinkt sagte ihm, daß sie das Haus durch die Küchentür verlassen würde. Dies war der Weg, den er genommen hätte, wenn er sich hätte heimlich hinausschleichen wollen. Er eilte ihr nach.

Als er aus dem Haus trat, sah er Victoria. Ruhig stand sie in dem verfallenen, traurig überwucherten Küchengarten. Sie trug ihren langen, bernsteinfarbenen Umhang mit der Kapuze, um die Kälte abzuhalten. Ihr Anblick im Mondlicht weckte in ihm die Erinnerung an all die anderen Nächte, in denen er sich mit ihr im Garten ihrer Tante getroffen hatte und erfüllte ihn mit schmerzlicher Begierde.

Sie war seine Frau, und er wollte sie.

Langsam und geräuschlos trat Lucas aus der Dunkelheit. Doch sie spürte seine Gegenwart und wandte sich nach ihm um. Er hielt den Atem an.

»Mir fehlen unsere mitternächtlichen Treffen im Garten«, sagte er sanft.

»Sie haben mich auf höchst geschickte Art umworben, als Sie mir nächtliche Abenteuer versprachen. Ich erlag dieser Verlokkung mehr, als ich irgendeiner anderen Verlockung erlegen wäre.«

Sein Magen zog sich zusammen angesichts der Bitterkeit in ihrer Stimme. »Wolltest du heute nacht allein auf Abenteuersuche gehen, Vicky? Ich bezweifle, daß es hier im Dorf irgendwelche Spielhöllen, Bordelle oder Gasthäuser mit jungen Lords und Ballettänzerinnen gibt.« Er ging auf sie zu und blieb dicht vor ihr stehen.

»Ich wollte lediglich spazierengehen«, sagte sie ruhig.

»Gestattest du mir, dich zu begleiten?«

»Bleibt mir eine Wahl?«

»Nein.« Als würde er ihr erlauben, mitten in der Nacht allein hier draußen herumzulaufen. »Wohin wolltest du gehen?«

»Darüber habe ich noch nicht nachgedacht.«

Er überlegte kurz. »Nicht weit von hier ist eine leerstehende Hütte. Ich glaube, sie gehörte dem Wildhüter. Weshalb spazieren wir nicht dorthin?«

»In Ordnung.« Sie verfiel in Schweigen.

»Eine herrliche Nacht, nicht wahr?«

»Ich finde es recht kühl«, erwiderte sie abweisend.

»Ja«, stimmte Lucas ihr zu. Vor der Hütte war ein Stapel Feuerholz, erinnerte er sich. Zu dumm, daß er gestern nicht angeordnet hatte, dort aufzuräumen. Er stolperte leicht über einen imaginären Stein und ließ ein leichtes Stöhnen vernehmen.

»Was ist los?« fragte Victoria und runzelte ärgerlich die Stirn.

»Nichts Besonderes. Mein Bein ist heute nacht ein bißchen lästig.« Er versuchte, stoisch und tapfer zu klingen.

»Wirklich, Lucas, man sollte annehmen, Sie hätten inzwischen gelernt, daß Sie nicht in der Kälte herumlaufen sollten, wenn Ihr Bein schmerzt.«

»Da haben Sie zweifellos recht, Madam. Doch Sie scheinen mit Vorliebe des Nachts herumzuspazieren, und es bleibt mir keine andere Wahl, als Sie zu begleiten.«

»Sie hätten sich eine Erbin suchen sollen, die diese Art von Sport nicht betreibt«, sagte sie. »Die perfekte Miss Pilkington wäre gerade richtig gewesen.«

»Meinst du? Ich gebe zu, sie stand auf Jessica Athertons Liste, aber irgendwie konnte ich nicht die rechte Begeisterung für sie aufbringen. Die Vorstellung, mit Miss Pilkington verheiratet zu sein, erschien etwas langweilig. Wie du und Annabella gesagt haben, ist sie Lady Atherton etwas zu ähnlich.«

Victoria erwiderte mit gedämpfter Stimme: »Das stimmt. Wenn Sie denken, daß Lady Atherton mit den Jahren etwas langweilig geworden ist, sollten Sie erst Miss Pilkington sehen. Verstehen Sie mich nicht falsch. Sie ist sehr nett, aber sie ist erst neunzehn, und sie hat mir selbst erzählt, daß sie glaubt, sie habe vielleicht eine religiöse Berufung.«

»Ich verstehe. Wir hätten also keineswegs zueinander gepaßt. Ich kann mir nicht vorstellen, sie mit in eine Spielhölle zu nehmen. Ebensowenig würde sie wohl mit einem Spazierstock auf den Butler eines Bordells losgehen.«

»Andererseits würde sie Ihnen wahrscheinlich keine Schwierigkeiten gemacht haben. Ich bin mir sicher, daß sie eine pflichtbewußte Gattin gewesen wäre. Da wir gerade von Pflicht sprechen . . .«

Er seufzte. »Ja?«

»Lady Atherton warnte mich, ich müsse bereit sein, meine Pflicht zu erfüllen, und Ihnen einen Erben schenken.«

»Es würde mir nichts ausmachen, Lady Atherton zu erwürgen.«

»Sie hat lediglich versucht zu helfen. Schließlich haben Sie sie gebeten, eine reiche Erbin für Sie zu suchen.«

»Daran brauchst du mich nicht zu erinnern.«

»Lucas?« fragte Victoria schüchtern.

»Hmmm?«

»Lady Atherton sagte, wenn ich dächte, es würde mir schwerfallen, meine Pflicht zu erfüllen, sollte ich nur daran denken, wie schwer es für dich sei, ein Mindestmaß an Zuneigung im Ehebett zu heucheln.«

»Verdammt, verdammt, verdammt.« Lucas blieb stehen und drehte sie zu sich um. Er zwang sie, ihn anzublicken, als er ungläubig auf sie herabsah. »Du kannst mir doch nicht erzählen, daß du ihr geglaubt hast? Nach der Nacht, die wir zusammen in dem Gasthaus verbracht haben?«

Sie hielt seinem Blick stand, und ihre Augen funkelten unter der Kapuze. »Sowohl meine Mutter als auch meine Tante haben mir erzählt, daß Männer offensichtlich keine großen Schwierigkeiten haben, Frauen diese Art von körperlicher Zuneigung vorzugaukeln, wenn es ihnen gelegen kommt.«

»Männer sind nicht die einzigen, die diese Kunst beherrschen«, murmelte Lucas und fügte rüde hinzu, »man könnte sagen, daß ich guten Grund hätte, die Echtheit deiner Gefühle in der Nacht in Frage zu stellen.«

Ärger flackerte in ihr auf. »Wie können Sie es wagen, meine Gefühle in jener Nacht anzuzweifeln? Soweit ich mich erinnere, war ich Ihnen gegenüber äußerst offen, was die Tiefe meiner Gefühle betrifft.«

Er zuckte die Schultern. »Wenn deine Gefühle so tief waren, wie du sagst, bezweifle ich, daß du sie so schnell begraben konntest.«

»Ich habe sie so schnell begraben, weil ich mich mißbraucht fühlte. Verdammt, ich hatte keine Wahl, außer meine dümmliche

Zuneigung zu unterdrücken. Ich spüre nur die Erniedrigung, wenn ich an die verfluchte Nacht denke.«

»Ich muß sagen, es ist dir hervorragend gelungen, deine Gefühle zu unterdrücken. Man würde nicht glauben, daß du mir gegenüber jemals etwas anderes als Verachtung verspürt hast.«

»Ja, nun, das ist bestimmt –« Sie brach ab, als er stolperte und stöhnte. »Was ist jetzt passiert?« fragte sie ungeduldig.

»Ich sagte dir bereits, mein Bein macht mir heute nacht Probleme.«

»Manchmal, Lucas, sind Sie ziemlich unvernünftig.« Sie ergriff seinen Arm, um ihn zu stützen. »Ich nehme an, wir sollten zum Haus zurückkehren, bevor Sie ernsthaft stürzen.«

»Ich glaube nicht, daß ich es so weit schaffe. Die Hütte ist näher. Wenn wir uns dort eine Weile ausruhen könnten, geht es mir bestimmt bald besser.«

»Nun gut«, murmelte sie gereizt. »Es ist wohl besser, wenn ich Ihnen helfe.«

»Danke, Vicky. Du bist sehr freundlich.« Lucas stützte sich schwer auf sie und ließ sich in die dunkle Hütte des Wildhüters führen.

12

Strategie.

Lucas machte es sich auf dem Boden der Hütte bequem, den Arm auf sein angezogenes Knie gestützt, das verwundete Bein lang ausgestreckt. Gutgelaunt beobachtete er, wie Victoria sich bemühte, ein Feuer zu machen. Sie hatte ihm nicht gestattet, das Holz zu tragen, sondern ihm befohlen, sich auszuruhen.

»Ein nettes kleines Plätzchen, nicht wahr?« Sie sah sich um, als das Feuer aufflackerte und das Innere der Hütte erleuchtete. »Es sieht aus, als hätte erst kürzlich noch jemand hier gelebt. Der

Schornstein ist frei, und der Boden ist nicht annähernd so staubig, wie man es erwarten würde.«

»Es würde mich nicht überraschen, wenn bis zu unserer Ankunft irgendein ehemaliger Pächter hier gewohnt hätte. Mein Onkel fand größten Gefallen daran, seine Pächter aus ihren Hütten zu vertreiben.«

»Was für ein widerlicher Mensch.«

»Vergiß nicht, daß ich einem anderen Zweig der Familie entstamme«, sagte er.

Sie lächelte nicht, sondern nahm diese Bemerkung sehr ernst. »Sicherlich sind wir nicht verantwortlich für die Taten anderer Familienmitglieder. Hier, laß mich dein Bein massieren.«

Lucas protestierte nicht. Vor seinem geistigen Auge stiegen die Bilder dessen auf, was geschehen war, als sie sein schmerzendes Bein zum ersten Mal massiert hatte. »Danke. Ich werde es zu schätzen wissen.«

Sie faltete ihren Umhang, legte ihn auf den Boden und kniete sich darauf. Die Augen auf sein Bein geheftet, begann sie mit der sanften Massage. Lucas stöhnte bei der ersten Berührung ihrer Hände.

»Tue ich dir weh?«

»Nein. Es fühlt sich wunderbar an.« Er schloß die Augen und lehnte seinen Kopf gegen die Wand. »Du kannst dir nicht vorstellen, wie angenehm es ist.«

»Es muß furchtbar gewesen sein.«

Lucas öffnete die Augen und sah seine Frau an. »Was muß furchtbar gewesen sein?«

»Der Tag, an dem du verwundet wurdest.«

»Ich gebe zu, daß es nicht gerade einer der Höhepunkte in meinem Leben war. Etwas weiter oben, bitte. Ja. Genau da. Danke.« Ihre Hand war nur wenige Zentimeter von seiner Leiste entfernt. Er fragte sich, wie sie die zunehmende Schwellung in seinen enganliegenden Reithosen nicht bemerken konnte. »Das Feuer ist äußerst angenehm.«

»Lucas?« Es gab eine kurze, pikante Pause.

Lucas sah den gespannten Ausdruck auf Victorias Gesicht. »Ja?«

»Hast du sie sehr geliebt?«

Er schloß erneut die Augen und versuchte, ihrem Gedankengang zu folgen. »Wen?«

»Lady Atherton natürlich.«

»Oh, sie. Nun, ich muß es damals gedacht haben, weshalb hätte ich sie wohl sonst gefragt, ob sie meine Frau werden will. Wenn ich jedoch zurückblicke, fällt es mir schwer zu glauben, daß ich ein solcher Trottel war.«

»Sie liebt dich immer noch.«

»Sie liebt den Gedanken, wegen einer unerfüllten Liebe zu leiden, und das Gefühl, in ehrenvollem Martyrium ihre Pflicht zu erfüllen, wesentlich mehr, als sie jemals einen Mann lieben wird. Ich beneide Lord Atherton kein bißchen.«

»Verzeihung, Graf«, sagte Victoria sarkastisch, »aber das ist eine auffallend scharfsinnige Bemerkung für einen Mann.«

Er öffnete ein Auge. »Denkst du, Frauen seien die einzigen Wesen, die auffallend scharfsinnige Bemerkungen machen können?«

»Hm, nein, aber...«

Er schloß das Auge. »Einige von uns Männern sind durchaus in der Lage, aus ihren Fehlern zu lernen und im Verlauf dieses Prozesses ein gewisses Maß an Scharfsinn zu entwickeln.«

»Stimmt das?«

Lucas sog scharf die Luft ein. »Ah, Vicky, könntest du bitte ein wenig vorsichtiger mit diesem Teil meines Beines umgehen? Vielleicht, wenn du deine Hände etwas höher schieben würdest?«

»So?« Sie glitt mit ihren Fingern noch ein paar Zentimeter hinauf.

Lucas wagte nicht zu sprechen. Ihre Berührung war jetzt so intim, daß er in Kürze die Beherrschung verlieren würde.

»Lucas, bist du in Ordnung?« Victoria klang ernsthaft besorgt.

»Nach der Nacht, die wir zusammen in dem Gasthaus verbracht haben, solltest du wissen, was deine Berührung bei mir bewirkt, meine Süße.«

Sofort stoppte die Bewegung auf seinem Schenkel. »Willst du, daß ich aufhöre?« fragte sie zögernd.

»Auf keinen Fall. Nicht in einer Million Jahre. Unter solcher Folter könnte ein Mann glücklich sterben.«

»Lucas, versuchst du zufällig, mich dazu zu bewegen, dich zu... verführen?«

Er öffnete die Augen und blickte sie an. »Ich würde meine Seele dafür geben, daß du mich verführst.«

Sie blinzelte ob dieser Direktheit. Dann blitzte Verlangen in ihren Augen auf. »Ich denke nicht, daß der Preis dafür so hoch ist, Graf.«

Er berührte ihr Gesicht und ließ dann seine Finger an der Kette ihres Amuletts entlanggleiten. »Ich danke Gott für deine Ehrlichkeit in Fragen wissenschaftlicher Studien.«

»Oh, *Lucas*.« Mit einem glücklichen Aufschrei warf sie sich an seine Brust und schlang die Arme um seine Hüften. »Ich habe so oft an diese Nacht gedacht. In diesen paar Stunden mit dir war ich so glücklich.«

»Nur dein Stolz hält dich davon ab, wieder so glücklich zu werden.« Er streichelte ihren Arm und genoß ihr Gewicht an seiner Brust. »Ist dein Stolz diesen ganzen Unfrieden zwischen uns wert? Wir sind jetzt für den Rest unseres Lebens aneinander gebunden, Vicky. Willst du uns jede Nacht diese Hölle durchleben lassen?«

Sie lehnte ihren Kopf an seine Schulter, so daß sie ihn nicht ansehen mußte. »Wenn du es so ausdrückst, macht es nicht viel Sinn, nicht wahr? Tante Cleo sagte, ich hätte mir selbst mein Bett bereitet, und müsse nun darin liegen. Sie sagte, es wäre an mir, dieses Bett so bequem wie möglich zu machen.«

»So sehr ich die Gefühle deiner Tante zu schätzen weiß, möchte ich doch nicht unbedingt eine Märtyrerin in meinem Bett. Wie du dich sicher erinnerst, bin ich diesem Schicksal bereits einmal knapp entronnen«, sagte Lucas.

Ihre Schultern zuckten in leichtem, nervösem Gelächter. »Ja, ich erinnere mich. Sehr gut, Lucas. Ich werde meinen Entschluß, meinen Verpflichtungen als Ehefrau nachzukommen, als eine Sache der Logik und des Verstandes betrachten und nicht als eine Pflicht. Wie du sagst, gibt es keinen Grund, uns diese Hölle durchleben zu lassen.«

»In jedem Fall ziehe ich den logisch denkenden Blaustrumpf der frommen Märtyrerin vor.« Lucas hob ihr Kinn und küßte sie. »Zumindest muß der Blaustrumpf nicht so tun, als genieße er es nicht, wenn er sich der Leidenschaft hingibt.« Langsam näherte sich sein Mund ihren Lippen.

Victoria schien kurz zu zögern, als würde sie ihre Logik noch einmal überdenken, um sicherzustellen, daß sie die richtige Lösung für ihr Problem gewählt hatte. Dann, nach einem leichten Seufzer, erwiderte sie seinen Kuß mit der süßen, heißen Leidenschaft, die Lucas so erregend fand.

Ihre Hände umfaßten seinen Rücken, und sie öffnete ihre Lippen für ihn. Voller Vorfreude darauf, bald in ihren Körper einzudringen, ließ Lucas seine Zunge in ihren Mund gleiten. Sie preßte sich an ihn. Er konnte ihre Brüste unter dem Kleid fühlen, und sein ganzer Körper pochte vor Ungeduld.

»Meine Süße, ich habe so lange auf unsere Hochzeitsnacht gewartet.« Er löste seinen Mund von ihren Lippen und griff nach dem bernsteinfarbenen Umhang, auf dem sie gekniet hatte. Er breitete ihn mit einer Hand aus, so daß sie wie auf einer Decke auf ihm liegen konnten.

»Er wird schmutzig werden.« Ihr Protest kam automatisch, aber ohne Nachdruck.

»Du hast noch andere.« Er nestelte an ihrem Kleid herum, wobei ihn seine Eile und die dadurch hervorgerufene ungewohnte Ungeschicklichkeit erschreckten. Soviel zur Strategie. Jetzt, wo das Warten fast vorbei war, gebärdete sich ein Teil von ihm wild und ungestüm.

Beim ersten Mal hatte er sich zurückgehalten, bis er sicher war, daß sie ihn ebenso begehrte wie er sie. Er war so besorgt, sie nicht zu verletzen oder zu verschrecken, so besorgt, ihr zu gefallen. Aber dieses Mal konnte er nur daran denken, sie noch einmal zu besitzen. Er mußte sich beweisen, daß sie ihm erneut gehörte.

Dieses Mal konnte er sich nicht zurückhalten.

Victoria war angesichts seines Drängens überrascht, doch sie lehnte sich willig zurück, als er sie auf den Umhang drängte. Er gab den Kampf mit ihren Kleidern auf und begnügte sich damit, ihre Röcke über ihre Hüften zu schieben. Dann sah er schnell auf, um zu sehen, ob sie gekränkt war wegen dieses Mangels an Höflichkeit. Als er ihr strahlendes Lächeln und den Widerschein der Glut des Feuers in ihren Augen sah, begann er, sich an seiner eigenen Kleidung zu schaffen zu machen.

»Verdammt.«

»Was ist?« fragte sie sanft.

»Nichts. Nur meine eigene Ungeschicklichkeit.« Schließlich gelang es ihm, die Reithosen zu öffnen. Er entschied, daß er keine Zeit mehr habe, um seine Stiefel auszuziehen. Die Begierde wütete in ihm.

Und dann fiel er über sie in einem glühendheißen Fieber. Er legte seine Hände auf ihre Schenkel, und sie öffnete sich ihm. Er schob sich zwischen ihre Beine und spürte ihre feuchte Hitze, während er gegen ihren weichen Leib drängte. Er nahm eine ihrer Brustwarzen in den Mund und biß sanft zu, als er in ihren engen, heißen Spalt eindrang.

Sie schrie auf und krallte sich an ihm fest. Er fühlte den anfänglichen Widerstand ihres Körpers, während er beständig tiefer drängte. Er ermahnte sich, daß das alles noch sehr neu für sie war.

»Heb dein Becken, meine Süße. Öffne dich für mich.« Er schob eine Hand unter sie, um ihr üppiges Hinterteil zu umfassen und hob es an, so daß er noch tiefer in ihre einladende Wärme eindringen konnte.

»Lucas.«

»Tue ich dir weh?« Selbst in seinen eigenen Ohren klang seine Stimme rauh.

»Nein, nicht direkt. Aber das Gefühl ist unbeschreiblich. Oh, Lucas.«

»Ich weiß, ich weiß, Liebling, ich weiß.« Vorsichtig stieß er weiter vor. Er spürte, wie ihre Schenkel erzitterten, als sie ihn umschlossen, und das Wissen, daß sie sich ihm derart auslieferte, brachte ihn fast um. »Schling deine Beine um meine Hüfte. So. *Ja.*«

Mit einem kleinen Schrei gab sie sich ihm hin, genau wie in der ersten Nacht. Sie hing an ihm, flüsterte seinen Namen, bat ihn um die versprochene Erlösung.

Glitzernde Fragmente verschiedenster Empfindungen flakkerten in Lucas auf. Er war sich der Hitze des Feuers bewußt, des verlockenden Dufts von Victorias erregtem Körper, der seidigen Stärke ihrer weichen Schenkel, die ihn umschlangen.

Er öffnete die Augen und sah, daß ihre fest geschlossen waren. Sie atmete schnell, ihr Hals war über seinen Arm gebeugt. Leidenschaft hatte sie ergriffen, und ihr Anblick reizte seine Sinne. Er war in höchstem Maße fasziniert. Er bewegte sich langsam und bewußt in ihr, und ließ sich von ihr zurückziehen, sobald er sich an den Eingang ihrer engen kleinen Spalte zurückzog.

»Lucas.«

»Ja.« Sanft fuhr er in sie zurück, entzückt über ihre heiße, feuchte Wärme. Er schwitzte, und sein ganzer Körper drängte nach Erlösung. Dann spürte er Victorias plötzliche Anspannung und wußte, daß sie selbst kurz vor dem Höhepunkt stand.

Er legte seine Hände auf ihr Hinterteil und ließ einen Finger entlang des dunklen Spalts bis zu der Stelle fahren, an der sich ihre Körper trafen.

Victoria riß die Augen auf, und ihre Lippen öffneten sich zu einem sanften, überraschten, reinen, weiblichen Schrei.

»Lucas? Gütiger Himmel, *Lucas*.«

Und dann zog sie sich um ihn zusammen, zog ihn noch tiefer in sich hinein. Lucas hörte, wie sein eigener triumphaler Schrei den kleinen Raum erfüllte, als ihn die Erlösung überkam.

Mehrere Minuten vergingen, bevor er sich rührte. Dann rollte er auf die Seite und zog Victoria eng an sich. Das Feuer brannte immer noch fröhlich und warf freundliche, tanzende Schatten an die Wand. Lucas spürte, wie ein Bein seiner Frau leicht neben seines glitt, als sie sich an ihn schmiegte.

»Sie müssen zugeben, daß die Ehe gewisse Vorzüge hat, Madam. Zumindest brauchen wir dieses Mal nicht zu befürchten, daß man uns entdeckt und unser Ruf ruiniert ist.« Lucas gähnte zufrieden. »Aber meinst du, nächstes Mal könnten wir vielleicht den Komfort deines oder meines Bettes genießen? Die Matratze in dem Gasthaus war schäbig, und dieser Fußboden ist verdammt hart.«

»Wir erleben ein Abenteuer. Meinen Sie nicht, es wäre etwas zu gewöhnlich, eines unserer Betten zu benutzen, Sir?«

»Das habe ich nun davon, daß ich eine Frau mit einer Vorliebe für Aufregung geheiratet habe. Sie läßt sich nur an ungewöhnlichen Orten und unter ungewöhnlichen Umständen lieben.« Zärtlich zerzauste Lucas ihre kurzen Locken. »Keine Angst, Madam, Ihr Gatte wird sein möglichstes tun, um Sie in Ihrem eigenen Bett bei Laune zu halten.«

»Das klingt, als würde es dir eine Menge Arbeit machen.«

»Glaube mir, es wird unendlich leichter sein, sich interessante Dinge zu überlegen, die ich in deinem bequemen Schlafzimmer mit dir anstellen kann, als um Mitternacht hinter dir herzujagen und mich zu fragen, welches Unheil du jetzt wieder anzurichten gedenkst.«

Darauf antwortete sie nicht. Statt dessen zappelte sie ein wenig herum. Sie unternahm keinen Versuch, sich aus seinen Armen zu befreien, aber sie schwieg nach wie vor. Lucas begann, sich Sorgen zu machen.

»Lucas?«

»Ja, meine Süße?«

»Schwörst du, daß du es nicht warst, der meine Tante davon in Kenntnis gesetzt hat, daß wir in dem Gasthaus waren?«

Der in ihm aufsteigende Ärger verdrängte einen Großteil seiner Zufriedenheit. Er stützte sich auf einen Ellbogen und blickte finster auf sie hinab. »Verdammt, Vicky, ich wollte dich verführen und dich nicht erniedrigen. Wie kannst du nur denken, daß ich so etwas tun würde?«

»Du hast selbst gesagt, daß du fest entschlossen warst, eine reiche Erbin zu heiraten.«

»Ich war fest entschlossen, *dich* zu heiraten«, verbesserte er rauh, »nicht irgendeine reiche Erbin. Außerdem, um ganz offen zu sein, meine Liebe, es war nicht nötig, zu derart extremen Maßnahmen zu greifen.«

Ihre Augenbrauen verengten sich. »Was soll das heißen?«

»Nur, daß ich dich auch ohne fremde Hilfe dazu gebracht hätte, mich zu heiraten. Dazu brauchte ich keine fremde Hilfe. So, wie sich unsere Beziehung entwickelte, wäre es nur eine Frage der Zeit gewesen, bis du dich selbst in eine Ehe mit mir hineingeredet hättest.«

»Du arrogantes Ekel.« Sie versuchte, sich aus seiner Umarmung zu lösen und aufzusetzen.

Lucas grinste und warf ein Bein über ihre nackten Schenkel. Er rollte sich auf sie und drückte ihre Handgelenke auf den Boden. »Es stimmt, und du weißt es, meine Süße. Gib es zu. Gib zu, daß eine solch heiße Liebesaffäre nur nach einer Heirat mit mir möglich war. Anders wäre es unmöglich gewesen.«

Sie blitzte ihn an und kämpfte vergeblich. »Es wäre möglich gewesen. Es hätte lediglich sorgfältige Planung erfordert.«

»Ich versichere dir, wenn es um Planung und Strategie geht, bin ich sehr, sehr gut, und selbst ich hätte dich nicht lange zufriedenstellen oder beschützen können. Zum Teufel, ich habe es ja nicht einmal das eine Mal geschafft, als wir versucht haben, uns heimlich in dem Gasthaus zu treffen. Und es wäre dir unmöglich gewesen, dich jedesmal, wenn du mit mir hättest ins Bett gehen wollen, heimlich von einem Ball zu stehlen und in einer fremden Kutsche in irgendein Gasthaus zu fahren. Früher oder später wäre es jemandem aufgefallen.«

»Ich wäre äußerst diskret vorgegangen«, beharrte Victoria.

»Tatsächlich? Und was hätten wir nach dem Ende der Saison gemacht, wenn es keine großen Feste mehr gibt, von denen du dich hättest unbemerkt davonstehlen können?«

Ärgerlich biß sie sich auf die Lippe. »Mir wäre schon etwas eingefallen.«

»Nein, meine Liebe. Von Anfang an lief unsere Beziehung darauf hinaus, daß wir Schwierigkeiten bekommen würden.«

»Und du wußtest es.«

»Natürlich wußte ich es. Und da du alles andere als dumm bist, wärst du schnell zur Vernunft gekommen und hättest es ebenfalls gemerkt. Und dann hättest du angefangen, über eine Heirat nachzudenken, da bin ich mir sicher.« Er lächelte. »Um die Wahrheit zu sagen, angesichts deines Interesses an *wissenschaftlichen Studien* glaube ich nicht, daß ich allzu lange hätte warten müssen.«

Reglos sah sie ihn an. »Du warst dir meiner so sicher, daß du sogar eine Sonderheiratserlaubnis mit dir herumtrugst.«

»Ich wollte vorbereitet sein. Wir haben mit dem Feuer gespielt, meine Liebe.«

Victoria verschloß ihre Augen vor seinem zufriedenen Grinsen. »Und ich habe mir dabei die Finger verbrannt.«

»Tut es denn so weh?« fragte er sanft an ihrem Mund. Sein Körper reagierte unverzüglich, und er stöhnte.

»Während der letzten Tage habe ich viel darüber nachgedacht«, sagte sie sehr ernst. »Wäre die Welt anders, als sie ist, hätte ich nicht geheiratet.«

Ihr Beharren auf diesem Punkt begann ihn zu ärgern. Er sah böse auf sie herab. »Wenn die Welt anders wäre, wäre ich nicht gezwungen gewesen, mir eine reiche Erbin zu angeln.«

»Das stimmt, Lucas. Wie ich bereits sagte, habe ich viel darüber nachgedacht. Wir beide taten, was unser Ehrgefühl von uns verlangte, und nun sind wir gezwungen, mit diesem Geschäft zu leben. Es ist fast wie ein Abkommen. Ich habe beschlossen, unsere Ehe in diesem Licht zu betrachten. Ich sehe in uns zwei Geschäftspartner, die in dasselbe Unternehmen investiert haben.«

Lucas runzelte die Stirn. »Ich mag dieses Gerede vom Geschäft nicht.«

Sie schüttelte heftig den Kopf. »Denk, was du willst. Die Sache ist die: Wir investieren gemeinsam in eine Zukunft, und solange wir einen Weg finden, gut zusammenzuarbeiten, denke ich, können wir durchaus miteinander zurechtkommen.«

»Miteinander zurechtkommen«, wiederholte er, während er ernsthaft darüber nachdachte, sie übers Knie zu legen. »Hast du es vor ein paar Minuten auch so gesehen, als du in meinen Armen erzittertest? Miteinander zurechtkommen?«

Die Röte in ihrem Gesicht rührte nicht nur von der Wärme des Feuers her. »Wirklich, Lucas. Ein Gentleman würde keine solch intime Frage stellen.«

»Woher willst du das wissen? Du bist ja noch keinem anderen Gentleman unter derartigen Umständen begegnet.«

»Ich stelle lediglich eine Vermutung an«, erwiderte sie. »Außerdem geht es darum nicht.«

»Worum geht es dann? Du betrachtest unsere Ehe also als Partnerschaft? Als Investition? Als Abkommen, in dessen Rahmen die Geschäftspartner zufällig miteinander ins Bett gehen?« Mit wütendem Blick zwang er sie, ihn anzusehen.

»Aber ist es nicht genau das? Ist es nicht das, was du wolltest?«

»Nein, verdammt. Es ist nicht das, was ich wollte.«

»Ich verstehe. Vielleicht mißfällt dir die Vorstellung von mir als gleichberechtigte Partnerin? Vielleicht wolltest du nur mein Geld und würdest es vorziehen, daß ich mich gänzlich aus der Sache heraushalte, außer daß ich dir noch deinen Erben schenke.«

»Vicky, Vicky, beruhige dich. Du verdrehst meine Worte und verstehst mich vollkommen falsch.«

»Ich versuche nur, das zu tun, was alle Welt von mir erwartet. Ich versuche, einen vernünftigen, intelligenten Weg zu finden, mit dieser Angelegenheit umzugehen. Ich dachte, es würde dich freuen, daß ich endlich so vernünftig bin.«

Lucas versuchte, seinen Zorn zu unterdrücken. »Ich will keinen Geschäftspartner, ich will eine Frau.«

»Was ist denn der Unterschied, außer der Tatsache, daß ich als deine Frau gelegentlich das Bett mit dir teile?«

»Das wird nicht nur gelegentlich der Fall sein, und der Unterschied besteht darin, daß du mich liebst. Das hast du selbst gesagt.«

Sie riß die Augen auf. »Das habe ich nicht.«

»Doch, das hast du. In der ersten Nacht in dem Gasthaus. Ich habe es deutlich gehört.«

»Ich sagte lediglich, ich *dächte*, ich würde dich lieben. Auf jeden Fall hat sich das aufgrund der Geschehnisse geändert.«

»Den Teufel hat es.« Seine Finger spannten sich um ihre Handgelenke. »Vicky, hör auf, all diesen Unsinn über ein Geschäftsabkommen zu reden. Wir sind Mann und Frau.«

»Willst du damit sagen, unsere Beziehung wäre nicht nur rein geschäftlicher Art?«

»Natürlich ist sie das nicht.«

Ihre Augen verengten sich. »Wollen Sie etwa behaupten, daß Sie mich lieben, Graf?«

»Du würdest es mir nicht glauben, wenn ich es sagte.« Er ließ sie los und richtete sich auf, um seine Kleider zu ordnen.

»Wer weiß. Weshalb versuchen Sie es nicht einfach?«

Er sah sie an und wußte nicht genau, was er mit ihrem Blick anfangen sollte. Aber sie forderte ihn heraus, soviel war klar. »Was willst du von mir hören, Vicky?«

»Was wohl jede junge Braut hören möchte«, sagte sie kühl. »Den Schwur von unsterblicher Liebe und das Versprechen ewiger Treue. Aber das werde ich wohl kaum zu hören bekommen, oder?«

»Verdammt.« Er stand auf, da er erneut die drohende Gefahr spürte. Worte waren die teuflischen Waffen der Frauen, und diese Frau würde jeden Funken Macht, den er ihr gab, zu ihrem Vorteil nutzen. Er hatte bereits den Beweis dafür, wie geschickt sie ihn dazu bringen konnte, wider besseres Wissen zu handeln. Allein die Erinnerung an die entsetzlichen Nächte, in denen er die Mauer zu Lady Nettleships Garten hatte überklettern müssen, reichte, um die Schmerzen in seinem Bein erneut aufflammen zu lassen. »Sie laufen Gefahr, mich allzu sehr zu reizen, Madam.«

»Heißt das, Sie können mir nicht geben, was ich will?«

»Ich vertraue weder deiner Stimmung noch dem, was hinter dieser Forderung steckt, Vicky. Ich glaube, du suchst nur einen Weg, um mich manipulieren zu können. Wenn ich dir meine unsterbliche Liebe und ewige Treue schwören würde, würdest du mir diesen Schwur jedesmal ins Gesicht schleudern, wenn ich mich weigerte, mich deinem Willen zu beugen. Du würdest sagen, ich hätte gelogen, als ich sagte, ich würde dich lieben.«

»Heißt das, du liebst mich nicht?«

»Das heißt, daß es ein gottverdammter Fehler war, anfangs in London all deinen Wünschen nachzugeben. Seither erwartest du, mich ohne große Mühe nach deiner Pfeife tanzen lassen zu können«, knurrte er.

»Ich verstehe.« Langsam erhob sie sich und konzentrierte sich darauf, ihre Kleider zu ordnen.

Lucas starrte auf ihren schmalen, geraden Rücken. Er war

müde. Noch vor wenigen Minuten hatten sie eine Leidenschaft geteilt, wie er sie nicht gekannt hatte. Und nun schien die zerbrechliche Beziehung durch bloße Worte erneut erschüttert worden zu sein. Er konnte beim besten Willen nicht verstehen, weshalb alles so falsch lief.

»Vicky, tu dir das nicht an.« Er drehte sie um und zog sie in seine Arme. Er dachte, er höre ein leichtes Schluchzen und fühlte sich hilflos. Dieses Gefühl mochte er keineswegs. »Du bist doch kein unerfahrenes kleines Mädchen, verdammt.«

Sie zögerte, und dann nickte sie leicht an seiner Schulter, das Gesicht in seinem Hemd vergraben. »Du hast recht. Ich benehme mich wie ein dummes Ding, das gerade eben der Schulbank entsprungen ist und das mit der Welt, so wie sie ist, nicht zurecht kommt.« Sie zog sich zurück und sah ihn mit neuer Entschlossenheit an. »Wie ich bereits sagte, Lucas, ich glaube, diese Ehe kann funktionieren, wenn wir uns darauf verständigen, logisch und vernünftig zu handeln. Ich schwöre, ich werde meinen Teil des Abkommens einhalten.«

Er sah in Augen, die vor Tränen glitzerten, und er wußte nicht, was er sagen sollte. Er wollte die süßen, verführerischen Liebesbezeugungen hören, die sie in ihrer ersten Nacht geflüstert hatte, doch er spürte, daß dies nicht die rechte Zeit dafür war.

»Vicky?«

»Ja, Graf?«

»Danke, daß du dich entschlossen hast, das Beste aus dieser Ehe zu machen«, hörte er sich freundlich sagen. »Ich bin dir äußerst dankbar.«

»Gern geschehen, Graf.«

Die quälende Förmlichkeit ihres Tons ließ ihn schmerzlich zusammenfahren, doch es gelang ihm zu lächeln. Während er so auf sie herabsah, glühte das Bernsteinamulett im Schein des Feuers, und Lucas entspannte sich leicht.

Es würde gut werden, beschloß er. Sie würde irgendwann die Worte finden. »Verheddere dich nur nicht, wenn du versuchst, deine Gefühle zu ordnen, Vicky. Oder meine.« Er berührte die goldene Kette des Amuletts und lächelte. »Alles wird gut werden. Laß uns nach Hause gehen.«

Sie nickte zustimmend und trat zurück, als er ihren Umhang ausschüttelte. Er war staubig, aber ansonsten nicht weiter beschmutzt. Er legte ihn ihr um und dachte, obgleich sie für eine Frau recht groß war, war sie bedeutend kleiner als er. Erneut erwachte in ihm das Bedürfnis, sie zu beschützen.

»Lucas«, sagte sie nachdenklich, während er das Feuer löschte, »wenn du es nicht warst, der meine Tante von unserem Rendezvous in dem Gasthaus in Kenntnis gesetzt hat, wer war es dann?«

Er zuckte die Schultern. »Wer weiß?«

»Vielleicht Lady Atherton? In ihrem nicht enden wollenden Bemühen, dir bei deiner Jagd auf eine reiche Erbin behilflich zu sein?«

Er grinste erleichtert wegen der wiederkehrenden Unverschämtheit in ihrem Ton. »Ich denke, das wäre möglich. Ist das so wichtig? Was passiert ist, ist passiert.« Er nahm ihren Arm und führte sie zur Tür.

»Du hast vollkommen recht«, sagte sie langsam. »Man kann die Dinge nicht ungeschehen machen. Aber mir sind kürzlich in der Stadt ein oder zwei merkwürdige Dinge passiert, und das und die Frage, wer uns wohl nachspioniert haben könnte, veranlaßten mich nachzudenken.«

»Worüber?«

»Völlig egal. Wahrscheinlich bilde ich mir alles nur ein.«

Lucas erstarrte. Er zwang sie stehenzubleiben. »Victoria, wovon in Gottes Namen redest du? Was für seltsame Dinge sind dir passiert?«

»Wirklich, Lucas, es ist nichts. Da bin ich mir sicher.«

»Ich hätte gern eine Antwort auf meine Frage, Madam.«

»Weißt du, Lucas, wenn du in diesem Ton sprichst, fühlt sich jeder in deiner Umgebung genötigt, umgehend durch den nächsten Reifen zu springen. Hast du das beim Militär gelernt?«

Stumm betete er um Geduld. »Genug, Victoria. Erzähl mir, weshalb du mich gefragt hast, wer uns wohl nachspioniert haben könnte. Wir werden hier stehenbleiben, bis du es mir gesagt hast.«

»Mir scheint, daß du beide Male nach unserer *wissenschaftlichen Studie* nicht besonders liebevoll warst. Beim ersten Mal galten zugegebenermaßen mildernde Umstände. Aber dieses Mal gibt es keine Entschuldigung. Sind alle Männer so?«

»Du kannst es einfach nicht lassen, mich zu reizen, nicht wahr? Eines Tages wirst du zu weit gehen. Wenn du mir jetzt nicht antwortest, ist dies der Tag.«

Victoria zuckte die Schultern. »Nun gut, aber es ist wirklich nicht wichtig. Es ist nur, daß ich zweimal über Gegenstände gestolpert bin, die mir nicht gehörten. Beide waren mit einem ›W‹ gekennzeichnet. Das eine war ein Halstuch, das über dem Griff der Gewächshaustür hing. Ich habe es in der Nacht gefunden, als wir in der Spielhölle waren.«

»In der Nacht, in der du fast von der Kutsche überfahren wurdest.« Lucas runzelte die Stirn. »Und was war das andere Teil?«

»Ausgerechnet eine Tabaksdose. Ich fand sie in meinem Farbkasten.«

»Und niemand schien diese Gegenstände zu vermissen?«

»Nein.« Sie schüttelte den Kopf und machte sich auf den Weg zurück zum Haus.

Er ging ihr nach, während er versuchte nachzudenken. »Wann hast du die Tabaksdose gefunden?«

Sie murmelte etwas Unverständliches. Er warf einen ungeduldigen Blick auf ihr abgewandtes Gesicht. »Bitte?«

»Ich sagte, ich fand sie an dem Morgen nach unserem letzten schicksalhaften Gespräch im Garten meiner Tante. Sie werden sich gewiß an den Abend erinnern, Graf. Es war die Nacht, in der ich Sie darum bat, ein ...«

»O ja. Diese Nacht. Schicksalhaft, tatsächlich.« Er wog ihre

Worte und versuchte ein Muster zu entdecken, das es nicht gab. »Seltsam.«

»Weshalb sagst du das?«

»Ich wurde in der Nacht von einem Straßenräuber angegriffen, als ich zur Kutsche zurückging«, erklärte er knapp. »Ich fragte mich damals, ob der Mann vielleicht absichtlich auf mich gewartet hatte, hielt diesen Gedanken dann aber für unwahrscheinlich.«

Victoria wirbelte herum. In ihren Augen spiegelte sich Entsetzen. »Du wurdest angegriffen? Von einem Straßenräuber? Weshalb hast du mir das nicht erzählt? Um Himmels willen, Lucas, du hättest etwas sagen sollen.«

»Was zum Beispiel?« Ihre erneute Sorge um seine Sicherheit erfreute und beruhigte ihn.

»Sei nicht so respektlos. Das ist eine ernste Sache. Du hättest verletzt werden können. Hat er dein Geld oder deine Uhr gestohlen?«

»Nein.«

»Nein, natürlich nicht«, stimmte sie schnell zu. »Sicher warst du viel zu schnell für ihn.«

»Du schmeichelst mir. Ich fürchte, die einfache Wahrheit ist, daß ich Glück hatte.« Erneut ergriff er ihren Arm und führte sie weiter in Richtung des Hauses. »Der Überfall hatte keine ernsthaften Folgen, abgesehen davon, daß dabei mein Mantel zerrissen wurde. Aber es ist doch ein höchst merkwürdiger Zufall.«

»Was? Und wie kannst du sagen, daß der Überfall auf dich keine Folgen hatte? Mir scheint, er hätte durchaus höchst bedenkliche Folgen haben können.«

»Ja, aber das Interessante ist, daß wir beide knapp einem Unfall entronnen sind, kurz bevor du diese Gegenstände mit dem eingravierten ›W‹ gefunden hast.«

Überrascht verstummte sie. Lucas konnte fast hören, wie ihr Hirn fieberhaft arbeitete. »Was schließt du aus derartigen Zufällen?«

»Um ehrlich zu sein, weiß ich nicht, was ich davon halten soll. Vielleicht gibt es da gar keinen Zusammenhang. Ich gebe zu, daß mir der Gedanke kam, ob Edgeworth nicht vielleicht den Straßenräuber engagiert hätte.«

»Edgeworth. O ja, er. Wegen seiner Blamage beim Kartenspiel? Denkst du, er würde sich derart an dir rächen, nur weil er Geld an dich verloren hat?«

Lucas dachte über sein letztes Gespräch mit Edgeworth nach. »Es gibt zwischen uns etwas mehr böses Blut als nur wegen der Szene am Spieltisch. Doch selbst wenn er zu solchen Mitteln greifen würde, erklärt das immer noch nicht den Gegenstand, den du im Gewächshaus gefunden hast.«

Sie runzelte die Stirn. »Nein. Und es paßt auch nicht zu dem Zwischenfall mit der Kutsche, obgleich ich denke, daß wir uns im Fall eines absichtlichen Angriffs vielleicht getäuscht haben, als wir dachten, ich sei das beabsichtigte Opfer gewesen.«

»Du denkst, ich sei das Ziel gewesen?« Ihre Einsicht überraschte ihn, und er mußte erst einmal nachdenken. »Ich bin mir nicht sicher. Es wäre möglich. Wir standen recht dicht beieinander, als es passierte.«

»Wieder Edgeworth?«

Lucas überlegte. In der Nacht, in der sich der Zwischenfall mit der Kutsche ereignet hatte, waren er und Edgeworth noch nicht wegen Vicky aneinandergeraten. Aber da war die Sache mit dem Kartenspiel, und vielleicht hatte Edgeworth allmählich begriffen, daß er in den Clubs in Verruf geriet. Und natürlich war da immer noch die böse Geschichte aus der Vergangenheit, die für alle Zeiten zwischen ihnen stehen würde.

»Möglich«, sagte Lucas schließlich.

»Aber was könnten diese Angriffe mit der Entdeckung des Halstuchs und der Tabaksdose zu tun haben?«

»Kennst du jemanden, dessen Name mit einem ›W‹ beginnt?«

»*Nein.* Ich meine, ja, natürlich. Mehrere Personen. Wie gesagt, keine von ihnen hat diese Dinge verloren.«

Sie fuhr eilig fort, indem sie ihm alle Personen aufzählte, deren Namen mit einem »W« begannen, aber Lucas hörte ihr nicht zu.

Seine Aufmerksamkeit richtete sich auf den seltsamen Ton, in dem sie diese direkte Frage spontan beantwortet hatte. Erst kürzlich hatte sie schon einmal so gezögert, als wolle sie einer Frage irgendwie ausweichen. Er überlegte noch kurz, und dann hatte er es. Er hatte dieses Zögern in der Nacht vernommen, als sie von ihrem Alptraum erzählt hatte.

»Und sie hat auch Lady Wibberly gefragt, die eine Menge Schnupftabak nimmt. Lord Wilkins auch, glaube ich. Er trägt auch Halstücher. Und dann haben wir Waterson gefragt, aber vergeblich.«

»Vicky?«

»Man kann sich jedoch nie sicher sein, daß Lord Waterson sich so gut an die Dinge erinnert. Es ist durchaus möglich, daß er die beiden Gegenstände verloren hat und sich nicht daran erinnert. Er ist ständig mit wichtigeren Dingen beschäftigt wie zum Beispiel Meteorologie, mußt du wissen. Er hat ein wirklich beeindruckendes Instrument für die Niederschlagsmessung entwikkelt.«

»Victoria.«

»Wie gesagt, bei der großen Zahl von Bekannten, die meine Tante hat, ist es durchaus möglich, daß wir jemanden vergessen haben.«

»Vicky, Liebling, bitte sei einmal still. Ich will dich etwas fragen, und ich wäre dir äußerst dankbar, wenn ich eine ehrliche Antwort bekäme.« Er zwang sie zum Stehenbleiben. Dann packte er sie bei den Schultern und drehte sie zu sich.

»Ja, Lucas?«

»Vicky, gibt es jemanden, dessen Name mit einem ›W‹ beginnt, und den du nicht magst? Jemand, der dir angst macht oder dem du nicht vertrauen kannst? Jemand, der dich vielleicht besonders beunruhigt?«

»Nein«, sagte sie, ohne zu zögern.

Er lächelte leicht angesichts dieser offensichtlichen Lüge. »Versuch es noch einmal, meine Süße. Und hab keine Angst, die Wahrheit zu sagen. Ich bin schließlich dein Gefährte für nächtliche Abenteuer. Du kannst mir Dinge erzählen, die du niemandem sonst erzählen würdest.«

»Lucas, bitte, dräng mich nicht so.«

Er zog sie an sich und preßte ihr Gesicht an sein Hemd. Ihr bernsteinfarbener Umhang wehte um seine Beine. »Sag es mir, Vicky.«

Sie versteifte sich. »Du verstehst das nicht.«

»Vertraue mir.«

»Lucas, er ist *tot*.«

Lucas runzelte die Stirn angesichts der Verzweiflung, die sich hinter dieser schlichten Aussage verbarg. Er überdachte die Informationen, die ihm Jessica Atherton hatte zukommen lassen, bevor er begonnen hatte, seine reiche Erbin zu umwerben. Innerhalb weniger Sekunden hatte er den Namen: Samuel Whitlock. »Sprechen wir zufällig von deinem Stiefvater?« fragte er freundlich.

Sie warf den Kopf zurück und versuchte sichtlich, sich zusammenzunehmen. »Ich sagte ja, es ist unmöglich. Er ist tot und begraben.«

»Aber du mochtest ihn nicht besonders, nicht wahr?«

Ihre Augen glitzerten im Mondlicht. »Ich haßte ihn für das, was er meiner Mutter angetan hatte und für das, was er mir angetan hätte, wenn er die Möglichkeit gehabt hätte. Meine Mutter hat mich vor dem lüsternen Bastard beschützt, indem sie mich zu meiner Tante geschickt hat. Aber sie konnte sich selbst nicht schützen. Am Ende hat er sie umgebracht.«

13

»Du denkst, dein Stiefvater habe deine Mutter getötet?« Lucas' Stimme war erstaunlich ruhig, dachte Victoria. Er sprach in dem Ton, in dem er sie für gewöhnlich vor dem Dinner fragte, ob sie ein Glas Sherry möchte. Während er sprach, legte er einen Arm um ihre Schulter und begann, weiterzugehen.

»Ja. Ja, das denke ich, obwohl ich das nie jemandem erzählt habe außer meiner Tante.« Victoria spürte das Gewicht seines Armes und fühlte sich seltsam sicher. Er war so stark, dachte sie flüchtig. So beruhigend stark.

Sie war sich nicht sicher, weshalb Lucas' Arm um ihre Schulter eine solche Wirkung auf sie hatte, aber das war ihr im Moment auch egal. Sie war viel zu sehr damit beschäftigt, sorgfältig zu überlegen, was sie als nächstes sagen sollte, denn sie hatte bereits wesentlich mehr offenbart, als sie wollte.

»Was hält deine Tante davon?«

Victoria umklammerte ihren Umhang. »Daß es durchaus möglich ist. Sie kennt diese Art von Männern. Ein roher Trunkenbold, der nicht einen Funken Anstand besaß. Sie hat gesagt, wenn er sie umgebracht hat, wäre es interessant zu erfahren, weshalb er so viele Jahre damit gewartet hat. Warum hat er die Sache nicht einfach sofort nach der Hochzeit erledigt, als er endlich Zugang zu ihrem Vermögen hatte?«

»Vielleicht gab es anfangs keinen Grund für ihn, sie zu töten«, sagte Lucas nachdenklich, als würde er im Geiste ein Puzzle zusammensetzen. »Wie du sagst, hatte er ja schließlich Zugang zu ihrem Geld. Weshalb sollte er dann das Risiko eingehen, eventuell wegen Mordes am Galgen zu landen?«

Victoria seufzte. »Das hat Tante Cleo auch gesagt. Meine Mutter hat nicht nur mich zu ihr geschickt, sie selbst kam auch häufig für Wochen oder gar Monate nach London. Nachdem sie gemerkt hatte, was für einen Mann sie geheiratet hatte, verbrachte sie so wenig Zeit wie möglich an seiner Seite. Wenn er betrunken war, wurde er gewalttätig.«

»Mit anderen Worten, sie hat ihm nicht nur ihr Geld gegeben, sondern ging ihm auch noch so gut wie möglich aus dem Weg. Weshalb sollte er sie dann nach all den Jahren umbringen?« fragte Lucas.

»Vielleicht war er sie einfach leid«, sagte Victoria angespannt. »Vielleicht war er eines Tages besonders böse auf sie und geriet in Wut. Er war entsetzlich jähzornig. Wenn er wütend wurde, verlor er jegliche Kontrolle über sich. Er tobte dann wie ein Verrückter.«

»Kam deine Mutter nicht bei einem Reitunfall ums Leben?«

»Ja. In der Nähe seines Landsitzes. Sie war dorthin gefahren, um seine Freunde über das Wochenende zu bewirten. Vorher war sie wie gewöhnlich mehrere Wochen bei Tante Cleo und mir gewesen, aber Whitlock befahl ihr, für einige Tage zurückzukommen und ihre Pflicht als Ehefrau zu erfüllen, wie er es nannte. Meine Mutter war sehr schön und sehr charmant. Eine hervorragende Gastgeberin, und Whitlock benutzte sie oft, um bei seinen Freunden Eindruck zu schinden«, erklärte Victoria.

»Ein Reitunfall klingt mehr wie ein geplanter Mord, nicht wie einer, der in einem Anfall von Wut begangen wird.«

Victoria zuckte die Schultern. »Vielleicht hast du recht. Ich weiß nur, daß er es getan hat.«

»Woher weißt du das?«

Weil er es mir selbst gesagt hat, schoß es ihr durch den Kopf. *Er hat es mir gesagt, als er am Fuß dieser Treppe zu Tode stürzte.*

Doch konnte sie Lucas schwerlich erzählen, weshalb sie sich der Schuld ihres Stiefvaters so sicher war. Lucas war einfach zu scharfsinnig. Wenn er erst einmal dieses bißchen Information hätte, würde er darauf drängen, die Einzelheiten zu erfahren, und sie hatte bereits gelernt, daß sie die schlechte Angewohnheit besaß, in seinen Armen allzu vertrauensselig und verletzlich zu sein.

Außerdem, so ermahnte sie sich grimmig, Lucas mochte in mancher Hinsicht ein höchst ungewöhnlicher Mann sein, er würde jedoch kaum besonders tolerant oder verständnisvoll sein, wenn er erführe, daß er mit einer Mörderin verheiratet war.

»Natürlich habe ich keinen richtigen Beweis«, sagte Victoria vorsichtig. »Aber im Innersten meines Herzens weiß ich, daß er schuldig ist.«

Damit gab er sich zufrieden. »Reitunfälle passieren immerzu, Vicky.«

»Meine Mutter war eine hervorragende Reiterin.« Victoria hoffte, damit wäre der Fall erledigt, aber auf seine unnachahmliche Weise drängte Lucas weiter.

»Hast du Whitlock zur Rede gestellt?«

Das kam der Wahrheit gefährlich nahe. »Er wußte, daß ich keine Beweise hatte. Er hat mich ausgelacht.«

Lucas' Hand spannte sich um ihre Schulter. »Was hast du dann getan?«

»Ich konnte nichts tun. Er starb kaum zwei Monate später, und Tante Cleo und ich empfanden das nur als gerecht.«

»Er wurde am Fuß einer Treppe gefunden, nicht wahr?«

Schnell sah sie zu ihm auf. »Wer hat dir das erzählt?«

Lucas' Mund verzog sich bitter. »Jessica Atherton.«

»Gewiß hast du von Lady Atherton eine ganze Menge Informationen erhalten.«

»Laß uns nicht wieder anfangen zu streiten. Starb dein Stiefvater auf diese Art?«

»Ja.« Victoria wählte ihre Worte mit Bedacht. »Offensichtlich hatte er in jener Nacht exzessiv getrunken, was bei ihm nichts Ungewöhnliches war. Er stolperte und stürzte eine lange, steile Treppe hinunter. Das war's.«

»Nicht ganz.«

Sie war überrascht. »Was soll das heißen?«

»Einfach, daß du nach wie vor äußerst erregt bist, wenn du seine Initialen auf einem Halstuch oder einer fremden Tabaksdose entdeckst. Was ist los, Vicky? Fragst du dich allmählich, ob es wirklich so etwas wie Geister gibt? Dachtest du, Whitlock wäre zurückgekommen, um dich zu verfolgen?«

»Sag so etwas nicht.« Sofort hatte sie sich wieder unter Kontrolle. »Natürlich glaube ich nicht an Geister. Was mich an dem Tuch und der Tabaksdose gewundert hat, war, daß sie beide an Orten lagen, wo ich sie finden mußte.«

»Die Fundstelle des Halstuchs ist wirklich höchst interessant, nicht wahr? Irgend jemand muß gewußt haben, daß du spät in der Nacht durch die Gewächshaustür ins Haus zurückkehren würdest.«

»Ja, genau das ist es, Lucas. Wenn ich daran zurückdenke, frage ich mich, ob uns vielleicht die ganze Zeit über jemand hinterherspioniert hat. Dieselbe Person, die offensichtlich nah genug war, um zu sehen, wie ich in der Nacht die Party verließ und die Kutsche bestieg, die du gemietet hattest«, schloß Victoria.

»Und die uns bis zu dem Gasthaus gefolgt ist? Es wäre möglich.«

»Es hätte Jessica Atherton sein können.«

Lucas klang beinahe heiter. »Ich kann mir einfach nicht vorstellen, wie Lady Atherton um Mitternacht über die Gartenmauer klettert.«

»Stimmt. Das heißt also, daß jemand anders das Tuch und die Tabaksdose dort deponiert hat. Es sei denn ...«

»Es sei denn was?«

Victoria kam eine Idee. »Kannst du dir vorstellen, daß sie einen Spitzel auf uns angesetzt hat?«

»Gerade du, meine Liebe, solltest wissen, wie einfach das ist.«

Auf diese Bemerkung folgte angespanntes Schweigen. Victoria kam der Gedanke, wenn sie logisch überlegt hätte, statt ihrem Herzen zu folgen, wäre sie vielleicht so vernünftig gewesen, selbst einen Spitzel anzuheuern, um ein paar Informationen über den geheimnisvollen Stonevale zu sammeln.

»Ich hatte mich bereits gefragt, wie lange es noch dauern würde, bis du selbst es getan hättest«, sagte Lucas.

Sie runzelte die Stirn. Konnte er etwa ihre Gedanken lesen? »Was?«

Er bleckte die Zähne zu einem bösen Grinsen. »Einen Spitzel auf mich anzusetzen. Das war einer der Gründe, weshalb ich dich so schnell wie möglich heiraten wollte.«

»Sie sind wirklich verabscheuungswürdig, Stonevale.«

»Und außerdem bin ich hochzufrieden mit unserem Geschäft, Madam.« Vor der Küchentür küßte er sie leicht auf den Mund. Seine Augen glitzerten. »Und obgleich ich dich in der Nacht in dem Gasthaus nicht in diese peinliche Situation bringen wollte, kann ich nicht gerade behaupten, daß es mir leid tut, wie alles gekommen ist. Alles in allem sind wir in Anbetracht der Risiken, die wir eingegangen sind, noch einmal mit einem blauen Auge davongekommen.«

»Ich sehe nicht, wie es hätte schlimmer kommen können.«

»Dann fehlt es Ihnen an Vorstellungsvermögen, Madam. Ich habe die Nächte über wachgelegen und mir all die entsetzlichen Dinge vorgestellt, die während unserer nächtlichen Ausflüge hätten passieren können.« Er hob ihr Kinn an. »Bist du wirklich so unglücklich mit mir, Vicky?«

Sie wollte sagen, daß er sie nicht so liebte wie sie ihn. Sie wollte ihm vorhalten, daß er sie in diese Ehe hineinmanövriert hatte, und daß ihre Gefühle sie zu zerreißen drohten, während er seine vollständig unter Kontrolle zu haben schien. Sie hatte das Bedürfnis, ihm seine überwältigende Schuld vor Augen zu führen, ihn dazu zu bringen, ihre Vergebung zu erflehen, ihr seine unsterbliche Liebe und Treue zu schwören.

Kurz gesagt, Victoria merkte, daß sie auf Rache sann wegen der Situation, in der sie sich befand. Sie war jedoch vernünftig genug zu erkennen, daß sie diese Genugtuung wohl niemals erführe.

Doch sie hatte ihre Lektion gelernt, schwor sie sich stumm. Sie würde die Geheimnisse ihres Herzens für sich behalten, ebenso wie sie die anderen, dunkleren Geheimnisse nicht offenbarte. Wenn der Graf von Stonevale mit dieser Ehe zufrieden war, würde sie versuchen, ebenfalls zufrieden zu sein.

»Ich glaube«, sagte Victoria vorsichtig, »daß Sie vielleicht nicht unbedingt der schlechteste Ehemann sind.«

»Das ist ein äußerst schwaches Lob, Madam«, beschwerte er sich leise. »Du kannst es doch sicherlich besser ausdrücken?«

Sie fuhr sich mit der Zunge über die Unterlippe und sah zu ihm auf. Im Mondlicht wirkte er bedrohlich. Groß und mächtig thronte er über ihr. Hellsilbern und tiefdunkel wirkten seine scharf geschnittenen Gesichtszüge. Seine Augen glitzerten in sinnlicher Bedrohung und ließen ihre gerade zur Ruhe gekommenen Gefühle neu aufflackern. Sie sollte sich vor ihm fürchten. Statt dessen fühlte sie sich in seiner Gegenwart immer seltsam sicher. Verdammt.

Instinktiv wollte sie ihre Arme um seinen Hals werfen und ihm ihre Liebe gestehen. Doch Selbstschutz und Stolz verhinderten eine solch übereilte und sinnlose Tat. Niemals wieder würde sie sich Lucas so vollständig ausliefern wie in jener schicksalhaften Nacht in dem Gasthaus.

»Ich glaube, Graf, ich habe Ihnen bereits erklärt, daß ich mein möglichstes tun werde, um meinen Teil unseres Abkommens zu erfüllen.«

Traurig schüttelte Lucas den Kopf und küßte sie auf die Nasenspitze. »So stolz. Und so wild entschlossen, nicht einen Deut mehr nachzugeben als unbedingt erforderlich. Wie kannst du nur so grausam sein, Vicky?«

»Ich glaube kaum, daß es grausam ist, wenn ich sage, daß ich bereit bin, die Situation, in der ich mich befinde, hinzunehmen. Was könnten Sie sonst noch verlangen?«

»Alles.«

»Sie klingen, als sprächen Sie von meiner völligen Unterwerfung, Graf.«

»Vielleicht tue ich das.«

»In diesem Fall schwöre ich Ihnen, daß Sie bis zu dem Tag werden warten müssen, an dem es Frauen gestattet sein wird, öffentlich in Reithosen herumzulaufen«, schoß sie zurück. »Mit anderen Worten, ewig.«

»Vielleicht nicht ganz so lange. Aber wir werden später darauf zurückkommen. Im Augenblick bin ich mit dem Fortschritt, den wir heute nacht erzielt haben, durchaus zufrieden.« Er ergriff ihre Hand und führte sie in das dunkle, schlafende Haus.

Der Pfarrer und seine Frau waren nervös. Es war offensichtlich, daß sie es nicht gewohnt waren, im Stonevaleschen Herrenhaus zum Tee geladen zu sein. Victoria vermutete, daß sie nie zuvor eingeladen gewesen waren, vor allem nicht, um über die Bedürfnisse der Dorfbewohner zu sprechen. Sie war verärgert. Dies war ein weiterer Beweis dafür, daß sich der letzte Graf nicht im geringsten um die Menschen in seiner Umgebung gekümmert hatte.

»Ich kann Ihnen nicht sagen, wie froh ich bin, daß Sie und Ihre wundervolle Gattin hierhergezogen sind, Graf Stonevale.« Reverend Worth, ein rotgesichtiger, kräftiger Mittfünfziger, sprach sehr ernst.

»In der Tat. Wir freuen uns, Sie hier willkommen zu heißen«, sagte Mrs. Worth, eine süße, kleine Frau, die steif neben ihrem Gatten saß, mit bebender Stimme. Die Teetasse in ihrer Hand zitterte, als sie einen vorsichtigen Schluck nahm. Ab und zu warf sie einen verstohlenen Blick durch den Salon, als könne sie es nicht glauben, daß sie sich im Herrenhaus befand.

»Danke«, sagte Victoria sanft und lächelte die verschüchterte Frau an. »Es war sehr freundlich von Ihnen, so kurzfristig zu kommen.«

»Nein, nein, nicht im geringsten«, stotterte die Frau und verschüttete beinahe ihren Tee. »Wir sind Ihnen so dankbar für Ihr Interesse an den Angelegenheiten des Dorfes.«

Der Pfarrer unternahm den heldenhaften Versuch, dem Blick seines Gastgebers »von Mann zu Mann« zu begegnen. »Ich hoffe, es stört Sie nicht, wenn ich sage, daß die Ländereien Ihrer Familie allzu lange vernachlässigt worden sind, Sir. Ich hörte, wie man im Dorf von Verbesserungen sprach, die Sie bereits in Angriff genommen haben. Das erleichtert mich sehr.«

»Es freut mich, daß Sie erleichtert sind, Reverend Worth. Ich kann Ihnen hinsichtlich des Zustandes der Ländereien und der Umgebung nur zustimmen.« Lucas stellte seine Tasse heftig ab, und Victoria unterdrückte ein Grinsen. Ihr Gatte versteckte seine Ungeduld gut, aber sie wußte, daß er dieser gesellschaftlichen Verpflichtung liebend gern entronnen wäre.

Er war, wie er ihr deutlich am Morgen erklärt hatte, ein vielbeschäftigter Mann, und er konnte es sich nicht leisten, seine Zeit beim Tee mit dem Pfarrer zu vergeuden. Victoria hatte ihn davon in Kenntnis gesetzt, daß er nicht darum herum komme, und schließlich hatte sie sich durchgesetzt, sehr zur Überraschung von ein oder zwei der neuen Bediensteten, die das Gespräch in der Halle zufällig mitbekommen hatten. Es würde kein Geheimnis bleiben, daß der neue Graf von Stonevale seiner Frau gegenüber zur Nachgiebigkeit neigte.

»Es gibt eine Menge zu tun«, bemerkte Worth. »Die Situation hier in der Gegend wurde allmählich katastrophal.«

»Sie haben großen Eindruck auf die Dorfbewohner gemacht, Mylady«, sagte Mrs. Worth schüchtern. »Als ich heute morgen bei Betsy Hawkins war, um ihr einen Petticoat für ihre Tochter zu bringen, erzählte sie mir voller Stolz, sie brauche keine Almosen mehr. Ihre Tochter hätte eine Anstellung in der Küche, sagte sie, und ihr Mann würde in den Ställen arbeiten. Sie war so glücklich, Madam. Das können Sie sich nicht vorstellen. Die arme Frau hat eine schwere Zeit hinter sich, genau wie viele andere.«

»Wir sind dankbar, so viele willige Arbeitskräfte zu haben. Und wir werden noch viel mehr Menschen brauchen, um diesen

Ort wieder bewohnbar zu machen«, sagte Victoria voller Überzeugung. Es war eine quälende Angelegenheit gewesen, den Salon für den heutigen Besuch in einen halbwegs vernünftigen Zustand zu versetzen. Die neuen Bediensteten hatten bereits bei Sonnenaufgang mit der Reinigung begonnen.

»Nun, ich wage zu behaupten, daß die Leute Sie dank der Gespenstergeschichte dieses Wilderers sehr gern aufgenommen haben.« Der Pfarrer gluckste, riß sich jedoch zusammen, als ihm seine Frau einen entsetzten Blick zuwarf. Eilig griff er nach seiner Teetasse und räusperte sich. »Verzeihung.«

Doch Lucas ließ sich nicht ablenken. »Was für eine Gespenstergeschichte und was für ein Wilderer, Reverend?«

Das anfängliche Unbehagen des Pfarrers kehrte zurück. Es war deutlich, daß er meinte, er habe bereits zuviel gesagt. Er hustete leicht. »Ich fürchte, Sir, daß ein paar der Dorfbewohner in den Wäldern wildern, besonders in schlechten Zeiten wie diesen. Weiß Gott, manchmal riskieren sie dabei Leib und Leben, wenn man an die Fangeisen denkt, die der letzte Graf hat aufstellen lassen.«

»Sie brauchen sich deswegen keine Sorgen mehr zu machen, Pfarrer. Da ich lange Zeit beim Militär gedient habe und demzufolge selbst gelegentlich gezwungen war, von dem zu leben, was ich in der Natur fand, bin ich geneigt, ein bißchen Wildern zu ignorieren, das versichere ich Ihnen. Ich habe bereits Anweisung gegeben, die Fangeisen, die bisher von den Jägern noch nicht entdeckt wurden, zu zerstören.«

Das Lächeln des Pfarrers brach wie Sonne durch die Wolken. »Ich bin überglücklich, das zu hören. Sie müssen nämlich wissen, daß Ihr Onkel da gänzlich anderer Meinung war.«

»Und jetzt zurück zu der Gespenstergeschichte«, drängte Lucas sanft.

Der Pfarrer tauschte einen schnellen Blick mit seiner Frau und seufzte tief. »Ja, nun, es handelt sich da lediglich um eine amüsante kleine Geschichte, die ich zufällig heute morgen hörte. Sie kennen das Gerede der Menschen auf dem Land. Es scheint, als habe ein unerschrockener Jäger gestern nacht auf dem Weg nach Hause, als er eine Abkürzung nahm, einen Blick vom Bernsteinritter und seiner Lady erhascht. Sie kennen die Legende sicher?«

»Ich habe davon gehört.«

Victoria beugte sich gespannt vor. »Der Bernsteinritter und seine Lady wurden in der Gegend gesehen?«

Die Frau des Pfarrers lachte nervös. »Genau hier auf dem Anwesen. Zumindest wurde das heute morgen erzählt. Anscheinend spazierten der Ritter und seine Lady kurz nach Mitternacht durch die Gärten zum Herrenhaus. Ist das nicht nett?«

»Faszinierend«, sagte Victoria, als ihr dämmerte, was es mit der Geschichte auf sich hatte. Sie stellte sich vor, wie Lucas und sie in ihrem bernsteinfarbenen Umhang dem überraschten Wilderer in der Dunkelheit der Nacht erschienen waren. »Sie sagten, sie gingen durch die Gärten zum Herrenhaus?« Sie spürte Lucas' drohenden Blick, zog es jedoch vor, ihn zu ignorieren. Es war einfach zu amüsant. »Weshalb sind sie Ihrer Meinung nach denn wohl mitten in der Nacht dort herumspaziert?«

Lucas räusperte sich. »Würdest du mir bitte noch eine Tasse Tee einschenken, meine Liebe? Ich bin ziemlich durstig.«

»Ja, natürlich.« Victoria sah ihn mit lachenden Augen an, während sie ihm pflichtbewußt den Tee eingoß. Er bedachte sie mit einem strengen Blick, was sie jedoch lediglich dazu veranlaßte, weiterzufragen. »Sie sagten, Mrs. Worth?«

»Bitte? Weshalb sie dort um Mitternacht herumspaziert sind? Oje.« Die gute Frau versuchte zu lächeln. »Nun, es sind Geister, müssen Sie wissen. Ich nehme an, das ist die einzige Zeit, in der ihnen gestattet ist herumzulaufen. Und der Legende nach fand das Paar großen Gefallen an mitternächtlichen Rendezvous. Offensichtlich pflegten die beiden nachts über die Ländereien zu reiten und erst kurz vor Morgengrauen zurückzukehren.«

Der Pfarrer räusperte sich. »Ich glaube, das sind genug der Spekulationen über Geister, meine Liebe. Graf Stonevale und seine Gattin werden noch denken, wir würden dem Dorfklatsch Glauben schenken.«

»Auf keinen Fall«, erklärte Victoria. »Ich finde das alles höchst interessant. Sie nicht, Stonevale?«

»Ich denke, das ist alles Unsinn«, sagte Lucas gepreßt.

»Sie müssen wissen«, beeilte sich die Frau des Pfarrers zu sagen, »die Dorfbewohner waren hingerissen von der Geschichte. Sie wollen sie glauben, weil sie glauben wollen, daß die Dinge hier sich wirklich zum Besseren wenden. Der Legende zufolge wird Stonevale erst wieder erblühen, wenn der Bernsteinritter und seine Lady zurückkommen. Ich hoffe, Sie verübeln den Leuten diese kleine hoffnungsvolle Geschichte nicht, Mylord.«

»Ja.« Victoria lächelte ihren Gatten an. »Bitte seien Sie kein Spielverderber, Stonevale.«

Der Pfarrer und seine Frau starrten Victoria entgeistert an. Lucas warf seiner Frau jedoch nur einen erneuten bösen Blick zu und trank seinen Tee.

Der Pfarrer, der offenbar spürte, daß er und seine Frau zufällig Zeugen einer kleinen zwischenehelichen Auseinandersetzung geworden waren, errötete noch ein wenig mehr und versuchte mutig, das Thema zu wechseln. »Auf jeden Fall würde ich es vorziehen, ein paar harmlosen Geistern zu begegnen als dem Wegelagerer, der seit ein paar Monaten hier in der Gegend sein Unwesen treibt.«

»Wegelagerer?« Victorias Interesse war sofort geweckt. »Was ist das für eine Geschichte über einen Wegelagerer? Sind Sie beraubt worden, Reverend?«

»Ich nicht. Und soweit ich weiß, auch niemand von den Dorfbewohnern. Ich möchte behaupten, daß sich ein Überfall auf einen von ihnen auch nicht lohnen würde. Aber es wurde von einer Reihe Kutschen berichtet, die überfallen wurden. Ich fürchte, der Bösewicht ist ein wenig ungeschickt. Bei einer Gelegenheit zog der Kutscher eine Pistole, und der Wegelagerer flüchtete sofort ins Gebüsch. Das zweite Mal ließ er sich von den Fahrgästen mit ein paar Münzen und einem wertlosen Ring abspeisen.«

»Für gewöhnlich haben Wegelagerer ein Versteck in der Gegend, in der sie ihr Geschäft betreiben«, bemerkte Lucas nachdenklich. »Meinen Sie, es könnte einer der Dorfbewohner sein?«

Der Pfarrer schüttelte ein wenig zu schnell den Kopf. Anscheinend war ihm unbehaglicher als je zuvor. »Ich denke nicht. Wahrscheinlich bloß jemand, der gerade vorbeikam. Es würde mich nicht überraschen, wenn der Knabe die Gegend bereits wieder verlassen hätte. In seinem Beruf ist es wahrscheinlich ratsam, nicht allzu lange an einem Ort zu verweilen.« Zufrieden, die Situation gerettet zu haben, wandte sich der Pfarrer einem ungefährlicheren Thema zu. »Wie ich bereits sagte, Stonevale, ich möchte nicht aufdringlich erscheinen, aber haben Sie schon darüber nachgedacht, welche Getreidesorten Sie anpflanzen wollen? Ich lebe bereits seit einigen Jahren hier, und ich habe ein wenig Ahnung davon, was auf diesem Boden gedeiht.«

Mrs. Worth war alarmiert. »Wirklich, mein Lieber, ich bin mir sicher, daß dich Seine Lordschaft um Rat fragen würde, wenn er ihn wünschte.«

»Natürlich, du hast recht.« Der Pfarrer lief dunkelrot an. »Es tut mir leid. Gartenbau ist eine meiner Leidenschaften. Ich habe bereits eine Reihe kleinerer Untersuchungen auf diesem Gebiet angestellt.«

Lucas hob den Kopf. »Tatsächlich, Sir?«

Der Pfarrer hustete nochmals leicht, doch dieses Mal wirkte er ein wenig selbstsicherer. »Ein, zwei meiner Berichte wurden im *Botanischen Fortschritt* veröffentlicht, und im Augenblick arbeite ich an einem Buch über Gartenblumen.«

»Was wissen Sie über Buchweizen?« fragte Lucas bündig. Alle Zeichen seiner Unruhe waren verschwunden.

»Gutes Tierfutter. Natürlich gut für schlechten Boden, aber wenn möglich, bevorzuge ich Hafer, Weizen und Mais.«

»Ich habe gehört, Buchweizen kann in Zeiten der Weizenknappheit auch von Menschen gegessen werden.«

»Nur von denen drüben auf dem Kontinent. Ich bezweifle, daß Sie einen Engländer dazu bewegen könnten, Buchweizen zu essen, es sei denn, er litte entsetzlichen Hunger.«

»Ich verstehe. Außerdem habe ich überlegt, ob ich nicht lieber mit Mergel düngen sollte als mit Jauche«, sagte Lucas. »Was halten Sie davon?«

»Zufällig habe ich auf diesem Gebiet ein wenig geforscht«, erwiderte der Pfarrer begeistert. »Ich habe Mergel an den Rosenbüschen meiner Frau getestet. Außerdem Torf, Kalk und Fischmehl. Ich habe ein ausführliches Tagebuch geführt. Würden Sie sich für die Ergebnisse interessieren?«

»Selbstverständlich.« Lucas erhob sich. »Weshalb gehen wir nicht in die Bibliothek? Ich habe dort ein paar Karten von der Gegend.« Er wandte sich an Victoria. »Ihr entschuldigt uns sicher, meine Liebe.«

»Natürlich.«

»Kommen Sie, Herr Pfarrer. Ich habe verschiedene Fragen. Zunächst wegen der Jauche. Ich muß zugeben, sie hat den Vorteil, daß wir sie im Überfluß haben.«

»Stimmt. Und wenn man mal nicht genug hat, ist es kein Problem, welche aus London kommen zu lassen. In den Londoner Ställen stehen mehrere tausend Pferde. Irgendwo muß man ja mit der ganzen Jauche hin. Haben Sie zufällig Humphrey Davys *Bestandteile landwirtschaftlicher Chemie* gelesen?«

»Nein«, sagte Lucas. »Aber ich habe eine Kopie von Marshalls *Landwirtschaft in Yorkshire* gelesen. Marshall ist ein Verfechter von Mergel.«

»Er hat seine Vorzüge, das versichere ich Ihnen. Ich kann Ihnen meine Kopie von Davys *Bestandteilen* leihen, wenn Sie möchten. Der Mann befaßt sich auf einem hohen wissenschaftlichen Niveau mit dem Thema Jauchedüngung. Ich glaube, es könnte Sie interessieren.«

»Ich wäre Ihnen sehr dankbar«, sagte Lucas.

Ins Gespräch vertieft verließen die beiden Männer den Raum.

Victoria sah ihren Gast an. »Möchten Sie noch etwas Tee, Mrs. Worth?«

»Danke, Mylady.« Sie sah ihre Gastgeberin entschuldigend an. »Bitte entschuldigen Sie das Benehmen meines Mannes. Ich fürchte, Gartenbau und Landwirtschaft sind seine große Leidenschaft.«

Victoria grinste. »Glauben Sie mir, da ist er in guter Gesellschaft. Wie Sie vielleicht bemerkt haben, hat mein Mann in letzter Zeit ein ebensolches Interesse daran entwickelt.«

Mrs. Worth entspannte sich und kicherte leise. »Das stimmt. Stellen Sie sich vor, in einem Salon über Jauche zu sprechen. Aber schließlich sind wir ja hier auf dem Land.«

»Im Hause meiner Tante in London ging es auch nicht viel anders zu. Meine Tante interessiert sich sehr für wissenschaftliche Studien, und ich fürchte, ich bin ganz in ihre Fußstapfen getreten. Ich finde großen Gefallen an derartigen Gesprächen.«

Die Frau des Pfarrers strahlte vor Begeisterung. »Vielleicht hätten Sie und Graf Stonevale ja Interesse daran, einigen der Versammlungen unserer Gesellschaft für die Untersuchung rätselhafter Dinge beizuwohnen. Wir treffen uns jeden Montagnachmittag bei uns zu Hause. Es freut mich, sagen zu können, daß immer eine recht große Schar von Interessenten anwesend ist.« Plötzlich errötete die gute Frau und begann zu stottern. »Natürlich sind unsere Versammlungen für Sie wahrscheinlich nicht von besonderem Interesse. Ich bin sicher, daß Sie uns weit voraus sind, da Sie ja den Vorteil hatten, in der Stadt zu leben.«

»Keineswegs. Die Aussicht, Ihrer nächsten Versammlung beizuwohnen, entzückt mich. Ich freue mich darauf.«

Mrs. Worths Lächeln kehrte zurück. »Wie freundlich. Ich kann es kaum erwarten, meinen Freundinnen davon zu berichten.«

»Sie sagten, Sie züchten Rosen, Mrs. Worth?«

Mrs. Worth strahlte und sagte schüchtern: »Ich fürchte, sie sind meine Leidenschaft.«

»Ich würde liebend gern ein paar Pläne für die Gärten hier auf Stonevale mit Ihnen besprechen. Ich kann nicht ohne einen richtigen Garten leben, und Lucas ist viel zu beschäftigt mit den Ländereien, um mir behilflich zu sein. Würde es Ihnen etwas ausmachen, mit mir die Örtlichkeiten zu besichtigen?«

»Es würde mich freuen.«

»Hervorragend. Und wo wir gerade dabei sind, können wir auch noch über die dringendsten Bedürfnisse der Dorfbewohner sprechen. Um die Wahrheit zu sagen, liegen mir die Wohlfahrtsangelegenheiten wesentlich mehr am Herzen als die Gärten.«

Die Frau des Pfarrers lächelte zustimmend. »Ich weiß, weshalb die Dorfbewohner glauben möchten, daß ihre Bernsteinlady zurückgekehrt ist.«

Victoria lachte. »Ich nehme an, sie beziehen sich auf meine Vorliebe für bestimmte Kleiderfarben. Reiner Zufall, versichere ich Ihnen.« Mit einem bitteren Lächeln blickte sie hinab auf ihr gelbweißes Kleid.

Es überraschte Mrs. Worth und machte sie verlegen, daß ihre Gastgeberin dachte, sie habe eine solch persönliche Bemerkung gemacht. »O nein, Madam. Ich habe nicht Ihr hübsches Kleid gemeint, obgleich ich zugeben muß, daß Ihnen die Farbe hervorragend steht, und daß sie einen gewissen Bernsteineffekt erzielt. Nein, ich habe mich auf die Legende bezogen. Sie besagt, daß die Lady des Ritters sehr nett und freundlich war.«

Victoria rümpfte die Nase und grinste. »Dann kann ich nicht gemeint sein. Ich bin gewiß kein Ausbund an Tugend. Fragen Sie nur meinen Mann.«

Eine Woche später saß Victoria vor ihrem Ankleidespiegel. Als Nan ihr den Morgenmantel reichte, ertönte ein kurzes Klopfen, und Lucas öffnete die Verbindungstür zwischen ihren beiden Zimmern. Mit dem besitzergreifenden Ausdruck, den sie allmählich von ihm erwartete, schlenderte Lucas in den Raum. Sie sah ihn im Spiegel an und nickte ihrer Zofe zu, die Lucas mit einem kleinen höflichen Knicks begrüßte.

»Du kannst jetzt gehen, Nan. Danke.«

»Ja, Ma'am. Soll ich ein Tablett mit Tee heraufschicken?«

Victoria sah im Spiegel Lucas' amüsierten, sinnlichen Blick und schüttelte den Kopf. »Nein danke, Nan. Ich möchte heute abend keinen Tee.«

»Sehr gut, Ma'am. Gute Nacht.« Schnell verließ sie den Raum.

Lucas wartete, bis sich die Tür hinter der Zofe geschlossen hatte, und dann schritt er lässig drohend voran, bis er direkt hinter Victoria stand. Er beugte sich vor und pflanzte beide Hände auf den Ankleidetisch, so daß sie gefangen war. Seine Augen hielten ihren Blick im Spiegel fest.

Victoria konnte die Vorfreude nicht unterdrücken. Der Mann hatte eine verheerende Wirkung auf ihre Sinne. Und allmählich lernte sie auch ihre eigene Macht kennen, die sie über seinen Körper ausübte. Sie fragte sich, ob es immer so sein würde.

»Ich habe gesehen, daß heute ein Brief von deiner Tante angekommen ist.« Lucas küßte ihren Nacken. »Was schreibt Lady Nettleship denn so?«

»Daß wir den Skandal anscheinend recht unbeschadet überstehen werden.« Victoria lächelte wehmütig, als sie an den Inhalt des Briefes dachte. »Dank Jessica Atherton, die in Umlauf gebracht hat, daß unsere Heirat die große Romanze der Saison ist.«

»Die gute alte Jessica.« Lucas ließ seine Zunge über ihr Ohrläppchen gleiten.

Victoria erschauderte. »Ich schwöre dir, Lucas, ich hasse es, dieser Frau verpflichtet zu sein.«

»Mir mißfällt dieser Gedanke ebenfalls, aber als alter Soldat habe ich bereits vor langer Zeit gelernt, jede sich mir bietende Hilfe anzunehmen.«

»Offensichtlich, sonst befänden wir uns wohl kaum in der jetzigen Situation.«

»Wie scharfsinnig. Du kannst dir derartige Bemerkungen einfach nicht verkneifen, nicht wahr?«

»Es ist sehr schwierig«, gab Victoria zu. Der Ausdruck in seinen Augen und seine Nähe genügten, um ihr Blut in Wallung zu bringen. Selbst wenn morgen jemand einen Zauberstab schwenken und diese Ehe auflösen würde, wäre sie doch niemals wirklich frei von diesem Mann.

»Hatte deine Tante sonst noch Neuigkeiten zu berichten?«

Victoria begegnete seinem intensiven Blick und wußte, daß dieser nicht von dem sinnlichen Angriff herrührte, den er geplant hatte. »Meinst du, ob sie noch weitere Gegenstände mit einem ›W‹ entdeckt hat? Nein. Außerdem sagt sie, daß sie noch niemanden gefunden hat, dem die Sachen gehören.«

»Hat sie zufällig etwas über Edgeworth geschrieben?«

»Nein.«

»Auch gut. Sag mir, Vicky, was für einen Brief hast du deiner Tante zurückgeschrieben?« fragte Lucas.

»Ich habe ihr von meinen Plänen für die Gärten erzählt und sie eingeladen, uns zu besuchen, sobald es ihr paßt. Außerdem habe ich ihr berichtet, daß du und der Pfarrer euer gemeinsames Interesse an Pflanztechniken, Gartenbau und Jauche entdeckt habt. Das war alles, glaube ich. Oh, und ich habe sie gebeten, mir ein paar Setzlinge und Samen zu schicken.«

»Was? Du hast ihr nicht erzählt, wie tapfer du dein unglückliches Schicksal erträgst, und daß du geschworen hast, mir eine pflichtbewußte Gattin zu sein?« Er küßte ihren Hals. »Nichts davon, daß du erkannt hast, daß deine weibliche Ehre es dir gebietet, dich deinem Ehemann zu unterwerfen, obgleich es unter diesen Umständen natürlich äußerst unangenehm ist, den ehelichen Pflichten nachzukommen?« Er saugte an ihrem Ohrläppchen. »Keine Rede davon, wie tapfer du deine Pflichten im Ehebett erfüllst?« Er küßte ihre Schulter. »Kein pathetischer Kommentar, daß du den Preis für deine Dummheit zahlen mußt und welche Lehre dir das Ganze ist?«

Sie sprang auf die Füße, wirbelte herum und boxte ihm gnadenlos in die Rippen. »Stonevale, Sie sind ein elendes, widerliches Biest von einem Ehemann, und Sie verdienen es zu verrotten.«

»Mein Bein, mein Bein. Lassen Sie sofort von mir ab, Madam, oder Sie beschädigen mich für den Rest meines Lebens.« Lucas' Lachen erfüllte den Raum, während er sich in Richtung des Bettes zurückzog.

»Zum Teufel mit deinem Bein.« Sie fuhr fort mit ihrer Attacke, folgte ihm, zwang ihn zum Rückzug, bis er auf das Bett fiel. Dann sprang sie auf ihn und setzte sich triumphierend rittlings auf seinen Bauch. Lucas riß die Arme hoch. Er ergab sich.

»Ich bitte um Gnade, Mylady. Wollen Sie etwa einen wehrlosen Mann schlagen, der bereits am Boden liegt?«

»Vielleicht liegen Sie am Boden, aber Sie sind durchaus nicht wehrlos, Stonevale. Sie haben immer noch Ihren Mund, und mir scheint, daß er es war, der Sie heute abend in Schwierigkeiten gebracht hat. Sie konnten der Versuchung nicht widerstehen, mich auf die ärgste Weise zu foppen, nicht wahr?«

Er lächelte bedächtig und sinnlich. »Gestatten Sie mir, meinen Mund für bessere Zwecke zu nutzen, Madam.«

Er hob eine Hand und umfaßte ihren Kopf mit seinen starken Fingern. Dann zog er ihr Gesicht zu sich herab und preßte seine Lippen auf ihre.

Mit einem kleinen Seufzer ergab sich Victoria dem Zauber seiner Küsse.

14

Lucas wußte, daß allein ihn die Schuld traf, als der zarte Hauch häuslicher Harmonie, der sich eben erst abgezeichnet hatte, am nächsten Morgen bereits wieder verflog.

Er hätte wissen müssen, daß es so kommen würde. Er hätte darauf vorbereitet sein müssen. Er, der sich immer eines solchen Sinnes für Strategie und Planung rühmte, hatte sich überraschen lassen. Dafür gab es keine Entschuldigung.

Aber seine Frau hatte ihn gleich einem Feldmarschall sorgfältig studiert und genau den richtigen Zeitpunkt abgepaßt.

Gerade als Lucas eine detaillierte Liste der Investitionen überprüfte, die sie in den vergangenen drei Jahren getätigt hatte, stürmte sie in die Bibliothek und winkte mit dem jüngsten Brief ihrer Tante.

»Da bist du, Lucas. Ich habe dich bereits gesucht. Nein, bleib ruhig sitzen. Ich wollte dir nur mitteilen, daß ich eine größere Summe von meinem Konto abzuheben beabsichtige, um eine neue Investition zu tätigen. Ich nahm an, es würde dich interessieren, damit du es bei der Planung deiner Ausgaben in diesem Monat berücksichtigen kannst.«

Lucas nahm wieder Platz und sah zu ihr auf. Seine Gedanken hatten sich noch nicht von dem Schock erholt, den er erlitten hatte, als er sich über Victorias Investitionsgewohnheiten informiert hatte. Sie lächelte ihn strahlend an, elegant und lebendig wie immer in ihrem sonnengelben Kleid.

»Was für eine Summe wirst du brauchen, und um was für eine Investition handelt es sich?« fragte er vorsichtig.

»Oh, ich denke, ein paar tausend Pfund sollten genügen.«

»Ein paar *tausend*?«

»So zehn oder fünfzehn.« Sie sah auf den Brief in ihrer Hand. »Tante Cleo sagt, die Gesellschaft will in ein paar neue Minen in Lancashire investieren.«

»Zehn- oder fünfzehntausend Pfund? Für Kohlegruben in Lancashire?« Lucas war wie betäubt. »Du kannst doch nicht ernsthaft so etwas Verrücktes tun wollen. Das kann ich dir nicht erlauben.«

Lucas sah die Kampfeslust in ihren schönen Augen aufflakkern und stellte fest, daß er soeben einen ernsten taktischen Fehler begangen hatte.

»Unser Anlageberater, Mr. Beckford, hat das Projekt wärmstens empfohlen«, sagte Victoria. »Tante Cleo schreibt, daß sie selbst auch zu investieren beabsichtigt.«

»Deine Tante kann tun und lassen, was sie will, aber ich kann dir nicht erlauben, eine solche Menge Geld in eine Kohlegrube in Lancashire zu investieren. Man kann leicht ein Vermögen verlieren, wenn man in Kohle investiert.«

»Falls du dich erinnerst, verfüge ich über ein Vermögen, Lucas«, entgegnete sie bedrohlich sanft. »Deswegen hast du mich geheiratet.«

Lucas versuchte, einen Ausweg aus seinem Dilemma zu finden. »Dein Erbe ist beträchtlich, meine Liebe, aber es ist nicht unerschöpflich. Weit davon entfernt. Du bist intelligent genug, um das zu wissen. Du hast nicht genug Geld, um einfach so zehn- oder fünfzehntausend Pfund zu riskieren. Summen dieser Größe sollten in Landerwerb investiert werden und nicht in das Ausheben irgendwelcher teuren Gruben.«

»Aber ich habe bereits einigen Grundbesitz in London, aus dem ich recht nette Einkünfte beziehe. Und«, fügte sie mit einem herausfordernden Lächeln hinzu, »durch dich bin ich inzwischen Miteigentümerin eines nicht zu verachtenden Anwesens in Yorkshire. Ich habe nicht den Wunsch, noch mehr Land zu erwerben, Lucas.«

Lucas wandte sich wieder seinen Büchern zu und erwiderte sachlich: »Dann kannst du das Geld in die nötigen Verbesserungsarbeiten hier auf Stonevale investieren.«

»Du gibst bereits genug Geld für derartige Dinge aus. Dieses

Projekt in Lancashire ist eine Investition, die ich in meinem eigenen Namen zu tätigen wünsche.«

»Vicky, vertrau mir. Kohlegruben sind riskante Anlageobjekte, besonders wenn andere sie leiten. Wenn du ernsthaft am Bergbau interessiert bist, können wir einen Ingenieur kommen lassen, der Stonevale vermißt. In Yorkshire gibt es Kohle und andere Mineralien, und vielleicht haben wir ja so etwas hier auf dem Anwesen. Aber ich kann dir nicht gestatten, dein Geld in ein Projekt zu stecken, über das wir keine Kontrolle haben.«

Victoria marschierte auf den Schreibtisch zu und warf Lucas den Brief hin. »Du willst mir also verbieten, mein Geld so auszugeben, wie ich es möchte?«

Lucas bat um göttliche Führung, aber es tat sich nichts. Er würde mit diesem verteufelten Problem allein zurechtkommen müssen, und er wußte, daß ihm das auf keinen Fall gelingen würde.

Sorgsam wählte er seine nächsten Worte. »Du bist mit einem beträchtlichen Einkommen zu mir gekommen, das wir für unsere Kinder und Enkel bewahren müssen. Als dein Ehemann ist es meine Pflicht, deine Investitionen zu überwachen.«

»Das dachte ich mir«, entgegnete Victoria grimmig. »Ich nehme an, so fängt es immer an. Der Ehemann beginnt, indem er seiner Frau erklärt, sie sei unfähig, ihre eigenen Angelegenheiten in die Hand zu nehmen und sie müsse ihm gestatten, an ihrer Stelle zu handeln. Als nächstes übernimmt er ganz die Kontrolle, und sie hat gar keinen Einfluß mehr darauf, wie ihr Geld angelegt wird.«

Das ärgerte ihn. Ungeduldig zeigte Lucas auf die geöffneten Bücher, die vor ihm auf dem Schreibtisch lagen. »Um ganz ehrlich zu sein, meine Liebe, ich bin nicht sicher, ob du all deine Entscheidungen allein treffen solltest. Du scheinst dazu zu neigen, große finanzielle Risiken einzugehen. Das Wasser stand dir bereits mehr als einmal bis zum Hals.«

»Es ist mir jedesmal gelungen, wieder aus der Misere herauszukommen«, schoß sie zurück, »wie du sicher feststellen wirst, wenn du meine momentanen Einkünfte betrachtest.«

»Ja, dank deiner Londoner Grundstücke. Siehst du, Vicky? Investitionen in Landbesitz sind am ungefährlichsten. Sie schützen ein Vermögen wie das deine. Du kannst es dir nicht leisten, das Risiko einzugehen und dein Geld in Fonds, Schiffahrtsprojekte oder entfernte Kohlegruben zu investieren.«

»Ich soll kein Risiko eingehen? Es ist lächerlich, daß ausgerechnet du das sagst. Bevor du mich geheiratet hast, hast du deine gesamten Einkünfte erzielt, indem du Risiken eingegangen bist. Was könnte wohl risikoreicher sein als das Schlachtfeld oder der Spieltisch?«

Daß sie damit recht hatte, ärgerte ihn noch mehr. »Verdammt, Vicky, ich hatte keine andere Wahl. Ich tat, was ich tun mußte. Aberh es anders ausdrücken soll.«

»Sagen Sie mir einfach, daß Sie mir verbieten, mein Geld so anzulegen, wie ich es will.«

Seine Wut war inzwischen genauso groß wie ihre. »Du versuchst bewußt, mir eine Falle zu stellen, Vicky. Du willst, daß ich dir entweder völlige Freiheit lasse, oder mich als ebenso tyrannischer Ehemann wie der deiner Mutter zu erkennen gebe. Denkst du, du könntest mich so einfach manipulieren?«

»Ich versuche keineswegs, dich zu manipulieren. Es ist genau umgekehrt. Du versuchst, mich zu manipulieren.« Victoria hielt seinem strengen Blick stand.

»Ich versuche lediglich, dich vor deinem eigenen Leichtsinn zu bewahren.«

»Leichtsinn? Du nennst mich leichtsinnig? Du, der du deinen Lebensunterhalt erst als Soldat und dann als Spieler verdient hast? Ha. Das ist eine billige Entschuldigung, und du weißt es. Du willst einfach die vollständige Kontrolle über mein Geld, und das heißt, daß du mir keinerlei Freiheit mehr läßt, es in der Form auszugeben, wie ich es will. Was wird als nächstes folgen, Lucas? Wirst du mich zwingen, mich mit vierteljährlich ausgezahltem

Taschengeld zufrieden zu geben? Werde ich verpflichtet sein, meine Kleider, Farben, Bücher und Pferde von dem Geld zu bezahlen, das du mir gnädig zuteilst?«

Jetzt reichte es. Er verlor den letzten Rest seiner Selbstbeherrschung. »Weshalb nicht? Wenn du die Rolle einer frivolen, verschwenderischen Frau spielst, die nicht einen einzigen Gedanken darauf verwendet, sorgsam mit ihrem Geld umzugehen, werde ich keine andere Wahl haben, als dich dementsprechend zu behandeln. Aber wir wissen beide, daß du zu intelligent bist, um nur wegen mir derart zu handeln.«

»Du verbietest mir, frei über mein eigenes Geld zu verfügen?«

»Ich verbiete dir, eine große Summe zu riskieren wegen eines Projektes, über das du nichts weißt, außer daß der Anlageberater deiner Tante es empfiehlt.«

»Einige der Empfehlungen von Mr. Beckford haben mir eine hübsche Summe Geld eingebracht.«

»Andere Empfehlungen haben dir aber auch beträchtliche Verluste zugefügt. Ich habe deine Bücher gesehen. Mr. Beckford ist bei weitem nicht unfehlbar«, sagte Lucas, während er ungeduldig in Victorias Büchern blätterte.

»Man muß auch Verluste einkalkulieren, wenn man mit hohem Risiko spielt.«

»Es gibt Männer, die wesentlich begüterter sind als du, und die ihre Familien mit dieser Einstellung an den Rand des Ruins getrieben haben.«

»Sag es, verdammt. Sag es, Lucas. Sag mir ins Gesicht, daß ich keine Kontrolle mehr über mein Vermögen habe.«

Lucas gab den Versuch auf, die Situation zu retten. »Vicky, ich dachte, ich hätte deutlich gemacht, daß die Tatsache, daß ich deinen Wünschen hin und wieder nachgegeben habe, nicht bedeutet, daß ich dir erlaube, mich nach Belieben zu manipulieren. Auf die eine oder andere Weise wirst du das begreifen müssen.«

»Sag es, Lucas.« Sie sah ihn mit einem herausfordernden Lächeln an.

Lucas fluchte leise. »Nun gut, Madam, da Sie offensichtlich wild entschlossen sind, diese Auseinandersetzung zu einer offenen Schlacht werden zu lassen, sollen Sie bekommen, was Sie offensichtlich suchen, nämlich einen richtigen Gegner. Hiermit verbiete ich Ihnen, in ein Minenprojekt zu investieren. Ich werde Ihren Bankiers Anweisung geben, Ihnen lediglich ein kleines vierteljährliches Taschengeld auszuhändigen, es sei denn, ich persönlich erteile ihnen die Erlaubnis zu weiteren Auszahlungen.«

Wie betäubt starrte sie ihn an, deutlich schockiert angesichts des Ausmaßes seiner Vergeltung. »Das glaube ich nicht. Du kannst nicht wirklich meinen, was du da sagst. Es ist eine Sache, mir die Investition in das Kohlevorhaben zu verbieten, aber daß du mir vollständig verbieten willst, frei über mein Geld zu verfügen, ist ... unglaublich.«

Lucas lehnte sich auf seinem Stuhl zurück und betrachtete sie kühl. Sie sah tatsächlich betroffen aus. Offensichtlich hatte sie ein solches Ergebnis nicht erwartet, als sie das Scharmützel eröffnet hatte.

»Ich kann deine Überraschung verstehen«, sagte er freundlich. »Ich bin ziemlich sicher, daß du, als du vor ein paar Minuten hier hereinspaziert kamst, sicher warst, den Raum als Siegerin zu verlassen. Du bist zu klug, um einen Angriff zu wagen, wenn du nicht überzeugt bist, daß du gewinnst. Aber du hast mich unterschätzt, meine Liebe, und ich fürchte, du wirst weiterhin die Verliererin sein, wenn du nicht aufhörst, mich herauszufordern. Ein guter Feldmarschall macht niemals den Fehler, seinen Gegner zu unterschätzen.«

»Du sprichst, als stünden wir auf dem Schlachtfeld.«

Lucas nickte düster. »Ich fürchte, das ist genau die Situation, die du geschaffen hast.«

»Wie konnte ich nur denken, du wärst vielleicht doch ein erträglicher Ehemann.« Sie wirbelte herum, eilte zur Tür und riß sie auf, ohne ihm die Möglichkeit zu geben, vor ihr dort zu sein.

»Wo willst du hin, Vicky?«

»Raus.« Ihr Lächeln hätte einem das Blut in den Adern gefrieren lassen können.

»Vicky, wenn du denkst, du könntest jetzt wütend davonrauschen und neuen Unfug treiben, dann irrst du dich.«

»Keine Sorge, Graf. Ich werde mich in guter Gesellschaft befinden. Ich fahre zu einer Versammlung beim Pfarrer. Und ich nehme an, daß selbst Sie mit Ihrem neuen tadellosen, konservativen, tugendhaften Benehmen nichts dagegen einwenden können, daß ich den Nachmittag mit solch ehrenwerten Leuten verbringe.«

»Was für eine Gesellschaft hält diese Versammlung ab?«

»Die Gesellschaft für die Erforschung rätselhafter Dinge«, erwiderte sie erhaben.

»Vielleicht finde ich die Zeit, dich zu begleiten«, begann er vorsichtig.

»Gütiger Himmel, Lucas, das ist unmöglich. Ich bin überzeugt, daß du viel zu beschäftigt bist, um mitzukommen. Du mußt hier so viele schwere, wichtige Entscheidungen treffen.« Sie verließ den Raum und schlug heftig die Tür hinter sich zu.

Lucas zuckte zusammen, als die Lampen zu schaukeln begannen. Einen Augenblick lang saß er ruhig da, und dann erhob er sich, durchquerte entschlossen das Zimmer und goß sich einen Brandy ein.

Er stand am Fenster, trank und sagte sich verdrießlich, daß es ein harter Kampf werden würde. Er hatte sich getäuscht, als er dachte, der schwierige Teil sei überstanden, wenn sie erst einmal seine Frau wäre. Offensichtlich kam die richtig harte Arbeit erst nach der Hochzeit.

Gütiger Gott. Hatte er sich unter der Last seiner neuen Verantwortung wirklich zu einem solchen Tugendbold gewandelt?

Als Victoria die gemütliche Wohnung der Pfarrersleute erreichte, kochte sie immer noch. Es gelang ihr jedoch, ein charmantes Lächeln aufzusetzen, als sie in den gemütlichen, sonnigen Raum geführt wurde, in dem die Mitglieder der Oberschicht des Dorfes und ihre Frauen versammelt waren. Der Empfang war herzlich, und ihre schlechte Laune verflog schnell.

»Herzlich willkommen bei dem Treffen unserer Gesellschaft, Lady Stonevale. Wir versuchen gerade, ein Mittel gegen Gicht und rheumatische Beschwerden zu entwickeln«, erklärte Mrs. Worth, nachdem sie alle miteinander bekannt gemacht hatte. Sie zeigte zu einem Tisch, auf dem lauter kleine Gläser standen. Jedes dieser Gläser enthielt eine Flüssigkeit. »Wir interessieren uns sehr für Heilkräuter und -pflanzen. Sir Alfred hier zum Beispiel hofft, den Preis der Kunstgesellschaft zu erhalten, da er einen Weg gefunden hat, die Produktion von Opium in England zu steigern. Er hat tatsächlich ein sehr gutes Resultat erzielt.«

»Wie aufregend«, sagte Victoria. »Sie können sehr stolz sein, Sir Alfred.«

Sir Alfred errötete leicht.

»Und Dr. Thornby dort drüben hat mit verschiedenen Tinkturen und Absuden aus Alkohol und anderen Zutaten wie Süßholzwurzel, Rhabarber und Kamille herumexperimentiert.«

Nun war Dr. Thornby an der Reihe, vor Stolz zu erröten.

»Faszinierend«, murmelte Victoria, während sie die verschiedenen Gläser betrachtete. »Meine Tante und ich haben eine ganze Reihe medizinischer Vorträge zu diesem Thema besucht. Hatten Sie Erfolg mit Ihren Experimenten?«

»Wie Sie wissen«, begann Dr. Thornby mit kaum verhehltem Enthusiasmus, »ist die Kombination aus Alkohol und Opium im Laudanum äußerst wirksam bei der Schmerzbehandlung, wobei sie jedoch den Patienten äußerst schläfrig macht. Bei bestimmten Beschwerden ist das durchaus in Ordnung, bei chronischen Leiden jedoch wie Gicht und Rheuma oder bestimmten, hm, Frauenleiden ist diese Nebenwirkung äußerst störend. Hier braucht man ein Mittel, das die Schmerzen lindert, ohne müde zu machen.«

»Sie suchen also nach einem Schmerzmittel, das es dem Leidenden ermöglicht, seiner täglichen Routine nachzugehen«, sagte Victoria mit einem verständnisvollen Nicken. »Ein äußerst wichtiger Forschungsbereich. Tatsächlich, äußerst wichtig.«

»Die Bauern und Feldarbeiter hier in der Gegend haben mit ihren Hausmitteln durchaus gewisse Erfolge erzielt«, bemerkte ein untersetzter Herr in der Ecke. »Sie haben einige hervorragende Mittel entdeckt.«

»Das Problem besteht darin«, sagte ein anderer, »daß es bisher keine Standardisierungs- und Analyseverfahren gibt. Jede Familie hat natürlich ihre eigenen Hausmittel, aber die Rezepte wurden seit Generationen weitergegeben und sind das Ergebnis von Tradition und Volksglaube. Sie basieren nicht auf wissenschaftlichen Erkenntnissen oder Untersuchungen. Zum Beispiel hat jede Hausfrau ihr eigenes Rezept für Hustensaft, und keine Mixtur gleicht der anderen.«

»Offensichtlich müssen mehrere Aspekte des Problems untersucht werden«, bemerkte Victoria.

»Das stimmt.« Dr. Thornby näherte sich dem Tisch. »Aber es gibt nur einen wissenschaftlichen Ansatz. Wir müssen ein Experiment durchführen und sorgfältig Buch führen. Jedes dieser Gläser enthält ein bestimmtes Heilmittel. Das Ziel der heutigen Studie ist herauszufinden, welches der Mittel eine sofortige Linderung der Schmerzen bewirkt, ohne müde zu machen.«

»Und wie messen Sie die schmerzlindernde Wirkung?« fragte Victoria interessiert. »Ich für meinen Teil leide momentan noch nicht einmal unter den leisesten Kopfschmerzen.«

»Das werden wir in der zweiten Phase des Experiments herausfinden«, räumte der Pfarrer ein. »Ich fürchte, es ist schwierig, fünf bis zehn Personen zu finden, die alle zur gleichen Zeit einen Gichtanfall oder Kopfschmerzen haben.«

»Zufällig habe ich einen Anflug von Rheuma seit heute nachmittag«, sagte Mrs. Worth hilfsbereit.

»Und meine Gicht macht mir zu schaffen«, bot ein weiteres Mitglied der Gesellschaft an.

»Ich habe bereits den ganzen Tag Zahnschmerzen«, meldete sich Lady Alice.

Der Pfarrer, Dr. Thornby und Sir Alfred strahlten.

»Hervorragend. Wir werden also beide Phasen des Experiments heute durchführen können.« Sir Alfred sah Victoria zugleich schüchtern und hoffnungsvoll an. »Ich sehe, Sie hegen ein gewisses Interesse an solchen Dingen, Lady Stonevale. Würden Sie gern an dem Versuch teilnehmen oder ziehen Sie es vor zuzusehen?«

»Himmel, es ist immer weit interessanter, an einem Experiment teilzunehmen als lediglich zu beobachten. Es würde mir größte Freude bereiten, Ihre Mittel zu testen. Das wäre gewiß sehr lehrreich.«

Sir Alfred und die anderen Anwesenden fühlten sich äußerst geschmeichelt. Dr. Thornby ergriff erneut das Wort. »Nun denn, ich werde jetzt das Notizbuch auf den Tisch legen mit der Bitte, daß jeder klar und deutlich beschreibt, was er nach Einnahme jedes Mittels spürt. Ich schlage vor, daß wir mit reinem Brandy beginnen und unsere Reaktionen darauf festhalten, bevor wir die verschiedenen Mixturen testen.«

»Ja, natürlich«, rief der Pfarrer. »Wir müssen den Unterschied zwischen dem reinen Alkohol und den mit anderen Zutaten versetzten Alkoholika beurteilen können. Sehr clever, Thornby.«

Victoria runzelte nachdenklich die Stirn. »Wäre es nicht vielleicht das beste, wenn einer von uns während des ganzen Experiments beim reinen Alkohol bliebe? Auf diese Art können die Reaktionen derer, die die verschiedenen Mixturen zu sich nehmen, allzeit mit den Reaktionen auf puren Alkohol verglichen werden.«

Die Umstehenden nickten zustimmend.

»Eine brillante Idee, Mylady«, sagte Sir Alfred. »Offensichtlich sind Sie mit den Techniken wissenschaftlicher Untersuchungen bestens vertraut.«

»Ich habe gewisse Erfahrungen auf diesem Gebiet«, erwiderte Victoria bescheiden. »Da ich die Idee hatte, und da ich im Moment keine besonderen Beschwerden habe, stelle ich mich freiwillig als Versuchsperson für den reinen Alkohol zur Verfügung.«

»Sie sind äußerst hilfsbereit, Lady Stonevale«, sagte Dr. Thornby. »Dann lassen Sie uns beginnen.« Huldvoll reichte er Victoria ein Glas Brandy.

Lucas war entsetzt ob des Anblicks, der sich ihm bot, als er nachmittags von dem Besuch bei einem seiner Pächter zurückkam. Eine schwankende Victoria wurde von Nan und zwei äußerst besorgten Pagen die Treppe hinaufgeführt. Lucas warf dem Stallburschen die Zügel seines Pferdes zu und stürzte zum Eingang.

»Mein Gott, was ist passiert? Bist du krank, Vicky?« Er sah sie besorgt an.

»Oh, hallo, Lucas.« Sie schenkte ihm ein seliges Lächeln und verlor dabei beinahe das Gleichgewicht. »Hat es dir Spaß gemacht, den ganzen Tag ein vorsichtiger, konservativer Tugendbold zu sein? Ich habe den Nachmittag auf eine wesentlich sinnvollere Weise genutzt. Ich habe ein kleines...«, sie unterbrach sich, um diskret aufzustoßen, »ein kleines Experiment durchgeführt.«

Brandygeruch stieg Lucas in die Nase. Er starrte die besorgte Zofe an, und langsam dämmerte ihm, was geschehen war. »Ich werde mich um Mylady kümmern«, sagte er mit stählerner Stimme.

»Ja, Mylord. Ich laufe und sage der Köchin, daß sie Mylady einen Tee kocht.«

»Das ist nicht nötig«, knurrte Lucas, während er Victoria auffing.

Er schleppte sie an dem besorgt blickenden Butler, zwei weiteren Pagen und einer Reihe Hausmädchen vorbei die Treppe hinauf ins Bett. Victoria lehnte sich graziös in die Kissen zurück, lächelte erneut und betrachtete ihn mit einem träumerischen Blick.

»Lucas, mein Lieber, du solltest dir wirklich abgewöhnen, so furchtbar drohend zu gucken. Weißt du, du hast die schlechte Angewohnheit, allzu finster zu blicken.«

»Was zum Teufel hast du getrunken?«

Sie runzelte die Stirn. »Laß mich überlegen. Größtenteils Brandy, glaube ich. Habe ich dir von dem Experiment erzählt?«

»Nein, aber wir können die Einzelheiten später besprechen.«

»O ja, heißt das, du willst mir schon wieder einen Vortrag halten?«

»Darauf kannst du wetten, Vicky«, sagte Lucas grimmig. »Ich toleriere eine Menge, meine Liebe, aber ich dulde auf keinen Fall, daß du am hellichten Nachmittag sturzbetrunken nach Hause kommst.«

»Ich glaube, du wirst mir später die Leviten lesen müssen, Lucas. Ich fühle mich im Augenblick nicht allzu gut.« Victoria drehte sich auf die Seite und griff eilig nach dem Nachttopf unter ihrem Bett.

Lucas seufzte und stützte ihren Kopf. Sie hatte recht. Die Strafpredigt würde warten müssen.

Wie sich herausstellte, mußte der Vortrag bis zum nächsten Morgen warten. Victoria versuchte, ihm gänzlich aus dem Weg zu gehen, indem sie erst spät erwachte und verkündete, sie gedenke, ihren Tee auf ihrem Zimmer einzunehmen. Doch kurz nach neun erschien eines der Mädchen mit der Nachricht, Lucas erwarte seine Gattin um zehn in der Bibliothek.

Victoria erwog kurz, diese Unannehmlichkeiten zu umgehen, indem sie behauptete, sie litte nach wie vor an den Folgen des wissenschaftlichen Experiments, doch ihr Pragmatismus überwog.

Sie sagte sich, ebensogut könne sie die Sache auch einfach hinter sich bringen, und stand zögernd auf. Sie runzelte die Stirn, als sie das leichte Kopfweh bemerkte, aber zumindest war ihr Magen wieder in Ordnung. Als ihre Zofe den Tee brachte, leerte sie den Becher in einem Zug. Jetzt fühlte sie sich etwas besser.

Sie wählte ihr leuchtendes weißgelbes Kleid und kleidete sich so sorgfältig an, als bereite sie sich auf einen förmlichen Besuch vor, bevor sie zögernd die Treppe hinabstieg.

Als sie die Bibliothek betrat, erhob Lucas sich von seinem Stuhl hinter dem Schreibtisch, um sie eingehend zu mustern.

»Bitte nimm Platz, Vicky. Ich muß zugeben, man sieht dir die Erschöpfung nicht an. Ich gratuliere dir zu deiner eisernen Konstitution. Ich kenne Männer, die nach der Art von ›Experiment‹, wie du es gestern nachmittag durchgeführt hast, in einer wesentlich schlechteren Verfassung wären.«

»Der wissenschaftliche Fortschritt fordert gewisse Opfer«, entgegnete Victoria würdevoll, während sie sich setzte. »Ich bin stolz darauf, einen kleinen Beitrag zum Wohle der Menschheit geleistet zu haben.«

»Einen Beitrag zum Wohle der Menschheit?« Lucas' Mundwinkel zuckten. »So nennst du das? Du bist mitten am Tag vollkommen betrunken nach Hause gekommen und willst mir erzählen, es hätte sich um eine wissenschaftliche Studie gehandelt?«

»Ich habe wissenschaftlicher Studien wegen schon wesentlich riskantere Dinge unternommen«, entgegnete Victoria bedeutungsvoll. »Man bedenke nur die Tatsache, daß ich deswegen mit einem Mann verheiratet bin, der mir nicht einmal gestattet, mein eigenes Geld nach Gutdünken auszugeben. Und das alles, weil ich den Gefahren eines anderen Experiments zum Opfer gefallen bin.«

Sein Mund bildete eine grimmige Linie. »Versuch nicht, mich abzulenken, indem du alte Anschuldigungen erhebst. Im Moment geht es um dein gestriges Verhalten. Was genau hast du beim Pfarrer gemacht?«

»Die Wirkung verschiedener Heilmittel getestet«, informierte Victoria ihn mit erhobenem Kinn. Er sollte es bloß wagen, eine solche rein wissenschaftliche Untersuchung zu bemängeln.

»Und all diese Heilmittel enthielten Brandy?«

»Nein, natürlich nicht. Einige der Kräuter waren in Bier aufgelöst, andere in Sherry oder Rotwein. Weißt du, wir wußten nicht genau, welcher Alkohol sich am besten mit den Kräutern vermischen würde.«

»Großer Gott. Wie viele Gläser von diesem Gebräu hast du bloß getrunken?«

Victoria massierte ihre Schläfen. Die Kopfschmerzen wurden schlimmer. »Ich weiß nicht mehr genau, aber ich bin sicher, daß es genau in Dr. Thornbys Notizbuch festgehalten wurde.«

»Der Pfarrer und seine Frau waren auch dabei?«

»Nun, ich fürchte, Mrs. Worth ist ziemlich schnell eingeschlafen«, sagte Victoria beschwichtigend. »Und der Pfarrer hatte eine ziemlich hohe Dosis von einer der Mixturen, so daß er sich in eine Ecke setzte und während der restlichen Zeit die Wand anstarrte.«

»Ich wage kaum zu fragen, welche Mixturen du geschluckt hast.«

Victoria strahlte. »Oh, ich bin die ganze Zeit über beim reinen Alkohol geblieben, Lucas. Damit wir einen Vergleich hatten, um die anderen Heilmittel zu beurteilen. Es war ein äußerst wichtiger Teil des Experiments.«

Lucas fluchte leise und verstummte. Das Ticken der Standuhr wurde unerträglich laut. Victoria wurde allmählich unruhig.

»Ich fürchte, ich muß noch eine Regel aufstellen, Madam«, sagte Lucas schließlich.

»Das habe ich befürchtet.« Sie wollte sich zur Wehr setzen, aber ihr Kopf schmerzte zu sehr. Es gelang ihr nicht, die nötige Kampfeslust aufzubringen. Sie wollte nur noch in ihr Bett.

Lucas ignorierte ihren gequälten Gesichtsausdruck, aber seine Stimme war erstaunlich sanft, als er die neue Vorschrift erklärte. »Von nun an wirst du ohne meine Zustimmung an keinem wissenschaftlichen Experiment mehr teilnehmen. Ist das klar?«

»Wie gewöhnlich haben Sie sich deutlich genug ausgedrückt, Graf.« Mit erhobenem Kopf stand Victoria auf. »Die Ehe ist recht langweilig für eine Frau, nicht wahr? Keine Abenteuer, keine wissenschaftlichen Studien, keine Freiheit, das eigene Geld den eigenen Wünschen gemäß auszugeben. Ich frage mich, wie Frauen so etwas aushalten, ohne aus reiner Langeweile zu sterben.«

Sie erhob sich und ging zur Tür.

In dieser Nacht lag Lucas im Bett und betrachtete durch das Fenster den Mond. Aus Victorias Zimmer war kein Laut mehr gedrungen, seit vor einer Stunde etwas Großes und Schweres vor die Verbindungstür geschoben worden war.

Er hatte mit einer gewissen Verärgerung zugehört, wie sie sich in ihrem Schlafgemach verbarrikadierte. Ihm mißfiel die Vorstellung, daß sie ganz allein schwere Gegenstände verrückte. Zumindest hätte sie einen der Diener darum bitten können. Aber zweifellos war es ihr zu peinlich gewesen, einen Pagen oder ihre Zofe an dieser Aktion zu beteiligen.

Auf der anderen Seite war diese Geste des Widerstands ein gutes Zeichen, sagte er sich. Offensichtlich fühlte sie sich wesentlich besser als am Vormittag. Die Dinge normalisierten sich wieder.

Wenn man sein Verhältnis zu Vicky jemals als normal bezeichnen konnte.

Lucas schlug die Decke zurück und erhob sich.

Der Stratege in ihm wußte, daß es keine Möglichkeit gegeben hatte, den jüngsten Konfrontationen aus dem Weg zu gehen. Einige Schlachten waren unvermeidlich, und wenn sie begannen, konnte ein Mann sich nur noch in den Kampf stürzen.

Victoria hatte diese Ehe immer noch nicht völlig akzeptiert. Sie war ein unabhängiges, dickköpfiges Geschöpf, das allzu lange ohne Führung gewesen war. Ihre Intelligenz, ihr freundliches Wesen und ihr Wunsch, die gesellschaftliche Stellung ihrer Tante nicht zu gefährden, hatten ihr Verhalten bis zu jenem Tag kontrolliert, an dem er aufgetaucht war.

Aber inzwischen sah sie in ihm jemanden, der ihr im Weg stand, der ihre Unabhängigkeit bedrohte. Sie war hin und her gerissen zwischen ihren Gefühlen für ihn und der Verärgerung, in dieser Ehe gefangen zu sein.

Lucas erinnerte sich an all die Männer, die sie in London umworben hatten, und stöhnte. Sie war es gewöhnt, die Männer in ihre Schranken zu verweisen, diejenige zu sein, die die Kontrolle über alles hatte.

Doch auch wenn sie es nicht zugab, so spürte er, daß einer der Gründe, weshalb sie anfangs so fasziniert von ihm war, darin lag, daß sie sich nicht so sicher sein konnte, die Kontrolle über ihn zu haben. Sie war eine starke Frau, die einen noch stärkeren Mann brauchte.

Jetzt, wo sie ihn gefunden hatte, konnte sie der Versuchung einfach nicht widerstehen, ihn auf die Probe zu stellen.

Er bedauerte, daß es zum offenen Krieg zwischen ihnen gekommen war. Aber Lucas wußte, daß er jetzt, wo die Gefechtslinien gezogen waren, nicht nachgeben und Victoria ihren Willen lassen konnte, da er ansonsten in Zukunft bitter dafür würde bezahlen müssen.

Ihrer beider Leben hatte sich dramatisch verändert. Das mußte er ihr klar machen. Sie mußten jetzt an zukünftige Generationen denken und nicht nur an ihr eigenes Leben. Ein Anwesen wie Stonevale mußte für die Nachfahren erhalten werden. Es war eine Investition für die Zukunft und nicht bloß für die Gegenwart.

Lucas sagte sich, daß diese Nachfahren von Victorias und seinem Blut sein würden. Sie hatte also ein ebensolches Interesse an diesem Land wie er. Keiner von ihnen würde so leichtfertig weiterleben können wie vor der Heirat.

Gütiger Gott. Er klang allmählich wirklich wie ein Tugendbold.

Niemand wußte es, aber vielleicht war die neue Generation ja bereits unterwegs. Die Vorstellung, daß Victoria mit seinem Kind runden und reifen würde, ließ ihn zufrieden erschaudern.

Erneut runzelte Lucas die Stirn bei der Vorstellung, daß sie einen so schweren Gegenstand vor die Tür geschoben hatte. Er konnte ihr so etwas nicht gestatten, jetzt, wo sie vielleicht schwanger war. Sie gehörte ihm, und er würde sich um sie kümmern, ob sie es wollte oder nicht.

Doch zunächst mußte er einen Weg finden, ihre starre Abwehr zu durchbrechen. Lucas dachte an die Kakteen in Lady Nettleships Garten und lächelte. Dann ging er zum Kleiderschrank und ergriff ein Hemd und ein Paar Reithosen.

Victoria entdeckte ihn in dem Augenblick, als er auf dem Sims vor ihrem Fenster erschien; ein dunkler, drohender, männlicher Schatten im silbernen Mondlicht. Dies war kein Alptraum. Sie wußte jetzt, daß sie auf ihn gewartet hatte.

Es war klar, daß er sich nicht von einer solchen Kleinigkeit wie ihrem Ankleidetisch vor der Verbindungstür aufhalten ließ. Sie setzte sich auf und umschlang ihre Knie, als die dunkle Gestalt das Fenster öffnete und ihr Schlafgemach betrat. Er war vollständig bekleidet.

»Ah, es war also der Ankleidetisch«, bemerkte Lucas mit einem Blick zur Verbindungstür. »Du solltest wirklich keine schweren Gegenstände herumschieben, meine Liebe. Bitte nächstes Mal jemanden um Hilfe.«

»Wird es ein nächstes Mal geben?« fragte sie sanft. Sie war sich der Herausforderung bewußt.

»Wahrscheinlich.« Er schritt zum Fuß ihres Bettes. »Ich fürchte, es ist unser Schicksal, gelegentlich zu streiten, meine

Süße. Angesichts deiner Leichtsinnigkeit und meiner bedauerlich langweiligen und schwerfälligen Art ist das wohl unvermeidlich.«

»Ich würde dich nicht unbedingt als langweilig und schwerfällig bezeichnen, Lucas. Ich denke, Begriffe wie arrogant, herrschsüchtig und stur passen besser.«

»Und tugendhaft?«

»Ich bedaure, es sagen zu müssen, aber ja, die Beschreibung tugendhaft paßt allmählich hervorragend zu dir.«

Er umklammerte einen der Bettpfosten und lächelte traurig. »Natürlich erleichtert es mich, daß du eigentlich gar nicht allzu schlecht von mir denkst.«

Sie versteifte sich. »Lucas, wenn du auch nur einen Augenblick denkst, daß du dich mitten in der Nacht hier hereinschleichen und deine Rechte als Ehemann einfordern kannst, dann irrst du dich. Wenn du versuchst, in dieses Bett zu steigen, werde ich das ganze Haus zusammenschreien.«

»Das bezweifle ich. Du würdest weder mich noch dich selbst derart vor den Bediensteten erniedrigen wollen. Außerdem siehst du die Dinge vollkommen falsch, wenn du denkst, ich wäre so verrückt, deine schlechte Laune so behandeln zu wollen. Aber ich habe dir ja bereits gesagt, daß du die Angewohnheit hast, mich zu unterschätzen.«

Sie sah ihn mit größter Wachsamkeit an. »Was hast du vor?«

Er wandte sich von ihr ab und sah über die Schulter zu der Stelle, an der die offenen Vorhänge in der Nachtluft wehten. »Die Nacht ruft, und du bist diesem Ruf bisher immer gefolgt. Bist du jemals um Mitternacht ausgeritten?«

Sie starrte ihn an. »Ist das dein Ernst?«

»Und ob.«

»Du würdest um diese Zeit mit mir ausreiten?«

»Ja.«

»Das ist ein Trick, nicht wahr? Du versuchst, mich zu entwaffnen, mich deine Anmaßung vergessen zu lassen.«

»Ja.«

»Das leugnest du noch nicht einmal?«

Er zuckte die Schultern. »Weshalb sollte ich? Es ist die Wahrheit.«

»Dann muß ich dein Angebot ablehnen.«

Ein verschlagenes Grinsen flackerte in der Dunkelheit auf. »Die Frage ist nicht, ob du es mußt, sondern, ob du es kannst.«

Er kannte sie einfach zu gut. Nachdenklich kaute sie auf ihrer Unterlippe. Wenn sie mit ihm ginge, hieße das nicht, daß sie kapitulierte. Sie würde lediglich die Gelegenheit zu einem Abenteuer ergreifen. *Ein Ausritt im Mondschein*. Das klang wunderbar. Außerdem konnte sie, obwohl ihre Kopfschmerzen bereits vor einigen Stunden nachgelassen hatten, nicht schlafen.

»Du wirst es mißverstehen, wenn ich mitkomme«, sagte sie.

»Werde ich das?«

Sie nickte grimmig. »Du wirst denken, ich hätte dir die schlechte Behandlung verziehen.«

»Ich bin nicht so verrückt zu glauben, daß du mir so leicht verzeihst.«

»Gut. Denn das werde ich nicht tun.«

»Ich verstehe«, sagte er ernst.

»Du wirst es also nicht als Unterwerfung betrachten?«

»Du hast dich deutlich genug ausgedrückt«, versicherte Lucas.

Victoria zögerte noch eine Sekunde, bevor sie aus dem Bett sprang und sich auf die Suche nach den Reithosen begab, die sie bei ihren nächtlichen Abenteuern in London getragen hatte.

»Dreh dich um«, befahl sie, als sie ihr Nachthemd abstreifte.

»Weshalb? Ich habe dich inzwischen oft genug nackt gesehen.« Er lehnte am Bettpfosten, die Arme vor der Brust gekreuzt. »Und es interessiert mich zu sehen, wie du in ein Paar Männerhosen steigst.«

Sie starrte ihn böse an und trug ihre Kleider durch den Raum hinter den Paravent. »Du bist kein Gentleman, Lucas«, erklärte sie, während sie sich in die Hosen kämpfte.

»Ein Gentleman würde dich langweilen. Gib es zu, Vicky.«

»Ich gebe überhaupt nichts zu.«

Zehn Minuten später stand Victoria vor den Ställen, einen bernsteinfarbenen Schal um den Hals, in einen Umhang mit Kapuze gehüllt, die Zügel in der Hand. Sie sah zu, wie Lucas schnell ihre Stute und den schläfrigen George sattelte.

»Ich hoffe nur, daß ich dieses Unternehmen nicht noch bedauern werde«, sagte Lucas, als er ihr in den Sattel half.

»Jetzt ist es zu spät.« Sie ergriff die Zügel. Wie schön war es, einmal nicht im Damensitz reiten zu müssen. »Und außerdem mag ich dich am liebsten, wenn du wider besseres Wissen handelst, Lucas. Los geht's.«

»Langsam«, rief er ihr nach, als er sich in den Sattel schwang. »Es ist dunkel, Vicky. Sei vorsichtig. Bleib auf dem Weg.«

»Ich würde aber gerne durch den Wald reiten«, protestierte sie.

»Ich weiß nicht, ob bereits sämtliche Fangeisen entfernt worden sind«, sagte er. »Also bleiben wir auf der Straße.«

Sie war zu glücklich, um weiter zu streiten. Es genügte zunächst einmal, mitten in der Nacht auf einem Pferderücken zu sitzen. Sie lenkte ihr Pferd in Richtung der Auffahrt, und George paßte sich gutmütig der Gangart der Stute an.

Einige Minuten lang herrschte Stille, während sie ihre Pferde unter dem Blätterdach der Bäume, die den Weg zum Stonevaleschen Herrenhaus säumten, hindurchführten. Schließlich ergriff Lucas das Wort.

»Ich habe mit dem Pfarrer darüber gesprochen, noch ein paar Bäume zu pflanzen. Eichen oder Ulmen vielleicht. Das Holz wäre eine hervorragende Investition für unsere Kinder und Enkel.«

»Lucas, ich wünsche heute nacht nicht über Investitionen gleich welcher Art zu diskutieren«, sagte Victoria energisch.

»Was ist mit der Zukunft? Würdest du darüber gern sprechen?«

Ihre Hände umklammerten die Zügel. »Nicht unbedingt.«

Seine Stimme wurde sanfter. »Ist dir eventuell schon der Gedanke gekommen, daß du vielleicht inzwischen mein Kind trägst?«

»Darüber möchte ich nicht nachdenken.«

»Findest du diese Vorstellung denn so entsetzlich? Das überrascht mich, Vicky. Du bist schließlich alles andere als feige.«

»Haben Sie mich hierher gebracht, um mit mir über Ihren Erben zu sprechen, Graf? Wenn das der Fall ist, können wir gleich wieder umdrehen.«

Er schwieg einen Augenblick. »Haßt du mich so sehr, daß du noch nicht einmal mein Kind gebären willst?«

»Ich hasse dich nicht.« Sie fühlte sich von ihm unter Druck gesetzt. »Darum geht es nicht.«

»Es erleichtert mich, das zu hören.«

Victoria seufzte. »Ich möchte einfach weder heute nacht noch irgendwann anders mit dir über deinen Erben sprechen, bis wir diese Sache, die zwischen uns steht, bereinigt haben.«

»Die einzige Sache, die zwischen uns steht, ist dein Stolz und deine Angst, deine Freiheit zu verlieren. Fühlst du dich besser, wenn ich dir sage, daß du nicht die einzige bist, die nicht mehr frei ist?«

Sie bedachte ihn mit einem Seitenblick. »Sprechen Sie von sich, Sir?«

»Ja.«

»Sie scheinen mir genug Freiheit zu besitzen.«

»Sieh dich doch einmal um, Vicky. Ich habe die Freiheit, die ich besaß, an dem Tag verloren, als ich Stonevale erbte. Für den Rest meines Lebens bin ich an dieses Land und an meine Verpflichtungen gegenüber unseren Nachfahren gebunden.«

»Und Sie sind ein Mann, der seine Verpflichtungen immer erfüllt, komme was wolle.« Sie sah über den Kopf ihrer Stute hinweg auf die Straße und dachte über ihre Worte nach.

»Ich werde mein möglichstes tun, Vicky, auch wenn einige

dieser Verpflichtungen nicht nach deinem Geschmack sind. Ich möchte dich jedoch daran erinnern, daß ich, selbst wenn wir miteinander streiten, immer das tue, von dem ich annehme, daß es für uns und unsere Zukunft das Beste ist. Ich setze mich nicht einfach leichtfertig über deine Wünsche und Vorstellungen hinweg.« Er lächelte. »Glaube mir, es ist viel zu anstrengend, mit dir zu kämpfen, als daß ich meine Zeit und Energie mit unwichtigen Auseinandersetzungen vergeuden würde. Ich ziehe es vor, mich deinen Wünschen zu beugen, wann immer es mir möglich ist.«

Sie war entrüstet. »Sich meinen Wünschen zu beugen? Sie denken, Sie beugen sich meinen Wünschen? Sie überschätzen sich erheblich, Graf.«

Er zeigte auf die nächtliche Umgebung. »Sieh dich um, meine Liebe. Wer von deinen anderen männlichen Bekannten würde um diese Zeit sein warmes Bett verlassen, nur um dir eine Freude zu machen?«

Sie unterdrückte ein Grinsen. Irgend etwas an ihren nächtlichen Ausflügen mit Lucas versetzte sie jedesmal in Euphorie. Im Augenblick hatte sie sogar der heiße Zorn verlassen, den sie den ganzen Tag über gehegt hatte. »Nun, was das betrifft, Graf, hatte ich keine Gelegenheit, Vergleiche anzustellen. Vielleicht würde ich ja noch ein oder zwei andere Nobelmänner finden, die bereit wären, mir eine solch kleine Freude zu bereiten, wenn ich ein wenig herumfragen würde.«

»Wenn ich dich dabei erwische, werde ich dafür sorgen, daß du mindestens eine Woche lang nicht mehr richtig auf einem Pferd sitzen kannst.«

Ihre Belustigung verflog schlagartig. »So weit ist es also mit Ihrem Langmut her, Graf.«

»Er hat seine Grenzen, Madam. Und ich fürchte, Sie müssen lernen, diese Grenzen zu respektieren.«

»Ich habe ja immer noch den Ankleidetisch, den ich weiterhin jede Nacht vor meine Tür schieben kann«, warnte Victoria.

Lucas lächelte zuversichtlich. »Der Sims vor unseren Fenstern ist breit genug, um selbst in mondlosen Nächten als sicherer Weg zu dienen. Aber ich warne Sie, Madam, wenn Sie mich zwingen, diesen Weg bei schlechtem Wetter zu benutzen, kann ich nicht dafür garantieren, daß meine Laune bei meiner Ankunft in Ihrem Zimmer die allerbeste ist.«

»Aber Sie werden auf jeden Fall in meinem Zimmer erscheinen?«

»Darauf kannst du dich verlassen, meine Süße. Das ist so sicher wie das Amen in der Kirche.«

Victoria riskierte einen weiteren Seitenblick und sah, daß er sie mit glitzernden Augen anblickte. Ihr ganzer Körper reagierte auf die unwiderstehliche Macht, die Lucas über sie hatte. Er wollte sie, und er versuchte nicht, seine Begierde zu verstecken. Dies gab ihr eine Vorstellung von ihrer eigenen Macht, und zugleich erregte es sie.

In diesem Augenblick wieherte ihr Pferd leise.

»Lucas, ich ...«

»Pst.« Er zog die Zügel seines Hengstes und griff hinüber, um ihre Stute zum Anhalten zu bewegen. Sein sinnlicher Blick war höchster Wachsamkeit gewichen.

Instinktiv flüsterte sie: »Was ist los?«

»Anscheinend sind wir nicht allein hier draußen«, sagte er. »Schnell, unter die Bäume.«

Sie fragte nicht weiter. Gehorsam folgte sie ihm in den Wald neben der Straße. Im Schutz der Bäume saßen sie auf ihren Pferden und beobachteten den mondhellen Weg.

»Vor wem verstecken wir uns?« fragte sie sehr leise.

»Ich bin mir nicht sicher, aber mir fällt nur eine andere Person ein, die um Mitternacht hier auf der Straße etwas verloren haben könnte.«

»Der Wegelagerer.« Victoria stockte der Atem. »Dann hat er die Region also doch nicht verlassen. Lucas, wie aufregend. Ich habe noch nie einen richtigen Wegelagerer gesehen.«

»Dafür sollten Sie dankbar sein, Madam. Ich muß wohl mir

die Schuld daran geben, daß Sie jetzt vielleicht einen zu Gesicht bekommen.«

Victoria hörte entferntes Hufgeklappere. Kurz darauf kam eine dunkle Gestalt auf einem Ackergaul herangeritten. Der Wegelagerer trug einen zerlumpten schwarzen Umhang. Sein Gesicht war mit einem Schal verhüllt.

Als er den Weg heruntergeritten kam, bemerkte Victoria, daß er seinem Pferd ungeduldig in die Flanken trat. Die aufgeregte Stimme des Reiters drang deutlich durch die Nachtluft.

»Los, beeil dich, du blöder Gaul. Meinste, wir hätten die ganze Nacht Zeit? Die Kutsche kann jede Minute kommen. Beweg dich, du fettes Mistvieh.«

Das Pferd trottete gemütlich weiter, bis der Reiter es seitlich in den Wald auf der gegenüberliegenden Straßenseite führte.

Victoria stellte fest, daß sie und Lucas auf dieser Seite des Weges in der Falle saßen. Sie konnten sich nicht auf die Straße hinauswagen, ehe der Wegelagerer geruhte, die Örtlichkeit zu verlassen. Neben ihr glaubte sie Lucas leise fluchen zu hören. Bevor sie ihn jedoch fragen konnte, was er zu tun gedachte, wurde die Stille von ratternden Kutschenrädern unterbrochen.

Anscheinend würden sie Zeugen der jüngsten Unternehmung des Straßenräubers.

Ein paar Sekunden später kam die Kutsche, ein altes, klappriges Gefährt, das von zwei ebenso altersschwachen Pferden gezogen wurde, um die Kurve.

Der Wegelagerer trieb sein Pferd aus dem Wald heraus mitten auf die Straße. Er zog eine riesige Pistole.

»Halt«, schrie er laut. »Bleibt stehn und ergebt euch.«

Der Kutscher schrie überrascht auf, zog die Zügel und brachte die Pferde zum Stehen.

»Aber hallo«, rief er beklommen. »Was soll das denn heißen?«

»Haste doch gehört, Mann. Sag den Passagieren, daß sie aussteigen und alles rausrücken solln, oder ’s passiert was.«

Lucas seufzte. »Nun, ich fürchte, derartigen Unfug können wir hier nicht dulden. Bleib wo du bist, Vicky. Rühr dich nicht vom Fleck, bis ich dich rufe. Verstanden?«

Ihr wurde klar, daß er vorhatte, den Überfall zu beenden. »Ich kann dir doch helfen.«

»Das wirst du nicht tun. Beweg dich nicht von der Stelle. Das ist ein Befehl, Vicky.«

Ohne ihre Antwort abzuwarten, zog er eine Pistole hervor, ritt hinaus auf den Weg und näherte sich von hinten dem Wegelagerer.

15

»Genug jetzt. Gib mir die Pistole, bevor jemand zu Schaden kommt, Junge.«

Lucas sprach in dem erstaunlich ruhigen und doch überwältigenden Befehlston, den er zwar selten, aber immer mit großer Wirkung anwandte. Auf jeden Fall erzwang dieser Ton sofortigen Gehorsam. Victoria mußte sich eingestehen, daß sie beeindruckt war.

Der Räuber fuhr im Sattel herum. »Was zum Teufel...? Verdammt, wer sin Sie? Das is meine Kutsche. Suchen Se sich 'ne andere Beute. Ich hab bestimmt nich vor, mit jemand wie Ihnen zu teilen.«

»Du verstehst mich falsch, Junge. Ich will die Kutsche nicht. Ich arbeite auf einem gänzlich anderen Gebiet. Und nun gib mir die Pistole.«

»Wer sin Sie?« Die Stimme des Wegelagerers zitterte plötzlich. »Wer sin Sie, Mister? Sie sin doch wohl nich der Geist, von dem sie gesagt ham, daß er zurückgekommen is? Das is unmöglich.«

»Die Pistole, bitte.« Lucas verschärfte seinen Ton ein wenig, und umgehend wurde die Waffe in seine ausgestreckte Hand gelegt. »So ist es vernünftig, Junge. Und jetzt kümmern wir uns um die Passagiere.«

In diesem Augenblick sah der Kutscher, der zweifellos den Eindruck hatte, es plötzlich mit zwei Banditen zu tun zu haben, seine Chance, sprang vom Kutschbock und rannte ins Gebüsch.

Ein spitzer Schrei ertönte aus dem Inneren der Kutsche, als einer der weiblichen Fahrgäste bemerkte, daß der Kutscher sein Gespann einfach im Stich ließ.

Dieser Verzweiflungsschrei schreckte die Pferde auf, und mit wild flatternden Zügeln stürzten sie los.

»Verdammt.« Vergeblich versuchte Lucas, eines der Pferde zu erwischen, als die Kutsche an ihm vorbeiraste.

Der Wegelagerer sah eine Möglichkeit zu entkommen, und trat seinem plumpen Gaul kräftig in die Flanken. Das Pferd bäumte sich erschreckt auf und raste dann im Galopp den Weg hinab, genau in entgegengesetzter Richtung der Kutsche.

Ein weiterer Schrei ertönte durch das offene Fenster des Gefährts. Victoria sah, wie Lucas auf seinem Pferd hinter der Kutsche herstürzte. Sie verlor keine Zeit. Sie war dem Fahrzeug wesentlich näher als Lucas, und außerdem mußte jemand die Flucht des Räubers vereiteln.

Eilig trieb sie ihre Stute auf die Straße. »Ich kriege die Kutsche, Lucas. Laß du den Banditen nicht entkommen.« Sie galoppierte neben einem der Pferde des Gespanns und griff nach dessen Zügeln. Umgehend verlangsamte das Tier sein Tempo, als sei es erleichtert, endlich wieder von einem Menschen geführt zu werden.

»Sei um Gottes willen vorsichtig«, schrie Lucas. Doch offensichtlich war die Kutsche bereits zum Stehen gekommen. Er wandte sein Pferd und begann die Verfolgung des schwerfälligen Ackergauls.

Victoria tätschelte den schwitzenden Hals des Pferdes und sah zurück, um festzustellen, daß Lucas' edler Hengst keine Schwierigkeiten hatte, die Mähre einzuholen. Der Wegelagerer hatte keine Chance.

Sie nahm die Zügel des Gespanns in eine Hand und zog die Kapuze ihres Umhangs tief genug in ihr Gesicht, um nicht erkannt zu werden. »Es ist alles in Ordnung«, rief sie dem Kutscher zu. »Sie können wieder herauskommen. Die Gefahr ist vorbei. Kümmern Sie sich bitte um Ihre Pferde, guter Mann.«

Eine winzige ältere Frau mit einem Turban streckte den Kopf aus dem Fenster der Kutsche. »Gütiger Himmel, Sie sind eine Frau, nicht wahr? Was ist bloß aus der Welt geworden, daß es Frauen gestattet ist, mitten in der Nacht in Reithosen herumzulaufen. Sie sollten sich schämen, junge Dame.«

Victoria grinste und antwortete in möglichst ernstem Ton: »Ja, Ma'am. Mein Gatte ist ganz Ihrer Meinung.«

»Und wo bitte ist Ihr Gatte?«

Victoria nickte die Straße hinab, wo Lucas einen niedergeschlagenen Wegelagerer zurück in Richtung der Kutsche führte. »Da ist er, Ma'am. Er hat den Räuber für Sie gefangen.«

»Himmel, ich will ihn nicht.« Die Frau lehnte sich zurück in die Kutsche und sprach mit ihrer Reisegefährtin, die offensichtlich kurz davor stand, einen hysterischen Anfall zu erleiden. »Martha, hör auf, einen solch höllischen Lärm zu veranstalten und ruf den Kutscher. Ich glaube, er ist davongelaufen. Heutzutage ist einfach kein Verlaß mehr auf die Bediensteten.«

»Ich bin da, Ma'am«, rief der Kutscher, der eilig aus dem Gebüsch hervorkam. »Ich hab' nur versucht, den Kerl zu erwischen.« Mißtrauisch sah er zu Victoria hinüber, die ihm die Zügel zuwarf. »Sin Sie sicher, daß Sie uns nich ausrauben woll'n?«

»Ich werde Sie ganz gewiß nicht ausrauben.«

»Um Himmels willen, sieht sie etwa wie ein Wegelagerer aus?« Die ältliche Frau streckte erneut den Kopf durch das Fenster und blickte finster zu ihrem Kutscher, der sich dem Gespann widmete. »Sie ist eine Frau in Männerhosen, und sie sollte sich gehörig schämen. Eine Frau mit einer anständigen Erziehung sollte wahrlich nicht mitten in der Nacht in einem solchen Aufzug herumreiten. Wenn ihr Mann vernünftig wäre, würde er sie übers Knie legen.«

Lucas kam mit seinem Gefangenen im Schlepptau gerade rechtzeitig, um die letzte Bemerkung noch zu vernehmen. »Ich verspreche Ihnen, Madam, ich werde Ihren Rat bedenken.«

Umgehend richtete sich die Frau an ihn. »Ich nehme an, Sie sind ihr Ehemann? Was um Himmels willen denken Sie sich dabei, sie so herumlaufen zu lassen?«

Lucas lächelte. »Ich versuche, mit ihr Schritt zu halten, und ich versichere Ihnen, daß das nicht einfach ist. Sind Sie und Ihre Gefährtin wohlauf?«

»Uns geht es gut, danke. Wir sind auf dem Heimweg vom Haus unserer Freunde. Zu so später Stunde werde ich allerdings nicht noch einmal durch die Gegend fahren. Was werden Sie mit ihm machen?« Sie nickte in Richtung des Wegelagerers, der nach wie vor mit seinem Tuch maskiert war.

»Nun, ich nehme an, ich sollte ihn den Behörden übergeben.«

Der Wegelagerer wimmerte leise.

»Ja, ja, die Behörden«, sagte die Frau brüsk. »Tun Sie das. Und wenn Sie diese Sache erledigt haben, schlage ich vor, daß Sie sich um Ihre Frau kümmern. Eine Frau, der es erlaubt ist, mitten in der Nacht in Reithosen herumzulaufen, wird böse enden, das kann ich Ihnen sagen. Nun, genug dieses Unfugs, fahren Sie los, John.«

»Ja, Ma'am.« Der Kutscher hievte sich wieder auf den Kutschbock und schnalzte mit den Zügeln. Die Kutsche setzte sich schwerfällig in Bewegung und war bald darauf hinter der nächsten Kurve verschwunden.

Victoria betrachtete den Banditen. Es bedurfte keiner besonderen detektivischen Fähigkeiten, um festzustellen, daß zumindest das Pferd wohl von einem der nahegelegenen Bauernhöfe stammte. »Ein professioneller Wegelagerer sollte sich zumindest ein schnelleres Pferd zulegen. Wer bist du, Junge? Kommst du hier aus der Gegend?«

Dem Wegelagerer entfuhr ein erneutes Wimmern, und er warf Lucas einen flehenden Blick zu, als ob er sich von ihm Hilfe verspräche.

»Antworte der Lady«, befahl Lucas sanft.

Zögernd zog der junge Mann das Tuch von seinem Gesicht. Schmerzlich erkannte Victoria, daß er ein Junge von höchstens fünfzehn Jahren war. Mit ängstlichem Gesicht starrte er erst Lucas und dann Victoria an. »Ich heiße Billy.«

»Billy und weiter?« fragte Lucas geduldig.

»Billy Simms.«

»Nun, Billy, ich fürchte, du steckst in großen Schwierigkeiten«, bemerkte Lucas, während er seine Pistole wieder in die Tasche steckte. »Dem Grafen von Stonevale mißfällt es, wenn Wegelagerer in seinem Gebiet tätig werden.«

»Denken Sie, es interessiert mich auch nur die Bohne, was Seiner allmächtigen Lordschaft gefällt?« platzte Billy heraus. »Ich würde ja gar nich erst Kutschen überfallen, wenn der letzte Graf Ma un mich un meine Schwester nich aus unserer Hütte geworfen hätte. Was hätte ich denn machen soll'n, als Pa am Fieber gestorben is? Wir wohnen bei meiner Tante und ihrer Familie, und es is nich genug Platz da, un das Essen reicht auch nich. Soll ich vielleicht zugucken, wie die Frauen verhungern? Wohl kaum. Ich hab nur getan, was ich tun mußte. Das is alles.«

Lucas beobachtete ihn schweigend. »In gewisser Weise hast du recht, Billy. An deiner Stelle hätte ich wahrscheinlich dasselbe getan.«

Billy beäugte ihn verwirrt. »Sie sehn aus wie ein Edelmann. Sin Sie sicher, daß Sie Kutschen ausgeraubt hätten?«

»Wie du sagtest, Billy, ein Mann tut, was er tun muß. Doch wie dem auch sei, ich habe gehört, die Dinge hätten sich geändert hier in der Gegend. Stonevale hat jetzt einen neuen Grafen.«

»Der is bestimmt nich besser als der alte. Die sin alle gleich.

Die saugen Leuten wie mir und meiner Familie noch den letzten Blutstropfen aus. Ma sagt, die neuen Leute im Herrenhaus sin anders, und ich hab gehört, was sie im Dorf über die Geister sagen, die wieder aufgetaucht sin, aber das glaube ich nich.«

»Wirklich nicht?« George hob den Kopf, und Lucas tätschelte geistesabwesend den Hals des Pferdes. »Du hast mich zunächst für einen Geist gehalten, nicht wahr?«

Billy warf ihm einen düsteren Blick zu. »Sie ham mich überrascht, das is alles. Sowas wie Geister gibt's nich.« Zugleich jedoch starrte er auf Victorias bernsteinfarbenen Schal. Die Farbe war im Licht der Lampen der Kutsche deutlich zu erkennen gewesen.

»Ganz bestimmt nicht, Billy. Aber darum geht es nicht. Wir haben hier ein kleines Problem.«

Billy wischte sich mit dem Handrücken die Nase. »Was für'n Problem?«

»Nun, die Frage, was wir mit dir machen sollen, natürlich.«

»Warum erschießen Sie mich nich einfach mit Ihrer verdammten Pistole, und dann is gut?«

»Das wäre natürlich eine Möglichkeit. Und ein nicht ungewöhnliches Ende für einen Wegelagerer. Was meinen Sie, Madam?« Lucas sah zu Victoria hinüber.

»Ich meine«, sagte Victoria sanft, »daß sich Billy morgen früh in den Ställen des Grafen von Stonevale vorstellen sollte, und dem obersten Stallburschen sagt, daß er eine Anstellung sucht. Bis dahin, meine ich, sollte er nach Hause gehen, damit sich seine Mutter keine Sorgen macht. Zweifellos ängstigt sie sich sehr um ihn.«

Billy sah auf. »Warum denken Sie, daß ich eine Stelle im Herrenhaus kriege?«

»Sei versichert, Billy«, sagte Lucas ruhig, »du wirst eine Stelle bekommen. Eine mit besseren Zukunftsaussichten als den jetzigen. Es wird zwar nicht so aufregend sein wie deine Tätigkeit als Wegelagerer, aber wie wir bereits festgestellt haben, tut ein

Mann eben, was er tun muß. Du hast die Verantwortung für deine Familie, und du kannst es dir nicht leisten, einer Tätigkeit nachzugehen, bei der du diese oder nächste Woche erschossen werden könntest.«

Der Junge sah Lucas mißtrauisch an. »Nehmen Sie mich auch nich auf den Arm?«

Victoria lächelte im Schatten ihrer Kapuze. »Bestimmt nicht, Billy. Geh heim zu deiner Mutter und finde dich morgen früh in den Ställen ein. Vielleicht entspricht der Lohn nicht dem, was du hier draußen auf der Straße verdienst, aber zumindest ist es ein regelmäßiges Einkommen. Und das ist es, was deine Familie braucht. Was hast du schon zu verlieren? Wenn es nicht klappt, kannst du immer noch deine alte Arbeit wieder aufnehmen.«

Billy starrte sie an. Er versuchte, etwas unter der Kapuze zu erkennen. Schließlich schüttelte er furchtsam den Kopf. »Ihr seid's, nich wahr? Ihr beide seid die Geister. Der Bernsteinritter und seine Lady. Ich brauche nur den Schal anzugucken. Es stimmt, was sie im Dorf erzählt haben. Ihr seid zurückgekommen, um nachts über die Felder von Stonevale zu reiten.«

»Geh nach Hause, Billy. Ich glaube, wir alle hatten genug Aufregung heute nacht«, sagte Lucas.

»Zu Befehl, Sir. Das brauchen Sie mir nich zweimal zu sagen. Ich bin es nich gerade gewöhnt, mich mit zwei Geistern zu unterhalten.« Billy zerrte an den Zügeln seines kräftigen Gauls und trieb das Tier mit kräftigen Tritten zu einem schaukelnden Trab an.

Victoria sah zu, wie der Junge hinter der Kurve entschwand, bevor sie mit einem leisen Lachen die Kapuze abstreifte. »Ich muß zugeben, Graf, daß es immer höchst interessant ist, wenn wir beide nächtliche Ausflüge unternehmen.«

Lucas murmelte einen Fluch. »Es ist zumindest nie langweilig, nicht wahr?«

»Nie. Was wollen wir als nächstes tun?«

»Wir könnten den Rat befolgen, den mir die Lady in der

Kutsche gegeben hat. Ich könnte dich mit nach Hause nehmen und dafür übers Knie legen, daß du so unverfroren bist, mitten in der Nacht in Männerhosen herumzulaufen. Aber wahrscheinlich würde das auch nichts nützen.«

»Nicht das geringste«, pflichtete Victoria ihm fröhlich bei. »Auf jeden Fall war das Abenteuer heute nacht deine Idee, so daß es reichlich unfair wäre, mich dafür zu schlagen.«

»Aha, aber du hältst mich doch sowieso nicht für einen fairen Mann, Vicky. Du hältst mich für anmaßend, herrschsüchtig und rücksichtslos, ganz zu schweigen von meiner Tugendhaftigkeit.«

Sie senkte den Blick. »Lucas, ich ...«

»Egal, Vicky. Es ist höchste Zeit, nach Hause zu reiten. Du hattest ja schließlich dein nächtliches Abenteuer.«

Er lenkte George in die Richtung, aus der sie gekommen waren, und Victoria blieb keine Wahl, als ihm zu folgen.

Eine halbe Stunde später lag sie allein in ihrem Bett. Doch sie war weit davon entfernt zu schlafen.

Sie wälzte sich auf die Seite und ließ sich in ihr Kissen fallen. Lucas' Worte gingen ihr einfach nicht aus dem Kopf. *Du hältst mich für anmaßend, herrschsüchtig und rücksichtslos.*

Und das war er auch, wie sie sich zum hundertsten Male versicherte. Nach der Auseinandersetzung vom Vormittag bedurfte es keines weiteren Beweises. Sie hatte gewußt, daß er früher oder später sein wahres Gesicht zeigen und sich wie jeder andere sogenannte Gentleman nach der Heirat verhalten würde, indem er die Kontrolle über das Geld seiner Frau übernahm.

Doch ebensogut wußte sie, daß jeder andere sogenannte Gentleman aus ihrem Bekanntenkreis den armen Billy den Behörden übergeben und ohne Gewissensbisse hätte hängen sehen. Oder der Gentleman hätte den Jungen einfach auf der Straße erschossen und sich dabei noch wie ein Held gefühlt.

In dem Augenblick jedoch, als sie feststellten, daß sie es mit einem Jungen aus der Gegend zu tun hatten, war ihr klar gewesen, wie Lucas reagieren würde. Sie hatte gewußt, daß er den Jungen weder erschießen noch an den Galgen bringen würde.

Die Wahrheit war, daß ihr Mann den meisten der ihr bekannten Gentlemen nicht im geringsten glich, und das hatte sie von Anfang an gewußt. Dies war ja der Grund, weshalb sie sich in ihrer jetzigen Situation befand.

Das hieß jedoch nicht, daß Lucas nicht zuweilen übermäßig arrogant, anmaßend und herrschsüchtig war.

Sie wälzte sich auf die andere Seite und blickte zu der verschlossenen Tür zwischen ihren beiden Räumen hinüber. Der Ankleidetisch stand nach wie vor davor. Lucas hatte sich geradewegs in sein eigenes Zimmer begeben, nachdem er sie vor ihre Tür geleitet hatte.

Victoria hatte erwartet, daß er nach dieser aufregenden Nacht mit zu ihr kommen würde. Daß er es nicht tat, verwirrte sie.

Sie fragte sich, ob sie zu weit gegangen war, indem sie die Verbindungstür verbarrikadiert hatte. Vielleicht hatte sie durch ihren Widerstand seinen Stolz verletzt. Schließlich war er ihr Ehemann. Er hatte gewisse Rechte.

Auch konnte sie nicht leugnen, daß sie als seine Frau gewisse Pflichten hatte.

Sie sollten Partner sein in dieser Ehe, ebenso wie sie Partner gewesen waren bei ihrem nächtlichen Abenteuer.

Und jetzt wollte sie mit ihm zusammen sein.

Victoria gab den sinnlosen Versuch einzuschlafen auf und glitt unter ihrer Decke hervor. Ihr Nachthemd flatterte um ihre Knöchel, als sie zum Ankleidetisch vor der Verbindungstür hinüberging. Angestrengt horchte sie nach Geräuschen aus dem Nebenzimmer, die ihr zeigen würden, daß auch Lucas Schwierigkeiten hatte einzuschlafen. Doch sie hörte nichts.

Das Verlangen, die Verbindungstür leise zu öffnen, um zu sehen, ob er schlief, war überwältigend. Doch die von ihr errichtete Barrikade war ein echtes Hindernis. Sie könnte den Ankleidetisch an seinen alten Platz zurückschieben, aber der Lärm würde Lucas sicherlich aufwecken.

Sie blickte zum Fenster und lächelte. Wenn der Graf von Stonevale über den Fenstersims klettern konnte, konnte sie das auch.

Victoria ging hinüber zum Fenster, öffnete es und sah hinunter. Es wirkte recht steil, und der Sims war nicht annähernd so breit, wie sie es sich vorgestellt hatte. Nun denn, er hatte es sogar mit seinem verletzten Bein geschafft.

Victoria atmete tief ein und trat hinaus auf den Sims. Die kühle Nachtluft drang durch ihren dünnen Musselinmorgenrock, und sie erschauderte.

Sie klammerte sich an die kalte Steinwand und bewegte sich langsam auf das andere Fenster zu. Es würde nicht ganz so einfach werden, wie sie gedacht hatte. Sie stellte fest, daß sie nicht schwindelfrei war. Jedesmal, wenn sie hinuntersah, wurde ihr schwummrig.

Genau auf halber Höhe blieb sie stehen. Sie wußte, daß sie nicht weitergehen konnte. Bei Lucas hatte diese Kletterei wie ein Spaziergang im Park gewirkt. Sie wußte nicht, wie er das angestellt hatte, aber sie war gezwungen, sich geschlagen zu geben.

Als sie versuchte, zu ihrem Fenster zurückzukehren, stellte sie fest, daß sie ein großes Problem hatte. Es war keineswegs leichter zurückzukehren als weiterzugehen.

Es war einfach lächerlich. Ihre Bewegungsunfähigkeit erschreckte sie. Vor Kälte zitternd, den Rücken gegen die Steinwand gepreßt, schloß Victoria die Augen und versuchte nachzudenken. Auf keinen Fall konnte sie die ganze Nacht über hier draußen herumstehen. Sie öffnete die Augen und sah, daß Lucas' Fenster geöffnet war.

»Lucas? Lucas, kannst du mich hören?«

Es kam keine Antwort, und das Herz sank ihr in die Knie. Der Gedanke, um Hilfe zu rufen, bis einer der Bediensteten sie hören würde, war einfach zu demütigend, um auch nur in Betracht gezogen zu werden.

»Lucas«, rief sie etwas lauter. »Lucas, bist du da? Verdammt, Stonevale, das ist alles deine Schuld. Wach auf und tu was.«

»Himmel.« Lucas' Kopf erschien im Fenster. »Ich hätte mir denken können, daß du so etwas versuchen würdest. Was zum Teufel treibst du da draußen?«

Erleichterung machte sich in ihr breit. »Ich wollte nur ein bißchen spazierengehen«, murmelte sie. »Es scheint jedoch, als sei ich nicht vollkommen schwindelfrei.«

»Rühr dich nicht. Ich komme und hole dich.«

»Ich werde mich bestimmt nicht bewegen.« Sie beobachtete, wie er ein Bein aus dem Fenster schwang und auf den Sims hinaustrat. »Gütiger Himmel, Graf, Sie sind ja nackt.«

»Es tut mir leid, wenn ich dir damit zu nahe trete. Wäre es dir lieber, wenn ich umkehre und mich erst einmal ankleide?«

»Nein. Nein, bloß nicht. Hol mich von diesem gräßlichen Sims, bevor du irgend etwas anderes tust.«

»Ja, Madam. Zu Ihren Diensten, Madam. Es ist mir eine Ehre, Ihnen behilflich zu sein, Madam. Schreien Sie nicht so, Madam, oder die Bediensteten werden morgen früh eine Menge zu klatschen haben.«

Sie entspannte sich ein wenig, als seine kräftigen Finger ihr Handgelenk umschlossen. »Wie in aller Welt hast du es geschafft, auf diesem Weg in mein Zimmer zu kommen?«

»Sei versichert, daß ich diesen Weg nicht gewählt habe, weil es mir Spaß macht, auf Fenstersimsen herumzuspazieren. Ich habe ihn gewählt, weil du diesen verdammten Ankleidetisch vor die Verbindungstür geschoben hast, wie du vielleicht noch weißt. Ich nehme an, das Ding steht immer noch dort, und deshalb bist du hier draußen?«

»Ich fürchte, genau das ist der Fall.« Dankbar folgte sie ihm zurück zu seinem Fenster. Einen Augenblick später stand sie sicher in seinem Zimmer. Sie seufzte erleichtert auf und klopfte sich den Staub von den Händen. »Vielen Dank, Lucas. Ich muß zugeben, daß ich mich dort draußen etwas unwohl gefühlt habe.«

»Und ich muß gestehen, daß ich leicht entsetzt war, als ich dich dort draußen sah.« Er umfaßte ihre Schultern. »Natürlich bin ich äußerst geschmeichelt ob deiner Begeisterung für mein Bett, aber wenn du es das nächste Mal mit mir teilen möchtest, klopf besser einfach an.«

Sie furchte mürrisch die Stirn. »Sie sind sehr von sich überzeugt, Graf.«

»Tatsächlich? Willst du mir etwa erzählen, du hättest da draußen auf dem Sims gestanden, weil du dich gelangweilt hast und dir nichts Besseres eingefallen ist, als zwischen den Fenstern hin und her zu spazieren?«

Es hatte keinen Zweck. Sie konnte schwerlich leugnen, daß sie versucht hatte, in sein Schlafgemach zu gelangen. »Du brauchst mich nicht noch aufzuziehen, Lucas. Die ganze Sache ist bereits demütigend genug.«

Er lächelte langsam und sinnlich. »Was ist so erniedrigend an der Tatsache, daß du Gefallen findest an dem, was wir im Ehebett teilen, meine Süße?«

»Das ist es nicht. Es ist nur, daß ich den ganzen Tag über wütend auf dich war, und nun kommst du wahrscheinlich zu dem Schluß, daß ich hier bin, weil ich wollte, daß du mit mir schläfst.«

»Bist du etwa nicht deswegen gekommen?«

»Doch. Aber das heißt nicht, daß ich meine Meinung wegen der anderen Dinge geändert habe, obgleich du das natürlich annehmen mußt. Oder, schlimmer noch, du wirst wahrscheinlich denken, daß du mich einfach gefügig machen kannst, indem du einen nächtlichen Ausflug mit mir unternimmst. Das ist jedoch gewiß nicht der Fall.«

Er lachte leise. »Du brauchst dich wegen keinem dieser Dinge zu schämen, Vicky. Aber wenn du dich dann weniger gedemütigt fühlst, verspreche ich dir, daß ich deine Anwesenheit hier nicht als Zeichen deiner Vergebung betrachte. Genügt dir das? Morgen können wir uns dann wieder hinter die Gefechtslinien zurückziehen, die du heute gezogen hast, wenn du das wirklich willst.«

»Lucas, du bist unverbesserlich. Du weißt sehr gut, daß die Dinge zwischen uns am Morgen anders aussehen werden. Wie bitte soll ich dir morgen wieder die kalte Schulter zeigen, wenn du heute nacht mit mir das Bett teilst?«

»Ich weiß es nicht«, sagte er, während er sie hochhob und auf sein Bett setzte. »Wie willst du es denn machen?«

Sie sah zu ihm auf, als er neben ihr Platz nahm. »Vielleicht sollte ich mich um eine Anstellung in deinen Ställen bemühen und nicht Billy Simms. So könnte ich das Taschengeld aufbessern, das ich von dir bekommen werde.«

Er küßte ihren Hals. »Hast du etwa Leib und Leben auf diesem verdammten Sims riskiert, nur um unseren Streit fortführen zu können, oder bist du gekommen, damit wir miteinander schlafen?«

Victoria entspannte sich und schlang die Arme um seinen Hals. »Ich bin hierher gekommen, damit du deiner Pflicht als Ehemann nachkommen und mit mir ins Bett gehen kannst.«

»Das habe ich mir fast gedacht.« Er umfaßte ihre Brust und küßte sie auf den Mund.

Eine Weile später rührte Victoria sich schläfrig in dem riesigen Bett. Sie öffnete die Augen und sah Lucas am Fenster stehen. Er hatte einen Fuß auf den Sims gesetzt. »Um Himmels willen, wohin willst du?«

»Ich werde den Ankleidetisch von deiner Tür wegschieben. Soll deine Zofe etwa merken, daß du meintest, dich heute nacht in deinem eigenen Zimmer verbarrikadieren zu müssen?«

»Nein, natürlich nicht. Sei vorsichtig, Lucas.«

»Ich bin gleich zurück.«

Er verschwand in der Dunkelheit, und ein paar Minuten später hörte Victoria, wie der schwere Ankleidetisch an seinen angestammten Platz zurückgeschoben wurde. Die Verbindungstür öffnete sich, und Lucas kam in sein eigenes Zimmer zurückspaziert. Während er sich den Staub von den Händen klopfte, sah Victoria ihn finster an.

»Nun, was habe ich jetzt schon wieder gemacht?« fragte er, als er neben ihr ins Bett glitt.

»Ich verstehe nicht, wie du so einfach nackt herumspazieren kannst.«

»Wer sollte mich schon sehen? Außer dir natürlich.« Er grinste und warf eines seiner Beine über sie. »Und du bist ebenso nackt wie ich.«

»Egal.« Sie machte eine Pause. »Lucas, ich muß dir etwas sagen.«

»Was, meine Süße?«

Victoria sah Lucas einen Augenblick an. Sie suchte nach den richtigen Worten. »Wegen unseres Streits.«

»Welcher Streit?«

»Der Streit über mein Geld.«

»Hat diese Diskussion nicht bis zum Frühstück Zeit? Ich bin erschöpft. Mitten in der Nacht ausreiten, junge Damen von Fenstersimsen retten und schwere Möbel rücken sind Beschäftigungen, die an einem Mann in meinem Alter nicht spurlos vorübergehen.«

»Es ist wichtig, Lucas.«

»Gut, dann sag, was du willst, damit wir beide noch etwas Schlaf bekommen.«

»Ich wollte nur sagen, daß mir die meisten der häßlichen Dinge, die ich während unserer Unterhaltung über Geld zu dir gesagt habe, leid tun«, sagte Victoria mit ernster Stimme.

»Die *meisten* dieser häßlichen Dinge? Nicht alle?«

»Nein, nicht alle, da ich denke, daß ich nicht völlig im Unrecht war. Ich hätte jedoch nicht sagen sollen, daß du wie all die anderen Ehemänner bist, die die Kontrolle über das Geld ihrer Frauen übernehmen. Die Wahrheit ist, daß du vollkommen anders bist als irgendein anderer Mann, den ich jemals getroffen habe.«

Er berührte das Bernsteinamulett zwischen ihren Brüsten. »Und Sie, Madam, sind vollkommen anders als irgendeine andere Frau, die ich jemals getroffen habe. Da du dich für die *meisten* der häßlichen Dinge, die du gesagt hast, entschuldigt hast, nehme ich an, daß ich zumindest meine Drohung zurücknehmen sollte, dir ein vierteljährliches Taschengeld auszahlen zu lassen.« Er lachte und zog sie auf seine Brust herab.

»Nun, das denke ich auch. Wirklich, Lucas, du kannst dir nicht vorstellen, wie arrogant du klingst, wenn du versuchst, mich nach deiner Pfeife tanzen zu lassen.«

»Das tue ich nicht.«

»Nein?«

Seine Daumen strichen über ihre Wangenknochen. »Du versuchst permanent, mich herauszufordern, Vicky. Du probierst ständig, wie weit du gehen kannst, bevor ich die Zügel anziehe. Und wenn ich an meine Grenzen komme und mich weigere, dir in einer Sache nachzugeben, beschuldigst du mich, ein typischer, vertrauensunwürdiger, herrschsüchtiger Mann zu sein, der es einzig auf das Geld seiner Frau abgesehen hat.«

Sie stellte fest, daß er es ernst meinte. »Lucas, das stimmt nicht.«

»Ich denke, es stimmt, meine Süße. Und um ehrlich zu sein, ich kann dir noch nicht einmal allein die Schuld dafür geben. Du hast guten Grund, wenn du zögerst, mir dein Vertrauen zu schenken. Aber es mißfällt mir, wenn du versuchst, mich zu manipulieren.«

Sie verstummte. »So betrachtest du also mein Benehmen? Als Versuch, dich zu beherrschen?«

»Ich denke, es ist deine Art, dir selbst zu beweisen, daß du mir nicht ausgeliefert bist, daß du mich und damit die Situation, in der du dich befindest, kontrollieren kannst. Es ist eine vollkommen natürliche Reaktion deinerseits, aber sie macht die Dinge zwischen uns nicht gerade einfacher.«

»Mir scheint, daß du von Anfang an versucht hast, mich zu manipulieren und zu kontrollieren«, sagte Victoria ruhig. »Das hast du mir in der ersten Nacht im Garten meiner Tante sogar gesagt, als du erklärtest, ich könne dir unmöglich widerstehen, weil du mir geben würdest, was kein anderer Mann mir jemals gegeben hätte.«

»Das habe ich ja auch getan.«

»Nun? Willst du dich dafür nicht entschuldigen?«

»Das hat wohl keinen Sinn, oder? Ich bedauere es schließlich nicht.« Er zog ihren Kopf herab. »Ich hätte alles getan, um dich zu bekommen.«

Victoria erschauderte leicht. Lucas hatte vorgehabt, um jeden Preis eine reiche Erbin zu bekommen. Das Geschäft hatte nichts mit Liebe zu tun gehabt. Er war mit größter Unverfrorenheit zu Werke gegangen. Das durfte sie nicht vergessen, besonders wenn sie in seinen Armen lag. In Momenten wie diesen war es allzu leicht, so zu tun, als sei alles in Ordnung zwischen ihnen, als plane er nicht ihre Unterwerfung.

»Isabel Rycott sagte mir einmal, schwache Männer seien einer Frau nützlicher als starke Männer, weil sie leichter zu kontrollieren sind«, sagte sie nachdenklich.

»Sieh mich an, mein Herz. Ich bin dir vollkommen ausgeliefert. Ein hilfloser Sklave deiner verruchten, fleischlichen Gelüste. Kann ein Mann noch nützlicher sein?«

»Nun, ich muß zugeben, daß du nicht besonders widerspenstig bist, wenn es um diesen Teil unserer Ehe geht.« Victoria öffnete die Lippen und ließ ihre Zunge über den Rand seines harten Mundes gleiten.

Lucas stöhnte und begab sich daran, seiner Frau zu beweisen, wie bereit er war, ihr in diesem Bereich ihrer Ehe entgegenzukommen.

Kurz nach Sonnenaufgang erwachte Victoria erneut und bemerkte, wie sich Lucas unruhig hin und her wälzte. Sie streckte die Hand nach der zerfetzten Narbe auf seinem Schenkel aus und begann, die angespannten Muskeln zu massieren. Umgehend entspannte er sich und fiel zurück in sanften Schlummer.

Während einiger Minuten lag sie wach neben ihm und überlegte, daß sie seit ihrer ersten Nacht hier auf Stonevale keinen Alptraum mehr gehabt hatte. Doch das fast unmerkliche, nagende Gefühl der Unruhe war nicht ganz verschwunden. Victoria konnte sich des Gefühls nicht gänzlich erwehren, daß sich ihr etwas Dunkles und Drohendes unaufhaltsam näherte.

Sie schmiegte sich enger an Lucas' harten, warmen Körper, und er legte den Arm um sie. Wie so oft in letzter Zeit griff sie unbewußt nach dem Bernsteinamulett an ihrem Hals. Kurz darauf entspannte sie sich und schlief wieder ein.

16

»Sie werden es nicht glauben, Ma'am, aber die Leute sagen, daß die Geister letzte Nacht schon wieder gesehen wurden. Bei der Vorstellung läuft's einem kalt den Rücken runter, nicht? Obwohl es hier anscheinend keinen stört, daß diese beiden Geister durch die Gegend laufen. Naja, ich denke, so sind die Leute auf'm Land eben. Einfach seltsam.« Nan hatte das Mieder von Victorias gelbem Musselinkleid verschnürt und griff jetzt nach der silbernen Haarbürste.

Victoria beobachtete ihre Zofe im Spiegel. »Sprichst du von dem Bernsteinritter und seiner Lady, Nan?«

»Ja, Ma'am. Zumindest nennen sie sie in der Küche so.«

»Haben sie auch erzählt, wo genau die Geister gesehen wurden?« fragte Victoria vorsichtig. In diesem Moment öffnete sich die Verbindungstür, und Lucas kam hereinspaziert. Sie stellte erleichtert fest, daß er vollständig bekleidet war und daß ihm sein verwundetes Bein offensichtlich keine besonderen Schmerzen bereitete.

»Morgen, Mylord.« Nan machte einen schnellen Knicks und fuhr fort, Victorias kurze Locken lässig modisch zurechtzuzupfen.

»Guten Morgen«, sagte Lucas leicht. Als er Victorias Blick im Spiegel begegnete, lächelte er zufrieden. »Fahren Sie mit Ihrer Geschichte fort, Nan. Wo wurden die Geister gesehen?«

Nans Augen leuchteten auf. »Sie sind einen der Wege runter geritten. Echt verwegen. Können Sie sich das vorstellen? Ich frage Sie, warum bitteschön sollten zwei anständige Geister mitten in der Nacht durch die Gegend reiten? Also, manche Leute erzählen vielleicht ein seltsames Zeug...«

»Da stimme ich Ihnen vollkommen zu«, bemerkte Lucas, während seine leuchtenden Augen weiterhin Victorias Blick im Spiegel festhielten. »Ich kann mir beim besten Willen nicht vorstellen, weshalb ein Paar vernünftiger Geister um diese Zeit ausreiten sollte. Wer hat sie denn gesehen?«

»Nun, da bin ich mir nicht ganz sicher, Sir. Ich habe die Geschichte von einem der Küchenmädchen. Die hat sie wiederum von dem neuen Stallburschen, der heute morgen erst angefangen hat, hier zu arbeiten. Keine Ahnung, woher er die Geschichte hat.«

»Wahrscheinlich hat er sich alles nur ausgedacht«, sagte Victoria. »Du kannst jetzt gehen, Nan. Danke.«

»Ja, Mylady.« Nan machte einen erneuten Knicks, bevor sie den Raum verließ.

Lucas grinste, als die Tür hinter der Zofe ins Schloß fiel. »Ich wette zehn zu eins, daß Billy Simms die Ereignisse der letzten Nacht noch hübsch ausgeschmückt hat.«

»Zweifellos.« Victoria lachte. »Das wird ein echter Spaß, nicht wahr, Lucas?«

»Ich fürchte, es wird nicht ganz so amüsant werden, wenn

jemand herausfindet, daß es sich bei den Geistern um den jetzigen Grafen von Stonevale und seine wilde Gräfin handelt. Doch mit dem Problem werden wir uns erst beschäftigen, wenn es auftritt. Bist du bereit, frühstücken zu gehen?«

»Ja. In der Tat verspüre ich heute morgen einen enormen Appetit.«

»Weshalb nur?« murmelte Lucas, während er ihr die Tür aufhielt.

Victoria trat einen Schritt vor und legte ihre Hand auf seinen Arm. »Es geht doch nichts über ein bißchen Bewegung, um den Appetit anzuregen, nicht wahr? Welche Pläne haben Sie für den heutigen Tag, Graf?«

»Ich werde den Pfarrer treffen, um mit ihm ein paar Ideen für das neue Bewässerungssystem zu besprechen. Und was sind deine Pläne, meine Liebe?«

Sie lächelte heiter, während sie die Treppe hinabstiegen. »Oh, ich dachte, ich sollte vielleicht den Vormittag damit verbringen, die Zinsraten verschiedener Geldverleiher zu vergleichen, deren Dienste ich womöglich in Anspruch nehmen muß, falls ich jemals mit einem kleinen Taschengeld abgespeist werden sollte.«

»Sparen Sie Ihre Energie, Madam. Der Tag, an dem ich Ihnen gestatten werde, zu einem Geldverleiher zu gehen, wird der Tag sein, an dem ich den Kampf aufgebe und als Zeichen meiner Niederlage die weiße Fahne schwenke.«

»Eine interessante Vorstellung. Irgendwie fällt es mir schwer zu glauben, daß Sie sich jemals auf irgendeinem Gebiet geschlagen geben, Stonevale.«

»Anscheinend kennst du mich inzwischen recht gut, Vicky.«

Die drei Briefe kamen an, als sie gerade das Frühstück beenden wollten. Auf einem der Briefe erkannte Victoria das Siegel ihrer Tante, auf dem zweiten das von Annabella Lyndwood. Als erstes öffnete sie das Schreiben ihrer Freundin.

Liebste Vicky,

Du hast wahrlich für Aufregung gesorgt. Die ganze Gesellschaft amüsiert sich prächtig mit Mutmaßungen über die große Romanze des Jahres. Lady Hesterlys Tochter ging sogar so weit vorzuschlagen, ob nicht vielleicht Byron ein oder zwei Verse zur Feier des Ereignisses schreiben sollte. Dieser Vorschlag hat natürlich dazu geführt, daß Caro Lamb vor Wut beinahe geplatzt ist. Schließlich ist allgemein bekannt, daß es ihr äußerstes Mißfallen erregt, wenn jemand romantischer ist als sie.

Nun, auf jeden Fall verblaßt der ganze andere Klatsch neben den Gesprächen über Deine Hochzeit. Komm bald zurück, Vicky. Ich versichere Dir, man wird Dich wie eine Liebesgöttin aus einem der klassischen Mythen feiern. Und ich muß sagen, daß das Leben ohne Dich hier recht langweilig ist. Das einzig Aufregende ist, daß es mir gelungen ist, Bertie davon zu überzeugen, den Antrag von Vicomte Barton endgültig abzulehnen. Im Moment bläst er Trübsal (Lord Barton, nicht Bertie), aber er scheint sich allmählich wieder zu erholen und seine Aufmerksamkeit in eine andere Richtung zu lenken.

Ich umarme Dich,
Annabella.

»So viel zum armen Barton«, brummte Lucas. »Von Frauen vernichtet.«

»Tatsächlich«, stimmte Victoria vergnügt zu. Als nächstes öffnete sie den Brief ihrer Tante und überflog den Inhalt, bevor sie einen entsetzten Schrei ausstieß. »Gütiger Himmel, was für ein Unglück.«

Lucas sah von der Zeitung auf, die zusammen mit den Briefen angekommen war. »Was ist los?«

»Oje, es ist schrecklich. Eine Katastrophe.«

Lucas faltete die Zeitung zusammen und legte sie neben seinen Teller. »Ist deiner Tante etwas passiert? Ist sie krank?«

»Nein, nein, nein, das ist es nicht. Die Katastrophe betrifft uns. Oh, Lucas, was in aller Welt sollen wir bloß tun? Das ist entsetzlich.«

»Vielleicht könnte ich dir behilflich sein, wenn du mir erklären würdest, um was für eine entsetzliche Katastrophe es sich handelt.«

Victoria blickte auf und runzelte die Stirn. »Das ist nicht lustig, Lucas. Tante Cleo schreibt, daß Jessica Atherton sie besucht hat, um ihr den Vorschlag zu unterbreiten, daß wir doch noch vor Ende der Saison zurück nach London kommen sollten. Sie würde sich freundlicherweise bereiterklären, einen Empfang zu unseren Ehren zu geben.«

Lucas dachte nach und zuckte dann die Schultern. »Vielleicht hat sie recht. Es ist vielleicht gar keine schlechte Idee. So würde der Eindruck verstärkt, daß wir tatsächlich eine Liebesheirat eingegangen sind.«

Victoria war entsetzt. »Lucas, hast du mir überhaupt zugehört? Es ist Jessica Atherton, die für uns diesen Empfang veranstalten will.«

»Gäbe es jemand Besseres? Wie wir beide wissen, ist ihre gesellschaftliche Stellung unantastbar.«

Victoria starrte ihn empört an. »Hast du den Verstand verloren? Glaubst du ernsthaft, ich werde Jessica Atherton gestatten, uns derart zu helfen? Nicht in einer Million Jahre. *Ich will dieser Frau nicht noch einmal zu Dank verpflichtet sein.*«

Schweigen. »Noch einmal?« wiederholte Lucas schließlich. »Willst du damit zufällig sagen, daß du dich ihr bereits verpflichtet fühlst, weil sie uns einander vorgestellt und so die Weichen für unsere Eheschließung gestellt hat?«

»Wage es ja nicht, mich aufzuziehen, Lucas. Ich bin keineswegs in der Stimmung, mich noch ärgern zu lassen. Das ist entsetzlich. Was in aller Welt soll ich nur Tante Cleo sagen? Wie sollen wir aus dieser Sache nur herauskommen?«

»Ich kann nur raten«, sagte er, während er sich erhob, »daß wir das gar nicht erst versuchen. Deine Tante hat vollkommen recht. Es wäre klug, wenn wir vor Ende der Saison im Ballsaal einer ehrwürdigen Gastgeberin wie Jessica Atherton in Erscheinung träten. Es würde die gesellschaftliche Anerkennung deiner Heirat bedeuten.«

Victoria wollte ihren Ohren nicht trauen. »Niemals. Ich weigere mich strikt, so etwas in Betracht zu ziehen. In dieser Angelegenheit wirst weder du noch meine Tante meine Meinung ändern. Ich habe mehr als genug von Jessica Atherton und ihrer *großzügigen, freundlichen* Hilfe. Es ist mir gleich, ob ich diese Frau jemals in meinem Leben wiedersehe. Ich werde nicht nach London fahren, wenn ich dort einen Ball besuchen muß, den sie uns zu Ehren veranstaltet. Das ist undenkbar.«

Lucas ging hinüber zu ihrem Stuhl, beugte sich hinab und küßte ihren Lockenkopf. »Meine Liebe, du reagierst deutlich zu empfindlich. Die Vorstellung, Jessica uns zu Ehren einen Empfang geben zu lassen, erscheint mir durchaus vernünftig.«

»Das ist das Unvernünftigste, was ich jemals gehört habe.«

»Wir werden die Angelegenheit später besprechen, wenn du dich beruhigt hast. Jetzt muß ich gehen. Der Pfarrer wird in Kürze erscheinen.«

»Ich werde meine Meinung nicht ändern, Lucas. Ich warne dich.« Sie blickte ihm nach, als er den Frühstücksraum verließ, und dann, als sie sich etwas abgeregt hatte, griff sie nach dem dritten Brief. Sie betrachtete ihn neugierig, doch sie erkannte weder die Handschrift noch das Siegel.

Ungeduldig öffnete sie das Kuvert. Eine Broschüre, ein Zeitungsausschnitt und eine Nachricht fielen heraus. Die extrem kurze Nachricht war nicht unterschrieben.

Madam: Angesichts Ihres Interesses an wissenschaftlichen Studien sende ich Ihnen die beigefügten Artikel. Es scheint, als seien die Toten nicht immer auf ewig tot.

Die Nachricht war mit einem einzigen Buchstaben unterzeichnet, einem »W«.

Mit zunehmendem Entsetzen nahm Victoria die Broschüre und las die Überschrift: »Über die Verwendung von Elektrizität zur Wiederbelebung der Toten.«

Der Zeitungsartikel enthielt eine detaillierte Beschreibung der Hebung eines Sarges, der, wie sich herausstellte, leer war. Der Diebstahl der Leiche schien das Werk eines Rings von Leichenräubern zu sein, die die Medizinischen Fakultäten mit toten Körpern versorgten. Es gab jedoch auch Spekulationen, denen zufolge die Leiche von einer Gruppe von Wissenschaftlern für Experimente mit Elektrizität erstanden wurde. Die Behörden waren ratlos.

Zum ersten Mal in ihrem Leben stand Victoria kurz davor, in Ohnmacht zu fallen. Sie nickte dem Pagen zu, ihr schnell Kaffee nachzuschenken. Die dunkle Brühe schien in Zeitlupe aus der Kanne in die Tasse zu rinnen.

Da sie ihren zitternden Händen nicht traute, hob Victoria die feine Porzellantasse mit größter Vorsicht an ihre Lippen und leerte sie mit einem Schluck. Das Schwindelgefühl legte sich.

Als sie meinte, sich wieder bewegen zu können ohne zusammenzubrechen, erhob Victoria sich, sammelte die Umschläge samt Inhalt ein und begab sich nach oben auf ihr Zimmer.

Lucas war bester Laune, als er sich durch die Eingangshalle in die Bibliothek begab. Zufrieden sah er sich um.

Stonevale unterschied sich inzwischen deutlich von dem Platz, den er geerbt hatte. Feines Holz glänzte unter der Politur. Die verblichenen Vorhänge waren gestopft oder erneuert worden. Die alten Teppiche waren gereinigt worden, so daß ihre wunderschönen Muster zu erkennen waren, und die Fenster blitzten in der Morgensonne.

Das Haus verfügte wieder über ausreichend Bedienstete, und die Routine des Alltags hatte Einzug gehalten. Die Pagen trugen stolz ihre neuen Livreen, und die Mahlzeiten, die serviert wurden, waren frisch und gut zubereitet.

Durch das Fenster der Bibliothek konnte Lucas sehen, welche Fortschritte die Gärtner unter Victorias Anleitung machten. Das kleine Gewächshaus, das sie bestellt hatte, würde bald fertiggestellt sein. Mehrere Schalen mit ungewöhnlichen Pflanzen wurden aus London erwartet.

Lucas wußte, daß die gesamten Veränderungen im Haus und in den Gärten das direkte Ergebnis der Zeit und Mühe waren, die Victoria investiert hatte. Ihr Geld allein hätte niemals das Wunder bewirkt, Stonevale zu einem Heim zu machen. Diese Aufgabe erforderte die Anstrengungen einer Frau.

Sie hatte etwas unendlich Wertvolleres als ihre Erbschaft in diese Ehe eingebracht. Sie hatte sich selbst mit ihrem natürlichen Enthusiasmus, ihrer Intelligenz und ihrer Großzügigkeit eingebracht. Die Bediensteten und die Pächter beteten sie an. Die Dorfbewohner waren stolz, daß sie gern in ihren Läden einkaufte. Die Tatsache, daß die Rechnungen der Händler immer umgehend beglichen wurden, blieb ebenfalls nicht unbemerkt. Die Qualität der im Dorf erhältlichen Waren hatte sich bereits merklich verbessert.

Er hatte eine gute Wahl getroffen, sagte sich Lucas, als er den Garten betrachtete. Er hatte fast alles, was er sich von einer Ehefrau wünschen konnte, tagsüber eine intelligente Lady, nachts eine leidenschaftliche, feurige Liebhaberin. Was sonst konnte ein Mann sich wünschen?

Doch er mußte sich eingestehen, daß er im Grunde unzufrieden war. Er hatte festgestellt, daß er mehr von Victoria wollte. Er sehnte sich nach den süßen, bebenden Liebesschwüren, die sie ihm seit dem Tag ihrer Hochzeit vorenthalten hatte, und er wollte ihr volles und ganzes Vertrauen.

Wahrscheinlich verdiente er weder ihre Liebe noch ihr Vertrauen, doch würde er nicht eher zur Ruhe kommen, bis er beides hätte. Ihre geschäftsmäßige Betrachtung ihres Schicksals mißfiel ihm. Diese Ehe war bei Gott mehr als eine bloße weitere finanzielle Investition ihrerseits. Er würde ihr nicht gestatten, die Sache noch länger so zu sehen.

Sein Blick fiel auf die Zeichnung der *Strelitzia reginae*, die er zuvor mit nach unten gebracht und auf seinen Schreibtisch gestellt hatte. Jedesmal, wenn er das Bild betrachtete, erinnerte er sich an Victorias glühende Leidenschaft in der Nacht in dem Gasthaus.

Ich glaube, ich habe mich in dich verliebt, Lucas.

Die Tür der Bibliothek öffnete sich, gerade als Lucas die Zeichnung so stellte, daß sie von der gegenüberliegenden Seite des Schreibtischs aus zu sehen war. Reverend Worth wurde in den Raum geführt. Er strahlte Lucas an und schwang eine Zeitschrift. »Die neueste Ausgabe des *Landwirtschaftsberichts*«, verkündete er. »Dachte, es würde Sie vielleicht interessieren.«

»Und ob. Vielen Dank, Sir. Bitte nehmen Sie Platz.«

»Nun, Sie werden sicherlich einen wundervollen Ausblick aus diesen Fenstern haben, wenn Lady Stonevale erst einmal mit den Gärten fertig ist.« Der Pfarrer sah hinaus, während er sich in einen der Mahagonisessel setzte. »Ihre Gattin ist eine wunderbare Frau, Sir, wenn ich mir diese Bemerkung erlauben darf. Ein Mann könnte sich keine bessere Gefährtin wünschen.«

»Dasselbe habe ich eben auch gerade gedacht.«

»Sie wissen sicher, daß die Dorfbewohner angefangen haben, sie ihre Bernsteinlady zu nennen?«

Lucas grinste. »Ich mache mir solange keine Sorgen, wie sie mich nicht ihren Bernsteinritter nennen. Ich möchte nicht, daß sie denken, ihr Lehnsherr sei ein Geist. Vielleicht nehmen sie dann an, sie könnten mit der Bezahlung der Pacht bis zum nächsten Leben warten.«

»Seien Sie versichert«, sagte der Pfarrer mit einem Kichern, »daß Sie in den Augen der Dorfbewohner ein Mann aus Fleisch und Blut sind und bestimmt kein Geist. Sie sind der geborene Führer, Stonevale, wie Sie sicher selbst am besten wissen. Und

Führung ist genau das, was dieses Land und diese Leute dringend benötigen. Da fällt mir ein...«

»Ja?«

Der Pfarrer sah ihn wissend an. »Im Dorf wird erzählt, der Bernsteinritter und seine Lady seien letzte Nacht erneut gesehen worden.«

»Tatsächlich?«

»Anscheinend hat einer der Dorfbewohner berichtet, er hätte sie gesehen. Ich habe mich gefragt, was dieser Knabe selbst um Mitternacht draußen zu suchen hatte, obwohl ich es mir fast denken kann. Auf jeden Fall hat seine Begegnung mit dem Ritter und seiner Lady anscheinend dazu geführt, daß er seine recht gefährliche Art des Broterwerbs als Wegelagerer aufgegeben hat. Der Junge hat sich entschlossen, statt dessen in Ihren Ställen zu arbeiten.«

»Eine zwar nicht ganz so aufregende, aber zumindest sichere Tätigkeit.«

»Ja, tatsächlich.« Der Pfarrer lächelte. »Im Grunde seines Herzens ist der Junge ein guter Kerl, und da er die Verantwortung für seine Mutter und seine Schwester trägt, bin ich besonders froh, daß der Ritter es offensichtlich nicht als seine Pflicht ansah, ihn zu erschießen oder hängen zu lassen.«

Lucas zuckte die Schultern. »Vielleicht hat der Ritter einfach bereits zu viele junge Männer sinnlos sterben sehen. Ich denke, selbst ein Geist hat von so etwas einmal genug. Nun denn, Pfarrer, wie steht es mit Ihrem Buch über Gartenpflanzen?«

Der Pfarrer sah ihn eine Sekunde lang wissend an, blinzelte dann und lächelte milde. »Wie nett, daß Sie danach fragen. Ich arbeite gerade an dem Kapitel über Rosen.« Er betrachtete die Zeichnung auf dem Schreibtisch. »Ich muß sagen, das ist eine wunderbare Interpretation der *Strelitzia reginae*. Perfekt im Detail und äußerst lebendig. Hervorragend. Darf man fragen, wie Sie an dieses Bild gekommen sind?«

»Es war ein Geschenk.«

»Tatsächlich? Ich suche nämlich jemanden, der die Zeichnungen für mein Buch macht.«

»Ja, ich glaube, Sie sagten, daß Sie einen fähigen Aquarellmaler suchten, der sich obendrein mit Botanik auskennt.«

Der Pfarrer fuhr fort, Victorias Bild zu betrachten. »Wer auch immer das hier gemalt hat, wäre gerade richtig. Sie kennen den Künstler nicht zufällig?«

»Zufällig«, erwiderte Lucas gelassen, »kenne ich ihn.«

»Hervorragend. Bestünde eventuell die Möglichkeit, daß Sie uns miteinander bekannt machen?«

»Es handelt sich um eine Frau. Ja, ich denke, ich kann es einrichten, daß Sie mit ihr sprechen.«

»Ich wäre Ihnen äußerst dankbar«, sagte der Pfarrer zufrieden. »Wirklich.«

»Es ist mir ein Vergnügen«, sagte Lucas. »Ich werde dafür sorgen, daß Sie sie treffen. Zunächst aber möchte ich Sie nach Ihrer Meinung bezüglich einer Bewässerungsanlage für die Höfe am Waldrand fragen.« Lucas breitete eine Karte auf dem Tisch aus und zeigte auf einen Landabschnitt.

»Ja, tatsächlich. Sie müssen etwas unternehmen, um die Erträge in dieser Gegend zu steigern, nicht wahr? Lassen Sie mich sehen, was Ihnen da vorschwebt.« Der Pfarrer beugte sich über die Karte und sah dann noch ein letztes Mal auf. »Ich möchte Sie wirklich nicht drängen, Stonevale, aber können Sie mir vielleicht sagen, wann ich die betreffende Künstlerin treffen kann?«

»Bald«, versprach Lucas. »Sehr bald.«

Zwei Stunden später begleitete Lucas seinen Gast zur Tür und eilte dann mit dem kostbaren Bild der *Strelitzia reginae* die Treppe hinauf in sein Zimmer. Er war äußerst zufrieden mit sich.

Es war schließlich nicht gerade einfach, das richtige Geschenk für eine Frau zu finden, die erheblich mehr Geld in die Ehe eingebracht hatte als ihr Mann. Schließlich konnte er ihr wohl kaum von ihrem eigenen Geld eine Diamantkette kaufen.

Lucas hängte das Bild wieder sorgfältig an seinen Platz, trat einen Schritt zurück, um sein Werk zu bewundern und klopfte dann an die Verbindungstür. Als keine Antwort kam, runzelte er die Stirn und klopfte erneut. Er war sicher, daß Griggs gesagt hatte, Victoria sei auf ihrem Zimmer.

»Vicky?«

Als immer noch keine Antwort kam, drehte er den Knauf und öffnete die Tür. Er sah sie sofort. Sie saß am Fenster, die drei Briefe, die sie am Vormittag erhalten hatte, vor sich auf dem kleinen Rosenholzsekretär. Mit einem schwachen Lächeln wandte sie den Kopf, als er eintrat.

»Es tut mir leid, Lucas, aber ich fühle mich nicht wohl. Ich bin heraufgekommen, um mich ein wenig auszuruhen.«

Er wurde von einer seltsamen Spannung erfaßt, ähnlich dem Gefühl, das er auf dem Schlachtfeld kurz vor dem ersten Schuß verspürte. »Beim Frühstück ging es dir doch noch gut.«

»Das war, bevor ich die Post öffnete.«

Er entspannte sich ein wenig. »Ich nehme an, du bist immer noch verärgert darüber, daß du Jessicas Einladung annehmen mußt?«

»Jessica Atherton spielt keine Rolle mehr.«

»Ich bin erleichtert, das zu hören.« Er setzte sich ihr gegenüber, streckte die Beine aus und massierte gedankenverloren seinen Oberschenkel. »Was ist los, Vicky? Ich habe dich inzwischen in den verschiedensten Stimmungen gesehen, aber noch nie so wie jetzt. Ich schwöre dir, es ist alles andere als einfach, mit dir Schritt zu halten.«

»Ich war noch nie zuvor in einer solchen Situation, und ich muß zugeben, daß ich nicht weiß, wie ich damit umgehen soll. Aber auf jeden Fall muß etwas geschehen, da ich ansonsten den Verstand verliere.«

»Du fühlst dich wirklich nicht wohl?« Er grinste. »Vielleicht sind Sie einfach endlich in anderen Umständen, Madam. Haben Sie diese Möglichkeit schon bedacht?«

»Ehrlich gesagt, Lucas, eine Schwangerschaft wäre einfacher als diese Sache.«

Also trug sie noch nicht sein Kind. Er war enttäuscht. »Es tut mir leid, das zu hören. Vielleicht ist es das beste, wenn du mir einfach erzählst, was dich so beschäftigt, meine Liebe.«

Sie schaute hinab auf die Papiere, die auf ihrem kleinen Tisch lagen. Als sie wieder aufsah, überraschte ihn die Intensität ihres Blickes.

»Lucas, glaubst du, daß es möglich ist, Tote mit Elektrizität zum Leben zu erwecken?«

»Tote zum Leben erwecken? Unsinn. Ich fürchte, du hast in letzter Zeit etwas zu häufig die Rolle des Geistes gespielt, Vicky. Ich habe noch niemals aus verläßlicher Quelle von einem erfolgreichen Versuch in dieser Richtung gehört.«

»Aber wir wissen nicht von allen Experimenten, die durchgeführt wurden, oder? Heutzutage spielen Leute in ganz England mit Elektrizität herum.«

Lucas sah sie zweifelnd an. »Ich bin sicher, daß ein erfolgreicher Wiederbelebungsversuch in sämtlichen Zeitschriften und Zeitungen beschrieben worden wäre.«

»Vielleicht nicht, wenn derjenige, der den Versuch durchgeführt hat, für sein Schweigen bezahlt wird.«

Langsam erkannte Lucas, wie verängstigt sie war. Ohne weitere Fragen zu stellen, griff er nach dem Papierstapel auf ihrem Schreibtisch. Die Briefe von Annabella und Lady Nettleship legte er beiseite. Ein kurzer Blick auf die Broschüre und den Zeitungsausschnitt über verschwundene Leichen und Wiederbelebungsversuche genügten.

»Interessant, aber ich sehe keine Berichte über erfolgreiche Versuche. Woher hast du diese beiden Sachen?« Er zeigte auf die Broschüre und den Artikel.

»Sie wurden mir geschickt. Sie waren in dem dritten Umschlag, den ich beim Frühstück geöffnet habe. Zusammen mit dem hier.« Victoria gab ihm die kurze Nachricht.

Lucas überflog sie eilig. Nur mit Mühe konnte er seine Wut unterdrücken. »Madam: Angesichts Ihres Interesses an wissenschaftlichen Studien sende ich Ihnen die beigefügten Artikel. Es scheint, als seien die Toten nicht immer auf ewig tot. Unterzeichnet ›W.‹.« Erbost warf er die Nachricht auf den Tisch. »Verdammter Hundesohn.«

»Lucas, er ist es, es ist wieder dieses ›W‹, dasselbe wie auf dem Halstuch und der Tabaksdose.« Victoria bemühte sich, nicht die Beherrschung zu verlieren.

Lucas erkannte die Angst- und Schocksymptome. Er bemühte sich, seine Stimme ruhig klingen zu lassen, als spräche er kurz vor einer Schlacht mit einem mutigen, aber verängstigten jungen Soldaten. »Beruhige dich, Vicky. Dies alles hier ist jetzt weit genug gegangen. Ich werde Schritte unternehmen, um herauszufinden, wer hinter dieser Angelegenheit steckt, und ich werde der Sache ein Ende machen.«

Ihr hübscher Mund zitterte. »Ich weiß, wer dahinter steckt. Samuel Whitlock. Der Mann, der meine Mutter getötet hat. Er ist zurückgekommen, Lucas. Irgendwie ist er von den Toten auferstanden, um mich umzubringen oder mich genauso in den Tod zu treiben wie ich –« Sie brach ab und verbarg ihr Gesicht in ihren Händen. »O Gott. *O Gott.*«

Lucas erhob sich und zog sie an sich. Zitternd gab sie sich seiner schützenden Umarmung hin. Während er ihr sanft und beruhigend über den Rücken strich, wurde er erneut von heißem Zorn gepackt.

Schließlich erstarb das Zittern, das Victorias Körper erfüllte, und langsam löste sie sich aus seinen Armen, um ein Taschentuch von ihrem Ankleidetisch zu nehmen.

»Du mußt denken, ich sei eine dumme kleine Närrin, daß ich an Dinge wie die Wiedererweckung von Toten glaube«, flüsterte sie, während sie ihm den Rücken zuwandte und sich die Augen abtupfte.

»Ich denke«, sagte Lucas, »daß du sehr verängstigt bist und

daß jemand genau das angestrebt hat.« Er betrachtete ihr Gesicht im Spiegel über dem Ankleidetisch. »Wer könnte ein Interesse an so etwas haben, Vicky?«

»Das habe ich eben bereits gesagt. Samuel Whitlock.«

»Nein, meine Liebe, nicht Samuel Whitlock. Er ist tot. Die Unterschrift unter der Nachricht hat dich so entsetzt, daß du einfach nicht mehr logisch nachgedacht hast.«

»Er muß es sein.« Sie wirbelte herum. »Siehst du das denn nicht, Lucas? Er ist nicht tot. Entweder ist er in jener Nacht am Fuße der Treppe nicht wirklich gestorben oder irgend jemand hat ihn mit Hilfe einer Elektrizitätsmaschine wieder zum Leben erweckt. Auf die eine oder andere Art ist er zurückgekommen, um mich zu verfolgen. Whitlock ist der einzige Mensch, der einen möglichen Grund haben könnte, solch fürchterliche Rache zu nehmen.«

Lucas betrachtete sie aufmerksam. »Das bringt mich auf eine interessante Frage. Aus welchem Grund sollte er sich denn an dir rächen wollen?«

Victorias Blick wurde von unendlicher Trauer umwölkt. »Lucas, das kann ich dir nicht sagen. Wenn ich es täte, wärst du so von Abscheu vor mir erfüllt, daß du es nicht länger ertragen könntest, mich auch nur anzusehen.«

Lucas mußte widerwillig grinsen. »Eine solche Bemerkung zwingt dich erst recht, mir endlich die ganze Wahrheit zu sagen. Wenn du es nicht tust, werde ich vor lauter Neugierde sterben.«

»Das ist kein Spaß. Lucas, du hast keine Ahnung von dem, was ich getan habe.«

Er ging zu ihr hinüber und zog ihren steifen Körper erneut in seine Arme. »Ich versichere dir, es ist höchst unwahrscheinlich, daß du mir irgend etwas über dich erzählen kannst, das es mir unmöglich machen würde, deinen Anblick noch länger zu ertragen. Ich bezweifle, daß du irgend etwas gestehen könntest, was den höllischen Erlebnissen gleichkommt, die ich auf dem Schlachtfeld hatte. Erzähl mir alles, mein Herz.«

»Nun gut, Lucas.« Ihre Stimme war tragisch. »Aber sage nicht, daß ich dich nicht gewarnt habe.«

»Das werde ich niemals behaupten.«

»Ich habe ihn umgebracht.« Sie verharrte vollkommen reglos in seinen Armen, offensichtlich in Erwartung seines Entsetzens. »Ich habe Samuel Whitlock ermordet.«

»Hmmm«, murmelte Lucas. »Diese Frage habe ich mir seit langem gestellt.«

Sie warf den Kopf zurück und starrte ihn an. »Wirklich? Aber wie bist du darauf gekommen? Ich habe monatelang mit niemandem darüber gesprochen. Selbst meine Tante hat keine Ahnung von dem, was ich getan habe.«

»Es war nichts, was du gesagt oder getan hast. Nur ein paar Kleinigkeiten, die mich neugierig machten.«

»Um Himmels willen, was für Kleinigkeiten?«

»Nun, zum einen der Zeitpunkt von Whitlocks Tod so kurz nach dem Unfall deiner Mutter, und die Tatsache, daß du überzeugt warst, er habe sie umgebracht und würde niemals dafür hängen. Außerdem kenne ich dich inzwischen recht gut. Zugegebenermaßen nicht so gut, wie ich dich gern kennen würde, aber gut genug, um relativ sicher zu sein, daß du die Ermordung deiner Mutter nicht ungesühnt lassen würdest.«

Es gab eine Pause, und dann sprach Victoria mit kaum hörbarer Stimme. »Das scheint Sie nicht sonderlich zu entsetzen, Graf.«

Lucas dachte über ihre Worte nach. »Alles, was mich entsetzt, ist der Gedanke an die Risiken, die du dabei in Kauf genommen haben mußt.«

Sie seufzte. »Ich wollte ihn nicht töten, weißt du? Alles, was ich wollte, war ein Geständnis. Aber ich muß zugeben, daß ich nicht gerade traurig war, als ich feststellte, daß er tot war. Tatsächlich war ich erstaunlich erleichtert.«

»Ich möchte nicht indiskret sein, aber warst du dabei, als er starb?«

Victoria vergrub ihr Gesicht in Lucas' Hemd. »O ja. Ich habe es gesehen. Und dabei hätte ich beinahe meinen eigenen Tod erlebt.«

»Großer Gott. Was ist geschehen?«

»Das ist eine lange Geschichte. Bist du dir sicher, daß du sie hören willst?«

»Ich versichere dir, ich bin durchaus bereit, dir nötigenfalls den ganzen Tag und die ganze Nacht zuzuhören.« Er drängte sie sanft in ihren Sessel und nahm ihr gegenüber Platz. »Sprich, Vicky. Erzähl mir alles.«

Sie zerrte an dem Taschentuch in ihrem Schoß, doch sie sah ihm entschlossen in die Augen. »Du mußt wissen, daß mein Stiefvater viel trank. Manchmal wurde er dann gewalttätig. Seine Trinkgewohnheiten waren kein Geheimnis, und ich beschloß, sie mir zunutze zu machen.«

»Strategie«, sagte Lucas zustimmend.

Sie runzelte die Stirn. »Ja, nun, mir fiel einfach keine andere Lösung ein. Ich kannte das Haus gut, da ich einige Jahre dort gelebt hatte, bevor mich meine Mutter zu meiner Tante schickte. Es war ein großes, altes Gebäude mit Geheimgängen und langen Fluren mit versteckten Türen zu einigen der Räume. Ich benutzte diese Informationen, um meinen Stiefvater zu verfolgen.«

»Du hast ihn *verfolgt*?«

Sie schneuzte sich. »Ja.«

»Erstaunlich.«

»Wirklich, Lucas, du solltest nicht so fasziniert sein von dieser Sache. Wenn man es bedenkt, war mein Handeln wohl eher verwerflich.«

»Sagen wir einfach, ich finde es vom wissenschaftlichen Standpunkt her interessant. Was ist so schlimm daran? Zumindest ist es wohl kaum schlimmer als zu versuchen, Tote wieder zum Leben zu erwecken. Bitte fahr fort, meine Liebe.«

»Ich habe es so arrangiert, daß ich eine Woche lang bei

Freunden wohnte, die zufällig in der Nähe des Hauses lebten. Jedermann wußte, daß ich mich in der Nähe meines Stiefvaters nicht wohl fühlte, und diese Leute waren Freunde meiner Mutter gewesen, so daß sie mir gewogen waren. In dieser Woche habe ich mich mehrere Male nachts aus dem Haus geschlichen und bin durch den Wald zum Haus meines Stiefvaters gegangen. Ich trug das Hochzeitskleid meiner Mutter, und ich begann, Samuel Whitlock zu verfolgen.«

»Du hofftest, er würde dich in seinem betrunkenen Zustand für den Geist seiner toten Frau halten?«

Victoria nickte. »Zunächst dachte er, er hätte Alpträume. Dann begann er, mit mir zu sprechen. Es war unheimlich, Lucas. Er befahl mir, zu verschwinden und ihn in Ruhe zu lassen. Dann erzählte er mir, daß er niemals hatte heiraten wollen, daß er jedoch auf das Geld angewiesen gewesen war, und weshalb ich das nicht verstehen könne. Er flehte mich an, ihn allein zu lassen. Schließlich gingen in einer Nacht die Nerven mit ihm durch. Er verfolgte mich mit einem Messer und sagte, er würde mich noch einmal töten, und dieses Mal würde er sicher gehen, daß ich nicht wiederkommen würde.«

Lucas schloß für eine Sekunde die Augen und versuchte, nicht daran zu denken, wie nahe sie ihrem eigenen Tod gekommen war. »Und dabei hatte er den Unfall auf der Treppe?«

»Ja. Ich floh den Gang hinab und rannte die Treppen hinunter. Er war direkt hinter mir, hielt das Messer in der erhobenen Hand und schrie, er würde mich umbringen. Nachdem er etwa ein Drittel der Treppe hinuntergerast war, verlor er das Gleichgewicht und stürzte zu Tode.«

»Die Bediensteten«, murmelte Lucas. »Wo waren die?«

»Es waren nur zwei im Haus, ein älteres Ehepaar, dessen Räume am anderen Ende des Hauses liegen. Sie hatten die Angewohnheit, sich früh zurückzuziehen, und ihrem Herren bis zum Morgen aus dem Weg zu gehen. Der Schrei, den sie vielleicht gehört haben in jener Nacht, war sicher nicht der erste, den sie in dem Haus vernahmen. Sie hatten sich daran gewöhnt, sich nicht in seine Angelegenheiten einzumischen.«

»Ich verstehe. Hast du nachgesehen, ob dein Stiefvater wirklich tot war?«

»Nein. Ich war so verängstigt, daß ich einfach davonlief. Vielleicht ist er bei dem Sturz gar nicht zu Tode gekommen.« Sie blickte auf den Zeitungsartikel. »Lucas, ich weiß nicht, was ich glauben soll. Meinst du, er hätte seine Beerdigung vielleicht nur inszeniert, um mich so verfolgen zu können, wie ich ihn einst verfolgt habe?«

»Das wäre eine Möglichkeit.«

Victoria nagte an ihrer Lippe. »Was hat er die ganzen Monate über getrieben, wenn er wirklich noch lebt?«

»Vielleicht hat er sich versteckt? Vielleicht wollte er sehen, ob du dich den Behörden stellst?«

»Er war tot. Ich weiß, daß er tot war. Ich habe ihn umgebracht«, sagte sie.

»Du hast ihn nicht ermordet, Vicky. Du hast auf sehr clevere Weise versucht, ein Geständnis zu erzwingen, und du hast es bekommen. Dabei wurdest du selbst fast getötet, das ist alles«, sagte Lucas bestimmt. »Ob er tatsächlich tot ist, bleibt abzuwarten. Diese Sache mit der Broschüre und der Nachricht beweist lediglich, daß es noch ein paar offene Fragen gibt.«

»Wie zum Beispiel, wer mir diese Nachricht, die Broschüre und den Zeitungsartikel geschickt hat.«

»Ja«, pflichtete Lucas ihr bei. »Das ist eine der Fragen, auf die wir so schnell wie möglich eine Antwort finden sollten. Außerdem ist da noch die Kleinigkeit mit der Kutsche, die dich fast überfahren hätte, und mit dem Straßenräuber, der mich in der Nacht, bevor du die Tabaksdose fandest, angegriffen hat.«

»Lucas, mir wird richtig schwindelig. Ich kann so nicht weitermachen. Ich brauche die Antworten auf meine Fragen.«

»Ich kann dir nur von ganzem Herzen zustimmen. Wie gesagt, es gibt mehrere Fragen, auf die wir so schnell wie möglich eine

Antwort finden müssen. Ich denke, am besten beginnen wir in der Stadt, dort wo alles anfing.« Er lächelte. »Jetzt haben wir also neben der Einladung zu Lady Athertons Ball noch einen guten Grund, nach London zu fahren, nicht wahr?«

Victoria lachte schwach. »Lucas, du bist wirklich unmöglich. Selbst in einem Augenblick wie diesem intrigierst du noch, um mich dazu zu bewegen, mich deinen Wünschen zu beugen.«

»Strategie, meine Liebe. Dafür bin ich bekannt. Nun, wenn es auch sicher im Augenblick nicht so aufregend ist, wie ich gehofft hatte, habe ich dennoch eine kleine Überraschung für dich. Erinnerst du dich an das Bild von der *Strelitzia reginae*?«

»Ja, natürlich. Was ist damit?«

Lucas bedachte sie mit einem leichten Grinsen. »Der Pfarrer hätte gern ein weiteres halbes Dutzend ähnlicher Aquarelle für sein Buch über Gartenpflanzen.«

Die Überraschung auf Victorias Gesicht war Lohn genug für alle seine Mühen, dachte Lucas.

17

Lucas hatte ihre grausigen Enthüllungen so ruhig aufgenommen, als habe sie ihm gerade erklärt, was es zum Dinner gebe. Was hatte sie erwartet? Diese Frage beschäftigte Victoria immer noch, als sie ein paar Tage später mit Annabella und Tante Cleo im Geschäft einer schicken Londoner Schneiderin stand.

Hatte sie tatsächlich auch nur einen Moment lang geglaubt, er würde wie jeder andere normale Ehemann auf diese schockierende Neuigkeit reagieren?

Wenn es eine Sache gab, die sie inzwischen gelernt hatte, dann, daß er ganz bestimmt kein gewöhnlicher Ehemann war. Auch wenn er zuweilen arrogant und in bestimmten Dingen etwas spießig war, so behielt er doch immer einen kühlen Kopf.

Und er sorgte sich allzeit um die Seinen. Die Hingabe, mit der er sich um die Ländereien und die Menschen von Stonevale kümmerte, bewies es.

Dennoch hatte sie eine solch gelassene, nüchterne Reaktion nicht gerade erwartet. Die Tatsache, daß er ihre grausige Vergangenheit so gleichmütig hinnahm, erschreckte sie beinahe. Aber schließlich hatte sie es mit einem Mann zu tun, der sie bereits in eine Spielhölle und ein Bordell mitgenommen hatte, mit einem Mann, der sie zu mitternächtlichen Reitausflügen einlud.

»Ist das nicht ein wunderbarer Seidenstoff, meine Liebe? Genau deine Farbe.« Tante Cleo zeigte auf einen Ballen bernsteinfarbenen Stoffs. »Daraus ließe sich bestimmt ein bezauberndes Ballkleid machen.«

»O ja, Vicky. Gerade richtig für Jessica Athertons Ball«, erklärte Annabella. »Mit einem solchen Kleid wirst du die Königin des Abends werden.«

»Sehr hübsch.« Victoria befühlte den wunderschönen Stoff.

»Was hältst du von Musselin, Vicky?« Tante Cleo sah sie fragend an.

»Sehr nett.« Victoria zwang sich, der ganzen Angelegenheit mehr Aufmerksamkeit zu schenken. Der dunkelgelbe Musselin gefiel ihr auf Anhieb.

»Aber nicht für Lady Athertons Ball«, beharrte Annabella.

»Wie wäre es dann mit einem Spazierkleid aus diesem Stoff?« schlug Victoria vor.

Die Schneiderin, eine kleine Frau mit stark französischem Akzent, nickte begeistert. »Entzückend, Mylady.«

»Sehr gut, dann nehme ich ein Ballkleid aus Seide und ein Spazierkleid aus dem gelben Musselin«, entschied Victoria. »Nun, was das Abendkleid betrifft, ich möchte es entsprechend der neuesten Mode, verstehen Sie?«

»Es muß unbedingt die Aufmerksamkeit der Leute erregen«, erklärte Annabella. »Vielleicht in der Art.« Sie zeigte auf ein Bild an der Wand.

»Ein wunderhübsches Kleid, Madam«, versicherte ihr die Schneiderin.

Tante Cleo runzelte die Stirn, als sie das Bild betrachtete. Es zeigte eine Frau in einem Kleid mit kaum verhülltem Dekolleté. »Meinst du, das würde Lucas gefallen, Vicky? Du weißt, was er gestern abend beim Dinner gesagt hat. Er betonte ausdrücklich, daß er nicht möchte, daß du etwas allzutief Ausgeschnittenes trägst.«

»Lucas sagt gern solche Dinge«, erklärte Victoria. »Aber im Grunde kennt er sich mit Mode überhaupt nicht aus. Dieses Kleid ist für Lady Athertons Party, und Annabella hat vollkommen recht – es muß einfach so aufregend wie möglich sein.«

»Ja, nun, ich werde es dir überlassen, das Lucas zu erklären«, bemerkte Cleo. »Schließlich ist er dein Ehemann.«

Annabella kicherte. »Ich bin sicher, daß Vicky sich ihren Grafen inzwischen so zurechtgebogen hat, daß er ihr keine Schwierigkeiten mehr macht.«

Victoria lächelte heiter und beschloß, es sei vollkommen unnötig zuzugeben, daß Lucas immer noch gewisse Kanten hatte, die abgeschliffen werden mußten, bevor er der perfekte Ehemann wäre. »Er wird mit diesem Kleid bestimmt zufrieden sein.«

»Ich schwöre dir, Vicky, du bist uns allen ein Vorbild«, sagte Annabella voller Bewunderung.

Cleo Nettleship hob die Augenbrauen. »Oder einfach ein höchst gefährliches Beispiel. Nun gut, gehen wir. Wir haben noch eine Reihe anderer Termine heute.«

Kurze Zeit später folgte Victoria ihrer Tante und Annabella hinaus in die Bond Street. Die exklusive Einkaufsstraße war wie immer dichtbevölkert. Es wimmelte nur so von modernen Kutschen, gutgekleideten Frauen und Dandys in grellen Anzügen.

Tante Cleos Kutsche wartete am Straßenrand. Gerade als sie einsteigen wollten, hielt ein anderes Gefährt dahinter, und der Kutscher sprang hinab, um seinem Fahrgast behilflich zu sein.

Isabel Rycott stieg aus. Sie trug ein dunkelgrünes Kleid, das die Farbe ihrer Augen betonte. Ein kleiner, federbesetzter Hut saß keck auf ihrem glänzenden, dunklen Haar.

»Guten Morgen, Lady Nettleship. Wie schön, Sie zu sehen.«

»Isabel.« Cleo nickte höflich.

»Und die bezaubernde Braut.« Isabel setzte ihr geheimnisvolles Lächeln auf, als sie sich an Victoria wandte. »Was für eine Aufregung Sie erzeugt haben durch Ihre Heirat mit Graf Stonevale. Äußerst romantisch, wahrlich, obgleich ich mich frage, was Ihre lieben Eltern zu einer solch überstürzten Hochzeit gesagt hätten.«

»Da sie nicht mehr am Leben sind, spielt das wohl keine große Rolle, nicht wahr?« erwiderte Victoria.

»Da haben Sie wahrscheinlich recht. Ich hörte bereits, Sie und Ihr Gatte seien zurück in London. Lady Atherton gibt Ihnen zu Ehren einen Empfang, nicht wahr?«

»Das stimmt«, sagte Victoria. »Ich hoffe, Ihnen geht es gut, Lady Rycott?« Sie zwang sich zu einem Lächeln.

»Sehr gut, danke.«

»Und Ihr Freund Edgeworth? Ist er ebenfalls wohlauf?«

Isabels Lächeln verhärtete sich unmerklich. »Ich habe ihn in letzter Zeit nicht sehr häufig gesehen. Ich nehme an, es geht ihm gut. Sagen Sie, Vicky, Liebste, wird man Sie heute abend bei den Foxtons sehen?«

Es war Cleo, die antwortete. »Wir haben vor, kurz hereinzuschauen, obgleich wir nicht lange werden bleiben können. Vicky und Stonevale sind nur für ein paar Tage in London, und sie haben so viele Einladungen erhalten, daß es unmöglich ist, sie alle anzunehmen, wissen Sie?«

»Das kann ich mir vorstellen«, murmelte Isabel. »Nun, da Lady Atherton kundgetan hat, daß es sich um die Hochzeit der Saison handelt, ist natürlich mehr als eine Gastgeberin versessen darauf, ihren Ballsaal mit dem berühmten Paar zu schmücken. Guten Tag allerseits. Ich nehme an, wir werden uns heute abend sehen, und wenn nicht, dann vielleicht auf dem Empfang bei den Athertons.«

Victoria sah zu, wie Isabel den Laden der Schneiderin betrat, bevor sie hinter ihrer Tante und Annabella in die Kutsche stieg. »Wirklich, diese Frau kann so verdammt unangenehm sein. Ich weiß nicht weshalb, aber ich werde sie niemals mögen.«

»Wen? Isabel Rycott? Ich weiß, was du meinst. Diese Frau hat irgend etwas Unangenehmes an sich«, pflichtete Annabella ihr bei.

»Nun, die Männer scheinen das nicht zu bemerken«, stellte Cleo trocken fest.

Victoria zog eine Grimasse und blickte zurück zu dem Laden, als die Kutsche sich in Bewegung setzte. »Interessant, was sie über Edgeworth gesagt hat, nicht wahr?«

»Er war nicht ihr erster Geliebter, und er wird auch nicht ihr letzter sein«, sagte Cleo. »Isabel hat immer ein oder zwei Männer im Gefolge.«

Annabella runzelte nachdenklich die Stirn. »Wenn ich so darüber nachdenke, sieht man Edgeworth in letzter Zeit eigentlich sowieso sehr wenig, weder in Begleitung von Isabel Rycott noch mit jemand anderem.«

»Wirklich?« Victoria konnte es kaum erwarten, Lucas diese Neuigkeit zu erzählen.

Sie mußte jedoch bis zum Abend warten, bevor sie mit ihrem Ehemann sprechen konnte. Für ihre erste Londoner Ballnacht als verheiratete Frau hatte sie sich mit größter Sorgfalt zurecht gemacht. Das gelbe cremefarbene Kleid fiel in sanften, weichen Linien auf ihre Knöchel herab. Sie trug keinerlei Schmuck außer dem Bernsteinamulett und einem Schildpattkamm im Haar.

Als sie die Treppe von Lucas' Stadtwohnung hinabstieg, wurde sie bereits von ihm in der Eingangshalle erwartet. Er war in elegantem Schwarz-Weiß gekleidet. Sein dunkles Haar schimmerte im Licht des Kronleuchters. Victoria sah zu ihm hinab und fragte sich, ob er sie jemals so lieben würde, wie sie ihn liebte.

Vielleicht sollte sie nicht mehr als seine Zuneigung, Kameradschaft und Schutz erhoffen, den er jedem zuteil werden ließ, für den er sich verantwortlich fühlte.

Sie konnte sich wohl kaum beschweren, wenn dies alles war, was sie jemals von ihm bekäme. Das war weit mehr, als viele Frauen von ihren Ehemännern zu erwarten hatten, besonders wenn sie wegen ihres Geldes geheiratet worden waren.

Lucas küßte ihr galant die Hand. »Sie sehen bezaubernd aus, Madam. Ich schätze mich als den glücklichsten aller Männer heute abend.«

Sie lächelte. »Ich bin ebenfalls sehr glücklich, Sir.«

»Sollen wir gehen und uns der Meute stellen?« fragte er trokken, als er sie aus der Tür geleitete.

»Genau so ein Gefühl ist es, nicht wahr? Ich würde viel lieber mit dir einen nächtlichen Ausritt unternehmen, Lucas.«

»Ich für meinen Teil freue mich auf einen ruhigen Abend in einer Reihe überfüllter, langweiliger, überhitzter Ballsäle. Das erscheint mir äußerst erholsam verglichen mit den Abenteuern, die wir anscheinend jedesmal zu bestehen haben, wenn du mich nachts durch die Gegend schleppst.«

Victoria bedachte ihn mit einem tadelnden Blick, als er ihr in die Kutsche half. »Wirklich, Lucas, so wie du dich beschwerst, könnte man fast den Eindruck haben, du hättest keinerlei Vergnügen an unseren nächtlichen Ausflügen. Nun denn, ich habe den ganzen Tag darauf gewartet, mit dir über Edgeworth sprechen zu können.«

»Was ist mit ihm?« fragte Lucas, während er ihr gegenüber Platz nahm.

»Ich traf zufällig Isabel Rycott in der Bond Street, und sie machte deutlich, daß sie ihn nicht mehr trifft. Tatsächlich schließe ich aus dem, was meine Tante und Annabella erzählten, daß er überhaupt kaum noch in unseren Kreisen verkehrt.«

»Vielleicht hat er noch ein paarmal an den Spieltischen verloren«, meinte Lucas vorsichtig.

»Lucas, du hast ein- oder zweimal gesagt, daß er vielleicht etwas mit dem Unfall mit der Kutsche oder mit dem Angriff des Straßenräubers zu tun haben könnte. Hast du dir auch überlegt, daß er vielleicht derjenige gewesen sein könnte, der mir die Broschüre und die Nachricht geschickt hat?«

»Daran habe ich gedacht.« Lucas sah durch das Fenster der Kutsche auf die Straße hinaus. »Ich bezweifle nicht einen Moment, daß es ihn nicht im geringsten betroffen machen würde, wenn ich einem unglücklichen Unfall zum Opfer fiele. Aber in meinen Augen hat er keinen Grund, dich zu belästigen. Es sei denn, er würde einen Erpressungsversuch vorbereiten wollen.«

»Aber es gab keinerlei Geldforderung«, sagte Victoria.

»Ich weiß. Wie gesagt, es ergibt keinen Sinn. Zumindest jetzt noch nicht. Trotzdem werde ich mit meinen Nachforschungen bei Edgeworth beginnen. Das ist ein ebenso guter Ansatzpunkt wie jeder andere.«

»Sollen wir einen Spitzel engagieren?« fragte Victoria aufgeregt. »Der, den ich mit den Nachforschungen über Lord Barton beauftragt habe, war hervorragend.«

Lucas' Augen begegneten ihrem Blick. »Wenn es sich vermeiden läßt, heuere ich lieber keinen Spitzel an.«

»Weshalb nicht?«

»Weil ich damit das Risiko einginge, lästige Fragen über den Tod deines Stiefvaters auszulösen, die wiederum zu lästigen Fragen bezüglich deiner Rolle in der Angelegenheit führen könnten.«

»Oh.« Victoria lehnte sich auf ihrem Sitz zurück. »Ja, ich verstehe. Du bist wirklich clever, Lucas. Du denkst immer an alles.«

»Man tut sein möglichstes.«

»Wie willst du denn Edgeworth aufspüren?« fragte Victoria.

»Zunächst werde ich mich mal ein wenig in meinen Clubs umhören. Irgend jemand dort weiß bestimmt etwas über einen Mann, der soviel spielt wie Edgeworth.«

»Eine hervorragende Idee.«

»Es freut mich, daß du mir zustimmst, da es bedeutet, daß du dich, nachdem wir heute abend ein paar Auftritte erledigt haben, direkt nach Hause begibst und zu Bett gehst.«

»Was?« Ihre Augen verdunkelten sich. »Das kann nicht dein Ernst sein.«

»Ich fürchte doch, Madam. Wie wir beide wissen, kann ich dich unmöglich in meine Clubs hineinschmuggeln. Und da ich nicht möchte, daß du mitten in der Nacht ohne mich herumläufst, bleibt nur noch die Möglichkeit, daß du dich zu Hause ins Bett legst.«

»Während du Informationen sammelst?« Victoria war wütend. »Das ist nicht fair, Lucas.«

»Das ist keine Frage der Fairneß. Es ist eine Frage deiner Sicherheit. Ich werde keine weiteren Kutschenunfälle, Straßenräuber oder Geister, die Gegenstände mit einem ›W‹ zurücklassen, riskieren.«

»Aber Lucas, ich werde in Tante Cleos oder Annabellas Gesellschaft sein. Ich werde nicht allein sein«, beharrte Victoria.

»Das reicht nicht, Vicky. Wir können nicht erwarten, daß deine Tante oder Annabella auf heranrasende Kutschen oder auflauernde Straßenräuber achten, besonders da sie nicht wissen, daß sie sich davor in acht nehmen müssen. Nein, ich will wissen, daß du sicher zu Hause bist, während ich mich in meinen Clubs umhöre.«

Victoria sprühte vor Zorn ob dieser Unnachgiebigkeit. »Du kannst mich nicht von deinen Nachforschungen ausschließen. Das erlaube ich dir nicht. Wir sind übereingekommen, daß diese Angelegenheit der Hauptgrund für unsere Rückkehr nach London ist. Das ist meine Sache.«

»Ich schließe dich nicht aus. Ich stelle lediglich sicher, daß ich genau weiß, wo du dich aufhältst, wenn ich nicht in deiner Nähe sein kann. Die Gefahr lauert hier in London, Vicky. Sämtliche Vorfälle haben sich hier ereignet. Also will ich, daß du entweder direkt unter meinem Schutz stehst oder sicher zu Hause bist, während wir in der Stadt sind«, erklärte Lucas bestimmt.

Victoria sträubte sich. »Lucas, ich muß sagen, auch wenn du in mancher Hinsicht ein durchaus erträglicher Ehemann bist, mag ich es keineswegs, wenn du dich wie ein Offizier aufführst und mir Befehle erteilst. Ich stehe nicht unter deinem Kommando. Ich bin deine Partnerin, falls du dich daran erinnerst. Wir haben gemeinsame Interessen.«

»Vor allem bist du meine Frau, und als dein Ehemann habe ich eine gewisse Verantwortung für dich. Es tut mir leid, wenn ich dir mit meinen gelegentlichen Anordnungen zu nahe trete. Ich fürchte, es ist nicht leicht, alte Gewohnheiten abzulegen.«

Victoria warf ihm einen vernichtenden Blick zu. »Sie brauchen gar nicht Ihre Militärallüren ins Feld zu führen. Das ist doch lediglich eine Ausrede, Graf, wie Ihnen wohl bewußt sein dürfte.«

»Nun denn, um die Wahrheit zu sagen, Vicky, ich muß zugeben, daß im Umgang mit dir ab und zu nur noch ein Befehlston etwas bewirkt. Wie heute abend zum Beispiel. Jetzt sieh mich nicht so an, als ob du mich erwürgen wolltest, sondern guck lieber wie eine liebende Gattin. Ich glaube, wir sind angekommen.«

»Lucas, ich warne dich. Ich werde es nicht zulassen, daß du mich wie ein dummes Kind behandelst.«

»Das würde mir nicht im Traum einfallen.« Als die Kutsche anhielt, blickte er aus dem Fenster. »Es sieht aus, als habe Lady Foxton unseretwegen heute abend eine beachtliche Gästeschar. Zweifelsohne wird sie uns unendlich dankbar sein. Bist du bereit, meine Liebe?«

»Verdammt, Lucas, du wirst mit deinem Verhalten nicht durchkommen.« Sie starrte ihn wütend an, als er aus der Kutsche stieg und ihr seine Hand reichte. »Daß du mich fast jederzeit verführen kannst, heißt nicht, daß ich eine willenlose, hirnlose Person geworden bin, die du ganz nach Belieben herumkommandieren kannst.«

Er drückte ihre Hand, und in seinen Augen zeigte sich ein

plötzliches Lachen. »Ich glaube, ich habe mich gerade verhört. Würden Sie das freundlicherweise noch einmal wiederholen, Madam?«

»Du hast mich sehr wohl verstanden. Oh, sieh, da sind Annabella und Bertie.« Sie setzte ein strahlendes Lächeln auf. »Ich kann es kaum erwarten, mit ihnen zu sprechen.« Victoria eilte los, wobei sie Lucas hinter sich her durch die Menge auf der Eingangstreppe zum Stadthaus der Foxtons zerrte.

Lucas grinste schwach, als er vor einem seiner Clubs aus der Kutsche stieg. Seine Frau hatte wie immer den denkbar ungünstigsten Zeitpunkt gewählt, als sie zugab, daß er die Macht hatte, sie nach Belieben zu verführen. Am liebsten hätte er sie direkt nach Hause gebracht und in ihr Bett getragen.

Statt dessen war er verpflichtet gewesen, sie in den Ballsaal der Foxtons zu begleiten, wo er die meiste Zeit damit verbracht hatte, Victorias alte Verehrer abzuwimmeln. Jeder einzelne von ihnen hatte sich verpflichtet gefühlt, seinen Schmerz darüber zum Ausdruck zu bringen, daß sie die Hand eines anderen gewählt hatte. Victoria hatte größtes Vergnügen dabei empfunden und so heftig geflirtet, daß er entschlossen war, zu Hause Genugtuung für dieses Verhalten zu fordern.

Er würde sich sorgsam überlegen, wie diese Genugtuung aussehen würde. Doch bis dahin forderten andere Dinge seine ganze Aufmerksamkeit.

Die erste Person, die Lucas sah, als er in den Club kam, war Ferdie Merivale. Der junge Mann lächelte ihn freundlich an.

»Meinen Glückwunsch zu Ihrer Hochzeit, Stonevale. Ich kann nicht sagen, daß ich sonderlich überrascht war. Ich wünsche Ihnen alles Gute. Sie sind ein Glückspilz. Eine wunderbare Frau, Ihre Gräfin.«

»Danke, Merivale.« Lucas schenkte sich ein Glas Bordeaux ein.

»Sind Sie gekommen, um ein paar Runden mitzuspielen?« fragte Merivale.

»Ich fürchte, meine Tage an den Spieltischen sind vorbei. Ich bin jetzt ein verheirateter Mann. Da kann ich nicht mehr die ganze Nacht mit Kartenspielen verbringen.«

Merivale kicherte. »Ich nehme an, Lady Stonevale hätte gewiß ein paar Takte dazu zu sagen, oder?«

»Meine Frau ist selten um Worte verlegen«, pflichtete Lucas ihm bei. »Irgendwelche interessanten Neuigkeiten?«

»Stimmt, Sie haben ja die letzten Wochen in der ländlichen Einöde verbracht, nicht wahr? Da Sie ja diese kleine Auseinandersetzung mit Edgeworth hatten, kurz bevor Sie die Stadt verließen, interessiert es Sie vielleicht zu hören, daß er in letzter Zeit kaum noch in den Clubs auftaucht. Aus diesem hier zum Beispiel mußte er tatsächlich austreten.«

»Ich kann mir nicht vorstellen, daß Edgeworth das Spielen aufgegeben hat.«

»Oh, ich glaube nicht, daß er das getan hat. Aber es wird erzählt, daß er inzwischen in weniger ehrenwerten Etablissements sein Glück versucht. Ich habe gehört, daß er in derselben Spielhölle gesehen wurde, aus der Sie mich vor einer Weile gerettet haben. *Das Grüne Schwein.* Unangenehmer Ort. Paßt aber irgendwie zu ihm, finden Sie nicht?«

»Ich bin sicher, daß er sich dort regelrecht zu Hause fühlt«, pflichtete Lucas ihm bei.

Zwei Stunden später betrat Lucas das *Grüne Schwein.* Seit der Nacht, in der er mit Victoria hier gewesen war, hatte sich nichts verändert. Es war immer noch so laut und stickig wie damals, als er Victoria absichtlich hierhergeführt hatte, um ihr zu beweisen, daß sie eigentlich kein Interesse an Spielhöllen hatte. Nicht, daß er dieses Ziel erreicht hätte, wie er sich mit einem innerlichen Grinsen eingestehen mußte. Victoria hatte sich in der Nacht prächtig amüsiert.

Edgeworth saß mit einer Gruppe gutgekleideter junger Dandys, die offensichtlich bereits mehr als angeheitert waren, an einem der Spieltische. Anscheinend waren sie darauf aus, einen

Abend mit dem Abschaum der Stadtbevölkerung zu verbringen. Lucas nahm einer vorbeikommenden Serviererin ein Bierglas ab und begab sich hinüber zu den Kartenspielern.

»Gentlemen«, sagte er ruhig, »ich frage mich, ob Sie wohl so freundlich wären, mich und Edgeworth ein paar Worte unter vier Augen wechseln zu lassen.«

Einer der jungen Burschen sah stirnrunzelnd auf. »Wir wollten gerade anfangen zu spielen. Sie haben kein Recht, hier einfach so hereinzuplatzen.«

Aber einer der anderen jungen Männer hatte sich bereits erhoben. Seine Augen weiteten sich, als er den Eindringling erkannte. »Verzeihung, Stonevale. Bitte lassen Sie sich Zeit. Ich nehme an, wir können alle ein wenig warten, bevor wir mit einer neuen Runde beginnen. Vielleicht wendet sich das Blatt in der Zwischenzeit ja zu unseren Gunsten.«

Lucas sah den Mann an und lächelte schwach. »Die einzige Art, wie sich das Blatt zu Ihren Gunsten wenden könnte, besteht darin, einen anderen Spielpartner zu finden. Solange Sie mit Edgeworth spielen, werden Sie zweifellos weiter verlieren.«

»Sie sollten wissen, daß ich vor gerade einer Stunde mehrere hundert Pfund gewonnen habe«, erklärte der erste Mann.

»Tatsächlich? Und wie weit sind Sie jetzt?«

Der Mann starrte Lucas böse an. »Das geht Sie nichts an.«

»Das stimmt. Aber tun Sie nur, was Sie wollen. Ich versichere Ihnen, ich hege kein besonderes Interesse an Ihren Verlusten. Wenn Sie uns jetzt bitte entschuldigen wollen?«

»Komm, Harry«, murmelte der zweite Mann, während er seinen Freund vom Tisch wegzog. »Du willst dich doch wohl nicht mit Stonevale anlegen. Glaube mir. Ein Freund von mir hat unter ihm im Feldzug gegen Napoleon gedient. Er sagt, er weiß genau, was er will.«

Edgeworth beobachtete, wie die beiden jungen Männer verschwanden, und dann wandte er sich an Lucas. »Ich schätze es nicht besonders, wenn Sie meine Lämmer verscheuchen, bevor ich sie geschlachtet habe, Stonevale. Daß Sie das Glück hatten, Geld zu heiraten, heißt nicht, daß wir anderen nicht weiterhin unseren Lebensunterhalt verdienen müßten.«

»Ich bin überzeugt, daß Sie vor Morgengrauen noch andere Opfer finden werden. Sie hatten immer schon ein auffallendes Talent dafür, jungen unvorsichtigen Männern die Taschen zu leeren. Sagen Sie, Edgeworth, macht es wenigstens etwas mehr Spaß, törichte junge Männer, die lediglich betrunken sind, auszunehmen, als junge Männer, die tot sind oder im Sterben liegen?«

Edgeworth mischte die Karten, die auf dem Tisch lagen. »Sie haben mich damals also gesehen. Das habe ich mich immer gefragt. Ich hätte Ihnen den Hals aufschlitzen sollen, als ich die Möglichkeit dazu hatte. Dann wäre ich wenigstens sicher gewesen, daß Sie tot waren.«

»Weshalb haben Sie es nicht getan?«

Edgeworth zuckte die Schultern. »Ehrlich gesagt, dachte ich nicht, daß Sie mit diesem Loch in Ihrem Bein überleben würden. Wer wäre denn auf die Idee gekommen, daß Sie es schaffen würden, Stonevale? Sie scheinen immer erstaunliches Glück zu haben.«

»In letzter Zeit hat jemand versucht, das Blatt zu wenden. Ich wollte Sie fragen, ob Sie eine Vorstellung davon haben, wer dahinter stecken könnte.«

Edgeworth lächelte. Seine Augen glitzerten hinter den halbgeschlossenen Lidern. »Vielleicht jemand, der irgendwann einmal eine große Summe an Sie verloren hat?«

»Die Liste dieser Leute würde Sie einschließen.«

»Das stimmt.«

Lucas machte eine Pause. »Wollen Sie mich tatsächlich dazu zwingen, Sie zu töten, Edgeworth?«

»Seien Sie versichert, ich habe nicht die Absicht, mich von Ihnen zum Duell fordern zu lassen. Wie kommen Sie denn darauf, daß Ihr Glück Sie verlassen haben könnte? Mir scheint, daß Sie in letzter Zeit doch sehr gut für sich gesorgt haben.«

»Es hat ein, zwei kleine Zwischenfälle gegeben. Es besteht kein Grund, näher darauf einzugehen. Wenn Sie wirklich nichts damit zu tun haben, ist es besser, wenn Sie so wenig wie möglich wissen. Wenn Sie jedoch etwas damit zu tun haben, liegt es eventuell in Ihrem Interesse, dafür Sorge zu tragen, daß sich derartige Ereignisse nicht wiederholen.«

»Weshalb sollte ich ein Interesse an Ihrem Wohlergehen haben? Sie waren mir immer höchst lästig, Stonevale.«

»Lassen Sie es mich einmal so sagen. Sollte es noch einmal zu einem irgendwie gearteten Zwischenfall kommen, den ich, sagen wir, unangenehm finde, werde ich wiederkommen, und wir werden die Sache eingehender besprechen. Vielleicht draußen in Clergy Field? Im Morgengrauen?«

Edgeworth' Hand verharrte reglos auf den Karten. »Das ist nicht fair, falls ich nicht hinter diesen Zwischenfällen stecke.«

»Ja, aber das Leben ist selten fair, nicht wahr? Das habe ich an dem Tag festgestellt, an dem ich beobachtete, wie Sie zwischen den Toten und Verwundeten herumschlichen und ihnen die Taschen ausraubten.«

Lucas erhob sich, wandte sich um und verließ den Spieltisch, ohne sich noch einmal umzublicken.

Victoria stand in ihrem Nachthemd am Fenster, als sie hörte, wie sich die Verbindungstür hinter ihr öffnete. Sie wirbelte herum.

»Da bist du endlich. Gott sei Dank. Ich habe mir solche Sorgen gemacht.« Barfuß flog sie ihm entgegen und warf sich in seine Arme.

Lucas schwankte ein bißchen, fing sich jedoch sofort und hielt sie fest. »Ich werde zusehen müssen, daß du dir etwas häufiger Sorgen um mich machst, wenn mich dann eine solche Begrüßung erwartet.«

»Bitte mach dich nicht über mich lustig.« Sie hob den Kopf von seiner Schulter und runzelte die Stirn. »Wo warst du? Was hast du gemacht? Hast du irgend etwas herausgefunden?«

Lucas hielt ihr Kinn fest. »Eins nach dem anderen, meine Süße. Ich hatte eine lange Nacht.«

»Nun, ich auch. Und ich muß dir sagen, Lucas, daß ich dir nicht gestatten werde, mich noch einmal zu Hause zu lassen, während du unterwegs bist, um Informationen zu sammeln. Das Herumsitzen und Warten ist nervenaufreibend. Nun, was genau hast du gemacht? Hast du Edgeworth gefunden?«

Er löste die Umarmung und ließ sich auf einen Stuhl fallen. »Ich habe ihn gefunden. Ich weiß nicht, ob er etwas von den Geschehnissen weiß oder nicht. Aber zumindest hätte er ein Motiv dafür, mir Schwierigkeiten zu machen.«

Sie nickte schnell und nahm ihm gegenüber Platz. »Weil du mehr oder weniger dafür verantwortlich bist, daß er in den Clubs nicht mehr willkommen ist.«

Lucas massierte sein Bein. »Tatsächlich reicht die Geschichte ein wenig weiter zurück.«

Sie beobachtete ihn aufmerksam. »Bis wohin reicht die Geschichte denn genau, Lucas?«

»Bis zu dem Tag, an dem ich mir die verdammte Verwundung zugezogen habe. Edgeworth war dabei.«

»Du meinst, er hat an dem Tag auch gekämpft?«

»Nicht genau«, sagte Lucas. »Sagen wir, er zog es vor, die Schlacht aus sicherer Entfernung zu verfolgen.«

Schließlich begriff Victoria. »Er ist davongelaufen?«

»Das passiert in Schlachten. Edgeworth war nicht der erste, und er wird auch nicht der letzte sein. Wer weiß? Wenn mehr Männer die Vernunft besäßen und wegliefen anstatt aufeinander zu schießen, gäbe es vielleicht weniger Kriege.«

Victoria war überrascht. »Lucas, du verurteilst ihn nicht wegen seiner Feigheit?«

»Eigentlich nicht. Feigheit im Angesicht des Feindes mag vielleicht keine besonders lobenswerte Eigenschaft sein –«

»Wohl kaum.«

»Aber ich kann sie verstehen.« Er warf ihr einen kühlen Blick zu. »Und verzeihen. Angst ist etwas, womit man nicht so einfach fertig wird, und Krieg ist eine bemerkenswert dumme Art, Konflikte zu lösen. Soviel habe ich während meiner Militärkarriere gelernt. Die Vorstellung, daß ein Mann es vorzieht, vom Schlachtfeld zu flüchten, ist einleuchtend. Sie erscheint mir sogar eher logisch.«

Victoria erholte sich von ihrer Überraschung und dachte über seine Worte nach. »Wahrscheinlich hast du recht. Aber laß das bloß niemals deine Freunde in den Clubs hören.«

Er lächelte. »Ich bin schließlich kein vollkommener Trottel. Solche Dinge sage ich nur dir gegenüber, Vicky. Du bist der einzige Mensch, mit dem ich frei sprechen kann.«

Sie lächelte und spürte, wie eine wohlige Wärme in ihr aufstieg. »Das ist das Netteste, was du jemals gesagt hast. Ich bin sehr froh, daß du das so siehst, Lucas, da es mir mit dir genauso geht. Ich habe dir Dinge erzählt, über die ich noch nicht einmal mit Tante Cleo gesprochen habe.«

»Das freut mich«, sagte er einfach.

Victoria lächelte warm. »Aber egal, was du theoretisch von Feigheit im Angesicht des Feindes hältst, ich weiß, daß du selbst dich nicht so verhalten könntest. Und Edgeworth weiß das zweifellos auch. Hegt er deswegen einen solchen Groll gegen dich? Weil er weiß, daß du gesehen hast, wie er geflohen ist?«

»Das ist einer der Gründe. Der andere Grund ist, daß ich gesehen habe, was er nach der Schlacht getan hat. Er schlich über das Schlachtfeld und raubte die Toten aus.«

Victoria starrte ihn an. »Gütiger Gott, das kann ich kaum glauben.« Dann durchfuhr sie ein anderer Gedanke. »Wußte er, daß du dort lagst? Hat er dich dort gesehen?«

»Ja.«

»Und er tat nichts, um dir zu helfen?«

»Er nahm an, ich würde ohnehin nicht überleben, und außerdem war er viel zu beschäftigt damit, Schmuck, Uhren und andere Souvenirs einzusammeln«, erläuterte Lucas.

Victoria sprang auf ihre Füße und begann, im Raum auf und ab zu laufen. Nie zuvor hatte sie derart vor Zorn gebebt. »Ich werde diesen Mann erschießen, wenn ich ihn noch einmal sehe, das schwöre ich. Wie kann jemand nur so tief sinken? Wie kann jemand nur derart niederträchtig handeln? Dich dort so liegen zu lassen. Das ist absolut unverzeihlich.«

»Ich stimme dir zu, daß er tiefer als an jenem Tag nicht sinken konnte. Und seither hat er sich zu keinem Zeitpunkt besonders ehrenvoll verhalten«, sagte Lucas grimmig.

»Nein, gewiß nicht. Ich frage mich, ob Isabel Rycott von seiner Angewohnheit, falsch zu spielen, erfahren hat. Vielleicht hat sie ihn deswegen fallen lassen. Sie mag schwache Männer, aber wahrscheinlich hat selbst sie ihre Grenzen.«

»Vielleicht.«

Victoria wirbelte herum und stürmte in die andere Richtung. »Du glaubst also, Edgeworth steckt wirklich hinter diesen Anschlägen? Du glaubst also, daß er einen Groll gegen dich hegt, weil du die Wahrheit über ihn kennst?«

»Es wäre möglich. Ich kann mich des Gefühls nicht erwehren, daß er mehr weiß, als er heute nacht zugeben wollte. Ich habe ihn gewarnt, wenn noch irgend etwas passieren sollte, werde ich ihn als ersten aufsuchen, aber ...«

Sie sah ihn vorsichtig an. »Aber du bist dir nicht hundertprozentig sicher, daß er für unsere Schwierigkeiten verantwortlich ist?«

»Ich denke, es steckt mehr dahinter.«

»Weil ich das Ziel einiger dieser Angriffe war?«

»Es wäre durchaus möglich, daß Edgeworth dich ausgesucht hat, weil er wußte, daß es mich treffen würde«, sagte Lucas.

Victoria setzte sich auf die Bettkante. »Das ist alles ziemlich deprimierend. Wir sind immer noch nicht weiter als zuvor.«

»Das bleibt abzuwarten. Wenn es zu keinen weiteren Zwischenfällen kommt, nehme ich an, daß ich den richtigen Mann gewarnt habe.«

»Stimmt.« Sie runzelte nachdenklich die Stirn. »Aber wenn die Vorgänge weitergehen, müssen wir darüber nachdenken, ob mein Stiefvater nicht doch vielleicht lebt.«

»Ungeachtet dieser Dinge habe ich persönlich das Gefühl, heute abend in einem anderen Bereich erhebliche Fortschritte gemacht zu haben«, fuhr Lucas sanft fort.

Neugierig sah sie zu ihm hinüber. »In welchem Bereich?«

»Ich beziehe mich auf dein Geständnis, daß ich die Macht habe, dich jederzeit zu verführen.«

»Oh, das.« Sie spürte, wie sie errötete.

Lucas erhob sich und ging zu ihr hinüber. »Ja, das. Das ist in deinen Augen vielleicht nebensächlich, meine Liebe, aber für mich ist das eine Sache von größter Wichtigkeit. Es macht mir große Hoffnung, weißt du. Eines Tages wagst du vielleicht noch den letzten Schritt und gibst zu, daß du mich liebst.«

Sie stand auf und wich zurück. »Vielleicht solltest du dem, was ich gesagt habe, als wir aus der Kutsche stiegen, nicht allzuviel Bedeutung beimessen, Lucas. Ich war zu dem Zeitpunkt sehr verärgert und habe geredet, ohne nachzudenken.«

Er lächelte. »Willst du deine Worte jetzt etwa zurücknehmen? Das kannst du wohl kaum. Ich werde es nicht erlauben.«

Sie stöhnte und machte einen weiteren Schritt zurück. »Du mißt diesen Worten wirklich zu viel Bedeutung bei. Du wirst sie als eine Form der Unterwerfung betrachten, ich weiß es.«

»Wäre Unterwerfung so schlimm, Vicky?«

»Unerträglich.« Noch ein Schritt, und sie stand mit dem Rükken an der Wand.

Lucas' Augen leuchteten, als er den Abstand zwischen ihnen verringerte. Er preßte seine Hände neben ihrem Kopf gegen die Wand, so daß sie sich nicht rühren konnte. Sein Mund schwebte nur wenige Zentimeter über ihrem.

»Unerträglich, hmmm? Sehr gut, Madam, weshalb nennen wir es statt Unterwerfung nicht einfach einen Schritt in Richtung Waffenstillstand?«

Sie hielt den Atem an. »Damit es ein Schritt in Richtung Waffenstillstand würde, müßten wir beide gleichviel Terrain aufgeben, Graf. Sie müßten zugeben, daß ich ebenso viel Macht über Sie besitze wie Sie über mich.«

»Ja, das müßte ich, nicht wahr?«

Sie fuhr sich mit der Zunge über den Rand ihrer Lippen. »Gibst du zu, daß ich dich nach Belieben verführen kann?«

»Madam, Sie können mich bereits verführen, indem Sie durch den Salon gehen und mir eine Tasse Tee einschenken. Jedesmal, wenn ich mein Bild von der *Strelitzia reginae* betrachte, bin ich verführt.«

»Oh.« Sie lächelte. »Ist dies ein weiteres Beispiel für deine strategischen Fähigkeiten, Lucas?«

Darauf antwortete er ihr nicht. Statt dessen küßte er sie, heiß, erregend und berauschend. Victoria schlang ihre Arme um seinen Hals und ergab sich seiner Hitze und Stärke.

Seine Hand glitt hinab zu ihren Schenkeln und schob den dünnen Stoff ihres Nachthemdes über ihre Taille.

»Lucas?«

»Spreiz deine Beine, meine Süße.«

Sie stöhnte leise und folgte seinem Befehl mit einem verzückten Schauder. Seine Hand schob sich zwischen ihre Schenkel.

»Lucas.«

»Ja, mein Herz. So. Das ist es, was ich von dir will. Nenn es Waffenstillstand oder Unterwerfung. Es ist egal.«

Sie hing an seinen Schultern, während seine Zunge in ihren Mund und sein Finger in ihre feuchte Hitze eindrangen. Er begann, sowohl die Zunge als auch den Finger rhythmisch zu bewegen. Victoria dachte, ihre Beine würden versagen.

Es gelang ihr gerade noch, seinen Morgenmantel zu öffnen. Die Erregung hatte seine Männlichkeit hart und schwer gemacht. Ihre Finger streichelten ihn sanft.

»O Gott, Vicky.«

Er zog sie zurück auf das Bett. Dann lag er auf ihr, küßte ihre

Brüste, ihren seidigen Bauch und die sanfte Haut ihrer Schenkel. Ohne Vorwarnung wurden seine Küsse intimer. Victoria rang nach Luft, zunächst entsetzt, dann überrascht, als sie spürte, wie sein Mund ihre geheimsten Stellen berührte.

»Lucas, das ist empörend. Du kannst nicht...«

Ihre Finger krallten sich in sein dunkles Haar, und ihr gesamter Körper straffte sich. *»Lucas.«*

Während sie noch ihren Höhepunkt erlebte, spürte sie, wie er an ihr hinaufglitt und tief und hart in sie eindrang. Ihre Zähne gruben sich in seine nackte Schulter. Sie hing an ihm, als wolle sie ihn nie mehr loslassen, als sein heiserer, jubelnder Schrei in ihren Ohren widerhallte.

18

»Ich muß sagen, es ist dir und Lucas wirklich gelungen, die gesamte Sache schadlos zu überstehen.« Cleo hob die Wasserkanne und goß eine Fuchsie. »Gestern abend bei den Foxtons wart ihr ein großer Erfolg. Es ist offensichtlich, daß du Jessica Athertons öffentlichen Segen wahrlich nicht nötig hast. Die Leute haben euch zu ihrem Lieblingspaar auserkoren, und die Saison wird hoffentlich vorbei sein, bevor es dir gelingt, diesen Ruf in irgendeiner Weise zu schädigen.«

»Hoffentlich.« Victoria grinste. »Ich glaube, Lucas hegt dieselben Gedanken. Ihr beide solltet euch zusammentun. Dann könntet ihr die Sorgen, die ihr euch meinetwegen macht, teilen.«

»Zweifelsohne hätten wir dann ausreichend Gesprächsstoff, nicht wahr?« Cleo lächelte. »Ich habe ihm einmal gesagt, daß man sich in deiner Gegenwart selten langweilt.«

»Nun, meiner Meinung nach war es nicht Lucas' und mein Werk, das uns den möglichen Skandal erspart hat, Tante Cleo. Du bist diejenige, die dieses Wunder vollbracht hat. Mit etwas

Hilfe von Jessica Atherton natürlich«, fügte sie mit bedauernder Ehrlichkeit hinzu, während sie ihre halbfertige Kakteenzeichnung betrachtete. Kakteen waren schwer zu skizzieren. All die kleinen Stacheln waren wirklich lästig.

Cleo schritt weiter zur nächsten Pflanze, wobei sie Victoria beobachtete. »Ich habe mir zuerst wirklich Sorgen gemacht, als Lucas dich mit nach Yorkshire nahm. Ich hätte Jessica Atherton dafür erwürgen können, daß sie am Morgen eurer Hochzeit hier auftauchte und solch einen Wirbel veranstaltet hat.«

»Das habe ich auch schon gedacht. Und Lucas ebenfalls.«

»Das überrascht mich nicht. Ich bin sicher, daß Lucas auf ihre Einmischung hätte verzichten können. Die ganze Situation war nahezu katastrophal, aber ich sagte mir, daß es in deinem gesamten Bekanntenkreis nur einen Mann gab, der mit einer solch komplizierten Situation fertig würde, und daß du dich glücklicherweise in der Gesellschaft eben dieses Mannes befandest. Als ich deinen ersten Brief mit der Bitte um Pflanzen für seine Gärten erhielt, wußte ich, daß das Schlimmste überstanden war«, erläuterte Cleo.

»Es stimmt, Lucas und ich haben uns in gewisser Weise geeinigt.«

Cleo hob den Kopf. Ihre Augen lachten. »Geeinigt? So nennst du das? Du solltest dich sehen, wenn du irgendwo in seiner Nähe bist, meine Liebe. Du glühst. Ich nehme an, du fürchtest nicht länger, in die Fußstapfen deiner armen Mutter zu treten?«

Sorgfältig mischte Victoria Gelb mit einem Tropfen Blau, um genau den von ihr gewünschten Grünton zu erzielen. »Lucas ist nicht Samuel Whitlock.«

»Gütiger Himmel, das will ich meinen. Genau wie du nicht deiner Mutter, der seligen Caroline, ähnelst. Sie hat deinen Vater wirklich geliebt, mußt du wissen. Wenn er noch gelebt hätte, wäre alles ganz anders gekommen. Niemals wäre sie Whitlocks Charme erlegen. Aber nach dem Tod deines Vaters sehnte sie sich derart nach Liebe, daß sie nur allzu bereit war, der Illusion zu erliegen, die Whitlock ihr bot.«

»Ich glaube, Liebe ist etwas Gefährliches, genau wie Elektrizität. Ich denke, es ist besser, eine solide, funktionierende Partnerschaft mit einem Mann einzugehen. Das ist es, was ich mit Lucas versuche, weißt du? Und wir machen durchaus Fortschritte.«

»Bitte? Stonevale und du seid Partner?«

»Das ist doch nur natürlich angesichts der Umstände, unter denen wir geheiratet haben. Du kannst ja wohl nicht leugnen, daß die Güter von Stonevale ein hervorragendes Investitionsobjekt sind. Es ist gutes Land.«

»Ich verstehe.« Cleo blickte verwirrt. »Höchst interessant.«

»Das Arrangement funktioniert größtenteils recht gut, obgleich Lucas die bedauerliche Eigenschaft besitzt, Befehle zu erteilen, wenn er sein Ziel nicht mit Vernunft und Logik erreicht.«

»Vicky, meine Liebe, das ist wirklich interessant. Stonevale beugt sich deiner Vorstellung von eurer Ehe als Geschäftsbeziehung?«

»Im großen und ganzen ja. In bestimmten Bereichen jedoch treffe ich auf Widerstand.«

Cleo riß die Augen auf. »Das kann ich mir vorstellen. In welchen Bereichen?«

»Er redet sich nach wie vor ein, ich würde ihn lieben, und er läßt keine Gelegenheit aus, mich zu drängen, ihm meine Gefühle zu gestehen.«

Heftig stellte Cleo die Gießkanne ab. Sie starrte ihre Nichte an. »Du liebst ihn nicht? Vicky, von Anfang an habe ich angenommen, daß du dich in dieser Angelegenheit einzig von deinem Gefühl leiten ließest. Andernfalls hätte ich niemals darauf bestanden, daß –«

»Natürlich liebe ich ihn. Ich wäre in jener Nacht niemals mit ihm in dieses Gasthaus gefahren, wenn ich ihn nicht lieben würde. Aber ich werde ihm nicht die Genugtuung geben, meine Gefühle offen zuzugeben«, erläuterte Victoria.

»Weshalb nicht?«

Victoria sah von ihrem Gemälde auf. »Ganz einfach, weil er mich offensichtlich nicht liebt.«

»Gütiger Himmel, Vicky, bist du dir da sicher? Er scheint dich außerordentlich zu mögen.«

»Er mag mich. Das ist einer der Gründe, weshalb diese Ehe funktioniert. Aber er meint, er könne sich nicht erlauben, mich zu lieben, weil ich dieses Wissen rücksichtslos ausnutzen würde. Er hält mich für eine regelrechte Xanthippe, weißt du? Allzu unabhängig und dickköpfig. Man reiche mir den kleinen Finger, und ich nehme die ganze Hand.«

»Vielleicht ist er sich deiner lediglich nicht sicher, und er kann deshalb seine Liebe nicht eingestehen, bevor er nicht weiß, daß du ihn liebst«, schlug Cleo vor.

»Weshalb sollte er sich meiner nicht sicher sein? Schließlich ist der Mann mit mir verheiratet.«

»Was bedeutet das schon? Wie viele verheiratete Frauen in deinem Bekanntenkreis sind bis über beide Ohren in ihre Ehemänner verliebt? Wie du wohl weißt, hat mehr als eine inzwischen eine heimliche Affäre. Und Frauen wie Jessica Atherton, die wahrscheinlich niemals ein Verhältnis anfangen würden, sind Beispiele an weiblicher Pflichterfüllung, nicht weiblicher Liebe. Der Gedanke, aus Pflichtgefühl heraus geheiratet worden zu sein, behagt einem Mann gewiß auch nicht unbedingt.«

»Weshalb sollte er auch? Lucas hatte offensichtlich auch keine Skrupel, mich aus Pflichtgefühl heraus zu ehelichen. Es war von Anfang an sein Ziel, Stonevale zu retten, und nicht, tiefe und bedingungslose Liebe zu finden.« Heftig fuhr Victoria mit dem Pinsel über das Papier, und es gab einen langen grünen Streifen.

»Daß ein Mann gezwungen ist, aufgrund seiner Verantwortung gegenüber einem Titel oder Ähnlichem zu heiraten, heißt noch lange nicht, daß er nicht auch geliebt werden möchte. Lucas sagte mir am Morgen eurer Hochzeit, daß er sich wirklich wünschte, die Dinge hätten sich anders entwickelt. Er weiß, daß er wegen des Debakels in dem Gasthaus keine Möglichkeit mehr hatte, sein Werben um dich zu einem ordentlichen Abschluß zu bringen.«

»Nun, zu einem Abschluß hat er es zumindest gebracht. Falls du dich daran erinnerst, hatte er sogar eine Sonderheiratserlaubnis dabei.« Der zweite grüne Streifen verunzierte das Blatt.

»Meiner Meinung nach ist er sich der Tatsache, daß er keine Möglichkeit hatte, deine Liebe zu gewinnen, nur allzu deutlich bewußt. Du hast ihn nicht gänzlich aus freien Stücken heraus geheiratet, und das weiß er. Später, als du herausfandest, daß er dich anfangs umworben hatte, weil du eine reiche Erbin bist, wurde seine Position noch schwächer. Wie soll er sich deiner da so sicher sein, wenn du ihm deine Liebe noch nicht einmal eingestehst?«

Victoria sah auf. Sie fühlte sich unter Druck gesetzt. »Auf wessen Seite stehst du eigentlich, Tante Cleo?«

Cleo seufzte. »Ich möchte nur, daß du glücklich bist, Vicky.«

»Du denkst also, ich wäre glücklich, wenn ich mich meinem Mann einfach völlig unterwerfen würde?«

»Unterwerfen? Was für ein schrecklicher Ausdruck.«

»Es ist der Ausdruck, den er verwendet«, murmelte Victoria. »Es sei denn, er versucht, eine schmeichelhaftere Umschreibung wie ›Waffenstillstand‹ zu finden.«

»Tatsächlich? Ich nehme an, das liegt daran, daß er so lange beim Militär war und anschließend so viel Zeit an den Spieltischen verbracht hat. Soldaten und Spieler haben eine ähnliche Ausdrucksweise, mußt du wissen. Sie denken immer in Begriffen wie Strategie, Gewinnen oder Verlieren. Es gibt kaum eine goldene Mitte für sie.«

»Ja, das habe ich bereits festgestellt.«

»Frauen hingegen können flexibler denken«, fuhr Cleo fort.

»Was zweifelsohne im Umgang mit Männern eine Schwäche

ist. Es gibt ihnen die Möglichkeit, ihre eigene Unbeweglichkeit zu kultivieren. Nein, ich bin mit einem Mann verheiratet, der ein Soldatenhirn hat, und entweder muß ich ihm seine Denkweise abgewöhnen oder ich muß ihn lehren, sich mit der Partnerschaft, die wir aufgebaut haben, zufriedenzugeben. Auf keinen Fall werde ich alles aufs Spiel setzen, indem ich mich ihm unterwerfe, so wie er es sich vorstellt.«

Einen Augenblick lang betrachtete Cleo sie nachdenklich. »Was genau würdest du denn aufs Spiel setzen?«

»Meinen Stolz zum Beispiel.«

»Ist der dir so wichtig?«

»Natürlich.«

»Nun, er ist dein Ehemann, meine Liebe. Du mußt so mit ihm umgehen, wie du es für richtig hältst.«

Victoria war erleichtert, dieses Thema beendet zu haben und sie beeilte sich, von etwas anderem zu sprechen. »Hättest du vielleicht Lust, heute mit mir einkaufen zu gehen? Ich will noch ein paar Bücher über Gartenbau kaufen, um sie mit nach Yorkshire zu nehmen.«

»Es wäre mir ein Vergnügen. Willst du sie für die Bibliothek auf Stonevale haben?«

»Ein paar der Bücher sollen für die Bibliothek sein, aber der Großteil ist ein Geschenk für den Dorfpfarrer und seine Frau. Sie haben uns sehr geholfen. Außerdem schreibt der Pfarrer an einem Buch über Gartenbau.« Victoria zögerte und fügte dann schnell hinzu: »Und ich male die Bilder dafür.«

Cleo strahlte. »Vicky, das ist fantastisch. Endlich werden deine wunderbaren Pflanzenzeichnungen veröffentlicht. Wie mich das freut. Wie ist es dazu gekommen?«

»Lucas hat das arrangiert«, gab Victoria leise zu.

Cleos Blick wurde eindringlich. »Wie hat er das gemacht?«

Victoria errötete. »Er zeigte dem Pfarrer eins meiner Bilder, und der fragte sofort, ob die Künstlerin vielleicht Interesse daran hätte, die Bilder für sein Buch zu malen. Lucas schwört, daß er dem Pfarrer nicht erzählt hat, wer das Bild gemacht hat, bis dieser ihn von sich aus angesprochen hat. Der Pfarrer scheint sich ehrlich darüber zu freuen, daß ich die Zeichnungen mache. Ich muß zugeben, ich bin ziemlich aufgeregt deswegen.«

Cleo beugte sich vor und betrachtete nachdenklich Victorias Bild. »Man kann sich darauf verlassen, daß Stonevale für seine reiche Erbin das einzige Geschenk findet, das sie sich nicht selbst kaufen kann.«

Die schlichte Eleganz des bernsteinfarbenen Seidenkleides war überwältigend. Victoria war äußerst zufrieden. Der Rock fiel schlank und leicht auf ihre Knöchel. Die hohe Taille mit dem kleinen, künstlerisch drapierten Oberteil gestattete einen großzügigen Blick auf die weiße Haut ihrer sanft geschwungenen Brüste. Die mit Goldfäden bestickten Pantoffeln paßten genau zu den langen, eleganten Handschuhen.

Als einziges Schmuckstück trug sie das schimmernde Bernsteinamulett. Mit einem letzten Blick in den Spiegel sagte sich Victoria, daß sie bestens gerüstet sei für Jessica Athertons Empfang. Sie griff nach ihrem vergoldeten Fächer.

»Ich werde den schwarzen Umhang nehmen, den mit der goldenen Satinkapuze, Nan.«

»Sie sehen wundervoll aus heute abend, Ma'am«, hauchte Nan ehrfürchtig, während sie ihrer Herrin den langen, fließenden Umhang vorsichtig um die Schultern legte. »Seine Lordschaft wird stolz auf Sie sein.« Sie drapierte die Kapuze wie ein glänzendes Band um Victorias Hals. »Wundervoll.«

»Danke, Nan. Ich muß gehen. Seine Lordschaft wird bereits in der Halle warten. Bitte warte nicht auf mich. Ich werde dich bei meiner Rückkehr wecken, falls ich Hilfe brauche.«

»Ja, Ma'am.«

Lucas marschierte ungeduldig am Fuß der Treppe auf und ab, doch als er Victoria in dem schwarz-goldenen Samtumhang sah, blieb er abrupt stehen. Seine Augen glänzten sinnlich-bewundernd, als er beobachtete, wie sie langsam die Stufen hinabschritt.

»Bereit zur Schlacht?« murmelte er, während er ihren Arm ergriff.

»Sagen wir, ich möchte nicht, daß Jessica Atherton Mitleid mit mir empfinden muß.«

Er lachte, als Griggs die Tür öffnete. »Es ist wahrscheinlicher, daß ich ihr leid tun werde.«

»Oh, tatsächlich? Und weswegen, Graf?«

Lucas faßte Victoria fester. »Sie wird wissen, daß es mir unmöglich ist, meiner Bernsteinlady zu widerstehen. Zweifellos fürchtet sie ohnehin bereits, daß du bei uns das Sagen hast.«

Victoria bedachte ihn mit einem Seitenblick, während er ihr in die Kutsche half. »Und, ist es dir unmöglich, mir zu widerstehen?«

»Was meinst du?« Er kletterte neben sie.

»Ich denke, du ziehst mich mal wieder auf.«

Er ergriff ihre Hand und küßte sie galant. »Madam, ich versichere Ihnen, daß ich Sie vollkommen unwiderstehlich finde.«

»Das werde ich mir merken.«

In der Straße vor dem großen Athertonschen Haus wimmelte es von Kutschen. Dutzende elegant gekleideter Menschen bevölkerten die Stufen vor dem Eingang. Lucas und Victoria als Ehrengäste wurden jedoch schnell durch die Menge geleitet.

In der großen, hell erleuchteten Eingangshalle legte Victoria den Umhang ab und enthüllte das prächtige bernsteinfarbene Kleid. Lucas warf einen kurzen Blick auf die verführerische Blöße von Hals, Schultern und Dekolleté seiner Frau und biß die Zähne zusammen.

»Kein Wunder, daß du den Umhang anbehalten hast, bis wir hier angekommen sind«, knurrte er. »Es wird mir eine Lehre sein, deine Kleidung in Zukunft sorgfältiger zu betrachten, bevor ich dich irgendwo mit hinnehme.«

»Vertraue mir, Lucas. Dieses Kleid ist hochmodern.«

»Es enthüllt mehr als das Kleid eines Barmädchens. Du quillst praktisch heraus. Wenn ich es gesehen hätte, bevor wir das Haus verließen, hätte ich dich schnurstracks wieder nach oben geschickt, damit du dich umziehst.«

»Dafür ist es jetzt zu spät«, erklärte sie vergnügt. »Und nun hör auf, so ein Gesicht zu ziehen. Man wird uns umgehend anmelden, und du willst doch sicher nicht, daß Lady Atherton und ihre Gäste denken, wir würden uns streiten.«

»Dieses Mal haben Sie gewonnen, Madam, aber seien Sie versichert, daß das Ganze ein Nachspiel haben wird.« Er geleitete sie an das obere Ende der Treppe, die in den glitzernden Ballsaal hinunterführte.

Die Menge elegant gekleideter Gäste verstummte, als der Graf von Stonevale und seine Frau angekündigt wurden. Doch während Lucas und Victoria die Treppe hinabschritten, um ihre Gastgeber zu begrüßen, ertönte tosender Beifall, und fröhlich wurden die Gläser erhoben.

Lady Atherton blickte eine Spur wehmütig, als sie Lucas mit einem Lächeln bedachte. Lord Atherton, ein ernster Mann, der in der Politik tätig war, neigte seinen fast kahlen Kopf über Victorias Hand.

»Es ist äußerst freundlich von Ihnen beiden, uns mit diesem Empfang zu ehren«, zwang sich Victoria zu sagen.

»Sie sehen wundervoll aus, meine Liebe«, sagte Jessica zu Victoria. »Das Kleid ist einfach herrlich. Und so ein außergewöhnlicher Stil für eine junge Braut. Aber schließlich hatten Sie ja schon immer einen Sinn für das Extravagante, nicht wahr?«

»Ich tue mein möglichstes«, versicherte ihr Victoria. »Schließlich will ich ja meinen Gatten nicht langweilen.«

Lucas warf ihr einen warnenden Blick zu. Sein Lächeln war von bedrohlichem Charme. »Unter Langeweile habe ich seit dem Abend, an dem ich dich kennengelernt habe, meine Liebe, gewiß nicht mehr gelitten.«

Lord Atherton lächelte kurz. »Und wie ich hörte, haben Sie

sich in eben diesem Ballsaal zum ersten Mal getroffen, nicht wahr?«

»Lady Atherton war so freundlich, uns einander vorzustellen«, erwiderte Victoria höflich.

»Das wurde mir berichtet.« Lord Atherton bot ihr seinen Arm. »Wären Sie wohl so freundlich, mir die Ehre des ersten Tanzes zu erweisen, Madam?«

»Es wäre mir ein Vergnügen.«

Während sie auf die Tanzfläche geführt wurde, warf Victoria einen Blick zurück. Lucas warf ihr über die Köpfe der Leute, die sich um ihn gedrängt hatten, ein schwaches Lächeln zu, ein Lächeln voller Besitzerstolz, Bewunderung und sinnlichen Versprechungen; das Lächeln eines Liebhabers.

Erwärmt von diesem Lächeln wandte Victoria ihre Aufmerksamkeit wieder Lord Atherton zu, der bereits angefangen hatte, über Politik zu sprechen.

Während des Festes hielt Lucas ein Auge auf seine Bernsteinlady, doch er hatte nur sehr selten die Gelegenheit, mit ihr zu sprechen. Auch gut, sagte er sich. Wenn er ihr zu nahe käme, würde er wahrscheinlich wieder auf das Kleid zu sprechen kommen, und da die Tat sowieso nicht ungeschehen gemacht werden konnte, wäre es sinnlos, den Streit fortzuführen.

Ein Ehemann mußte lernen, welche Schlachten wichtig waren, und der Militärstratege in ihm verstand Victorias Bedürfnis, heute abend vor Jessica Atherton groß herauszukommen.

Trotzdem würde er in Zukunft wesentlich besser auf ihre Kleidung achten. Das schwor er sich, während er beobachtete, wie seine Frau erneut auf das Parkett geführt wurde.

»Deine Frau wird heute abend von meinen männlichen Gästen regelrecht umschwärmt«, murmelte Jessica, als sie neben Lucas glitt. »Es freut mich, daß sie sich zu amüsieren scheint.«

»Sie hat es verdient, sich zu amüsieren.«

»Ja. Es war gewiß nicht leicht für sie, heute abend hierher zu kommen.«

Lucas hob eine Braue ob dieser unerwarteten Einsicht. »Nein, das war es wirklich nicht.«

»Ich weiß, all das, was bei eurer Hochzeit passiert ist, muß sie ziemlich mitgenommen haben. Und ich habe die Sache gewiß nicht besser gemacht, indem ich am Morgen eurer Abreise nach Yorkshire bei ihr aufgetaucht bin. Es tut mir leid, Lucas. Ich hoffe, du verzeihst mir. Meine einzige Entschuldigung ist, daß ich unbedingt wissen mußte, ob du mit ihr glücklich sein würdest«, sagte Jessica schwach.

»Vergiß es, Jessica. Es gehört der Vergangenheit an.«

»Ja, du hast vollkommen recht. Es ist nur, daß ich weiß, daß du an dem Tag böse auf mich warst, und ich will wohl einfach herausfinden, ob du mir vergeben hast.«

»Wie gesagt, es ist vorbei. Mach dir darüber keine Gedanken mehr. Victoria und ich sind mit dieser Ehe zufrieden.«

Jessica nickte. »Ich dachte mir, daß es so kommen würde. Schließlich ist sie eine intelligente Frau. Vielleicht legt sie zeitweise ein recht unziemliches Verhalten an den Tag, doch sie ist eine ehrenwerte und integre Person. Andernfalls hätte ich sie dir gewiß nicht vorgestellt. Ich war sicher, daß sie lernen würde, ihr Schicksal zu akzeptieren und ihre Pflicht zu erfüllen, ebenso wie du es tun mußt.«

Lucas bemerkte, daß er begann, mit den Zähnen zu knirschen. Er griff nach einem Glas Champagner und nahm einen tiefen Schluck. »Sag mir, Jessica, hast du schon viel Freude an deiner Ehe gehabt?«

»Atherton ist ein akzeptabler Ehemann. Das ist alles, was eine Frau von der Ehe erwarten kann. Es macht mich zufrieden, wenn ich weiß, daß ich ihm eine gute Ehefrau bin. Man tut schließlich, was man tun muß.«

Ein akzeptabler Ehemann. So hatte Victoria ihn ein- oder zweimal genannt, überlegte er. Plötzlich spürte er leichten Zorn in sich aufsteigen. War das alles, was er für sie war? *Ein akzeptabler Ehemann?*

»Entschuldige mich, Jessica. Ich glaube, ich sehe dort drüben am Fenster Potbury. Ich wollte ihn noch etwas fragen.«

»Selbstverständlich.«

Lucas entfloh seiner Gastgeberin, aber er wußte, daß er ihren Worten nicht würde entfliehen können. Wie so oft ging Jessica Atherton ihm zwar ein wenig auf die Nerven, zugleich jedoch hatte sie mit ihren Bemerkungen wohl nicht ganz unrecht. Es stimmte, wenn sie sagte, daß Victoria eine ehrenwerte und integre Frau war. Aber Lucas mißfiel der Gedanke, daß sie ebenfalls recht haben könnte mit ihrer Behauptung, daß Victoria diese Beziehung zweifellos als Vernunftehe akzeptiert habe. Er wollte mehr sein als ein akzeptabler Ehemann.

Er konnte nicht glauben, daß Victoria lediglich in weiblicher Pflichterfüllung in seinen Armen stöhnte und erschauderte. Sie mochte ihn. Er war sich fast sicher, daß sie ihn eines Tages auch wieder lieben würde, wenn sie erst einmal aufhörte, diese Schutzwälle zwischen ihnen zu errichten. Nur ihr verdammter weiblicher Stolz hielt sie davon ab, sich ihm vollständig zu unterwerfen.

Lord Potbury lächelte freundlich, als er Lucas sah. »Schön, Sie wiederzusehen, Stonevale. Ich muß sagen, Ihre Braut sieht hinreißend aus heute abend. Wie stehen die Dinge in Yorkshire?«

»Sehr gut, danke. Aber ich vermisse die wöchentlichen Versammlungen der Gesellschaft. Ich wollte Sie fragen, wie Sie mit den Elektrizitätsversuchen vorankommen. Haben Sie von irgend etwas Neuem auf diesem Gebiet gehört?«

Lord Potbury strahlte. »Grimshaw hatte letzte Woche einen kleinen Unfall. Er hat einen fürchterlichen Schlag bekommen. Er war ziemlich erledigt, aber inzwischen hat er sich recht gut erholt.«

»Das freut mich zu hören. Woran hat er gearbeitet?«

»Er will ein kleineres, kompakteres System zur Elektrizitätsspeicherung entwickeln. Hoffentlich bringt er sich mit dem Zeug nicht um, bevor er die Erfindung zu Ende gebracht hat.«

»Kürzlich las ich, daß es erneute Versuche zur Wiederbelebung von Toten gegeben hat«, sagte Lucas beiläufig.

»Ja, ja, davon habe ich auch gelesen. Ganz interessant, aber bis jetzt scheint noch niemand eine der wiederbelebten Leichen herumspazieren gesehen zu haben.« Potbury gluckste.

»Sie glauben also nicht, daß derartige Versuche sich als fruchtbar erweisen könnten?«

»Da kann man sich nicht sicher sein. Ich persönlich hege jedoch ziemliche Zweifel an dieser Sache.«

»Ja«, sagte Lucas. »Ich auch. Das heißt also, daß wir uns mit unseren Fragen an die Lebenden wenden müssen.«

»Verzeihung?«

»Ach nichts. Ich habe nur zu mir selbst gesprochen. Wenn Sie mich entschuldigen wollen, ich denke, ich sollte versuchen, meine Frau zu finden.«

»Viel Glück. Ziemliches Gedränge hier heute abend, nicht wahr? Und es wird noch schlimmer. Es kommen immer mehr Leute. Wahrscheinlich wird dies das Fest der Saison. Ah, dort ist Lady Nettleship. Sie sieht heute abend bezaubernd aus, nicht wahr? Ich versuche einmal, mich zu ihr durchzukämpfen.«

Lucas nickte höflich und machte sich ebenfalls auf den Weg durch die Menge. Es war schwierig, voranzukommen, da fast jeder, dem er begegnete, darauf bestand, ihm mit ein paar Worten zu gratulieren.

Er hatte die Hälfte des Raumes durchquert, als ihm einer der livrierten Pagen in den Weg trat und ihm ein kleines Silbertablett entgegenhielt, auf dem eine versiegelte Nachricht lag.

»Ein Mann erschien an der Tür und bat darum, Ihnen das hier auszuhändigen, Graf«, sagte der Page höflich. »Es tut mir leid, daß es etwas gedauert hat. Ich habe einen Moment gebraucht, um Sie in der Menge ausfindig zu machen.«

Lucas runzelte die Stirn und nahm die Nachricht. Er nickte und legte ein paar Münzen auf das Tablett, woraufhin der Page im Meer der Gäste verschwand.

Habe Informationen über gewisse Zwischenfälle, die Sie interessieren sollten. Sehr dringend. Warte draußen an der Ecke in einer schwarzen Kutsche.

Lucas zerknüllte die Nachricht und sah durch den Raum zu Victoria hinüber, die inmitten einer Gruppe schwatzender, lachender Leute stand. Erneut machte er sich auf den Weg in ihre Richtung, wobei er dieses Mal nicht höflich stehenblieb, wenn er von Gratulanten angerufen wurde.

»Wäre es wohl möglich, daß ich meine Frau für einen kurzen Moment entführe?« bemerkte er, als er sich durch die Gruppe um Victoria drängte. Es war ein Befehl, keine Frage, und umgehend traten alle einen Schritt zurück.

Victoria sah überrascht auf. Dann lächelte sie die umstehenden Frauen wissend an. »Männer machen solch eine Wandlung durch nach der Hochzeit, nicht wahr?« murmelte sie entschuldigend. »Weshalb nur sind sie vor der Heirat so zuvorkommend und galant und danach so entsetzlich diktatorisch?«

Lucas ergriff ihren Arm und führte sie in eine Ecke. Das Gelächter und Gekichere in seinem Rücken war ihm bewußt. »Ich werde Sie nur eine Minute beanspruchen, Madam, und dann dürfen Sie sich wieder Ihren Betrachtungen über Ehemänner hingeben.«

»Um Himmels willen, Lucas, ich habe nur einen Spaß gemacht. Was ist los? Ist etwas passiert?«

»Ich weiß nicht. Eben habe ich das hier erhalten.« Er zeigte ihr die Nachricht.

Sie las, und ihre Augen weiteten sich. »Edgeworth?«

»Er muß es sein. Wahrscheinlich hat er keine Einladung erhalten und konnte nicht hereinkommen, um mit mir zu sprechen. Ich werde hinausgehen und sehen, was er will. Ich wollte dich nur davon in Kenntnis setzen, daß ich eine Weile nicht da sein werde. Ich wollte vermeiden, daß du die Leute auf meine Abwesenheit aufmerksam machst. Ich weiß nicht, wie lange es dauern wird.«

Victoria sah sich prüfend um. »Ich denke, es ist durchaus möglich, unbemerkt hinauszuschlüpfen. Weißt du, ich denke, wir könnten uns leicht beide hinausstehlen. Es sind inzwischen so viele Leute da, daß keiner bemerken würde, wenn wir fehlen. Jeder, der nach uns suchen würde, nähme einfach an, daß wir am anderen Ende des Raumes, auf dem Balkon, im Spielsalon oder draußen in den Gärten sind.«

»Victoria...«

Vorfreude zeichnete sich auf ihrem Gesicht ab. »Ja, ich bin sicher, daß wir uns beide hinausschleichen könnten. Du gehst vor, und ich werde einfach gemächlich in den Garten spazieren, über die Mauer klettern und um die Ecke flitzen. Dort können wir uns dann treffen.«

»Bist du verrückt geworden?« Er war wie vom Donner gerührt, obgleich er so etwas hätte erwarten müssen. »Das wirst du auf keinen Fall tun. Ich verbiete es. Du wirst hier bleiben, Vicky. Das ist ein direkter Befehl. Unter keinen Umständen wirst du diesen Ballsaal verlassen. Du wirst noch nicht einmal in den Garten gehen, um frische Luft zu schnappen. Hast du mich verstanden?«

»Sehr gut, Graf. Ich versichere Ihnen, Sie haben sich sehr deutlich ausgedrückt. Wirklich, Lucas, manchmal hast du die höchst ärgerliche Angewohnheit, mir Dinge, die mich besonders interessieren, vorzuenthalten.«

»Entschuldige bitte, meine Liebe, aber manchmal hast du die höchst ärgerliche Angewohnheit, mir wahrhaft idiotische Vorschläge zu unterbreiten. Nun geh zurück zu deinen Freunden. Ich werde so schnell wie möglich zurück sein.«

»Ich werde einen ausführlichen Bericht verlangen, sobald du wieder diesen Ballsaal betrittst.«

»Zu Befehl, Madam.«

Sie legte ihre Hand auf seinen Arm und sah ihn plötzlich sehr intensiv an. »Lucas, versprich mir, daß du vorsichtig sein wirst.«

»Ich bin überzeugt, daß mir keinerlei Gefahr droht«, sagte er beschwichtigend. »Aber ich gebe dir mein Wort.« Dann warf er einen kurzen mißbilligenden Blick auf ihr Dekolleté. »Die einzige Gefahr heute abend besteht darin, daß du dir einen bösen Schnupfen holen könntest.«

Sie grinste. »Ich werde mein möglichstes tun, mich durch Tanzen warm zu halten. Los, Lucas. Und komm schnell zurück.«

Er spürte das dringende Bedürfnis, sie auf ihren wunderbaren Mund zu küssen, doch er wußte, daß das unmöglich war. Eine derart öffentliche Zurschaustellung von Gefühlen wäre skandalös. Vollkommen undenkbar. Er konnte es eben nur nicht lassen, daran zu denken.

»Vicky?«

»Ja, Lucas?«

»Hältst du mich immer noch nur für einen akzeptablen Ehemann?«

»Durchaus akzeptabel, Graf«, erwiderte sie vergnügt.

Er drehte sich um und machte sich auf den Weg durch die Menge. Da er keine Aufmerksamkeit erregen wollte, schritt er gemächlich voran. Als er annahm, daß sich niemand etwas dabei denken würde, wenn er kurz an die frische Luft ginge, trat er hinaus in den Garten.

Die Gartenmauer der Athertons war ebenso leicht zu überwinden wie die Mauer bei Lady Nettleship. Lucas fand ein paar Spalte in den Steinen sowie eine Handvoll Efeu, und einen Augenblick später saß er auf der Mauer und sprang hinab auf die Straße.

Er befand sich in einer engen dunklen Gasse. Es stank wie in allen Londoner Gassen. Er ging zur Vorderseite des Hauses und an einer Gruppe von Kutschern und Stallburschen vorbei, die sich mit einem Würfelspiel die Zeit vertrieben.

Im Schatten eines Gespanns blieb er stehen, um die Reihe der Kutschen zu betrachten. An der Ecke, etwas abseits, stand ein kleines schwarzes Gefährt. Der Kutscher saß auf dem Bock. Offensichtlich erwartete er jemanden.

Lucas ging um zwei andere Kutschen herum und näherte sich der Rückseite des Gefährts.

»Warten Sie zufällig auf jemanden?«

Der Kutscher drehte sich überrascht um und sah auf Lucas hinab. »Ja, Sir.«

»Vielleicht bin ich derjenige, den Sie erwarten.«

»Ich hab Sie noch nich mal aus dem Haus kommen sehn«, sagte der Kutscher mit einem Anflug von Bewunderung. »Ich hab einen Fahrgast, der mit Ihnen sprechen will.«

Lucas sah forschend in die dunkle Kutsche, in der er einen Mann entdeckte. Da er das Fest hatte unauffällig verlassen müssen, hatte er keine Möglichkeit gehabt, seinen Mantel mitzunehmen. Und in seiner enganliegenden Abendgarderobe konnte er natürlich keine Pistole verstecken. Bedauerlich.

»Guten Abend, Edgeworth. Ich nehme an, Sie erwarten mich bereits?«

»Ich habe etwas, was Sie wahrscheinlich interessieren wird, Stonevale. Kommen Sie einen Augenblick herein.«

Lucas wägte seine Chancen ab und beschloß, daß die Möglichkeit, etwas herauszufinden, mehr wog als die Risiken. Er öffnete die Tür und stieg schwerfällig in die Kutsche, wobei er bewußt sein linkes Bein übermäßig strapazierte.

Es überraschte ihn nicht sonderlich, daß Edgeworth eine Pistole auf ihn richtete.

»Ich nehme an, jedesmal, wenn Ihr Bein schmerzt, erinnern Sie sich an den Tag, an dem Sie hätten sterben sollen, nicht wahr, Stonevale?«

»Ich hoffe, Sie sind zumindest so höflich, mir alles zu erklären, bevor Sie den Abzug betätigen«, bemerkte Lucas, während er dem anderen Mann gegenüber Platz nahm und sein Bein massierte.

»Sie dürfen sich beruhigen, Stonevale. Ich werde jetzt noch

nicht abdrücken. Wir haben noch ein paar Dinge zu erledigen, bevor mir dieses Vergnügen zuteil werden wird.«

»Sie arbeiten nicht zufällig mit Samuel Whitlock zusammen?«

»Whitlock? Was für eine nette Vorstellung.« Edgeworth klopfte zweimal gegen das Dach der Kutsche, und das Gefährt setzte sich in Bewegung. Dann sah er zu Lucas hinüber und begann, laut zu lachen. »Die Vorstellung, mit einem Toten zusammenzuarbeiten. Wirklich amüsant.«

19

Die Nachricht wurde Victoria auf einem silbernen Tablett überbracht, gerade als sie mit Lord Potbury von der Tanzfläche kam. »Bitte entschuldigen Sie mich.« Sie schenkte ihrem Begleiter ein Lächeln, während sie den Brief öffnete.

»Selbstverständlich. Ich hoffe, es ist nichts Ernstes?«

Victoria überflog die kurze Nachricht und hoffte, Potbury würde das Zittern ihrer Hände in den hübschen Handschuhen nicht bemerken.

Kommen Sie sofort, wenn Ihnen Leben und Ehre Ihres Mannes lieb sind. Eine Kutsche wartet an der Ecke. In ihr finden Sie die Kleidungsstücke, die Sie brauchen. Der Fahrer wird Ihnen bei der Ankunft weitere Anweisungen erteilen. Es ist höchste Eile geboten.

»Nein«, sagte Victoria mit einem strahlenden Lächeln zu Potbury. »Es ist alles in Ordnung. Lediglich eine kurze Nachricht von einer Freundin, die im Garten etwas frische Luft schnappen möchte und mich bittet, sie zu begleiten. Ich nehme an, sie dachte, es sei einfacher, einen der Pagen mit der Nachricht zu schicken, als sich selbst durch die Menge zu drängen. Wenn Sie mich bitte entschuldigen wollen?«

»Natürlich.« Potbury verabschiedete sie mit einem galanten Handkuß. »Ich wünsche Ihnen viel Vergnügen. Lady Athertons Gärten sind sehr nett. Nochmals meine besten Wünsche zu Ihrer Hochzeit. Ein guter Mann, dieser Stonevale.«

»Ja, nicht wahr?«

Unauffällig ließ sich Victoria von einem der Pagen ihren Umhang reichen, wobei sie erklärte, sie beabsichtige, ein paar Minuten im Garten spazieren zu gehen und wollte sich dabei nicht erkälten.

Einen Augenblick später befand sie sich in einer unbeleuchteten Ecke des äußerst gepflegten Athertonschen Gartens. Mehrere Reihen gestutzter Hecken und kunstvoll geschnittener Bäume schützten sie vor möglichen Blicken durch die Fenster des Ballsaals. Jessica Athertons Gärten waren wie Jessica selbst: schön, perfekt, unberührbar.

Das Überwinden der Gartenmauer erwies sich als problematisch. Sie mußte ihr Kleid bis an die Oberschenkel raffen und dachte flüchtig, was Lucas wohl dazu gesagt hätte, daß sie so viel Bein zeigte. Der Gedanke trieb ihr die Tränen in die Augen, und sie zwang sich, an etwas anderes zu denken. Falls Lucas sich noch nicht auf Edgeworth gestürzt hätte, würde sie das tun, sobald sie ihn fände.

Victoria rümpfte die Nase wegen des Gestanks, der ihr aus der Gasse entgegenschlug. Sie hüllte sich in ihren Umhang und zog die Kapuze tief ins Gesicht, während sie eilig um die Ecke bog.

Eine Mietkutsche erwartete sie dort. Der offensichtlich ziemlich betrunkene Kutscher tippte sich grinsend an den Hut. »Nehme an, Sie sind die *Lady*, auf die ich gewartet habe.«

Er dachte wohl, sie wäre auf dem Weg zu einem Rendezvous mit einem heimlichen Geliebten, also schwieg sie. Sie hüllte sich tiefer in ihren Umhang und stieg eilig ein. Das Gefährt fuhr an, bevor sie noch ordentlich Platz genommen hatte, so daß sie beinahe das Gleichgewicht verlor.

Als sie die Hand ausstreckte, um sich abzustützen, berührte sie einen Sack. Sofort wußte sie, daß er die Kleider enthielt, die sie tragen sollte.

Als sie Reithosen, Hemd und Stiefel aus dem Sack zog, wurde ihr übel. Dies war kein Zufall. Wer immer die Nachricht geschickt hatte, mußte wissen, daß sie die Angewohnheit hatte, nachts in Männerkleidern herumzulaufen. Wenn diese Person von diesem dunklen Geheimnis wußte, hätte sie vielleicht auch Kenntnis von anderen Dingen.

Ein Geist wüßte solche Dinge oder jemand, der sie wie ein Geist verfolgte, so wie sie einst Samuel Whitlock in den Gängen seines eigenen Hauses verfolgt hatte. Victoria erschauderte.

Doch darüber durfte sie sich im Augenblick keine Gedanken machen. Es war einzig wichtig, Lucas zu retten.

Als die Kutsche vor dem *Grünen Schwein* zum Stehen kam, spürte sie erneute Übelkeit aufsteigen. Auch das Fahrtziel konnte kein Zufall sein. Irgend jemand wußte über alles Bescheid.

Mit zitternden Händen zog sie den Umhang über die Männerkleider und setzte die Kapuze auf. Dann rollte sie eilig ihr Kleid und die anderen abgelegten Kleidungsstücke zusammen und stopfte sie in den Sack.

»Dritter Raum oben«, murmelte der Kutscher, als sie ausstieg. »Nehme an, Sie werden viel Spaß haben. Die feinen Herrschaften amüsieren sich ja meistens, während wir für unsern Lebensunterhalt arbeiten müssen.« Er machte sich noch nicht einmal die Mühe, sie anzusehen, während er einen weiteren Schluck aus seiner Flasche nahm, mit den Zügeln schnalzte und weiterfuhr.

Victoria beobachtete, wie die Kutsche sich entfernte. Dann nahm sie den Umhang ab und setzte den Zylinder auf, der sich ebenfalls in dem Sack befunden hatte. Sie atmete tief ein und straffte die Schultern, bevor sie beherzt durch die Eingangstür der Spielhölle trat.

Dieses Mal war alles anders, dachte sie nervös. Sie wußte, es lag daran, daß Lucas nicht da war, der immer alles wie ein großartiges Abenteuer erscheinen ließ. Der rote Schein des Feuers, das im Herd flackerte, fiel auf die rauhen Gesellen, die die Kundschaft des *Grünen Schweins* darstellten, und ließ sie alle wie Dämonen aus der Unterwelt erscheinen. Das harte, betrunkene Gelächter war zum Fürchten. Sie hatte das Gefühl, als könne jeden Augenblick eine gewaltige Schlägerei ausbrechen. Als sie sich der Treppe zuwandte, wurde sie von einem der Barmädchen aufgehalten.

»Sie wolln doch nich allein da rauf gehn, oder, Sir? Sie wolln bestimmt 'ne Lady, die Ihnen Gesellschaft leistet, und zufällig bin ich gerade frei.«

Victoria dachte hektisch nach. »Danke, aber ich werde erwartet.«

»Ach, so is das also, he?« Das Barmädchen zwinkerte. »Ich hab Ihren *Freund* hochgehn sehn. Tja, dazu sage ich nichts. Außerdem hat der Typ bereits für das Zimmer bezahlt. Viel Spaß dann. Aber wenn Sie sich überlegen sollten, daß Ihnen 'ne Frau lieber wäre, sagen Sie der alten Betsy einfach Bescheid, ja?«

Victoria starrte sie verwirrt an. »Ja, vielen Dank, das werde ich tun.«

Betsy lachte dröhnend. »Die wohlerzogenen Burschen erkennt man immer sofort. Sie vergessen noch nich mal an einem Ort wie diesem ihre Manieren.« Kichernd verschwand sie in der Menge.

Grimmig stieg Victoria die Treppe hinauf. Nach wie vor hielt sie in der einen Hand den Sack mit ihrem Kleid und in der anderen ihren Umhang.

Oben angelangt fand sie sich in einem dunklen Gang wieder. Aus den beiden Räumen, an denen sie vorbeiging, drang obszönes Gelächter und Stöhnen. Vor der Tür zum dritten Zimmer blieb sie stehen.

Sie zögerte einen Augenblick, bevor sie vorsichtig anklopfte. Umgehend wurde ihr geöffnet.

Im Türrahmen stand Isabel Rycott. In Männerkleidern sah sie noch exotischer aus als in einem Ballkleid.

»Lady Rycott. Was für eine Überraschung.« Victoria bemühte sich, ruhig und gelassen zu klingen, so wie Lucas es machte, wenn er sich in einer ungewohnten Situation befand. Zumindest hatte sie es nicht mit dem wiedererweckten Leichnam von Samuel Whitlock zu tun. »Wo ist mein Mann?«

Isabel Rycott lächelte voll schrecklicher Zufriedenheit und winkte mit einer Pistole. »Wollen Sie nicht hereinkommen, Lady Stonevale? Ich habe Sie bereits erwartet.«

Nachdem sie den ersten Schock überwunden hatte, zwang sich Victoria, Ruhe zu bewahren. Mit einem hysterischen Anfall würde sie Lucas nicht helfen. »Ist Edgeworth auch da?« fragte sie, während sie eintrat. »Ich kann mir nicht vorstellen, daß Sie die ganze Sache allein gemacht haben. Schließlich sind Sie es gewöhnt, Ihre männlichen Bekannten zu benutzen.«

»Wie scharfsinnig von Ihnen.« Isabel trat einen Schritt zurück. Ihre Augen glänzten wie im Fieber. »Aber schließlich sind Sie schon immer ein cleveres Mädchen gewesen, nicht wahr? Viel zu clever. Und jetzt werden Sie dafür bezahlen.«

Victoria umklammerte immer noch den Sack und den Umhang, während sie an den Kamin trat und sich lässig gegen den Sims lehnte. Der Schein des Feuers tauchte den kleinen, schäbigen Raum in ein schmutziges Licht. »Sie wollen mir doch nicht weismachen, daß Sie das alles nur aufgrund Ihrer Abneigung gegen mich tun, Madam? Was in aller Welt habe ich Ihnen jemals getan?«

»Sie haben ihn umgebracht. Das ist es, was Sie getan haben«, zischte Isabel. »Sie haben Samuel Whitlock umgebracht und damit alles zerstört.«

Victoria erstarrte. »Wären Sie vielleicht so freundlich, mir zu erklären, was ich zerstört habe?«

»Ich hatte alles genau geplant, du dummes kleines Ding. Whitlock wollte mich heiraten, nachdem er deine Mutter getötet hatte. Ich habe Monate gebraucht, ihn dazu zu bewegen, daß er den Mut aufbrachte, Caroline aus dem Weg zu schaffen. *Monate.*«

Victorias Knie wurden weich. »Sie haben ihn dazu angestiftet, meine Mutter umzubringen?«

»Meinst du etwa, er hätte es von sich aus getan? Er hätte gar nicht den Mut gehabt, so etwas alleine zu tun. Er sah keine Notwendigkeit dazu. Er sagte immer, er verfüge ohnehin über ihr Vermögen, so daß es egal sei, ob sie lebte. Aber ich hatte nichts von dem Geld. Also machte ich Samuel klar, daß er mich nicht eher bekommen würde, als bis er sie los sei, und er wollte mich unbedingt, Victoria. Wirklich. Schließlich hat er dann den Reitunfall arrangiert.«

»Ich *wußte* bereits, daß es Mord war, bevor er das Geständnis ablegte.«

»Ja, du hast es sofort vermutet, nicht wahr? Keine zwei Monate danach begann er, sich sehr seltsam zu verhalten. Er sagte immer, er sehe den Geist deiner Mutter. Ich fürchtete, er würde den Verstand verlieren und im Irrenhaus landen, bevor er mich heiraten konnte. Also beschloß ich, selbst nachzusehen, was nachts in seinem Haus passierte.«

Victorias Griff um den Sack verstärkte sich. »Sie waren in der Nacht dort, als er mit dem Messer hinter mir her war, nicht wahr?«

»Wer, denkst du, hat ihm wohl das Messer in die Hand gedrückt? Ich habe ihm gesagt, er müsse Caroline noch einmal töten, dann würde sie nicht mehr zurückkommen. Er war vor lauter Alkohol und Angst so verwirrt, daß er tat, was ich sagte.«

Victorias Herz raste vor Zorn und Furcht. »Wo ist mein Mann? Was hat er mit der ganzen Sache zu tun?«

»Alles zu seiner Zeit, Victoria. Alles zu seiner Zeit. Er wird kommen, keine Angst. Edgeworth wird ihn herbringen.«

»Also hat auch Edgeworth etwas mit der Sache zu tun.«

Isabel verstärkte ihren Griff um die Pistole und lachte leise. »O ja. Es war Edgeworths Idee, die Sache so zu beenden. Er selbst hat noch eine Rechnung mit Stonevale zu begleichen. Ich war einverstanden, die Angelegenheit seinen Wünschen gemäß zu erledigen, solange gewährleistet war, daß du sterben würdest.«

»Sie haben derart an meinem versoffenen Stiefvater gehangen, daß Sie sich an mir rächen wollen? Ihr Geschmack, was Männer betrifft, entsetzt mich, Lady Rycott. Aber wahrscheinlich sollte er mich gar nicht überraschen. Schließlich haben Sie sich ja auch mit Edgeworth abgegeben, und er ist gewiß nicht gerade einer der edelsten Vertreter des männlichen Geschlechts, nicht wahr? Vielleicht mögen Sie einfach Männer, die ebenso mies sind wie Sie selbst?«

»Ich habe dir schon einmal erklärt, daß ich Männer bevorzuge, die sich beherrschen lassen. Männer, die schwach und leicht zu manipulieren sind. Es macht alles so viel einfacher. Whitlock war mir vollkommen zu Willen. Und mit Edgeworth ist es dasselbe.«

»Weshalb haben Sie gerade Edgeworth zu Ihrem Partner gemacht?«

»Ich hörte, daß es böses Blut gebe zwischen ihm und Stonevale. Als Stonevale begann, dich zu hofieren, beschloß ich, daß ein Mann, der ihn so haßte wie Edgeworth, mir nützlich sein könnte.«

»Es hat keinen Sinn mehr, mich umzubringen«, bemerkte Victoria. »Mein Mann hat jetzt die Verfügungsgewalt über mein Geld. Im Falle seines Todes geht das Erbe an unsere Verwandten einschließlich meiner Tante. Sie werden niemals auch nur einen Pfennig davon zu Gesicht bekommen.«

Isabels Augen funkelten zornig. »Denkst du, das wüßte ich nicht? Du hast mich in der Nacht, als der arme, dumme Samuel wegen dir die Treppe hinabstürzte, der Möglichkeit beraubt, an dein Erbe zu kommen. Du hast alle meine Pläne zerstört, und jetzt wirst du dafür bezahlen.«

»Weshalb haben Sie mit Ihrer Rache so lange gewartet? Warum sind Sie nach Whitlocks Tod auf den Kontinent gereist?«

»Weil ich fürchtete, daß du herausbekommen würdest, daß ich an der Sache beteiligt war. Du warst so verdammt clever, daß ich kein Risiko eingehen konnte. Ich konnte nicht wissen, wieviel du wußtest oder wieviel Samuel dir in der Nacht erzählt hatte, in der er versuchte, dich umzubringen. Ich bin noch in der Nacht seines Todes geflohen, weil ich fürchtete, du würdest die ganze Wahrheit herausfinden. Aber das ist dir nie gelungen.«

»Nein. Aber während der vergangenen Monate hatte ich das unbestimmte Gefühl, daß etwas unerledigt geblieben war.« Wie Victoria mit einem Schauder erkannte, hatten die Alpträume kurz nach ihrer ersten Begegnung mit Isabel Rycott begonnen.

»Das Leben auf dem Kontinent hat mir nicht gefallen«, fuhr Isabel kühl fort. »Oh, am Anfang war es ganz angenehm, aber meine Beziehung zu einem jungen italienischen Grafen brachte mich in Schwierigkeiten. Seine Mutter. Sie hatte Angst, ihr Kleiner würde mich heiraten, und der Gedanke, daß das Vermögen der Familie in meine Hände fallen würde, war ihr unerträglich. Es gelang ihr, mich in den besseren Kreisen unmöglich zu machen, so daß all meine Chancen zunichte gemacht worden waren. Äußerst unangenehm.«

»Also beschlossen Sie, nach England zurückzukehren.«

»Hier habe ich die größten Chancen, mir nochmals ein Vermögen zu sichern. Und ich schwöre dir, daß ich in Kürze einen anderen Samuel Whitlock gefunden haben werde. Das Geld meines ersten Mannes ist verbraucht, so daß ich neue Einkünfte benötige. Möglichst bald. Während ich auf dem Kontinent war, ließ ich deine Spur durch Freunde verfolgen. Nach einigen Monaten beschloß ich, daß von dir keinerlei Gefahr ausging, und ich kam zurück nach London.«

»Und dann beschlossen Sie, mich dafür bezahlen zu lassen, daß ich Ihre Chancen zunichte gemacht hatte?«

»Genau. Und außerdem wollte ich dich aus dem Weg schaffen, da es sicherer war, gänzlich reinen Tisch zu machen. Es bestand immer die Gefahr, daß du doch noch alles herausfinden würdest. Da ich mich ohne Furcht in England aufhalten können muß, konnte ich das Risiko nicht eingehen, daß du vielleicht irgendwann herausfinden würdest, daß ich etwas mit dem Tod deiner Mutter zu tun hatte.«

»Sie haben also das Halstuch und die Tabaksdose an Stellen deponiert, wo Sie sicher waren, daß ich sie finden würde«, sagte Victoria ruhig.

Isabel sah hinab auf ihre Reithosen und Stiefel. Sie lächelte geheimnisvoll. »Du bist nicht die einzige, die erkannt hat, wie vorteilhaft Männerkleider sind. Diese Erkenntnis verdanke ich im übrigen dir. Glaubst du, es wird irgendwann einmal eine Zeit geben, in der Frauen auch in der Öffentlichkeit Hosen tragen können?«

Victoria überging diese Frage. »Sie sind mir also nachts gefolgt?«

»O ja. Wochenlang, während ich meine Pläne geschmiedet habe, habe ich dich nicht aus den Augen gelassen. Ich habe deine Gewohnheiten studiert. Als du dich mit Stonevale eingelassen hast, wurde alles erheblich einfacher. Du fingst an, so viele Risiken einzugehen.«

»Ja.« Größere Risiken, als selbst Lucas sich hätte träumen lassen. »Und wer hat mich in der Nacht vor diesem Lokal fast überfahren?«

»Das war Edgeworth. Ich sagte ihm, er solle dich nur ein wenig erschrecken, aber ich glaube, der Trottel sah eine Chance, Stonevale dabei aus dem Weg zu räumen. Ich war ihm deswegen sehr böse.«

»Und der Straßenräuber, der meinen Mann angegriffen hat?«

»Edgeworth hat ihn für mich angeheuert. Du solltest wieder

nur erschreckt und vielleicht ein bißchen mit dem Messer gekitzelt werden, aber mehr nicht. Irgendwas ist jedoch schiefgelaufen. In der Nacht hast du dich anders verhalten als sonst. Stonevale kam, um dich wie gewöhnlich im Garten abzuholen, aber er kehrte ohne dich zur Kutsche zurück. Der idiotische Straßenräuber hat ihn trotzdem angegriffen, da er wohl annahm, irgendwie sein Geld verdienen zu müssen«, sagte Isabel.

Victoria erinnerte sich, daß das die Nacht gewesen war, in der sie Lucas in den Garten bestellt hatte, um ihm mitzuteilen, daß sie ein Verhältnis mit ihm zu beginnen wünschte. Sie hatte für den Abend kein Abenteuer geplant, deshalb war sie nicht mit ihm zur Kutsche zurückgekehrt.

»Weshalb diese Verfolgungstaktik? Weshalb die Sache mit dem Halstuch und der Tabaksdose und der Broschüre über die Wiederbelebung von Toten?«

Isabels Augen leuchteten merklich auf. »Auf diese Idee hast du mich gebracht. Bemerkst du nicht die Ironie? Ich wollte, daß du vor Angst wahnsinnig wirst, und daß es niemanden gibt, an den du dich wenden könntest. Wer würde schließlich glauben, daß Whitlock wiederauferstanden ist, um dich zu töten? Ursprünglich wollte ich dich so erschrecken, daß du denken solltest, du hättest den Verstand verloren. Es wäre alles so einfach gewesen, wenn du im Irrenhaus gelandet wärst. Eine normale Frau, gefangen in der Welt des Wahnsinns. Ein höchst pikantes Ende. Und ich wäre in Sicherheit gewesen.«

Victoria nickte. »Sie hätten nicht Ihren Hals riskieren müssen, indem Sie mich umbringen.«

Isabel dachte über Victorias Worte nach. »Stimmt. Es mißfällt mir, dich persönlich umbringen zu müssen. Aber nachdem du Stonevale geheiratet und die Stadt verlassen hattest, wurde alles ziemlich kompliziert. Es bestand immer die Möglichkeit, daß du dich Stonevale anvertrauen würdest, und er beschließen würde, Nachforschungen anzustellen. Also vereinbarten Edgeworth und ich, daß ihr beide sterben müßt.«

»Sie haben meine erste Frage immer noch nicht beantwortet, Isabel. Wo ist mein Mann?«

»Edgeworth bringt ihn hierher, damit ihr zusammen in diesem Raum sterben könnt. Es wird außerordentlich tragisch und höchst romantisch werden, das versichere ich dir. Wir werden wohl nicht mehr lange warten müssen.«

Victoria lächelte kühl. »Ich fürchte, Sie haben einen Fehler gemacht, als Sie Edgeworth losschickten, um meinen Mann abzuholen. Stonevale wird bald hier sein, daran zweifle ich nicht. Aber ich schätze, daß Edgeworth nicht mehr lange genug leben wird, um ihn zu begleiten.«

Isabel schritt hinüber zum Fenster und sah hinab in die schmutzige Gasse hinter dem *Grünen Schwein*. »Ich fürchte, du hast zu viel Vertrauen in die Fähigkeiten deines Mannes, Victoria.«

»Ich habe größtes Vertrauen in seine strategischen Fähigkeiten, Madam.«

Edgeworths Kutsche stand in einer Seitenstraße nahe des *Grünen Schweins*. Aus seinem dunklen Gefängnis heraus sah Lucas, wie Victoria ihre Kutsche verließ und die Spielhölle betrat. Er ballte die Fäuste.

»Sie haben soeben Ihren eigenen Tod besiegelt, Edgeworth. Sie hätten auf keinen Fall meine Frau in diese Sache hineinziehen dürfen«, sagte er eisig.

»Ihre Frau hatte noch eher mit dieser Sache zu tun als ich«, erwiderte Edgeworth mit einem zufriedenen Glucksen. »Isabel ist Victorias Tod so wichtig wie mir der Ihre.«

»Was haben Sie vor?«

»Ich denke, das kann ich Ihnen ruhig erzählen. Sie sind bekannt für Ihre strategischen Fähigkeiten, Stonevale, also sollten Sie die Raffiniertheit meines Plans zu würdigen wissen.«

Unverwandt starrte Lucas zum Eingang des *Grünen Schweins* hinüber. Er spürte Edgeworths Spannung. Der Mann roch förmlich danach. »Sie sind ein Feigling und ein Idiot, Edgeworth. Diese Kombination muß zwangsläufig dazu führen, daß Ihr Vorhaben mißlingt.«

Edgeworth hob leicht die Pistole. Sein zufriedenes Grinsen wandelte sich zu einem häßlichen Zähnefletschen. »Sie werden es sehen, Stonevale. Dieses Mal werden Sie kein Glück mehr haben. Sie werden heute nacht nicht nur Ihr Leben, sondern auch Ihre ach so wichtige Ehre verlieren. Morgen früh wird ganz London davon sprechen, daß die Gräfin von Stonevale Lady Athertons Empfang verlassen hat, um sich in einer Spielhölle heimlich mit ihrem unbekannten Geliebten zu treffen. Man wird berichten, wie Sie ihr gefolgt sind und sie mit einem anderen Mann im Bett erwischt haben.«

»Wer ist dieser andere Mann?«

»Das wird niemand jemals herausfinden, weil er auf geheimnisvolle Weise fliehen konnte, während Sie damit beschäftigt waren, Ihre Frau zu töten.«

»Und mein eigener Tod? Wie wollen Sie den erklären?«

»Ganz einfach. Was könnte ein Mann in Ihrer Situation anderes tun als sich die Pistole an den Kopf zu setzen?«

»Sagen Sie, Edgeworth, haben Sie Lady Nettleship an einem ganz bestimmten Abend davon in Kenntnis gesetzt, wo sich ihre Nichte aufhielt?«

Edgeworth lächelte dünn. »Wie gewöhnlich folgte ich ihr an jenem Abend, als sie den Ballsaal verließ. Als ich erkannte, daß Sie sie in das Gasthaus brachten, um sie dort zu verführen, sah ich die Möglichkeit, mich an Ihnen zu rächen. Ich war sicher, daß Ihr Ruf ruiniert wäre, wenn man Sie entdecken würde. Ich nahm an, Sie würden aus der Gesellschaft ausgestoßen und aus den Clubs geworfen. Aber Sie haben zu schnell reagiert, indem Sie die Lady innerhalb weniger Stunden heirateten. Und als erst einmal Lady Nettleship und Jessica Atherton deutlich machten, daß sie diese Heirat billigten, war nichts mehr zu machen.«

Edgeworth winkte mit der Waffe in seiner Hand. Die fahrige

Bewegung verriet die Nervosität des Mannes. »Ich nehme an, meine Partnerin hat jetzt genug Zeit allein mit Ihrer Frau verbracht. Isabel hat die Instinkte einer Katze, müssen Sie wissen. Sie wollte erst noch ein paar Minuten mit ihrem Opfer spielen, bevor sie ihm den Todesstoß versetzt.«

Lucas setzte sich in Bewegung. Beim Verlassen der Kutsche geriet er ins Stolpern. Er fing sich am Türrahmen auf und stöhnte.

»Verdammt, Stonevale.« Edgeworth fuhr zurück und versuchte, die Balance zu halten.

»Tut mir leid. Mein Bein. Es hat die leidige Angewohnheit, mich immer im unpassenden Augenblick im Stich zu lassen.«

»Halten Sie den Mund und steigen Sie endlich aus«, sagte Edgeworth nervös.

Lucas folgte dem Befehl, wobei er sich äußerst vorsichtig bewegte. Er beobachtete, wie Edgeworth hinter ihm die Kutsche verließ.

»Wir werden die Hintertreppe benutzen«, sagte Edgeworth. »Ich möchte vermeiden, daß Sie mir im Lokal zu entwischen versuchen. Dort gäbe es schließlich unliebsame Zeugen, wenn ich gezwungen wäre, Sie zu erschießen.«

»Wie weitsichtig Sie sind.« Lucas betrat die dunkle Gasse, die zur Hinterseite des Gebäudes führte. Die Dunkelheit kam ihm durchaus gelegen. Das dauernde nächtliche Herumgerenne mit Victoria machte sich tatsächlich bezahlt, dachte er bitter. Er hatte sich daran gewöhnt, in tiefster Finsternis herumzulaufen.

Er wartete, bis sie die Treppe erreicht hatten. Dann begann er, Edgeworths Befehl folgend, die Stufen zu erklimmen.

»Beeilung«, murmelte Edgeworth mit zittriger Stimme.

»Das muß äußerst schwierig für Sie sein, Edgeworth. Sie hatten schon immer recht schwache Nerven, nicht wahr? Ich kann mir vorstellen, welche Belastung dies für Sie sein muß.«

»Verdammt, Stonevale. Bald werden Sie für alles zahlen, das schwöre ich Ihnen. *Los.*«

Lucas wartete, bis er die dritte Stufe erreicht hatte, ehe sein verwundetes Bein erneut versagte. Er stürzte nach hinten, wobei er wild mit den Armen fuchtelte.

»Was zum Teufel machen ...?« Instinktiv versuchte Edgeworth auszuweichen, aber die Treppe war so eng, daß er sich lediglich an das wacklige Geländer klammern konnte, als Lucas mit seinem ganzen Gewicht auf ihn traf. Er versuchte zu schießen, aber es war zu spät.

Es war ein kurzer Kampf. Die beiden Männer rollten die Treppe hinab. Lucas achtete nur auf die Pistole in Edgeworths Hand. Während dieser noch versuchte abzudrücken, bog Lucas seinen Arm zur Seite.

Edgeworth stöhnte verzweifelt. Ein Schuß löste sich. Er schrie auf, als die Kugel seine eigene Brust durchbohrte.

Lucas spürte die Erschütterung und die plötzliche schreckliche Schlaffheit des anderen Mannes. Undeutlich war er sich des Summens in seinem Ohr bewußt, das von dem Knall herrührte. Dann fühlte er das warme Blut, das über seine Finger rann.

»Möge Gott Sie verdammen, Edgeworth.« Er stemmte sich von dem sterbenden Mann.

»Das hat er bereits vor langer Zeit getan. An dem Tag, als ich vom Schlachtfeld geflohen bin.« Edgeworth schloß bereits die Augen. »Sie haben nie jemandem etwas davon erzählt.«

»Jeder Mann ist für seine eigene Ehre verantwortlich.«

»Sie und Ihr verdammtes Ehrgefühl«, flüsterte Edgeworth angestrengt.

»In welchem Zimmer befindet sich meine Frau, Edgeworth? Sie wollen doch sicher nicht mit einem zusätzlichen Mord auf dem Gewissen vor den Schöpfer treten.«

Edgeworth hustete und würgte an seinem Blut. »Finden Sie sie selbst, Stonevale.« Er verstummte.

Lucas erhob sich in der Gewißheit, daß der Mann bereits ohnmächtig war. Er trocknete seine Hände an Edgeworths Mantel und hob die Pistole auf.

Er hatte sich gerade erneut der Treppe zugewandt, als Edgeworths Stimme zum letzten Mal ertönte.

»Ich hätte Ihnen die Kehle durchschneiden sollen, als ich Sie damals auf dem Schlachtfeld liegen sah, Stonevale. Ich hätte Sie umbringen sollen, als ich die Gelegenheit dazu hatte. Seither haben Sie mich wie ein Geist verfolgt. Und jetzt haben Sie Ihre Rache.«

Lucas schwieg. Es gab nichts mehr zu sagen. So schnell es ging, ohne die Balance zu verlieren, eilte er die Treppe hinauf.

Oben fand er sich auf einem schmalen Steg wieder. Die Tür am anderen Ende führte auf einen schmutzigen Gang. Das Ächzen, Stöhnen und Lachen, das durch die geschlossenen Türen drang, sagte ihm, wo er sich befand.

Er könnte jede einzelne Tür aufreißen, aber das würde Isabel Rycott vorzeitig warnen. Zögernd trat Lucas zurück auf den Steg und betrachtete den schmalen Sims unterhalb der Fenster. Glücklicherweise war er schwindelfrei.

Victoria lehnte nach wie vor am Kamin, als sie eine leichte Bewegung auf dem Fenstersims bemerkte. Sie wußte sofort, wer dort draußen stand. Erleichterung durchströmte sie. Lucas war da, und alles würde gut werden. Sie verdoppelte ihre Bemühungen, Isabel weiter zum Reden zu ermuntern, um sicherzustellen, daß diese ihre Aufmerksamkeit nicht auf das Fenster lenkte.

»Sagen Sie, Isabel, meinen Sie, wir können es uns wieder abgewöhnen, in Männerkleidern herumzulaufen, jetzt wo wir entdeckt haben, welche Freiheit uns dadurch zuteil wird? Ich versichere Ihnen, mir wird es schwer fallen, der Versuchung zu widerstehen. Es ist ein einzigartiges Gefühl, nicht wahr? Um wieviel besser wäre es um die Welt bestellt, wenn alle Frauen die Freiheit besäßen, Reithosen zu tragen, wenn es ihnen gefiele.«

Isabel fuchtelte drohend mit der Pistole. »Sei ruhig, Victoria. Darüber brauchst du dir nach heute abend keine Sorgen mehr zu machen.«

Victoria lächelte und schob mit der Fußspitze ein kleines Holzscheit zurück in den Kamin. »Edgeworth wird Sie fallenlassen. Schwache Männer mögen hin und wieder nützlich sein, aber ich fürchte, in schwierigen Situationen ist kein Verlaß auf sie. Ich gebe nur allzu gern zu, daß es im Umgang mit starken Männern durchaus auch Schwierigkeiten gibt, aber ich habe festgestellt, daß man sich zumindest auf sie verlassen kann. Sind Sie jemals einem Mann begegnet, auf den Sie sich verlassen konnten, Isabel? Ich bin zu dem Schluß gekommen, daß solche Männer sehr selten und sehr wertvoll sind.«

»Verdammt, ich habe gesagt, du sollst ruhig sein. Edgeworth wird jeden Augenblick hier sein, und dann wird dir die Lust am Reden schon vergehen«, zischte Isabel.

Aus dem Augenwinkel sah Victoria, wie sich ein Stiefel auf dem Fenstersims vorschob. Sie stellte den Sack mit den Kleidern ab und befingerte abwesend den Umhang, der nach wie vor über ihrem Arm hing. »Es ist nur so, daß das Reden die Zeit vertreibt, bis Stonevale hier sein wird.«

»Dein Mann wird dich nicht retten, Victoria. Das kannst du dir aus dem Kopf schlagen.«

»Unsinn. Lucas ist ein erstaunlicher Mann.« Sie lächelte strahlend, und in diesem Augenblick sprang Lucas in einem Schauer aus Glas und Holz durch das Fenster.

»Nein«, schrie Isabel wütend und schwang ihre Pistole in Richtung des Angreifers.

Victoria warf ihren Umhang über den Kopf der Frau. Es ertönte ein weiterer Schrei, und die Pistole rutschte über den Holzboden.

Lucas sah zu Victoria hinüber, während er sich aufrichtete und seine Kleider abklopfte. »Ist alles in Ordnung?« fragte er gelassen.

»Es ist erstaunlich.« Victoria warf sich in seine Arme. »Ich wußte, daß du kommen würdest. Wo ist Edgeworth?«

»In der Gasse. Tot.«

Victoria schluckte. »Irgendwie überrascht mich das nicht. Was sollen wir mit Lady Rycott machen?«

»Eine gute Frage.« Lucas ließ sie los und hob Isabels Pistole auf. Dann zog er den Umhang vom Kopf seines Opfers, das ihn aus glänzenden, diamantenen Augen anfunkelte. »Wir haben nicht viel Zeit, um eine Entscheidung zu treffen. Wir müssen zurück auf den Ball, bevor man uns vermißt. Ich nehme an, es ist das einfachste, Lady Rycott an Ort und Stelle zu töten. Der Besitzer des *Grünen Schweins* entdeckt morgen früh sowieso schon eine Leiche. Da kann er genauso gut zwei finden.«

Victoria war entsetzt. »Lucas, warte. Du kannst sie nicht einfach erschießen.«

»Ich sagte bereits, wir haben keine Zeit, uns etwas anderes zu überlegen. Wir müssen diesen Ort schnellstens verlassen.«

Isabel starrte ihn ängstlich an. »Sie können mich nicht einfach kaltblütig erschießen.«

»Weshalb nicht? Der Besitzer dieses Lokals wird zweifellos dafür Sorge tragen, daß die beiden Leichen irgendwo in den Fluß geworfen werden. Es wird also keinerlei Fragen geben.«

»Nein«, Isabel unterdrückte einen Schrei. »So etwas können Sie nicht tun.«

»Lucas, sie hat recht«, sagte Victoria.

»Du sorgst dich darum, was aus ihr wird?« fragte Lucas.

»Natürlich nicht. Aber ich kann dir nicht erlauben, sie einfach niederzuschießen. Das ginge gegen dein Ehrgefühl, und außerdem habe ich genug von Gewalttaten. Du hast in deinem Leben bereits mehr als genug Tote gesehen.«

»Wie immer bist du mal wieder viel zu weichherzig, meine Liebe. Ich versichere dir, der Gedanke, diese Frau zu töten, die dich umbringen wollte, widerspricht meinem Ehrgefühl in keinster Weise, und ein Tod mehr oder weniger macht mir auch nichts mehr aus.«

»Mir aber«, sagte Victoria ruhig. »Ich werde es nicht zulassen.«

»Hast du eine bessere Idee?« fragte Lucas ein wenig zu gelassen.

Isabel riß entsetzt die Augen auf.

»Nun«, erwiderte Victoria nach kurzem Nachdenken. »Ich wüßte nicht, weshalb wir sie nicht einfach hier lassen sollten, damit sie sich allein nach Hause durchschlägt. Morgen früh kann sie dann die erforderlichen Vorbereitungen für ihre Rückkehr auf den Kontinent treffen.«

»Den Kontinent?« Isabel sah sie verblüfft an. »Aber ich kann nicht dorthin zurückkehren. Ich besitze keinen Pfennig mehr. Ich werde verhungern.«

»Das bezweifle ich«, murmelte Victoria. »Lucas, sie soll das Land verlassen. Das wird uns genauso viel nützen wie ihr Tod.«

»Ja«, sagte Isabel langsam, wobei sie erneut zu der Pistole hinübersah, die Lucas auf sie gerichtet hielt. »Ja, ich werde auf den Kontinent zurückkehren. Ich gebe Ihnen mein Wort, daß ich das Land umgehend verlassen werde.«

Lucas überlegte. »Ich denke, das wäre eine Möglichkeit.«

»Ja.« Victoria und Isabel sprachen gleichzeitig.

»Natürlich werden Sie die Stadt so früh wie möglich verlassen wollen«, bemerkte Lucas. »Und Sie werden eine lange Zeit nicht zurückkommen, wenn überhaupt.«

»Nein, nein, ich werde überhaupt nicht mehr zurückkommen, ich gebe Ihnen mein Wort.«

»Denn wenn Sie beschließen sollten zurückzukommen, wird man Sie höchstwahrscheinlich wegen Mordes anklagen.«

Isabel öffnete den Mund. »Aber ich habe niemanden getötet.«

»Ich fürchte, Sie irren sich, Lady Rycott.« Lucas lächelte. »Sehen Sie, in einem Anfall von Eifersucht folgten Sie Edgeworth heute nacht in dieses Gasthaus, da Sie dachten, er treffe hier eine andere Frau, und dann haben Sie ihn erschossen.«

»Aber das habe ich nicht getan.«

»Unglücklicherweise wird es ein unterschriebenes Geständnis geben, in dem genau das steht, Madam. Dieses Geständnis wird unter höchst dramatischen Umständen auftauchen, falls Sie jemals nach England zurückkehren sollten.«

Wieder einmal sah Victoria Lucas bewundernd an. »Wie clever, Lucas. Was für eine gute Idee. Das ist die perfekte Lösung. Wir werden das Geständnis aufbewahren für den Fall, daß Isabel zurückkommt.«

Isabel blickte von Lucas' ruhigem, unversöhnlichem Gesicht in Victorias frohe Augen. »Ich habe kein solches Geständnis unterschrieben.«

»Das werden Sie aber tun, bevor Sie diesen Raum verlassen, Lady Rycott«, sagte Lucas.

20

»Beeil dich und zieh diese verdammten Reithosen aus. Wir dürfen keine Zeit mehr verlieren, wenn wir unseren guten Ruf retten wollen.« Lucas öffnete den Sack, in dem das bernsteingelbe Ballkleid steckte. Er zog das zusammengerollte Seidengewand heraus, während sich die von ihm wenige Minuten zuvor georderte Mietkutsche durch die belebten Straßen schob.

»Ich tue mein möglichstes, Lucas. Du brauchst mich gar nicht so anzufahren. Schließlich ist es nicht meine Schuld, daß Männerhosen so verdammt eng sitzen.«

»Wenn du denkst, ich fahre dich an, dann sei versichert, daß dies noch nichts ist im Vergleich zu dem, was ich mit dir machen werde, wenn wir erst einmal zu Hause sind.«

Victoria hörte auf, an ihrer Hose herumzuzerren und starrte ihn betroffen an. Sie brauchte ein paar Sekunden, bis sie feststellte, daß er ernsthaft wütend war. »Lucas, was ist los?«

»Du hast noch die Nerven, mich das zu fragen? Nach allem, was heute abend geschehen ist?« Er schälte sie aus Weste und Hemd, wobei er ihre nackten Brüste in der Dunkelheit gar nicht zu bemerken schien. Er war viel zu beschäftigt, sie in ihr Kleid zu zwängen.

»Vorsicht oder du zerreißt mein Kleid.« Sie schob die Hände durch die engen Ärmel. »Ich wünschte nur, du würdest mich jetzt nicht so anschreien. Ich habe einen äußerst aufregenden Abend hinter mir.«

»Der Abend war für dich wohl kaum aufregender als für mich, und ich möchte behaupten, daß ich dich nicht anschreie. Das hebe ich mir für zu Hause auf. Gütiger Gott, wir haben deinen Petticoat vergessen.«

»Egal. Niemand weiß, daß ich ihn nicht trage.«

»Ich weiß es. Und ich werde auf keinen Fall zulassen, daß du Lady Athertons Ballsaal ohne deinen Petticoat betrittst.«

»Ja, Liebling.« Gehorsam kämpfte sie sich auch noch in den Petticoat. »Lucas, ich habe mir heute abend so entsetzliche Sorgen um dich gemacht.«

»Was meinst du, wie ich mich fühlte, als ich sah, wie du vor dem *Grünen Schwein* aus der Kutsche geklettert bist? Du wärst in keinerlei Gefahr gewesen, wenn du mir gehorcht hättest. Oh, wir sind da. Zieh deinen Umhang an.«

Sie glitt in ihre Pantoffel und zog die Kapuze des Umhangs über ihren Kopf. Lucas öffnete die Tür der Kutsche und schob sie eilig auf die Straße.

Einige Minuten später führte er sie durch die Gasse vor der Athertonschen Gartenmauer.

»Ich gehe zuerst.« Lucas fand einen Spalt für seinen Fuß und schwang sich auf die Mauer. Dann beugte er sich hinunter, um Victoria neben sich zu ziehen. »Ich finde, Reithosen sind wesentlich praktischer, wenn es darum geht, über Gartenmauern zu klettern«, murmelte er, als sich ihr Rock über ihre Knie schob.

Sie ließen sich auf den Kiesweg auf der anderen Seite fallen. Lucas massierte sein Bein und sah sich in der dunklen, leeren Ecke des Gartens um.

»Wir haben das Schlimmste überstanden«, verkündete er.

»Wenn wir jetzt gesehen werden, können sie höchstens behaupten, daß der Graf von Stonevale sich mit seiner Braut in der hintersten Ecke des Gartens herumtreibt. Nicht unbedingt vornehm, aber auch nicht gerade skandalös. Los, gehen wir zurück ins Haus.«

Victoria fuhr sich mit einer Hand durch ihre dunklen Locken, strich ihren Rock glatt und legte graziös die Hand auf Lucas' Arm. Sie konnte ein leichtes Grinsen nicht unterdrücken, als er sie zurückführte in Richtung der Lichter und des Gelächters, das aus dem Ballsaal drang.

»Es gibt absolut keinen Grund zum Lachen, Vicky.«

»Ja, Graf.«

»Ich sollte dir den Hintern versohlen«, sagte er.

»Ja, Graf.«

»Du hast einmal behauptet, daß ich als Ehemann ein konservativer Tugendbold sei, aber bei Gott, Madam, das ist noch gar nichts. Ich werde dir beweisen, was für ein konservativer Tugendbold ich sein kann.«

»Ja, Graf.«

Bevor Lucas weitere Drohungen ausstoßen konnte, wurden sie von einer bekannten Gestalt auf der Terrasse entdeckt.

»Oh, da bist du, Vicky«, rief Annabella Lyndwood fröhlich. »Wie ich sehe, genießt ihr gerade die Schönheit des Gartens. Ich möchte, daß du Lord Shipton kennenlernst. Bertie sagt, es bestehe die Chance, daß er um meine Hand anhält, und da möchte ich deine Meinung hören.«

»Meine Frau hat inzwischen Abstand davon genommen, Spitzel auf die potentiellen Ehekandidaten ihrer Freundinnen anzusetzen«, sagte Lucas. »Sie ist der Meinung, daß es an der Zeit ist, sich etwas kultivierter und konventioneller zu benehmen.«

»Oje«, sagte Annabella. »Hoffen Sie etwa, sie zu einer zweiten Jessica Atherton oder perfekten Miss Pilkington zu machen? Wie reizlos.«

»Ja, Lucas«, fragte Victoria, während sie seinem grimmigen

Ausdruck mit einem unschuldigen Lächeln begegnete. »Wäre es dir lieb, wenn ich mein Betragen nach dem Vorbild von Lady Atherton oder Miss Pilkington verändern würde?«

»Ich denke nicht, daß wir ganz so weit gehen müssen«, murmelte Lucas. »Wenn die beiden Damen mich entschuldigen wollen, ich glaube, ich sehe Tottingham und Lady Nettleship. Ich will ihn fragen, ob er in letzter Zeit etwas Interessantes über Düngemittel gelesen hat. Aus einem unerfindlichen Grund beschäftigt mich dieses Thema heute abend.«

Victoria beobachtete, wie Lucas in den Ballsaal schlenderte, und dann wandte sie sich mit einem Lächeln an Annabella.

»Wunderbares Fest, nicht wahr?« bemerkte Victoria, während sie ihren Umhang abstreifte und in Richtung der geöffneten Fenster ging.

Annabella grinste. »Wunderbar. Aber schließlich kann man sich darauf verlassen, daß Lady Athertons Soiréen immer ein Erfolg sind. Und ich nehme an, daß es uns drinnen gelingen sollte, die Schmutzflecken auf deinem Kleid zu verdecken, wenn ich mich immer dicht neben dir halte.«

Drei Stunden später saß Victoria an ihrem Ankleidetisch und beobachtete, wie ihr Gatte vor ihr auf und ab ging. Nie zuvor hatte sie ihn so böse erlebt. Seine Stimme klang leise und gefährlich, und sein Gesichtsausdruck stimmte sie äußerst bedenklich. Offensichtlich hatte seine Toleranz heute nacht ihre Grenzen erreicht.

»Weshalb, in Gottes Namen, hast du mir nicht gehorcht, Vicky? Antworte, falls du es kannst. Ich habe dir gesagt, daß du den Ballsaal unter keinen Umständen verlassen solltest. Aber nein, du warst nicht in der Lage, einen einfachen Befehl zu befolgen, den ich einzig zu deinem Schutz erteilt hatte. Bei der ersten sich bietenden Gelegenheit mußtest du los, um dich auf dunklen Straßen herumzutreiben.«

Victoria runzelte die Stirn. »Was hätte ich denn tun sollen, als ich diese Nachricht erhielt, die besagte, daß du in Gefahr seist?«

»Du hättest meinem Befehl folgen sollen.«

»Wärst du einfach in dem Ballsaal geblieben, wenn du eine solche Nachricht erhalten hättest?« versuchte Victoria seinen Ärger zu beschwichtigen.

»Darum geht es jetzt nicht. Du hättest Jessica Athertons Haus niemals allein verlassen dürfen, und das weißt du.«

»Es tut mir leid, Lucas, aber ich muß ehrlich sagen, daß ich, falls es erforderlich wäre, immer wieder genauso handeln würde.«

»Das ist der zweite Punkt. Für eine Frau, von der allgemein angenommen wird, daß sie ein gewisses Maß an Intelligenz besitzt, scheinst du aus deinen Fehlern nicht gerade viel zu lernen. Sobald eine Gefahr ausgestanden ist, hast du nichts Besseres zu tun, als dich sofort in das nächste Abenteuer zu stürzen. Nun denn, ich habe eine Neuigkeit für dich, Vicky, du bist heute nacht das letzte Mal über eine Gartenmauer geklettert.«

»Bitte laß dich nicht zu übereilten Aussagen hinreißen. Beruhige dich erst einmal. Spätestens morgen wirst du einsehen, daß ich unter den gegebenen Umständen durchaus vernünftig gehandelt habe.«

»Deine Vorstellung von vernünftigem Handeln hat nichts mit meiner Vorstellung zu tun.«

»Das glaube ich nicht, Lucas. Ich weiß, daß ich dir gegenüber zu dickköpfig bin und daß du mich gelegentlich für unbesonnen hältst, aber –«

»Gelegentlich?« Er sah sie ungläubig an. »In mindestens neun von zehn Fällen, würde ich sagen.«

»Wirklich, Graf. Ich bin doch sicher keine so schlechte Ehefrau, oder?«

Er stapfte hinter ihrem Rücken auf und ab. »Ich habe nicht behauptet, daß du eine schlechte Ehefrau bist. Du bist eine ungehorsame, eigensinnige, leichtsinnige Person, die mich sicherlich vorzeitig ins Grab bringt, wenn ich dir nicht ein wenig Respekt vor deinem armen, geplagten Ehemann einbleue.«

»Ich respektiere dich durchaus, Lucas«, sagte sie ernst. »Ich habe dich immer respektiert. Ich bin nicht mit allem, was du tust, einverstanden, und manchmal ärgere ich mich maßlos über dich, aber ich empfinde den größten Respekt vor dir.«

»Ja, du findest mich *akzeptabel*, nicht wahr?«

»Größtenteils.«

»Das ist natürlich äußerst beruhigend«, knurrte Lucas, während er auf dem Absatz kehrt machte und erneut durch den Raum schritt. »Das nächste Mal, wenn du dich bewußt meinen Anordnungen widersetzt, werde ich mich damit trösten, daß du den größten Respekt vor mir hast und daß du mich akzeptabel findest.«

»Ich habe mich Ihren Anordnungen noch niemals bewußt widersetzt, Graf.«

»Tatsächlich?« Er schwang herum, trat einen Schritt vor und blieb direkt vor ihr stehen. »Und wie steht es mit heute abend? War das keine Mißachtung eines Befehls? Kein Ungehorsam?«

Victoria richtete sich gerade auf. »Nun, ich nehme an, daß es so gedeutet werden kann, wenn man mein Verhalten in der negativsten Weise auslegt, aber ich wollte niemals –«

»Wenn du doch zumindest die Güte besitzen würdest zuzugeben, daß du es aus Liebe getan hast.«

Victoria starrte ihn überrascht an. Es wurde totenstill. Sie zögerte einen Augenblick, räusperte sich und nickte. »Sie haben vollkommen recht, Graf. Natürlich habe ich es aus genau diesem Grund getan.«

»Mein Gott, ich kann es nicht glauben.« Einen Moment lang war Lucas ehrlich verblüfft, doch dann packte er sie bei den Schultern und zog sie an sich. »Sag es, Vicky. Nach allem, was ich heute nacht durchgemacht habe, verdiene ich es, zumindest diese Worte zu hören.«

Sie lächelte zögernd. »Ich liebe dich. Ich habe dich von Anfang an geliebt. Wahrscheinlich seit dem Abend, an dem ich dir auf Jessica Athertons Party zum ersten Mal begegnet bin.«

»Das war der wahre Grund, weshalb du mich heute nacht retten wolltest, weshalb du mir nicht erlaubt hast, Lady Rycott zu töten, obgleich sie es verdient hätte. Du liebst mich.« Er zog sie fester an sich. »Meine geliebte Frau. Wie lange habe ich darauf gewartet, diese Worte zu hören. Ich dachte, ich würde vor lauter Warten verrückt werden.«

»Glaubst du, es wird jemals der Tag kommen, an dem du diese Worte zu mir sagen kannst, Lucas?« Sein Morgenmantel dämpfte ihre Stimme zu einem Flüstern.

»Gütiger Himmel, ich liebe dich, Vicky. Ich glaube, ich wußte es bereits an dem Abend, als ich dich mit in das Gasthaus nahm, um mit dir zu schlafen. Auf jeden Fall wußte ich in dem Augenblick, daß ich niemals eine andere Frau so begehren würde, wie ich dich begehre. Aber am nächsten Tag, als ich in das Gewächshaus kam und feststellte, daß Jessica Atherton dir erzählt hatte, weshalb sie uns miteinander bekannt gemacht hatte, war alles verloren. Mein einziger Gedanke war, daß sie mich mehr gekostet hatte, als sie sich jemals würde vorstellen können. Ich hatte das Bedürfnis, um mich zu schlagen. Ich wußte, daß du nach all dem niemals glauben würdest, daß ich dich liebe.«

»In dem Augenblick war ich tatsächlich nicht in der Stimmung, mir eine Liebeserklärung deinerseits anzuhören. Aber das hättest du zu einem späteren Zeitpunkt nachholen können, Lucas.«

»Später warst du viel zu sehr damit beschäftigt, mir klarzumachen, daß du dich großmütig dazu herablassen würdest, eine Partnerschaft mit mir einzugehen. Du legtest derart großen Wert darauf, unsere Ehe als eine Art Geschäftsbeziehung darzulegen, daß ich beinahe verzweifelt wäre. Einzig die Tatsache, daß du das Bernsteinamulett nie abgelegt hast, machte mir noch Hoffnung.«

Sie sah ihn verblüfft an. »Das Amulett? Ich habe es nie abgenommen, weil es Zeiten gab, in denen es das einzige war, was *mich* noch hoffen ließ.«

»Es ist deine eigene Schuld, wenn du so stur bist«, sagte Lucas.

Victoria tastete nach der Kette. »Du konntest doch wohl kaum von mir erwarten, daß ich dir meine Liebe gestehe, nachdem ich erfahren hatte, daß du mich meines Geldes wegen geheiratet hattest. Außerdem hast du aus lauter Furcht, daß ich deine Gutmütigkeit ausnutzen und versuchen könnte, dich zu manipulieren und zu beherrschen, nur allzu deutlich gemacht, daß du nicht einen Deut nachgeben würdest. Du wolltest meine Unterwerfung, Lucas.«

»Ich liebe dich über alles, meine Liebe, aber zugleich verstehe ich dich auch, zumindest teilweise. Du hättest jede Möglichkeit genutzt, um als Siegerin aus unseren Gefechten hervorzugehen, was ich dir wohl kaum zum Vorwurf machen kann. Ich respektiere dich durchaus als ernstzunehmende Gegnerin, aber in der Rolle der liebenden Ehefrau bist du mir bedeutend lieber, Vicky.«

»Nett gesagt, Graf.« Sie umarmte ihn stürmisch. »Oh, Lucas, wie ich dich liebe.«

Lucas küßte sie zärtlich. »Da wir gerade darüber sprechen, es gibt da noch eine Sache, die ich klären möchte. Ich habe dich nicht wegen deines Geldes geheiratet. Zugegeben, ich habe dir anfangs deswegen den Hof gemacht, aber am Ende habe ich dich geheiratet, weil ich mir nicht vorstellen konnte, mit irgend einer anderen Frau verheiratet zu sein. Gütiger Gott, ich muß dich ja wohl geliebt haben. Weshalb sonst hätte ich mir eine Frau aufhalsen sollen, die mein Leben in eine Reihe von Beinahe-Katastrophen verwandeln würde?«

»Ich nehme an, das stimmt. Schließlich dürfen wir nicht vergessen, daß du die freie Wahl hattest. Im Notfall hättest du immer noch die perfekte Miss Pilkington nehmen können.«

Er schüttelte sie sanft. »Willst du dich etwa über mich lustig machen, Mädchen?«

»Das würde ich niemals wagen. Es würde mir nicht im Traum einfallen, mich über meinen Gatten lustig zu machen. Schließlich zolle ich ihm den größten Respekt.« Sie hob den Kopf von seiner

Schulter. Ihre Augen funkelten. »Heißt das, daß du endlich aufhörst, mir wegen meiner heutigen Taten Vorwürfe zu machen?«

»Schauen Sie bloß nicht so selbstzufrieden, Madam. Noch bin ich nicht fertig mit Ihnen.«

»Tatsächlich? Und was kommt als nächstes? Werden Sie mich vors Kriegsgericht stellen lassen? Werde ich meines Ranges und meiner Privilegien enthoben?«

»Ich denke«, sagte Lucas, »ich werde dich einfach ins Bett tragen und dich deines Nachtgewandes entheben. Dann werde ich dich so lange lieben, bis du das ganze Ausmaß deines Fehlverhaltens erkennst.«

Victoria schlang die Arme um seinen Hals, als er sie hochhob und zum Bett trug. Sie lächelte ihn an. »Das klingt äußerst angenehm.«

Das heisere Lachen, das er ausstieß, als er sie auf das Bett setzte, war voller Leidenschaft. »Wie gewöhnlich sind wir uns hinsichtlich dieses Aspektes unserer Ehe vollkommen einig.«

Er legte seinen Morgenmantel ab und setzte sich neben sie, steil und prall. Er streifte ihr das Nachthemd ab und zog sie zu sich herab. Das Bernsteinamulett baumelte an ihrem Hals und streifte die dichten Haare auf seiner Brust.

»Sag mir noch einmal, daß du mich liebst, Vicky.«

»Ich liebe dich. Ich werde dich ewig lieben.« Sie umfaßte seinen Kopf mit beiden Händen und küßte ihn mit ganzer Leidenschaft. »Du bist der einzige Mann auf dieser Welt, den ich heiraten konnte. Welcher andere Mann würde tagsüber mit mir über die Vorzüge verschiedener Düngemethoden diskutieren und nachts mit mir über Gartenmauern klettern, um in eine Spielhölle zu gehen? Du bist einzigartig, Lucas. Und jetzt sag mir noch einmal, daß du mich nicht nur wegen meines Vermögens geheiratet hast.«

Erneut zog er ihren Kopf herab auf sein Gesicht. »Im Grunde ist es egal, weshalb ich dich geheiratet habe, Bernsteinlady. Ich bin inzwischen so von dir gefangen, daß ich nie mehr frei sein werde. Ich liebe dich, Vicky. Ich werde über jede Mauer klettern, über jeden Fenstersims wandeln und jedes nächtliche Abenteuer bestehen, solange du mir versprichst, daß du mich für den Rest deines Lebens lieben wirst.«

»Ich verspreche es hoch und heilig, Graf.«

Als Victoria sich seinem Kuß hingab, bemerkte sie, daß in seinen Augen keine Geister mehr zu erkennen waren, sondern nur noch Mondschein, Liebe und lebenslange Leidenschaft.

Als Lucas mitten in der Nacht erwachte, verspürte er den gewohnten Schmerz in seinem Bein. Er wollte gerade aufstehen und sich ein Glas Portwein einschenken, als Victoria ihre Hand auf seinen Schenkel legte und begann, ihn sanft zu massieren. Er schloß erneut die Augen, und einen Augenblick später war er wieder eingeschlafen.

An einem Tag im Frühjahr machte sich Lucas auf die Suche nach seiner Frau. Wie gewöhnlich fand er sie im Gewächshaus, wo sie eine seltene kleine Lilie zeichnete, die sie gerade aus Amerika erhalten hatte.

Unmittelbar nachdem sie vor einem Monat das Kindbett verlassen hatte, hatte sie sich wieder an die Arbeit begeben. Die Nachricht, daß die erste Auflage von Reverend Worths *Anleitung zur Schaffung eines schönen Blumengartens* bereits ausverkauft war, und jetzt eine zweite Serie gedruckt werden sollte, hatte sie beflügelt.

Der Pfarrer hatte darauf bestanden, daß die Zeichnungen von Lady Victoria Stonevale den überwältigenden Erfolg des Buches begründet hatten, und er war ganz versessen darauf, einen zweiten Band über exotische Pflanzen für Privatgärten zu schreiben.

Das zufriedene Glucksen eines Babys grüßte Lucas, als er den Weg zwischen den üppig blühenden exotischen Pflanzen hinabschritt. Er blieb an der Wiege stehen, die neben der Staffelei stand, und sah zufrieden auf seinen Sohn. Irgendwie war das

Baby ein Symbol für das Gedeihen der Ländereien rund um das Herrenhaus.

In den Gärten vor den Fenstern blühten zahlreiche Blumen, und die reichen, grünen Felder versprachen eine hervorragende Ernte. Es würde ein gutes Jahr für Stonevale, zum ersten Mal seit langer Zeit.

Er beugte sich hinab und küßte seine Frau, die eifrig Farben mischte. Sie hatte einen orangefarbenen Fleck auf ihrer Nasenspitze.

»Was hast du da, Lucas?« fragte sie, während sie auf das ledergebundene Buch in seiner Hand sah.

»Ein kleines Geschenk, Madam. Ich habe eine Kopie deines Buches binden lassen.«

Sie errötete vor Freude. »Es ist nicht mein Buch. Es ist Reverend Worths Buch.«

»Ich werde dir ein Geheimnis verraten, meine Liebe. Deine Tante Cleo sagt, daß die Leute das Buch ebenso wegen der wunderbaren Bilder kaufen wie wegen der hervorragenden Ausführungen des Pfarrers zum Thema Gartenbau.«

Victoria betrachtete das Buch und strich sanft über das Leder. »Oh, das bezweifle ich.«

»Es stimmt.«

»Danke, Lucas.« Liebevoll sah sie zu ihm auf. »In einer Sache hatte Tante Cleo recht. Du hast das Talent, mir Dinge zu schenken, die ich mir mit keinem Geld der Welt kaufen könnte.«

Er lächelte sanft. »Und du, meine Liebe, hast mir weit mehr gegeben, als ich mir jemals erträumt hätte, als ich mich auf die Jagd nach einer reichen Erbin gemacht habe.«

»Weißt du«, murmelte sie und griff nach dem Amulett an ihrem Hals, »ich denke, es ist an der Zeit, daß der Bernsteinritter und seine Lady einen neuen nächtlichen Auftritt auf den Stonevaleschen Gütern absolvieren.«

Lucas stöhnte. »Du bist erst seit einem Monat wieder auf den Beinen. Vergiß es, meine Liebe.« Bedeutungsvoll sah er zu seinem Sohn hinüber. »Außerdem hast du im Moment um Mitternacht andere Dinge zu tun.«

»Nun gut, vielleicht nicht heute nacht. Und vielleicht auch nicht morgen nacht. Aber bald.« Sie lachte, und ihre Augen strahlten. »Du weißt, wie gerne du mich verwöhnst, Lucas.«

»Weshalb«, murmelte er, während er mit seinem Mund sanft über ihre Lippen strich, »frage ich mich eigentlich so oft, wer von uns beiden sich unterworfen hat?«

Victorias Antwort ging in einem Kuß unter, einem Kuß, der das Versprechen lebenslanger wunderbarer Nächte enthielt.